張松輝 注譯
陳全得 校閱

新譯

杜牧詩文集

（下冊）

三民書局 印行

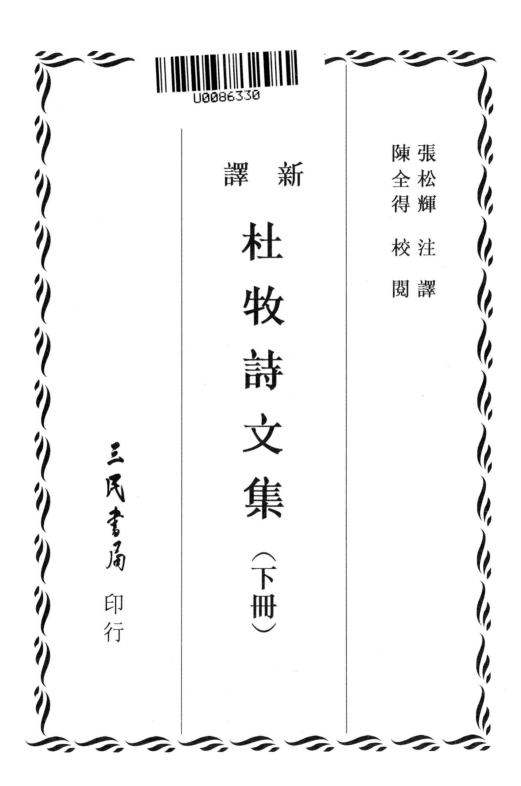

國家圖書館出版品預行編目資料

新譯杜牧詩文集／張松輝注譯；陳全得校閱.——初
版一刷.——臺北市；三民，2002
冊；　公分——(古籍今注新譯叢書)

ISBN 957-14-3494-9　(全套：精裝)
ISBN 957-14-3496-5　(全套：平裝)

844.18　　　　　　　　　　90011823

網路書店位址　http://www.sanmin.com.tw

 新譯杜牧詩文集(下)

注譯者　張松輝
校閱者　陳全得
發行人　劉振強
著作財產權人　三民書局股份有限公司
臺北市復興北路三八六號
發行所　三民書局股份有限公司
地址／臺北市復興北路三八六號
電話／二五〇〇六六〇〇
郵撥／〇〇〇九九九八——五號
印刷所　三民書局股份有限公司
門市部　復北店／臺北市復興北路三八六號
重南店／臺北市重慶南路一段六十一號
初版一刷　西元二〇〇二年十月
編　號　S 03204-1
基本定價　拾玖元
行政院新聞局登記證局版臺業字第〇二〇〇號

ISBN　957-14-3494-9　(全套：精裝)

新譯杜牧詩文集　目次

下冊

卷八

卷九

卷十

卷十一

卷十二

卷十三

卷十四

卷十五

卷十六

卷十七

杜牧佚詩選譯

卷八

唐故岐陽公主墓誌銘

【題解】岐陽公主是唐憲宗的嫡女。元和八年（西元八一三年），岐陽公主嫁給了杜悰。杜悰，字永裕。先後任駙馬都尉、尚書左僕射、同平章事等職。杜悰是杜牧的堂兄，岐陽公主即為杜牧的堂嫂。本文以質樸的語言，記載了岐陽公主的一生經歷，突出地讚揚了她不以富貴驕人的品德。

憲宗皇帝即位八年，出嫡女❶冊封岐陽公主，下嫁于今工部尚書、判度支❷杜公悰❸。始，憲宗時，宰相權德輿❹有壻獨孤郁❺，為翰林學士❻，帝愛其才，因命宰相曰：「我嫡女既笄❼可嫁，德輿得壻獨孤，我豈不得耶？可求其比❽。」後丞相吉甫❾進言曰：「前所奉詔，臣謹搜其人。」因名❿我烈祖⓫司徒岐公⓬曰：「有孫兒悰，年始弱冠⓭，有德行文學，秀朗嚴整⓮。臣嘗為司徒吏，熟其家事，官族世婚⓯，習尚守治⓰，臣一皆⓱忖度⓲，疑悰可以奉詔⓳。」帝即召尚書⓴見，與語大悅，授殿中少監㉑，服章金紫。以元和八年某月日，主下嫁于杜氏，上御[22]正殿，禮[23]畢，由西朝堂出，節幡[24]鼓鐸[25]，儀物[26]畢備，引就[27]昌化里[28]賜第[29]，上御延喜樓[30]，駐止主輪[31]，尚書及賓侍[32]，酒食金帛[33]，奏內樂[34]，降嬪御[35]送行。賜第堂有四廡[36]，繢椽[37]藻櫨[38]，丹白其壁[39]，派[40]龍首[41]水為沼。主外族[42]因請，願以尚父[43]汾陽王[44]大通里[45]亭沼為主別館[46]。當其時，隆貴[47]顯榮，莫與為比。

主實憲宗皇帝嫡女，穆宗皇帝母妹[48]，敬宗皇帝、今天子[49]親姑，尚父汾陽王子儀外曾孫。太皇太后[50]始以正妃[51]事憲宗，以太后、太皇太后愛養[52]三朝[53]，凡四十年，德厚慈恕，化充六宮[54]，主以一女之愛，降于杜氏，逮事舅姑[55]。杜氏大族，其他宜[56]為婦禮[57]者，不翅[58]數十人，主卑委怡順[59]，奉上[60]撫下[61]，終日惕惕[62]，屏息[63]拜起，一同家人禮度，二十餘年，人未嘗以絲髮間[64]指為貴驕。始與尚書合謀曰：「上所賜奴婢，卒[65]不肯窮屈[66]，奏請納之[67]。」上嘉歎許可，因錫其直[68]，悉[69]自市[70]寒賤[71]可制指者。自是閉門落然[72]，不聞人聲，尚書讀書考今古治亂，主職婦事[73]，承奉[74]夫族。時歲獻饋[75]，吉凶賻助[76]，必親自經手，池塞館陊[77]，闢毬場[78]種樹，不數十年，搢紳[79]間雜然[80]稱尚書為賢。

尚書旋[81]出為澧州[82]刺史，主後尚書行，郡縣聞主且至，殺牛羊大為數百人供具[83]，主至，從不二十人、六七婢，乘驢闒茸[84]，約[85]所至不得肉食，驛吏[86]立門外，舁[87]飯食以返。不數日間，聞于京師，眾譁說以為異事。尚書在澧州三年，主始入後出，中間不識刺史廳屏[88]。尚書治澧州，考治行為天下第一，後為大司徒、京兆尹[89]、鳳翔[90]節度使，朝廷屈指比數[91]，以為凡有中外重難[92]，非尚書不可。主賢益彰[93]，雖至宮闈貴號[94]，亦加尊敬。姑涼國太夫人[95]寢疾[96]，比[97]喪及葬，主奉養早夜不解帶[98]，親自嘗藥，粥飯不經心手，一不以進。既而哭泣哀號，感動他人。

尚書後為忠武軍[99]節度使，所治許州[100]，創為節度府五十年，南迫於蔡[101]，屋室卑庳[102]，主居無正堂，處東支屋[103]，恬然[104]六年。許軍強雄，且撐劇寇[105]，自始多用武臣，治各出己，部曲[106]家人，疵政弛法[107]，習為循常[108]，有司[109]用比邊障[110]遠地，擲置[111]不問，民亦甘心[112]。尚書再[113]治之，老民相率[114]兩走闕下[115]，遮[116]丞相馬叩頭乞留，請樹生祠[117]。及詔追去，攀緣攜扶[118]，哭於道路。尚書治外，主治內，尚書所至必稱[119]，崱崱[120]為名公偉人，主實有內助焉。穆宗以皇太后，敬主尤為親信，俯首益卑[121]，車服侍使，愈自貶抑[122]，覲謁溫清[123]外，口不言他事。訖穆宗朝，人不以親貴稱。

當貞元[124]時，德宗行姑息之政[125]，王武俊[126]、王士真[127]、張孝忠[128]子聯為國壻[129]。憲宗初寵于頔[130]，來朝，以其子配以長女。皆挾恩佩勢[131]，聚少俠[132]狗馬為事，日截馳道[133]，縱擊平人[134]，豪取民物，官不敢問，戚里相尚[135]，不為以為窮弱[136]。自主降于尚書，壁絕外之[137]，初怒中笑，後皆敬畏[138]。累聖[139]亦指示主德以誡警之[140]，至于今，以主、尚書顯重於中外，戚里亦皆自檢斂[141]，隨短長為善[142]，於是舊俗滅不復有。

尚書自許奉急追詔[143]，主有疾小愈[144]，強不肯留，曰：「去朝興慶宮[145]，縱[146]死於道，吾無恨。」以開成[147]二年十一月某日，薨於汝州[148]長橋驛[149]亭，年若干。上廢朝三日。其年十二月某日，主喪[150]至京師，比及[151]葬，兩宮[152]弔問，相繼於道。開成三年某月日，上御正殿，詔丞相嗣復[153]攝中書令[154]正衙[155]宣冊[156]，謚[157]曰莊淑大長公主。某年某月日，祔葬[158]于萬年縣[159]洪原鄉[160]少陵原[161]尚書先塋，禮也。生男二人，長曰輔九，年十歲；次曰楊十，始二歲。女二人。某於尚書為從父弟[162]，得以實銘[163]。

【章旨】本章記述了岐陽公主一生的經歷，讚美了她的德行。

【注釋】❶嫡女　正妻所生的女兒。岐陽公主的母親是懿安皇后。懿安皇后姓郭氏，為汾陽王郭子儀的孫女。❷判度支　官名。掌管全國財賦的統計和支調。❸杜公悰　即杜悰。公，對杜悰的尊稱。❹權德輿　人名。唐天水略陽人。字載之。先後任諫官、禮部尚書、同中書門下平章事等職。有《權文公集》。❺獨孤郁　人名。唐洛陽人。字古風。先後任右補闕、翰林學士。❻翰林學士　官名。負責起草詔書及其他有關文字事宜。❼既笄　長大成人。笄，古代盤頭髮用的簪子。古代女子十五歲舉行笄禮，表示成年。❽其比　和他一樣的人。❾吉甫　人名。即李吉甫。見上一篇注[114]。❿名　提名；提到。⓫烈祖　對祖先的敬稱。烈，功業顯赫。⓬岐公　指杜牧的祖父杜佑。杜佑，字君卿。唐京兆萬年人。歷任嶺南、淮南等節度使、檢校司徒同平章事等職，封岐國公。著《通典》二百卷。⓭弱冠　指二十歲左右。古代男子以二十歲為成人，舉行加冠禮，此時身體還未強壯，故稱弱冠。⓮嚴整　端莊。⓯官族句　世代與貴族通婚。⓰習尚句　重視學習治國的學問。尚，崇尚；重視。⓱一皆　詳細而全面地。一，一條一條地；詳細地。皆，全面地。⓲忖度　思考。⓳奉詔　接受求婿的詔書。即當皇上的女婿。⓴尚書　官名。這裡指杜悰。杜悰曾任工部尚書。㉑殿中少監　官名。掌管皇上的飲食、車馬、服飾等事。

㉒御　治理。這裡指舉行婚禮。㉓禮　指婚禮。㉔節幡　符節和旗幟。幡，挑起來直著掛的長條形旗幟。㉕鐸　古樂器名。形如大鈴。㉖儀物　指各種儀仗用品。㉗引就　帶到。就，到。㉘昌化里　是當時長安城中的一個地名。㉙賜第　皇上賜給的住宅。㉚延喜樓　樓名。在長安城內。㉛駐止句　讓公主乘坐的車停下來。主，指岐陽公主。輪，車輪。代指車輛。㉜賓侍　賓客和侍從。㉝帛　絲織品的總稱。㉞內樂　皇宮中的樂隊或音樂。㉟嬪御　指皇上的侍妾、宮女。㊱四廡　四周都有廂房。廡，高堂下周圍的廊房、廂房。㊲繢椽　屋子的椽子上繪有圖案。繢，通「繪」。繪畫。椽，椽子。放在檁上架著屋頂的圓木條。㊳藻櫨　裝飾華美的櫨木。藻，裝飾的；華美的。櫨，大柱柱頭承托棟梁的方木。又叫薄櫨、斗栱。㊴丹白句　牆壁被粉刷為紅色或白色。丹，紅色。㊵派　分流；引來。㊶龍首　渠名。又叫滻水渠。隋朝開皇年間，人們引滻水入長安而成此渠。㊷外族　這裡指公主的外祖父家。㊸尚父　一種尊稱。意為「值得尊尚的父輩」。唐代郭子儀曾被皇上尊稱為「尚父」。岐陽公主的生母懿安皇后是郭子儀的孫女，岐陽公主是郭子儀的外曾孫女。㊹汾陽王　指郭子儀。郭子儀是唐代華州人。平安史之亂，功第一。先後任節度使、太尉、中書令，封汾陽郡王，號「尚父」。㊺大通里　長安中的城區名。㊻別館　本宅外另建的園林休息處所。又叫別業、別墅。㊼隆貴　高貴。隆，高。㊽母妹　同母妹妹。㊾今天子　指唐文宗李昂。唐敬宗是唐穆宗的長子，唐文宗是唐穆宗的第二子，所以說岐陽公主是敬宗、文宗兩位皇帝的親姑。㊿太皇太后　指岐陽公主的母親懿安皇后郭氏。杜牧寫本文時，文宗在位，文宗是懿安皇后的孫子，故尊稱她為太皇太后。(51)正妃　即正妻。憲宗最初被封為廣陵王，當時聘郭氏為妃，故稱「正妃」。(52)愛養　愛撫養育。(53)三朝　指穆宗、敬宗、文宗三朝天子。穆宗是懿安皇后之子，敬宗、文宗是懿安皇后之孫。(54)化充句　她的高尚品德感化了整個六宮的后妃嬪御。六宮，相傳古代天子有六宮。後來泛指皇后妃嬪居住的地方。(55)逮事句　能夠侍奉孝敬公婆。逮，及於；能夠。舅姑，公婆。(56)宜　應該。(57)為婦禮　行當媳婦的禮節。(58)不翅　不僅僅；不少於。翅，通「啻」。只；僅僅。(59)卑委怡順　態度謙恭、和悅、柔順。卑委，謙恭。怡，和悅。(60)奉上　侍奉長輩。上，長輩。(61)撫下　撫養晚輩。(62)惕惕　小心謹慎的樣子。(63)屏息　抑制呼吸不敢出聲。形容恭敬謹慎的神態。(64)絲髮間　指一絲一毫的過錯。(65)卒　最終；到底。(66)窮屈　謙卑地侍奉別人。(67)納入　交還給皇上。之，代指皇上所賜的奴婢。(68)其直　指與那些交還給皇上的奴婢身價相等的錢。岐陽公主把奴婢還給皇上，皇上接受了，但要出一筆錢給公主。直，價值；價錢。(69)悉　全部。指所有的奴婢。(70)自市　親自去買。(71)寒賤　貧賤。(72)落然　恬淡的樣子。(73)主職句　岐陽公主掌管家務方面的事。職，掌管。婦事，指婦女應該做的那些家務事。(74)承奉　恭敬地侍奉。(75)時歲句　逢年過節，敬獻或饋贈禮物。時，時節；節令。(76)賻助　送財物幫助別人。賻，送財物助人辦喪事。(77)館隧

館舍倒塌了。陊，塌。(78)毬場　踢球的場地。毬，今通寫作「球」。古代的毬是一種習武用具，以皮為之，中間以毛填充，足踢或杖擊為戲。(79)搢紳　指士大夫。搢，插。這裡指插笏（古代官員上朝時拿的手板）。紳，大帶。古代士大夫垂紳搢笏，故稱他們為「搢紳」。(80)雜然　紛紛地。(81)旋　不久。(82)澧州　地名。在今湖南省澧縣。(83)供具　本指宴會用的器具，這裡代指宴席、食物。(84)闒茸　形容驢駑笨瘦弱的樣子。(85)約　約定；命令。(86)驛吏　驛站的官吏。驛，即驛站。唐代每三十里設一驛站，負責投遞公文，安排過往官員休息。(87)舁　抬來；送來。(88)廳屏　指刺史辦公之處。這句是讚揚岐陽公主安守婦道，不干涉丈夫的公事。(89)京兆尹　官名。負責管理京城事務。(90)鳳翔　地名。在今陝西省鳳翔縣一帶。(91)比數　相提並論。這裡引申為把每個人都拿出來對比、評論。(92)重難　大的災難、禍亂。(93)益彰　越來越顯示出來。(94)宮闈貴號　宮廷中有尊貴封號的婦女。指后妃一類的人。宮闈，后妃居住的地方。(95)涼國太夫人　指杜悰之母。涼國夫人是她的封號。在漢代，列侯之母方可稱太夫人。後來一般官員的母親也可稱太夫人。(96)寢疾　臥病在牀。(97)比　到；一直到。(98)不解帶　不解衣帶。指沒有脫衣休息過。(99)忠武軍　軍隊的名號。駐守許州一帶。(100)許州　地名。在今河南省許昌市一帶。(101)蔡　地名。即蔡州。在今河南省汝南縣。(102)卑庳　低矮。庳，低；矮。(103)支屋　偏屋；廂房。(104)恬然　形容心情安適恬淡的樣子。(105)劇寇　勢力強大的盜賊。指割據一方、抗拒朝廷的叛軍。(106)部曲　豪門大族的私人軍隊。這裡泛指部下。(107)疵政句　把政治搞壞，把法律搞亂。疵，毛病；使……有毛病。弛，鬆弛；使……鬆弛。(108)習為句　習以為常。循常，平常。(109)有司　有關部門。(110)邊障　邊疆地區。(111)擲置　放在一邊；擱置。(112)甘心　從內心裡接受。(113)再　兩次。(114)相率　共同；一起。(115)闕下　宮闕之下。指朝廷。(116)遮　阻攔。(117)請樹句　請求為杜悰建立生祠。樹，建立。生祠，為活著的人所立的祠廟。(118)攀緣句　百姓們相互牽拉，扶老攜幼。攀緣，相互牽拉。也可理解為以手攀拉杜悰乘坐的車輛。(119)必稱　一定能受到稱讚。(120)巋巋　偉大的樣子。(121)俯首句　公主更加溫順謙恭。俯首，低頭。形容溫順的樣子。益，更加。(122)貶抑　壓抑；克制。(123)覲謁溫清　恭敬地朝拜天子，向母后問寒問暖。覲謁，拜見天子。溫清，「冬溫夏清」的省略。表示兒女侍奉父母無微不至。清，清涼。(124)貞元　唐德宗李适的年號。西元七八五年至八〇四年。(125)姑息之政　對割據的軍閥採取的姑息政策。(126)王武俊　人名。契丹人。字元英。任恒冀觀察使時反叛朝廷，自稱王，國號趙。後去偽號。拜檢校工部尚書、恒冀深趙節度使等職。(127)王士真　人名。王武俊之子。少佐父立功，後繼父為節度使。雖然擅置官吏，私收賦稅，尚能息兵守土，不亂生是非。元和初拜同中書門下平章事。(128)張孝忠　人名。奚族人。曾任安祿山偏將，後投降朝廷，任成德軍節度使。貞元中官至檢校司空。(129)國壻　皇帝的女壻。(130)于頔　人名。河南人。字允元。先後任湖、蘇二州刺史、山南東道節度使、襄州大都督等職，一度專擅不法。德宗時加封尚書左僕射、燕國公。憲宗時入朝，拜司空、同中書門下平章事。131挾恩佩勢　依仗著皇上的恩寵和自家的權勢。挾、佩，都是依仗的意思。132少俠　少年俠士。133日截句　每天都在大道上攔截行人。馳道，馳馬之道。這裡泛指大道。134縱擊句　任意擊打平民。縱，放縱；任意。平人，平民。135戚里句　皇親國戚們在攔路傷人、橫行不法這件事上相互攀比。戚里，本指帝王外戚居住的地方，這裡借指皇親國戚。相尚，相互攀比。即一個比一個更凶狠。136不為句　不這樣做，就會被認為是權力衰落弱小。不為，不做。窮，走投無路；處境不好。137壁絕句　堅決不做這樣的事。壁絕，斷絕。外之，排除、拒絕這種事。138初怒二句　指皇親國戚們對岐陽公主的表現，開始時很生氣，後來又嘲笑她，而最終卻很敬畏她。139累聖　先後幾位皇帝。累，幾個；幾位。聖，聖人。指皇上。140誡警之　警告那些為非作歹的皇親國戚。141檢斂　約束收斂。142隨短句　根據不同情況做點好事。短長，指不同的情況。143急追詔　召回朝廷的緊急詔書。追，追回；召回。144小愈　稍微有點好轉。145興慶宮　唐代宮殿名。在長安城的東南角。天子常在此聽政，故又號「南內」。146縱　縱然；即使。147開成　唐文宗的年號。西元八三六年至八四〇年。148汝州　地名。在今河南省汝州市。149長橋驛　驛站名。在汝州境內。150主喪　指岐陽公主的靈柩。151比及　到了。152兩宮　指太后和皇帝。有時也指皇帝和皇后。153嗣復　人名。即楊嗣復。字繼之。貞元進士。先後任戶部侍郎、尚書右丞、劍南東川節度使、同中書門下平章事等職。154攝中書令　代中書令。攝，代理。中書令，官名。中書省的長官，相當於丞相。155正衙　中書省的大堂。156宣冊　宣詔冊封。157謚　古代帝王、大臣或其他有地位的人死後被加的帶有褒貶意義的稱號。這裡用作動詞。規定謚號。158祔葬　祭祀並安葬。祔，祭祀名。同祭新死者和她的祖先叫「祔」。祔祭的用意是把新死者的神靈交給祖先。159萬年縣　地名。在今陝西省西安市。160洪原鄉　地名。在萬年縣境內。161少陵原　地名。在今陝西省長安縣南。為漢宣帝許后陵墓所在地，因許后陵小於宣帝陵，故名。162某於句　我是尚書杜悰的堂弟。某，杜牧自稱。從父，對伯父、叔父的通稱。163得以句　所以能夠為她寫一篇真實可信的墓誌銘。

【語　譯】憲宗皇帝即位的第八年，冊封自己的嫡女為岐陽公主，並把她下嫁於現任工部尚書、判度支杜悰。先前，憲宗在位時，宰相權德輿有一位女壻叫獨孤郁，獨孤郁時任翰林學士，皇上非常喜愛他的才學，於是就命令宰相們說：「我的嫡生女兒已經長大成人了，到了出嫁的年齡，權德輿找到了獨孤郁這樣好的女壻，我難道就找不到這樣好的女壻嗎？你們可以為我尋找一位像獨孤郁那樣的好女壻吧！」後來丞相李吉甫對皇上說：「以前接到了您的詔書，我就非常盡心地尋找適當的人選。」於是他就提到了我的那位被封為司徒、岐國公的祖父，他對皇上說：「岐國公有一位孫兒叫杜悰，年齡剛二十歲左右，他品德很好，才學很高，人長得秀朗端莊。我曾經在司徒公的手下當過官，熟習他家的情況，他們家世代與官宦貴族通婚，重視學習治國的學問。我反反覆覆地考慮過，猜想也許杜悰是一個合適的人選。」皇上馬上就召見了杜悰，與他交談後，十分高興，授予殿中少監一職，讓他穿上紫色官服，佩帶金魚袋。於元和八年的某月某日，岐陽公主下嫁於杜家。皇上親自來到正殿參加婚禮，婚禮結束後，送親隊伍從西邊的朝堂出發，符節、旗幡、鼓、鐸，所有的儀仗用品全都具備，送親隊伍浩浩蕩蕩地向昌化里皇上所賜的住宅進發。皇上又登上延喜樓，讓岐陽公主乘坐的車輛停下來，賜給杜悰、賓客和侍從們大量的酒食、金銀和絲綢，並演奏起宮廷音樂，命令宮中的嬪妃、宮女都來送行。皇上賜給的住宅裡的大堂四周都有廂房，房屋的梁椽、斗栱都裝飾得富麗堂皇，牆壁或被漆為紅色，或被漆為白色，又把龍首渠的水引來修成池塘。公主的外祖父家又藉這個機會向皇上請求，表示願意把汾陽王郭子儀留下的大通里的亭館池塘獻給公主作為別墅。在那段時間裡，他們那種顯貴榮耀的程度，沒有任何人可以相比。

岐陽公主是憲宗皇帝的嫡女，是穆宗皇帝的同母妹妹，是敬宗皇帝和當今天子的親姑，是尚父、汾陽王郭子儀的外曾孫。太皇太后最初以正妃的身分侍奉憲宗皇帝，後來又以太后、太皇太后的身分愛撫養育了三朝天子，前後總共四十年，她品德淳厚、仁慈、寬容，感化了六宮的所有妃嬪宮娥。岐陽公主是她唯一的女兒，受到她的特別愛護，後來下嫁於杜家，能夠侍奉孝敬公婆。杜家是一個大族，除公主之外，其他應該行媳婦之禮的，不下數十人，公主態度謙恭、和悅、柔順，侍奉長輩，撫養晚輩，整天小心謹慎，恭恭敬敬地向長輩行跪拜禮，同其他家人的禮數完全一樣。如此過了二十多年，從來沒有人因一絲一毫的過錯而指責她恃貴傲慢。剛到杜家時，她就與丈夫商議說：「皇上所賞賜的那些奴婢，他們最終也不肯謙卑地伺候別人，倒不如奏請皇上，把他們還給皇上。」皇上很贊成並接受了他們的建議，賜給他們一筆錢作為補償。公主親自去買奴婢，這些奴婢都是一些出身貧賤、容易使喚的人。從此之後，公主便關上大門，過著一種恬淡清靜的生活，整個院落靜悄悄的聽不到嘈雜的人聲。杜悰專心讀書，考察古今國家治亂興亡的原因，公主掌管家務方面的事情，侍奉丈夫家的人。每逢年節饋贈禮品，或者別人有了吉凶之事需要資助財物，公主都一定要親手經辦；池塘淤塞了，館舍倒塌了，她就把它們開闢成毬場，種上樹木。不到數十年間，士大夫們紛紛稱讚杜悰賢明能幹。

不久，杜悰出朝去當了澧州刺史，岐陽公主去澧州的時間比杜悰晚一些。沿途的各郡縣聽說公主就要來了，都殺牛宰羊，置辦了夠數百人食用的酒肉，待公主到來時，纔發現她的隨從人員不到二十人，婢女也只有六七個，乘坐的竟是又瘦又弱的驢子。公主命令大家所到之處，不許吃肉，驛站的官吏站在門外，待飯送上來後就可以回去。不到幾天時間，這件事就傳入京城，人們紛紛傳頌，認為這是極為少見的事情。杜悰在澧州任刺史三年，公主從開始到那裡直到最終離開，其間從來沒有到過刺史辦公的地方。杜悰治理澧州的政績，朝廷通過考察，把它評為天下第一。後來相繼擔任了大司徒、京兆尹、鳳翔節度使。朝廷通過對比、評價，認為凡是遇上了朝內朝外的大禍亂，離開杜悰都無法得到解決。公主的賢能越來越顯揚出來，即使宮中那些有顯貴封號的后妃，對公主也十分尊敬。從婆婆涼國太夫人生病到去世，直到安葬，公主為了侍奉她，從沒有解衣休息過。公主親自品嚐藥湯，不是經過自己親自操心經辦的粥飯，就不敢獻給婆婆食用。婆婆去世後，公主痛哭流涕，連外人都受到感動。

杜悰後來擔任了忠武節度使，治所所在地的許州設置節度使已經有五十年了，許州受到南邊蔡州叛軍的威脅，官府的房屋低矮簡陋，公主住的地方連個正堂也沒有，她只得住在東邊的廂房裡，然而她卻能心情安然地在這裡生活了整整六年。許州的軍隊十分強大，擔負著抗拒人多勢眾的叛軍的重任。從一開始，這裡多任用武將為官吏，這些武將專權擅政，再加上他們的部下和親屬，把政治、法律搞得一塌糊塗，而這裡的人們卻習以為常，有關部門也把這裡看作邊疆僻遠地區，對武將們的違法之事不加追究，百姓們也從內心裡接受了這一現實。杜悰先後兩次鎮守許州，這裡的父老們兩次跑到京城，攔著丞相的馬，跪拜叩頭，要求朝廷允許杜悰繼續留任，並請求為杜悰建立生祠。到了皇上下了詔書、命令杜悰離開許州時，百姓們相互牽拉、扶老攜幼，哭送於道路。杜悰主掌家外的事情，公主主掌家裡的事情，杜悰所到之處，必定會受到大家的讚揚，巍巍乎成為一代名公偉人，這實在是得力於公主在家裡對他的幫助。穆宗皇帝因為皇太后的緣故，對公主特別親近、敬重，然而公主更加地柔順謙恭，在車輛、服飾、侍從等事情上，越發地約束克制自己，她除了朝拜天子、向母后問寒問暖之外，從來不談其他事情。整個穆宗皇帝在位時期，人們都沒有認為她以皇妹貴人自居。

在貞元年間，德宗皇帝對叛軍施行姑息政策，王武俊、王士真、張孝忠的兒子相繼成為皇上的女壻。憲宗皇帝開始時寵幸于頔，當于頔入朝時，皇上把長女下嫁給他的兒子。這些皇帝女壻都依仗著皇上的恩寵和自家的權勢，聚集了一批少年俠士，整天走馬鬭狗，每日都在大路上攔截行人，任意毆打平民，肆意搶奪百姓財物，官府卻不敢過問。皇親國戚們一個比一個更加殘暴放肆，誰如果不這樣做，就會被認為是勢窮力薄。自從岐陽公主下嫁於杜悰以後，她堅決拒絕做這種事情，那些皇親國戚開始時對她很生氣，接著又嘲笑她，然而最終都敬畏她。先後幾位天子都表彰公主的美德以警誡那些為非作歹的皇親國戚。現在，由於公主、杜悰在朝內外的名聲都很大，地位都很高，那些皇親國戚也都有所收斂，並能根據不同情況做點好事，於是，從前那種以暴虐為榮的風氣不復存在了。

杜悰在許州接到命令他趕快入朝的詔書時，公主正生病，剛剛有點好轉，她堅決不肯留在許州養病，說：「到長安興慶宮朝見皇上，即使死在半道上，我也毫無遺憾。」在開成二年十一月的某一天，公主在汝州長橋驛的亭館裡與世長辭，享年若干。皇上為此停止上朝三日。這一天的十二月的某一天，公主的靈柩運到了京城，等到安葬時，太后、皇帝、皇后派去弔唁慰問的使者，一個接著一個。開成三年某月某日，皇上在正殿上下詔書，命令丞相楊嗣復代理中書令一職，在中書省的正堂上宣讀冊命，給岐陽公主加謚號為「莊淑大長公主」。某年某月某日，把公主安葬於萬年縣洪原鄉少陵原杜悰的祖墳裡，並且舉行了祔祭，這一切都是按照禮制進行的。公主生了兩個兒子，長子名叫杜輔九，十歲；次子名叫杜楊十，纔兩歲。還生了兩個女兒。我是杜悰的堂弟，因此我能夠如實地寫下了這篇墓誌銘。

銘曰：

章武皇帝❶，唐中興主。刑于正妃❷，教及嫡女❸。婉婉帝子❹，下嫁時賢❺。影逐響答❻，隨順纏綿❼。杜氏大族，枝蔓蟬聯❽。上有舅姑，高堂儼然❾。螭綬龜章❿，玉佩金軒⓫。養色悅意⓬，侍後承前⓭。人不我貴⓮，我敬我虔⓯。始終盡禮，大小周旋⓰。餘二十年⓱，誰與間言⓲？貴不召驕⓳，富不期侈⓴。是此四者㉑，倏相首尾㉒。自古名士，或泥於此㉓。孰謂帝子，超脫擺棄㉔。婦職是勤㉕，夫言是指㉖。池荒館陊，屏外不履㉗。淑德柔風㉘，天下傾耳㉙。宜乎壽考㉚，歸女婚子㉛。不錫全祉㉜，孰提神紀㉝。幽石有誌㉞，顯筆有史㉟，流于千祀㊱。

【章 旨】本章以銘文的形式歌頌了岐陽公主的美德美行，對她的早死表示痛惜。

【注 釋】❶章武句 指唐憲宗。憲宗的謚號為「聖神章武孝皇帝」。❷刑于句 他做好妻子的榜樣。刑，同「型」。指以身作則。❸嫡女 指岐陽公主。❹婉婉句 美麗的皇帝女兒。婉婉，美好的樣子。帝子，皇帝的女兒。指岐陽公主。❺時賢 當時的賢達之人。指杜悰。❻影逐句 她如影追形、如響應聲那樣追隨著丈夫。即夫唱婦和。響，回聲。答，應和。❼纏綿 情意深厚的樣子。❽枝蔓句 各支系連綿不絕。枝蔓，指杜家各支系。蟬聯，連續不斷的樣子。❾高堂句 公婆是那樣的矜持莊重。高堂，父母。這裡指公婆。儼然，形容矜持莊重的樣子。❿螭綬句 身佩雕有螭龜圖案的印綬。螭，傳說中的無角龍。古代常雕刻其形，作為器物的裝飾。綬，用來拴印的絲帶。龜章，紐部雕刻為龜形的印章。⓫金軒 華美的車輛。金，對車子的美稱。軒，車子。這兩句是描寫杜悰。⓬養色句 指公主和顏悅色地在家侍奉公婆。養色，即「色養」。和顏悅色地侍奉父母。一說使父母愉快。⓭侍後句 身前身後地侍奉、應承公婆。⓮人不句 人們並沒有把她看作盛氣凌人的貴公主。我，指岐陽公主。⓯我敬句 她是那樣的恭敬和虔誠。虔，恭敬。本句中的「我」均指岐陽公主。⓰周旋 安排；處理。⓱餘二句 即「二十餘年」。⓲誰與句 誰講過對她不滿的話？與，興起；說出。間言，批評的話。⓳貴不句 她出身高貴，但從未因此而傲慢。⓴期侈 要求過一種奢侈的生活。期，期望；要求。㉑四者 指貴、驕、富、侈。㉒倏相句 很快就會首尾相聯。意思是說，一般人一旦顯貴，就會傲慢；一旦富有，就會奢侈。故曰首尾相聯。倏，很快。㉓或泥句　有人就陷於傲慢、奢侈的泥潭之中。泥，陷。此，指驕、侈。㉔擺棄　擺脫。指擺脫了驕、侈。㉕婦職句　即「勤於婦職」。婦職，婦女應做的事務。㉖夫言句　順從丈夫的意願。夫言，丈夫的話。指，指向；趨向。㉗屏外句　從不隨便走出戶外。屏，照壁；對著門的小牆。履，踏；走。㉘淑德句　美好的品德，柔和的性格。淑，美。風，風格；性格。㉙傾耳　側耳而聽。形容天下人都看重她、效法她。㉚宜乎句　她應該長壽。宜，應該。考，年紀大。㉛歸女句　應該把自己兒女的婚事辦完。歸，女子出嫁。岐陽公主死得早，死後，其子女都還年幼。㉜不錫句　上天沒有賜給她一個完整的幸福。岐陽公主出身於帝王之家，婚後生活美滿，然而不幸早死，所以說她沒有「全祉」。錫，賜給。祉，福。㉝孰提句　是誰在掌管著神祕的人生命運。提，掌管。紀，綱紀；大權。指支配人生命運的大權。本句是在責怪神靈，不該讓岐陽公主早死。㉞幽石句　埋在地下的石碑上為她刻有銘文。幽石，指埋在地下的石碑。詳見〈唐故太子少師、奇章郡開國公、贈太尉牛公墓誌銘〉題解。㉟顯筆句　她的生平事跡還載入了人間史冊。顯筆，與「幽石」相對，指人間史冊。㊱千祀　千年。祀，年。

【語譯】銘文是：

章武皇帝唐憲宗，是大唐中興之主。他做好正妻榜樣，教育好自己女兒。德高才美的公主，下嫁給賢人杜悰。她就像影子回響，隨順著自己丈夫。杜氏是個大家族，各支系連綿不絕。上邊有公公婆婆，公婆是那樣莊嚴。丈夫佩帶著印綬，乘車到外地做官。公主她和顏悅色，在家侍奉著公婆。感覺不到她貴傲，她十分恭敬虔誠。始終按禮節辦事，大小事親自操辦。在二十餘年之間，沒人說她有缺點。她高貴而不傲慢，她富有而不奢侈。貴與驕、富與侈，它們常首尾相聯。自古以來的名士，總陷入驕侈泥潭。誰想到岐陽公主，能擺脫奢侈傲慢。整天勤勞於家務，處處依順著夫願。整理荒廢的池館，從未隨便到外面。品性美好而柔和，深受天下人愛戴。公主本應該長壽，為子女操辦婚事。上天卻不賜全福，不知誰如此安排。為她寫下墓誌銘，還把她載入史冊，公主將永傳千古。

唐故宣州觀察使、御史大夫韋公墓誌銘并序

【題解】宣州，地名。在今安徽省宣州市。觀察使，官名。唐於各道置觀察使，位次於節度使。中唐以後，多以節度使兼領其職。不設節度使的州，則設觀察使，管轄一道或數州的軍事、政治、財賦等事。韋公，指韋溫。京兆人。字弘育。明經及第。先後任著作郎、右補闕、吏部侍郎、宣歙觀察使等職。本文寫於會昌五年（西元八四五年），當時杜牧任池州刺史。本文記述了韋溫的出身、一生經歷及其家人情況。對韋溫的品行，作者也給予了高度的評價。

韋公會昌❶五年五月頭始生瘡，召子壻❷張復魯曰：「三稚女❸得良壻，死以是❹託，墓宜❺以池州❻刺史杜牧為誌。」復魯曰：「公去歲兩瘡生頭，今始一，尚微❼，何言之深❽？」公曰：「吾年二十九官校書郎時，嘗夢涉滻水❾，既中流❿，有二人若舉符⓫召我者。其一人曰：『墳墓至大，萬日始成，今未也。』今萬日矣，天已告我，我其⓬可逃乎？」謝醫不問⓭。以其月十四日，年五十八，薨於位。公從父弟某書公切行⓮，以公命來命牧，牧位哭⓯，序且銘之。

【章旨】本章主要說明了為韋溫寫墓誌銘的緣起。

【注釋】❶會昌　唐武宗李炎的年號。西元八四一年至八四六年。❷子壻　女壻。❸三稚女　三個幼小的女兒。❹是　代詞。代指將來為三個幼女選擇佳壻的事。❺宜　應該。❻池州　地名。在今安徽省貴池市。❼尚微　還小；還輕。尚，還。❽深　嚴重。❾滻水　河名。源出今陝西省藍田縣西南秦嶺山中，北流至西安市，東入灞水。❿既中流　涉過滻水中流以後。既，已經。中流，中流。⓫符　古代傳達命令用的憑證。⓬其　通「豈」。怎能。⓭謝醫句　拒絕請醫生治病。謝，謝絕。⓮切行　真實的事跡。切，確切；真實。⓯位哭　為韋溫立靈位而痛哭。位，靈位。這裡指立靈位。

【語　譯】會昌五年五月，韋公的頭上開始長出一個瘡，於是他就把女壻張復魯叫來，說：「我死後，就把將來為我三個幼女選擇佳壻的事託付給你了。我的墓誌銘應該請池州刺史杜牧來寫。」張復魯說：「您去年頭上生了兩個瘡，今年纔生了一個，而且還很輕微，您為什麼要說如此嚴重的話呢？」韋公說：「在我二十九歲當校書郎的時候，曾經做夢過滻水，當我涉過中流之後，似乎有兩個人手中拿著符命前來叫我。其中有一個人說：『他的墳墓太大了，需要一萬日纔能修成，現在還不到叫他的時候。』從那時到今天已經一萬日了，上天已把死期告訴了我，我怎能逃得過呢？」於是韋公拒絕請醫生治病。就在當月的十四日，五十八歲的韋公，去世於宣歙觀察使的任上。韋公的堂弟某某把韋公的事跡真實地書寫下來，根據韋公的遺願，要求我為他撰寫墓誌銘。我為韋公立了靈位，痛哭一場，然後寫下了這篇序及銘文。

公諱❶溫字弘育。韋氏自殷❷、周、秦、漢，丘明❸、馬遷❹、班固❺輩爭書其人❻，以光❼其所為書。至後周❽逍遙公敻❾，出世家❿貴富中，隱身行道⓫，當其時及後代論者，以蜀嚴⓬谷口⓭不能為比。逍遙公五世生潞州⓮上黨⓯尉⓰、贈諫議大夫希元，上黨⓱生吏部侍郎、贈太尉肇，吏部⓲生右補闕、翰林學士、右散騎常侍⓳致仕⓴、贈司空綬，常侍生公，於逍遙公為九代孫。年十一，以明經㉑取第，為太常寺㉒奉禮郎㉓、祕書省㉔校書郎，選判入等㉕，咸陽㉖尉、監察御史，公曰：「是官豈奉養㉗所宜耶！」上疏乞免，改著作佐郎㉘。

當貞元㉙中，常侍公㉚事德宗㉛為翰林學士，帝深㉜於文學，明察人間細微事，事有密切[33]，多委[34]之。歲久，憂畏病心[35]，帝曰：「某之心，我其盡之[36]。」以致仕官[37]屏居[38]西郊，公早夜侍側[39]，溫凊[40]飲食，迎情解意[41]，一經心手[42]，積二十餘年。丁常侍喪[43]，自毀[44]不欲生。後相國李公逢吉[45]以相印[46]鎮武昌[47]，皆虛上職[48]，書卑辭[49]至門，公起赴武昌，未至府，拜監察御史，遷左補闕，事文宗皇帝。時宰相百吏，源條[50]帝功德，譔號[51]上獻，公獨再[52]疏曰：「今蜀之東川川溢[53]殺萬家，京師雪積五尺，老幼多凍死，豈宗[54]虛名報上帝時耶？」帝乃止，遂訖十五年不答[55]尊號事。改侍御史、尚書[56]吏部考功員外郎[57]。

當大和[58]九年，文宗思拔用德行超出者，以警僥[59]天下，故公自考功[60]不數月拜諫議大夫，召為翰林學士，遂欲相之[61]。公立銀臺外門[62]下，拜送疏入[63]，具道[64]先常侍[65]遺誡，子孫不令任密職[66]，言懇志決[67]，因命掌書舍人閣下[68]，公復堅讓。不半歲，轉太常少卿[69]。一歲，遷給事中[70]、皇太子侍讀[71]。公復陳[72]先誡，以侍讀辭，自宰相皆曰：「帝以一子請教於公，是宜避[73]邪？」公不聽，凡拜三章[74]，帝終不能奪[75]。

靈武[76]節度使王晏平[77]罷靈武，以戰馬四百疋、兵器數萬事[78]去，罪成，貶康州[79]司戶[80]，不旬日，改撫州[81]司馬[82]。仙韶院[83]樂官尉遲璋以樂官授光州[84]長史[85]。晏平以財膠[86]貴倖[87]，璋大有寵於上，公皆封詔書上還[88]，上比諭之[89]，公持益急[90]，竟以康州還晏平，璋免長史。莊恪太子[91]得罪，上召東西省[92]御史中丞[93]、郎官[94]於內殿，悉疏莊恪過惡，欲立[95]

廢之，曰：「是宜為天子乎！」群公低首唯唯[96]，公獨進曰：「陛下唯一子，不教，陷之[97]至是[98]，太子豈獨過[99]乎？」上意稍平。不數日，遷尚書右丞[100]，朱衣[101]魚章[102]。遷兵部侍郎[103]，亟請丞相，願為治人官[104]，出為陝州[105]防禦使[106]、兼御史大夫，服章金紫。

迴鶻[107]窺邊[108]，劉稹[109]繼以上黨叛，東[110]徵天下兵，西[111]出禁兵，陝當其衝[112]，公撫民供事就[113]，不兩告苦[114]。入為吏部侍郎，典一冬選[115]，老吏無所賣[116]。復以御史大夫出為宣[117]、歙[118]、池[119]等州觀察使，賦多[120]口眾[121]，最於江南[122]。公急惡寬窮[123]，益自儉苦，刑律其俗[124]，凡周一歲，無所更改，自至大治。

公幼不戲弄，冠[125]為老成人[126]，解褐[127]得官，出群眾中[128]，人不敢旁發[129]戲嫚[130]。及為公卿，在朝廷省閤[131]中，大臣見公，若臨絕壑[132]，先忖度語言舉止，然後出發[133]。其所執持[134]不可者，筆一落紙，言一出口，雖天子宰相知不能奪，俯委遂之[135]。不以德行尚人[136]，人自敬畏；不施要結[137]於人，人自親慕。後進[138]凡持節業[139]自許[140]者，獲公一言[141]，矜奮刻削[142]，益自貴重[143]。官卑[144]家貧時，主將[145]家事，在私閫[146]內，高、曾兄弟[147]，鐫琢教誘[148]，嫁娶衣食，無有二等。疾甚將終[149]，悉召親屬賓吏，稱先常侍詩句云「在室愧屋漏[150]」，因曰：「今知沒身[151]不負[152]斯誠[153]。」遂涕下不禁。當夫子[154]世，得七十子[155]，國小俗儉，復有聖人[156]為之師，使生於今，與公相後先[157]，必有能品之者[158]。

夫人隴西⑮⑨李氏，贊善大夫⑯⓪慫之女，先公四歲終。四男：長確，前國子監⑯①四門助教⑯②；次曰璆，前明經⑯③；次曰瓌；次未免乳⑯④。女四人：長嫁南陽⑯⑤張復魯，復魯得進士第，有名於時，為試⑯⑥太常寺協律郎⑯⑦、鄂岳⑯⑧觀察支使⑯⑨，其下皆稚齒相次⑰⓪。銘曰：

德則至⑰①矣，位其充乎⑰②？如其充兮，可大厥功⑰③，以施生人⑰④。天先告之⑰⑤，萬日之期，天實為之。

【章旨】本章主要記述了韋溫一生的經歷，簡單地交代了他的家人情況。最後有一個簡短的銘文，讚美了韋溫的高尚品德。

【注釋】❶諱 在去世者的名字前加「諱」，是表示尊敬。❷殷 指商朝。❸丘明 人名。即左丘明。春秋魯國人。相傳曾任魯國史官，為《春秋》作傳，寫成《春秋左氏傳》一書，簡稱《左傳》。❹馬遷 人名。即司馬遷。西漢夏陽人。字子長。先後任太史令、中書令。著《史記》一書。❺班固 人名。東漢扶風安陵人。字孟堅。先後任蘭臺令史、中護軍等職。是《漢書》的主要作者。❻其人 指韋氏家族的人。❼光 光彩；添光彩。❽後周 王朝名。又稱「北周」。西元五五七年至五八一年。由鮮卑族宇文覺建立。❾逍遙公夐 即韋夐。北周杜陵人。字敬遠。年輕時被任為雍州中從事。後辭官隱居，北周明帝賜號「逍遙公」。❿世家 世代顯貴的家族。⓫隱身句 即隱居修道。行道，指修身養性。⓬蜀嚴 指西漢著名隱士嚴君平。因為他是蜀地人，故稱之為「蜀嚴」。嚴君平名遵，一生未做官，卜筮於成都市，日得百錢，足以自養，即閉門讀《老子》。⓭谷口 指西漢著名隱士鄭子真。谷口，本為地名。又叫寒門。故地在今陝西省澧泉縣東北。鄭子真長期隱居、耕種於谷口，故稱之為「谷口」。⓮潞州 地名。在今陝西省長治縣一帶。⓯上黨 地名。在今陝西省長治縣。⓰尉 官名。負責軍事、治安事宜。⓱上黨 這裡指上黨尉韋希元。⓲吏部 本為官署名。這裡是指吏部侍郎韋肇。⓳右散騎常侍 官名。常侍從於皇上身邊，掌規諫。⓴致仕 辭官歸家。㉑明經 唐代取士科目之一。以詩賦取者叫進士，以經義取者叫明經。㉒太常寺　官署名。掌管禮樂、祭祀等事。㉓奉禮郎　官名。掌管禮儀之事。㉔祕書省　官署名。掌管圖書典籍。㉕選判句　選拔、評判官員時，達到了等級。㉖咸陽　地名。在今陝西省咸陽市。㉗奉養　指奉養父母。㉘著作佐郎　官名。專掌編纂國史。㉙貞元　唐德宗李适的年號。西元七八五年至八〇四年。㉚常侍公　指右散騎常侍韋綬。㉛德宗　唐德宗李适。㉜深　造詣很深。㉝密切　祕密而重要的事。㉞委　委託；交給。㉟病心　因勞心而引起的病。如抑鬱病、心悸病等。㊱盡之　完全地瞭解他的思想和疾病。之，代指「病心」。㊲致仕官　退休官員。㊳屏居　退居；閒居。㊴侍側　侍奉在父親身邊。側，身邊。㊵溫清　「冬溫夏清」的省略。表示兒女侍奉父母無微不至。清，清涼。㊶迎情句　順從父親的情感，寬解父親的愁悶。㊷一經句　一切事情都要經過自己親自操心，親自操辦。㊸丁常句　在為父親守喪期間。丁，當……的時候。常侍，指韋溫的父親散騎常侍韋綬。㊹自毀　自我摧殘。㊺李公逢吉　即李逢吉。唐代隴西人。字虛舟。進士及第。先後任同中書門下平章事、劍南東川節度使等職。㊻以相印　帶著相印；以宰相的身分。㊼武昌　地名。在今湖北省境內，治所在今湖北省鄂城縣。㊽虛上職　空出高級職位。㊾書卑辭　用十分恭敬謙下的語詞寫信。㊿源條　尋求並陳述。源，同「原」。尋求。條，分條陳述。(51)譔號　撰述、選定一個名號。譔，同「撰」。撰述。(52)再　兩次。(53)川溢　河水泛濫。(54)崇高。這裡指很高很美的名號。(55)不答　沒有批准。(56)尚書　官署名。即尚書省。長官為尚書令，負責宰相事務。下設六部，分管國政。(57)考功員外郎　官名。負責考核官員功勞之事。屬吏部。(58)大和　唐文宗李昂的年號。西元八二七年至八三五年。(59)警懱　提醒；告誡。(60)考功　即考功員外郎。(61)相之　讓他當丞相。(62)銀臺外門　唐代的宮門名。(63)疏入　送入奏章。疏，奏章。(64)具道　詳細地道說。(65)先常侍　指自己已故的父親、右散騎常侍韋綬。(66)密職　負責機密事宜的官職。(67)志決　態度堅決。(68)掌書舍人閣下　在朝廷中任掌書舍人。掌書舍人，官名。掌詔誥、奏章等事。閣，官府。(69)太常少卿　官名。掌祭祀、禮樂等事。(70)給事中　官名。常侍從於皇上身邊，備顧問、應對、規諫等事。因常辦事於殿中，故名。(71)太子侍讀　官名。職務是給太子講學。(72)陳　陳述；說明。(73)避　避開；拒絕。(74)拜三章　獻上三次辭官的奏章。拜，拜獻；敬上。(75)奪　改變他的決定。(76)靈武　地名。在今寧夏回族自治區靈武縣西北。唐朝在這裡設朔方節度使，又叫靈武節度使。(77)王晏平　人名。唐代溫人。任靈武節度使期間，因父喪擅取戰馬、兵械自衛歸洛陽，被貶到康州。(78)數萬事　數萬件。事，件。(79)康州　地名。在今廣東省德慶縣。(80)司戶　官名。主管百姓戶口事。(81)撫州　地名。在今江西省撫州市。(82)司馬　官名。為州府的官吏，掌管軍事。王晏平由貶往康州而改貶為撫州司馬，是因為他賄賂了權貴。(83)仙韶院　唐代樂官居住的地方。(84)光州　地名。在今河南省潢川縣。(85)長史　官名。為州府的屬官。掌兵馬。(86)膠　依附；賄賂。(87)貴倖　受皇上寵倖的權貴。88上還　指把改貶王晏平和任命尉遲璋的詔書交還給皇上，不向下傳達，以此來抵制皇上的這些決定。89比論之　接連向韋溫說明自己的意思。比，接連。論，說明。之，代指韋溫。90持益急　堅持自己的意見更加堅決。91莊恪太子　指唐文宗之子李永。大和年間，李永被立為太子，好燕娛，不遵法度，幾乎被廢，不久暴卒。謚為「莊恪」。92東西省　指門下省和中書省。為唐代重要官署。唐宮內有宣政殿，殿前有日華門，門下省在門東，故稱東省；中書省在門西，故稱西省。門下省、中書省與尚書省合稱「三省」。三省長官相當於宰相。93御史中丞　官名。負責督察、彈劾各級官員。94郎官　官名。指郎中。唐代於尚書省下設禮、工、戶、刑、兵、吏六部，六部均設郎中，為諸司之長。95立　立即；馬上。96唯唯　應答聲。表示順從，猶今語「唯唯諾諾」。97陷之　使他陷於罪。之，代指莊恪太子。98至是　達到了如此程度。99獨過　一人的過錯。100尚書右丞　官名。主監察。101朱衣　紅色官服。五品官以上纔能穿紅色官服。102魚章　即魚符。做成魚形的符，是做官的憑證。103兵部侍郎　官名。為兵部副長官。主管全國軍官任用、軍械等事。104治人官　直接治理百姓的官職。105陝州　地名。在今河南省陝縣。106防禦使　官名。唐代於大郡要害之地設防禦使，負責軍事。107迴鶻　古代民族名。又作「回紇」、「回鶻」。為匈奴族後裔。散居漠北，以游牧為生。108窺邊　意欲侵犯唐朝邊疆。窺，尋找機會有所圖謀。109劉稹　人名。唐代武涉人。會昌三年（西元八四三年）四月，昭義節度使劉從諫去世，其姪劉稹自稱留後，抗拒朝命。五月，朝廷討劉稹。次年八月，昭義軍將郭誼殺劉稹，投降唐軍。110東　指京城長安以東地區。111西　指長安一帶。112當其衝　指在徵兵時，陝州首當其衝。陝州在長安東邊，是東西地區交接點，其東北方即劉稹叛亂地區，故言「陝當其衝」。113供事就　完成朝廷所給予的任務。就，辦完。114不兩句　既不向朝廷訴苦，也不向下級、百姓訴苦。表現韋溫任勞任怨精神。115典一句　主持整個冬季的官員選拔之事。典，主持。116賣　欺騙。117宣　地名。即宣州。在今安徽省宣州市。118歙　地名。即歙州。在今安徽省歙縣。119池　地名。即池州。在今安徽省貴池市。120賦多　指以上三州所負擔的賦稅多。121口眾　人多。122最於句　在江南道，這三州的賦稅、人口均居第一。江南，地區名。指江南道。轄區東至大海，西至四川，北至長江，南至南嶺。123急惡寬窮　對惡人用法嚴峻，對窮困人用法寬緩。急，用法嚴峻。124刑律句　順應當地的風俗習慣進行治理。刑，治理。律，制訂法令。125冠　指二十歲左右。古代男子二十歲舉行加冠禮，作為成年的標誌。126老成人　本指年老德高之人，這裡指道德高尚、成熟老練之人。127解褐　脫去布衣換上官服。即入仕。褐，粗布衣服。為百姓所服。128出群句　出類拔萃。出，拔出；超出。群眾，眾人。129旁發　即找麻煩。130戲嫚　戲弄侮辱。131省閤　指朝廷的高級官府。省，指三省。閤，官府。132若臨句　猶如面對深淵那樣戰戰兢兢。形容韋溫使人敬畏。絕，陡峭而不可攀援。壑，深溝。(133)出發　指說出來或付諸行動。(134)執持　堅持。(135)俯委句　順從他的意見，按照他的意見辦事。俯委，順從。遂，做成。之，代指韋溫的意見。(136)尚人　壓倒別人；傲人。尚，在……之上。(137)要結　聯絡；親近。(138)後進　後輩。(139)持節業　有節操，有事業心。(140)自許　對自己期望很高。(141)一言　指一句讚美之言。(142)矜奮句　就會更加認真、勤奮，更加地約束自己。矜，莊重；認真。刻削，約束。(143)益自句　更加地自重自愛。益，更加。(144)官卑　官位低下。卑，低下。(145)主將　主持；主管。(146)私閫　家庭；家裡。閫，門檻。(147)高曾句　同一個高祖或曾祖的兄弟。祖父的祖父叫高祖，祖父的父親叫曾祖。(148)鐫琢句　教育引導。鐫琢，雕刻。比喻教育人。(149)終　去世。(150)在室句　本句為反問句，意為「在室不愧於屋漏」。在無人之處，也不做虧心之事。屋漏，指房屋的西北角。古人常把牀安置在室內北窗旁，因西北角上開有天窗，日光由此照射進來，故稱屋漏。在室內尚不做令人羞愧之事，更何況在室外人前！此言韋溫光明磊落，無論何時何事都無愧於心。(151)沒身　終身。(152)負　對不起。(153)斯誡　這個告誡。斯，此。(154)夫子　指孔子。(155)七十子　指孔子的七十位優秀學生。相傳孔子有弟子三千人，其中優秀的有七十人。一說為七十二人，一說為七十七人。稱「七十子」是取其整數。(156)聖人　這裡專指孔子。(157)相後先　即生活在同一時期。孔子弟子很多，彼此年齡相差很大，故曰「相後先」。(158)必有句　一定有人能夠對韋溫和七十子的優劣做出準確的評價。這幾句的意思是說，如果韋溫能夠與孔子師生生活在同一時代並得到孔子的教誨的話，他的品行一定能超過七十子。最後一句是在委婉地講人們對韋溫的評價將會高於七十子。(159)隴西　地名。在今甘肅省東南部一帶。(160)贊善大夫　官名。為太子的僚屬。主侍從、輔佐之事。(161)國子監　朝廷的教育管理機構和最高學府。(162)四門助教　官名。為學官。協助四門博士教育太學生。(163)前明經　對已經考中明經科者的稱呼。(164)未免乳　還是一個吃奶的幼兒。(165)南陽　地名。在今河南省南陽市。(166)試　試官；實習。(167)協律郎　官名。負責禮樂等事。(168)鄂岳　地區名。在今湖北、湖南二省境內。治所在鄂州（今湖北省鄂州市）。(169)觀察支使　官名。為觀察使的屬官。(170)稚齒相次　年齡一個比一個小。稚齒，年幼。相次，指年齡依次排列，一個比一個小。(171)至　極點；最高尚。(172)位其句　他的官職與他的品德相稱嗎？充，允當；相稱。本句是說韋溫德才兼備，可惜沒有獲得應有的高位。即沒能擔任宰相一職。(173)大厥功　他建立的功勞會更大。厥，代指韋溫。(174)以施句　施更多的恩德於百姓。生人，生民；百姓。(175)告之　告訴他去世的日期。之，代指下句的「萬日之期」。

【語　譯】韋公名溫，字弘育。韋氏家族在商朝、周朝、秦朝、漢朝時就很著名，左丘明、司馬遷、班固等史學家都爭著把他們載入自己寫的史書，以此來為自己寫的史書增添光彩。到了後周時期，逍遙公韋敻雖然出生於世代為官的富貴之家，卻隱居起來，修身養性，無論是當時還是後代的評論者，都認為即使著名的隱士嚴君平和鄭子真都難以同他相比。逍遙公韋敻的五世孫是韋希元，他曾經當過潞州的上黨尉，去世後追贈為諫議大夫；韋希元生韋肇，韋肇當過吏部侍郎，去世後追贈為太尉；韋肇生韋綬，韋綬當過右補闕、翰林學士、右散騎常侍，後辭官歸家，去世後追贈為司空；韋綬生韋溫公，韋溫公是逍遙公的第九代孫。韋公十一歲的時候，考中了明經科，當上了太常寺的奉禮郎和祕書省的校書郎。後來朝廷選拔官員，韋公達到了條件，被任命為咸陽尉和監察御史。韋公說：「這樣的官職怎適合於我侍奉父母呢！」於是上書要求辭去官職，最後被改任為著作佐郎。

在貞元年間，韋綬事奉唐德宗，擔任翰林學士一職。德宗皇帝精通文學，對社會上的一些小事都很清楚，凡是遇上機密重要的事情，皇上都要把它們委託給韋綬。時間久了，由於擔驚受怕，韋綬患上了心疾，皇上說：「韋綬的心思和心疾，我完全瞭解。」後來韋綬便以退休官員的身分退居於京城長安的西郊，韋公從早到晚都侍奉在父親身邊，問寒問暖，供養飲食，一切都順從父親的意願，寬解父親的愁思，所有的事情都由自己親自操心，親手經辦，如此一直過了二十多年。在為父親守喪期間，韋公自我摧殘，痛不欲生。後來，李逢吉以宰相的身分鎮守武昌，他空出高級職位，用很謙恭的語言寫信給韋公請他前去任職，於是韋公起身去武昌。還沒到武昌官府，就被朝廷任命為監察御史，接著又被提拔為左補闕，事奉文宗皇帝。當時，宰相和百官們尋求、陳述了皇上的功德，撰定並向皇上獻上了尊號，只有韋公兩次上奏章反對說：「現在蜀地的東部地區河水泛濫，淹死了上萬家，京城的積雪厚達五尺，凍死了很多老人小孩，這樣的時候豈能是用虛假的美名向上帝報告的時候？」於是皇上阻止了這件事，一直過了十五年都沒有批准有關尊號的事情。後來韋公改任侍御史和尚書省的吏部考功員外郎。

大和九年，文宗皇帝想提拔重用一些德行超眾的人，以此來提醒天下人奮發努力，所以韋公任考功員外郎僅幾個月，就被提昇為諫議大夫，後又被任命為翰林學士，接著還想讓他當宰相。韋公站在銀臺外門的下面，跪著獻上了奏章，奏章詳細地說明了他父親不許子孫擔任機密要職的遺囑，語氣懇切，態度堅決，於是皇上就任命他擔任朝廷的掌書舍人，韋公仍然堅決辭讓。不到半年，韋公改任太常少卿。一年後，昇任給事中、皇太子侍讀。韋公再一次向皇上陳述先父的遺囑，要辭去太子侍讀一職。從宰相到百官都勸他說：「皇上只有這麼一個兒子，現在請你去教育他，這件事你應該推辭嗎？」韋公沒有接受大家的勸告，先後總共上了三封奏章表示辭職，皇上最終也沒能改變他的態度。

靈武節度使王晏平在離任的時候，擅自帶走了四百匹戰馬和數萬件兵器，這已構成犯罪，朝廷命令把他貶到康州任司戶，但不到十天，又命令改任撫州司馬。仙韶院的樂官尉遲璋被任命為光州長史。王晏平改任撫州司馬是因為他用財物賄賂了權貴，尉遲璋被任命為光州長史是因為皇上非常寵愛他。於是韋公就把改任王晏平的詔書和任命尉遲璋的詔書封好還給皇上，皇上一再向他說明自己的意思，而韋公的反對態度更加堅定，皇上最後只好還是把王晏平貶往康州，同時也免去了尉遲璋的長史職務。莊恪太子犯了法，皇上把東西兩省的御史中丞和郎官們召集到內殿商議此事，大臣們都上奏莊恪太子的過錯和罪惡，想馬上就廢掉太子，他們都說：「這樣的人適合於當天子嗎？」眾公卿低著頭唯唯諾諾，只有韋公一人走上前去，說：「陛下您只有這一個兒子，沒有教育好，使他犯了如此多的過錯，這難道是太子一人的責任嗎？」皇上聽後，情緒稍稍平和一些。幾天後，皇上提拔韋公為尚書右丞，韋公穿上了紅色官服，佩帶了魚符。後來又昇任兵部侍郎，但韋公當即去見丞相，要求當一名直接治理百姓的官員，於是朝廷就讓他出朝擔任陝州防禦使，兼任御史大夫，韋公穿上了紫色官服，佩帶上了金魚袋。

迴鶻伺機侵犯邊疆，接著劉稹又在上黨一帶叛亂，朝廷徵調東部地區的軍隊，同時還調用了長安一帶的禁軍，陝州在徵用軍隊時首當其衝，韋公一面安撫百姓，一面完成朝廷交給的任務，他既不向朝廷訴苦，也不向下級和百姓訴苦。後來調入朝廷當了吏部侍郎，主持了整整一冬的選官事宜，那些奸猾的老官吏們都無法欺騙他。其後，韋公又以御史大夫的身分出朝擔任宣州、歙州、池州等數州的觀察使，這幾個州賦稅多、人口多，居江南道第一。韋公在那裡對惡人用法嚴峻，對窮困人用法寬緩，自己則更加節儉刻苦。他順應著當地的風俗習慣進行治理，前後總共一年時間，韋公沒有對那裡的風俗、法規作任何改動，而這幾個州自然而然地變得十分安定。

韋公從小就不喜歡遊戲玩耍，二十歲左右時就是一個品德高尚、老練成熟的人了。他一進入仕途當官，就表現得出類拔萃，人們都不敢找他的麻煩或戲弄侮辱他。在韋公當了公卿、端坐在朝廷三省的大堂上時，大臣們去拜見他，就好像面對著絕壁深淵那樣戰戰兢兢，都要事先考慮好自己的語言舉止，然後纔敢說話或行動。韋公堅持認為不可做的事情，一旦形成書面決議，或者一旦說出口，即使天子、宰相也都知道是無法改變他的態度的，只能順從他的意見把事情辦成。韋公從不拿自己的高尚德行去壓倒別人，而人們卻自然而然地敬畏他；韋公從不有意地去聯絡別人，而人們卻自然而然地親近他、仰慕他。那些有節操、有事業心、自我期望很高的後輩們，一旦得到韋公一句讚許的話，就會更加地認真、勤奮和約束自己，更加地自重自愛。當韋公官小家貧的時候，他主持家庭的事務，在家裡，對於同一個高祖或曾祖的兄弟們，他都要進行教育引導，他們嫁娶時的用品及平時的衣食，與自己的一樣。在韋公病重就要去世時，他把自己的親屬、賓客、部下都召集在跟前，吟誦了先父的一句詩：「獨自一人時也不做虧心之事。」韋公接著說：「現在我知道自己終生也不會辜負先父的這句遺訓了。」說完不禁流下了眼淚。孔子在世的時候，有七十位優秀的學生，當時的國家很小，民風很儉樸，這些學生又有一個聖人當自己的老師，如果孔子師生生活於今天，與韋公同一個時代，那麼評價者也許會把韋公放在七十弟子的前面。

韋公的夫人出生於隴西的李氏家族，是贊善大夫李慫的女兒，比韋公早去世了四年。韋公有四個兒子：長子叫韋礭，曾擔任過國子監四門助教；次子叫韋璆，考中了明經科；第三個兒子叫韋瓌；第四個兒子還是一個正在吃奶的幼兒。韋公還有四個女兒：長女嫁給了南陽人張復魯，張復魯進士及第，在社會上很有名氣，試當太常寺的協律郎、鄂岳觀察支使，其他三個女兒都還年幼，年齡一個比一個小。銘文是：

韋公的品德高尚，其官位卻不相稱。如果他擔任宰相，可建立更大功勞，可施恩天下百姓。上天事先告訴他，萬日之後的死期，一切皆上天安排。

唐故處州刺史李君墓誌銘并序

【題　解】處州，地名。在今浙江省麗水縣。李君，指李方玄。方玄字景業，趙州（今河北省趙縣）人。進士及第。會昌四年，任池州刺史的李方玄被調離職，暫居宣城，由原任黃州刺史的杜牧去接替池州刺史一職。這年四月，李方玄在宣城客館裡去世。在他去世後的第十一天，朝廷任命他為處州刺史的命令纔送達。為此，杜牧曾作〈池州李使君歿後十一日，處州新命始到，後見歸妓，感而成詩〉表示追悼和惋惜。這篇墓誌銘記載了李方玄的一生經歷和政績，還敘述了其先輩的情況。文中對李方玄的品行予以肯定，對他的早逝表示痛惜。

君諱方玄，字景業，刑部尚書❶、贈司空貞公❷長子。貞公事憲宗皇帝，兄弟受寄四鎮❸。在漢南❹時，戰淮西❺未利，監軍使❻崔談峻讒言中，入為太子賓客❼。後淮西平，李光顏❽移鄭滑❾，陳許❿無帥，帝閑讌⓫獨言曰：「勁兵三萬，誰可付者？」談峻侍側，曰：「有大臣，家不三十口，俸錢委庫⓬不取，小僮⓭跣足⓮市薪，此可乎？」帝曰：「誰為者？」談峻進，即以貞公言，帝即日起⓯貞公為陳許帥。其儉德⓰服人如此。

景業少有文學，年二十四，一貢進士⓱，舉以上第⓲，升名⓳解褐，裴晉公⓴奏以祕書省校書郎，校集賢殿㉑祕書。聰明才敏，老成人爭與之交。後以協律郎為江西觀察支使裴誼觀察判官㉒，有殺人獄，法曹官㉓斷成㉔，當㉕死者十二人，景業訊覆㉖，數日內活十二人冤，尚書以上下㉗奏考㉘。裴公移宣城㉙，授大理評事㉚、團練判官㉛。後尚書馮公宿㉜自兵部侍郎節鎮㉝東川，以監察裏行㉞為觀察判官。不一歲，御史府㉟取為真御史㊱，分察鹽池㊲左藏吏㊳盜隱㊴官錢千萬獄。竟遷左補闕，遇事必言，不知其他。丞相固言㊵以門下侍郎㊶出鎮西蜀[42]，奏景業以檢校禮部員外郎參節度軍謀事，仍賜緋魚袋[43]。徵拜起居郎[44]，出為池州[45]刺史。

始至，創造籍簿[46]，民被徭役者，科品高下[47]，鱗次比比[48]，一在我手，至當役役之[49]，其未及者[50]，吏不得弄[51]。景業嘗嘆曰：「沈約[52]身年八十，手寫簿書，蓋為此也，使天下知造籍役民[53]，民庶少活[54]。」復定戶稅，得與豪猾沉浮者[55]，凡七千戶，裒入貧弱[56]，不加其賦。堤[57]州南五里，以涉為衢[58]。凡裁減蠹民者[59]十餘事。城東南隅[60]樹九峰樓，見數千里。鑿齊山[61]北面，得洞穴，怪石不可名狀[62]，刊石[63]於巖下，自紀其事。凡四年，政之利病[64]，無不為而去之[65]，罷去[66]上道，老民攀哭[67]。

景業季父[68]刑部侍郎建，與貞公以德行文學，俱高一時[69]，時之秀俊[70]，半歸李氏門下。景業復聰明少銳[71]，儉苦溫謹，早與長者[72]遊[73]，備知天下之所治[74]，嘗慷慨有意於經綸[75]。少在諸侯府[76]，入為朝官，出為刺史，早夜勤苦，為學不已，屈指計量[77]，必伸己志[78]，雖時之名士，亦以此許之[79]。罷池[80]，廉使[81]韋公溫[82]館[83]于宣城。會昌五年四月某日，卒于宣城客舍，年四十三。

七代祖遠，後周柱國大將軍[84]、都督[85]熊陝[86]十六州、陽平郡公。曾王父[87]珍玉，綿州[88]昌明[89]令。昌明生震，雅州[90]別駕[91]、贈右僕射，僕射生貞公遜。先夫人[92]滎陽[93]鄭氏，贈本縣太君[94]；後夫人范陽[95]盧氏。男若干，女若干人。銘曰：

顯莫識其端[96]，幽莫見其緒[97]。已乎[98]景業，何付與[99]之多，而奪之[100]何遽[101]？夭顏[102]病冉[103]，孔[104]不知其故。於景業兮，杳[105]欲何語？嗚呼哀哉！

【注釋】❶刑部尚書　官名。主管法律、刑罰。刑部為六部之一，尚書為刑部長官。❷貞公　指李遜。李遜字友道。先後任給事中、節度使等職。死後謚「貞」，故稱為「貞公」。❸受寄四鎮　被朝廷任命為各地的節度使。李遜即先後擔任過山南東道節度使和忠武軍節度使。❹漢南　地名。在今湖北省宜城縣一帶。❺淮西　地區名。指今安徽省北部、河南省東部、淮河以北地區。當時盤據蔡州的吳元濟在這一帶叛亂，朝廷集四方兵圍剿。❻監軍使　官名。負責監察軍事，唐代多由宦官擔任。❼太子賓客　官名。為太子屬官。掌調護、侍從、規諫等事。❽李光顏　人名。字光遠。討伐蔡州時，李光顏任忠武軍節度使，破敵有功，加檢校司空。後又任司空、河東節度使等職。❾鄭滑　地區名。指鄭州（今河南省鄭州市）、滑州（今河南省滑縣）一帶。唐朝廷在這一帶設鄭滑節度使，又叫義成節度使。❿陳許　地區名。指陳州（今河南省淮陽縣）、許州（今河南省許昌市）一帶。唐朝在這一帶設陳許節度使，又叫忠武節度使。⓫閑讌　指閑暇時節的讌會。讌，聚會在一起吃酒飯。⓬委庫　放在官府的倉庫裡不要。⓭小僮　還未成年的奴僕。⓮跣足　光著腳。⓯起　任命。⓰儉德　儉樸的美德。這一段意思是說，崔談峻本來是反對李遜的，但後來卻被李遜感化了，可見李遜的品德感人之深。⓱一貢句　一次舉薦就考中進士。貢，推舉。唐代取士，由各州縣推薦的考生叫鄉貢，學館出身的考生叫生徒，朝廷自召的考生叫制舉。⓲上第　優等。⓳升名　奏名。即把名字上報給朝廷。⓴裴晉公　指裴度。聞喜人。字中立。進士及第。先後任司封員外郎、知制誥、門下侍郎、平章事、節度使等職。平蔡有功，封晉國公。㉑集賢殿　唐宮殿名。殿內設書院，設學士、修撰、校理等官職，負責整理、收集典籍。㉒觀察判官　官名。唐代節度使、觀察使等均有判官，判官是地方長官的僚屬，輔佐長官處理政事。㉓法曹官　即法官。㉔斷成　宣判結束。㉕當　判決。㉖訊覆　又稱「覆訊」。再行審問。㉗上下　考評官員的一個等級。古人考評官員時，分上上、上中、上下、中上、中中、中下、下上、下中、下下九個等級。㉘奏考　把考評結果上奏朝廷。㉙宣城　地名。即宣州城。在今安徽省宣州市。㉚大理評事　官名。即法官。大理，指大理寺。是掌管刑獄的官署。評事為大理寺官員。㉛團練判官　官名。為團練使的屬官，負責訓練地方武裝。㉜馮公宿　人名。即馮宿。青陽人。字拱之。進士及第。先後任知制誥、刑部侍郎、兵部侍郎、東川節度使等職，封長樂縣公。㉝節鎮　持節鎮守。節，符節。古代使臣持以示信之物。㉞監察裏行　官名。多為散官，無實職。㉟御史府　官署名。又叫御史臺。負責監察、彈劾等事。㊱真御史　正式御史。唐代有監察御史、侍御史等職，負責監察。李方玄原任監察裏行，是個虛職，現在任命為正式監察御史，為實職。㊲鹽池　地名。在今寧夏省回族自治區鹽池縣北。㊳左藏吏　官名。負責管理國庫。唐代的國庫分左藏、右藏，左藏掌錢財、布帛等，右藏掌金玉、珠寶等。㊴盜隱　貪污。㊵固言　人名。即李固言。趙州人。字仲樞。進士及第。先後任華州刺史、吏部侍郎、平章事等職。㊶門下侍郎　官名。即門下省的侍郎。侍郎為三省各部的副長官。㊷西蜀　地名。指今四川省。㊸緋魚袋　穿紅色官服，佩帶魚袋。唐代五品以上官員纔能穿朱衣、佩魚袋。緋，紅色。指紅色官服。魚袋，盛魚符的袋子。魚符是做成魚形的符印，官員隨身攜帶，以為憑證。㊹起居郎　官名。負責記錄皇帝言行。屬史官。㊺池州　地名。在今安徽省貴池市。㊻籍簿　各種名冊。㊼科品句　通過評比，確定其應服徭役的多少。科品，等級；劃定等級。㊽鱗次句　依次排列。鱗次，像魚鱗那樣排列。比比，形容排列的樣子。㊾至當句　對於那些應當服勞役的，就應該讓他們去服勞役。當役，應當服勞役的。役之，讓他們服役。㊿其未句　那些沒有達到服役標準的。即不應該服役的人。(51)弄　欺騙；欺上瞞下以謀私利。(52)沈約　人名。南朝人。字休文。歷仕宋、齊、梁三代，官至尚書令，封建昌縣侯。著有《宋書》、《四聲韻譜》等。(53)造籍役民　建造名冊，根據名冊向百姓分派勞役和賦稅。(54)民庶句　百姓生活會稍微好一些。民庶，民眾；百姓。少，稍微。(55)得與句　查出了依附於豪門大戶的人家。即佃戶一類的人。得，得到；查出。豪猾，指豪強不守法度的人家。他們多藏匿人口，以躲避政府收稅。沉浮，隨波逐流。這裡指依附於。(56)裒入句　全部列入貧困戶一類。裒，聚集；全部。(57)堤　用作動詞。築堤壩。(58)以涉句　把原來需要徒步渡水的地方變成了寬暢的大道。涉，徒步渡水。這裡指需要徒步渡水的地方。衢，四通八達的道路。(59)蠹民者　有害於百姓的事情、規定。蠹，侵害；禍害。(60)隅　角。(61)齊山　山名。在池州城南三里。(62)名狀　描述它們的形狀。名，稱說；描述。(63)刊石　在石頭上刻字。刊，雕刻。(64)利病　利害。指好的政令和壞的政令。(65)為而去之　推行好政令，取消壞政令。為，做；推行。去，取消。(66)罷去　罷職離開池州。(67)攀哭　手拉著他乘坐的車輛而痛哭。表示依依不捨。(68)季父　叔叔。(69)俱高句　都是當時出類拔萃的人物。一時，當時。(70)秀俊　指優秀傑出的人才。(71)少銳　年輕有才。銳，才思敏捷。(72)長者　年長德高的人。(73)遊　交往。(74)所治　指治理天下的方法。(75)經綸　治國安邦。(76)諸侯府　指節度使和州郡的官府。唐代的節度使和州郡長官相當於先秦時期的諸侯，故言。(77)屈指句屈起手指反覆計畫思考。(78)必伸句　一定要實現自己的志向。(79)許之　讚許他。(80)罷池　罷池州刺史一職。池，指池州刺史。(81)廉使　官名。即觀察使。(82)韋公溫　人名。即韋溫。見前一篇題解。(83)館　用作動詞。指韋溫把李方玄安排於客館裡。(84)柱國大將軍　將軍號。為最高武官。(85)都督　統領；總領。(86)熊陝　地名。指熊州和陝州。熊州應在今河南省洛寧縣一帶。陝州在今河南省陝縣。(87)曾王父　即曾祖父。王父，祖父。(88)綿州　地名。在今四川省綿陽縣。(89)昌明　地名。在今四川省江油縣。當時為綿州的一個屬縣。(90)雅州　地名。在今四川省雅安縣。(91)別駕　官名。為州刺史的屬官。協助刺史處理政務。(92)先夫人　前妻。(93)滎陽　地名。在今河南省滎陽縣。(94)本縣太君　即滎陽太君。太君，給官員母親的封號。(95)范陽　地名。在今河北省大興縣一帶。(96)顯莫句　有些人顯赫富貴，但沒有人能夠知道他們顯貴的原因。莫，沒有人。端，開頭。這裡引申為原因。(97)幽莫句　有些人窮困不堪，也沒有人能夠知道他們窮困不堪的原因。緒，絲頭；開端。這裡引申為原因。這兩句是說人生的命運變化多端，無法探清其究竟。這是為下文作鋪墊。(98)已乎　算了吧；不說啦。此為無可奈何之詞。(99)付與　給與。指上天給李方玄很多的才能和高尚的品德。(100)奪之　指奪去他的生命。(101)遽　快；早。(102)夭顏　顏回很年輕就去世了。夭，夭折；早死。顏，指顏回。春秋時期魯國人。字子淵。孔子最得意的弟子。相傳他二十九歲時，頭髮就全白了，三十一歲時就去世了。關於顏回去世時的年齡，還有十八歲、三十二歲等多種說法。(103)病冉　冉伯牛患上了惡疾。冉，指冉耕。春秋時期魯國人。字伯牛。他一生為人正直，品德高尚，最終卻患惡疾而死。(104)孔　指孔子。(105)杳　昏暗不清的樣子。這裡指弄不清楚李方玄早死的原因。

【語　譯】李君名方玄，字景業。他是刑部尚書、去世後追贈為司空的李遜的長子。李遜在憲宗皇帝時當大臣，兄弟們都被朝廷任命為各地節度使。李遜在漢南時，曾率兵到淮西地區進攻叛軍，結果作戰失利。監軍使崔談峻就在皇上面前講他的壞話中傷他，於是朝廷就把李君召回京城任太子賓客。淮西地區的叛軍被平定後，節度使李光顏從陳許地區被調往鄭滑地區，於是陳許地區的軍隊就缺少一位主帥。有一次，皇上在宴會上自言自語地說：「陳許地區的三萬勁兵，該交給誰去統領呢？」此時正好崔談峻在皇上身邊伺候，於是他就對皇上說：「有這樣一位大臣，他們全家不到三十人，俸祿放在國庫裡不要，家裡的小僮僕光著腳去買柴草。像這樣的大臣不知是否可以擔此重任？」皇上問：「你說的是誰呀？」崔談峻走到皇上跟前，把李遜推薦給皇上，皇上當天就任命李遜為陳許地區軍隊的主帥。李遜的儉僕品德就是如此地折服了別人。

李方玄從小就有文學才能，二十四歲那年，第一次被地方舉薦就考中了進士，而且被列入優等。於是他的名字就被上報給朝廷，他從此也就步入了仕途。晉公裴度上奏皇上，舉薦李方玄以祕書省校書郎的身分在集賢殿裡校刊祕藏圖書。李君聰明多智，才思敏捷，許多德高望重的人都爭著與他交往。後來，李君以協律郎的身分擔任了江西觀察支使裴誼的觀察判官。當時有一宗殺人案，法官們已經做出了判決，共判處十二人的死刑，李君重新審訊，幾天之內，就為這十二人洗了冤，救了他們一命，尚書省把他的政績考評為「上下」，並上報朝廷。後來，裴誼被調往宣城，李君則被任命為大理評事、團練判官。其後，尚書馮宿自兵部侍郎一職調去鎮守東川，李君便以監察裏行的身分當了他的觀察判官。不到一年，御史府任命李君為正式的監察御史，分派他去監察、處理鹽池左藏吏貪污官錢上千萬的案件。最後，李君被提拔為左補闕，他一遇到事情就發言直諫，從來沒有顧忌其他問題。丞相李固言以門下侍郎的身分去鎮守西蜀，他奏請皇上，讓李君以檢校禮部員外郎的身分去參謀節度使的軍事，於是李君就穿上了紅色的五品官服，佩帶上了魚符袋。後來朝廷把他召回，任命他為起居郎，接著又安排他去擔任池州刺史。

李君一到池州，就建立了百姓的名冊，所有應該服徭役的百姓，他都進行比較，然後確定他們應服徭役的多少。這些百姓的姓名依次排列，全在李君的掌握之中，把勞役分派給那些應該服役的人，而那些不該服役的人，奸吏們也無法欺騙他們以從中漁利。李君曾經感嘆地說：「沈約七、八十歲時，還親手錄寫各種名冊，大概也是因為這個原因吧！假如天下人都知道用建造名冊的辦法去向百姓分派徭役，那麼百姓們的日子也許就會稍微好過一些了。」接著李君又重新確定每戶納稅的數量，查出依附於豪強大家的人戶共七千家，李君把這七千家全部列入貧弱戶，不再增加他們的賦稅。李君還在池州城南五里處修築堤壩，把原來必需徒步渡河的地方變成了寬暢的大道。李君總共裁減了害民的事情或法規十多件。他還在城東南角建起一座九峰樓，登上九峰樓可遠望數千里。李君又開鑿齊山的北面，發現了一處洞穴，裡面的石頭奇形怪狀，無法形容，李君在山峰下樹碑刻文，親自記載下了這件事。李君任池州刺史共四年，所有的好政策，他都竭力推行；不好的政策法規，他都盡力清除。在他罷職上路離開池州時，依依不捨的父老們手攀著他的車輛痛哭不已。

李君的叔叔叫李建，曾擔任刑部侍郎，他與李遜都具有很高的德行和文學才能，是當時出類拔萃的人物，當時那些優秀傑出的人才，大半都投在李氏的門下。李君又聰明多智，從小就才思敏捷，他儉樸、刻苦、溫和、謹慎，很早就同德高望重的人交往，全面地瞭解治國平天下的學問，曾經意氣昂揚，有志於平定天下建功立業。李君很年輕的時候就在節度使及州郡官府裡做事，又進入京城當了朝官，後又到地方當了刺史，他從早到晚勤奮刻苦，不斷地學習；他反覆計畫思考，一定要實現自己的志向，即使是社會上的知名人士，在這一點上對他也是倍加讚許的。離開池州刺史的職位以後，觀察使韋溫安排他住在宣城的客館裡。會昌五年四月的某一天，李君在宣城的客館裡與世長辭，享年四十三歲。

李君的七代祖叫李遠，是後周的柱國大將軍，總領熊州、陝州等十六個州的軍政事務，封陽平郡公。李君的曾祖父叫李珍玉，當過綿州的昌明縣令。李珍玉生李震，李震當過雅州的別駕，死後追贈為右僕射。李震生李遜，李遜死後謚為「貞」。李遜的前夫人是滎陽人鄭氏，死後追贈為滎陽太君；後夫人是范陽人盧氏。李君有兒子若干人，有女兒若干人。銘文是：

不知為什麼有的人飛黃騰達了，也不知為什麼有的人窮困潦倒了。對於李君的事我無話可說，不知上天為什麼付與他那麼多的美好品德和才能，而又那麼快地奪去了他的生命。道德高尚的顏回早死了，品德美好的冉伯牛患上了惡疾，連聖人孔子都弄不清楚其中的原因。讓李君早死的原因也很難弄個明白，我又能說些什麼呢？嗚呼！真讓人悲傷啊！

唐故歙州刺史邢君墓誌銘并序

（ㄊㄤˊ ㄍㄨˋ ㄕㄜˋ ㄓㄡ ㄘˋ ㄕˇ ㄒㄧㄥˊ ㄐㄩㄣ ㄇㄨˋ ㄓˋ ㄇㄧㄥˊ）

【題解】歙州，地名。在今安徽省歙縣。邢君，指邢羣。河間（今河北省河間縣）人。字渙思。是杜牧的朋友。這篇墓誌銘主要記述了邢羣的家世情況和生平經歷，其中穿插了一些作者與邢羣交往的情況，文字質樸，細節描寫顯得十分真實生動，因而也比較感人。

亡友邢渙思諱羣。牧大和(1)初舉進士第，於東都(2)一面(3)渙思，私自約曰：「邢君可友。」後六年，牧於宣州(4)事吏部沈公(5)，渙思於京口(6)事王并州(7)，俱為幕府吏(8)。二府相去三百里，日夕聞渙思佽助(9)并州，鉅細合宜(10)。後一年，某奉沈公命，北渡揚州(11)聘(12)丞相牛公(13)，往來留京口。并州峭重(14)，入幕多賢士，京口繁要(15)，游客所聚，易生譏議(16)，并州行事有不合理，言者不入(17)，渙思必能奪之(18)。同舍(19)以為智，不以為顓(20)；并州以為賢，不以為僭侵(21)；游客賢不肖(22)，不能私諭議(23)以一辭。公事宴懽(24)，渙思口未言，足未至，缺若不圓(25)。某曰：「往年私約邢君可友，今真可友也。」

盧丞相商(26)鎮京口，渙思復以大理評事應府命(27)。今吏部侍郎孔溫業自中書舍人(28)以重名為御史中丞(29)，某以補闕(30)為賀客，孔吏部(31)曰：「中丞得以御史為重輕(32)，補闕(33)宜以所知(34)相告。」某以渙思言，中丞(35)曰：「我不素知(36)，願聞其為人。」某具以京口所見對。後旬日，詔下為監察御史。

會昌五年，渙思由戶部員外郎(37)出為處州(38)。時某守黃州(39)，歲滿轉池州(40)，與京師人事離闊(41)，四五年矣，聞渙思出，大喜曰：「渙思果不容於會昌中，不辱吾御史舉矣(42)。」渙思罷處州，授歙州，某自池轉睦(43)，歙州相去直西東(44)三百里，問來人曰：「邢君何以為治？」曰：「急於束縛黠吏(45)。冗事(46)弊政，不以久遠，必務盡根本。」某曰：「邢君去綰雲[47]曰，稚老[48]泣送於路，用此術也。」復問：「閑日何為？」曰：「時飲酒高歌極歡。」某曰：「邢君不喜酒，今時飲酒且歌，是以不用繫慮[49]，而不快於守郡也。」復問曰：「日食幾何？」曰：「嗜彘肉[50]，日再食[51]。」某凡三致專書[52]，曰：「《本草》[53]言是肉能閉血脈，弱筋骨，壯風氣[54]，嗜之者必病風[55]。」數月，渙思正握管[56]，兩手反去背[57]，仆[58]于地，竟日[59]乃識人，果以風疾廢。舟東下，次[60]于睦，兩扶[61]相見，言澀[62]不能拜。語及家事，曰：「為官俸錢，事[63]骨肉親友，隨手皆盡。蓋[64]壯未期[65]病，病未期死，今病必死，未死得至洛[66]，幸矣，妻兒不能知[67]矣。」

君進士及第，歷官[68]九，歷職八。始太子校書郎[69]，協律郎，大理評事，監察御史，京兆府司錄[70]，殿中侍御史，戶部員外郎，處州刺史，歙州刺史。職為浙西[71]團練巡官[72]、觀察推官[73]、度支巡官[74]，再為浙西觀察推官，轉支使[75]，為戶部員外郎、判度支案[76]；伐劉稹[77]，為制使[78]，使鎮[79]、魏[80]料軍食[81]，賜緋服銀章[82]。初副[83]李丞相回[84]，再副高尚書銖[85]，撫安[86]上黨[87]三面征師。

大和三年六月八日，卒於東都思恭里[88]，年五十。邢氏，周公[89]次子靖淵，封為邢侯，國滅因以為氏[90]。西漢宇為太尉[91]，子綏為司空，曾孫世宗，光武[92]時為驃騎將軍[93]，世宗玄孫顒因居河間[94]。顒當曹魏[95]時參太祖[96]丞相事，終於太常[97]。邢有河間、南陽[98]，君實河間人，太常後也。後至晉、魏已降[99]，皆有官祿。唐麟臺郎中[100]舉於君為曾祖，麟臺[101]生奉天[102]令待封，奉天[103]生緱氏[104]丞[105]至和，君即緱氏[106]子。

兩娶，前夫人隴西[107]李氏，忠州[108]刺史佐次女，今夫人南陽張氏，壽州[109]刺史植女。四男，曰懌、惜、溫郎、壽郎。用某年某月某日，葬于偃師縣[110]某鄉里，葬有月日[111]。其孤立使者，哭告于柩[112]，來京師請銘[113]。銘曰：

十五知書[114]，二十有文[115]。三十登進士，五十終刺史。才能[116]溫良，并包與之[117]，而止於斯[118]。七政[119]在天，一迴一旋[120]。差以氂數[121]，能窮知賢[122]。賢者多夭，不肖壽考[123]，誰為聖魁[124]，孔[125]不能究。無可奈何，付之以命，曰：「其如命何[126]？」

【注釋】❶大和　唐文宗李昂的年號。西元八二七年至八三五年。唐代的進士考試一般都在京城長安舉行，而大和二年的進士考試則在東都洛陽舉行。杜牧即於這一年赴東都應試，以第五名及第。❷東都　指洛陽。❸一面　一見面；剛見面。❹宣州　地名。在今安徽省宣州市。❺沈公　即沈傳師。吳人，字子言。因他當過吏部侍郎，故稱他為「吏部沈公」。沈傳師任江西觀察使和宣歙觀察使期間，杜牧均為他的幕僚。❻京口　地名。在今江蘇省鎮江市。❼王并州　人名。生平不詳。❽幕府吏　即幕僚。幕府，將帥在外的營帳。因將帥行軍打仗無固定住所，便以營帳為官府，故稱幕府。後來把固定府衙也叫作幕府。❾佽助　幫助；輔佐。佽，幫助。❿鉅細句　大小事處理得都很恰當。⓫揚州　地名。即今江蘇省揚州市。⓬聘　看望；問候。⓭牛公　指牛僧孺。見本集〈唐故太子少師、奇章郡開國公、贈太尉牛公墓誌銘〉。⓮峭重　嚴厲持重。⓯繁要　繁華而重要。⓰譏議　諷刺和批評。⓱言者句　勸說者的意見不被王并州所接受。⓲奪之　改變他的決定。⓳同舍　同住在一起的人。這裡應指同僚。⓴顓　專擅；專橫。㉑僭侵　僭越和侵權。㉒不肖　不善；不好。㉓私論議　私下議論。

指講一些批評邢羣的話。㉔宴懽　宴飲作樂。懽，同「歡」。㉕缺若句　都會感到有缺憾而不圓滿。㉖盧丞相商　即盧商。范陽人。字為臣。先後任蘇州刺史、中書侍郎、同中書門下平章事等職。㉗應府命　指接受盧商的任命赴京口幕府任職。㉘中書舍人　官名。為中書省的屬官。負責詔令、侍從、宣旨、接受奏章等事。㉙御史中丞　官名。為御史大夫的副職，負責監察、彈劾等事。㉚補闕　官名。負責侍從、進諫。㉛孔吏部　即孔溫業。㉜中丞句　我當了御史中丞，而御史中丞必須依靠監察御史，纔能把事情處理得輕重適當。御史，官名。指監察御史。監察御史是御史中丞的屬官，負責糾察。㉝補闕　官名。這裡指杜牧。㉞所知　所認識的適合於當監察御史的人選。㉟中丞　指御史中丞孔溫業。㊱素知　從前就熟悉。㊲戶部員外郎　官名。掌管戶口、財賦等事。㊳處州　地名。在今浙江省麗水縣。㊴黃州　地名。在今湖北省黃岡縣。㊵池州　地名。在今安徽省貴池縣。㊶離闊　離開；遠離。㊷不辱句　沒有辜負我舉薦他當監察御史。此時，李德裕任丞相，杜牧對李德裕甚為不滿，所以當邢羣被排擠出朝廷以後，杜牧非常高興，認為他不愧是自己的同志、好友。㊸睦　地名。即睦州。轄區相當於今浙江省桐廬、建德、淳安三縣地。㊹直西東　正東正西。歙州在睦州的正西方。㊺急於句　急於懲治約束那些狡猾桀傲之人。夷，傲慢。另外，夷也指東方異族。㊻冗事　繁雜多餘的事情。㊼縉雲　地名。即處州。縉雲，在今浙江省縉雲縣。當時屬處州管轄。㊽稚老　老幼。泛指百姓。稚，幼。㊾是以句　這是因為他不受重用而心裡有所鬱結。是，代指飲酒高歌的行為。以，因為。繫慮，思想有所鬱結；不暢快。㊿彘肉　豬肉。彘，豬。(51)再食　吃兩次。再，二。(52)專書　指專門為勸對方少吃豬肉而寫的信。(53)本草　書名。原名《神農本草經》。唐高宗時，蘇恭等人又修定此書，定名為《唐本草》。為藥物學書籍。(54)風氣　即風。中醫所說的「六淫」之一。「六淫」指風、寒、暑、濕、燥、火。都是引起疾病的原因。(55)風　疾病名。即中風病。腦內小血管破裂，使病者突然昏倒，且容易留下後遺症。(56)握管　拿著筆。管，毛筆。(57)反去背　向背後伸去。(58)仆　向前倒下。(59)竟日　整整一天。(60)次　臨時住宿。(61)兩扶　由兩個人攙扶著。(62)言澀　講話不流利。(63)事　奉養；養活。(64)蓋　連詞。連接上文，表示原因。(65)未期　沒有想到。(66)洛　地名。指洛陽。(67)知　這裡引申為撫養、照顧。(68)官　古代「官」與「職」一般不分，官指官位，職指某官所主之事，二者實為一體。杜牧把「官」與「職」分開，根據下文所舉，「官」似指朝廷直接任命的官位，即朝廷的正式官員，「職」似指由地方長官任命的官員，如幕僚之類。(69)太子校書郎　官名。為太子屬官。負責校讎典籍。(70)京兆句　京兆府是管理京城地區的官署。司錄是官名，負責文字事宜。(71)浙西　地區名。唐朝設浙江西道，並置浙西觀察使。轄區在今浙江省的浙江（今富春江）以西至江西省九江市、江蘇和安徽二省的長江以南地區。(72)團練巡官　官名。為浙西觀察使的僚屬。負責訓練軍隊。(73)觀察推官　官名。為浙西觀察使的僚屬。負責督察等事。(74)度支巡官　官名。為浙西觀察使的僚屬。負責財賦的統計和使用。(75)支使　官名。為浙西觀察使的僚屬。(76)判度句　兼管財賦統計、調用之事。判，以高官兼任低職叫「判」。度支，官名。負責財賦。案，文書；事情。(77)劉稹　人名。會昌三年，在上黨一帶叛亂，次年被殺。(78)制使　皇帝的使者。(79)鎮　地名。即鎮州。在今河北省正定縣一帶。(80)魏　地名。即魏州。在今河北省魏縣一帶。(81)料軍食　籌集軍糧。料，料理；籌，籌集。(82)緋服銀章　穿紅色官服，佩銀質印章。這是五品官員以上的服飾。緋，紅色。(83)副　幫助；協助。(84)李丞相回　即李回。字昭度。先後任起居郎、同中書門下平章事等職。(85)高尚書銖　即高銖。字權仲。進士及第。先後任給事中、浙東觀察使、禮部尚書等職。尚書，官名。為各部長官。(86)撫安　安撫慰問。(87)上黨　地名。在今山西省長治市。(88)思恭里　地名。為東都洛陽的一個市區名。(89)周公　姓姬名旦。周文王之子，曾輔佐周武王滅商，建立周朝後，周公又制訂禮樂制度，平武庚之亂，為周王朝的穩定做出了重大貢獻。(90)以為氏　把國號作為自己的姓氏。(91)太尉　官名。與丞相地位相等。掌軍事。(92)光武　指東漢第一位君主光武帝劉秀。(93)驃騎將軍　將軍名號。地位相當高。(94)河間　地名。在今河北省河間縣。(95)曹魏　指三國時由曹操、曹丕父子建立的魏國。(96)太祖　指曹操。東漢末年譙人。字孟德。先後任頓丘令、濟南相、冀州牧、丞相等職，封魏王。其子曹丕代漢後，追尊他為武帝。「太祖」是曹操的廟號。(97)太常　官名。又叫太常卿。掌禮樂、祭祀事。(98)南陽　地名。在今河南省南陽市。(99)已降　以後。(100)麟臺郎中　官名。掌管圖書。麟臺，即祕書省。掌圖書的官署。武后時把祕書省改稱麟臺。(101)麟臺　這裡指麟臺郎中邢舉。(102)奉天　地名。故址在今陝西省乾縣。(103)奉天　指奉天縣令邢待封。(104)緱氏　地名。在今河南省偃師縣一帶。(105)丞　官名。指縣丞，為一縣的副長官。(106)緱氏　指緱氏縣丞邢志和。(107)隴西　地名。在今甘肅省隴西縣。(108)忠州　地名。在今四川省忠縣。(109)壽州　地名。在今安徽省壽縣。(110)偃師縣　地名。在今河南省偃師縣。(111)有月日　過了一段時間。(112)其孤二句　邢羣的兒子們讓派往京師的使者站在邢羣的靈柩旁，自己則哭訴於靈柩。孤，失去父親的孩子。立，使……站著。(113)請銘　請我寫墓誌銘。(114)知書　讀書學習。(115)有文　寫出了好文章。(116)才能　才學和能力。(117)并包句　全部地付與他。(118)止於斯　僅僅當了刺史就因病而廢。斯，代詞。指刺史一職。以上三句是說，邢羣具有美好的品德和才能，但由於生病而沒能取得更大的成就。(119)七政　指日、月和金、木、水、火、土五星。(120)一迴句　它們一偏又一偏地不停地旋轉著。(121)差以句　如果它們出現一點點差錯。氂，通「釐」。長度單位。十毫為一釐。比喻一點點差錯。古人有「失之毫釐，差以千里」的說法，杜牧在這裡以「七政」代表神靈、天意，如果上天出現了一點錯誤，就會給人間帶來無窮的災難。這是作者因邢羣的不幸遭遇而抱怨上天。(122)能窮句　能使聰明賢良的人走投無路。窮，走投無路。知，通「智」。聰明。(123)不肖

句 壞人總是長壽。不肖，壞人。考，年紀大。124聖魁 聖人之首。125孔 指孔子。這兩句是說：誰是最偉大的聖人呢？就是孔子，而孔子也無法弄清楚賢人大多早死、壞人大多長壽的原因。126其如句 對命中決定的事又有什麼辦法呢？

【語 譯】我去世的朋友邢渙思名叫羣。我在大和初年參加進士考試時到了東都洛陽，在那裡一見到渙思，我就對自己說：「邢君這個人是一位值得交往的朋友。」六年以後，我在宣州吏部侍郎沈傳師的幕府中做事，渙思在京口王并州的幕府中做事，兩人都是幕僚。宣州與京口相離三百里，每天都能聽到渙思輔助王并州的事情，說他大小事情辦得都很恰當。一年以後，我奉沈傳師公之命，向北渡過長江去揚州問候丞相牛僧孺公，來回都在京口停留過。王并州是一位嚴峻持重的人，他的幕府裡有很多賢良之士，京口又是一個繁華重要的地方，是各地遊客聚集之地，因此在這裡當官最容易引起人們的譏諷和批評。王并州處理事情有時不合理，而又不接受別人的意見，這時渙思卻能改變他的決定。同僚們認為渙思能做到這一點是他聰明多智的表現，而不認為他專權；王并州認為他很賢明，而不認為他侵奪了自己的權力；無論是賢良的還是不賢良的外地遊客，都無法對渙思的言行做出絲毫的譏議。不管是處理公務還是宴飲作樂，如果渙思沒有講話或沒有參加，大家都會感到有缺憾而不圓滿。我心裡說：「過去我就認為邢君是一位值得交往的朋友，今天事實證明他的確是一位值得交往的朋友。」

丞相盧商鎮守京口時，渙思以大理評事的身分再一次到京口去當幕僚。現任吏部侍郎孔溫業，當時憑著自己的盛大名聲，從中書舍人一職調任御史中丞，我以補闕的身分前去祝賀，孔溫業對我說：「我當了御史中丞，而御史中丞必須依靠監察御史，纔能把事情處理得輕重適當，您應該把您所認識的適合當監察御史的人選告訴我。」於是我就推薦了渙思。孔溫業聽了以後說：「我過去不認識他，希望您能介紹一下他的為人。」於是我就把自己在京口的所見所聞詳細地告訴了他。十多天以後，朝廷就下詔任命渙思為監察御史。

會昌五年，渙思由戶部員外郎一職調任為處州刺史。那一時期，我當黃州刺史，任期滿後，又調任池州刺史，我遠離京城的人和事，已經四五年了，聽到渙思被排擠出朝廷的消息後，我異常高興地說：「渙思果然不被會昌年間的執政者所容忍啊，他沒有辜負我推薦他當監察御史的一片用心啊！」渙思離開處州刺史的職位以後，又被任命為歙州刺史，我也從池州刺史一職改任睦州刺史，歙州在睦州的正西方，二州相距三百里。我詢問從歙州來的人：「邢君用什麼辦法治理歙州？」來人回答說：「他急於約束那些狡猾桀傲之人。對於那些繁雜多餘之事以及弊政，他都要在盡可能短的時間裡，務必把它們清除乾淨。」我說：「邢君在離開縉雲時，百姓們哭送於道路，就是因為他使用了這些辦法。」我接著又問：「邢君在閑暇的時候幹些什麼？」來人回答說：「他時常飲酒高歌，盡情歡樂。」我說：「邢君平素不喜歡喝酒，而現在卻又喝又唱，這是因為他不受重用而心情鬱結、不願意當一個小小的州刺史的緣故啊！」我又問來人：「他每天吃多少？」來人回答說：「他特別愛吃豬肉，每天都要吃兩次。」我先後三次專門為此寫信給他，對他說：「《本草》上說豬肉會閉塞人的血脈，削弱人的筋骨，容易使人生病。特別愛吃豬肉的人會患上中風病的。」幾個月之後的一天，渙思正拿著筆寫字，突然兩手向後反伸，仆倒在地，整整過了一天纔能認人。最終渙思因患中風病而成了殘廢之人。渙思乘船東下，中途暫停於睦州，兩人攙扶著他與我相見，他說話已不流暢，也無法行禮。當談到家事時，他說：「當官得到的俸錢，用來養活親人、資助朋友，隨手就花光了。因為我正當壯年，沒想到會生病；即使有時生點病，也沒有想到會死。而現在卻患上了重病，且必死無疑，只要我能夠活著回到洛陽，已是我的幸運，至於妻子兒女，我就再也無法照顧了。」

渙思進士及第，先後擔任了九個官職和八個職務。他擔任的九個官職是：太子校書郎、協律郎、大理評事、監察御史、京兆府司錄、殿中侍御史、戶部員外郎、處州刺史、歙州刺史。他擔任的八個職務是：浙西團練巡官、觀察推官、度支巡官，再次擔任浙西觀察推官，改任為支使，另外還當過戶部員外郎，兼管財賦統計、調用之事。朝廷討伐劉稹時，他作為皇上的使者，去鎮州、魏州籌集軍糧，皇上賜給他紅色的官服和銀質的印章。開始渙思輔佐丞相李回，後來又輔佐尚書高銖，前去安撫、慰問從三面討伐上黨劉稹叛軍的朝廷軍隊。

大和三年六月八日，渙思在東都洛陽的思恭里去世，享年五十歲。邢氏家族出自周公的第二個兒子姬靖淵，姬靖淵被封為邢侯，國家滅亡以後，他的子孫就把這個封號當作自己的姓氏。西漢時，邢宇當了太尉，他的兒子邢綏當了司空，他的曾孫叫邢世宗，在東漢光武帝劉秀時當了驃騎將軍。邢世宗的玄孫叫邢顒，因為他的祖先在河間作官，於是他就定居於河間。在曹魏時，邢顒在丞相曹操那裡做事，任太常時去世。姓邢的人分河間、南陽兩支，渙思實際上是河間人，是太常邢顒的後裔。到了魏、晉以後，邢氏家族代代都有人當官拿俸祿。唐朝的麟臺郎中邢舉是渙思的曾祖父，邢舉生奉天縣令邢待封，邢待封生緱氏縣丞邢至和，渙思就是邢至和的兒子。

渙思先後兩次娶妻，前夫人是隴西人李氏，她是忠州刺史李佐的女兒；現在的夫人是南陽人張氏，她是壽州刺史張植的女兒。渙思有四個兒子，他們名叫邢懌、邢慍、邢溫郎、邢壽郎。於某年某月某日，渙思被安葬於偃師縣的某鄉某里，至今已經有一段時日了。渙思的幾個兒子讓他們的信使站在旁邊，他們自己哭告於渙思的靈柩，然後派信使前來京城，請我為他們的父親寫墓誌銘。銘文是：

渙思十五歲讀書學習，二十歲寫出錦繡文章，三十歲考中進士，五十歲任刺史時去世。才學、能力、溫和、美德，渙思全都具備，然而卻只當了個刺史。日月和五星在天上運行，它們一徧又一徧地旋轉不停。如果這些神靈有絲毫失誤，都會使智士賢人走投無路。賢良之人大多早死，無恥之人大多長壽，最偉大的聖人是孔子，孔子也弄不清其中緣故。對於無可奈何的事情，只能把它歸咎於天命，可以說：「對天命決定的事情，人又有什麼辦法呢？」

卷九

唐故平盧軍節度巡官、隴西李府君墓誌銘

【題解】平盧，唐朝方鎮名。安史之亂後，平盧轄淄、青、齊、棣、登、萊六州，這六州都在今山東省東部地方。節度，即節度使。為方鎮的長官，總領地方的軍事、政治、財賦，權力很大。巡官，官名。唐代的節度使、觀察使等均有巡官，位居判官、推官之下。隴西，地名。在今甘肅省隴西縣。李府君，指李戡（原名李飛）。府君，漢魏時對太守的稱呼。自唐以後，不論等級貴賤，人們在碑文中通稱死者為「府君」。這篇墓誌銘記述了李戡帶有傳奇色彩的一生，突出了他孤傲不群的性格及其窮困潦倒的處境。值得注意的是，杜牧在文中詳細記載了李戡對元稹、白居易詩歌的尖銳批評，這也可以看作是杜牧本人對元、白詩作的態度。

大和元年舉進士及第，鄉貢❶上都❷，有司❸試於東都❹，在二都❺群進士中，往往有言前十五年有進士李飛自江西❻來，貌古❼文高❽。始就❾禮部❿試賦⓫，吏大呼其姓名，熟視符驗⓬，然後入。飛曰：「如是選賢耶？即求貢，如是自以為賢耶⓭？」因袖手⓮不出，明

日徑返江東[15]。某曰：「誠有是人，吾輩不可得與為伍[16]矣。」後二年，事故吏部沈公[17]於鍾陵[18]、宣城[19]為幕吏，兩府凡五年間，同舍生蘭陵[20]蕭寘、京兆[21]韓乂、博陵[22]崔壽，每[23]品量[24]人之等第，必曰：「有道[25]有學[26]有文，如李處士戡[27]者寡矣，是卑[28]進士不舉嘗名飛者。」某益恨[29]未面其人，且喜其人之在世也。

大和九年，為監察御史，分司東都[30]，今諫議大夫[31]李中敏、左拾遺[32]韋楚老、前監察御史盧簡求咸[33]言於某曰：「御史法當檢謹[34]，子少年，設有與遊[35]，宜得長厚有學識者，因訪求得失，資以為官[36]，洛下[37]莫若李處士戡。」某謝曰：「素[38]所恨未見者。」即日造[39]其廬，遂旦夕往來。開成[40]元年春二月，平盧軍節度使王公彥威[41]聞君名，挈卑辭於簡[42]，副以幣馬[43]，請為節度巡官。明年春，平盧府改[44]，西歸病於路，卒於洛陽友人王廣[45]思恭里[46]第[47]，享年若干。

君諱戡，字定臣，七代祖渤海王奉慈[48]；祖杠，衢州[49]盈川[50]令；父薆，婺州[51]浦陽[52]尉。浦陽[53]晚[54]無子，夫人吳興[55]沈氏夢一人狀甚偉，捧一嬰兒曰：「予為孔丘[56]，以是與爾。」及期而生君，因名曰天授。君幼孤，旁無群從[57]可以附託，年十餘歲即好學，寒雪拾薪自炙[58]，夜無然膏[59]，默念所記。年三十，盡明六經[60]書，解決微隱[61]，蘇融雪釋[62]，鄭玄[63]至于孔穎達[64]輩凡所為疏注[65]，皆能短長[66]其得失。一舉進士，恥不肯試，歸晉陵[67]陽羨[68]里，得山水居之，始開[69]百家[70]書，緣飾[71]事業。每有小功喪[72]，訖制[73]不食肉飲酒，語言行止，皆有法度。陽羨民有鬬諍不決[74]，不之[75]官人，必以詣君[76]。

所著文數百篇，外于仁義[77]，一不關筆[78]。嘗曰：「詩者可以歌[79]，可以流於竹[80]，鼓於絲[81]，婦人小兒，皆欲諷誦，國俗薄厚[82]，扇之於詩[83]，如風之疾速[84]。嘗痛自元和[85]已來有元[86]、白[87]詩者，纖豔不逞[88]，非莊士雅人[89]，多為其所破壞[90]。流於民間，疏[91]于屏壁，子父女母，交口教授，淫言媟語[92]，冬寒夏熱[93]，入人肌骨，不可除去。吾無位[94]，不得用法以治之。」欲使後代知有發憤[95]者，因集國朝[96]已來類於古詩[97]得若干首，編為三卷，目[98]為《唐詩》，為序以導其志[99]。

居江南，秀人[100]張知實、蕭寘、韓乂、崔壽、宋邢、楊發、王廣，皆趨君[101]交之，後皆得進士第，有名聲官職，君尚為布衣[102]，然於君不敢稍怠[103]。君在洛中[104]困甚，河陽[105]節度使蕭洪移鎮鄜州[106]，諫議大夫蕭俶以君言於洪，洪素敬諫議，即欲謁君以請[107]，君曰：「人間譁言洪盜籍外戚[108]，一窺其面能易吾死[109]，尚且不忍死[110]，況為其黨乎？」居數月，洪果敗[111]。

娶弘農[112]楊氏女，早卒。子二人。長曰審之；次曰鼎郎，始五歲。以某年月，權葬[113]於常州[114]義興縣[115]某鄉里。某於君為晚交[116]，得君最厚[117]，因為之銘曰：

命如煙雲(118)，道比宮宅(119)。煙雲飄揚，莫知往來。為道不至(120)，無以偃息(121)。有道有命，偶然相值(122)。命不在我，不肖亦貴。豈可指此(123)，與彼為市(124)。嗚呼定臣，曰德孔脩(125)，曰學必聖。飭我兢兢(126)，一不言命。可傳其心(127)，以教後生。嗚呼哀哉！

【注釋】❶鄉貢　唐代參加進士考試的舉子來源有三：由州縣舉薦的叫「鄉貢」，由學館出身的叫「生徒」，由天子自詔的叫「制舉」。❷上都　即長安。杜牧為長安人，故由長安舉薦。❸有司　有關部門。具體指禮部等主考部門。❹東都　指東都洛陽。唐代進士考試一般在長安舉行，這次在洛陽，屬變例。另外，杜牧被上都舉薦應試進士是在大和元年，正式考中進士則是在大和二年正月。❺二都　指京城長安和東都洛陽。❻江西　地區名。即江南西道。相當於今江西省地區，治所在洪州（今江西省南昌市）。❼貌古　相貌古雅。❽文高　文才高妙。❾就　到。❿禮部　官署名。六部之一。負責禮儀、貢舉等事。⓫賦　文體名。句式像散文而有韻，講究鋪張誇飾。⓬熟視句　指官吏們對應試者反覆打量以驗明身分。⓭如是三句　這三句表現了李飛（即李勘）對官吏們的做法的不滿。李飛認為官吏對賢者（指應試者）應客氣有禮，如此大聲吆喝、熟視符驗，則是對賢者的羞辱。⓮袖手　縮手於袖，表示不參預其事。⓯江東　地區名。即江南東道。指長江下游南岸地區。⓰與為伍　和他交往。伍，同伙的人。⓱沈公　指沈傳師。見上一篇注❺。⓲鍾陵　地名。指洪州。鍾陵原為一個縣，設立不久即廢入洪州。沈傳師任江西觀察使時，治所即在洪州。⓳宣城　地名。即宣州城。在今安徽省宣州市。⓴蘭陵　地名。在今山東省蒼山縣蘭陵鎮。㉑京兆　地名。在今陝西省西安市一帶。㉒博陵　地名。故城在今河北省蠡縣南。㉓每　每當。㉔品量　品評；評論。㉕道　規律；事理。㉖學　學問；知識。㉗李處士戡　即李戡。處士，對有才學而未當官者的稱呼。㉘卑　瞧不起。㉙益恨　更加遺憾。益，更加。㉚分司句　在東都洛陽當分司監察御史。分司，唐代建都長安，以洛陽為東都，分設在東都的中央官員稱分司。大和九年，杜牧在東都任監察御史。㉛諫議大夫　官名。掌議論、進諫事。㉜左拾遺　官名。掌侍從、諷諫事。㉝咸　都。㉞檢謹　自我約束，小心謹慎。㉟設有句　假如與人交往。設，假如。遊，交往。㊱資以句　藉此來做好監察御史的事情。資，憑藉。㊲洛下　即洛陽。㊳素　向來；一向。㊴造　來到。㊵開成　唐文宗李昂的年號。西元八三六年至八四〇年。㊶王公彥威　人名。即王彥威。太原人。明經及第。先後任博士、戶部侍郎、平盧軍節度使等職。㊷挈卑句　給他寫了一封言詞十分恭敬的信。挈，提著。引申為送去。卑，謙恭。簡，書簡；書信。㊸副以句　再加上其他禮品和馬匹。幣，泛指金玉、絲綢等禮品。㊹改　改變；變化。㊺王廣　人名。生平不詳。㊻思恭里　為洛陽的一個城區名。㊼第　住宅。㊽奉慈　人名。生平不詳。「渤海王」是他的封號。㊾衢州　地名。在今浙江省衢縣。㊿盈川　地名。在今浙江省衢縣南。(51)婺州　地名。在今浙江省金華縣。(52)浦陽　地名。在今浙江省浦江縣。(53)浦陽　指浦陽縣尉李蕢。(54)晚　指年紀很大。(55)吳興　地名。在今浙江省湖州市。(56)孔丘　人名。即孔子。孔子名丘，字仲尼。(57)群從　指子姪輩。本句是說李蕢沒有很多的子姪，因而李戡也就沒有兄弟可以依靠。(58)自灸　自己烤火取暖。(59)然膏　用來點燈的油。然，通「燃」。膏，油。(60)六經　指儒家奉為經典的六部書。它們是《詩經》、《尚書》、《禮記》、《周易》、《春秋》、《樂經》。(61)微隱　含而不露的思想。微，不顯露。(62)蘇融句　一切難題都迎刃而解。蘇融，融解；解決。雪釋，像雪一樣融化了。釋，融化。(63)鄭玄　人名。東漢高密人。字康成。他徧注五經，授徒講學，是著名的經學家。(64)孔穎達　人名。唐朝冀州衡水人。字沖遠，一作仲達。通經學，隋朝大業初明經及第。入唐後先後任學士、國子祭酒等職，曾與他人合撰《隋史》、《五經正義》。(65)疏注　指對經書的注釋。(66)短長　這裡指評論得失。(67)晉陵　地名。在今江蘇省常州市。(68)陽羨　地名。在今江蘇省宜興縣南。(69)開　打開；閱讀。(70)百家　泛指各個學派。在古代，「百家」一般不包括儒家在內。(71)緣飾　修飾；提高。(72)小功喪　指祖父的兄弟、父親的從父兄弟（堂兄弟）、自己的再從兄弟去世。小功，喪服名。用較粗的布製成。服期五個月。以上三種親人去世，就服小功。(73)訖制　整個守喪期間。訖，終了；完畢。制，本指喪服，引申為守喪。(74)鬭諍不決　發生了爭鬭、矛盾而無法自行解決。(75)之　到。(76)詣君　到李戡那裡去解決。詣，到。君，指李戡。(77)外于句　指仁義之外的事。也即不合乎仁義的事。(78)一不句　完全不去寫作。一，完全。關，涉及。(79)詩者句　詩是可以歌唱的。古代的詩有許多類似今天的歌詞，可以譜曲演唱。(80)流於竹　用管樂器吹奏。流，形容樂聲如流水一樣流暢。竹，指簫笛之類的樂器。(81)鼓於絲　用絃樂器彈奏。鼓，彈奏。絲，指琴瑟之類的樂器。(82)薄厚　好壞。(83)扇之句　用詩歌進行宣傳鼓動。扇，扇動；鼓動。之，指或好或壞的民風民俗。(84)如風句　像風一樣快地傳播開去。這幾句是在強調詩歌的重要性，李戡認為人們大多喜歡誦唱詩歌，因此無論是好風俗還是壞風俗，一旦進入詩歌，其影響就會很快地傳遍全國。(85)元和　唐憲宗李純的年號。西元八〇六年至八二〇年。(86)元　指元稹。唐代河南人。字微之。先後任左拾遺、同中書門下平章事、武昌節度使等職。元稹是白居易的好友，共同提倡新樂府。二人齊名，世稱「元白」。有《元氏長慶集》一百卷，今存六十卷。(87)白　指白居易。唐代太原人。字樂天。晚年號香山居士。進士及第，先後任校書郎、翰林學士、江州司馬、蘇杭二州刺史等職。是著名詩人，著《白氏長慶集》。[88]纖豔句　柔靡、華豔、不合正道。纖，柔靡。不逞，本指為非作歹之人，這裡指詩歌內容不合正道。[89]非莊句　除非莊重高雅之人。[90]多為句　大多受元白詩歌的影響而變壞。為，被；受到。其，代指元白詩歌。[91]疏　書寫。[92]淫言句　淫穢放蕩的詩句。媟，輕慢；放蕩。[93]冬寒句　比喻元白詩歌猶如冬天的寒冷和夏天的炎熱。[94]位　官位；權勢。[95]發憤　指為宣揚正道而發憤寫詩。[96]國朝　指唐朝。[97]古詩　這裡指古代聖賢的詩。[98]目　題目；定題目。[99]導其志　表明自己的用意。導，宣導；表明。志，用意。[100]秀人　優秀之人。[101]趨君　跑到李戡那裡去。趨，趨向；奔向。[102]布衣　指普通百姓。[103]怠　怠慢；不恭敬。[104]洛中　地名。即洛陽。[105]河陽　地名。在今河南省孟縣。此處為軍事要地，有南城、北城、中潭城三城。唐在此置節度使。[106]鄜州　地名。在今陝西省富縣。[107]謁君以請　拜謁李戡並請他任職。[108]盜籍外戚　憑藉外戚的勢力為非作歹。外戚，指帝王的母族、妻族。[109]易吾死　改變我的死亡命運。[110]不忍死　不願見他而寧可死亡。[111]果敗　果真垮臺了。[112]弘農　地名。故城在今河南省靈寶縣北。[113]權葬　暫時安葬。權，權且；暫時。[114]常州　地名。在今江蘇省常州市。[115]義興縣　地名。在今江蘇省宜興市。[116]晚交　交往較晚。[117]最厚　指感情最深。[118]命如句　指命運猶如雲煙，變化不定。[119]道比句　道德學問好比住房。道，泛指道德學問。[120]為道句　道德學問修養得不好。為，修養。至，達到某種境界。[121]無以句　沒有辦法立足於社會。無以，沒有辦法。偃息，休息。此處指立足。[122]偶然句　指有的人既有好的道德學問，又有好的命運，二者偶然相遇在一起。反襯李戡有道而無命。相值，相遇。[123]此　代指「不肖而貴」。即無德無才的富貴之人。[124]與彼句　與這些沒有德才的富貴人做交易。即出賣自己的人格以換取富貴。市，買賣；交易。[125]孔脩　修養得很好。孔，很。[126]飭我句　他告誡我要兢兢業業地做事。飭，通「敕」。告誡。兢兢，謹慎而認真的樣子。[127]其心　他的情操和學問。

【語　譯】我於大和元年考中了進士。那一年我受到上都的舉薦，到東都洛陽去參加有關部門舉行的進士考試，在長安、洛陽的眾進士中，常常提到十五年前來京應考進士的李飛，李飛是從江西來的，他相貌古雅，文才高妙。開始到禮部參加辭賦考試時，官吏們大聲地呼叫著他的姓名，反覆打量以驗明身分，然後纔讓他進入考場。李飛說：「能夠像這樣毫無禮貌地選拔賢人嗎？他們是求賢的人，而他們如此做，大概認為自己就是賢人吧！」因此他袖起雙手不做試卷，第二天就直接返回了江東。我聽了以後說：「真有如此清高之人啊，可惜我們這些人沒有機會同他交往。」兩年之後，我先後到鍾陵、宣城兩地當前吏部侍郎沈傳師的幕僚，在兩地任職的五年期間，與我住在一起的同事有蘭陵人蕭寘、京兆人韓乂、博陵人崔壽，每當大家品評別人的高下等級時，就一定會說：「像李戡處士那樣既有道德學問、又有高妙文才的人實在太少了，李戡就是那位十五年前輕視進士的地位而拒絕應試的人，他原名李飛。」我聽後為未曾見過他的面而更感遺憾，同時又為他還活在世上而感到高興。

大和九年，我擔任監察御史一職，到東都洛陽當分司官員，現任諫議大夫的李中敏、左拾遺韋楚老、前任監察御史盧簡求都對我說：「監察御史執法時要小心謹慎，要善於約束自己，您還年輕，如果有所交往的話，應該選擇那些年長德高有學識的人，向他們請教政治得失，以幫助自己把事情做好，在洛陽城裡，恐怕沒有人能夠比得上李戡處士那樣德高望重、學識淵博啦！」我非常感謝地說：「他就是那位我一直沒能見到而深感遺憾的人。」我當天就到李戡的住所去拜訪他，從那以後我們便經常交往。開成元年春二月，平盧軍節度使王彥威聽到了李戡的名聲，便送去了一封言詞謙恭的書信，還送去了禮品和馬匹，請他去擔任節度巡官一職。第二年春天，平盧軍節度使的幕府人員有所變動，李戡在西歸的半道上生了病，最後去世於洛陽朋友王廣的家中，王廣的家在洛陽思恭里。李戡享年若干歲。

李君名戡，字定臣。他的七代祖是被封為渤海王的李奉慈。他的祖父叫李杠，曾當過衢州盈川縣令。他的父親叫李薆，李薆當過婺州浦陽縣尉。李薆年紀很大了還沒有兒子，有一次他的夫人吳興人沈氏做了一個夢，夢見一位身材十分魁偉的人雙手捧著一個嬰兒，對她說：「我是孔丘，我把這個孩子交給你。」到了產期，就生下了李戡，因此給他起名叫天授。李戡很小就成了孤兒，又沒有兄弟姊妹可以依靠，十多歲時，他就勤奮好學，在寒冷的下雪天，他自己去拾柴生火取暖，夜晚沒有用來照明的點燈油，他就默默地背誦平時所記的知識。李戡三十歲時，已完全掌握了六經之書，他挖掘經書中含而不露的思想意義，使許多難題迎刃而解，對於從鄭玄到孔穎達等人的經書注解，他都能評論其好壞得失。第一次被舉薦參加進士考試，他就因為感到羞恥而不肯應試，於是就回到晉陽的陽羨里，找了一塊山清水秀的地方住了下來，開始閱讀諸子百家的書籍，以成就自己的學業。每當遇到遠房親屬去世，在整個守喪期間，他都不吃肉不飲酒，語言行為，都符合禮法。陽羨的老百姓發生了爭鬥和矛盾，不到官府去告狀，而跑到李戡那裡去解決。

李戡著有數百篇文章，凡是不符合仁義的事情，他從不肯寫入自己的文章。他曾經說：「詩歌這種文學體裁，是可以演唱的，還可以用簫笛、琴瑟等樂器演奏，婦女小孩，也都喜歡誦讀。無論是一個國家的好風俗還是壞風俗，只要用詩歌進行宣傳和鼓動，這種風俗就會像風一樣很快傳遍全社會。令我痛惜的是，自元和以來，出現了元稹、白居易的詩歌，這些詩歌柔靡華豔，不合正道，除了那些莊重高雅之人，其他多數人都受到元、白詩歌的影響而變壞。元、白詩歌流傳於民間，被人們書寫在屏風上或牆壁上，父子之間，母女之間，相互傳授，那些淫穢放蕩的詩句，猶如冬天的寒氣和夏天的暑熱，深入人們的肌骨，無法消除。可惜我沒有權位，沒辦法用法律去懲治他們。」李戡想使後代知道當今還是有人為宣揚正道而發憤寫詩，於是就收集唐朝建國以後類似於古代聖賢詩歌的唐詩若干首，編為三卷，命名為《唐詩》，並且寫了一篇序以說明自己的用意。

李戡住在江南的時候，那裡的優秀人物張知實、蕭寘、韓乂、崔壽、宋邢、楊發、王廣等人，都跑到他那裡與他交往，後來這些人都考中了進士，有了名聲和官職，而李戡依然是一個普通百姓，但這些人在李戡面前從來不敢怠慢不恭。李戡在洛陽時十分窮困，當河陽節度使蕭洪被調去鎮守鄜州時，諫議大夫蕭俶便把李戡推薦給蕭洪，蕭洪向來就很敬重蕭俶，所以蕭洪馬上就想去拜謁李戡並請他前去任職，而李戡拒絕說：「社會上紛紛傳說蕭洪依仗外戚權勢為非作歹，即使見他一面就能改變我的死亡命運，我尚且不肯而寧願死去，更何況去當他的黨羽呢！」數月之後，蕭洪果然身敗名裂。

李戡娶弘農的楊氏女為妻，妻子去世很早。有兩個兒子，長子叫李審之，次子叫李鼎郎，剛剛五歲。於某年某月，李戡被暫時安葬在常州義興縣的某鄉某里。我與李戡的交往很晚，然而與他的感情卻最為深厚，因此我為他寫了以下銘文：

人的命運猶如煙雲，道德學問猶如住房。煙雲飄揚變化無常，無人知其飄向何方。如果道德學問不好，人就沒有立足之地。好的道德與好命運，偶然集於一人之身。個人無法掌握命運，壞人也會竊取富貴。怎能依附這些壞人，同他們做一些交易。嗚呼哀哉李君定臣，道德修養十分完美，學術造詣堪比聖賢。告誡我要兢兢業業，完全不談什麼命運。可以繼承他的思想，用來教育晚輩後生。嗚呼！李戡之死令人悲痛！

唐故淮南支使、試大理評事、兼監察御史杜君墓誌銘

【題解】淮南支使，官名。指淮南節度使的支使。唐代節度使、觀察使的屬官中皆有支使，位在副判官之下，責任是協助料理政務。試大理評事，實習當大理評事。試，試官；實習。大理評事，官名。負責刑律訴訟。杜君，指杜顗。杜顗字勝之，是杜牧的弟弟。進士及第。曾擔任過李德裕幕僚，直言敢諫。後雙眼失明。這篇墓誌銘記述了杜顗帶有悲劇性的一生，字裡行間透露出作者對弟弟的無比愛護、痛惜之情。

君諱①顗，字勝之。曾祖涼州②節度使、襄陽公、贈左僕射③希望，大父④司徒、平章事、太保⑤致仕⑥、岐國公、贈太師⑦某⑧，皇考⑨駕部員外郎⑩、贈禮部尚書某⑪。君幼孤多疾，目視昏近⑫，先夫人⑬不令就學，年十七，讀《尚書》⑭十三篇，《禮記》⑮七篇，《漢書》⑯止《賈誼傳》⑰，不復執卷⑱。年二十四，明年當舉進士，始握筆，草《闕下獻書》、《裴丞相度書》，指言時事，書成各數千字，不半歲遍傳天下。進士崔岐有文學，峭澀⑲不許可⑳人，詣門㉑贈君詩曰：「賈㉒、馬㉓死來生杜顗，中間寥落㉔一千年。」

年二十五，舉進士，二十六一舉登上第㉕。時賈相國餗㉖為禮部之二年，朝士㉗以進士干㉘賈公不獲㉙，有傑強㉚毀嘲者，賈公曰：「我秪以杜某敵數百輩足矣。」始命試㉛祕書正字㉜、匭使判官㉝。李丞相德裕㉞出為鎮海軍㉟節度使，辟㊱君試協律郎，為巡官。後貶袁

州[37]，語親善[38]曰：「我聞杜巡官言晚十年，故有此行。」大和九年夏，君客揚州[39]，六月，授咸陽[40]尉、直史館[41]。君曰：「訓[42]、注[43]必亂，可徐行[44]俟之[45]。」至汴[46]，二兇敗[47]。及洛[48]，以疾辭，東下居揚州龍興寺[49]。丞相奇章公僧孺[50]請君入幕府，君謝[51]曰：「李公[52]在困，未願副[53]知己[54]。」

開成[55]二年春，目益昏，冬遂喪明。李為淮南節度使，復請為試評事[56]，兼監察[57]、觀察支使。兄[58]自馮翊[59]迎醫石[60]至，曰：「是狀腦脂下融[61]，名曰內障[62]，如蠟塞管，蠟去管明，俟脂凝[63]可以抉去[64]，無不愈者。」後二年，石曰「可治」，治不效。自馮翊別迎醫，醫曰：「嗟乎！障有赤脈[65]，如木根橫去[66]，牢不可斷，是法[67]名曰日腳[68]，內障生日腳者，法不可治。」君因居淮南，築室治生[69]，不復言治眼事，聞於天下，無不嗟嘆。君安泰自如[70]，令人旁讀十三代史書[71]，一聞不遺，客來與之議論證引，聽者忘去。年四十五，大中五年二月二十五日卒。一男麟師，年十歲；女曰暑兒，始五歲。六年二月八日，歸葬先塋[72]，實萬年縣[73]洪原鄉[74]少陵[75]西南二里。某今年五十，假使更[76]生十年為六十人，不夭矣，與君別止三千六百日爾！況早衰多病，敢期[77]六十人乎，忍不抑哀[78]，以銘吾弟。銘曰：

古之達人[79]，以生為寄[80]為夢，以死為歸[81]為覺[82]，不知生偶然乎，其有裁受[83]乎？偶然即泯㉞為大空㉟，與不生同，其有裁受乎？嗚呼！勝之今既歸而覺矣，其自知矣，何為而然㊱乎！嗚呼哀哉！

【注釋】❶諱　放在死者的名字之前以示尊敬。❷涼州　地名。在今甘肅省武威縣一帶。❸左僕射　官名。唐代的左僕射相當於宰相。❹大父　祖父。❺太保　官名。多為文武重臣的加官，無實職。❻致仕　退休。❼太師　官名。也多為加官，無實職。❽某　指杜佑。杜佑是杜牧的祖父，杜牧以「某」代指，表示不敢直稱其名。❾皇考　對亡父的尊稱。❿駕部員外郎　官名。負責輿輦、驛站等事。⓫某　指杜牧的父親杜從郁。⓬昏近　近視，看不清楚。⓭先夫人　指母親。⓮尚書　書名。為儒家五經之一。是現存最早的關於上古時代典章文獻的彙編。⓯禮記　書名。為儒家的五經之一。⓰漢書　書名。記載了西漢的歷史。主要作者是班固。⓱賈誼傳　《漢書》中的一篇。記載了賈誼的生平。賈誼，西漢洛陽人。先後任博士、太中大夫、長沙王太傅等職。⓲執卷　拿書本；讀書。⓳峭澀　指性格嚴峻而不圓滑。⓴許可　讚許。㉑詣門　來到家中。詣，到。㉒賈　指賈誼。是公認的少年才子。㉓馬　指司馬相如。西漢成都人。字長卿。著名的辭賦家。㉔寥落　寂寞；冷落。這兩句詩是說，自從賈誼和司馬相如去世後，文壇冷落了上千年，現在杜顗出現了，纔使文壇又出現一線生機。㉕一舉登上第　第一次應試就考中了進士，而且成績優秀。上第，上等。㉖賈相國餗　即賈餗。河南人。字子美。進士及第。先後任考功郎、知制誥、集賢殿大學士等職。㉗朝士　泛指朝中的官員。㉘以進士干　為考進士的事請託。干，請託。當時賈餗任考官，故有人為考進士事去請託他。㉙不獲　沒有達到目的。㉚傑強　指桀驁不馴、性格倔強的人。㉛試　試官；實習當官。㉜祕書正字　官名。負責校讎典籍、刊正文字。㉝匭使判官　官名。負責接受、整理臣民投遞的奏章。㉞李丞相德裕　即李德裕。趙郡人。字文饒。先後任校書郎、淮南節度使、同平章事等職，封衛國公。在「牛李黨爭」中，李德裕為李黨的首領。㉟鎮海軍　軍隊名號。駐守昇、潤、宣、蘇等十州，在今安徽、江蘇、浙江三省交會處一帶。鎮海軍節度使又叫浙西節度使，後曾改為浙西觀察使。㊱辟　徵召；任命。㊲袁州　地名。在今江西省宜春縣。㊳親善　指親近之人。㊴揚州　地名。在今江蘇省揚州市。㊵咸陽　地名。在今陝西省咸陽市。㊶直史館　在史館裡當史臣。直，當值；值班。史館，政府編修史書的官署。㊷訓　人名。即李訓。字子垂。進士及第。後官至丞相。他與鄭注謀誅宦官，在「甘露之變」中反被宦官所殺。㊸注　人名。即鄭注。翼城人。以方技遊江湖，後入朝為官，先後任右神策判官、太僕卿、鳳翔節度使等職。死於「甘露之變」。㊹徐行　慢點走。㊺俟之　指等到變亂之後再進京。俟，等待。㊻汴　地名。即汴州。在今河南省開封市。㊼二凶句　指李訓、鄭注二人在「甘露之變」中被殺。㊽洛　地名。指洛陽。㊾龍興寺　寺廟名。在揚州市。㊿僧孺　人名。即牛僧孺。字思黯。進士及第。先後任御史中丞、同平章事等職，封奇章郡公。在「牛李黨爭」中，牛僧孺是牛黨的首領。(51)謝　謝絕。(52)李公　指李德裕。此時李德裕在黨爭中處於劣勢。(53)副　分裂；分手。引申為對不起。(54)知己　指李德裕。李德裕曾任用並賞識杜顗，因此杜顗視李德裕為知己，不願在他困難時投向他的政敵的一邊。(55)開成　唐文宗李昂的年號。西元八三六年至八四〇年。(56)試評事　即題目中的「試大理評事」。注見題解。(57)監察　官名。即監察御史。負責監察之事。(58)兄　指杜牧自己。(59)馮翊　地名。又叫同州。在今陝西省大荔縣。(60)石　姓。杜牧為弟弟請的醫生姓石，名公集。生平不詳。(61)是狀句　這種病症是因為腦子裡的油脂融化了，向下流去遮蔽了眼睛。是狀，這種病症。(62)內障　眼病名。意為眼睛從內部被遮蔽了。杜顗的眼病疑為今天所說的白內障。(63)俟脂凝　等到遮蔽眼睛的油脂凝固以後。俟，等。(64)抉去　用刀割除。(65)障有句　遮蔽物上生出了紅色的脈紋。障，指眼內的遮蔽物。古人認為由油脂形成。(66)如木句　這些赤脈猶如樹根一樣橫貫在遮蔽物上。(67)法　指醫法、醫學。(68)日腳　本指穿過雲隙下射的日光，醫學借用來指「障有赤脈」這種病症。(69)治生　養生。(70)安泰自如　心情安靜。自如，同原來一樣。形容鎮定的樣子。(71)十三代史書　指《史記》、《漢書》等十多部歷代史書。(72)先塋　祖墳。(73)萬年縣　地名。在今陝西省西安市。(74)洪原鄉　地名。為萬年縣下屬的一個鄉。(75)少陵　漢宣帝許后的陵墓。在今陝西省長安縣南。(76)更　再。(77)敢期　豈敢期望。(78)忍不句　我想壓抑卻又壓抑不住心中的悲哀。(79)達人　心胸豁達的人。(80)以生為寄　認為人的生命十分短暫，猶如暫時寄居於人間一樣。(81)歸　回到故鄉。古人認為，人間不過是一個人暫時寄居的客店，大自然纔是他的故鄉，故曰「以死為歸」。(82)覺　睡醒。既然人生如夢，那麼死亡即如夢醒。(83)裁受　支配；安排。(84)泯　泯滅；死亡。(85)大空　一無所有。指死後的寂無境界。(86)何為而然　為什麼會如此呢？然，代詞。指杜顗之死。本句表現了作者對生死命運深感茫然。

【語　譯】杜君名顗，字勝之。曾祖叫杜希望，他曾擔任過涼州節度使，被封為襄陽公，去世後追贈為左僕射；祖父叫杜佑，他曾擔任過司徒、平章事等職，最後以太保的身分退休，他還被封為岐國公，去世後被追贈為太師；父親叫杜從郁，曾當過駕部員外郎，去世後追贈為禮部尚書。杜君很小就失去父親，而且體弱多病，眼睛近視，看不清東西，因此母親就不讓他上學。十七歲時，杜君只讀了《尚書》中的十三篇文章和《禮記》中的七篇文章，《漢書》也只讀了《賈誼傳》，其後就沒有再讀過書。在他二十四歲時，次年就要參加進士考試了，他這纔拿起毛筆，寫下了《闕下獻書》和《裴丞相度書》，他在這兩篇文章中評論時事，寫成後，每篇文章各有數千字，後來不到半年的時間，他的文章就傳遍了天下。進士崔岐很有文學才能，而且性格嚴肅孤傲，從不輕易讚許別人，但他讀了這兩篇文章後親自登門拜訪，贈詩給杜君說：「賈、馬死後終於又出現了杜顗，這期間的文壇冷落了上千年。」

杜君二十五歲時，開始準備進士考試，二十六歲時，第一次應試就以優秀的成績考中了進士。當時是丞相賈餗主持禮部政務的第二年，有一些朝臣為考進士事請託賈餗而未能如願，於是其中性格桀傲倔強的人就毀謗、嘲諷賈餗主考不公，賈餗反擊說：「我只拿杜顗一個人，就足以抵得上你們數百人。」開始時，朝廷命杜君去試當祕書正字和匭使判官。丞相李德裕出任鎮海軍節度使時，徵召杜君去試當協律郎，接著任巡官。後來，當李德裕被貶往袁州時，他對自己的親朋好友說：「我聽從杜顗巡官的諫言晚了十年，所以這次被貶往袁州。」大和九年夏天，杜君客居於揚州。這年六月，朝廷任命杜君為咸陽縣尉，兼任史館的史臣。杜君接到命令後說：「李訓、鄭注二人一定會引起動亂，路上可以走慢一些，待動亂過後再入朝。」杜君到達汴州時，李訓、鄭注這兩個凶人在甘露之變中身敗名裂。當他到達洛陽時，因眼病加重而辭職，然後到東邊揚州，住在龍興寺。丞相、奇章公牛僧孺請杜君到自己的幕府中擔任幕僚，杜君婉言謝絕說：「李德裕公正在困難之中，我不願做對不起他的事。」

開成二年春天，杜君的眼睛更加看不清東西，這年冬天，就完全失明了。這時李德裕擔任淮南節度使，再次請他去試當大理評事，並兼任監察御史和觀察支使。我從馮翊請來了石醫生，然後一起赴揚州為杜君治病，石醫生說：「這種病症是因為腦子裡的油脂融化了，當這些油脂向下流時遮蔽了眼睛，病名叫『內障』，這種病就好像蠟堵塞了管子，把蠟挖除掉，管子自然就透明了。等到這些油脂凝固了，就可以用刀把它們割除，沒有治不好的。」兩年以後，石醫生說：「可以治療了。」然而治療的結果卻無效。又從馮翊請來了其他醫生，醫生說：「唉呀！眼睛的遮蔽物上有紅色的脈紋，這些紅色脈紋猶如樹根一樣橫貫在遮蔽物上，牢不可破，醫術上把這叫作『日腳』，遮蔽物上一旦長出日腳，醫術是治不好的。」杜君因此就在淮南住下，修築了房屋，靜心養生，不再提起醫治眼病的事。這件事傳開以後，天下人無不為他嘆息。然而杜君本人卻安靜自如，讓別人為自己誦讀十三代的史書，他聽過一徧就全能記住，客人來了，他就與客人談論歷史，旁徵博引，使客人聽了樂而忘返。杜君享年四十五歲，於大中五年二月二十五日去世。他有一個兒子，名叫麟師，十歲；有一個女兒，名叫暑兒，剛五歲。大中六年二月八日，杜君被安葬於祖墳之中，祖墳位於萬年縣洪原鄉少陵西南二里之處。我今年五十歲了，假如我能再活十年到六十歲時死去，也不算夭折早死了，那麼我與杜君分別的時間也不過只有三千六百天而已！更何況我的身體早衰多病，豈敢期望自己能夠成為六十歲的人呢！我想壓抑卻又壓抑不住心中的悲哀，於是我為我的弟弟寫了一篇銘文。銘文是：

古代的那些曠達之人，把出生看作暫居人間和一場夢幻，把死亡看作回歸故鄉和大夢醒來。不知一個人的出生是偶然的呢？還是受到神靈的支配和主宰。偶然去世，一切皆空，其狀態與未出生時相同，那麼這又有神靈在支配和主宰嗎？嗚呼！杜君現在已經回到了故鄉，已經從夢中醒來，他大概知道了其中的奧祕，知道了事情為什麼會是如此！嗚呼，真令人悲痛啊！

唐故灞陵駱處士墓誌銘

【題解】灞陵，地名。故址在今陝西省西安市東。駱處士，指駱峻。處士，對有才學而不做官者的稱呼。駱峻字肅之，華州華陰（在今陝西省華陰縣）人，因辭官後隱居於灞陵，故稱之為「灞陵駱處士」。本文記述了駱峻的一生經歷及其超眾的才能，重點讚揚了他堅隱不出、澹泊名利的高潔品行。

灞陵駱處士名峻，字肅之，華州❶華陰❷人也。當建中❸四年，年二十，遊京師。值泚❹亂，為其黨源休❺拘，委以事❻，處士逸❼，一日夕行二百里，拜親❽於華陰。因啟❾度❿賊終不能東出百里間，鄉里不足憂，願得一見天子於艱危中。遂入奉天⑪，至漢中⑫，屢以兵食⑬干⑭執事者。後長安李懷光⑮踵叛⑯，關中⑰公私饑，李⑱、馬⑲、渾⑳兵十餘萬，計日餉食，有司㉑因請授處士岳州㉒巴陵㉓尉，繫職於饋運間㉔。後四遷㉕至揚州士曹參軍㉖。

至元和㉗初，以母喪去職，哀哭瀕死㉘，終喪，因曰：「污吾跡㉙二十餘年者，食豐衣鮮，以有養㉚也，今可以行吾志㉛也。」乃於灞陵東坡下得水樹以居之。相國杜公黃裳㉜在蒲津㉝，相國張公弘靜㉞在并州㉟、大梁㊱，渾尚書鎬㊲在易定㊳，潘侍郎孟陽㊴在蜀之東川㊵，司徒薛公苹㊶在鄭滑㊷，皆挈卑詞㊸幣馬至門，曰：「處士不能一起助我為治乎？」皆以疾辭。長慶㊹初，桂府㊺觀察使杜公㊻凡兩拜章㊼，乞為梧州㊽刺史，詔因授之。眾皆曰：「今黃家洞㊾賊熾，邕㊿、容(51)兵連敗，縮首不出，猶鼎鼈(52)爾。交阯(53)殺都護(54)，復旱亂相仍(55)，朝廷豈捐(56)此三處，不以公治之，而久置公為梧(57)守耶？」處士慘而讓(58)，祇以疾辭解，訖(59)不言其他，爾後(60)人知其堅不可復動矣。

田三百畝，菓蔬占其一(61)，捽墾(62)辛苦，不受人一錢惠。朝之名士，多造(63)其廬，未嘗以棲退(64)超脫之高(65)露於言色(66)，溫敬畏下，如勇於仕進者(67)。論及當代利病，活人(68)緩邊(69)之策，必亹亹(70)盡吐，冀(71)達(72)於在位者，至於安危機鍵(73)之語，默不出口。尤不信浮圖學(74)，有言者必約其條目(75)，引六經以窒之(76)，曰：「是乃其徒(77)盜夫子(78)之旨(79)而為其辭，是安能自為之。」善圖[80]山水狀，鑑者[81]比之朱審[82]、王維[83]之儔[84]。鄉里百家鬬訴凶吉，一來決之[85]。凡三十六年，無一日不自得[86]也。以會昌[87]元年十一月某日卒，年七十九。以某月日，歸葬於華陰縣先人之墓。

處士嘗曰：「相國劉公晏[88]不急征，不橫賦，承亂亡之餘，食[89]數十萬兵者二十餘年，斯[90]過蕭何[91]遠矣。」每長短[92]校量今古富人[93]強國之術。我烈祖[94]司徒岐國公[95]、趙國公李公[96]，當貞元、元和時，儒學術業[97]冠天下，每與處士語，未嘗不嗟嘆其才，恨[98]其尚壯，不可屈以仕，優禮接之[99]。嗚呼賢哉！銘曰：

不見[100]可欲[101]，使心不亂。古之作者[102]，窮栖自斷[103]。子伯[104]子至，王霸久臥[105]。向栩相趙[106]，馬良車煥[107]，子夏高第[108]，心中交戰[109]。處士[110]之居，落青門畔[111]。文駟連羈[112]，繡軒交貫[113]。危冠自喜[114]，首縈後絆[115]。言訖揖去[116]，一如不見[117]。我齒未衰[118]，誰知己知[119]？岐公主師[120]，見必迎喜，語必移時[121]。論兵計食，屈指無遺[122]。功名富貴，不能鈞之[123]。諸侯六辟[124]，南服一麾[125]，笑而不答，亦無是非。三百畝田，百實繁滋[126]。三十六年，食具衣完[127]。今其去[128]矣，誰知其端[129]。嗚呼賢哉！

【注釋】❶華州　地名。在今陝西省華縣。❷華陰　地名。在今陝西省華陰縣。❸建中　唐德宗李适的年號。西元七八〇年至七八三年。❹泚　人名。指朱泚。幽州昌平人。建中四年，涇原節度使姚令言的軍隊在長安譁變，德宗逃往奉天。叛軍擁朱泚為帝，國號大秦。次年，唐將李晟收復長安，朱泚出逃時為部將所殺。❺源休　人名。臨漳人。先後任京兆少尹、光祿卿。後勸朱泚叛唐，任偽朝宰相。朱泚敗後，源休逃往鳳翔，為部下所殺。❻委以事　讓他為自己做事。委，託付。❼逸　逃走。❽親　指父母。❾啟　陳述；告訴。❿度　揣度；推測。⓫奉天　地名。故址在今陝西省乾縣。⓬漢中　地名。在今陝西省漢中市。⓭兵食　軍糧。⓮干　干預。引申為提出建議。⓯李懷光　人名。靺鞨人。本姓茹，賜姓李。先後任都虞候、節度使等職。破朱泚有功，提拔為副元帥。後與朝廷發生矛盾，李懷光便抗拒朝廷，結果被部將所殺。⓰踵叛　接著叛亂。踵，緊接著。⓱關中　地名。相當於今陝西省一帶。⓲李　指李晟。洮州臨潭人。字良器。初任邊鎮裨將，後任右神策軍都將。建中四年，擊敗朱泚，收復長安。官至太尉兼中書令。⓳馬　指馬燧。郟城人。字洵美。大曆、建中年間，屢立戰功，官至同中書門下平章事，封北平郡王。後破李懷光軍，再立戰功。⓴渾　指渾瑊。蘭州人。曾擔任單于大都護、都虞候。因破朱泚有功，先後任京畿渭北節度使、同中書門下平章事等職。朱泚平後，渾瑊被加封為侍中、咸寧郡王。㉑有司　有關部門。㉒岳州　地名。在今湖南省岳陽市。㉓巴陵　地名。在今湖南省岳陽縣。㉔繫職句　他的主要職責是運輸軍糧。餽運，運送軍糧。㉕四遷　四次遷昇。㉖士曹參軍　官名。為地方長官的輔佐官吏。㉗元和　唐憲宗李純的年號。西元八〇六年至八二〇年。㉘濱死　幾乎死去。濱，接近；幾乎。㉙污吾跡　玷污我的品行。跡，行跡；品行。古人以隱居為高尚，以當官為卑下，駱峻為官二十餘年，故言「污吾跡」。㉚以有養　因為我有老母需要養活。以，因為。本句解釋自己之所以為官二十餘年，主要是為了拿俸祿贍養母親。㉛行吾志　實現自己的願望。即辭官歸隱。㉜杜公黃裳　即杜黃裳。京兆萬年人（一說京兆杜陵人）。字遵素。先後任太常卿、門下侍郎、同中書門下平章事等職。後出任河中、晉絳等地的節度使。㉝蒲津　地名。又叫蒲坂津。黃河的渡口之一，在今山西省永濟縣。津上有關，名蒲津關，為古代軍事要地。㉞張公弘靜　即張弘靜。史書又作張弘靖。字元理。先後任刑部尚書、同中書門下平章事。出任盧龍節度使時，因處事不當，被貶為吉州刺史。㉟并州　地名。其地大約相當於今山西省汾水中游地區。㊱大梁　地名。在今河南省開封市一帶。㊲渾尚書鎬　即渾鎬。為渾瑊之子。先後任鄧州刺史、唐州刺史和義武軍節度使。後因指揮作戰失當，被貶為循州刺史。尚書，官名。為朝廷各部的長官。㊳易定　地名。所在地不詳。疑為易京，在今河北省雄縣西北。㊴潘侍郎孟陽　即潘孟陽。先後任渭南尉、戶部侍郎、大理卿等職。侍郎，官名。為朝廷各部的副長官。㊵東川　地名。在今四川省東部地區。㊶司徒薛公苹　即薛苹。寶鼎人。先後任長安令、虢州刺史、湖南觀察使、御史大夫等職。司徒，官名。主管教化。後為虛職。唐代的司徒可參議朝政。㊷鄭滑　地名。在今河南省鄭州市和滑縣一帶。㊸挈卑詞　送去言詞謙恭的書信。挈，攜帶；送去。卑詞，指言詞謙恭的信。(44)長慶　唐穆宗劉恒的年號。西元八二一年至八二四年。(45)桂府　地名。即桂林府。在今廣西省桂林市。(46)杜公　指杜式方。杜式方字考元，是杜佑之子，杜牧的伯父，杜悰的父親。先後任太常寺主簿、太僕卿、桂管觀察使等職。桂管觀察使的治所在桂府。(47)拜章　向皇上上奏章。(48)梧州　地名。在今廣西省梧州市。(49)黃家洞　地名。又叫黃峒。在今廣西省邕寧縣與容縣之間的山區，為蠻族聚居處。自唐大曆後，此處蠻族多次叛亂。(50)邕　地名。即邕州。在今廣西省南寧市和邕寧縣一帶。(51)容　地名。即容州。在今廣西省容縣。(52)鼎黿　鍋中的甲魚。鼎，煮食物用的器物，一般是三足兩耳。黿，動物名。又叫甲魚、團魚。本句形容官軍猶如大鍋中的甲魚那樣縮著頭不敢出戰。(53)交阯　地名。又叫交趾。泛指五嶺以南地區。(54)都護　官名。唐代設六大都護府，管理邊遠地區的諸侯國。(55)相仍　相繼。(56)捐　放棄不管。(57)梧　指梧州。(58)慘而讓　神情淒涼地推辭。(59)訖　最終；始終。(60)爾後　此後。爾，此。(61)一　指十分之一。(62)捽墾　拔草墾荒。泛指耕種。捽，拔。(63)造　到。(64)栖退　隱退。(65)高　指品行高潔。(66)言色　言語表情。色，表情。(67)如勇句　猶如一心想當官的人那樣。勇於仕進的人，必須表現得溫和、恭敬、謙下，駱峻不願當官，無求於人，卻依然表現出這些優良的品行。(68)活人　拯救百姓。活，救活；拯救。(69)綏邊　綏解邊關的緊張形勢。(70)亹亹　勤勉不倦的樣子。(71)冀　希望。(72)達　傳到。(73)機鍵　權謀機詐。(74)浮圖學　即佛教。浮圖，又作浮屠、佛陀。梵語音譯。即佛。(75)約其條目　要求他們講出具體的細目。約，邀請；要求。(76)窒之　堵塞他們；反駁他們。窒，堵塞；制止。(77)其徒　指佛教徒。(78)夫子　對老師的稱呼。這裡具體指孔子。(79)旨　意旨；思想。(80)圖　動詞。描繪。(81)鑑者　評論的人。鑑，鑑定；評論。(82)朱審　人名。古代著名畫家。生平不詳。(83)王維　人名。太原祁人。字摩詰。唐代著名詩人，擅長山水畫。他的畫以水墨渲染，蕭疏清淡，人稱其詩中有畫，畫中有詩。(84)儔　類。(85)一來句　都到他這裡來請他解決。一，全部。(86)自得　自己感到心滿意足。(87)會昌　唐武宗李炎的年號。西元八四一年至八四六年。(88)劉公晏　即劉晏。南華人。字士安。先後任戶部侍郎、吏部尚書、同中書門下平章事等職。善理財。後貶忠州刺史，賜死。天下冤之。(89)食　拿東西給別人喫。(90)斯　代詞。代指劉晏的理財能力。(91)蕭何　人名。漢朝沛人。輔佐劉邦建立西漢王朝。楚漢相爭時，蕭何留守關中，為劉邦輸送兵源和糧餉，使劉邦得以統一天下。(92)長短　評論好壞。(93)富人　使百姓富裕。(94)烈祖　對祖先的敬稱。烈，功業顯赫。(95)岐國公　指杜牧的祖父杜佑。杜佑被封為岐國公。(96)李公　指李吉甫。趙郡人。字弘憲。元和年間，兩度為相，因削弱割據勢力有功，被封為趙國公。著有《元和郡縣圖志》。(97)術業　學術造詣。(98)恨　遺憾。(99)優禮句　用很恭敬的禮節同他交往。(100)不見　不拿出；不顯示。見，通「現」。(101)可欲　指能引起人產生欲望的東西。如名、利等。本句與下句出自《老子》。(102)古之句　古代寫出這兩句話的人。

指老子。(103)窮栖句　在困境中辭官退隱，同世俗社會斷絕聯繫。老子為春秋末年人，曾任東周藏書室史官，因對當時的政治不滿，辭官歸隱。窮，處境不好。栖，退隱。(104)子伯　人名。即令狐子伯。東漢廣武人。曾擔任楚相。(105)王霸句　王霸為此而羞愧得長臥不起。王霸，人名。東漢廣武人。字儒仲。他辭官歸隱，堅不出仕。他的好友令狐子伯時為楚相，令狐子伯的兒子任郡功曹。有一次，令狐子伯命其子送信給王霸，王霸的兒子正在田裡耕作，當王霸之子看到令狐子伯之子車服鮮美、儀態華貴時，羞愧難當，不敢正視。王霸得知此事後，也慚愧異常，久臥不起。王霸是著名隱士，在「可欲」之事面前，尚難自持，更何況一般的人。杜牧用這個典故來印證「不見可欲，使心不亂」。(106)向栩句　長期隱居的向栩還是當了趙國的相國。向栩，人名。東漢末年河內朝歌人。字甫興。其父向長為著名隱士。向栩本人也長期隱居學道，後來擺脫不了榮華富貴的誘惑，先後任趙相、侍中等職。後因反對出兵討伐黃巾軍被殺。趙，東漢諸侯國之一。(107)馬良句　馬良也乘坐著華美的車輛當了大官。馬良，人名。東漢末年襄陽宜城人。字季常。追隨劉備，先後任從事、侍中等職。劉備東征吳國失敗後，馬良在武陵被害。煥，華美鮮亮。(108)子夏句　子夏是孔子的優秀學生。子夏，人名。姓卜，名商，字子夏。春秋末年衛國人。曾當過魏文侯的老師。高第，優等。(109)心中句　心中充滿了矛盾。有一段時間，子夏既喜歡世俗的榮華富貴，又喜歡孔子講的仁義道德，二者交戰於心，不知何去何從。以上所舉例子，都是要說明即使是著名的高潔之人，也很難抵抗富貴的誘惑，以此為下文作鋪墊，反襯出駱峻面對富貴毫不動心的高貴品行。(110)處士　指駱峻。(111)落青句　就坐落在京城長安的東門邊。落，坐落。青門，漢代京城長安的東南門叫青門。這裡代指唐代長安的東門。畔，邊。駱峻的隱居地灞陵在長安東邊不遠處，故言。(112)文駟句　貴族乘坐的華美車輛接連不斷。文，花紋；華美。駟，同拉一輛車的四匹馬。羈，馬籠頭。代指馬。(113)繡軒句　高官們乘坐的華麗車子一輛接著一輛從門前馳過。繡，華麗。軒，官員們乘坐的車子。交，交相；南來北往。貫，穿過；馳過。(114)危冠句　這些官員戴著高大的帽子，得意洋洋。危，高。自喜，自我得意。(115)首縈句　形容這些貴族、官員說話做事很符合禮法規矩、不敢有半點自由的樣子。縈、絆，都是約束、牽制的意思。(116)言訖句　駱峻與這些達官貴人交談結束後作揖分別。訖，結束。(117)一如句　猶如從未看見他們的榮華富貴一樣。這幾句是說，駱峻雖然住在京城附近，整天與達官貴人交往，但從不受他們的影響。這說明駱峻的品行比王霸、子夏等人還要高潔。(118)我齒句　駱峻的年齡還不算太大。我，指駱峻。齒，指年齡。(119)誰知句　誰是他的知己而了解他呢？(120)岐公句　堪為一代宗師的岐國公杜佑就是他的知己。岐公，即岐國公。指杜牧的祖父杜佑。主師，宗師。(121)移時　很長時間。(122)無遺　沒有遺漏；沒有失策。(123)釣之　誘惑他。(124)諸侯句　地方長官六次請他前去任職。諸侯，指地方長官。唐代的節度使、刺史等相當於周代的諸侯，故言。六辟，六次徵召他。辟，徵召。這六次指任岳州巴陵尉和杜黃裳、張弘靜、渾鎬、潘孟陽、薛苹對他的徵召。(125)南服句　而他只到南方當過一次官。南服，南方。具體指岳州。周代根據距離京城的遠近，把國土分為五服，因此，南方又叫南服。麾，指揮。代指當官。(126)百實句　長出各種各樣的果實。百，泛指各種各樣。繁，多。滋，生長。(127)食具句　豐衣足食。具，具備；不缺少。(128)去　離開；去世。(129)端　端由；原因。

【語　譯】灞陵駱處士名峻，字肅之，華州華陰人。建中四年，駱處士剛剛二十歲，他來到京城長安遊歷，不想遇到朱泚叛亂，他便被朱泚的黨羽源休扣留下來，要他為叛軍做事。駱處士找機會逃了出來，一天一夜跑了兩百來里路，回到自己的故鄉華陰拜見父母。他告訴父母說：「估計叛軍最終不能向東出擊百里，因此鄉親們不必擔心。我希望能夠去看望一下身處危難之中的天子。」於是他就到了奉天，後來又到了漢中。他多次就軍糧問題向有關官員提出建議。後來，李懷光又接著朱泚在長安一帶叛亂，關中地區的官府和百姓都缺糧挨餓，李晟、馬燧、渾瑊的十幾萬大軍，只能以天為計算單位來分發軍糧。因此，有關部門就請求朝廷，任命駱處士去岳州當巴陵縣尉，主要職責就是負責調運軍糧。後來經過四次遷昇，駱處士當上了揚州的士曹參軍。

元和初年，駱處士因為母親去世而辭官回家，他為母親去世悲傷痛哭，差點兒丟了性命。守喪結束後，他說：「二十餘年的官宦生涯玷污了我的品行，那時追求豐富鮮美的衣食，主要是因為要贍養自己的母親，現在可以實現自己的願望辭官歸隱了。」於是他就在灞陵東邊的山坡下找了一塊有水有樹的地方住了下來。鎮守蒲津的丞相杜黃裳，先後鎮守并州、大梁的丞相張弘靜，鎮守易定的尚書渾鎬，鎮守蜀地東川的侍郎潘孟陽，鎮守鄭滑的司徒薛苹，都曾送去言詞謙恭的書信、禮品、馬匹，對他說：「您難道不能接受邀請來幫助我們治理國家嗎？」而駱處士都以有病為藉口婉言謝絕。長慶初年，桂府觀察使杜式方先後兩次上奏章，請派駱處士去擔任梧州刺史，朝廷因此下詔任命駱處士為梧州刺史。眾大臣都對他說：「現在黃家洞的叛賊十分猖獗，邕州和容州的官軍連吃敗仗，他們縮著頭不敢出戰，膽怯得就像大鍋裡的縮頭團魚一樣。交阯的叛賊殺了都護，又加上旱災、動亂相繼不斷。朝廷怎能置這三地於不顧、不讓您前去治理整頓、而讓您長期當一個梧州刺史呢？」駱處士滿面愁容地拒絕出任梧州刺史，只用自己有病來解釋，始終不談其他事情。從此之後，人們知道他隱居的決心十分堅定而不可動搖。

駱處士有三百畝土地，其中十分之一的土地用來種植水果和蔬菜。他辛辛苦苦地種地除草，從不接受別人一分錢的恩惠。朝廷中的名士，大多都去登門拜訪，而駱處士從來不在言語和表情上流露出自己辭官歸隱、超然世外的高傲之情，他溫和、恭敬、小心、謙下，同那些一心做官者的表現一樣。談論到當代政治的利弊，以及拯救百姓、緩和邊疆形勢的策略時，他總是不知疲倦地暢所欲言，希望自己的意見能夠傳達到當權者那裡。至於有關個人安危、偷機取巧之類的話，他從來不說。駱處士特別不相信佛教，如果遇上愛談佛學的人，他就請對方先講一些具體的條目內容，然後他就引用儒家六經中的言詞來反駁對方，說：「你講的這些實際上是佛教徒盜用了孔子的思想，只不過編造了一些新名詞而已。他們自己怎能想得出這些道理來！」駱處士還善於畫山水畫，鑑賞者把他比作朱審、王維一流的人。附近的鄉親們發生了矛盾衝突和其他或凶或吉的事情，都來找他討教解決的辦法。駱處士隱居了三十六年，每天都過得心滿意足、自由自在。駱處士於會昌元年十一月某日去世，享年七十九歲。於這一年的某月某日，歸葬於華陰縣的祖墳裡。

駱處士曾經說：「相國劉晏不急徵暴斂，在國家動亂之後，養活數十萬大軍達二十餘年，他的理財能力遠遠地超過了蕭何。」他經常評價、比較從古至今的那些富國強兵的辦法。我的祖父司徒岐國公杜佑和趙國公李吉甫，在貞元、元和年間，他們的儒學造詣可以說在全國首屈一指，然而每當他倆與駱處士交談時，未嘗不為他的才學而感嘆不已，常常為他身處壯年、而不能使他屈身入仕而深感遺憾。杜、李二公都以非常恭敬的禮節同他交往。嗚呼！駱處士真是一位賢人啊！銘文是：

不顯示令人產生欲望的東西，可以使人們的心境靜而不亂。古代那位寫作這兩句話的老子，退隱後就同世俗社會斷絕了聯繫。令狐子伯的兒子來到隱士王霸的家裡，就使王霸羞愧得久臥不起。隱居學道的向栩最終還是當了趙國的相國，馬良也當了大官坐上了華美鮮亮的馬車，子夏是孔子的優秀弟子，心中卻為道義和名利交戰不已。駱處士居住的地點，就在京城長安的東門旁邊。貴族的華麗車子一輛接著一輛，高官們的彩飾車輛從不同方向來到門前，他們頭戴高冠得意洋洋，一言一行都符合禮節規範。駱處士與他們交談完畢、作揖分手之後，絲毫不受影響猶如什麼都未看見。駱處士的年紀還不算太大太老，誰是了解他的知音？一代宗師岐國公杜佑，每次見他總是笑臉相迎，一旦交談又總是久久不停。駱處士談論軍事計畫軍糧，從來沒有遺漏不會失算。一切功名和富貴，對他都沒有任何誘惑力量。各地長官六次請他出仕，他也只去南方的岳州當過一次官員，對其他邀請他都笑而不答，因此也擺脫了許多是非糾纏。駱處士有三百畝田地，生長出各種各樣的果蔬和糧食。他隱居了整整三十六年，豐衣足食，一切都很圓滿。現在他永遠離開了人間，誰能知道這些事情發生的根源？嗚呼！駱處士真是一位聖賢！

唐故復州司馬杜君墓誌銘并序

【題解】復州，地名。在今湖北省沔陽縣西。司馬，官名。為州刺史的佐吏，位在別駕、長史之下。按照古制，司馬輔佐刺史掌管一州軍事，唐時則多為閑職。杜君，指杜詮。杜詮是杜牧的堂兄。杜牧的祖父杜佑有三子：長子杜師損，次子杜式方，第三子杜從郁。杜詮為杜師損之子，杜牧為杜從郁之子。本文記述了杜詮棄官務農、力耕致富的經歷。

公諱詮，字謹夫，河西❶隴右❷節度使、襄陽公、贈司空❸之曾孫，司徒、岐國公、贈太師❹之孫，司農少卿❺、贈給事中❻之子。公以岐公蔭❼，調授揚州參軍❽、同州❾馮翊縣❿丞⓫、衛尉寺主簿⓬、鄂州⓭江夏縣⓮令、復州司馬。年六十，某年月日，終于漢上⓯別業⓰。

岐公外殿內輔⓱，凡十四年，貴富繁大⓲，孫兒二十餘人，晨昏起居⓳，同堂環侍⓴。公為之親㉑，不以進㉒，門內家事，條治裁酌㉓，至於筐篋㉔細碎，悉歸於公，稱謹而治。自罷江夏令，卜居㉕於漢北泗水㉖上，烈日笠首㉗，自督耕夫，而一年食足，二年衣食兩餘，三年而室屋完新，六畜㉘肥繁，器用皆具。凡十五年，起於墾荒，不假㉙人之一毫之助，至成富家翁，常曰：「忍恥入仕，不緣㉚妻子衣食者，舉世㉛幾人？彼忍恥，我勞力，等衣食爾㉜，顧我何如㉝？」後授復州司馬，半歲棄去，終不復仕。以某月日，歸葬於長安城南少陵原㉞司馬村㉟先塋㊱，某為從父弟㊲，泣涕而書銘曰：

公侯之家，所業㊳唯官。薄官業農㊴，墾荒室完。入仕多恥，以農力勞。等衣食爾，勞力者賢㊵。歸全故丘㊶，慶期孫子㊷。

【注釋】❶河西　地名。又叫河右。唐代置河西節度使，轄區相當於今甘肅省河西走廊，因治所在涼州（今甘肅省武威縣），故又稱涼州節度使。❷隴右　地名。泛指隴山以西、黃河以東地區，在今甘肅省境內。為涼州節度使的轄區。❸贈司空　去世後追贈為司空。指杜希望。司空，官名。漢以後為三公之一，主管水土、營建工程。唐代多為加官，可參議朝政。❹贈太師　去世後追贈為太師。指杜佑。太師，官名。古三公之一。為天子之師。唐代多為加官，無實職。❺司農少卿　官名。主管糧食積儲、京官祿米和園池果林等事。❻給事中　官名。常在皇帝左右侍從，備顧問應對等事。這裡指杜師損。❼蔭　古代子孫因祖先有功勳而得官爵叫「蔭」。❽參軍　官名。責任即參謀軍務。❾同州　地名。在今陝西省大荔縣。❿馮翊縣　地名。在今陝西省大荔縣。同州與馮翊縣的治所都在今大荔縣。⓫丞　官名。即縣丞。為縣令的副職。⓬衛尉寺主簿　官名。衛尉寺為官署名，掌管軍器、儀仗、帳幕等事。主簿是衛尉寺中掌管文書、賬簿的官員。⓭鄂州　地名。在今湖北省武昌縣。⓮江夏縣　地名。在今湖北省武昌縣。鄂州與江夏縣的治所都在今武昌縣。⓯漢上　漢水邊。漢，水名。即漢水。上流在陝西省，下流到漢口市入長江。⓰別業　即別墅。⓱外殿內輔　在朝外鎮守一方，在朝內輔佐天子。殿，鎮守。⓲繁大　指人丁興旺。⓳起居　作息；舉止。泛指日常生活。⓴環侍　站在周圍侍奉。㉑公為句　因為杜詮是岐國公杜佑的親孫子。公，指杜詮。㉒不以進　不能依靠岐國公杜佑去當官。進，仕進；當官。㉓條治句　酌情進行管理。㉔篋　小箱子。㉕卜居　本指用占卜的方法選擇定居之地，後來泛指擇地定居。㉖泗水　水名。又叫泗河。發源於今山東省泗水縣陪尾山，經江蘇省入淮河。㉗笠首　頭上戴著斗笠。笠，用竹篾編製成的遮陽擋雨的帽子。㉘六畜　指牛、馬、羊、豬、雞、犬。㉙假　借助於。㉚不緣　不是因為。緣，緣由。㉛舉世　整個社會。這幾句話是說，絕大多數的人忍辱負重去當官，都是為了養活妻子兒女。㉜等衣句　獲得的衣食財物是相等的。爾，語氣詞。表肯定。㉝顧我句　看看我的生活是否比當官的要好一些？何如，與當官者相比如何？意思是說，自己可得到與官員們一樣的衣食，卻不必像他們那樣遭受羞辱。㉞少陵原　地名。在今陝西省長安縣南。㉟司馬村　地名。在少陵原上。㊱先塋　祖墳。塋，墳地。㊲從父弟　堂弟。從父，對伯父、叔父的稱呼。㊳所業　所從事的職業。㊴薄官句　瞧不起官職，以農耕為職業。薄，輕視；看不起。㊵賢　勝過；更好一些。㊶歸全句　遺體完整地歸葬於祖墳。故丘，這裡指祖墳。㊷慶期句　我們期盼著幸福將降臨到他的子孫身上。慶，福。孫子，即子孫。

【語　譯】杜公名詮，字謹夫。他是河西隴右節度使、襄陽公、去世後追贈為司空的杜希望的曾孫，是司徒、岐國公、去世後追贈為太師的杜佑的孫子，是司農少卿、去世後追贈為給事中的杜師損的兒子。由於祖父岐國公杜佑的恩蔭，杜公先後被授與揚州參軍、同州馮翊縣丞、衛尉寺主簿、鄂州江夏縣令、復州司馬等職。杜公六十歲時，於某年某月某日，去世於漢水岸邊的別墅裡。

岐國公在朝外鎮守一方，在朝內輔佐天子，前後共十四年，杜家富貴繁榮，人丁興旺，孫兒就有二十餘人，當岐國公晨起夜寢、休息飲食時，孫兒們就團聚在一起來侍奉他。因為杜公是岐國公的親孫子，所以他不願走祖父的門路在仕途上飛黃騰達。一切家務事，都由杜公酌情安排，甚至連筐籃、箱子這一類細小的事情，全部都由杜公親自處理，人們都稱讚他治家很謹慎。自從離開江夏縣令的職務後，杜公就定居在漢水北面的泗水邊。他頭戴斗笠，頂著烈日，親自督促農夫耕作，一年之後，就解決了全家吃飯的問題；過了兩年，衣食都有了剩餘；到了第三年，就築起了新住宅；家裡的六畜肥美繁多，各種器具也都置辦完備。前後一共用了十五年的時間，杜公由墾荒起家，沒借助於別人一絲一毫的幫助，就成了大富翁。杜公經常說：「忍辱負重地生活在官場上，不是為了給妻子兒女謀衣謀食而如此做的人，整個社會又有幾個？他們忍受著羞恥，我付出了勞動，我得到的衣食同他們一樣多，那麼你看看我的生活是不是比他們更自由、更有尊嚴一些呢？」後來，朝廷又任命杜公為復州司馬，僅僅過了半年，杜公就棄官而去，從此就再也沒有出仕了。於某月某日，杜公的靈柩歸葬於長安城南少陵原司馬村的祖墳裡。我是杜公的堂弟，我流著眼淚為杜公寫了以下銘文：

出身於公侯之家的人，所從事的職業就是當官。而杜公卻輕視官職甘心務農，通過墾荒豐衣足食並築起新房。他認為進入仕途要遭受羞辱，故而從事農業努力種田。杜公務農得到的衣食與當官者一樣，而務農生活顯得更自由更具尊嚴。杜公的遺體完整地歸葬於祖墳，我們期盼著幸福降臨於他的子孫。

唐故邕府巡官裴君墓誌銘

【題解】邕府，地名。即邕州。在今廣西省南寧市和邕寧縣一帶。巡官，官名。為唐代節度使、觀察使等地方長官的幕僚，位在判官、推官之下。裴君，指裴希顏。裴希顏是杜牧的妻兄。這篇文章主要記述了裴希顏及其父親仁厚愛人的品德。

君諱希顏，字某。裴氏於百氏❶中，獨標其族曰眷❷，三分之為東西中❸，君東眷裴，在國朝❹名位最大曰冕❺，艱難中定冊立肅宗於靈武❻而相之，繼相代宗，僅❼十五年，國史❽有傳。冕於君為堂伯祖父❾。皇考❿某，終朗州⓫刺史，娶宣州⓬寧國⓭令滎陽⓮鄭某女，生四男，君為首生⓯。朗州⓰為盩厔⓱、河西⓲令，道⓳、朗二州刺史，公廉剛簡，強⓴

於愛人，凡關百姓一毫事，與京兆尹㉑、節度使爭論，大聲於廷府間，前如無人。然未嘗以杖責㉒治家，家人㉓有過失則諭㉔之，諭不變者，出之為良人㉕，終不忍牽鬻於市㉖。將終，鄭夫人泣請遺令，曰：「吾之廄騾㉗，為盩厔時役之，今踰㉘十年，聽㉙其老死，慎㉚不可賣。」言訖而絕㉛。君生寢染㉜仁父之化㉝，溫良柔友，窮居鄠縣㉞，飢寒餘二十年，未嘗出一言以慍㉟不足。司農卿㊱裴及為邕府經略使㊲，辟君為從事㊳，得南方疾㊴歸。大中二年某月日，卒于其家，享年若干。不娶，無子。某㊵娶裴氏，實君之私㊶，其弟覺㊷泣來請銘。銘曰：

淑其性㊸，生無位，死無子，孰識其端㊹？

【注釋】❶百氏　泛指各族各姓。❷眷　親屬；眷屬。❸三分句　裴氏家族自晉、魏以來，世代皆為名族，他們把居住在燕地（今河北省北部及遼寧省南部地區）的裴姓人叫作「東眷」，把居住在河東（今山西省境內黃河以東地區）的裴姓人叫作「中眷」，把居住在涼州（今甘肅省、寧夏回族自治區一帶）的裴姓人叫作「西眷」。❹國朝　指唐朝。❺冕　人名。即裴冕。河東人。字章甫。安史叛亂，唐玄宗入蜀，裴冕隨唐肅宗到靈武，與杜鴻漸等人勸肅宗即位。拜尚書右僕射，後封為冀國公。唐代宗時再拜左僕射、同中書門下平章事。❻靈武　地名。故城址在今寧夏回族自治區靈武縣西北。❼僅　將近。❽國史　有關唐代歷史的史書。❾堂伯祖父　祖父的堂兄。❿皇考　對亡父的尊稱。裴希顏的父親叫裴偃。⓫朗州　地名。在今湖南省常德市。⓬宣州　地名。在今安徽省宣州市。⓭寧國　地名。在今安徽省寧國縣。⓮滎陽　地名。在今河南省滎陽縣。⓯首生　長子。⓰朗州　指朗州刺史、裴希顏的父親裴偃。⓱盩厔　地名。在今陝西省周至縣。⓲河西　地名。唐代先後叫河西縣的有數處，一在今雲南省河西縣東北，一在今四川省境內，一在今陝西省朝邑縣東。估計應為後者。⓳道　地名。即道州。在今湖南省道縣。⑳強　突出；特別。㉑京兆尹　官名。負責管理京城長安的政務。㉒杖責　用鞭杖責打、懲罰。㉓家人　指家裡的奴僕。㉔論　說明；講道理。㉕良人　平民；普通百姓。㉖鬻於市　在市場上賣掉。鬻，賣。㉗廄騾　馬棚裡的那頭騾子。廄，馬棚。㉘踰　超過。㉙聽　任憑。㉚慎　表示告誡，相當於「千萬」。㉛言訖句　說完就去世了。訖，結束。絕，去世。㉜寖染　受感染；受影響。㉝化　教化；教育。㉞鄠縣　地名。在今陝西省鄠縣。㉟慍　生氣；發怒。㊱司農卿　官名。主管糧食積儲、京官祿米和園池林果等事。㊲經略使　官名。唐代在邊疆州郡設經略使，負責當地的軍政。㊳從事　官名。古代地方長官的佐吏如別駕、治中、主簿等，均可稱「從事」。㊴南方疾　即南方病。㊵某　指杜牧自己。㊶私　偏愛。㊷覺　人名。裴希顏之弟。生平不詳。㊸淑其性　他的性格、品行非常美好。淑，美好。㊹端　端由；原因。

【語　譯】裴君名希顏，字某。在所有的族姓中，只有裴氏把自己的家族分別叫作「東眷」、「西眷」和「中眷」，裴君屬於「東眷裴」。在唐朝，名聲最大、地位最高的是裴冕，他在安史之亂的艱苦歲月裡，勸告、擁護唐肅宗在靈武即位，並擔任宰相輔佐肅宗，後來繼續在唐代宗時擔任宰相，前後將近十五年，有關唐代的史書上有他的傳記。裴冕是裴君的堂伯祖父。裴君的父親叫裴偃，去世於朗州刺史任上。裴偃娶宣州寧國縣令、滎陽人鄭某的女兒為夫人，共生了四個兒子，裴君是長子。裴偃先後當過盩厔縣令、河西縣令、道州刺史和朗州刺史，他公正廉潔、剛直簡樸，特別愛護百姓，凡是涉及到百姓一絲一毫的利益，他都要與京兆尹、節度使等上司爭論，甚至在朝堂或官府大堂上大聲抗爭，其氣勢猶如面前無人一般。然而他卻從來沒有用鞭打杖擊的辦法來治家，家裡的奴僕有了過失，他就給他們講道理，如果講了道理而這些奴僕還不改過的話，他就把他們放出去，讓他們去當普通百姓，始終不忍心把這些奴僕拉到市場上賣掉。裴偃臨終之前，鄭夫人流著眼淚請他留下遺囑，他說：「我們家馬棚裡的那頭騾子，在我當盩厔縣令時就乘坐過，至今已十多年了，任牠老死在家，千萬不要賣掉。」話剛說完就去世了。裴君受到父親仁愛品德的教化和影響，也很溫和善良、柔順友好，他住在鄠縣時，窮困潦倒，挨餓受凍達二十餘年，但他從未因為衣食不足而講一句抱怨、生氣的話。司農卿裴及出任邕府經略使時，任命他為從事，後來因患上了南方病，回到了故鄉。大中二年某月某日，裴君在自己家裡與世長辭，享年若干。裴君沒有娶妻，因而也沒有子女。我的夫人裴氏，是裴君特別喜歡的妹妹。裴君的弟弟裴覺流著眼淚來請我寫銘文。銘文是：

裴君的品德是那樣的美好，然而他在世時沒有地位，死後又沒有留下子女，誰又能弄清楚這些情況發生的原因呢？

唐故范陽盧秀才墓誌

【題解】范陽，地名。在今北京市一帶。盧秀才，指盧霈。秀才，唐代的秀才是與進士、明經相並列的選士科目。有時也用於對人的尊稱，意謂才能優秀。本文記述了盧霈由不學無術到學有所成、再到不幸遇害的一生經歷，突出了他樂觀、豪爽和自信的性格。本文文筆簡潔，描寫生動，是一篇優秀的傳記文。另外，杜牧還寫有一首詩〈句溪夏日送盧霈秀才歸王屋山，將欲赴舉〉（見卷三），可參看。

秀才盧生[1]名霈，字子中。自天寶[2]後，三代或仕燕[3]，或仕趙[4]，兩地皆多良田畜馬，生年二十，未知古有人曰周公[5]、孔夫子[6]者，擊毬飲酒，馬射走兔[7]，語言習尚[8]，無非攻守戰鬭之事。

鎮州[9]有儒者黃建，鎮人敬之，呼為先生。建因[10]語生以先王[11]儒學之道[12]，因復曰：「自河[13]而南，有土地數萬里，可如燕、趙比者[14]百數十處。有西京[15]、東京[16]，西京有天子，公卿士人畦居[17]兩京間，皆億[18]萬家，萬國[19]皆持其土產，出其珍異，時節朝貢[20]，一取約束[21]。無禁限疑忌[22]，廣大寬易[23]，嬉遊終日。但[24]能為先王儒學之道，可得其公卿之位，顯榮富貴，流㉕及子孫，至老不見戰爭殺戮。」生立悟其言㉖，即陰㉗約母弟㉘雲竊家駿馬，日馳三百里，夜抵襄國㉙界，捨馬步行徑㉚入王屋山㉛，請詣㉜道士觀㉝。道士憐之，置之外門廡下㉞，席地而處，始開《孝經》㉟、《論語》㊱。布褐不襪㊲，捽草為茹㊳，或竟日㊴不得食，如此凡十年。年三十，有文㊵有學㊶，日閑習人事㊷，誠敬通達㊸，汝㊹、洛㊺間士人稍稍知之。

開成㊻三年，來京師舉進士，於群輩中酋酋然㊼，凡曰進士知名者多趨之㊽，願與之為交。生嘗曰：「丈夫一日得志，天子召座於前，以笏畫地㊾，取山東㊿一百二十城，唯我知其甚易爾！」因言燕、趙間山川夷險(51)，教令風俗人情之所短長(52)，三十年來王師攻擊利與不利其所來由(53)，明白如彩畫(54)，一一可以日覩(55)。

開成四年，客遊代州(56)南歸，某月日，於晉州(57)霍邑縣(58)界晝日盜殺之。京師名進士聞之，多有哭者，資(59)其弟雲至霍邑取生喪來長安。以某年月日，葬於城南某鄉里，其所資費，皆出於交遊(60)間。曾祖昌嗣，涿州(61)刺史；祖顒，易州(62)長史(63)；父勸，鎮州石邑(64)令。某常以(65)生之材節(66)薦生於公卿間，聞生之死，哭之，因誌其墓。

【注釋】❶盧生　即盧霈。生，對讀書人的稱呼。❷天寶　唐玄宗李隆基的年號。西元七四二年至七五五年。❸燕　地名。在今河北省北部和遼寧省南部地區。❹趙　地名。在今河北省南部和山西省中部、北部一帶。❺周公　即姬旦。姬旦是周文王之子、周武王之弟。曾輔佐周武王滅商，後又制訂禮樂，鎮壓叛亂，為周朝的鞏固和發展做出了鉅大的貢獻，是歷史上著名的政治家和思想家。❻孔夫子　即孔子。夫子，對孔子的尊稱。❼走兔　奔跑的野兔。走，奔跑。❽習尚　習慣；風尚。這裡指盧霈經常愛做的事情。❾鎮州　地名。在今河北省正定縣。❿因　找機會。⓫先王　指古代的聖明君主。如堯、舜、禹、商湯等。⓬道　道理；學說。⓭河　水名。即黃河。⓮比者　相似或相同的土地。⓯西京　地名。指長安。⓰東京　地名。即東都洛陽。⓱畦居　分區而居。畦，本指分界整齊的田塊，這裡比喻公卿們的住宅區。⓲億　數詞。古時把十萬和一萬萬都叫做「億」。這裡泛指多。⓳萬國　泛指各諸侯國及周邊的附屬國。⓴時節句　按時節來朝拜天子，向天子進貢。㉑一取句　都受天子的約束和指揮。一，全部。㉒疑忌　彼此相互猜疑、忌恨。㉓廣大句　土地廣闊，法制簡易。㉔但　只要。㉕流　留下恩惠。㉖立悟其言　聽了他的話，馬上就醒悟了。立，馬上。㉗陰　暗中。㉘母弟　同母弟弟。㉙襄國　地名。在今河北省邢臺縣。㉚徑　小路；走小路。㉛王屋山　山名。在山西省陽城縣西南，南跨河南省濟源縣，西跨山西省垣曲縣界。㉜詣　到。㉝觀　道教的廟宇。㉞廡下　偏屋裡。廡，古代大堂下周圍的房子。㉟孝經　書名。儒家經典之一。主要宣講孝道思想。㊱論語　書名。儒家經典之一。由孔子弟子及再傳弟子編著，主要記載孔子及其弟子的言行。㊲布褐句　穿著粗布衣，光著腳。褐，粗布衣服。不襪，沒有襪子穿。㊳捽草句　採野菜為食。捽，拔；採摘。茹，吃。㊴竟日　整天。㊵文　會寫文章。㊶學　學問。㊷閑習人事　學習治國之事。閑，熟習；學習。人事，人間之事。這裡主要指治國之事。㊸誠敬句　他誠實、恭敬、開通、曠達。㊹汝　地名。在今河南省汝州市。㊺洛　地名。即洛陽。㊻開成　唐文宗李昂的年號。西元八三六年至八四〇年。㊼酋酋然　出類拔萃的樣子。酋，首領。這裡用來形容超出常人的樣子。㊽趨之　跑到他那裡。㊾以笏句　用笏在地上畫出軍事形勢圖。笏，古代大臣上朝時拿的手板，用來記事。㊿山東　地區名。指太行山以東、黃河以北地區。當時這一地區為割據勢力所控制。(51)夷險　平坦和險要。夷，平坦。(52)短長　好壞。(53)所來由　之所以發生的原因。(54)彩畫　彩色的圖畫。(55)目覩　親眼所見。(56)代州　地名。在今山西省代縣、繁峙縣一帶。(57)晉州　地名。在今山西省臨汾縣。(58)霍邑縣　地名。在今山西省靈石縣南。(59)資　資助。(60)交遊　交往。這裡指有交往的朋友。(61)涿州　地名。在今河北省涿縣。(62)易州　地名。在今河北省易縣。(63)長史　官名。唐代的上州刺史、別駕下，置長史一人。協助處理政務。(64)石邑　地名。在今河北省獲鹿縣。(65)以　因。(66)材節　才能和節操。

【語譯】盧秀才名霈，字子中。自天寶年間以後，他祖上三代人或者在燕地做官，或者在趙地做官，他們家在這兩個地方都有很多的良田牛馬。盧秀才二十歲的時候，還不知道中國古代有兩位名叫周公、孔夫子的人，他踢毬飲酒，騎馬追射奔逃的野兔，他講的話，他喜歡做的事，全都是有關攻守戰鬥的事情。

鎮州有一位名叫黃建的儒家學者，鎮州人對他很尊敬，稱他為「先生」。有一次，黃建找機會同盧秀才談起古代聖王和儒家的道理、學問，接著又對盧秀才說：「自黃河以南，有數萬里土地，像燕、趙這麼大的土地，那裡有數十塊、上百塊。那裡還有西京、東京，西京有一位天子，公卿大臣和眾多的讀書人分佈居住在兩京之間的地區，有數十萬家。各個諸侯國都帶著自己的土特產，拿出自己的珍寶奇物，按時節去朝見天子，並向天子進貢，大家全都接受天子的約束和指揮。那裡沒有太多的限制，彼此不互相猜疑忌恨，那裡的土地廣闊，法制簡易，百姓們整天遊玩嬉樂。只要能夠學習古代聖王和儒家的道理、學說，就可以得到公卿這些高位，享盡榮華富貴，還能夠留恩惠於後代子孫，自己終身可以遠離戰爭殺戮的殘酷場面。」盧秀才聽了這番話，馬上就醒悟了，他暗中約請自己的同母弟弟盧雲，一起偷走了家裡的駿馬，他一天就騎著馬跑了三百里路，夜裡到了襄國境內，然後他留下馬匹，從小路步行進入王屋山。他請求住進道士們的道觀裡，道士們可憐他，就把他安置在外門旁的偏屋裡住下，他席地而坐，開始閱讀《孝經》、《論語》。盧秀才穿著粗布衣，光著腳，採野菜為食，有時整天吃不到一頓飯，如此過了整整十年。在他三十歲時，他能寫出一手好文章，而且很有學問，他依然每天學習治國的辦法，他誠實恭敬，豪爽通達，汝州、洛陽一帶的讀書人開始慢慢知道他了。

開成三年，盧秀才來京城長安應考進士，他在眾多的考生中顯得出類拔萃，凡是多少有一些名氣的進士，大多都來拜訪他，希望同他結為朋友。盧秀才曾經說：「大丈夫一旦得志，被天子請到面前坐下，他將用笏在地上畫出軍事形勢圖，為天子收復山東地區的一百二十座城池。只有我明白要做到這一點是非常容易的！」他接著就介紹了燕、趙地區的山川何處平坦、何處險要，還介紹了當地教化法令和風俗人情的好壞，最後分析了三十年來朝廷軍隊進攻該地區割據勢力時或勝或敗的原因。他講得是那樣清楚明白，就如同一幅幅彩色圖畫，使人能夠親眼目睹一樣。

開成四年，盧秀才遊歷代州後向南返回時，於某月某日的大白天，在晉州霍邑縣境內被強盜殺害。京城裡有些名氣的進士們聽到這個不幸的消息後，許多人都流下了眼淚，他們資助盧秀才的弟弟盧雲到霍邑去把他的靈柩運回了長安。於某年某月某日，盧秀才被安葬在長安城南的某鄉某里，一切安葬費用，都由朋友們拿出。盧秀才的曾祖父叫盧昌嗣，曾當過涿州刺史；祖父叫盧顗，曾當過易州長史；父親叫盧勸，曾當過鎮州石邑縣令。因為盧秀才有才能有節操，所以我經常向公卿大臣們推薦他，聽到他被害的消息後，我為他痛哭，並為他寫下了這篇墓誌文。

唐故進士龔軺墓誌

【題　解】龔軺，人名。杜牧與龔軺只有一面之交，他連龔軺的籍貫、家世都不清楚，因此這篇墓誌寫得也就十分簡略，只記載了二人見面和龔軺去世這兩件事。杜牧與龔軺雖僅匆匆一見，但他卻出錢改葬對方並為其寫作墓誌文，從中可以看出杜牧的俠義性格。

會昌❶五年十二月，某自秋浦❷守桐廬❸，路由錢塘❹，龔軺袖詩❺以進士名來謁❻，時刺史趙郡❼李播曰：「龔秀才詩人，兼善鼓琴❽。」因令操❾〈流波弄〉❿，清越可聽。及飲酒，頗攻章程⓫，謹雅而和。飲罷，某南去，舟中閱其詩，有山水閑淡⓬之思⓭。後四年，守吳興⓮，因與進士嚴惲言及鬼神事，嚴生曰：「有進士龔軺，去歲來此，晝坐客館中，若有二人召軺者，軺命馬⓯甚速，始跨鞍，馬驚墮地，折左脛⓰，旬日卒。」余⓱始了然⓲。憶錢塘見軺時，徐徐尋思，如昨日事。因知尚殯⓳于野，乃命軍吏徐良改葬于卞山⓴，南去州城西北一十五里。嚴生與軺善，亦不知其鄉里源流㉑，故不得記。嗚呼！胡為㉒而來二鬼，驚馬折脛而死哉？大中五年辛未歲㉓五月二日記。

【注　釋】❶會昌　唐武宗李炎的年號。西元八四一年至八四六年。❷秋浦　地名。即池州。在今安徽省貴池市。會昌五年，杜牧任池州刺史。❸桐廬　地名。在今浙江省桐廬縣。當時，杜牧被調任為睦州刺史，桐廬為睦州屬縣之一。❹錢塘　地名。在今浙江省杭縣。❺袖詩　袖子裡裝著詩稿。❻謁　拜訪。❼趙郡　地名。即趙州。在今河北省趙縣。❽鼓琴　彈琴。❾操　彈奏。❿流波弄　琴曲名。⓫頗攻句　很懂得各種規程條例。攻，攻讀；研究。⓬閑淡　恬淡。⓭思　情趣。⓮吳興　地名。即湖州。在今浙江省湖州市。大中四年，杜牧出任湖州刺史。⓯命馬　命令備馬。⓰脛　小腿。⓱余　我。⓲了然　明白；知道。⓳殯　停放靈柩。⓴卞山　山名。在今浙江省湖州市西北。㉑源流　指出身、家世。㉒胡為　為什麼。㉓辛未歲　即大中五年。按天干地支紀年，大中五年為辛未歲。

【語　譯】會昌五年十二月，我自秋浦調到桐廬去當睦州刺史。路過錢塘時，龔軺以進士的身分帶著詩稿來拜訪我，當時趙郡人李播在那裡當刺史，他對我說：「龔秀才是一位詩人，而且還善於彈琴。」於是大家就請他彈奏了一曲〈流波弄〉，琴曲清脆嘹亮，很值得一聽。到了飲酒的時候，我還瞭解到他對各種規程條例很有研究，他本人的性格也很謹慎、文雅、溫和。飲酒以後，我乘船南去，在船上，我閱讀了他的詩作，感到他的詩作很有一些栖情山水、淡泊名利的情趣。四年之後，我出任湖州刺史。有一次，與進士嚴惲談論起鬼神之事，嚴惲告訴我說：「有一位進士叫龔軺，去年他來到湖州，當他大白天坐在客館裡的時候，隱隱約約看見有兩個人來請他，他便趕快要人為他備馬，剛剛跨上馬鞍，馬就受了驚，龔軺被摔在了地上，折斷了左邊的小腿，十來天以後就去世了。」我這纔知道這件事。於是我就回憶起在錢塘與龔軺見面時的情況，慢慢回想這些往事，這些往事猶如發生在昨天一樣。我接著得知龔軺的靈柩還停放在野地裡，於是就命令軍官徐良把他安葬於卞山，卞山在湖州城西北方向十五里處。嚴惲與龔軺雖然交往不錯，但也不知道他的籍貫和家世，因此無法把這些情況寫入墓誌文。嗚呼！那兩個鬼魂為什麼跑到這裡來驚擾馬匹、使龔軺摔斷小腿而死呢？大中五年辛未歲五月二日記。

卷十

《李賀集》序

【題解】李賀，人名。生於西元七九〇年，卒於八一六年。唐代河南昌谷人。宗室鄭王李亮之後。字長吉。因父親名叫李晉肅，李賀為避諱不應進士考試。李賀是唐代著名詩人，他的詩歌想像豐富，險峭幽詭，但有些地方因過於求奇，往往流於晦澀。杜牧為《李賀集》寫的這篇序文可分兩個部分，在第一部分裡，主要交代了寫作這篇序文的緣起。在第二部分裡，杜牧對李賀詩歌的優點和缺點進行了評說。在談到優點時，杜牧使用了一連串的比喻，不僅辭藻華美、音節鏗鏘，而且化抽象為具體，使讀者更易理解接受。在談到缺點時，杜牧的意見也顯得十分中肯。

大和❶五年十月中，半夜時，舍外有疾呼傳緘書❷者。某曰：「必有異❸。亟取火❹來！」及發之❺，果集賢❻學士沈公子明❼書一通❽，曰：「吾亡友李賀，元和❾中義愛❿甚厚，日夕相與⓫起居飲食。賀且⓬死，嘗授我平生所著歌詩，離⓭為四編，凡千首。數年來東西南北，良為[14]已失去。今夕醉解[15]，不復得寐[16]，即閱理篋帙[17]，忽得賀詩前所授我者。思理[18]往事，凡與賀話言嬉遊，一處所，一物候[19]，一日夕，一觴[20]一飯，顯顯焉[21]無有忘棄者，不覺出涕。賀復無家室子弟得以給養卹問[22]，常恨[23]想其人、詠其言止[24]矣。子厚於我[25]，與我為《賀集》序，盡道其所來由，亦少解我意[26]。」某其夕不果[27]以書[28]道不可，明日就公謝[29]，且曰：「世為[30]賀才絕出前[31]。」讓。居數日，某深惟公[32]曰：「公於詩為深妙奇博，且復盡知賀之得失短長。今實[33]敘賀不讓，必不能當君意[34]，如何？」復就謝，極道所不敢敘賀，公曰：「子固若是，是當慢我[35]。」某因不敢辭，勉為賀敘，然其[36]甚慙。

皇諸孫賀[37]，字長吉，元和中韓吏部[38]亦頗道[39]其歌詩。雲煙綿聯[40]，不足為[41]其態[42]也；水之迢迢[43]，不足為其情也；春之盎盎[44]，不足為其和[45]也；秋之明潔，不足為其格[46]也；風檣[47]陣馬[48]，不足為其勇也；瓦棺[49]篆鼎[50]，不足為其古也；時花[51]美女，不足為其色也；荒國[52]陊殿[53]，梗莽丘壠[54]，不足為其恨怨悲愁也；鯨呿[55]鼇擲[56]，牛鬼蛇神，不足為其虛荒誕幻[57]也。蓋〈騷〉[58]之苗裔[59]，理雖不及，辭或[60]過之。〈騷〉有感怨刺懟[61]，言及君臣理亂[62]，時有以激發人意。乃賀所為，得无有是[63]！賀能探尋前事[64]，所以深嘆恨今古未嘗經道者[65]，如〈金銅仙人辭漢歌〉[66]、〈補梁庚肩吾宮體謠〉[67]，求取情狀[68]，離絕遠去筆墨畦逕間[69]，亦殊[70]不能知之。賀生二十七年死矣，世皆曰：「使賀且未死，少加以理[71]，奴僕命〈騷〉(72)可也。」

賀死後凡十某年，京兆杜某為其序。

【注釋】❶大和　唐文宗李昂的年號。西元八二七年至八三五年。❷緘書　書信。❸異　不同尋常的事。❹火　燈火。❺及發之　等到打開信一看。及，等到。發，打開。之，代指書信。❻集賢　宮殿名。唐代於集賢殿內設書院，置學士、直學士、修撰等官員，負責刊輯經籍、搜求佚書。❼沈公子明　人名。即沈子明。與李賀、杜牧均有交往。❽一通　一封。❾元和　唐憲宗李純的年號。西元八〇六年至八二〇年。❿義愛　友愛；友情。⓫相與　一起。⓬且　將要。⓭離　分開。⓮良為　真的認為。良，確實；真的。為，認為。⓯醉解　酒醒以後。⓰寐　入睡。⓱閱理篋帙　翻閱、整理箱子裡的圖書。篋，箱子。帙，書套。代指圖書。⓲思理　回想。⓳物候　指時節、時令。⓴觴　一種酒器。這裡代指飲酒。㉑顯顯焉　清清楚楚的樣子。㉒卹，問　救濟慰問。卹，救濟。㉓恨　遺憾。㉔止　僅僅如此。㉕子厚句　您對我的情誼深厚。子，對杜牧的敬稱。㉖少解我意　稍微沖淡一點我的遺憾之情。少，稍微。㉗不果　不能。因當夜太晚了，故不能再回信。㉘以書　用書信。㉙就公謝　到沈子明家裡去推辭寫序的事。公，指沈子明。謝，辭謝。㉚為　認為。㉛才絕出前　他是絕代詩才，超出了從前的詩人。㉜深惟公　反覆想著沈公這件事。惟，思考。㉝實　確實；真的。㉞當君意　符合沈公的想法。㉟是當句　這就是看不起我了。是，代詞。代指杜牧堅持不肯寫序的態度。慢，怠慢；傲慢。㊱其　代指杜牧自己。㊲皇諸句　唐朝皇室的子孫李賀。諸孫，族孫。李賀為鄭王之後，唐宗室封鄭王的有二人，一個是鄭孝王李亮，他是唐高祖李淵的叔父；另一個是鄭王李元懿，他是唐高祖李淵的第十三子。一般認為李賀是李亮的後代。㊳韓吏部　指唐代著名文學家韓愈。他曾當過吏部侍郎，故稱之為「韓吏部」。㊴道　稱道。㊵綿聯　連綿不斷。㊶為　形容。㊷態　體態；形狀。指李賀詩中所描繪的變化多端的事物形狀。㊸迢迢　悠長的樣子。㊹盎盎　形容春意濃厚的樣子。㊺和　和美。㊻格　格調。㊼風檣　順風的船隊。檣，桅桿。代指船。㊽陣馬　排成陣營衝鋒的戰馬。㊾瓦棺　陶製的棺材。為遠古時代的人所用。㊿篆鼎　雕刻有篆字的銅鼎。篆，漢字的一種字體。秦漢時所使用。(51)時花　處於盛開之時的鮮花。(52)荒國　荒廢的國都。國，都城。(53)陊殿　倒塌的宮殿。陊，毀壞；倒塌。(54)梗莽句　長滿荊棘荒草的墳墓。梗，植物的枝或莖。這裡指荊棘。莽，野草。丘壠，墳墓。(55)鯨呿　張開大嘴的鯨魚。呿，張開口。(56)鼇擲　跳躍的大海鼇。鼇，傳說中的一種大海鼇。擲，跳躍。(57)虛荒誕幻即虛幻荒誕。(58)騷 文學作品名。即〈離騷〉。作者是屈原。主要訴說自己在政治上不得志的苦惱。(59)苗裔 本指後代，這裡指受到〈離騷〉影響的作品。(60)或 或許；也許。(61)刺懟 諷刺怨恨。懟，怨恨。(62)理亂 治亂。(63)得无句 不也是有一些這樣的內容嗎？得无，能不；不也是。是，代詞。代指〈離騷〉中「感怨刺懟」等內容。(64)前事 歷史。(65)未嘗經道者 不曾說過的事情。(66)金銅仙人辭漢歌 詩歌名。李賀作。本詩借魏明帝曹叡把長安銅人運往洛陽的故事，抒發自己離開京城的悲思。(67)補梁庾肩吾宮體謠 詩歌名。李賀作。內容不詳。(68)情狀 情感思想。(69)離絕句 與一般人的寫作手法太不一樣了。筆墨，指文學創作。畦逕，路徑。比喻方法。(70)殊 很；極。(71)少加句 在詩歌中稍微增添一點理性的內容。少，稍微。(72)奴僕命騷 把〈離騷〉當作奴僕一樣使喚。即遠遠超過了〈離騷〉。

【語 譯】大和五年十月間，有一天半夜時分，屋外有人呼喊得很急，說是送信來了。我說：「肯定是發生了不同尋常的事情。趕快把燈拿來！」等我打開信一看，果然是集賢殿學士沈子明寫的一封信，信中說：「我去世的朋友李賀，在元和年間，與我的感情非常深厚，從早到晚我們一起吃飯飲酒，一起生活。李賀去世前，曾把他平生所創作的詩歌交給了我，我把它們分為四編，總共有一千首。多年來，我東西南北四處奔波，本來真的認為李賀的詩稿已經丟失。今天晚上我酒醒以後，再也無法入睡，於是就翻閱整理箱子裡的圖書，突然找到了李賀以前交給我的那些詩歌。我回憶往事，凡是與李賀相處時的每一次交談、每一次遊歷、每一個處所、每一段時光、每一個白天、每一個夜晚、每一杯酒、每一頓飯，都清清楚楚地重現在我的眼前，沒有絲毫的忘懷，於是我不知不覺地流下了眼淚。李賀又沒有妻子兒女需要我給予關懷照顧，所以我現在只能想念一下他本人、誦讀一下他的詩歌而已，為此我經常感到遺憾。您對我的情誼很深，請為我寫一篇《李賀集》的序言，徹底說明《李賀集》的由來，這樣也許會稍微寬解一點我的遺憾之情。」那天晚上天太晚了，我沒辦法回信說明自己不能寫序的原因。第二天，我就到了沈公家裡表示謝絕，並對他說：「社會上都認為李賀的詩才高絕，已超過了前人。」最後我又表示辭讓。過了幾天，我反覆考慮沈公交給我的這件事，對自己講：「沈公在詩歌方面有深妙的理解和廣博的知識，而且又完全瞭解李賀詩歌的得失優劣。如果我現在真的毫不推辭地為《李賀集》寫序，序中的評價肯定不會符合沈公的意思，那又該怎麼辦呢？」於是我再一次登門表示辭讓，反覆陳述自己不敢為《李賀集》作序的原因。沈公說：「您如果堅持不肯寫序，那就是瞧不起我了。」於是我不敢再推辭，勉為其難為《李賀集》作序，然而心中異常慚疚。

李賀是唐皇室的子孫，字長吉。元和年間，韓吏部也很稱讚他的詩歌。用連綿不絕的雲煙，也無法形容他詩歌中所描繪的萬物形態；用悠長的流水，也無法形容他詩歌中所抒發的情感；用融融的春光，也無法形容他詩中所描寫的和美氣氛；用明亮高潔的秋日天空，也無法形容他在詩中所表現出的高尚人格；用破浪前進的順風船隊和衝鋒陷陣的戰馬，也無法形容他詩歌中的勇猛氣勢；用遠古時期的陶製棺木和篆文大鼎，也無法形容他詩歌中的古樸氣象；用盛開的鮮花和美麗的少女，也無法形容他詩歌中所描繪的豔麗色彩；用荒廢的國都、倒塌的宮殿和長滿荊棘野草的墳墓，也無法形容他詩歌中所表現出的怨恨和悲愁；用張著大口的鯨魚、四處跳躍的海鼇和各種牛鬼蛇神，也無法形容他詩歌中虛幻荒誕的內容。李賀的詩歌深受〈離騷〉的影響，在內容、理性方面雖然還比不上〈離騷〉，但在語言方面也許還超過了〈離騷〉。〈離騷〉中有感憤、諷刺、怨恨的內容，還談到了君臣之間的關係和國家的治亂安危，不時地有一些內容、語言能夠激動讀者之心。而李賀所創作的那些詩歌，不是也有一些這方面的內容嗎！李賀善於探尋、研究從前的事情，所以他為從古至今有許多事情沒有被人談過而深感遺憾，為此他寫了諸如〈金銅仙人辭漢歌〉、〈補梁庾肩吾宮體謠〉一類的詩歌。尋求一下這類詩歌所要表達的情感和思想，因為其寫法與一般人的寫作手法大不一樣，所以很難弄清楚這類詩歌的寫作用意所在。李賀二十七歲時就去世了，人們都說：「如果李賀還活著的話，在他詩歌的內容和理性方面再稍微加強一點，那麼他的詩歌成就就遠遠在〈離騷〉之上了。」

在李賀去世十多年之後，京兆人杜牧為他的詩集寫了這篇序。

注（ㄓㄨˋ）《孫（ㄙㄨㄣ）子（ㄗˇ）》序（ㄒㄩˋ）

【題解】《孫子》，書名。又叫《孫子兵法》、《孫武兵法》和《吳孫子兵法》。是我國現存最早的兵書，共十三篇。其作者是春秋時期齊國人孫武。孫武以兵法求見吳王闔閭，被任命為將軍，他西破強楚，北威齊、晉，成為中國歷史上著名的軍事家。歷代注《孫子》者很多，杜牧的《孫子注》是他自認為最為重要的軍事作品，後被宋朝人吉天保收入《孫子十家注》。在這篇序文中，杜牧用大量的事實說明軍事的重要性，批評了唐代公卿士大夫輕視軍事的錯誤傾向。序中還評介了曹操對《孫子》的注解，說明了自己寫《孫子注》的用意。

兵[1]者，刑也；刑者，政事也。為夫子之徒[2]，實仲由[3]、冉有[4]之事也。今者據案聽訟[5]，械繫[6]罪人，笞[7]死于市者，吏之所為也。驅兵數萬，撅[8]其城郭[9]，係纍[10]其妻子，斬其罪人，亦吏之所為也。木索[11]兵刃[12]，無異意也；笞[13]之與斬[14]，無異刑也。小而易制[15]，用力少者，木索笞也；大而難制，用力多者，兵刃斬也。俱期[16]於除去惡民，安活善人。為[17]國家者，使教化通流，無敢輒有不由我而自恣者[18]。其取吏[19]無他術也，無異道也，俱止於仁義忠信、智勇嚴明也。苟得其道一二者[20]，可以使之為小吏[21]；盡得其道者，可以使之為大吏[22]。故用力少者，其吏易得也，功易見也；用力多者，其吏難得也，功難就[23]也。止此而已，無他術也，無異道也。自三代[24]已降，皆由斯[25]也。

【章　旨】本章王要說明兵與刑本質一樣，都是政治中不可或缺的組成部分，同時還提出了選擇將帥、法官的標準。

【注　釋】❶兵　軍事；軍隊。❷夫子之徒　孔子的弟子。夫子，對老師的尊稱。這裡指孔子。❸仲由　人名。春秋卞人，字子路。孔子的弟子，勇敢好鬥，後在衛國的內部鬥爭中被殺。❹冉有　人名。春秋魯人，字子有。孔子的弟子，曾當過季孫氏的家臣。❺據案聽訟　依據案卷處理訴訟案件。據案，也可理解為坐在桌子邊。據，手按；憑靠。案，桌子。❻械繫　用鐐銬拘禁。械，桎梏；腳鐐和手銬。❼笞　用鞭、杖、竹板抽打。❽撅　拔起。引申為攻占。❾城郭　城池。古代重要城市築兩道城牆，內城叫城，外城叫郭。❿係纍　綑綁；抓獲。⓫木索　鐐銬和繩索。木，指木製的手銬、腳鐐一類的刑具。索，綑人的繩索。這裡用來泛指法官用刑。⓬兵刃　各種兵器。代指用軍隊討伐。⓭笞　指上文「笞死于市」。代指法官判處罪犯死刑。⓮斬　指上文「斬其罪人」。代指討伐、殺死敵人。⓯小而句　力量弱小、容易制服的一般罪犯。⓰俱期共同的要求；同樣的目的。⓱為　治理；管理。⓲無敢句　使人們不敢獨斷專行、不服從朝廷命令而為所欲為。輒，獨斷專行。我，代指朝廷。自恣，為所欲為。⓳取吏　任命法官和將帥。吏，官吏。根據下文，應包括法官和將帥。⓴苟得句　如果有人能夠掌握治國原則的十分之一二。苟，如果。道，治國的原則。㉑小吏　指具體處理案件的法官。㉒大吏　指統兵討伐的將帥。㉓就　成功；建立。㉔三代　指夏、商、周三個朝代。㉕斯　代詞。代指以上所闡述的治國原則。

【語　譯】使用軍隊，也就是使用刑罰；而刑罰，也屬於政治事務。在孔子的弟子中，用兵用刑就屬於仲由和冉有的職責。現在，依據案情處理案件，用鐐銬拘禁罪人，然後在市場上把他們公開處死，這是官吏們應該做的事情。率領數萬軍隊，攻占敵人的城池，抓捕他們的妻子兒女，殺死那些有罪之人，這也是官吏們應該做的事情。使用刑具和使用軍隊，目的沒有兩樣；處死罪犯和殺掉敵人，同樣都是一種刑罰。對於那些勢單力薄、用很少力量就可以制服的一般罪犯，官吏們就用鐐銬逮捕他們或在市場上處死他們；對於那些人多勢眾、需要用很大力量纔能制服的罪人，官吏們就要動用軍隊去消滅他們。用刑和用兵的目的都是要除掉那些惡人，安撫、拯救那些好人。治理國家的人，要使自己的教化推行到全國，使人們不敢獨斷專行、不服從朝廷命令而為所欲為。朝廷選拔官吏時沒有其他什麼方法，也沒有其他什麼途徑，就是要求他們具有仁義忠信、智勇嚴明的品行。如果他們能夠掌握治國原則的十分之一二，那麼就可以讓他們當一般法官；如果他們能夠完全掌握治國的原則，那麼就可以讓他們當統領千軍萬馬的將帥。所以那些用力少的政務，為它找一個合適的官吏就比較容易，其政績也容易建立；那些需要很大氣力纔能辦好的政務，要想為它找到合適的官吏就非常困難了，要想建立功績也不容易。選拔官吏的原則如此而已，沒有其他什麼方法，也沒有其他什麼途徑。自從夏、商、周三代以來，無不是按照這一原則辦事。

子貢❶訟❷夫子之德曰：「文、武❸之道❹，未墜於地，在人。賢者識其大者、遠者，不賢者識其小者、近者。」季孫❺問冉有曰：「子於戰學之乎，性達之❻也？」對❼曰「學之」。季孫曰：「事❽孔子，惡乎學❾？」冉有曰：「即學之於孔子者，大聖兼該❿，文武並用，適⓫聞其戰法，猶未之詳⓬也。」復不知自何代何人分為二道，曰文、曰武，離而俱行⓭。因使搢紳之士⓮，不敢言兵，或恥言之，苟有言者，世以為粗暴異人⓯，人不比數⓰。嗚呼！亡失根本，斯最為甚⓱。

周公⓲相成王⓳，制禮作樂，尊大儒術⓴，有淮夷㉑叛則出征之。夫子相魯公㉒，會于夾谷㉓，曰：「有文事者，必有武備㉔。」叱辱齊侯㉕，服不敢動。是二大聖人，豈不知兵乎？周有齊太公㉖，秦有王翦㉗，兩漢㉘有韓信㉙、趙充國㉚、耿弇㉛、虞詡㉜、段熲㉝，魏有司馬懿㉞，吳有周瑜㉟，蜀有諸葛武侯㊱，晉有羊祜㊲、杜公元凱㊳，梁㊴有韋叡㊵，元魏㊶有崔浩㊷，周㊸有韋孝寬㊹，隋有楊素㊺，國朝㊻李靖㊼、李勣㊽、裴行儉㊾、郭元振㊿。如此人者，當其一時，其所出計畫，皆考古校今[51]，奇祕長遠[52]，策先定於內[53]，功後成於外。彼壯健輕死善擊刺者，供其呼召指使耳，豈可知其由來㊺哉。

【章　旨】本章列舉了大量的歷史事實，說明古代聖賢都是非常重視軍事的。

【注　釋】❶子貢　人名。姓端木，名賜，字子貢，一作子贛。春秋衛人。孔子的弟子。❷訟　通「頌」。稱讚；讚頌。❸文武　指周文王和周武王。為古代聖君。❹道　治國的原則、方法。這段話出自《論語・子張》。❺季孫　人名。指季孫肥。又稱季康子。春秋魯國大夫。當時齊國多次進攻魯國，季孫任冉有為將，立有戰功。❻性達之　生來就通曉軍事。性，生性。達，通曉。❼對　回答。❽事　師從。❾惡乎學　怎麼能學到軍事知識呢？惡，怎麼。季孫認為孔子重文、重仁義，不重武力，因此在他那裡不可能學到軍事知識。這是對孔子的誤解。❿大聖句　偉大的聖人文武兼備。大聖，指孔子。該，具備；完備。⓫適　剛剛。⓬未之詳　未詳之。沒有學到具體、詳細的軍事知識。⓭離而句　把文、武分離為二，而又必須同時推行。⓮搢紳之士　指文人士大夫。搢紳，插笏於帶間。這是士大夫的裝束。搢，插；插笏。紳，大帶。⓯異人　怪人。⓰比數　同列；相提並論。⓱斯最句　在這一點上最為突出。斯，代詞。代指士大夫們重文輕武的傾向。⓲周公　即姬旦。他是周文王之子、周武王之弟。在滅商和鞏固周統治中，他曾做出了鉅大貢獻。⓳成王　即周成王姬誦。姬誦為周武王之子。武王死後，成王年幼，即由周公攝行治理天下之事。⓴尊大句　尊崇光大儒家思想。儒家正式出現於春秋末年，杜牧講周公已尊大儒術，似不確。但以孔子為代表的儒家思想與周公思想確實是一脈相承的。㉑淮夷　指居住在淮河流域的少數民族。淮，水名。指淮河。夷，古代對東方少數民族的通稱。㉒魯公　指魯定公。魯國君主。孔子在魯定公時曾任中都宰、司寇，還一度攝行相事。㉓夾谷　地名。在今山東省萊蕪縣南三十里夾谷峽。一說在今江蘇省贛榆縣西五十里。魯定公十年，曾與齊侯在夾谷會面。㉔武備　軍事上的準備。㉕叱辱句　喝叱、羞辱齊侯。在夾谷之會上，齊景公命令演奏夷狄之樂和侏儒之戲，受到孔子的嚴厲呵斥。後來齊景公歸還所侵占的魯國土地，以表示謝過。齊侯，指齊景公。㉖齊太公　周初人。本姓姜，因先輩封於呂，故以呂為氏。名尚，字子牙。又號「太公望」。周文王立之為師，周武王尊他為師尚父。因滅商有功，被封於齊，為齊國的始祖。㉗王翦　人名。戰國末年秦國頻陽東鄉人。善用兵，事秦始皇，先後率兵擊破趙、燕、楚等國。㉘兩漢　指西漢和東漢。㉙韓信　人名。秦朝末年淮陰人。被劉邦拜為大將，先後平定魏、趙、燕、齊各國，最後輔佐劉邦擊滅項羽。漢朝建立後，韓信被封為楚王，接著降為淮陰侯，後被呂后所殺。㉚趙充國　人名。西漢上邽人。字翁孫。善騎射，沉勇有大略，熟知四夷事。武帝、宣帝時，趙充國多次率兵擊敗匈奴、西羌等異族軍隊。㉛耿弇　人名。東漢初茂陵人。字伯昭。事光武帝劉秀，屢立戰功，拜為建威大將軍，封好時侯。㉜虞詡　人名。東漢武平人。字升卿。任武都太守時，曾大破羌人。以功遷尚書僕射、尚書令。㉝段熲　人名。東漢姑臧人。字紀明。少習弓馬，尚遊俠。漢桓帝時任護羌校尉，破羌寇有功。㉞司馬懿　人名。三國時魏國溫人。字仲達。多次率兵抗擊西蜀、東吳。後鏟除政敵，總攬魏國政權。其孫司馬炎代魏稱帝，建立晉朝，追謚司馬懿為宣帝。㉟周瑜　人名。三國時吳國廬江舒人。字公瑾。建安十三年，曹操率兵南下，周瑜聯合劉備，大破曹兵於赤壁。㊱諸葛武侯　即諸葛亮。三國時蜀國丞相。陽都人。字孔明。他先後輔佐劉備、劉禪父子，屢次北伐，與魏相攻戰。後卒於五丈原軍中。謚為忠武侯。㊲羊祜　人名。西晉南城人。字叔子。都督荊州軍事長達十年。他開屯田、儲軍備，為滅吳做準備。㊳杜公元凱　即杜預。西晉京兆杜陵人。字元凱。他力主伐吳。繼羊祜之後都督荊州軍事。太康元年，他率兵滅吳，以功封當陽縣侯。他博學，多謀略，人稱「杜武庫」。㊴梁　朝代名。指蕭衍建立的南朝梁。㊵韋叡　人名。梁代杜陵人。曾起兵擁立梁武帝蕭衍，屢立戰功。他身體瘦弱而謀略過人，世稱名將。㊶元魏　朝代名。即北魏、後魏的別稱。對三國時的魏來說，稱後魏；對南朝來說，稱北魏。元魏皇帝本姓拓跋，到魏孝文帝時，改姓元。故又稱元魏。㊷崔浩　人名。元魏清河東武城人。字伯淵，小名桃簡。先後任博士祭酒、司徒等職。軍國大計，多所參贊。後作國書三十卷，為鮮卑諸大臣所忌，遂以矯誣罪誅死滅族。㊸周　朝代名。指孝閔帝宇文覺建立的北周。㊹韋孝寬　人名。北周杜陵人。名叔裕，以字行。他用兵如神，屢抗強敵。官拜大司空、上柱國。㊺楊素　人名。字處道。初事周武帝，拜車騎大將軍。入隋後，輔佐隋文帝平定天下，以功加上柱國，封越國公。㊻國朝　指唐朝。㊼李靖　人名。京兆三原人。本名藥師。他先隨李世民定天下，後又屢破異族軍隊。曾任代州行軍總管、西海道行軍大總管等職，封衛國公。㊽李勣　人名。曹州離狐人。本姓徐，名世勣，字懋功。曾參加瓦崗軍，後從李世民平定天下，屢立戰功。先後任尚書左僕射、司空等職。封英國公。㊾裴行儉　人名。河東人。先後討平吐蕃、突厥叛亂。曾任長安令、吏部侍郎、定襄道行軍大總管等職。㊿郭元振　人名。魏州貴鄉人。名震，以字行。進士及第。先後任涼州都督、安西大都護、朔方軍大總管、兵部尚書同中書門下平章事等職。(51)考古校今　考察古代的經驗，研究當今的情況。校，研究。(52)奇祕句　他們計畫出人意料而又利在長遠。(53)內　指朝內。(54)由來　原因。

【語　譯】子貢稱頌他的老師孔子的品德，說：「周文王和周武王的治國方法，並沒有墜落在地下消失了，這些方法依然流傳在人們中間。那些賢良的掌握了其中有利於長遠的重要方法，而那些不太賢良的人則掌握了其中只能使眼前獲利的小方法。」有一次季孫問冉有，說：「您的軍事知識是學來的呢？還是生來就懂呢？」冉有回答說：「我是學來的。」季孫又問：「您拜孔子為師，怎麼能夠學到軍事方面的知識呢？」冉有說：「我的軍事知識確實是從孔子那裡學來的。他作為一位大聖，無所不懂，文武兼備。我剛剛從他那裡學到一點點戰法，具體詳細的知識還沒來得及學呢！」可不知從什麼時代、是由什麼人把知識一分為二，一個叫「文」，一個叫「武」，人們把二者分離開來，可又要同時使用。這種分法使當今的文人士大夫不敢談論軍事，或者以談論軍事為羞恥，有的文人士大夫如果談論了軍事，人們就會認為他們是粗魯的怪人，不願與他們相提並論。嗚呼！人們已經丟失了治國的根本原則，而在這一點上表現得又特別突出。

周公輔佐周成王時，制訂了各項禮樂制度，尊崇光大了儒家學說，而當淮河流域的夷族發動叛亂時，他毅然出兵討伐。孔子輔佐魯定公時，齊、魯兩國君主將在夾谷會面，孔子說：「舉行諸侯會面這樣的文事，也一定要做好充分的軍事準備。」孔子在會議上呵叱、羞辱齊景公，而齊國人不敢輕舉妄動。周公與孔子這兩位大聖人，難道不懂得軍事嗎？周朝有齊太公，秦國有王翦，兩漢時期有韓信、趙充國、耿弇、虞詡、段熲，魏國有司馬懿，吳國有周瑜，蜀國有諸葛亮，西晉有羊祜、杜元凱，梁朝有韋叡，元魏有崔浩，北周有韋孝寬，隋朝有楊素，唐朝有李靖、李勣、裴行儉、郭元振。像這樣的一些人，都是一時的傑出人物，他們在制訂軍事計畫時，考察古代的經驗，研究當時的情況，他們的計畫出人意料而又有利於長遠。他們先在朝內謀劃策略，然後立功於疆場。那些身體壯健、視死如歸、善於拼殺的勇士們，都聽從他們的呼喚、指揮。人們又怎能弄清楚這其中的原因呢！

某幼讀《禮》❶，至于「四郊多壘❷，卿大夫辱也」，謂❸其書真不虛說。年十六時，見盜起圜❹二三千里，係戮❺將相，族誅刺史及其官屬，屍塞城郭，山東崩壞❻，殷殷焉❼聲震朝廷。當其時，使將❽兵行誅者，則必壯健善擊刺者，卿大夫行列進退❾，一如常時❿，笑歌嬉遊，輒不為辱。非當辱不辱⓫，以為山東亂事，非我輩⓬所宜當知⓭。某自此謂幼所讀《禮》，真妄人⓮之言，不足取信，不足為教。

及年二十，始讀《尚書》⓯、《毛詩》⓰、《左傳》⓱、《國語》⓲、十三代⓳史書，見其樹立其國，滅亡其國，未始不由兵也。主兵者⓴聖賢材能多聞博識之士，則必樹立其國也；壯健擊刺不學之徒，則必敗亡其國也。然後信㉑知為國家者，兵最為大，非賢卿大夫，不可堪任㉒其事，苟有敗滅，真卿大夫之辱，信不虛也。

【章旨】本章寫作者思想幾經變化，最後還是認定：如果國家軍力弱小，叛亂四起，那是卿大夫的恥辱，應由卿大夫負責。

【注釋】❶禮　書名。為儒家經典之一。五經中的《禮》，漢時指《儀禮》，後來指《禮記》。❷四郊句　國家多戰亂。郊，距都城百里稱為郊。這裡泛指野外。壘，軍壘。防護軍營的牆壁或建築物。代指戰爭。❸謂　說；認為。❹圜　圍繞；方圓。❺係戮　俘獲和殺害。❻山東句　山東地區四分五裂。山東，地區名。指太行山以東、黃河以北地區。❼殷殷焉　形容聲音又大又多的樣子。❽將　統率指揮。❾行列進退　排成行列，以禮進退。描寫卿大夫們在行禮時文質彬彬的樣子。❿一如句　完全像太平年代時那樣。一，完全。⓫非當句　不是因為他們認為自己應該以此為辱而恬不知恥。⓬我輩　代指卿大夫。這裡的卿大夫主要指有文化的士大夫，與上文的「壯健善擊刺」的武士相對。⓭當知　應該負責、處理。⓮妄人　無知妄為的人。⓯尚書　書名。儒家經典之一。主要收編了堯、舜、禹時代及夏、商、周三代的部分史料。⓰毛詩　書名。即《詩經》。儒家經典之一。我們現在看到的《詩經》為漢代毛亨、毛萇所傳，故又稱之為「毛詩」。⓱左傳　書名。又叫《春秋左氏傳》或《左氏春秋》。相傳為春秋時魯國人左丘明所著。以編年體例記載了春秋一代的歷史。⑱國語　書名。又叫《春秋外傳》。相傳同為左丘明所著。分國記載了周、魯、齊、晉等八國歷史。⑲十三代　泛指自秦漢至隋唐的十多個朝代。⑳主兵者　掌管全國軍事事務的人。㉑信　確實；確定無疑。㉒堪任　勝任。

【語譯】我年少時讀《禮》，當讀到「國家叛亂四起，這是卿大夫的羞恥」的時候，認為它講得確實正確。十六歲時，我看到叛軍在方圓二三千里的大地上起兵叛亂，他們捕捉、殺害朝廷的將相，誅殺、族滅朝廷的刺史和他們的官屬，屍體塞滿了城池，山東地區四分五裂，叛軍們的喊殺聲震動了朝廷。當時，朝廷派去率兵平叛的將帥，都是一些身體強壯、善於拼殺的武夫，而那些有知識的卿大夫依然排起朝班，按禮進退，完全如同太平時代一樣，他們歡笑、歌唱、遊玩，一直沒有為叛亂四起而感到羞恥。這並不是因為他們認為自己應該以此為恥而恬不知恥，而是認為山東叛亂這件事不應該由他們去負責、去處理。我從此又認為自己年少時讀的那本《禮》，真是無知之人講的無知之語，不值得相信，不能拿來教育別人。

到了二十歲的時候，我開始讀《尚書》、《毛詩》、《左傳》、《國語》、十三代的史書，看到無論是一個朝代的建立還是一個朝代的滅亡，無不是由於軍事的原因。如果主管軍事的是一位才能超眾、學識淵博的聖賢之士，那麼他一定能夠建立一個朝代或使國家牢不可破；如果主管軍事的是一位身體強壯、善於拼殺但不學無術的人，那麼他一定會把自己的國家搞得衰敗不堪以至於滅亡。從那以後，我堅定不移地認為，要想治理好國家，軍事最為重要，除非是賢良的卿大夫，否則是無法勝任此事的；如果發生了兵敗國滅之事，也的確是卿大夫的羞恥。這一觀點是正確無誤的。

因求自古以兵著書列於❶後世可以教於後生者，凡十數家，且百萬言。其孫武所著十三篇，自武死後凡千歲，將兵者有成者，有敗者，勘❷其事跡，皆與武所著書一一相抵當❸，猶印圈模刻❹，一不差跌❺。武之所論，大約用仁義，使機權❻也。

武所著書，凡數十萬言❼，曹魏武帝❽削其繁剩，筆其精切❾，凡十三篇，成為一編。曹自為序，因注解之，曰：「吾讀兵書戰策❿多矣，孫武深矣。」然其所為注解，十不釋一⓫，此者蓋非曹不能盡注解也。予尋⓬《魏志》⓭，見曹自作兵書十餘萬言，諸將征伐，皆以新書⓮從事，從令者⓯尅捷⓰，違教者負敗。意⓱曹自於新書中馳驟其說⓲，自成一家事業，不欲隨孫武後盡解其書，不然者，曹豈不能耶！今新書已亡，不可復知，予因取孫武書備其注⓳，曹之所注，亦盡存之，分為上中下三卷。後之人有讀武書予解⓴者，因而學之，猶盤中走丸㉑。丸之走盤，橫斜圓直，計於臨時㉒，不可盡知㉓，其必可知者，是知丸不能出於盤也㉔。

議於廊廟㉕之上，兵形㉖已成，然後付之於將。漢祖㉗言「指蹤者人也，獲兔者犬也㉘」，此其是㉙也。彼為相者曰：「兵非吾事，吾不當知。」君子㉚曰：「叨居其位㉛可也。」

【章　旨】本章介紹了《孫子》的軍事價值和曹操對《孫子》的注解，最後說明自己注《孫子》的目的。

【注　釋】❶列於　留傳於。❷勘　考察；研究。❸抵當　符合。❹印圈模刻　印章印字、模型製物。印圈，即印章。模刻，用木材雕刻而成、用來製作器物的模型。❺差跌　差錯；不符合。❻機權　隨機應變的謀略。權，權變。❼數十萬言幾十萬字。我們現在看到的《孫子》只有五千九百餘字。❽曹魏武帝　指曹操。東漢末沛國譙人。字孟德。在漢末動亂年代，平定北方，位至丞相、大將軍，封魏王。其子曹丕代漢後，追尊曹操為太祖武帝。❾筆其句　留下它的精華部分。筆，書寫。❿戰策　即記載軍事策略的兵書。⓫十不句　作的注解不到應該注解的十分之一。⓬尋　閱讀；研究。⓭魏志　書名。記載魏國的歷史。⓮新書　指曹操自己撰寫的兵書。⓯從令者　按照曹操命令作戰的人。⓰剋捷　打勝仗。⓱意　猜想。⓲馳驟其說　闡述、發揮自己的思想學說。馳驟，本指馬奔馳，這裡引申為闡述、發揮。⓳備其注　使注解完備、詳細。⓴予解　我的注解。㉑走丸　滾動小圓球。走，跑動；使……跑動。㉒計於句　根據臨時情況制訂計畫。㉓盡知　完全預知。㉔是知句　雖然戰場形勢千變萬化，詳細具體的計畫無法完全預知，但其大的作戰原則是不會超出《孫子》及自己的注解內容，就像小圓球無論如何滾動，也超不出盤子一樣。㉕廊廟　指朝廷。廊，宮殿四周的廊。廟，太廟。都是古代君臣議政的地方。後來即用來代指朝廷。㉖兵形　作戰的方案。㉗漢祖　指漢高祖劉邦。秦末沛縣豐邑人。字季。先起兵反秦，後擊敗項羽建立漢朝。㉘指蹤二句　見於《史記．蕭相國世家》。蕭何沒有直接參與作戰，劉邦卻認為他在平定天下中功勞第一，眾將不服，劉邦即以打獵為喻，認為直接獵獲獸兔的眾將不過是一群「功狗」而已，而蕭何則是指示獵狗行動的「功人」。指蹤者，指示蹤跡的。㉙此其是　這句話是正確的。此，代指劉邦的話。是，正確。㉚君子　泛指道德高尚、學識淵博的人。㉛叨居其位　虛占其位而不能盡職盡責。叨，叨竊；才不勝任而據有其位。

【語　譯】因此，我就去尋求從古至今可以留傳後世、能夠用來教育後人的兵書，總共有十多部，近百萬字。其中有孫武著的十三篇兵法。自孫武死後，至今已上千年了，這期間有的將帥成功了，有的將帥失敗了，研究一下他們成敗的原因，都與孫武書中講的一一相合，就如同用印章印字、模型製物那樣，完全沒有兩樣。孫武的觀點，大致就是以仁義為基礎，注重使用隨機應變的謀略。

孫武所著的兵書，總共有數十萬字，魏武帝曹操刪除了它的多餘部分，只留精華，共十三篇，整理為一編。曹操親自為它寫了序，並為它作了注解，說：「我讀的兵書很多，而孫武講的最深刻。」然而曹操為《孫子》作的注解太簡略，他作的注解還不到應該注解的十分之一。他這樣做不是因為他不能夠為《孫子》作詳細的注解，我研讀過《魏志》，知道曹操自己曾寫過兵書，共十多萬字，眾將領率兵出征，都要依照曹操兵書行事，服從曹操命令的就打勝仗，違背曹操教令的就吃敗仗。我猜想曹操是想在自己的兵書中闡述、發揮自己的思想學說，以便自成一家之言，不願跟在孫武的後面去注解他的書，不然的話，曹操怎麼不能為《孫子》作詳盡的注解呢？現在，曹操的兵書已經失傳，無法再知道它的內容，因此我就為孫武的兵書作詳細的注解，曹操的注解，我也全部保留，全書共分為上、中、下三卷。後人閱讀孫武的兵書和我的注解，以此來學習軍事知識，那麼他的軍事活動就會像在盤中滾動丸球一般。小圓球在盤中滾動，或橫或斜，或圓或直，這都要根據當時的情況來決定，無法完全預先把握，但有一點是肯定可以預先知道的，那就是這粒小圓球無論如何滾動，也超不出盤子的範圍。

謀臣們在朝堂上商議之後，用兵的方略就已形成，然後交給將領們去執行。漢高祖劉邦說：「指示野兔蹤跡的是人，直接獵取野兔的是犬。」這句話是正確的。那些當丞相的人卻說：「領兵打仗不是我的職責，我不應該去操這份心。」君子們對此評價說：「這樣的丞相僅僅是虛居其位啊！」

送薛處士序

【題　解】處士，對德才兼備而未出仕者的稱呼。薛處士，名字、生平不詳。序，文體名。即贈序。用於臨別贈言，創於唐初。這篇贈言解釋了「處士」這一名稱的含義，委婉地提醒對方：自稱處士要名副其實，否則即為欺世盜名。

處士之名，何哉？潛山❶隱市❷，皆處士也。在山也，且非頑❸如木石也；在市也，亦非愚如市人也。蓋有大知❹不得大用，故羞恥不出❺，寧❻反與市人木石為伍也。國有大知之人，不能大用，是國病也。故處士之名，自負也，謗國❼也，非大君子，其孰能當之❽？

薛君之處士❾，蓋自負也。果能窺測❿堯、舜、孔子之道，使指制⓫有方，弛張不窮⓬，則上之命⓭一日來子之廬，子之身一日立上之朝。使我輩居⓮則來問學，仕則來問政，千辯萬索⓯，滔滔⓰而得。若如此，則善。苟未至是⓱，而遽名⓲曰處士，雖吾子⓳自負，其不為矯⓴歟？某敢㉑用此贈行。

【注　釋】❶潛山　隱居在深山之中。❷隱市　隱居在城市。市，市場；城市。❸頑　愚蠢遲鈍。❹大知　大智。知，通「智」。❺出　出仕。❻寧　寧願；寧肯。❼謗國　批評國家。謗，批評。❽當之　擔當「處士」這個名字。❾處士　用作動詞。自稱處士。❿窺測　知道；懂得。⓫指制　指揮。⓬弛張句　治國的方略無有窮盡。弛張，《禮記》載：「一張一弛，文武之道也。」周文王和周武王的治國辦法，就是弛張結合，勞逸相參。杜牧用「弛張」代指治國方法。⓭上之命　皇上徵召的命令。⓮居　平時。⓯千辯句　拿無數的難題向您請教。辯，說；問。索，求教。⓰滔滔　形容很多的樣子。⓱至是　做到這一點。⓲遽名　迫不及待地自稱。遽，很快。⓳吾子　對對方的一種親愛稱號。⓴矯　詐稱；欺世盜名。㉑敢　謙詞。有冒昧的意思。

【語　譯】「處士」這個名稱，究竟是什麼含義呢？無論是隱居在深山還是隱居在城市，都可以叫作處士。隱居在深山的處士，並非像樹木石頭那樣愚鈍；隱居在城市的處士，也並非像小市民、小商販那樣愚蠢。處士是因為有大智而得不到大用，所以深感羞恥而拒不出仕，反而寧願與普通市民、樹木石頭為伍。國家有大智之人而不能大用，這是國家的失誤。所以「處士」這個名稱，是自負的表現，是對國家的一種批評，除非是德高望重的偉大君子，誰有資格自稱「處士」呢？薛君自稱「處士」，也是一種自負的表現。如果您真的懂得堯、舜、孔子的治國之道，使自己能夠指揮有方，治國方略層出不窮，那麼皇上的徵召命令總有一天會送到您的家裡，您也總有一天會站在皇上的朝堂之上，我們這些人平常無事之時就來向您請教學問，出仕當官了就來向您請教政事，無論我們提出多少難題，您都能使我們獲得無窮的教益。如果您真能如此，那就太好了。如果您做不到這一點，卻迫不及待地自稱「處士」，即使您自己很自負，難道不也是一種欺世盜名的行為嗎？在您離開之時，我冒昧地把這篇小文贈送給您。

送盧秀才赴舉序

【題解】盧秀才，名字、生平不詳。考其事，與〈唐故范陽盧秀才墓誌〉中的盧霈應非一人。赴舉，進京考進士。序，見〈送薛處士序〉題解。本文的主人公盧秀才出身貧寒，曾以乞討為生，然而他卻刻苦學習，三次應考進士。當盧秀才第四次赴京應考時，杜牧寫下了這篇贈序以示勉勵之意。

治心❶、治身❷、治友❸，三者治矣，有求名而名不隨者，未之聞也。治心莫若和平❹，治身莫若兢謹❺，治友莫若誠信。友治矣，非身治而不能致之；身治矣，非心治而不能致之。三者治矣，推而廣之，可以治天下，惡其求成進士名者而不得也？況有千人皆以聖人為師，眠而食，一無其他❻，唯議論是司❼。三人有私❽，十人公私半，百人無有不公者❾，況千人哉。古之聖賢，業大事鉅，道行❿則不肖⓫懼，道不行則不肖喜，故有不公。今進士者，業微事細⓬，如成其名，不肖未所喜懼，寧⓭不公邪？故取之甚易耳。

盧生客居於饒⓮，年十七八，即主一家骨肉之饑寒，常⓯與一僕東泛⓰滄海，北至單于府⓱，丐⓲得百錢尺帛⓳，囊而聚之，使其僕負⓴之以歸，饒之士皆憐之。能辭㉑，明敏而知所去就㉒，年未三十，嘗三舉進士，以業丐資家㉓，近中輟之㉔。去歲九月，余自池㉕改睦㉖，凡同舟三千里，復為余留睦七十日，今之去，余知其成名而不丐矣。

【注　釋】❶治心　修養心性。❷治身　整飭自己的言行。❸治友　與朋友建立良好關係。❹和平　心平氣和。❺兢謹　兢兢業業，謹慎小心。❻一無句　完全沒有其他特異之處。❼唯議句　即「唯司議論」。只管議論教化。司，主持；掌管。杜牧舉聖人為例，說明只要有德有才，是會得到人們承認的。❽私　偏私；偏頗。❾百人句　上百人的意見沒有不公允的。以上三句是說，個別人的意見可能不正確，但公議卻是公允的。杜牧以此來鼓勵盧秀才。❿道行　政治理想得以實現。道，指聖賢們的政治主張和理想。⓫不肖　不善之人。聖人的政治主張得以推行，壞人即無立足之地，所以害怕。⓬細　小。⓭寧　難道。⓮饒　地名。在今江西省上饒市一帶。⓯常　通「嘗」。曾經。⓰泛　乘船。⓱單于府　地名。全稱為單于大都護府。在今山西省大同縣西北四百餘里處。⓲丐　乞討。⓳尺帛　一尺布帛。泛指很少的布帛。⓴負　背著。㉑辭　文辭；文章。㉒去就　取捨；何去何從。㉓以業句　因為他曾依靠乞討養家糊口。以，因為。業，從事。資，資助；養活。㉔近中句　就要考上了，卻中止了他的考試。輟，中止。㉕池　地名。即池州。在今安徽省貴池市。㉖睦　地名。即睦州。在今浙江省桐廬、建德、淳安三縣一帶。杜牧於會昌四年（西元八四四年）任池州刺史，會昌六年九月，調任睦州刺史。

【語　譯】治心、治身、治友，如果把這三個方面的事情都做好的話，想要得到好名聲卻依然得不到，這是從未有過的事。治心的最好辦法就是使自己心平氣和，治身的最好辦法就是做事兢兢業業、小心謹慎，治友的最好辦法就是以誠待人。要想與朋友建立良好關係，必須端正自己的言行，否則就無法建立友好朋友關係；要想端正自己的言行，必須使自己心平氣和，否則就很難端正自己的言行。把這三方面的事情做好，然後推而廣之，就可以治理好整個天下，怎麼可能去應考進士而不得成功呢？何況有成千上萬的人都一同去拜聖人們為師，而聖人同樣要睡覺吃飯，與一般人完全沒有兩樣，只是聖人們負責著議論教化之事而已。三個人的意見可能是偏頗的，十個人的意見可能是偏頗、公允各占一半，而上百人的意見就不會不公允了，更何況是上千人共同的看法！古代那些聖賢們所要完成的事業是偉大的，他們的政治主張一旦得以推行，那些小人就會恐懼不安；他們的政治主張一旦受阻，那些小人就會欣喜若狂，所以聖賢們會遇到不公正的待遇。現在應考進士，不過是件小事而已，即便是獲得了進士這個名號，那些小人也不會為此而感到高興或恐懼，難道他們也會不公正地對待您嗎？所以說考取進士對您來說，是件很容易的事。

盧秀才客居於饒州，十七、八歲時，就挑起照顧全家人生活的重擔。他曾帶著一個僕人向東出過海，向北到過單于府，乞討到上百錢、幾尺布，就用口袋把它們裝起來，讓他的僕人把這些東西背回家，饒州的讀書人都很同情他。盧秀才善於寫文章，聰明敏捷而懂大義。他還不到三十歲，就曾三次應考進士，因為他曾依靠乞討養家糊口，所以在快要考上時卻中止了此事。去年九月，我從池州刺史一職改任睦州刺史，我們總共同船行走了三千里路，後來為了我，盧秀才又在睦州逗留了七十天。今天，盧秀才要進京應考進士了，我知道他這次一定能夠功成名就，再也不必以乞討為生了。

杭州新造南亭子記

【題解】杭州，地名。即今浙江省杭州市。南亭子，亭子名。因在杭州城東南角，故名。會昌年間，唐武宗下令廢除佛教，各官府可取寺廟的建築材料修建官署、傳舍等。時任錢塘（治所在杭州）刺史的李播趁這個機會，用寺廟的建築材料在杭州城的東南角修築了一座亭子，一是為彰明皇上的廢佛之功，二是為文人騷客提供一個觀賞景色、吟詩作文的場所。這篇文章先敘述佛教蠹民的情況，後說明李播修築南亭子的用意。杜牧把築亭的小事同廢佛的大事聯繫起來寫，賦予這件小事以大的意義。全文說理清晰，結構嚴謹，是一篇優秀的記事文。

佛著經❶曰：生人既死，陰府❷收其精神❸，校❹平生行事罪福之❺。坐罪❻者，刑獄皆怪險，非人世所為，凡人平生一失舉止⑦，皆落其間⑧。其尤⑨怪者，獄廣大千百萬億里，積火燒之，一日凡千萬生死，窮億萬世⑩，無有間斷，名為「無間⑪」。夾殿宏廊⑫，悉圖其狀⑬，人未熟見者，莫不毛立神駭⑭。佛經曰：我國有阿闍世王⑮，殺父王篡其位，法當入所謂獄無間者，昔能求事佛，後生為天人。況其他罪，事佛固無恙⑯。

梁武帝⑰明智勇武，創為梁國者，捨身為僧奴⑱，至國滅餓死不聞悟，況下輩⑲固惑之⑳。為工商者，雜良以苦㉑，偽內而華外㉒，納以大秤斛㉓，以小出之，欺奪村閭戇民㉔，銖積粒聚㉕，以至于富。刑法錢穀小胥㉖，出入㉗人性命，顛倒㉘埋沒㉙，使簿書條令不可究知㉚，得財買大第豪奴㉛，如公侯家。大吏有權力，能開庫取公錢，緣意恣為㉜，人不敢言。是此數者，心自知其罪，皆捐己㉝奉佛以求救，月日積久，曰：「我罪如是㉞，貴富如所求，是佛能滅吾罪，復能以福與吾也。」有罪罪滅，無福福至，生人唯罪福耳，雖田婦稚子㉟，知所趨避㊱。今權歸於佛，買福賣罪，如持左契㊲，交手相付㊳。至有窮民，啼一稚子，無以與哺㊴，得百錢，必召一僧飯之，冀㊵佛之助，一日獲福。若如此，雖舉寰海內㊶盡為寺與僧，不足怪也。屋壁繡紋㊷可矣，為金枝扶疏㊸，擎㊹千萬佛；僧為具味㊺飯之可矣，飯訖持錢與之。不大、不壯、不高、不多、不珍奇瓌怪為憂㊻，無有人力可及而不為者。

晉(47)，霸主也，一銅鞮宮(48)之衰弱，諸侯不肯來盟，今天下能如幾晉，凡幾千銅鞮，人得不困哉？文宗皇帝嘗語宰相曰：「古者三人共食一農人(49)，今加兵、佛，一農人乃為五人所食，其間吾民尤困於佛。」帝念其本牢根大，不能果(50)去之。

武宗皇帝始即位，獨奮怒曰：「窮吾天下，佛也。」始去其山臺野邑(51)，四方所冠其徒(52)，幾至十萬人。後至會昌五年，始命西京(53)留佛寺四，僧唯十人；東京(54)二寺。天下所謂節度觀察(55)，同(56)、華(57)、汝(58)三十四治所(59)，得留一寺，僧准西京數(60)，其他刺史州不得有寺。出四御史(61)縷行(62)天下以督之，御史乘驛(63)未出關(64)，天下寺至於屋基耕而刓之(65)。凡除寺四千六百，僧尼笄冠(66)二十六萬五百，其奴婢十五萬，良人枝附為使令者(67)，倍笄冠之數，良田數千萬頃，奴婢口(68)率(69)與百畝，編入農籍(70)。其餘賤取民直(71)，歸於有司(72)，寺材(73)州縣得以恣(74)新其公署傳舍(75)。

今天子(76)即位，詔曰：「佛尚(77)不殺而仁，且來中國久(78)，亦可助以為治。天下州率與二寺，用齒衰(79)男女為其徒，各止三十人，兩京數倍其四五(80)焉。」著為定令(81)，以徇其習(82)，且使後世不得復加也。

【章　旨】本章用大量的事實說明佛教對社會的危害，對唐武宗滅佛政策表示擁護，從而為李播用寺廟建材修築南亭子的合理性做好了鋪墊。

【注　釋】❶佛著經　佛祖寫的經書。佛，指釋迦牟尼佛。實際上釋迦牟尼並未著書，佛經多為佛祖弟子的追記和後世佛徒們的創作。❷陰府　指陰間的官府。❸精神　靈魂。❹校　考慮；比量。❺罪福之　或讓他受罪，或讓他享福。罪福，均用作動詞。之，指靈魂。❻坐罪　判處有罪。坐，定罪。❼一失舉止　行為一旦有錯。失，失誤；錯誤。❽落其間　落入地獄之中。其，指地獄。❾尤　特別。❿窮億句　整個億萬世期間都要受刑。窮，整個。世，三十年為一世。另外，一代、一生也叫一世。⓫無間　即無間地獄。又叫阿鼻地獄。在這個地獄中，要不間斷地受苦受罪，故稱「無間」。⓬夾殿句　指寺廟中兩側房間和高大走廊。夾殿，正殿兩側的房屋。⓭悉圖句　全部畫著地獄裡的情況。悉，全部。⓮毛立神駭　害怕得毛骨悚然。⓯阿闍世王　古印度摩揭陀國的國王。他十六歲時弒父即位，吞併小國，統一印度。後歸依釋迦牟尼，為佛教護法，佛教興盛，甚得其力。⓰無恙　沒有災難。恙，病痛；災難。⓱梁武帝　南朝人。姓蕭，名衍，字叔達。原在南朝齊為官，後廢齊建梁。他是歷史上有名的佞佛皇帝，侯景之亂時，他被幽閉、餓死於臺城。⓲捨身句　他捨身做僧人的奴僕。史書記載，蕭衍崇尚佛教，多次捨身同泰寺，被大臣重金贖回。⓳下輩　不如梁武帝的人。指普通百姓。⓴惑之　被佛教所迷惑。之，代指佛教。㉑雜良句　把劣質商品摻雜在優質商品中出賣。苦，粗劣。㉒偽內句　把偽劣的商品放在裡面，外面進行華美的包裝。㉓納以句　用大秤大斛收購。納，收購。斛，古代的一種量器。㉔村閭戇民　農村的憨厚農民。閭，古代的一種居民組織單位。戇，剛直而愚蠢的人。㉕銖積句　一點一點地聚集財富。銖，古代重量單位。二十四銖為一兩。比喻很少。㉖刑法句　那些主管刑法、錢糧的小官吏。胥，小官吏。㉗出入　任意處置。㉘顛倒　指顛倒是非。㉙埋沒　指埋沒良心。㉚使簿句　使人們無法弄清他們的財物收支情況和執行法律情況。簿書，泛指各種賬冊。條令，法律。究知，弄清楚。㉛大第豪奴　高大的住宅和強悍狡黠的家奴。㉜緣意句　根據自己的意願任意行事。緣，按照。恣，恣意；任意。㉝捐己　拿出自己的錢財。㉞如是　如此；如此之大。㉟田婦稚子　農婦和小孩。㊱知所句　知道追求幸福、躲避災害。趨，趨向；追求。㊲左契　債權人拿的契約。古代的契約分為左右兩片，左片叫左契，由債權人收執，作為收債的憑信。㊳交手句　一手付左契，一手付債錢。比喻壞人一手付給佛徒錢財，佛徒一手就為他消災祈福。㊴無以句　沒有東西給他吃。無以，沒有東西。哺，餵養。㊵冀　希望。㊶寰海內　廣大的天下。寰，廣大。㊷繡紋　指裝飾牆壁的花紋。㊸金枝扶疏　繁茂的金枝玉葉。金枝，即金枝玉葉。是一種祥瑞。扶疏，枝葉繁茂的樣子。㊹擎　舉；站立。㊺具味　備飯。具，備辦。味，食物。

㊻不大句　人們修建寺廟時只擔心修得不高大、不壯觀、不夠數量、不珍奇瓌麗。瓌怪，瓌麗奇偉。㊼晉　周代諸侯國名。春秋時期，晉文公稱霸諸侯。㊽銅鞮宮　宮殿名。為晉平公所建，方圓數里之大。故址在今山西省沁縣南。㊾食一農人　吃一個農民所種的糧食。㊿果　成為事實；實現。(51)山臺野邑　山野中的寺廟。臺、邑，樓臺和城鎮。代指寺廟。(52)冠其徒　還俗的僧尼。冠，用作動詞。使他們戴帽子。其徒，指佛徒、僧尼。僧尼無髮，不戴帽子，現在讓他們蓄髮戴帽，也即讓他們還俗。(53)西京　指長安。(54)東京　指洛陽。(55)節度觀察　這裡指節度使和觀察使的治所。也即較大的城市。(56)同　地名。即同州。在今陝西省大荔縣。(57)華　地名。即華州。在今陝西省華縣。(58)汝　地名。即汝州。在今河南省汝州市。(59)治所　地方長官的官署。這裡指地方官署的所在地。(60)准西京數　以長安的僧人數量為標準。即各地僧人數量不得超過長安的僧人數量。(61)御史　官名。負責監察。(62)縷行　仔細地巡視。縷，詳細。行，巡行；巡視。(63)驛　驛車。用來傳遞文書或供官員乘坐。(64)關　指函谷關。在今河南省靈寶縣南。(65)刬之　挖掉寺廟的屋基。刬，刬除；挖掉。(66)僧尼笄冠　僧尼還俗。笄，插笄。在頭髮上插簪子。笄，簪子。(67)良人句　依附於寺廟、受僧人使喚的普通百姓。良人，平民。枝附，依附。為，被。(68)口　每口；每人。(69)率　一概；都。(70)農籍　農業戶口。(71)賤取民直　用低價賣給百姓。直，通「值」。價錢。(72)有司　有關的官署。(73)寺材　寺廟中的建築材料。(74)恣　任意。(75)傳舍　驛站的房舍。傳，驛站。(76)今天子　指唐宣宗李忱。(77)尚　崇尚；主張。(78)且來句　一般認為，佛教於東漢初年傳入中國。距唐宣宗時，已有八百多年了。(79)齒衰　年老身衰。(80)倍其四五　是各州僧尼數量的四至五倍。(81)定令　不變的法令。(82)徇其習　順應人們信佛的習俗。徇，順從。

【語　譯】釋迦牟尼佛寫的經書上說：人死之後，陰間的官府就把他的靈魂收去，然後根據他一生的行為，或讓他受罪，或讓他享福。那些被判處有罪的人，所受的刑法和所住的地獄都很奇怪和險惡，不是人間所能做得出來的。所有的人一生中的行為一旦有錯，都會落入這些地獄之中。其中令人感到特別奇怪的是，這種地獄非常廣大，方圓有成萬上億里，裡面到處都是燃燒的火焰，一日之內，被燒的罪人就會經歷千萬次生死輪迴，在整個億萬世期間，罪人將不間斷地受苦受罪，所以這種地獄又叫作「無間地獄」。寺廟的兩側房間和高大的走廊裡，都畫著無間地獄中的殘酷情景，不經常看到這些圖畫的人，剛看見時會感到毛骨悚然。佛經還說：我們印度國有一位名叫阿闍世的國王，他殺死自己的父王，篡奪了王位，按照佛法，他應該被打入人們所說的無間地獄，然而因為他過去能夠歸依釋迦牟尼佛祖，所以他後來托生為天神。更不用說犯其他的罪過，只要事奉佛祖，就能確保沒有災難。

梁武帝是個明智勇武的人，他創建了梁朝，然而他卻多次捨身寺廟去當僧人的奴僕，直到國家滅亡、自己被餓死時仍不見他醒悟，更何況那些普通百姓，他們更容易受佛教的迷惑。那些工匠和商人，把劣質產品摻雜在優質產品中一起出售，或者把偽劣產品放在裡面，外面則進行華美的包裝以欺騙世人，他們用大秤大斛收購，用小秤小斛賣出，欺騙和掠奪農村的憨厚農民，他們一點一點地積累財物，以至於成為大富翁。那些負責刑法或錢糧的小官吏，任意處置別人的性命，他們顛倒黑白，昧著良心，使人們無法查清他們的財務收支情況和法律執行情況，他們用得到的不義之財購買高大的住宅和強悍狡黠的家奴，生活得如同公侯之家。那些達官貴人有權有勢，能夠直接打開國庫取用公錢，他們隨心所欲，恣意妄為，人們敢怒而不敢言。以上這幾種人，他們心裡知道自己的罪過，所以都向佛祖獻上自己的財產以求得到拯救，時間久了，他們就會說：「我們的罪過如此之大，然而卻能得到我們想得到的榮華富貴，這說明佛祖能夠赦免我們的罪過，並能賜給我們幸福。」有罪的佛祖能為你滅罪，無福的佛祖能給你幸福，人生在世不過就是要滅罪獲福而已，即使愚笨無知如農婦小孩，也都知道追求幸福、躲避災難。現在，滅罪賜福的權力掌握在佛祖的手中，人們可以拿錢向佛祖買來幸福，賣掉罪過，就如同手持左契的人，一手交契約一手交錢財那樣方便。甚至有一些窮人，當他們的幼兒餓得哭啼不止時，他們都沒有食物餵養；可當他們手中有上百個錢時，就一定要請僧人來吃飯，希望能得到佛祖的保祐，以便有一天獲得富貴。如此看來，即使整個天下都建成寺廟，所有的人都去當僧尼，也不值得我們大驚小怪了。寺廟的牆壁加以圖繪裝飾就可以了，可人們卻為它雕鑄了無數的繁茂的金枝玉葉，上面還站立著成千上萬的佛祖；準備飯菜招待僧人就可以了，可人們在招待之後還要送給他們一筆錢財。人們在修建寺廟時，唯恐修得不大、不壯、不高、不多、不奇異瑰麗，凡是人力可以做得到的，都要盡力做到。

晉國，是一個霸主之國，一座銅鞮宮的修建就使它變得衰弱不堪，其他諸侯國也不肯再來會盟聽它指揮，而現在的天下，土地又有幾個晉國之大？可規模如同銅鞮宮的寺廟就有數千座，百姓們能夠不窮困嗎？文宗皇帝曾經對宰相說：「古代的時候，一個農夫要養活三個人。現在再加上士兵、僧尼，一個農夫就要養活五個人。其中，最使我們百姓受窮受困的還是佛教。」但是皇上考慮到佛教在社會上根深蒂固，不可能真的就把它消除掉。

武宗皇帝剛即位，就心情激動、憤怒異常地說：「使我們國家窮困的原因，就是由於佛教。」於是朝廷開始拆除山野裡的寺廟，各地還俗的僧尼，將近十萬人。後來到了會昌五年，皇上下令西京長安可以留四座佛寺，僧人只許留十人；東京洛陽可以留兩座佛寺。在全國範圍內，節度使和觀察使的治所，以及同州、華州、汝州等共三十四個治所，每處可保留一座寺廟，僧尼數量不得超過西京長安的僧人數量，其他由刺史管理的州郡不許保留寺廟。朝廷還派出四位御史，仔細地巡視天下以督辦此事。御史乘坐的驛車還沒有出函谷關，各地的寺廟就被徹底拆除變為耕地。全國共拆除寺廟四千六百座，還俗的僧尼有二十六萬零五百人，被解放的寺院奴婢有十五萬人，依附於寺廟、聽寺廟使喚的普通百姓的數量比還俗僧尼的數量多一倍，沒收寺廟的良田有千萬頃，那些被解放的奴婢每人都分給一百畝土地，編入農業戶籍。其餘的財產或者賤價賣給百姓，或者交給有關官府，寺廟裡的建築材料，各州縣可以任意取用，以重修自己的官府和驛站。

當今天子即位以後，下詔說：「佛教主張不殺生靈，愛護萬物，而且傳入中國的時間已經很久，其教義還可以用來維持社會的安定。全國每個州都可保留兩座寺院，讓年老體弱的男女去當僧尼，每州只許有僧尼三十人，長安和洛陽的僧尼數量可以是各州的四到五倍。」朝廷把這個規定作為固定法令，以此來順應人們信佛的習俗，同時也使後世不得再增加僧尼的數量。

趙郡❶李子烈播❷，立朝名人也，自尚書比部郎中❸出為錢塘❹。錢塘於江南，繁大雅亞❺吳郡❻，子烈少遊其地，委曲❼知其俗蠹人❽者，剔削根節，斷其脈絡❾，不數月人隨化之❿。三牋⓫干⓬丞相云：「濤⓭壞人居，不一銲錮⓮，敗侵不休。」詔與錢二千萬，築長堤，以為數十年計，人益⓯安喜。子烈曰：「吳、越⓰古今多文士，來吾郡遊，登樓倚軒⓱，莫不飄然而增思⓲。吾郡之江山甲於天下，信然⓳也。佛熾害⓴中國六百歲，生見聖人㉑，一揮而幾夷之㉒，今不取其寺材立亭勝地㉓，以彰聖人之功，使文士歌詩之㉔，後必有指吾而罵者。」乃作南亭，在城東南隅㉕，宏大煥顯㉖，工施手目㉗，髮勻肉均㉘，牙滑㉙而無遺巧矣。江平入天㉚，越峰如髻㉛，越樹如髮，孤帆白鳥，點盡上凝㉜。在半夜酒餘，倚老松，坐怪石，殷殷㉝潮聲，起於月外㉞。

東閩㉟、兩越㊱，宦遊善地也，天下名士多往之。予知百數十年後，登南亭者，念仁聖天子㊲之神功㊳矣，美子烈之旨跡㊴。覩南亭千萬狀，吟不辭已㊵；四時㊶千萬狀，吟不能去。作為歌詩，次之於後㊷，不知幾千百人矣。

【章旨】本章介紹了李播的政績和他修建南亭子的用意，描述了南亭子的壯觀華麗和周圍環境的遼闊優美。

【注釋】❶趙郡　地名。即趙州。在今河北省趙縣。❷李子烈播　人名。名播，字子烈。❸尚書比部郎中　官名。比部郎中負責京城各司官署修繕、公私債務等事。因隸屬於尚書省，故冠以「尚書」二字。❹錢塘　地名。治所在杭州。❺雅亞　僅次於。❻吳郡　地名。即今江蘇省蘇州市。❼委曲　詳細。❽蠹人　害人；害民。蠹，損害。❾剔削二句　把那些害民的風俗習慣連根拔除。脈絡，指與害民風俗有關的東西。❿化之　接受並安心於李播的措施。⓫三牋　三次寫信。牋，一種文體。寫給尊貴者的書信。⓬干　請求；提建議。⓭濤　海濤。⓮銲錮　加固堤防。⓯益　更加。⓰吳越　本指兩個古國名，後來多指江浙一帶。⓱軒　欄杆。⓲增思　增加了文思；激起創作的欲望。⓳信然　確實如此。然，代詞。代指「吾郡之江山甲於天下」。⓴熾害　興盛並損害。熾，火旺。形容旺盛。㉑生見句　我親眼看到皇上。聖人，指廢佛的武宗皇帝。㉒幾夷之　差一點就滅掉了佛教。幾，幾乎；差一點兒。夷，夷滅；消除。㉓勝地　風景優美的地方。勝，優美。㉔之　代指武宗滅佛之功。㉕隅 角。㉖煥顯 鮮明而引人注目。煥，鮮明。㉗工施句 亭子修建得十分工巧。工，工巧。手目，用人體比喻亭子。㉘髮勻句 亭子的各部位都很勻稱和諧。髮、肉，仍是以人體比喻亭子。㉙牙滑 像牙齒一樣平滑光潔。㉚江平句 平滑的江面一直伸向遠方的天空。㉛越峰句 越地的山峰就像一堆堆的髮髻。髻，梳在頭頂上的髮結。㉜上凝 凝結在空中。上，天空。㉝殷殷 形容聲音很大的樣子。㉞月外 即天外。㉟東閩 地名。在今福建省東部地區。㊱兩越 地名。泛指江浙一帶。㊲仁聖天子 指唐武宗。會昌五年，群臣向武宗獻尊號「仁聖文武章天成功神德明道大孝皇帝」。㊳神功 大功。㊴旨跡 用心和行為。旨，指建亭的用意。跡，指建亭的行為。㊵辭已 停止。㊶四時 四季。㊷次之句 排列在前人詩歌的後面。次，排列。之，指前人在南亭子創作的詩歌。

【語 譯】趙郡人李播，字子烈，是朝廷的名臣，自尚書省比部郎中出任錢塘刺史。在整個江南地區，錢塘郡的繁華程度僅次於吳郡，李播從年輕時就在這一帶遊歷，對那些害民的風俗習慣瞭解得很清楚，他任刺史後就把那些害民的風俗習慣連根鏟除，不到數月，人們都從內心深處接受了他的做法。李播先後三次給丞相寫信，請求說：「海浪經常沖壞民居，如果不徹底加固堤壩，民居將會無休止地被沖壞。」於是朝廷下令撥給二千萬錢，修築了長堤，可保數十年平安無事，為此當地的百姓生活得更安心、心情更高興了。李播說：「從古至今，吳、越一帶多出文人名士，他們常來我郡遊歷，登高樓，倚欄杆，無不飄飄然被激起許多創作欲望。我們郡的山水甲天下，事實也確實如此。佛教興盛，損害中國已有六百年了，我親眼看到聖明的武宗皇帝一聲令下，基本上就把佛教給消滅了，如果現在不把寺廟裡的建築材料拿來在風景優美的地方修建亭子，以此來彰明皇上的功德，讓文人們用詩歌來讚頌皇上的功績，那麼今後一定會有人指名道姓地責罵我。」於是就修建了南亭子。亭子建在杭州城的東南角，規模宏大，色彩鮮豔，引人注目，亭子修得十分工巧，各部位勻稱和諧，亭體平滑光潔，極盡人間之巧妙。平滿的江面一直伸向遙遠的天際，越地的山峰遠遠看去就像頭頂上的髮結，越地的樹木遠遠看去就像一絲絲的頭髮，遠處的孤帆、白鳥，在天空中凝固成一個個的小點。在夜半飲酒之後，或靠在老松邊，或坐在怪石上，就能聽到殷殷的海潮聲從天外傳來。

東閩、兩越，是人們做官、遊歷的好地方，天下的名人學士大多都到過這裡。我知道，在數十年、上百年以後，當人們登上南亭子時，一定會想到武宗皇帝的滅佛大功，也一定會讚美李播修築南亭子的用意和行為。文人們看到南亭子的千姿百態，一定會激動得不停地吟誦詩歌；看到周圍四季的萬千景象，一定會詩興大發，久久不忍離去。將來在此作歌題詩、依次排列的詩人，不知會有多少啊！

池州造刻漏記

【題解】池州，地名。在今安徽省貴池市。杜牧於會昌四年（西元八四四年）九月至會昌六年九月任池州刺史。刻漏，古代的一種計時器具。用銅製成壺，壺底留一小孔，壺內豎一支刻有度數的箭形浮標；當壺中的水從小孔漏出而逐漸減少時，箭上的度數就依次顯露，人們就依據度數測知時辰。杜牧任池州刺史時，根據從王易簡那裡學到的知識，在池州南門樓上建造了一座刻漏。本文即記述了這一事情的經過。

百刻❶短長，取於口不取於數❷，天下多是❸也。某大和三年，佐沈吏部❹江西❺府。暇日，公與賓吏環城見銅壺銀箭❻，律如古法❼，曰建中時嗣曹王皋❽命處士王易簡為之❾。公曰：「湖南❿府亦曹王命處士所為也。」後二年，公移鎮宣城⓫，王處士尚存，因命工就京師授其術⓬，創置於城府。某為童時，王處士年七十，常來某家，精大演數⓭與雜機巧⓮，識地有泉，鑿必湧起，韓文公⓯多與之遊。大和四年，某自宣城使于京師，處士年餘九十，精神不衰。某拜于牀下，言及刻漏，因圖授之⓰。會昌五年歲次⓱乙丑夏四月，始造于城南門樓。京兆杜某記。

【注釋】❶百刻　刻是一種計時單位。古人用刻漏計時，把一晝夜分為一百刻。❷數　規矩。❸多是　大多都是如此。❹沈吏部　指沈傳師。進士及第。先後任湖南觀察使、江西觀察使等職。因為他最後擔任吏部侍郎，故稱他「沈吏部」。在沈傳師任江西觀察使時，杜牧即為他的幕僚。大和四年（西元八三〇年），沈傳師調任宣歙觀察使，杜牧一同去了宣州。❺江西　地名。相當於今江西省。治所在洪州（今南昌市）。❻銅壺銀箭　即刻漏。詳見題解。❼律如句　其法式同古代刻漏一樣。律，法式。❽嗣曹王皐　即李皐。唐太宗李世民封其子李明為曹王，李明早死無後，以他王子李肩為後，李皐為李肩的子孫，繼承曹王位。李皐勇武仁愛，先後任江西節度使、湖南觀察使等職。❾為之　建造了它。❿湖南　地名。相當於今湖南省。⓫宣城　地名。在今安徽省宣州市。⓬因命句　因此就派工匠到京城長安去學習製造刻漏的技術。就，到。術，技術。⓭大演數　指天文曆算的方法。「大演數」源出《周易》，指推演算卦時，以五十作為大數。後也指天文曆算。⓮雜機巧　泛指各種技藝。⓯韓文公　指韓愈。昌黎人。字退之。進士及第。先後任博士、潮州刺史、吏部侍郎等職。是著名的文學家。因死後諡為「文」，故稱之為「韓文公」。⓰圖授之　把刻漏繪製成圖傳授給我。之，代指杜牧自己。⓱歲次　古人以天干地支紀年，每年所值的干支叫「歲次」。

【語　譯】一天中每一刻的長短，人們往往隨口而定，並沒有一定的規矩，全國各地大多如此。大和三年，我在江西沈傳師的幕府裡當佐吏。有一天沒事，沈公就同賓客、佐吏一起繞城散步，看到一座刻漏，法式同古代的一樣，別人告訴說，這是建中年間曹王李皐命令處士王易簡製造的。沈公接著說：「湖南府的那座刻漏也是曹王李皐命令王處士製造的。」兩年之後，沈公調去鎮守宣城，當時王處士還活著，於是沈公就派工匠到京城長安去向王處士學習刻漏的製造技術，然後在宣城的官府裡建造了刻漏。我還是兒童時，王處士已經七十歲了，常來我家走動。他精通天文曆算和各種技藝，能夠探知何處地下有泉水，只要按他的指點挖掘，就一定會有泉水湧出。韓愈經常與他來往。大和四年，我奉使從宣州前往京城長安，那時王處士已經九十多歲了，精神依然不衰。我在他的牀前下拜施禮，然後談起刻漏的事，王處士就把刻漏繪製成圖紙交給我。會昌五年是乙丑年，這一年的夏天四月，我在池州城的南門樓上建造了一座刻漏。京兆人杜牧記。

池州重起蕭丞相樓記

【題　解】池州，地名。在今安徽省貴池市。蕭丞相，指蕭復。蕭復是南朝梁皇室的後裔。字履初。他先後任歙州刺史、池州刺史。唐德宗興元年間，任門下侍郎。蕭復潔己自守，勤政愛民，後因拂帝意，廢居饒州而卒。蕭復任池州刺史時，曾修建了一座樓，會昌年間，此樓已朽壞，當時任池州刺史的李方玄已準備了重建材料，還未來得及施工，杜牧於會昌四年九月前來接任刺史一職。杜牧即利用李方玄準備的建材，重修此樓。本文即記述了此樓重建的經過。

蕭丞相為刺史時，樹❶樓于大廳❷西北隅，上藏九經❸書，下為刺史便廳事❹，大曆❺十年乙卯建。會昌四年甲子摧❻，木悉朽壞，無一可取者。刺史李方玄❼具材❽，刺史杜牧命工❾，南北霤❿相距五十六尺，東西四十五尺，十六柱，三百七十六椽，上下凡十二間，上有其三⓫焉，皆仍⓬舊制。以會昌五年五月畢，自初至再⓭，凡七十一年。丞相諱復，實相德宗皇帝焉。京兆杜某記。

【注　釋】❶樹　修築。❷大廳　指池州刺史的大堂。廳，官府辦公的地方。❸九經　儒家奉為經典的九種古籍。歷來說法不一，《經典釋文》認為是指《周易》、《尚書》、《詩經》、《周禮》、《儀禮》、《禮記》、《春秋》、《孝經》、《論語》。❹便廳事　休息宴遊、處理日常事務的地方。❺大曆　唐代宗李豫的年號。西元七六六年至七七九年。❻摧　倒塌。❼李方玄　人名。是杜牧的前任刺史。生平詳見〈唐故處州刺史李君墓誌銘〉。❽具材　購置建築材料。❾命工　安排施工。❿南北霤南北屋檐。霤，屋檐滴水之處。「南北霤相距五十六尺」是說此樓寬五十六尺。⓫上有其三　其中三間是在樓上。⓬仍　依照；仿照。⓭自初句　從第一次修建此樓到這次重建。

【語　譯】丞相蕭復當池州刺史的時候，在州府大堂的西北角修建了一座樓，樓上收藏著儒家的經書，樓下是刺史休息宴遊、處理日常事務的地方。此樓建於大曆十年，也即乙卯年。會昌四年甲子年，此樓倒塌了，木料全部朽壞，沒有一點可以使用的。池州的前任刺史李方玄購置了建築材料，現任刺史杜牧安排施工。新建的樓南北屋檐相距五十六尺，東西有四十五尺，共用了十六根柱子和三百七十六根椽子，上下總共十二間房子，其中三間是在樓上。新建樓房的模樣完全是仿照原樓的模樣，於會昌五年五月完工。此樓從第一次修建到這次重建，一共七十一年。蕭丞相名叫復，在德宗皇帝時任丞相。京兆人杜牧記。

同州澄城縣戶工倉尉廳壁記

【題　解】同州，地名。在今陝西省大荔縣。澄城縣，地名。在今陝西省澄城縣。戶工倉尉，官名。負責賦稅、國庫等事。廳壁，大堂的牆壁。這篇文章揭露了京城貴戚豪吏害民的情況，而澄城縣因與京城有大河深壑之隔而幸免其害，對此，杜牧深為感慨，明確地表達了自己對國家前途的擔憂。

縣之所重，其舉秀貢賢❶也。今之自外諸侯之儒者❷，曠❸不能升一人，況尉❹乎？次乃戶稅❺而已。《史記·河渠書》❻曰：「自徵❼引洛水❽至商顏❾下，鑿井深者四十餘丈。」即此地❿也。徵者俗訛⓫為「澄」耳。其地西北山環之，縣境籠其趾⓬，沙石相礡⓭，歲雨如注⓮，他皆淫灖不測⓯，徵之土適潤⓰，苗⓱則大穫。天或旬而不雨，民則蒿然四望失⓲矣。

是以年多薄[19]，復絕[20]絲麻蔬菓之饒[21]，固無豪族富室，大抵[22]民戶高下[23]相差埒[24]。然歲入官賦，未嘗期表鞭一人[25]。因徵[26]其來由，耆老[27]咸[28]曰：「西四十里即畿郊[29]也，至如禁司東西軍[30]，禽坊龍廄[31]，彩工梓匠[32]，善聲[33]巧手之徒，第番上下[34]，互來進取[35]，挾公為首緣[36]，以一括十[37]。民之晨炊夜舂[38]，歲時不敢嘗[39]，悉以仰奉[40]，父伏子走[41]，尚不能當其意，往往擊辱而去。長吏固不敢援[42]，復況其養秩安祿者[43]邪？加以御女官[44]多，盤亙其間[45]，遞相占附[46]，比急[47]，熱如手足[48]，自丞相、御史咸不能與之角逐[49]，縣令固無有為[50]也。非豪吏真工聯紐相姻戚者[51]，率率解去[52]，是以縣賦益逋[53]。徵民幸脫此苦者，蓋以西有通澗巨壑[54]，叉牙交吞[55]，小山峭徑，馳鞍馬、張機罝[56]者，不便於此[57]，是以絕跡[58]不到。兼之土田枯鹵[59]，樹植不茂[60]，無秀潤[61]氣象，咸惡之而不家焉[62]。民所以安活輸賦者，殆[63]由此，儻使[64]徵亦中其苦[65]，則墟[66]矣，尚安敢比之於他邑乎。」

嗟乎！國家設法禁，百官持而行之，有尺寸害民者，率有尺寸之刑。今此咸墮地[67]，不起[68]，反使民以山之澗壑自為防限[69]，可不悲哉！使民恃險而不恃法，則劃土者[70]宜乎牆山塹河[71]而自守矣，燕[72]、趙[73]之盜，復何可多怪乎？書其西壁，俟得言者[74]覽焉。

【注釋】❶舉秀貢賢　向朝廷舉薦優秀人才。❷今之句　現在那些地方上的讀書人。外諸侯，指京城地區之外的各地方州郡。儒，泛指讀書人。❸曠　很久很久。❹尉　官名。這裡指澄城縣的戶工倉尉。❺次乃戶稅　其次就是賦稅了。這六句是說，縣裡的首要任務是向朝廷舉薦賢才，其次就是向朝廷交納賦稅。❻史記河渠書　《史記》是書名，為漢代司馬遷所著，記載了自黃帝至漢武帝數千年的歷史。〈河渠書〉是《史記》中的一篇，主要記載全國的河流、水利情況。❼徵　地名。即澄城縣。❽洛水　河名。源出今陝西省定遠縣，經洛川、大荔等縣，東入黃河。為了與洛陽的洛水相區別，這條洛水又叫北洛河。❾商顏　山名。又叫商原。在今陝西省大荔縣北十里處。❿此地　指澄城縣。⓫訛　錯誤。這裡指把音念錯了。這句話是說，澄城縣原本叫「徵」，由於人們都把「徵」錯念為「澄」，所以現在叫作「澄城」。⓬籠其趾　環繞著山腳。趾，山腳。⓭礴　磅礴。充滿；到處都是。⓮注　流。形容雨大。⓯淫灩不測　水深莫測。指漲洪水。淫，淫水；洪水。灩，波光閃動的樣子。⓰適潤　潮濕時纔適合於莊稼生長。⓱苗　莊稼。⓲蒿然四望失　完全失望了。蒿然，舉目遠望的樣子。蒿，蒿目；遠望。⓳薄　薄收；欠收。⓴絕　沒有。㉑饒　多；富足。㉒大抵　大概；大致。㉓高下　貧富。㉔相差埒　彼此都差不多。埒，相等。㉕未嘗句　從來不需要當眾鞭打一個人。這六句是說，雖然澄城縣很貧窮，但官府收賦稅卻很順利，從來不需要打人示眾。㉖徵　追問；詢問。㉗耆老　父老。耆，老年人。㉘咸　都。㉙畿郊　京城管轄的地區。也泛指京郊地區。㉚禁司東西軍　泛指京城周圍的禁衛軍。禁司，負責京城守衛的官府。東西，泛指四方。㉛禽坊句　為皇上養鳥餵馬的部門、人員。坊，官署名。龍，指駿馬。廄，馬棚。㉜梓匠　指為皇宮服務的木工。梓，本為樹名，後泛指木材。㉝善聲　善於歌唱之人。指為皇上、官府服務的歌伎。㉞第番句　輪換著到京郊地區。第番，輪換。上下，來往。㉟互來句　都來掠奪、侵害百姓。互，都。㊱挾公句　把為公辦事當作最主要的藉口。緣，緣由；藉口。㊲以一句　官府只要一份財物，而這些人藉機索要十份財物。括，搜求；索要。㊳晨炊夜舂　起早摸黑地幹活。舂，把穀類的皮搗掉。這裡泛指幹活。㊴歲時句　逢年過節也不敢品嘗一點好的食物。歲，年。時，四季。這裡指逢年過節。㊵悉以句　全部把錢糧獻給官府。悉，全部。仰奉，獻上。㊶父伏句　全家人辛勤勞作。伏，指俯著身、低著頭幹活。走，到處奔走。㊷援　救助；幫百姓說話。㊸養秩安祿者　只顧保有自己官位的人。秩，官職。祿，俸祿。㊹御女官　宮中的侍女、女官。㊺盤冗句　散居在京郊地區。盤，盤居；居住。冗，散開。㊻遞相占附　相互依附勾結。㊼比急　關係密切。比，勾結。急，緊密。㊽熱如句　她們親如手足。㊾角逐　比高下；抗爭。㊿無有為　無能為力；毫無辦法。㉛非豪句　除非是英豪多智、或真正善於處理與權貴之間關係的、或是與權貴有姻戚關係的京郊地方官員。豪吏，這裡指不畏權勢的官員。工，工於；善於。聯紐，聯繫。㉜率率句　往往只得辭官而去。率率，往往。解，解官；辭官。本句是說京郊官不容易當。㉝是以句　因此京郊各縣的賦稅越發拖欠得厲害。是以，因此。逋，拖欠。㉞通澗巨壑　又大又長的深谷大河。澄城縣西邊即洛河，阻斷了長安與澄城縣之間的交通，因來往不便，故京城權貴很少到澄城縣騷擾。(55)叉牙句　指此處山河犬牙交錯。(56)張機罝　設置捕捉鳥獸的機檻和網罟。機，指捕獸的設施。如陷穽等。罝，捕鳥獸的大網。(57)不便句　在澄城縣做這樣的事很不方便。此，代指澄城縣。(58)絕跡　不來。(59)枯鹵　乾燥的鹽碱地。鹵，不長莊稼的鹽碱地。(60)樹植句　栽種的樹木、莊稼不茂盛。(61)秀潤　秀美而潤澤。(62)不家焉　不在這裡安家居住。焉，指代詞。代指澄城縣。(63)殆　大概；也許。(64)儻使　假如。(65)中其苦　受這份苦。指受到權貴的騷擾侵害。中，遭受。(66)墟　廢墟。(67)此咸墮地　法律完全被破壞了。墮地，落在地上。比喻遭到破壞。(68)不起　不起作用。(69)防限　防護。(70)劃土者　劃地而居者。指割據者。(71)牆山塹河　以高山為城牆，以大河為護城河。塹，護城河；壕溝。(72)燕　地名。指今河北省北部及遼寧省南部地區。當時為叛軍所占領。(73)趙　地名。在今河北省西部、南部一帶。當時為叛軍所占領。(74)俟得言者　等待那些能夠向皇上進言的人。俟，等待。得，能夠。言，向皇上進言。

【語　譯】各縣的首要任務，就是向朝廷舉薦優秀的人才。然而現在地方上的那些讀書人，很久很久也難得有一個受到朝廷的提拔重用，更何況縣裡的一個小小尉官呢！其次，各縣的任務就是向朝廷繳納賦稅了。《史記・河渠書》上記載：「從徵把洛河水引到商顏山下，那裡開鑿的井，最深的達四十餘丈。」書中說的「徵」指的就是澄城縣，人們把「徵」誤念為「澄」了。澄城縣的西北有群山環繞，整個縣境就處於群山腳下。這裡到處都是沙石，每年下大雨時，其他各縣便會漲起深不可測的洪水，而澄城縣的土地卻適合潮濕，雨多的年份莊稼就能獲得大豐收。如果上天十天、半月不下雨，這裡的百姓就毫無豐收的希望了。因此，澄城縣的多數年份是欠收，又沒有很多的絲、麻、蔬菜和水果，這裡從來就沒有大富之家，百姓們的貧富程度大致相差不多。然而每年官府收稅時，從來不需要鞭打一人以示眾。於是我就詢問其中的原因，父老們都說：「從這裡向西四十里路，就屬於京郊地區了，那些禁衛軍的官兵、為皇上養鳥餵馬之人，還有為皇宮服務的彩工木匠，甚至那些皇宮、官府裡的歌伎舞女、能工巧匠，都輪換著到那裡去，爭相掠奪侵害百姓。他們主要以公務為藉口，本該只收取一份財物的，他們卻勒索十份財物。百姓們起早貪黑地勞作，逢年過節連口好飯也不敢吃，全部財物都拿出來獻給他們，全家人都為他們忙碌奔走，卻仍然無法滿足他們的貪慾，他們常常毆打、羞辱那裡的百姓，然後揚長而去。那裡的地方長官不敢為百姓說話，更何況那些只顧保住自己官位的人呢！再加上京郊地區的宮女、女官很多，她們分散居住在京郊各處的離宮裡，相互勾結，關係密切，親如手足，上自丞相，下至御史，都不敢與她們抗爭，縣令們對她們更是毫無辦法。除非是不畏強權的官員、善於處理複雜人際關係的人和與權貴有姻戚關係的人來當京郊官員，其他擔任京郊官職的人往往只得辭官而去，因此京郊各縣的賦稅拖欠得越來越厲害。我們澄城縣的百姓能夠僥倖不受此害的原因，是因為西面有深谷長河阻隔，那裡的山水犬牙交錯，到處是小山頭，山路崎嶇難行，京城的權貴們想到這裡馳馬打獵、安置機檻網罟都很不方便，因此他們都不來這裡。再加上這裡屬於乾燥的鹽礆地，樹木和莊稼都生長得不茂盛，缺乏一種秀美、潤澤的氣象，他們都討厭這裡，不願意在這裡安家落戶。澄城縣的百姓之所以還能夠安定地生活、按時地繳納賦稅，大概就是由於這個原因吧！假如澄城縣也受到他們的騷擾侵害，恐怕早就是一片廢墟了，又怎能同其他各縣相比呢！」

嗟呼！國家制訂法律，百官們依據這些法律辦事，誰做了多少害民之事，就要受到多少的懲處。然而現在的這些法律完全被破壞了，不再起任何作用，反而使百姓們只能用高山大河來保護自己，這能不讓人感到可悲嗎！假如百姓們依靠山河險阻而不依靠法律，那麼割據者自然會以高山為城牆、以大河為城壕而劃地自守、對抗朝廷了，燕、趙地區的叛軍存在，又有什麼值得奇怪的呢？我把以上看法書寫在澄城縣戶工倉尉的大堂西壁上，等待那些能夠向皇上進言的大臣們來覽閱。

宋州寧陵縣記

【題解】宋州，地名。故治在今河南省商丘縣南。寧陵縣，地名。故城在今河南省寧陵縣南。建中年間，李希烈叛軍以十倍的兵力進攻寧陵縣，寧陵守將劉昌堅守百日，直到叛軍退去。本文即講述了這段壯烈故事，並把它同許遠守睢陽事相比，從而得出「善用兵者，無赫赫之功」的結論。

建中❶初年，李希烈❷自蔡❸陷汴❹，驅兵東下，將收江淮❺，寧陵❻守將劉昌❼以兵二千拒之。希烈眾且十倍，攻之三月，韓晉公❽以三千強弩❾，涉水夜入寧陵，弩矢至希烈帳前。希烈曰：「復益❿吳弩⓫，寧陵不可取也。」解圍歸汴。後數月，希烈驍將⓬翟輝以銳兵大敗於淮陽⓭城下，希烈且蹙⓮，棄汴歸蔡。後司徒劉公玄佐⓯見昌，問曰：「爾以孤城，用一當十，凡百日間，何以能守？」昌泣曰：「以負心⓰能守之耳。昌令陴者⓱曰：『內顧⓲者斬！』昌孤甥⓳張俊守西北隅，未嘗內顧，捽⓴下斬之，軍士有死志，故能堅守。」因伏地流涕，司徒劉公亦泣，撫昌背曰：「國家必以富貴爾㉑。」

天寶末，淮陽太守薛愿㉒、睢陽㉓太守許遠㉔、真源縣㉕令張巡㉖等兵守二城，其於窮蹙㉗，事相差埒㉘，睢陽陷賊，淮陽能守，故巡、遠名懸而愿事不傳。昌之守寧陵，近比㉙之於睢陽，故良臣之名不如忠臣㉚。孫武㉛曰：「善用兵者，無赫赫之功㉜。」斯是㉝也。大中㉞二年十一月十八日，將仕郎㉟、守尚書司勳員外郎㊱、史館修撰㊲杜某題。

【注釋】❶建中　唐德宗李适的年號。西元七八〇年至七八三年。❷李希烈　人名。遼西人。唐德宗時，任淮西節度使，不久進封為南平郡王。在他奉詔討伐李納叛亂時，反而與朱滔、田悅等人聯合，背叛朝廷，僭即皇帝位，國號楚。親將陳仙奇陰令醫毒殺之。❸蔡　地名。即蔡州。在今河南省汝南縣。❹汴　地名。即汴州。在今河南省開封市。❺江淮　地名。指今江蘇省、安徽省一帶。因其地處於長江、淮河之間，故名。❻寧陵　地名。注見題解。李希烈占領汴州之後，率部向東，想攻占江淮之地，寧陵處於汴州與江淮之間，為江淮的屏障。❼劉昌　人名。汴州人。字公明。在平叛中，多次建立戰功。先後任左廂兵馬使、涇原節度使、檢校尚書右僕射等職，封南川郡王。❽韓晉公　指韓滉。長安人。字太沖。唐德宗時任鎮海軍節度使，破李希烈有功，加檢校左僕射，同中書門下平章事，封晉國公。❾強弩　精銳的弓箭手。弩，一種用機械力量發射箭的弓。❿益　增加。⓫吳弩　吳地的弓箭手。當時韓滉為鎮海軍節度使，鎮海軍在今江、浙一帶，江、浙古屬吳、越，故稱韓滉派去的弓箭手為「吳弩」。⓬驍將　勇將。⓭淮陽　地名。又叫陳州。在今河南省淮陽縣。⓮且蹙　處境開始變壞。且，將。蹙，緊迫；窘迫。⓯劉公玄佐　人名。即劉玄佐。匡城人。破李希烈有功。先後任刺史、汴宋節度使、陳州諸軍行營都統等職。⓰負心　違背良心。⓱陴者　守城的人。陴，城上的矮牆。代指城牆。⓲內顧　回頭向城內看。意指畏敵思逃。⓳孤甥　死去父親的外甥。孤，孤兒。⓴捽　揪；拉。㉑富貴爾　使你富貴。爾，你。㉒薛愿　人名。汾陽人。天寶末年，安祿山叛亂，薛愿時任淮陽太守，率兵堅守淮陽。㉓睢陽　地名。在今河南省商丘縣南。㉔許遠　人名。安祿山反叛時，許遠任睢陽太守，他與張巡合力抗擊叛軍，後城陷被害。㉕真源縣　地名。故城在今河南省鹿邑縣東。㉖張巡　人名。鄧州南陽人。任真源縣令時，安祿山反叛，張巡便與許遠合兵守睢陽，拜御史中丞，城陷被害。㉗窮蹙　處境困難。㉘差埒　差不多；相類似。㉙近比　近似於；類似於。㉚故良句　所以說才高之臣的名聲不如忠臣的名聲大。良臣，指才能大的臣子。良臣有才，不用犧牲自己的生命就能把事情辦好，而忠臣往往要為國家獻出生命纔能贏得忠誠之名，故良臣的名聲往往沒有忠臣大。㉛孫武　人名。先秦時期的著名軍事家。著有《孫子兵法》。㉜善用二句　真正善於用兵的人，是不會建立赫赫戰功的。赫赫，大的樣子。孫武認為，百戰百勝的將軍不是最好的將軍，真正會用兵的人可以做到「不戰而屈人之兵」，所以他們不會、也不用建立赫赫戰功。㉝斯是　這句話是正確的。斯，代詞。代指孫武的話。是，正確。㉞大中　唐宣宗李忱的年號。西元八四七年至八五八年。㉞將仕郎　官名。是一種從九品的文職散官。㉟守尚句　試當尚書省司勳員外郎。守，官吏試職。尚書，官署名。即尚書省。為朝廷三省之一。司勳員外郎，官名。負責考功、記功等事。㊱史館修撰　官名。負責史書編修。

【語　譯】建中初年，李希烈率兵從蔡州出發，攻陷了汴州，然後揮師東進，打算攻占江淮地區，寧陵守將劉昌率領二千將士抗擊東進的叛軍。李希烈的軍隊人數是劉昌守軍人數的近十倍，進攻寧陵城達三月之久，後來韓滉又派三千名精銳的弓箭手來增援劉昌，他們徒步涉過河水，趁夜色進入寧陵城，作戰時，城中射出的箭飛到了李希烈的軍帳前。李希烈說：「城中又增添了從吳地趕來的弓箭手，寧陵城是無法占領了。」於是李希烈撤除了對寧陵的包圍，率兵回到了汴州。幾個月之後，李希烈部下猛將翟輝所率領的精銳部隊在淮陽城下又吃了一次大敗仗，李希烈的處境日趨困難，於是他只得放棄汴州，撤回蔡州。後來，司徒劉玄佐見到了劉昌，問：「你憑著一座孤城，抵抗十倍於己的叛軍，堅守時間長達百日，你是如何做到這一點的？」劉昌哭著說：「我是依靠違背良心做事纔守住了寧陵城。我命令守城的將士說：『敢於向後顧盼、打算逃跑者斬首！』我的外甥張俊是個孤兒，他當時在城的西北角守城，沒有向後顧盼，而我卻命人把他拉到城下斬首，為此將士們纔立下了拼命守城的決心，我也因此守住了寧陵城。」說完，劉昌便伏在地上哭個不停，司徒劉玄佐也感動得流下了眼淚，他用手撫摸著劉昌的脊背說：「朝廷一定會讓你富貴起來的。」

天寶末年，淮陽太守薛愿、睢陽太守許遠、真源縣令張巡等人分別率兵堅守淮陽、睢陽二城，就困難程度來說，兩座城市的情況差不多，結果睢陽落入叛軍之手、淮陽卻堅守住了，所以張巡、許遠的名聲傳徧天下而薛愿卻默默無聞。劉昌堅守寧陵的情況，類似於張巡、許遠守睢陽的情況，所以說良臣的名聲不如忠臣的名聲大。孫武說：「真正會用兵的人，是不會、也不用建立赫赫戰功的。」這句話是正確的。大中二年十一月十八日，將仕郎、試官尚書省司勳員外郎、史館修撰杜牧記。

淮南監軍使院廳壁記

【題　解】淮南，地名。指淮水以南之地，大致相當於今江蘇、安徽兩省長江以北、淮河以南地區。唐朝在這裡設節度使，轄楚州、滁州、和州等八州，治所在揚州。監軍使，官名。負責軍事監察。唐自玄宗後，監軍使多由宦官擔任。廳，大堂。大和七年（西元八三三年），杜牧赴揚州，任淮南節度使牛僧孺的節度推官、監察御史裏行，後掌書記。第二年，應監軍使宋公之請，寫下了這篇文章。本文可分三層意思，第一層講淮南地理位置的重要性，因此來此地任節度使、監軍使的人皆為朝廷重臣；第二層讚揚了監軍使宋公的德行；第三層介紹寫作本文的緣起。

淮南軍西蔽蔡[1]，壁壽春[2]，有團練使[3]；北蔽齊[4]，壁山陽[5]，有團練使。節度使為軍[6]三萬五千人，居中統制二處[7]，一千里，三十八城，護天下餉道[8]，為諸道府軍事最重[9]。然倚海[10]塹江、淮[11]，深津[12]橫岡，備守[13]堅險，自艱難[14]已來，未嘗受兵。故命[15]節度使，皆以道德儒學[16]，來罷宰相[17]，去登宰相[18]。命監軍使皆以賢良勤勞，內外有功，來自禁軍中尉[19]、樞密使[20]，去為禁軍中尉、樞密使。自貞元[21]、元和[22]已來，大抵[23]多如此。

今上[24]即位六年，命內侍[25]宋公[26]出監淮南，諸開府將軍[27]皆以內侍賢良有材，不宜[28]使居外。上以為內侍自元和已來，誅齊[29]誅蔡[30]，再伐趙[31]，前年誅滄[32]，旁擊趙、魏[33]，且徵師[34]，且撫師[35]，且詰[36]且諭[37]，勤勞危險，終日馬上。往監青州[38]新附[39]，臥未嘗安，復監滑州[40]，邊魏[41]，窮狹[42]多事，今監淮南是且[43]使之休息，亦不久之。故內侍至焉。

監軍四年，如始至日，簡約寬泰[44]，明白清潔，恕悉[45]軍吏，禮愛賓客，舉止作動，無非典故[46]，暇日唯召儒生講書，道士治藥[47]而已。內侍舊部將校，多禁兵子弟，京師少俠[48]，出入閭里[49]間，俛首唯唯[50]，受吏約束。故上至相國奇章公[51]，下至于百姓，無不道說[52]內侍，稱為賢人，此不虛也，宜其侍衛六朝[53]，聲光[54]富貴。

某謬㊺為相國奇章公幕府掌書記㊻，奉內侍命為廳壁記，某再謝㊼不才，不足記序，內侍曰：「掌書記為監軍使廳壁記，宜也。」某慙惶而書，時大和八年十月二十一日記。

【注釋】❶蔡　地名。即蔡州。在今河南省汝南縣。蔡州處於淮南的西北方，多次被叛軍所占領，由於淮南地區的唐軍的阻攔，使蔡州叛軍不能侵擾東南的江浙一帶。故言「西蔽蔡」。❷壁壽春　軍隊駐紮在壽春。壁，軍壁；軍營。引申為駐紮。壽春，地名。又叫壽州。在今安徽省壽縣。與蔡州遙遙相對。❸團練使　官名。負責軍事。❹齊　地名。在今山東省一帶。也多次被叛軍所占領。齊地處於淮南地區的北面。❺山陽　地名。在今江蘇省淮安市。❻為軍　管轄的軍隊。為，管轄。❼二處　指上述的壽春、山陽二處。❽餉道　運糧的道路。❾為諸句　在全國各道、府中，淮南是最重要的軍事地區。道，唐代行政區劃名。當時分全國為十道。府，唐代行政區劃名。即州府。❿倚海　緊靠著大海。倚，靠。⑪塹江淮　以長江、淮河為天然屏障。塹，做防禦用的壕溝。⑫深津　深深的大河。津，渡口。這裡指河流。⑬備守　處處把守。⑭艱難　指安祿山叛亂。⑮命　任命。⑯儒學　儒家學說。儒，以孔子為代表的學派。提倡仁義禮樂。⑰來罷句　來淮南任節度使的往往是剛離職的宰相。⑱去登句　離開淮南的節度使常常是入朝當了宰相。去，離開。⑲禁軍中尉　官名。又叫護軍中尉。多由宦官擔任，統領禁軍，防守京師。⑳樞密使　官名。多由宦官擔任。唐代的樞密使負責接受表章。㉑貞元　唐德宗李适的年號。西元七八五年至八〇四年。㉒元和　唐憲宗李純的年號。西元八〇五年至八二〇年。㉓大抵　大致；大多。㉔今上　指唐文宗李昂。㉕內侍　官名。在宮廷中供使喚。由宦官擔任。㉖宋公　人名。身為宦官，曾多次出任監軍使。其他情況不詳。㉗開府將軍　指節度使。唐代節度使及觀察使可開置官府，任命僚屬。故稱。㉘不宜　不應該。㉙齊　指在齊地反叛的平盧節度使李納。㉚蔡　指在蔡州反叛的淮寧軍節度使李希烈及後來的吳少誠、吳元濟等人。㉛再伐趙　兩次進攻趙地叛軍。再，二次。趙，指在趙地叛亂、自稱趙王的王武俊。㉜滄　地名。即滄州。在今河北省滄縣。這裡指在滄州叛亂的李同捷。㉝魏　指魏博節度使田悅。田悅於建中二年叛亂，自稱魏王。㉞且徵師　一邊徵調部隊。㉟撫師　安撫部隊。㊱誥　宣佈朝廷命令。㊲諭　進行解釋勸勉。㊳青州　地名。在今山東省益都縣一帶。㊴新附　新歸降的軍隊。青州屬齊地。李納在齊地叛亂後，一度自稱齊王。李納死後，其子李師古、李師道相繼割據齊地。元和十四年，李師道被殺，其所轄的十二州歸順朝廷。㊵滑州　地名。在今河南省滑縣。㊶邊魏　與魏地相鄰。當時的魏地仍被叛軍所把持。㊷窮狹　地盤小，處境困難。窮，處境不好。狹，地盤狹小。㊸且 姑且；暫時。㊹寬泰 胸懷寬大。㊺恕悉 寬厚並熟悉。㊻典故 規矩；原則。㊼治藥 煉製養生藥。㊽少俠 豪俠的年輕人。㊾閭里 鄉里。泛指民間。㊿唯唯 恭敬而順從的應答詞。這裡形容恭敬愛民的樣子。51奇章公 指牛僧孺。牛僧孺曾擔任過丞相一職，封奇章郡公。時任淮南節度使。52道說 稱讚。53六朝 指德宗、順宗、憲宗、穆宗、敬宗、文宗六朝天子。54聲光 名聲很大很好。光，光榮。55謬 錯誤；不稱職。此為謙詞。56書記 官名。主管文字方面的工作。57再謝 兩次表示謝絕。

【語　譯】淮南地區的軍隊向西阻攔住了蔡地的叛軍，防禦重點在壽春，在那裡設有團練使；向北阻攔住了齊地的叛軍，防禦重點在山陽，那裡也設有團練使。淮南節度使管轄的軍隊有三萬五千人，節度使住在中部地區，統領、指揮壽春、山陽二地。淮南地區方圓有一千里之大，有三十八座城池，保護著天下的運糧之道，在全國的各道、府中，淮南的軍事地位最為重要。然而這一地區東靠大海，有長江、淮河做為自己的天然屏障，到處都是深深的河流和橫臥的高山，各處險要之處都有軍隊把守，所以自安祿山叛亂以來，這裡從未遭受過戰爭的蹂躪。因此朝廷任命的淮南節度使，都是一些道德高尚、儒學功底深厚的人，來此地任節度使的往往是剛離任的宰相，離開此地的節度使又常常入朝當了宰相。朝廷任命的淮南監軍使也都是一些賢良勤勞、在朝內朝外立有大功的人，來這裡任監軍使的往往是禁軍中尉或樞密使，離開此地的監軍使也常常入朝擔任了禁軍中尉或樞密使。自貞元、元和以來，情況大致都是如此。

當今的文宗皇帝即位後的第六年，朝廷命令內侍宋公出朝來淮南擔任監軍使一職，諸位節度使都認為內侍宋公賢良有才，不應該讓他離開朝廷到外地任職。皇上認為：內侍宋公自元和以來，參與了誅伐齊蔡叛軍、兩次進攻趙地叛軍、前年攻伐滄州叛軍以及順便打擊趙魏叛軍等戰役，宋公在這些戰役中一邊徵調軍隊，一邊安撫軍隊；一邊宣佈朝廷命令，一邊加以解釋說明。宋公歷盡辛勞艱險，整天在馬上奔波。在監察青州新降服的軍隊期間，宋公從未安寢過；後來又去滑州任監軍使，滑州與叛軍所把持的魏地相鄰，地盤狹小，處境艱難，經常出事。現在讓他出任淮南監軍使，是想讓他得到一個短時間的休息，並不會讓他長期擔任此職的。於是內侍宋公就來到了淮南。

宋公到淮南監軍已經四個年頭了，他依然保持著剛到淮南時的作風，他生活簡樸、心胸寬廣，他聰明多智、為官廉潔，他對待將士十分寬厚，並熟知他們的情況，他尊重並愛護過往的賓客，他的一舉一動，都符合規矩、原則，他在閑暇的日子裡，要麼是請來儒生講解經書，要麼就是請來道士煉製養生藥。宋公的舊部將校，大多都是出身於禁軍的年輕人，都是來自京城的豪俠少年，然而當他們出入鄉里民間時，一個個都低著頭恭順謹慎，完全接受地方官員的約束。所以上至丞相奇章公牛僧孺，下至普通老百姓，無不稱讚宋公，認為他是一位賢人。這種評價是名副其實的，怪不得宋公能夠侍衛六朝天子，能夠獲得如此大的名聲和富貴。

我才疏學淺卻在相國奇章公牛僧孺的幕府裡擔任書記一職，奉宋公的命令寫這篇〈淮南監軍使院廳壁記〉，我曾再三推辭，認為自己的才學太少，無法勝任寫這篇文章的重任，而宋公卻說：「你擔任書記一職，為監軍使的廳壁寫篇記敘文章，是應該的。」於是我只得懷著慚愧惶恐的心情寫了這篇文章。大和八年十月二十一日記。

自撰墓誌銘

【題　解】本文是杜牧為自己寫的一篇墓誌銘。文章寫於大中六年（西元八五二年）十一月，杜牧當時五十歲。文章寫成不久，作者就與世長辭了。本文先介紹了自己一生的任職情況，然後著重談到自己的《孫子注》，接著寫自己對死亡的預感，最後簡單地介紹了自己的家庭情況。

牧字牧之。曾祖某[1]，河西[2]隴右[3]節度使；祖某[4]，司徒、平章事、岐國公、贈太師；考某[5]，駕部員外[6]，累贈[7]禮部尚書[8]。牧進士及第，制策登科[9]，弘文館[10]校書郎[11]，試左武衛兵曹參軍[12]、江西[13]團練巡官[14]，轉監察御史裏行[15]、御史[16]，淮南節度掌書記，拜真監察[17]，分司[18]東都[19]。以弟病去官[20]，授宣州[21]團練判官[22]、殿中侍御史[23]、內供奉[24]，遷左補闕[25]、史館修撰，轉膳部[26]、比部員外郎[27]，皆兼史職[28]。出守黃[29]、池[30]、睦[31]三州，遷司勳員外郎[32]、史館修撰，轉吏部員外[33]。以弟病，乞守湖州[34]，入拜考功郎中[35]、知制誥[36]，周歲，拜中書舍人[37]。

某平生好讀書，為文亦不出人[38]。曹公[39]曰：「吾讀兵書戰策多矣，孫武深矣。」因注其書十三篇，乃曰：「上窮天時，下極[40]人事，無以加[41]也，後當有知之者。」去歲[42]七月十日，在吳興[43]，夢人告曰：「爾當作小行郎[44]。」復問其次，曰：「禮部考功，為小行矣。」言其終典[45]耳。今歲九月十九日歸，夜困，亥[46]初就枕寢，得被勢久[47]，酣而不夢，有人朗告[48]曰：「爾改名畢[49]。」十月二日，奴順[50]來言：「炊將熟甑[51]裂。」予曰：「皆不祥也。」十一月十日，夢書片紙「皎皎[52]白駒，在彼空谷[53]」，傍有人曰：「空谷，非也，過隙[54]也。」予生於角[55]，星昴畢於角[56]為第八宮[57]，曰病厄宮[58]，亦曰八殺宮[59]，土星在焉[60]，火星繼木[61]。星工[62]楊晞曰：「木在張於角[63]為第十一福德宮[64]，木為福德大君子，救於其旁，無虞[65]也。」予曰：「自湖守[66]不周歲，遷舍人，木還福於角[67]足矣，土火還死於角[68]，宜哉！」復自視其形[69]，視流[70]而疾[71]，鼻折山根[72]，年五十，斯壽[73]矣。某月某日，終于安仁里[74]。

妻河東[75]裴氏，朗州[76]刺史偃之女，先某若干時卒。長男曰曹師，年十六；次曰祝柅，年十二。別生(77)二男，曰蘭、曰興，一女，曰真，皆幼。以某月日，葬于少陵(78)司馬村(79)先塋。銘曰：

後魏太尉顒(80)，封平安公，及予九世，皆葬少陵。嗟爾小子(81)，亦克厥終(82)，安于爾宮(83)。

【注釋】❶曾祖某　指杜牧的曾祖父杜希望。曾先後擔任過鄯州都督、河西節度使等職。❷河西　地名。轄境相當於今甘肅省河西走廊。❸隴右　地名。唐設隴右道，轄境相當於隴山以西及新疆東部地區。❹祖某　指杜牧的祖父杜佑。曾先後任濟南參軍、淮南節度使、平章事等職，進封司徒、岐國公。❺考某　指杜牧的父親杜從郁。考，對死去的父親的稱呼。❻駕部員外　官名。負責輿輦、驛站等事。❼累贈　多次追贈。累，多次。❽禮部尚書　官名。掌管禮樂、祭祀、學校等事。❾制策句　通過了吏部的選拔考試。制策，這裡指吏部舉行的有關治國能力的考試。登科，唐朝制度，通過進士考試，叫及第；然後再參加吏部舉行的選官考試，通過後叫登科。❿弘文館　館名。唐高祖時設立，館內設學士，掌管校正圖書、教授生徒，並參議朝廷禮儀制度的沿革。⓫校書郎　官名。掌校對典籍。⓬試左句　試當左武衛軍的兵曹參軍。左武衛，禁軍名。唐代的武衛軍分左右兩軍，各置大將軍一人統領。兵曹參軍，官名。掌管軍隊的烽火、驛馬傳送、田獵等事。⓭江西　地區名。又叫江南西道，相當於今江西省。⓮團練巡官　官名。負責軍隊訓練。⓯監察御史裏行　官名。為虛職，沒有實際責任。⓰御史　官名。負責監察、文書等事。⓱拜真句　被任命為正式的監察御史。真，正式的。這裡的「真監察」是對「監察御史裏行」而言。監察御史裏行為虛職，真監察為實職。⓲分司　唐代建都長安，以洛陽為東都，分設在東都洛陽的中央官員稱分司。⓳東都　地名。即洛陽。⓴以弟句　為了給弟弟杜顗醫治眼病，辭去了監察御史一職。開成二年，弟杜顗患眼疾不能視物，居揚州禪智寺。杜牧告假百日，迎眼醫石生一同東赴揚州看視弟病。唐朝制度，在職官員假滿百日，即自動停職。杜牧假滿百日後，即棄官。㉑宣州　地名。在今安徽省宣州市。㉒團練判官　官名。負責軍隊訓練等事。㉓殿中侍御史　官名。負責監察等事。㉔內供奉　官名。在皇帝身邊供職的人。㉕左補闕　官名。職務為侍從、諷諫。㉖膳部　官署名。掌管飲食、祭器、藏冰等事。㉗比部句　擔任比部的員外郎。比部，官署名。掌管官署府第、各種用度。員外郎，官名。膳部和比部均設有員外郎一職。㉘史職　修史的職務。即上文提到的史館修撰。㉙黃　地名。即黃州。在今湖北省黃岡市。㉚池　地名。即池州。在今安徽省貴池市。㉛睦　地名。即睦州。在今浙江省建德市。㉜司勳員外郎　官名。負責記功行賞事務。㉝吏部員外　官名。負責考察、任用官員等事。㉞湖州　地名。在今浙江省湖州市。㉟考功郎中　官名。掌管考察官名功過之事。㊱知制誥　官名。負責起草朝廷的誥命、文書。㊲中書舍人　官名。為中書省的屬官，掌管詔令、侍從、宣旨、接受奏章等事。㊳出人　超過別人。㊴曹公　指三國著名的政治家、軍事家曹操。㊵極　窮盡；講完。㊶無以加　無以復加；最高境界。㊷去歲　去年。指大中五年（西元八五一年）。當時杜牧在湖州任刺史。㊸吳興　地名。即湖州。㊹小行郎　來年可當郎中。小行，又叫小運，指一年的命運吉凶。㊺終典　一生中最後的職務。㊻亥　即亥時。相當於現在的晚上九點至十一點。㊼得被句　蓋著被子睡了很久。㊽朗告　聲音響亮地告訴我。㊾畢　星宿名。也隱含「完結」之意。㊿奴順　一位叫順的家奴。(51)甑　古代做飯用的一種陶器。(52)皎皎　潔白的樣子。(53)空谷　空蕩蕩的山谷。(54)過隙　躍過縫隙。古人用「白駒過隙」比喻時光的迅速、人生的短暫。(55)予生句　我出生於歲星處於角星的那一年。角，星宿名。二十八宿之一。古人用歲星紀年，歲星即木星，是行星，自西向東移動，十二年一周天。杜牧出生於唐德宗貞元十九年（西元八〇三年），這一年歲星處於角星星區。(56)昴畢於角　昴、畢星對生於角星的人來說。昴，星宿名。二十八宿之一。古人認為，當歲星處於某一星區時，會對一部分人有利，而對另一部分人不利。當歲星處於昴、畢星區時，對生於角星的人不利。本文寫於大中六年（西元八五二年），歲星並未在昴、畢星區，但他在夢中聽到了這一星區名，故感到對己不利。(57)第八宮　第八星區。宮，星區。古人把星空劃為若干星區，這些星區即叫宮。(58)病厄宮　多病多災的星區。厄，災難。(59)八殺宮　殺害星區。八殺，泛指殺害之多。(60)土星句　現在的天象是土星正處於昴、畢星區。土星，星宿名。五大行星之一。(61)火星句　火星將緊接著木星，也要運行到這一星區。火星，星宿名。五大行星之一。木，星宿名。即歲星。五大行星之一。(62)星工　觀星象以預測人事吉凶的人。(63)木在張於角　木星處於張宿時，張宿星區對於生於角星的人來說。張，星宿名。二十八宿之一。(64)福德宮　施福施恩的星區。(65)無虞　不要擔心。虞，擔心。(66)湖守　即湖州刺史。(67)木還福於角　木星送幸福給生於角星的人。(68)土火句　現在土星火星把死亡送給生於角星的人。(69)其形　指杜牧自己的形體。(70)視流　眼光游移不定。(71)疾快速。(72)鼻折句　鼻梁已經塌陷。山根，相面術士稱鼻梁為山根。(73)斯壽　這就是我的壽命。斯，代指「年五十」。(74)安仁里　地名。在長安。(75)河東　地名。唐置河東節度使，治所在太原（今山西省太原市）。(76)朗州　地名。在今湖南省常德市。(77)別生　指杜牧後妻崔氏所生。(78)少陵　地名。在今陝西省長安縣南。少陵本為漢宣帝許后的陵墓，後人因稱其陵墓所在地為少陵，又叫少陵原。(79)司馬村　地名。在今陝西省長安縣南。(80)後魏句　後魏太尉杜顒。後魏，朝代名。北朝之一。西元三八六年至五三四年。為鮮卑族拓跋珪所建立。太尉，官名。漢代為最高軍事長官。其後多為加官，無實權。顒，人名。字思顏。先後任涇州刺史、征西將軍等職。是杜牧的九世祖。(81)嗟爾句　唉！你這個小子啊！嗟，感嘆詞。小子，自稱的謙詞。指杜牧自己。(82)亦克句　也還能夠得到善終。克，能夠。厥，他的。杜牧自指。(83)宮　房屋。這裡指地下房屋，也即墳墓。

【語譯】杜牧字牧之。其曾祖父叫杜希望，曾擔任過河西隴右節度使；祖父叫杜佑，曾擔任過司徒、平章事等職，封岐國公，去世後追贈為太師。父親叫杜從郁，曾任駕部員外，去世後多次贈官至禮部尚書。杜牧進士及第，又通過了吏部選拔官員的考試，任弘文館校書郎，試當左武衛兵曹參軍、江西團練巡官，接著調任監察御史裏行、御史，又在淮南節度使那裡負責圖書簿記之事，後被任命為正式監察御史，在東都洛陽任職。後來因為要照看生病的弟弟，杜牧我辭去了這一職務，擔任了宣州團練判官、殿中侍御史、內供奉，接著提拔為左補闕、史館修撰，又調任為膳部員外郎和比部員外郎，都兼任史館修撰。後來先後出任黃州、池州、睦州這三州刺史，接著調任司勳員外郎、史館修撰，又調任為吏部員外郎。由於弟弟生病，我要求出任湖州刺史，後來入朝擔任了考功郎中、知制誥，一年之後，被任命為中書舍人。

杜牧我平生喜歡讀書，寫的文章也並不比別人好。曹操說過：「我讀過的兵書軍法很多，而只有孫武的兵法最為深刻。」於是我就注釋孫武寫的十三篇《孫子》，我寫道：「這部兵法上面寫盡了天時，下面寫盡了人事，已經達到了無以復加的境界，後世將會有人理解這一點的。」

去年七月十日，當時我在吳興，夢見有人告訴我說：「你來年可當郎中。」我又問自己接著當什麼，那人說：「你將擔任禮部考功郎中，這就是你來年的命運。」那人這樣講的意思就是：考功郎中是我一生的最後職務。今年九月十九日我回家後，夜裡很睏，剛到亥時就睡下了，蓋著被子睡了很久，睡得很香，沒有做夢，忽然聽見有人聲音響亮地對我說：「你要改名叫畢。」十月二日，一位叫順的家奴來對我說：「飯快做熟了，做飯用的甑卻破了。」我說：「這都是不祥之兆啊！」十一月十日，夢見自己在一張紙上寫道：「潔白的馬駒，遊蕩在那空蕩蕩的山谷之中。」旁邊有人糾正說：「『空蕩蕩的山谷之中』寫錯了，是『躍過縫隙』啊！」我出生於歲星處於角星星區的那一年，昴畢星區屬第八宮，對於出生於歲星在角的人來說，它是一個病厄宮，也叫八殺宮。現在土星正處於這一星區，火星會隨著木星之後，也來到這一星區。星象家楊晞說：「現在木星處於張星星區，這一星區屬第十一星區，對於出生於歲星在角的人來說，它是一個福德宮。木星是一個施恩施福的大君子，現在就在一旁救助，您不必擔心。」我說：「自從出任湖州刺史後不到一整年，我就被提昇為中書舍人，木星給我這個出生於歲星在角的人的福氣也足夠多了，那麼土星和火星再把死亡送給我這個出生於歲星在角的人，自然也是應該的。」我又觀察了自已的形貌，發現自己的目光快速游移不定，鼻梁也塌陷了。我今年五十歲，這就是我享有的壽命了。某月某日，杜牧我去世於安仁里。

妻子是河東人，姓裴，是朗州刺史裴偃的女兒，她先於我若干年去世。長子叫曹師，今年十六歲；次子叫祝柅，今年十二歲。另外還有兩個男孩，一個叫蘭，一個叫興，還有一個女孩，名叫真。他們的年紀都還幼小。於某月某日，我杜牧被安葬於少陵司馬村的祖墳裡。墓誌銘是：

後魏太尉杜顒，被封為平安公；到我這一代共有九代，各代人都葬於少陵。唉！杜牧你這個小子啊！也還能夠壽終正寢，安息於你的墳墓之中。

卷十一

上李司徒相公論用兵書

【題解】李司徒相公，指李德裕。司徒，官名。主管教化，為三公之一。魏晉以後，多為虛職。唐代的三公可參議朝政。相公，對宰相的稱呼。唐武宗會昌三年（西元八四三年），昭義（又稱澤潞）節度使劉從諫去世，其姪劉稹自稱留後，抗拒朝命。這年五月，朝廷下令討伐劉稹。當時四十一歲的杜牧正在黃州任刺史，聽到這個消息之後，他馬上給宰相李德裕寫了這封長信，主要內容是討論對劉稹的用兵方略。杜牧認為，澤潞的情況與其他割據方鎮不同，那裡的軍民未必肯為劉稹效力，如果用萬人固守天井之口，而以精兵直搗上黨，叛軍就會土崩瓦解。後來，李德裕在平息劉稹時，採納了杜牧的意見。

伏覿❶明詔❷誅山東❸不受命者，廟堂之上，事在相公。雖罇俎之謀❹，算畫❺已定，而賤末之士❻，芻蕘敢陳❼。伏希捨❽其狂愚，一賜聽覽❾。

【章旨】本章為開頭語，表示希望對方能夠參考自己的意見。

【注　釋】❶伏覩　看到。伏，敬詞。❷明詔　聖明的詔書。❸山東　地區名。指太行山以東、黃河以北地區，這一地區長期割據。這裡專指劉稹盤踞的澤、潞一帶。❹罇俎之謀　指朝廷的用兵計畫。罇，酒器。俎，盛肉的器具。罇俎，代指宴會。這裡形容朝廷大臣在宴會之上即訂出用兵方略，極言其輕鬆貌。❺算畫　計畫。❻賤末之士　卑賤之人。此為杜牧自我謙稱。❼芻蕘句　冒昧地陳述一下自己的淺薄看法。芻蕘，割草叫芻，打柴叫蕘。指割草打柴的人。古人認為，這些人的意見雖然淺薄，但也值得擇善而從。後來常把「芻蕘之言」作為向人陳述意見的謙詞。敢，謙詞。有冒昧的意思。❽捨　捨棄；原諒。❾一賜句　望您賞臉，看看我的建議。

【語　譯】我看到了聖明的詔書，知道皇上要討伐山東地區那些敢於抗拒朝命的叛亂者。朝廷上的這些事情，都要依靠您了。雖然大臣們已經進行了充分的商議，用兵計畫也已確定，但我這個地位卑下的人，還是想冒昧地陳述一下自己的淺薄意見。希望您能夠原諒我的顛狂和愚昧，聽一聽我的建議。

某大和二年為校書郎，曾詣❶淮西❷將軍董重質❸，詰❹其以三州❺之眾，四歲不破之由。重質自誇勇敢多算之外，復言其不破之由，是徵兵太雜耳。偏徵諸道❻兵士，上不過五千人，下不至千人，既不能自成一軍，事須帖附地主❼，名為客軍。每有戰陣，客軍居前，主人在後，勢羸❽力弱，心志不一，既居前列，多致敗亡。如戰似勝，則主人引救❾，以為己功，小不勝，主人先退，至有殲焉。初戰二年已來，戰則必勝，是多殺客軍，及二年已後，客軍殫❿少，止與陳許⓫、河陽⓬全軍相搏。縱使唐州⓭軍不能因雪取城，蔡州⓮事力亦不支矣，其時朝廷若使鄂州⓯、壽州⓰、唐州祇令⓱保境，不用進戰，但用陳許、鄭滑⓲兩道全軍，帖⓳以宣⓴、潤㉑弩手，令其守隘㉒，即不出一歲，無蔡州矣。

【章　旨】本章回顧了平蔡經過，總結出「徵兵太雜」是朝廷用兵失利的重要原因之一。

【注　釋】❶詣　去；到。❷淮西　地區名。指安徽省北部、河南省東部的淮河北岸一帶。❸董重質　人名。是淮西將軍吳少誠的女壻。性勇悍，善用兵。元和九年，吳元濟叛亂，董重質為謀主。元和十二年，宰相裴度督師討伐吳元濟，同年十月，唐將李愬雪夜奔襲叛軍老巢蔡州，生擒吳元濟。董重質投降唐軍，累官至夏綏銀宥節度使。❹詰　詢問。❺三州　指淮西節度使吳元濟所占有的蔡州（今河南省汝南縣）、申州（今河南省信陽市）、光州（今河南省潢川縣）。❻道　行政區劃名。唐分全國為十道。❼帖附地主　依附於當地的唐軍。帖附，依附。地主，指當地的唐軍。❽羸　弱小。❾引救　引兵前來支援。❿殫　盡；沒有。⓫陳許　地名。指陳州（今河南省淮陽縣）和許州（今河南省許昌市）。唐代設陳許節度使，又叫忠武節度使。⓬河陽　地名。在今河南省孟縣一帶。唐設河陽三城節度使。⓭唐州　地名。在今河南省泌陽縣。雪夜襲取蔡州的李愬當時任唐、鄧、隨節度使。⓮蔡州　地名。在今河南省汝南縣。是吳元濟的老巢。⓯鄂州　地名。在今湖北省鄂城市。⓰壽州　地名。在今安徽省壽縣。⓱祇令　只管。⓲鄭滑　地名。指鄭州（今河南省鄭州市）和滑州（今河南省滑縣）。唐設鄭滑節度使。又叫義成節度使。⓳帖　輔助。⓴宣　地名。即宣州。在今安徽省宣州市。㉑潤　地名。即潤州。在今江蘇省鎮江市。㉒隘　險要地帶。

【語　譯】我於大和二年當校書郎的時候，曾到淮西將軍董重質那裡，詢問他當初為什麼能夠僅僅憑著三個州的兵力，竟堅持四年而未被朝廷擊敗的原因。董重質除了誇耀自己英勇善戰、足智多謀之外，還談到他們不被朝廷擊敗的原因，那就是朝廷徵調的兵源太雜。朝廷向全國各道府徵調軍隊，最多的道府徵調的不到五千人，最少的不到一千人，他們都不能自成一軍，處處都要依附於當地的唐軍，被稱為「客軍」。每次作戰，客軍總是被安排去打頭陣，而當地的唐軍總是躲在後面，客軍力量弱小，心又不齊，卻被安排在前面衝鋒陷陣，所以他們常常敗逃。如果作戰時有了一點兒勝利的跡象，那麼當地的唐軍馬上前來增援，把勝利的功勞據為己有；如果作戰稍有不利，當地的唐軍就先撤退，以至於有的客軍全軍覆沒。開始作戰的兩年，以吳元濟、董重質為首的叛軍戰則必勝，他們擊敗殺死的多是朝廷從外地徵調來的客軍。到了兩年以後，客軍所剩無幾，叛軍只好與當地的陳許唐軍和河陽唐軍相拼殺。即便是唐州的軍隊不能夠趁夜雪襲取叛軍的蔡州城，蔡州的叛軍也無力支撐下去。當時，如果朝廷命令鄂州、壽州、唐州的軍隊只管保境自守，不用出兵進攻，只用陳許、鄭滑兩道的軍隊，再把宣州和潤州的弓箭手調來作為輔助，命令他們堅守於險要之處，那麼不用一年時間，蔡州的叛軍也會被消滅乾淨。

今者上黨❶之叛，復與淮西不同。淮西為寇僅❷五十歲，破汴州❸、襄州❹、襄城❺，盡得其財貨，輸之懸瓠❻，復敗韓全義❼於溵❽上，多殺官軍，四萬餘人輸輦財穀❾，數月不盡。是以其人味❿為寇之腴⓫，見為寇之利，風俗益固⓬，氣燄已成，自以為天下之兵莫我與敵⓭。父子相勉，僅於兩世，根深源闊，取之固難。夫上黨則不然，自安、史⓮南下，不甚附隸⓯，建中⓰之後，每奮忠義，是以郳公抱真⓱，能窘田悅⓲，走朱滔⓳，常以孤窮寒苦⓴之軍，橫折河朔㉑彊梁㉒之眾。貞元㉓中，節度使李長策㉔卒，中使㉕提詔授與本軍大將，但軍士附者㉖即授之。其時大將來希皓為眾所服，中使將以手詔付之，希皓言於眾曰：「此軍取人㉗，合是希皓，但作節度使不得，若朝廷以一束草㉘來，希皓亦必敬事。」中使言：「面奉進旨㉙，只令此軍取大將授與節鉞㉚，朝廷不別除㉛人。」希皓固辭。押衙㉜盧從史㉝其位居四，潛㉞與監軍㉟相結，超出伍曰：「若來大夫不肯受詔，某請且勾當㊱此軍。」監軍曰：「盧中丞㊲若肯如此，此亦固合聖旨。」中使因探懷取詔以授之，從史捧詔再拜舞蹈㊳，希皓迴揮㊴同列㊵，使北面稱賀，軍士畢集，更無一言。從史爾後㊶漸畜奸謀，養義兒三千人，日夕煦沫㊷。及父虔㊸死，軍士留之，表請起復㊹，亦只義兒與之唱和，其餘大將王翼元、烏重胤、第五釗等，及長行㊺兵士，並不同心。及至被擒，烏重胤坐於軍門，喻以禍福，義兒三千，一取㊻約束。及河陽取孟元陽㊼為之統師，一軍無主，僅一月日，曾無犬吠㊽，況於他謀。以此證驗，人心忠赤，習尚專一㊾，可以盡見。

【章旨】本章指出上黨的劉稹叛亂與淮西的吳元濟叛亂的不同：淮西叛亂時日已久，並得到軍民的支持；而劉稹的叛亂卻得不到眾人的擁護。

【注釋】❶上黨　地名。唐時又叫潞州。在今山西省長治市。當時，上黨是劉稹叛軍的老巢。❷僅　將近。❸汴州　地名。在今河南省開封市。❹襄州　地名。在今湖北省襄樊市。❺襄城　地名。在今河南省襄城縣。❻懸瓠　地名。即懸瓠城。唐代為蔡州的治所，李愬即在此城中擒吳元濟。舊址在今河南省汝南縣。❼韓全義　人名。性懦弱貪婪。因依附宦官，任夏綏銀宥節度使。後受命討伐吳少誠，全軍大敗。❽溵　水名。又叫濦水。發源於河南省登封縣少室山，東流入於潁水。❾輸輦財穀　搬運錢糧。輦，運送。❿味　嘗到。⓫腴　肥美；美好的味道。⓬風俗句　當叛賊的習俗得到進一步的鞏固。⓭莫我與敵　沒有人能夠同我相對抗。⓮安史　指安祿山和史思明。他們於天寶十四年起兵反叛，叛亂持續九年，使唐王朝由盛轉衰。⓯附隸　依附。⓰建中　唐德宗李适的年號。西元七八〇年至七八三年。⓱郳公抱真　人名。即李抱真。河西人，字太玄。先後任澤、懷二州刺史、昭義節度使、平章事等職。因曾被封為郳（也作倪）國公，故稱「郳公」。⓲田悅　人名。任魏博節度使時反叛，自稱魏王。後死於其從弟田緒之手。⓳朱滔　人名。任盧龍節度使，建中三年反叛，自稱大冀王。⓴孤窮寒苦　孤立無援，裝備較差。㉑河朔　地名。泛指黃河以北地區。㉒彊梁　強悍。㉓貞元　唐德宗李适的年號。西元七八五年至八〇四年。㉔李長策　人名。曾任昭義節度使。㉕中使　帝王宮中派出的使者。多由宦官擔任。㉖附者　擁護的人。㉗此軍句　就在這支軍隊中選拔節度使。㉘一束草　比喻朝廷派來的任何人。㉙面奉句　當面接受的聖旨。㉚節鉞　符節和斧鉞。是節度使權力的象徵。㉛除　任命。㉜押衙　官名。負責儀仗侍衛。㉝盧從史　人名。任昭義節度使副大使。

後領兵討賊時，圖謀不軌，被貶為驩州司馬。賜死。㉞潛　暗中。㉟監軍　官名。即監軍使。一般由宦官充任。㊱勾當　管理；統領。㊲盧中丞　即指盧從史。中丞，官名。負責監察、執法。㊳舞蹈　古代朝拜帝王或聖旨的禮節。㊴迴揮　回頭指揮。㊵同列　同僚；一起做事的軍官。㊶爾後　此後。爾，此。㊷呴沫　關心，愛撫。㊸虔　人名。即盧虔。盧從史之父。㊹表請句　上奏章給皇上，請求提前起用盧從史。表，奏章。起復，古代官員的父母去世，官員應辭官回家守喪，守喪期未滿而被朝廷起用，叫起復。㊺長行　年長的。行，行輩；輩分。㊻一取　完全聽從。㊼孟元陽　人名。先後任陳州刺史、右羽林統軍等職。㊽曾無句　竟然平安無事。曾，竟然。犬吠，狗叫。代指不安寧。㊾習尚句　忠於朝廷的習俗前後一致。

【語　譯】現在，上黨劉稹的叛亂，與淮西吳元濟叛亂的情況不同。淮西地區的叛亂前後長達近五十年，叛軍攻破汴州、襄州、襄城，全部占有了那裡的財富，並把這些財富運回懸瓠城。他們還在溵水邊擊敗韓全義的軍隊，殺死了許多唐軍將士，他們派出四萬多人去搬運俘獲的錢糧，整整用了幾個月的時間也沒搬完。那裡的人們嘗到了叛亂的甜頭，看到了叛亂的好處，因此他們喜歡叛亂的習俗更加鞏固，叛亂的氣燄也已經形成，他們自以為整個天下沒有能夠與他們相對抗的軍隊。他們父子相互鼓勵作亂，這種情況持續了近兩代人。那裡的叛亂者根深蒂固，所以要擊敗他們確實困難。而上黨的劉稹叛亂情況就不同了，自安祿山、史思明率軍南下進攻唐軍以來，那裡的軍民就不太支持叛亂。建中以後，上黨軍民常常表現出對朝廷的一片忠義之心，因此郳公李抱真，能夠圍困叛賊田悅，擊退叛賊朱滔，他經常率領上黨地區的孤立無援、裝備較差的軍隊，橫擊黃河以北地區的那些強悍的叛軍。貞元年間，上黨的昭義節度使李長策去世，皇上派使者帶著詔書到了那裡，命令把節度使一職授給昭義軍的將軍，只要這位將軍能夠得到將士們的擁護就行。當時，大將來希皓受到眾將士的擁戴，使者就把皇上親手寫的詔書交給他，而來希皓卻當著眾人的面說：「如果要在這支軍隊裡選拔節度使的話，應該是我來希皓，但我確實當不得節度使。如果朝廷派節度使來，哪怕派來的是一束草，我來希皓也一定會尊重他、服從他。」使者說：「我當面接的聖旨，皇上命令只在這支軍隊裡選出一位將軍授予節度使一職，朝廷不再另外任命別人了。」來希皓依然堅決推辭。押衙盧從史當時在軍中的地位只能排居第四，他暗中與監軍使相勾結，這時他走出隊列，說：「如果來大夫不肯接受任命，那就請讓我盧某來管理這支軍隊吧！」監軍使接著說：「盧中丞如果願意接受這一職務，這也很符合皇上的心意。」

於是使者就從懷中掏出任命詔書交給了盧從史，盧從史雙手捧著詔書，連拜兩拜，行了朝拜大禮。來希皓回頭指揮眾將，讓大家面朝北向盧從史祝賀，將士們當時全都來了，沒有一個人提出異議。此後，盧從史慢慢產生了奸詐的陰謀，他收養了三千名義子，整天去關心、愛撫他們。盧從史的父親盧虔死時，盧從史暗中支使將士們挽留他，後來又支使大家上奏章要求朝廷提前起用他，然而響應他的也只有他的那些義子，其他的大將，如王翼元、烏重胤、第五釗等人，以及那些年長一些的士兵，都不與他同心。盧從史被朝廷擒獲時，烏重胤坐在軍營的門口，向大家說明禍福利弊，使那三千名義子，也全都聽從朝廷的指揮。在朝廷命令河陽的孟元陽赴上黨任昭義節度使期間，昭義軍將近一個月沒有主帥，然而竟沒有發生任何一點兒意外，更不用說其他什麼大的陰謀了。從這裡可以證明，上黨的軍民是赤膽忠心的，他們一貫忠於朝廷的習俗，從這裡也可以看得清清楚楚。

及元和十五年授與劉悟❶，時當幽鎮入覲❷，天下無事，柄廟算者❸議必銷兵❹。雄健敢勇之士，百戰千攻之勞，坐食租賦❺，其來已久，一旦黜去❻，使同編戶❼，紛紛諸鎮，停解至多❽，是以天下兵士聞之，無不忿恨。

至長慶元年七月，幽鎮乘此首唱❾為亂。昭義❿一軍，初亦鬱咈⓫，及詔下誅叛，使溫起居造⓬宣慰澤潞⓭，便令發兵。其時九月，天已寒，四方全師，未須冬衣服，聚之授詔，或伍或離⓮，垂手強項⓯，往往誶語⓰。及溫起居立於重榻⓱，大布恩旨，并疏⓲昭義一軍自七十餘年忠義戰伐之功勞，安、史已還叛逆滅亡之明效，辭語既畢，無不歡呼。人衣短褐⓳，爭出效命。其時用兵處處敗北，唯昭義一軍於臨城縣⓴北同果堡㉑下大戰，殺賊五千餘人，所殺皆樓下步射搏天飛者㉒，賊之精勇無不殲焉，賊中大震。更一月日田布㉓不死，賊亦自潰。

後一月，其軍大亂，殺大將磁州㉔刺史張汶，因劫監軍劉承階，盡殺其下小使，此實承階侮媟㉕一軍，侵取不已。張汶隨王承元㉖出於鎮州㉗，久與昭義相攻，軍人惡之。汶既因依㉘承階，謀欲殺悟自取，軍人忌怒，遂至大亂，非悟獨能使其如此。劉悟卒，從諫求繼㉙，與扶同者㉚只鄆州㉛隨來中軍㉜二千耳。其副倅㉝賈直言入責從諫曰：「爾父提㉞十二州地，歸之朝廷，其功非細，秪以張汶之故，自謂不潔淋頭㉟，竟至羞死。爾一孺子㊱，安敢如此？」從諫恐悚不敢出言，一軍聞之，皆陰然㊲直言之說。值寶曆㊳多故，因以授之，今纔二十餘歲，風俗未改，故老㊴尚存，雖欲劫之㊵，必不用命。

【章　旨】本章回顧了昭義軍動亂的原因，進一步說明上黨軍民不會支持叛亂。

【注　釋】❶劉悟　人名。先任義成節度使，元和十五年改任昭義節度使，治所在上黨。❷幽鎮入覲　幽州節度使歸附朝廷。幽鎮，方鎮名。即幽州。在今北京市一帶。幽州節度使，又叫盧龍節度使，是當時最強大的割據者。元和五年，盧龍節度使劉濟次子劉總殺劉濟及長兄劉緄，繼任節度使。元和末至長慶初，劉總見朝廷平叛順利，便表示歸順朝廷，棄官為僧。入覲，進京朝拜皇上。表示歸順。❸柄廟算者　掌握朝廷大權的人。柄，掌握。廟算，朝廷的計畫。❹銷兵　裁減軍隊。❺坐食句　不用種地，靠國家養活。❻黜去　從軍隊中裁減出去。❼編戶　編入戶籍的平民。❽停解句　被解散、裁減的軍人太多。❾首唱　第一個倡導。❿昭義　軍隊名。因駐紮於澤州、潞州（即上黨）一帶，故又稱澤潞軍。⓫鬱咈　心情不悅，有所抵觸。咈，抵觸。⑫溫起居造　人名。即溫造。字簡輿。長期隱居王屋山讀書。入仕後任侍御史、山南西道節度使、御史大夫等職。起居，官名。又叫起居注、起居郎、起居舍人。負責記錄皇上言行。屬史官。⑬澤潞　地名。即澤州（故址在今山西省晉城縣）和潞州（在今山西省長治市，當時又稱上黨）。是昭義軍的駐紮地。⑭或伍句　有的站成隊列，有的隨便站立。⑮強項　硬著脖子。表示心中不服，不願服從命令。項，脖子。⑯誶語　辱罵。誶，罵。⑰重榻　重疊的牀上。⑱疏　分條陳述。⑲短褐　粗布短衣。褐，粗布衣服。⑳臨城縣　地名。在今河北省臨城縣。㉑同果堡　地名。在今河北省臨城縣北。㉒所殺句　所消滅的都是一些善射的軍隊。樓，指城樓。步射，步兵射手。搏天飛，能射下飛鳥的弓射手。㉓田布　人名。字敦禮。時任魏博節度使。幽州的朱克融叛亂時，朝廷命田布率兵討伐，其部將史憲誠率兵叛亂，劫持田布割據，田布被迫自殺。田布死後，史憲誠聯合幽州朱克融、成德軍王庭湊共同抗拒朝廷。㉔磁州　地名。故址在今河北省磁縣。㉕侮媟　羞辱。㉖王承元　人名。先後任檢校工部尚書、義成軍節度使、平盧淄青節度使等職。㉗鎮州　地名。在今河北省正定縣。為成德軍的治所。㉘因依　依附。㉙從諫句　劉從諫要求繼承劉悟的節度使一職。從諫，人名。劉悟之子。後任昭義軍節度使。㉚扶同者　支持贊同的人。㉛鄆州　地名。在今山東省鄆城縣境內。㉜中軍　主帥所親率的軍隊。㉝副倅　副帥。倅，副。㉞提　帶著。㉟不潔淋頭　污水淋頭。比喻受到羞辱。㊱孺子　年輕人。㊲陰然　心中認為是正確的。陰，心中；暗中。然，認為……是正確的。㊳寶曆　唐敬宗李湛的年號。西元八二五年至八二六年。㊴故老　指忠於朝廷的老一輩將士。㊵之　代指「故老」。

【語譯】到了元和十五年，朝廷任命劉悟為昭義軍節度使。當時，強大的幽州鎮也歸順了朝廷，天下太平無事，因此朝廷中的掌權者就決定要裁減軍隊。那些雄健勇敢的將士，在南征北戰中立下了許多功勞，他們長期以來，靠國家養活，現在一旦被裁減，他們就與普通百姓一樣，於是各方鎮的軍隊就亂作一團，再加上要裁減的軍隊太多，因此全國的士兵聽到這一消息後，無不氣憤、抱怨。

到了長慶元年七月，幽州鎮的軍隊乘此機會，首先發動叛亂。昭義這支軍隊，開始時也有抵觸情緒。朝廷下令讓他們去討伐叛軍，並派起居郎溫造到澤、潞二州去慰勞他們，同時命令他們立即出兵。那時是九月，天氣已經寒冷，從四面八方集合來的昭義全軍，都沒有領發冬衣。當召集他們在一起宣讀詔書時，他們有的排成了隊列，有的就三五成群地隨便站著，他們垂著手，硬著脖子，不時地發出辱罵聲。溫起居站在用兩張牀疊起的高臺上，竭力地宣佈了皇上對大家的恩德，並且逐條陳述了七十多年來昭義全軍忠於朝廷的表現以及建立的赫赫戰功，接著又列舉了自安、史之亂以來叛軍必定滅亡的事例。溫起居的講話剛結束，全軍將士無不歡呼。他們穿著粗布短衣，爭著出戰為國效力。當時，朝廷的討伐部隊到處失敗，只有昭義軍在臨城縣北的同果堡打了一次大勝仗，殺死叛軍五千多人，這些被殺死的叛軍都是一些精悍的步兵射手，叛軍的精銳部隊幾乎被全部消滅，為此叛軍十分震驚。再過一個月，如果田布不死，叛軍也就會徹底潰敗。

一個月之後，昭義軍大亂，他們殺死了大將、磁州刺史張汶，接著又劫持了監軍使劉承階，並把張、劉二人的部下全部殺掉。這都是因為劉承階羞辱昭義軍將士、對他們進行無休止地侵害掠奪而引起的。張汶跟隨著王承元，都是來自鎮州，他們長期與昭義軍相互攻戰，昭義軍將士一直討厭他們。後來，張汶又依附於劉承階，企圖殺害劉悟，取而代之，於是昭義軍將士更加氣憤，從而導致了這場大亂，並非劉悟一個人就能夠造成這種大亂的局面。劉悟去世以後，其子劉從諫要求朝廷讓他繼承節度使一職，而支持他、贊同他的，也只有跟他一起從鄆州來的兩千名中軍將士。他的副手賈直言進入軍帳，責備他說：「你的父親帶著十二個州的土地，歸附於朝廷，他的功勞不小。只因為張汶這件事，他自認為受到了奇恥大辱，以至於含羞而死。你一個年輕人，怎敢如此放肆！」劉從諫聽後惶恐不安，不敢講一句話，全軍將士聽到這件事以後，心裡都認為賈直言講得正確。當時正值寶曆年間，天下多事，朝廷也就把節度使一職授予了劉從諫。從那時到現在也只有二十多年，不願叛亂的風俗沒有改變，忠於朝廷的老一輩將士都還活著，劉稹即使想劫持他們一起反叛，他們也決不會同意的。

伏以河陽西北，去天井關❶強❷一百里，關隘❸多山，井泉可鑿，雖有兵力，必恐無功。若以萬人為壘❹，下窒❺其口，高壁深塹，勿與之戰。忽有敗負，勢驚洛師❻。蓋河陽軍士，素非精勇，戰則不足，守則有餘。成德❼一軍，自六十年來，世與昭義為敵，訪聞❽

無事之日，村落鄰里，不相往來。今王司徒⑨代居反側⑩，思一自雪⑪，況聯姻戚⑫，願奮⑬可知。六十年相讎之兵仗，朝為委任之重，必宜盡節⑭，以答殊私⑮。魏博⑯承風⑰，亦當效順。然亦止於圍一城，攻一堡，刊木堙井⑱，係纍⑲稚老而已，必不能背二十城⑳，長驅上山㉑，徑㉒擣上黨。

其用武之地，必取之策，在於西面。今者嚴紫塞㉓之守備，謹白馬㉔之隄防，祇以忠武㉕、武寧㉖兩軍，以青州㉗五千精甲，宣、潤二千弩手，由絳州㉘路直東徑入，不過數日，必覆其巢㉙。何者？昭義軍糧，盡在山東，澤、潞兩州，全居山內，土瘠㉚地狹，積穀全無。是以節度使多在邢州㉛，名為就糧㉜，山東糧穀既不可輸，山西㉝兵士亦必單鮮㉞，擣虛之地，正在於此。後周㉟武帝㊱大舉伐齊㊲，路由河陽，吏部宇文弢㊳曰：「夫河陽要衝，精兵所聚，盡力攻圍，恐難得志。如臣所見，彼汾㊴之曲㊵，戍小㊶山平，用武之地，莫過於此。」帝不納，無功而還。後復大舉，竟用弢計，遂以滅齊。前秦㊷苻堅㊸遣將王猛㊹伐後燕㊺慕容偉㊻，大破偉將慕容評於潞川㊼，因遂滅之，路亦由此。北齊㊽高歡㊾再攻後周，路亦由此而西。後周名將韋孝寬㊿、齊王攸(51)常鎮勳州(52)玉壁城(53)。故東西相伐，每由此路，以古為證，得之者多。

【章　旨】本章提出了具體的用兵策略：堵住天井關等要塞，從西面進攻，直搗上黨。

【注　釋】❶天井關　地名。為地勢險要的關口。在今山西省晉城市南。天井關是昭義叛軍南下侵犯洛陽的通道。❷強　多；超出。❸關隘　險要的關口。❹壘　軍營；防守用的壁壘。❺下窒　在天井關的南邊堵塞。下，南邊。天井關為叛軍所占，在它南邊險要處築壘防守，是為了防止叛軍南下進攻洛陽。❻洛師　地名。即東都洛陽。❼成德　軍隊名。駐紮在鎮州（今河北省正定縣）、深州（今河北省深縣）一帶。處於昭義軍的東北邊。❽訪聞　聽說。❾王司徒　指王元逵。王元逵為王庭湊之子，繼任成德軍節度使。劉稹叛亂時，朝廷任命王元逵為北面招討使，多立戰功，累官檢校司徒、平章事，封太原郡公。❿代居反側　世代生活不得安寧。反側，不安的樣子。⓫雪　雪恥；報仇。⓬聯姻戚　因婚姻關係結成的親戚。王元逵娶壽安公主為妻。故言。⓭奮　奮擊昭義叛軍。⓮盡節　竭盡全力為朝廷效勞。⓯殊私　對他個人的特殊恩德。⓰魏博　地名。指魏州（在今河北省魏縣）和博州（在今山東省聊城縣）。唐於魏博一帶設魏博節度使，是當時割據方鎮之一。⓱承風　接受教化；接受朝廷命令。⓲刊木句　砍倒敵人的樹木，填塞敵人的水井。泛指非根本性的破壞。刊，砍伐。堙，堵塞。⓳係纍　捕捉。⓴背二十城　拋開他的二十座城市不管。背，拋開。二十城，泛指魏博地區的城市。㉑上山　登上山城。昭義軍的駐紮地澤、潞等州橫跨太行山脈，比處於東邊的魏、博等州的地勢要高。故稱魏博軍西攻昭義軍為「上山」。㉒徑　直接。㉓紫塞　泛指北部的邊塞。北部土色皆紫，故稱。一說指雁門關，在今山西省代縣西北。處於昭義軍北部。㉔白馬　津名。即白馬津。又叫黎陽津、鹿鳴津。在今河南省滑縣北。㉕忠武　軍隊名。駐紮於許州（今河南省許昌市）一帶。㉖武寧　軍隊名。駐紮於徐州（今江蘇省徐州市）一帶。㉗青州　地名。在今山東省益都縣。㉘絳州　地名。在今山西省新絳縣。處於昭義軍的西邊。杜牧認為，昭義軍的東、南、北三面或因地勢不利，或屬割據地區，所以要以防守為主，主攻方向應放在西邊，由西向東，直搗上黨。㉙覆其巢　搗毀其老巢。㉚瘠　貧瘠。㉛邢州　地名。在今河北省邢臺市。㉜就糧　到有糧食的地方去吃住。就，接近。㉝山西　指被昭義軍所占領的太行山以西地區。㉞單鮮　人少勢單。鮮，少。㉟後周　朝代名。又叫北周。西元五五七年至五八一年。鮮卑族宇文覺所建，都長安。㊱武帝　指周武帝宇文邕。字禰羅突。他滅掉北齊，統一北方。㊲齊　朝代名。又叫北齊。西元五五〇至五七七年。高洋所建，都鄴。㊳宇文弼　人名。字公輔。洛陽人。先後在北周、隋任職，後被隋煬帝所害。因宇文弼曾在吏部任職，故稱「吏部宇文弼」。㊴汾　水名。源出今山西省寧武縣管涔山，後入黃河。絳州即在汾水岸邊。㊵曲　本指河水彎曲處。這裡泛指汾水兩岸。㊶戍小　守軍的力量小。戍，防守。㊷前秦　朝代名。西元三五一年至三九四年。由氐族苻氏所建。㊸苻堅　人名。字永固，一字文玉。前秦君主。曾率大軍進攻東晉，與謝玄等戰於淝水，大敗而還。後被姚萇所殺。㊹王猛　人名。前秦北海人。字景略。為苻堅的主要謀臣。臨終，勸苻堅不可圖晉，苻堅不聽，終有淝水之敗。㊺後燕　朝代名。西元三八四年至四〇七年。這裡應為前燕。慕容偉為前燕君主，後燕建立於苻堅淝水失敗之後，此時王猛已去世。㊻慕容偉　人名。史書作「慕容暐」。字景茂。前燕皇帝。後為苻堅所敗，被俘後改封為新興侯。苻堅淝水敗後，慕容暐欲謀反叛，被殺。㊼潞川　水名。又叫濁漳水。在山西省東南部。㊽北齊　朝代名。西元五五〇年至五七七年。高洋所建。建都鄴。㊾高歡　人名。渤海蓨人。一名賀六渾。高洋之父。他在北魏任大丞相，專朝政。其子建北齊後，追尊高歡為神武帝。㊿韋孝寬　人名。杜陵人。名叔裕。以字行。先後任驃騎大將軍、大司空、上柱國等職。51齊王攸　應為北周皇子宇文攸，封齊王。生平不詳。晉朝有齊王司馬攸，但未聞其鎮守玉壁城事。52勳州　地名。在今山西省稷山縣西南。53玉壁城　地名。在今山西省稷山縣西南。

【語　譯】我認為，在河陽的西北方、距離天井關一百多里的地方，那裡關口險要，山峰很多，還可以挖出井水，如果從這裡進兵，恐怕很難成功。如果派遣一萬將士到那裡築起軍營，堵住天井關向南的出口，修起高高的城牆，挖出深深的城壕，堅壁自守而不與之交戰。因為萬一交戰打了敗仗，勢必驚動東都洛陽。駐紮在河陽的軍隊，向來就不太精良英勇，他們進攻敵人的力量不足，但自我防守的力量還是有餘的。成德這支部隊，六十年以來，世世代代與昭義軍為敵，聽說在太平無事的時候，兩軍駐紮的村落即使緊緊相鄰，但也從不交往。現在，司徒王元逵一家世世代代生活不得安寧，一心想找昭義軍報仇雪恨，更何況王元逵是皇家的女婿，他願意奮擊昭義軍的心情是可想而知的。成德軍是一支與昭義軍相互仇恨了六十年的軍隊，現在朝廷又委以重任，王元逵等人一定會竭力為朝廷效力，以報答皇上對他們的深厚恩德。魏博軍也已歸附朝廷，他們也會服從朝廷命令，為朝廷效力。但他們只會去包圍、進攻敵人的一城一堡，做一些砍樹填井、捕捉老幼俘虜的事情而已，因為他們肯定不願拋開自己的二十座城池不管而率兵進入太行山去直搗上黨。

我們的用武之地，我們攻取敵人老巢的策略重點，都應該放在西面。現在，穩固北面關塞的守備，加強南面白馬津的防守，只用忠武、武寧這兩支主力軍，再加上青州的五千精兵和宣州、潤州的二千弓箭手，從絳州一路向東進攻，不到數天時間，就一定能夠攻占叛軍的老巢上黨。為什麼呢？因為昭義軍的軍糧，全在太行山以東地區，澤、潞這兩個州，全在太行山之內，土地貧瘠，地盤狹窄，沒有任何糧食積蓄。因此，昭義軍的節度使經常住在邢州，被人稱為「就糧」。太行山以東的糧食既然無法向西運送，那麼太行山以西的軍隊也勢必會人少勢單，我們應該進攻的敵軍空虛之地，就在這裡。後周的武帝大舉進攻齊國，取路河陽，吏部官員宇文弼進諫說：「河陽是一處軍事要地，敵人的精兵都駐守在這裡，我們即使用盡全力進攻，恐怕也難取勝。依我的意見是，汾水兩岸，防守的敵兵少，山勢也比較平緩，我們用兵進攻的地方，最好選在這裡。」周武帝沒有採納這一建議，結果無功而返。後來周武帝再次大舉進攻齊國，最終採納了宇文弼的意見，於是滅掉了齊國。前秦苻堅派遣大將王猛進攻後燕慕容偉，在潞川一帶，大敗慕容偉的將軍慕容評，接著滅掉了燕國，王猛的進軍路線也是選在這裡。北齊的高歡兩次進攻後周，進軍路線也在這裡，只不過是由東向西而已。後周的名將韋孝寬和齊王攸也長期鎮守於勳州的玉壁城。所以東、西兩邊的軍隊相互進攻時，經常走這條路線，以古時的戰爭為證，可以說明選擇這條路線的好處是很多的。

以某愚見，不言劉稹終不能取，貴欲速擒，免生他患。昨者北虜❶才畢，復生上黨，賴相公❷廟算深遠，北虜即日敗亡。儻使北虜至今尚存，沿邊猶須轉戰，迴顧上黨，豈能討除。天下雖言無事，若上黨久不能解❸，別生患難，此亦非細❹。自古皆因攻伐未解，旁有他變，故孫子曰：「兵聞拙速❺，未睹巧之久❻也。」伏聞聖主全以兵事付於相公，某受恩最深，竊❼敢干冒❽威嚴，遠陳愚見，無任戰汗❾。某頓首❿再拜。

【章　旨】本章提出討伐劉稹時貴在速勝的意見。

【注　釋】❶北虜　指回鶻。回鶻為北方的少數民族。會昌二年（西元八四二年），回鶻進犯唐朝北部邊疆。會昌三年正月，唐將石雄擊敗回鶻軍隊。四月，劉稹反叛。❷相公　指李德裕。❸解　解決。即消滅叛軍。❹非細　不是小事。細，小。❺拙速　用兵寧肯笨拙，也要求速勝。❻巧之久　用兵巧妙卻久拖不勝。這兩句話出自《孫子・作戰》。❼竊　謙詞。私下；個人。❽干冒　冒犯。❾無任句　不勝恐懼不安。無任，不勝。戰，害怕得發抖。汗，因恐懼而流汗。本句為謙詞。❿頓首　叩頭。

【語　譯】我個人的粗淺意見是，劉稹最終要被擊敗是不言自明的事，但貴在要盡快地將他擒獲，以免再生其他禍亂。前不久纔把北方的回鶻軍擊敗，接著就發生了劉稹在上黨叛亂的事，全靠您深謀遠慮，使北方的回鶻軍很快就敗逃了。假如回鶻軍如今還在侵犯邊疆，朝廷部隊依然在邊疆轉戰不息，同時還要回頭對付上黨叛軍，那怎麼能夠討平他們呢！現在天下雖說太平無事，但如果上黨叛亂長期不能平息，別的地方就會再次出現動亂，那就不是一件小事了。自古以來，都是因為攻伐拖得太久，而生出別的變故。所以孫子說：「出兵作戰寧可笨拙一些，也要速戰速決；沒有見過用兵巧妙而久拖不決的事。」我聽說聖明的皇上把這次討叛的軍事事宜都託付給您了，而我得到您的恩惠最多，所以我大膽冒犯您的威嚴，從遠方向您陳述一點兒自己的粗淺看法，不勝惶恐不安。杜牧叩首拜上。

上李太尉論江賊書

【題　解】李太尉，指李德裕。太尉，官名。掌軍事。唐代一般為加官。江賊，指在長江一帶行劫的強盜。本文大約寫於會昌五年（西元八四五年），當時李德裕任丞相，總領全國軍政，四十三歲的杜牧任池州刺史。這封寫給李德裕的書信，主要說明了長江盜賊的為害情況，提出了具體的防治措施。杜牧的政治才能於此可見一斑。

伏以太尉持柄❶在上，當軸❷處中❸，未及五年，一齊四海，德振❹法束❺，貪廉❻懦立❼，有司各敬其事，在位莫匪其任❽。雖九官事舜❾，十人佐周❿，校⓫於太尉，未可為比。

【章旨】本章為開頭語，主要是一些讚美對方的客套語。

【注釋】❶持柄 掌權。柄，權柄。❷當軸 指官居要職，主持政事。❸處中 在朝中。也可理解為處於權力中心。❹德振 恩德施於四海。❺法束 法律得以執行。束，約束。❻貪廉 貪婪之人也變得廉潔。❼懦立 懦弱之人也有了立足於社會的勇氣。❽莫匪其任 莫不勝任其職。匪，通「非」。不。❾九官事舜 在舜那裡當官的九位大臣。九官，指伯禹、棄、契、皋陶、垂、益、伯夷、夔、龍九人，他們都是舜的大臣。舜，傳說時代的聖君。❿十人句 輔佐周武王的十位賢臣。十人，指周公旦、召公奭、太公望、畢公、榮公、太顛、閎夭、散宜生、南宮适、文母。他們輔佐周武王滅商建周。周，指周武王。⓫校 比較。

【語譯】我以為，自從您在朝廷上身居要職、執掌政權以後，不到五年時間，國家就統一安定了，恩德施於四海，法律得以執行，貪婪之人變得廉潔，懦弱之人也有了自立勇氣，各類官署各敬其職，在位的官員們莫不勝任其事，即使幫助舜的九位良臣和輔佐周武王的十位賢人，如果拿來同您相比，也是遠遠不如的。

伏以江淮❶賦稅，國用根本，今有大患，是劫江賊耳。某到任❷纔九月日，尋窮❸詢訪，實知端倪❹。夫劫賊徒，上至三船兩船百人五十人，下不減三二十人，始肯行劫，劫殺商旅，嬰孩不留。所劫商人，皆得異色❺財物，盡將❻南渡，入山博❼茶。蓋以異色財物，不敢貨於城市，唯有茶山，可以銷受。蓋以茶熟之際，四遠商人，皆將錦繡繒纈❽、金釵❾

銀釧[10]，入山交易，婦人稚子，盡衣華服，吏見不問，人見不驚。是以賊徒得異色財物，亦來其間，便有店肆為其囊橐[11]，得茶之後，出為平人[12]。三二十人，挾持兵仗，凡是鎮戍[13]，例皆單弱，止可供億漿茗[14]，呼召指使而已。鎮戍所由[15]，皆云「賒死[16]易，就死[17]難」。縱賊不捉，事敗抵法[18]，謂之賒死；與賊相拒，立見[19]殺害，謂之就死。若或人少被捉，罪抵止於私茶，故賊云：「以茶壓身[20]，始能行得。」凡千萬輩，盡販私茶。

亦有已聚徒黨，水劫不便，逢遇草市[21]，泊舟津口，便行陸劫[22]，白晝入市，殺人取財，多亦縱火，唱棹徐去[23]。去年十月十九日，劫池州[24]青陽縣[25]市，凡殺六人，內取一人屠刳心腹，仰天祭拜。自邇[26]已來，頻[27]於鄰州，大有劫殺，沉舟滅跡者，即莫知其數。凡江淮草市，盡近水際，富室大戶，多居其間。自十五年來，江南、江北，凡名草市，劫殺皆偏，只有三年再劫者，無有五年獲安者。一劫之後，州縣糜費[28]，所由尋捉，烽火[29]四出。凡是平人，多被恐脅，求取之外，恩讎並行[30]，追逮證驗，窮根尋葉，狼虎滿路[31]，狴牢充塞[32]。四五月後，炎鬱烝濕[33]，一夫有疾，染習[34]多死，免之則蹤跡[35]未白，殺之則贓狀[36]不明。一獄之中，凡五十人，中二十人，悉是此輩，至於真賊，十人不得一。

濠[37]、亳[38]、徐[39]、泗[40]、汴[41]、宋州[42]賊，多劫江西[43]、淮南[44]、宣[45]、潤[46]等道，許[47]、蔡[48]、申[49]、光州[50]賊，多劫荊襄[51]、鄂岳[52]等道，劫得財物，皆是博茶，北歸本州貨賣，循環往來，終而復始。更有江南土人，相為表裡[53]，校其多少，十居其半。蓋以倚淮[54]介江[55]，兵戈[56]之地，為郡守者，罕得文吏，村鄉聚落，皆有兵仗，公然作賊，十家九親，江淮所由，屹[57]不敢入其間。所能捉獲，又是沿江架船[58]之徒，村落負擔之類，臨時脅去[59]，分得涓毫[60]，雄健聚嘯之徒，盡不能獲。為江湖之公害，作鄉閭之大殘[61]，未有革釐[62]，實可痛恨。

【章　旨】本章主要介紹了長江一帶的盜賊為害情況。

【注　釋】❶江淮　地區名。泛指長江、淮河所在的安徽、江蘇二省地區。❷到任　指到池州刺史任上。❸尋窮　徹底調查。窮，徹底。❹端倪　這裡指強盜的情況。❺異色　特別美麗的女子。❻將　帶著。❼博　換取。❽繒纈　絲綢。繒，絲織品的總稱。纈，染花的絲織品。❾釵　婦女用的一種首飾。❿釧　套在腕上的鐲子。⓫囊橐　口袋。⓬平人　平民。⓭鎮戍　村鎮上的守兵。⓮供億漿茗　為往來的官員供應酒茶。供億，供應。漿，酒。茗，茶。⓯所由　即「所由官」。有關官吏。⓰賒死　緩死。賒，賒欠；緩。⓱就死　馬上死亡。⓲抵法　判刑被殺。⓳立見　馬上就被。立，馬上。見，被。⓴以茶句　身上背著茶。強盜們帶著茶，打扮成商人，纔不會被人懷疑。㉑草市　城外的集市。㉒陸劫　在陸地上搶劫。㉓唱棹句　乘著船，唱著歌，慢慢離去。棹，船槳。代指船。徐，慢。本句形容強盜們有恃無恐的樣子。㉔池州　地名。在今安徽省貴池市。㉕青陽縣　地名。在今安徽省青陽縣。㉖邇　此。㉗頻　多次。㉘糜費　投入大量的人力、財力。㉙烽火　本指邊境報警的信號。這裡代指通緝令。㉚恩讎句　指官府在追捕強盜時，一方面保護了百姓，同時也擾害了百姓。㉛狼虎句　道路上到處都是如狼似虎的官兵。㉜狴牢句　監獄裡塞滿了人。狴，監獄。㉝炎鬱句　炎熱異常，濕氣蒸騰。鬱，濃盛的樣子。烝，通「蒸」。㉞染習　傳染。㉟蹤跡　指無罪的證據。㊱贓狀　搶劫的事實。㊲濠　地名。即濠州。在今安徽省鳳陽縣。㊳亳　地名。即亳州。在今安徽省亳縣。㊴徐　地名。即徐州。在今江蘇省徐州市。㊵泗　地名。即泗州。在今安徽省泗縣。㊶汴　地名。即汴州。在今河南省開封市。㊷宋州　地名。故治在今河南省商丘縣南。㊸江西　地名。相當於今江西省。㊹淮南　地名。大致為今江蘇、安徽兩省長江以北、淮河以南地區。㊺宣　地名。即宣州。在今安徽省宣州市。㊻潤　地名。即潤州。在今江蘇省鎮江市。㊼許　地名。即許州。在今河南省許昌市。㊽蔡　地名。即蔡州。在今河南省汝南縣。㊾申　地名。即申州。在今河南省信陽市。㊿光州　地名。在今河南省潢川縣。(51)荊襄　地名。指荊州和襄州。在今湖北省荊州市和襄樊市一帶。(52)鄂岳　地名。指鄂州和岳州。在今湖北省的鄂州市和湖南省的岳陽市。(53)表裡　內外勾結。(54)淮　水名。即淮河。源出河南省桐柏山，經安徽、江蘇二省入海。(55)介江　隔著長江。介，隔開。江，長江。強盜作案地區在長江兩岸，因中隔長江，不利於追捕。(56)兵戈　代指戰爭。(57)屹　站立而不敢有所行動。(58)架船　划船。這裡指為強盜划船的船夫。(59)脅去　被脅迫去為強盜做事。(60)涓毫　很少的贓物。涓，細小的水流。形容很少。(61)大殘　大害。(62)革釐　改變。釐，改正。

【語　譯】我認為，江淮地區的賦稅，是國家財用的主要來源，而現在最大的威脅，就是來自在長江一帶搶劫的強盜。我到池州任上纔九個月的時間，進行了徹底的調查尋訪，確實瞭解了盜賊的為害情況。這些強盜，最大的群伙有五十到一百人，乘坐著兩三條船，最小的群伙也不少於二、三十人，他們聚集了這麼多人之後纔肯行動，搶劫、殺害商人和旅客，連小孩也不留下。他們搶劫商人，獲得許多美女和財物，然後帶著所有搶來的美女財物，向南渡過長江，進入山區換取茶葉。因為他們不敢帶著這些美女財物到城市裡去出賣，只有到茶山裡，纔能賣得出去。每當收穫茶葉的時候，來自全國各地的遠方商人，都帶著各種絲綢、金釵銀釧，進入茶山交易，他們帶來的婦女孩子，全都衣著華美，官吏們見了也不過問，人們見了也不感到奇怪。因此強盜們搶得美女財物之後，也來到茶山，這裡的旅店商鋪為他們治辦各種口袋裝茶。換得茶葉後，這些強盜就走出茶山，裝扮成平民百姓。這些強盜二、三十人結成一伙，拿著兵器。所有的村鎮守兵，力量都很弱小，只可以為過往官員供應點酒茶、提供點服務而已。各村鎮的有關官吏，都這樣說：「寧肯『賒欠死亡』，也不願意『當即死亡』。」他們放掉強盜不去捉拿，等到事情敗露後被判死刑，這種情況被他們稱作「賒欠死亡」；與強盜拼殺，當即就被強盜殺害，這種情況被他們稱作「當即死亡」。少數裝扮成茶商的強盜萬一被擒獲，也只能按照販賣私茶罪論處，所以強盜中流傳著這樣一句話：「只有身上背著茶，纔能出門行走。」成千上萬的盜賊群伙，全都販賣私茶。

還有一些已經聚集在一起的強盜，在水面上找不到搶劫的機會，一旦遇到城外的集市，或遇到停泊船隻的碼頭，他們便登上陸地搶劫。他們光天化日之下闖入集市，殺人搶財，多數還放火，然後乘著船，唱著歌，慢悠悠地離去。去年十月十九日，強盜搶劫了池州青陽縣的集市，總共殺死六人，強盜們還把其中一人的心臟挖出，然後拜祭天神。從那以後，鄰近的州府，也頻頻發生如此大的搶劫殺人案，至於搶劫殺人後沉船滅跡的案件，就不知道有多少了。江淮地區的所有城外集市，大都靠近水邊，富商財主，也大多居住在這裡。十五年以來，江南、江北的所有城外集市，幾乎都發生過搶劫殺人案，只有三年中兩次被搶的集市，從來沒有連續五年平安無事的集市。搶劫案發生之後，州縣就要花費大量的人力、物力去辦案，有關官吏到處追捕，通緝令四處張貼。許多無辜的平民百姓，都受到了官府的恐嚇和威脅，官吏除了向百姓索要財物之外，有時保護百姓，有時還進一步擾害百姓，把百姓抓捕起來進行調查，想從中尋出點線索來，結果滿路都是如狼似虎的官吏，監獄裡塞滿了抓來的嫌疑犯。到了四、五月以後，監獄裡炎熱無比，潮濕異常，一人生病，就會傳染開來，死許多人，放掉他們吧，又找不到他們是清白無辜的證據；殺掉他們吧，也找不到他們搶劫犯罪的證據。一座監房中，如果關押五十人的話，其中有二十人，都屬於這一類的嫌疑犯，至於那些真正的強盜，十個也難捉到一個。

濠州、亳州、徐州、泗州、汴州、宋州一帶的強盜，大多在江西、淮南、宣州、潤州等地區搶劫；許州、蔡州、申州、光州一帶的強盜，大多在荊襄、鄂岳等地區搶劫。他們搶來的財物，都拿去換取茶葉，然後回到北方，在本地把茶葉賣掉。他們就是如此循環往來、終而復始地劫財、換茶、賣茶。還有一些江南的當地人，與這些北方強盜內外勾結，比較一下他們的人數，江南人也占有半數。強盜生活的地區橫貫著淮河和長江，是戰爭頻仍的地區，在那裡任地方官的人，很少有文人，各村落鄉鎮，都有兵器，因此他們敢於公然作賊，再加上村鎮裡十家中就有九家有親戚關係，所以江淮地區的有關官吏，也不敢輕易到他們那裡去抓捕罪犯。官府所能抓捕到的，又都是那些長江兩岸為強盜划船的船夫，以及農村中為強盜搬送財物的農夫，這些人都是臨時被強盜脅持去的，事後也只能分得很少的贓物，那些雄健的、聚在一起作案的真正匪徒，卻都無法抓獲。這些強盜是江湖地區的一大公害，是民間百姓的一大災難。盜賊猖狂作案的局面至今未能改變，想來確實令人痛恨。

今若令宣、潤、洪❶、鄂❷各一百人，淮南四百人，每船以三十人為率❸，一千二百人分為四十船，擇少健者❹為之主將。仍於本界江岸刱立❺營壁，置本判官❻專判❼其事，揀擇精銳，牢❽為舟棹，晝夜上下，分番❾巡檢，明立殿最❿，必行賞罰。江南北岸添置官渡，百里率一⓫，盡絕私載⓬，每一宗船⓭上下交送。是桴鼓⓮之聲，千里相接，私渡盡絕，江中有兵，安有烏合蟻聚之輩⓯敢議攻劫。

【章　旨】本章提出了沿江設防、派官兵護送商旅以防止搶劫案發生的具體措施。

【注　釋】❶洪　地名。即洪州。在今江西省南昌市。❷鄂　地名。即鄂州。在今湖北省鄂州市。❸率　標準。❹少健者　年輕健壯的人。❺刱立　建立。❻判官　官名。為地方長官的僚屬，幫助處理政務。❼判　處理；管理。❽牢　牢靠；結實。❾分番　分班；輪流。❿殿最　好壞成績。古代考核軍功和政績時，上等的叫「最」，下等的叫「殿」。⓫百里句　每一百里設置一個官方碼頭。⓬私載　私人辦的水上運輸。⓭一宗船　同批的船隊。因氣候等原因，一起開船的船隻叫「一宗船」。⓮桴鼓　戰鼓；警鼓。桴，鼓槌。⓯烏合蟻聚之輩　像烏鴉、螞蟻那樣聚集在一起的盜賊。

【語　譯】現在，如果命令宣州、潤州、洪州、鄂州各派一百士兵，淮南地區出四百士兵，每三十人乘坐一船，一千二百人共分作四十船，選拔年輕體健的人當他們的主將。他們在各自本州的長江岸邊建立軍營，安排本州的判官專門管理此事，選擇精銳部隊，建造堅固船隻，讓他們晝夜沿江上下，分班輪流巡視檢查，明確建立上、下等戰功的標準，並且保證賞罰制度。再在長江的南北兩岸添置官府經營的碼頭，每百里設置一個，完全杜絕私人經營的水上運輸，每一批船隊都由上下游的官兵交接護送。這樣一來，軍隊的警鼓之聲，在千里江面上彼此相聞，私人運輸沒有了，江面上有軍隊巡邏，那些烏合蟻聚般的匪徒，怎敢再圖謀搶劫殺人之事！

或曰：「制置太大❶，不假❷如此。」答曰：今西北邊，禦未來之寇❸，備向化之戎❹，長傾❺東南物產，供百萬口。況長江五千里，來往百萬人，日殺不辜❻，水滿冤骨，至於嬰稚，曾❼不肯留。葛伯殺餉童子❽，湯❾征滅之，蓋以童子無知而殺之，王者不捨其罪。今長江連海，群盜如麻，驟雨絕絃❿，不可尋逐，無關可閉，無要⓫可防。今者自出五道⓬兵士，不要朝廷添兵，活⓭江湖賦稅之鄉，絕寇盜劫殺之本，政理⓮之急，莫過於斯。若此制置，凡去三害，而有三利。人不冤死，去一害也；鄉閭獲安，無追逮證驗之苦，去二害也；每擒一私茶賊，皆稱買賣停泊，恣口點染⓯，鹽鐵監院⓰追擾平人，搜求財貨，今私茶盡黜⓱，去三害也。商旅通流，萬貨不乏，獲一利也；鄉閭安堵，狴犴⓲空虛，獲二利也；擷茶之饒⓳，盡入公室，獲三利也。三害盡去，三利必滋⓴，窮根尋源，在劫賊耳。

故江西觀察使裴誼㉑召得賊帥陳璠，署以軍中職名，委以江湖之任。陳璠健勇，分毫不私，自後廉察㉒，悉皆委任。至今陳璠每出彭蠡湖㉓口，領徒東下，商船百數，隨璠行止㉔，璠去之後，惘然相弔㉕。安有清朝㉖盛時，太尉㉗在位，反使萬里行旅依一陳璠？

【章　旨】本章闡述了派兵防備盜賊的好處及其必要性。

【注　釋】❶制置句　這種安排涉及面太大。❷不假　不必。❸未來之寇　還沒有向我們發動進攻的敵人。❹備向句　準備迎接那些歸附的異族。向化，接受教化。指歸附唐朝。戎，泛指異族。❺傾　用盡。❻不辜　無罪的百姓。辜，罪。❼曾竟然。❽葛伯句　葛伯殺害了一個送飯的兒童。葛，古國名。故城在今河南省寧陵縣北。葛伯是葛國的君主，殘暴無禮，據說他曾殺害一個送飯小孩，搶走了小孩的東西。為此，商湯攻滅葛國。餉，送飯。❾湯　人名。又叫天乙、成湯。商王朝的建立者。❿驟雨句　形容強盜作案時間短，如同突發的暴雨、絃斷時的響聲，轉眼即逝。絕，斷。⓫要　險要之處。長江的江面平闊，故言「無要可防」。⓬五道　指上文提到的宣、潤、洪、鄂、淮南五個道府。⓭活　拯救。⓮政理　理民之政。⓯恣口句　隨口胡說，牽連好人。恣，隨意。點染，牽連。⓰鹽鐵監院　官署名。負責鹽鐵的監察、稅收事務。⓱黜罷　黜；消失。⓲狴犴　監獄。狴犴本是傳說中的獸名，形似虎，有威力，人們常把它的形象立於監獄門口，故又代指監獄。⓳擷茶句　採茶得到的豐厚收入。擷，摘取。饒，多；豐厚。⓴滋　產生。㉑裴誼　人名。曾任江西觀察使。㉒廉察　官名。指採訪處置使和觀察使。㉓彭蠡湖　湖名。又叫鄱陽湖。在今江西省境內。㉔行止　行動。㉕惘然句　心中惘然若失，相互安慰。弔，安慰。本句形容陳璠去後，商旅無所依靠的樣子。㉖清朝　政治清明的朝代。㉗太尉　指李德裕。

【語　譯】也許有人會說：「這樣安排涉及面太大，不必如此。」我的回答是：現在的西北邊疆，為了防止還沒有發動進攻的敵人，為了迎接那些前來歸附的異族，經常用盡東南地區的物產，以供應百萬大軍的食用。何況長江有五千里那麼長，在長江上來來往往的也有上百萬人，每天都有無辜的百姓被殺害，長江裡堆滿了冤死的屍骨，甚至連嬰兒小孩，強盜們也不肯放過。葛伯殺害了去送飯的兒童，商湯就出兵消滅了他，這是因為殺害天真無知的兒童的人，仁義的帝王是不會赦免他的罪過的。現在，長江連接著大海，群盜多如亂麻，他們作案時間如同突發的暴雨、斷絃時的響聲一樣短暫，使官府無法尋覓捕捉，江面上又沒有關口可以關閉，也沒有險要之處可供防守。現在讓以上五個州府派出各自的士兵，不需要朝廷另外添加兵力，就可以拯救為國出糧出錢的水鄉百姓，就可以從根本上杜絕強盜搶財殺人之事，當前最緊要的政務，莫過於此。如果按照以上安排去做，可以去掉三害，產生三利。人們不會冤屈而死，這是去掉的第一條害處；民間會安定下來，不再遭受官府追捕、調查帶來的痛苦，這是去掉的第二條害處；每捉住一個販賣私茶的強盜，他就供認出與自己做買賣的人以及自己的船隻的停泊地點，有時他隨口胡說，牽連好人，於是負責鹽鐵等事務的官員便去追捕、擾害百姓，勒索財物，而施行這一措施後就可以杜絕私茶買賣，這是去掉的第三條害處。商旅通行無阻，各種商品不再缺乏，這是得到的第一條好處；民間太平無事，監獄空無犯人，這是得到的第二條好處；採茶所獲得的豐厚利潤，全部收入國庫，這是得到的第三條好處。三害全部除去，三利必然產生，研究一下其中的根本原因，就在於要根除強盜。

原江西觀察使裴誼召來強盜頭子陳瑨，任命他為軍官，把江湖治安的任務交付給他。陳瑨強壯勇敢，沒有絲毫私心，此後的那些觀察使，也都委託他負責江湖治安。直到今天，陳瑨還經常走出彭蠡湖口，率領部下，順江東下，上百隻商船，跟著陳瑨一起走，陳瑨離開以後，商人旅客就會悵然若失，以至於不得不相互安慰。豈有清明盛世、您握朝政時，反而使萬里長江上的商賈旅客去依賴一個陳瑨呢？

某詳觀格律勅條❶百二十卷，其間制置無不該備❷，至於微細，亦或再三，唯有江寇，未嘗言及。今四夷九州❸，文化武伏❹，奉貢走職❺，罔不如法，言其功德，皆歸太尉。敢率愚衷❻，上干明慮❼，冀裨❽億萬之一，無任戰汗❾惶懼之至。某謹再拜。

【章　旨】本章為結束語，簡單地總結了防止江盜的必要性，申明自己寫這封信的目的。

【注　釋】❶勅條　法令。❷該備　完備。❸四夷九州　全國及周邊異族國家。四夷，四方異族。九州，古人把中國分為冀、豫、雍、揚、兗、徐、梁、青、荊九州。後人即用「九州」代指全國。❹文化句　接受了大唐的文明教化，懾服於大唐的武力征討。文，文明。化，接受教化。❺走職　到處奔忙以盡職盡責。❻敢率句　講出自己的全部粗淺見解。敢，謙詞。表示不敢。率，坦率地；全部的。衷，內心；想法。❼上干句　打擾了您的明晰的思路。干，冒犯；打擾。此為謙詞。❽冀裨　希望有所貢獻。冀，希望。裨，補助；增益。❾無任戰汗　不勝惶恐。詳見〈上李司徒相公論用兵書〉❾。

【語　譯】我詳細地閱讀了一百二十卷的法律條文，其中各方面的法律制定都很完備，甚至對於一些細小的事情，也都再三加以說明，只是有關長江一帶的盜賊問題，法律條文不曾涉及。現在全國各地以及周邊的異族國家，都接受了大唐文明的教化，懾服於大唐武力的征討，他們進獻貢品，到處奔走以盡職盡責，無不遵照朝廷的法律規定辦事，人們談起這些功德時，都把它們歸於您。我講出自己的全部粗淺看法，打擾了您的明晰思路，是希望自己能夠為國獻出一點兒微薄之力。我不勝惶恐之至，杜牧我向您再三叩拜。

上門下崔相公書

【題　解】門下，官署名。即門下省。為三省之一。掌管審核政令、諫正得失，進出奏章等事。為當時最高行政機構之一。崔相公，指崔珙。博陵人。先後任嶺南節度使、武寧節度使。開成末年任宰相，會昌年間罷相。先後被貶為澧州刺史、恩州司馬、安州長史等職。宣宗時，召為太子賓客，卒於鳳翔節度使任上。據杜牧〈上安州崔相公啟〉說，本文寫於會昌三年（西元八四三年）八月，當時杜牧四十一歲，任黃州刺史。這封書信的主要內容是歌頌崔珙的功德，最後委婉地表達了自己身強志大、希望得到對方提拔引薦的願望。

天生相公輔仁聖天子❶，外齊❷武事，內治文教。被權衡稱量者❸，不失銖黍❹；受威烈懾怛者❺，蚓縮魚藏❻。百職率治❼，中外平一，伏惟❽相公功德，無與為比。

【章　旨】本章概括地稱頌了崔珙的功德。

【注　釋】❶仁聖天子　指唐武宗李炎。會昌二年四月丁亥日，群臣向唐武宗敬獻「仁聖文武至神大孝皇帝」尊號。❷齊　整頓。❸被權句　受到您考察評價的人。權衡，衡量；考察。❹銖黍　猶言「分毫」。銖，古代重量單位。二十四銖為一兩。黍，比喻很少。黍是一種糧食，古代度量衡皆以黍為準。長度取黍的中等子粒，以一個縱黍為一分，百黍為一尺。容量以一千二百黍為一合，十合為一升。重量以一千二百黍為十二銖。❺受威句　受到您警告懲罰的人。怛，驚恐。❻蚓縮句　像蚯蚓那樣縮入地下，像魚兒那樣躲入水中。❼率治　都安排得很好。率，都。❽伏惟　我認為。伏，謙詞。惟，想；認為。

【語　譯】上天讓您來到人間輔佐武宗皇帝，您在朝外整頓軍隊，在朝內負責教化，您對人作出的衡量評價，不差分毫；受到您警告懲罰的人，也就消聲匿跡再也不敢作惡。各種職務都得到了妥善安排，朝內外公平劃一。我認為您的功德，沒人可以相比。

往者彭城❶驕強，頑卒❷數萬，聯三齊❸舊風，振❹天下餉道。重弓束矢，大刀長矛，不受指揮，自有信誓❺。王侍中❻生於其間，稱為健黠，奔馬潛出❼，不敢迴顧❽。高僕射❾寬厚聞名，能治軍事，舉動汗流❿，拜于堂下。及乎不受李司徒⓫，鬻食⓬其使者，風波不迴⓭，氣勢已去。自淮⓮北渡，由洛⓯東下，漕輓⓰行役，出泗上者⓱，稚長⓲相賀。藩鎮⓳欲生事樹功者，橫激旁搆⓴，廟堂㉑謀議，不知所出。相公殿㉒一家僮，馳入萬眾㉓，無不手垂目瞪，露刃弦弓㉔，偶語腹非㉕，或離或伍。相公氣壓其驕，文誘其順㉖，指示叛臣賊子覆滅之蹤，鋪陳㉗忠臣義士榮顯之效，皇威㉘坌湧㉙於言下，狼心㉚頓革㉛於目前。然後剔刮根節㉜，銷磨頑礦㉝，日教月化，水順雪釋㉞。吐飯飽之㉟，解衣暖之，威驅恩收，禮訓法東㊱。一年人畏，二年人愛，三年化成㊲，截成一邦㊳，俗同三輔㊴。當此之時，遲迴㊵之間，有勇力者一唱㊶而起，徵兵數十萬，大小且百戰，然後傳其壘㊷，鉤其垣㊸，得其罪人，天下固已困矣。而天下議者必曰：「某名將也，某善用兵也，雖疏爵上公㊹，裂土㊺千里，其酬尚薄。」此必然之說也。故曰：見勝㊻不過眾人之所知，非善之善者也；戰勝而天下曰善，非善者也；百戰百勝，非善之善者也；能不戰而屈人之兵，乃善之善者也。是相公手攜暴虎貪狼㊼，化為耕牛乘馬㊽，退數十萬兵，解天下之縛㊾，秪於談笑俯仰㊿燕享51筆硯之間耳。以此校之，斯過古人萬萬52遠矣。

【章　旨】本章回顧了崔珙任宰相前的績業。

【注　釋】❶彭城　地名。在今江蘇省銅山縣。當時為武寧軍的治所。❷頑卒　凶暴的士兵。頑，凶暴。❸三齊　指今山東省一帶。這一地區為古代齊國地，項羽滅秦後，又把這一地區分為三個諸侯國，故稱「三齊」。❹振　通「震」。搖動；威脅。❺自有句　他們只按自己的意願、規定辦事。❻王侍中　指王智興。侍中，官名。為門下省長官，相當於丞相。王智興是懷州溫人，字匡諫。累立戰功，長慶年間任武寧軍節度副使時，多為不法之事，朝廷不能討，任為武寧軍節度使。後以戰功封雁門郡王，兼侍中。❼潛出　偷偷跑掉。❽迴顧　回頭看。史書記載，唐文宗時，崔珙曾任武寧軍節度使兩年，原本十分驕悍的將士對他十分畏懼。崔珙赴任武寧節度使時，王智興早已調往他處。杜牧在這裡把王智興的調離描寫為逃走，似為誇張。❾高僕射　指高瑀。僕射，官名。相當於宰相。高瑀，蓨人。喜言兵，為官寬和。他是崔珙的前任武寧軍節度使，因無法控制軍隊，故為崔珙所替代。❿汗流　因敬畏、緊張而流汗。⓫李司徒　所指不詳。⓬臠食　吃掉。這裡指殺死。臠，切成小塊的肉。⓭不迴　不起。指殺掉李司徒的使者以後，一切都風平浪靜。⓮淮　水名。即淮河。源出於河南省桐柏山，經安徽、江蘇二省入海。崔珙原任嶺南節度使，「自淮北渡」指他從嶺南回到中原。⓯洛　地名。即洛陽。「由洛東下」，指崔珙從嶺南回都城長安，再從長安經洛陽，向東到徐州一帶任武寧節度使。⓰漕輓　運輸糧餉。水運叫漕，陸運叫輓。這裡指運輸糧餉的人。⓱出泗句　生活在泗水兩岸的人。出，生活於。泗，水名。發源於今山東省泗水縣陪尾山，流經徐州，後入淮河。泗水流域也即武寧軍駐紮地區。⓲稚長　老幼。⓳藩鎮　指總領一方的軍府。這裡具體指武寧軍。⓴橫激句　猶言橫行霸道，惹事生非。㉑廟堂　朝廷。㉒殿　後面跟著。㉓萬眾　指武寧軍。㉔弦弓　拉滿弓。㉕偶語句　士兵們或在一起竊竊私語，或在心裡咒罵。這三句是在描寫武寧軍隨時即可叛亂的緊張氣氛。㉖文誘句　用溫柔的態度誘導他們服從命令。文，柔和。㉗鋪陳　全面陳述。㉘皇威　朝廷的權威。㉙坌湧　一齊湧出。坌，一起。㉚狼心　指將士們的叛亂之心。㉛頓革　馬上改變。頓，立即。㉜剔刮根節　清除叛亂分子及引起叛亂的因素。㉝頑礦　頑石。比喻頑固分子。㉞水順句　比喻武寧軍的將士像流順的水、溶解的雪那樣不再反叛。㉟吐飯句　指崔珙節省出自己的糧食，讓將士們吃飽。㊱禮訓句　用禮義訓導他們，用法律約束他們。㊲化成　對武寧軍的教化取得成功。㊳截成句　這一地區與其他藩鎮截然不同。截，截然。形容區別明顯。㊴三輔　指京城長安一帶。㊵遲迴　遲疑。指武寧軍欲反而未反時的猶豫心理。㊶唱　倡導。指帶頭叛亂。㊷傅其壘　登上他們的營壁。傅，通「附」。爬上；登上。壘，防護軍營的牆壁或建築物。㊸鉤其垣　攻占他們的城池。鉤，一種攻城用的軍器。垣，城牆。㊹疏爵上公　封給最高爵位。疏，分給。上公，指最高爵位。㊺裂土　封給土地。㊻見勝　建立戰功，取得勝利。見，通「現」。表現出。㊼攜暴虎貪狼　率領著一群虎狼般的凶猛將士。㊽化為句　把他們變作一群馴服聽話的牛馬。㊾縛　災難。㊿俯仰　低頭與抬頭。比喻十分輕易。(51)燕享　以酒肉祭神。這裡泛指宴會。(52)萬萬　形容差距極大。

【語譯】從前，彭城地區的武寧軍強大驕橫，有數萬凶猛的士兵，他們繼承了齊地的強悍舊習俗，嚴重地威脅著國家的重要糧道。他們背著強大的弓和成綑的箭，手持大刀長矛，不聽朝廷指揮，只按照自己的意願行事。王侍中就生活於這些強兵悍卒之間，被認為是最強健最狡黠的人，然而他卻在您到來之前偷偷地飛馬逃走，連回頭看一下都不敢。前任武寧軍節度使高僕射生性寬厚，聞名於世，很有軍事才能，然而他在您面前卻舉止失措，敬畏得汗流浹背，恭恭敬敬地叩拜於堂下。後來，您又不接受李司徒的聯手叛亂的建議，並殺了他派來的使者，結果風波不興，李司徒的反叛氣焰完全被您打消。自從您北渡淮河回到中原，後來又路經洛陽來到東邊的彭城，那些運輸糧食的服役之人，以及生活於泗水兩岸的百姓，不分老幼，無不慶賀。武寧軍有人想引起事端以建立功名，他們橫行霸道，招惹是非，大臣們在朝堂上商議，卻拿不出合適的對策。而您只帶著一個家僮，來到千軍萬馬之中，武寧軍的將士們無不低垂著手，瞪著怒眼，抽出刀劍，拉滿弓弦，他們或竊竊私語，或心中詛咒；或站立一旁，或排成隊列。而您的氣度卻壓倒了他們的驕氣，接著您又以柔和的態度誘導他們服從命令，列出叛臣賊子滅亡的事實，全面陳述了忠臣義士獲得榮耀富貴的例證，朝廷的權威在您的言語之中得到了充分的體現，士卒們的叛亂之心當即就被消除。然後，您又進一步清除那些能夠引起叛亂的因素，慢慢訓導那些頑固分子。經過一段時期的教化，將士們都消除了叛亂之心，服從您的命令。您又節省出自己的糧食，讓將士們吃飽；節省出自己的衣服，讓將士們穿暖；用權威指揮他們的行動，用恩德收攬他們的軍心；用禮義教育他們，用法律約束他們。第一年，將士們害怕您；第二年，將士們愛戴您；第三年，教化工作已完全成功，這一地區與周邊的藩鎮截然不同，其風氣如同京城地區一樣。在這樣的緊要關頭，在將士們欲反而未反的猶豫時刻，只要有一個勇敢的人振臂一呼，大家就會起兵響應，朝廷就要徵發數十萬軍隊前去征討，恐怕要經過大小上百次戰鬬，然後纔能登上他們的軍壘，占領他們的城池，擒獲那些叛賊，而國家為此早已是窮困不堪了。然而我們國家的那些議論者總是說：「某某是一位名將，某某善於用兵，即使封給他們最高爵位，分給他們千里封地，這報酬也還顯得太少。」一般人發出這樣的議論是自然而然的。所以我要說：打勝仗，不過是大家都知道應該做的事，這不算是最完美的事；打了勝仗，即使全國人都說好，也不算一件完美之事；即便是百戰百勝，仍然算不上完美之事；能夠不戰而屈人之兵，那纔算作完美。您就是如此，您率領著一群如狼似虎的凶猛士兵，把他們變成一支馴服聽話的軍隊，這等於少徵發了數十萬兵馬，解除了國家的一大災難，而這一切都輕輕鬆鬆地完成於您談笑之中、宴席之上、筆墨之間。拿這一點作比較，您遠遠超過了古代的賢人名將。

復自持統❶大相，開張❷教化，外制四夷，內循百度❸，長育人材，興起頹弛❹，心迎志釋❺，罔有怨嗟。是以天下帖泰❻，蝗死災去，饑人復飽，流人❼復安，內外遠近，率職❽奉法，不聞其他。如周有召穆公❾、仲山甫❿，漢有魏相⓫、邴吉⓬，國朝⓭姚、宋⓮二公，文事武事，居中處外，罔不是倚⓯。國家有天下二百三十餘年，盛溢兩漢⓰，功侔三代⓱，今復生相公，輔佐仁聖天子，天時人事，即自將來，福祿昌熾⑱，卜之無窮⑲，天下孰不幸甚⑳！

【章　旨】本章主要歌頌崔珙擔任宰相以後的政績。

【注　釋】❶持統　擔任。❷開張　推行。❸內循句　在國內，按照各種法度辦事。百度，泛指各種法度。❹頹弛　指頹廢而不求上進的人。❺心迎句　大家都接受您的教育，按您的教導辦事。❻帖泰　安定太平。❼流人　流浪在外的災民。❽率職　盡職盡責。❾召穆公　人名。西周人。周宣王時，淮夷不服，召穆公奉命率兵討伐。❿仲山甫　人名。西周人。為周宣王時的名臣。⓫魏相　人名。西漢濟陰定陶人。字弱翁。先後任茂陵令、河南太守、丞相等職。為當時名臣。⓬邴吉　人名。又作丙吉。西漢魯國人。字少卿。先後任廷尉監、丞相等職。與魏相並有時名，號為丙魏。⓭國朝　指唐朝。⓮姚宋　指姚崇和宋璟。姚崇是陝州硤石人。唐玄宗時任宰相，抑權倖，勸節儉。宋璟，邢州南和人。繼姚崇為相，為人正直。二人均為開元之治的功臣，史稱姚宋。⓯罔不句　無不依靠他們。是倚，即「倚是」。是，代詞。代指以上名臣。倚，依靠。⓰盛溢句　強盛的程度超過了兩漢。溢，超出。兩漢，指西漢和東漢。⓱功侔句　建立的功業與三代相等。侔，相等。三代，指夏、商、周三個朝代。⓲昌熾　昌盛。⓳卜之句　我們預料這種昌盛局面會永存不衰。卜，估量。之，代指昌盛局面。⓴幸甚　幸運得很。

【語　譯】自從您擔任丞相以後，就大力推行教化，對外制服了四方異族，對內則按照各種法度辦事，培養人材，鼓勵那些頹廢懶散之人重新振作起來，大家都接受您的教育，按您的教導辦事，沒有任何人抱怨。因此天下太平安定，蝗蟲死去，災害消失，飢餓之人又能吃飽了飯，在外流浪的人又獲得了安定的生活，無論朝內朝外，也無論遠方近處，人人都盡職守法，沒聽說發生過其他不善之事。您就好比周朝的召穆公和仲山甫、漢朝的魏相和邴吉、本朝的姚崇和宋璟一樣，文事武事，朝內朝外，全要依靠你們。我們大唐據有天下已有二百三十多年了，強盛的程度超過了兩漢，建立的功業與三代相等。現在，又有您出任丞相，輔佐武宗皇帝，根據目前的天時人事情況可以推知，即使到了將來，我們的國家百姓都會繁榮昌盛，而且可以預期這種昌盛局面永存不衰，全國哪個不為此而感到十分慶幸呢！

某僻守荒郡❶，亦被陶鈞❷，齒髮❸甚壯，志尚未衰，敢不自強，冀答天造❹。無任感激悃愊❺之至，某恐懼再拜。

【章　旨】本章說明自己身體強健，志向遠大，委婉地表達了希望得到對方引薦的願望。

【注　釋】❶荒郡　荒涼的州郡。具體指黃州。❷陶鈞　本指製陶器的轉輪。比喻化育、培養。❸齒髮　代指身體。❹冀答句　希望能報答皇上的栽培之恩。冀，希望。天造，猶言「天恩」。❺悃愊　真誠。悃，誠懇。

【語　譯】現在我雖然在一個偏僻荒涼的地方管理一個州郡，但也受到了您的教化。我現在的身體十分強壯，遠大的志向也還未衰減，豈敢不自強不息，希望能報答朝廷的培育之恩。我此時心情十分激動，也十分誠懇，滿懷惶恐之情向您叩拜。

上昭義劉司徒書

【題　解】昭義，軍隊名。因這支軍隊駐紮於澤州（今山西省晉城市）、潞州（今山西省長治市）一帶，故又稱澤潞軍。本文題目一本即作〈上澤潞劉司徒書〉。劉司徒，指昭義軍節度使劉悟。劉悟原為平盧節度使李師道的部將，李師道叛亂時，劉悟斬李師道請降，先後任義成節度使、昭義節度使，累進檢校司徒、同中書門下平章事等職。根據文章內容推測，本文大約寫於唐敬宗寶曆元年，杜牧當時二十三歲。此年杜牧還寫了

〈阿房宮賦〉。從唐穆宗長慶元年起，一度平靜的藩鎮又紛紛反叛，這封書信就是勸告劉悟重振當年擊殺李師道之雄風，協助朝廷，討伐叛亂，再建新功。

今日輕重①，望于幾人②，相位將權③，長材厚德，與輕則輕④，與重則重，將軍豈能讓⑤焉。昔者齊盜坐父兄之舊⑥，將七十年來，海北⑦河南⑧泰山⑨課賦⑩三千里，料甲⑪一百縣，獨據一面，橫挑天下。利則伸，鈍則滿鏃而不發⑫，約在子與孫⑬，孫與子，血絕⑭而已。此雖使鐵偶人⑮為六軍⑯，取不孔易⑰，況席征蔡之弊⑱，天下消耗，燕蟠趙伏⑲，用齊卜我⑳。當此之時，一年不能勝，則百姓半流㉑；二年不能勝，則關東㉒之國孰知其變化也。將軍一心仗忠，半夜興義㉓，昧旦㉔而已齊族㉕矣。疆土籍口㉖，探出僭物㉗重寶，仰關輦上㉘，是以趙一搖㉙，燕一呼㉚，爭來汗走㉛，一日四海廓廓然㉜無事矣。伏惟將軍之功德，今誰比哉！是以初守滑臺㉝為尚書㉞，守潞㉟為僕射㊱，乃作司空㊲，乃作司徒㊳，爰㊴開丞相府，平章㊵天下，越錄躐等㊶，驟得富貴。古今之人，亦將軍止已㊷矣。將軍德於國家甚信大，國家復之於將軍雅㊸亦無與為大㊹矣。

【章　旨】本章回顧了劉悟討伐平盧節度使李師道的功勞及由此而獲得的榮華富貴。

【注　釋】①輕重　指國家安危。②望于句　寄希望於少數幾個人。③相位句　在位的丞相和掌握兵權的將軍。④與輕句　想輕則輕。與，贊成。⑤讓　推辭。本句意思是說，劉悟現在身繫國家安危，在此關鍵時刻，應挺身而出，不可推卸責任。❻昔者句　指平盧節度使李師道繼承父兄舊業，繼續割據齊地。齊，地名。指今山東省一帶，為平盧軍駐紮地。唐德宗時，平盧節度使李正己去世，其子李納擅領軍政大權，一度自稱齊王。李納死，其子李師古繼之。李師古死，其弟李師道又繼之。元和十四年，公開反叛的李師道被劉悟所殺。李氏家族把持齊地前後達六、七十年。❼海北　應作「北海」。地名。又叫青州。在今山東省益都縣。當時為平盧節度使的治所。❽河南　地名。泛指黃河以南地區。❾泰山　山名。在今山東省境內。這裡泛指泰山一帶。❿課賦　收取賦稅。課，收稅。⓫料甲　徵兵。料，統計。引申為徵發。甲，戰衣。代指軍隊。⓬鈍則句　形勢不利時，就做好充分準備但不付諸行動。鈍，指形勢不利。滿鏃，拉滿弓。鏃，箭頭。代指弓箭。發，發箭。⓭約在句　他們計畫把自己的權勢傳給兒子，再由兒子傳給孫子。⓮血絕　後嗣斷絕。血，指有血親關係的後代。⓯鐵偶人　鐵打的人。⓰六軍　泛指軍隊。周朝制度，天子有六軍，諸侯國則依大小有三軍、二軍、一軍不等。⓱不孔易　不很容易。孔，很。⓲況席句　更何況當時朝廷剛剛征討蔡州，軍力疲憊。席，處於。蔡，地名。指蔡州。在今河南省汝南縣。元和十二年，唐軍攻破蔡州，活捉在此叛亂的吳元濟。元和十三年，朝廷下令討伐李師道。⓳燕蟠句　按兵不動的燕、趙軍隊心懷野心。燕，地名。在今河北省北部和遼寧省南部。唐在此設盧龍節度使。趙，地名。在今山西省北部、河北省西部及南部一帶。唐在此設成德軍節度使。燕、趙均屬強藩，多次抗拒朝廷。⓴用齊句　他們想拿李師道叛亂這件事看看朝廷的態度。卜，猜測；探知。我，我們。代指唐王朝。㉑半流　有一半人要流離失所。㉒關東　指函谷關以東地區。函谷關以西為長安地區。㉓半夜句　半夜時分舉義兵。興，起。劉悟原為李師道部將，李師道懷疑劉悟叛己，欲殺之。劉悟便於元和十四年二月丙辰日傍晚殺軍中異己者，夜半出兵襲擊李師道，天亮前後擒殺李師道及其二子。㉔昧旦　天將明未明之時。㉕族族滅。㉖籍口　戶口；百姓。㉗僭物　僭越禮制的物品。僭，超越本分。如諸侯王使用天子的物品，即為僭越。㉘仰關句登記造冊，送給朝廷。仰，古時公文用語。表示恭敬。關，即關文。一種公文名稱。輦，運送。上，獻上。㉙搖　動搖；震動。因李師道被滅而受到震動。㉚呼　驚呼。形容朝廷平齊成功，使燕、趙極為震驚，從而改變了反叛的想法。㉛爭來句他們汗流浹背地爭著跑來歸順朝廷。走，跑。㉜廓廓然　太平無事的樣子。自元和十四年討平李師道後，各藩鎮都表示歸順朝廷。元和十五年，唐憲宗為宦官所害。太子李恒即位，是為唐穆宗。安定局面很快不復存在。㉝滑臺　地名。又叫滑州。在今河南省滑縣。唐於鄭州（今河南省鄭州市）、滑州設義成節度使。劉悟曾擔任此職。㉞尚書　官名。為各部長官。劉悟任義成軍節度使時，加官檢校兵部尚書。此為虛職。㉟守潞　在潞州擔任昭義節度使。㊱僕射　官名。相當於丞相。㊲司空　官名。為三公之一。唐時的三公可參議國政，但無實職。㊳司徒　官名。三公之一。㊴爰　於是；接著。㊵平章　商議處理。㊶越錄句　越級提拔。躐，超越。㊷止已　達到如此地步。㊸雅　確實。㊹無與為大　無法再多；最多最大。

【語譯】現在，國家的安危，就寄希望於少數幾個人的身上，他們就是掌握政權的丞相和掌握軍權的將軍，以及那些才高德厚之人，這些人想讓國家危險國家就會危險，想讓國家安定國家就會安定，將軍您豈能推讓自己的重大責任呢？從前，李師道家族父子相繼，盜取齊地將近七十年之久，他們在海北、河南、泰山等方圓三千里的地盤上徵收賦稅，在一百來個縣裡徵發軍隊，他們割據一方，抗拒朝廷。形勢有利時，他們就向外擴張；形勢不利時，他們就按兵不動加緊備戰。他們一心要把自己的權勢傳給兒孫，再由兒孫傳給下一代，一直傳到無子孫時方纔罷手。在這種情況下，即使讓鐵人組成軍隊，也很難戰勝他們。更何況當時剛剛討伐完蔡州，國力疲弊，朝廷用去了大量的人力物力，再加上燕、趙地區的割據軍隊虎視眈眈，想通過齊地叛亂這件事來窺探朝廷的態度和力量。在這種形勢下，如果一年不能戰勝李師道，那麼就會有半數的百姓流離失所；如果兩年不能戰勝李師道，那麼關東一帶的各藩鎮就不知道會發生什麼樣的變化。您一心忠於朝廷，半夜時分起義出兵，天將亮時就消滅了李師道家族。您把那裡的土地、百姓，還有搜查出來的僭越之物和各種重寶，全部登記造冊，獻給朝廷。這時趙地的割據者受到極大震動，燕地的割據者也發出驚呼之聲，於是他們便汗流浹背地爭著跑來歸順朝廷，一日之間，整個天下都安安靜靜太平無事了。我認為您建立的功德，當今之人誰也比不上。為此您首先擔任了鄭滑節度使並兼任檢校兵部尚書，接著擔任澤潞節度使並兼任僕射，又當上了司空，還當上了司徒，最後還當上了丞相，商議處理國家大事。您得到了朝廷的越級提拔，轉眼之間富貴異常。從古至今，也只有您一人能夠如此。您為國家建立的功勞的確很大，而國家回報給您的也確實很多很多啊！

今者上黨❶足馬足甲，馬極良，甲極精，後負燕❷，前觸魏❸，側肘趙❹。彼三虜❺屠囚天子耆老❻，劫良民使叛，銜尾交頸❼，各蟠千里，不貢不覲❽，私贍❾妻子，王者在上，此輩何也？今者上黨馳其精良，不三四日與魏決⑩於漳水⑪西，不五六日與趙合於泜水⑫東，縈太原⑬，挑飛狐⑭，緩不二十日與燕遇於易水⑮南。此天下之郡國，足以事區區於忠烈⑯，無如上黨者。明智武健，忠寬信義，知機便⑰，多算畫，攻必巧，戰不負⑱，能使萬人樂死赴敵，足以事區區於忠烈，天下之人無如將軍者。爵號祿位，富貴休顯⑲，宜驅三族⑳，上校㉑恩澤，宜出萬死㉒，以副倚注㉓，天下之人亦無如將軍者。是將軍負㉔天下三無如之望也。

【章旨】本章分析了當前燕、魏、趙三地叛亂的形勢，指出劉悟所應擔負的責任。

【注釋】❶上黨　地名。即潞州。在今山西省長治市。是昭義軍節度使的治所。❷後負燕　北面就是燕地。❸前觸魏　前面緊接魏地。魏，地名。在今河南省北部和山西省西南部一帶。唐在這裡設魏博節度使。為割據強藩之一。❹側附趙　旁邊就是趙地。附，胳膊附。比喻密切接近。❺三虜　對燕、魏、趙三地叛軍的蔑稱。元和十四年李師道滅後，天下一度太平。元和十五年唐憲宗去世，唐穆宗即位。即位的第一年（長慶元年），燕地的盧龍軍叛亂，囚節度使張弘靖，立朱克融。同年，趙地的成德軍兵馬使王庭湊殺節度使田弘正自立。長慶二年，魏地的魏博軍部將逼殺節度使田布，自稱留後。至杜牧寫本文時，叛亂已有四年左右，而朝廷無力討伐。❻耆老　老臣；重臣。❼銜尾句　形容相互勾結的樣子。銜，相連接。❽覲　朝見天子。❾贍　贍養。❿決　決戰。⓫漳水　水名。在今山西省東部，向東南流入河北、河南二省，後入衛河。漳水今已不存在。⓬泜水　水名。今名泜河。在今河北省臨城縣境。⓭縈太原　繞過太原。縈，繞。太原，地名。在今山西省太原市西南。⓮挑飛狐　攻取飛狐城。挑，挑戰；攻取。飛狐，地名。在今河北省淶源縣。⓯易水　水名。在今河北省易縣境。⓰足以句　完全可以做一番轟轟烈烈的忠烈之事。事，從事；做。區區，忠誠的樣子。⓱機便　隨機應變。⓲負　失敗。⓳休顯　美好而顯貴。⓴宜驅句　應該率領全家全軍。宜，應該。三族，泛指全家。這裡代指全家、全軍。㉑校　報答。㉒宜出句　應當做出為國獻身的決定。㉓以副句　以對得起朝廷對您的依靠之情。副，符合；對得起。倚注，依靠。㉔負　肩負著。

【語譯】現在，您的昭義軍十分強大，戰馬極為健壯，士卒十分精良，北邊與燕地接壤，南邊與魏地緊連，旁邊就是趙地。燕、魏、趙這三地叛軍屠殺、囚禁天子的重臣，劫持善良的百姓使他們叛亂，他們相互勾結，各自割據上千里的土地，不交稅於朝廷，也不朝拜天子，只為自家妻兒謀利，現在上有朝廷天子，這些叛軍究竟想幹什麼呢？現在如果您發動自己的精銳部隊，不過兩三天的時間，就能同魏地叛軍決戰於漳水西岸；不到五六天的時間，就能同趙地叛軍交鋒於泜水東邊；繞過太原，占領飛狐，最遲不用二十天的時間，就可以同燕地叛軍交戰於易水南面。全國的各州郡各藩鎮，能夠轟轟烈烈幹一番忠烈事業的，沒有哪一處可以比得上您的昭義軍。明智勇武，忠厚信義，隨機應變，足智多謀，巧於進攻，百戰百勝，能夠使千軍萬馬置生死於不顧而奮勇殺敵，能夠轟轟烈烈幹一番忠烈事業的，全天下所有的人，在這一點上都比不上您。具有尊貴的爵位官職，具有無比的富貴榮耀，應該率領全家全軍進攻敵人以報答皇上的恩德，應該英勇獻身以對得起朝廷的依重之情的，全天下的人也沒有任何人能夠同您相比。整個天下的人在這三個方面都無法同您相比，這說明您肩負著朝廷的多大期望啊！

始者將軍賴齊❶，然後得祿仕，入臥內等子弟❷，一身聯❸齊。累世之逆卒❹，境上爭首❺，其恩甚厚，其勢甚不便❻，將軍以為大仁可以殺身，大忠不顧細謹❼，終探懷而取之❽。今者將軍負三無如之望，上戴天子，四海之大，以為緩急❾，所宜日夜具申喧請❿，今默而處者⓫四五歲矣。負天下之三無如者，宜如是邪？不宜如是耶？是以天下之小人，以為將軍始者取齊見利而動，今者安潞⓬見義而止。而若是，則天下利無窮，義有限，走無窮⑬，背有限⑭，則安可識之⑮哉。其有識者則曰：不然，夫桓、文⑯之霸也，先脩刑政，然後事事⑰。近有山東⑱士人來者，咸⑲道上黨之政，軍士兵吏之詳，男子畝⑳，婦人桑㉑，老者養，孤者庇㉒，上下一切，罔有紕事㉓。暨乎政庭㉔，則將軍不知尊，布衣不知卑㉕。諸侯之驕久矣，是以高才之人，不忍及門㉖；仁政不施久矣，是以暴亂不止。若此者，將軍是行仁政，來高才，苟行仁政，來高才，若非止暴亂，尊九廟㉗，峻中興㉘，復何汲汲如是㉙邪！

在漢伯通㉚，在晉牢之㉛，二人功力不寡，一旦誅死，人豈冤之？苻秦㉜相猛㉝，將終戒視後禍㉞，大唐太尉房公㉟，忍死表止伐遼㊱。此二賢當時德業不左㊲諸人，尚死而不已㊳，蓋以輔君活人為事，非在矜伐邀引㊴為心也。伏惟將軍思伯通、牢之所以不終㊵，仰㊶相猛、房公之所以垂休㊷，則天下之人，口祝將軍之福壽，目睹將軍盛德之形容㊸，手足必不敢加不肖於將軍之草木㊹，此乃上下萬世，烈丈夫㊺口念心禱而求者，今將軍盡能有之，豈可容易而棄哉！

【章　旨】本章從正反兩個方面一再勸告劉悟應把握住這個難得的報國機會，再立新功。

【注　釋】❶賴齊　依靠齊地的李氏家族。劉悟原為李氏的部將，深受李師古的器重，李師古還把自己的堂妹嫁給劉悟。❷入臥句　可以直接進入李師古等人的臥室之內，被視為自家親人。❸聯　聯合；併肩作戰。❹逆卒　抗拒朝廷的士卒。

逆，叛逆。❺爭首　爭鬥；交戰。❻其勢句　指當時的情形對劉悟非常不利。❼細謹　細節。❽終探句　最終回過頭來輕易地滅掉了李氏家族。探，從懷中取物。形容輕鬆。取，攻取；滅掉。之，代指李師道家族。以上這段話是說，李師道家族對劉悟恩德不薄，但劉悟為了效忠朝廷，置私恩於不顧，反戈一擊，實屬難得。杜牧以此說明今天的劉悟更應該為朝廷效力。❾以為句　成為決定國家安危的關鍵人物。❿具申喧請　上奏皇上，大聲請戰。具，陳述；上奏章。申，說。喧，大聲。⓫默而處者　默不作聲，按兵不動。⓬安潞　安居於潞州。⓭走無窮　無休止地追求利益。走，奔走；追求。本句與「利無窮」相應。⓮背有限　背棄仁義的行為是不可能長久的。本句與「義有限」相應。⓯安可識之　怎能預料其結果如何呢？這句是提醒劉悟要見義勇為，不然，結果難以預料。⓰桓文　指春秋時期的兩位霸主齊桓公和晉文公。⓱事事　去做大事。第一個「事」為動詞。做；幹。⓲山東　地名。指太行山以東地區。⓳咸　都。⓴畝　種地。㉑桑　採桑養蠶。㉒庇　庇護；養育。㉓紕事　錯事。㉔政庭　議政之處。㉕將軍二句　這兩句是說劉悟以平等的身分對待百姓。布衣，指百姓。㉖不忍句　不願意到驕橫的藩鎮那裡做官。㉗九廟　代指朝廷。古代天子可以建立九廟以祭祀祖先。㉘峻中興　進一步鞏固中興局面。峻，高大。引申為加強，使其更繁榮。㉙汲汲如是　心情迫切地做這些事情。汲汲，心情急切的樣子。㉚伯通　人名。指彭寵。東漢初年人，字伯通。光武帝劉秀起兵後，彭寵投歸劉秀，封建忠侯，賜號大將軍。後居功自傲，起兵反叛，不久被殺。㉛牢之　人名。即劉牢之。東晉彭城人，字道堅。在淝水之戰中建立大功。後來在奉命討伐桓玄時，胸懷二心，最終被迫自殺。㉜苻秦　指苻氏建立的前秦。為東晉十六國之一。東晉時，苻洪占據關中，稱三秦王，其子苻健稱帝，建都長安，史稱前秦。㉝猛　人名。即王猛。前秦北海人。字景略。在前秦君主苻堅時任丞相。㉞將終句　臨死前還在告誡苻堅防備後禍。王猛死前，告誡苻堅不可進攻東晉，苻堅不聽，導致淝水之敗。㉟房公　指房玄齡。唐初齊州臨淄人。名喬，以字顯。任丞相十五年，為大唐名臣。㊱忍死句　病重時忍著痛苦上表勸諫唐太宗不要討伐高麗國。遼，地名。這裡具體指高麗國。在今遼寧省與韓國交壤處。㊲左　低於。古時尊崇右，以右為尊貴，以左為卑下。㊳尚死句　臨死時依然為國操勞。尚，依然。㊴矜伐邀引　居功自誇，邀寵得利。矜伐，居功自誇。引，取得。㊵不終　不得善終。㊶仰　敬慕；效法。㊷垂休　留下的美好榜樣。垂，留下。休，美好。㊸形容　形象。引申為表現、功德。㊹手足句　他們絕對不敢對您的一草一木做出不敬的行為。不肖，不重視；不恭敬。㊺烈丈夫　志向遠大的男子漢。

【語　譯】當初，您依靠齊地的李家，然後纔獲得了俸祿官位，您能自由出入李家，被他們視為自家子弟，您與叛亂了幾代的齊地將士併肩作戰，在邊境地區與朝廷軍隊戰鬪，李家對您的恩德很大，其形勢對您棄暗投明也很不利，但您認為為了大仁可以捨棄自己的生命，為了大忠可以不去考慮一些細小之事，於是您最終反戈一擊，輕易地滅了李家。現在，別人在各個方面都無法同您相比，您上有天子撐腰，下有廣大的天下作您的後盾，身繫國家安危，您應該日夜不停地向皇上進奏章大聲請戰，而至今您卻一言不發、按兵不動已經四五年了。肩負著國家重大期望的人，是應該如此呢？還是不應該如此呢？鑑於您的這種表現，天下那些見識淺薄的人，就認為您當初滅掉齊地李家是一種見利忘義的行為，而今在潞州按兵不動是一種見義不為的行為。如果真是如此，那麼天下的名利是無窮無盡的，而行義的機會卻是有限的，於是一個人就無休止地去追求名利，但不可能長期去幹不義之事，誰又能預料得到見利忘義者的結局是如何呢？也有一些有識之士說：這種看法不對，齊桓公、晉文公建立霸業時，是先整頓好境內的法治政務，然後纔去成就稱霸大業。最近，從山東一帶來的讀書人，都談到您在上黨地區的執政情況，以及將士官吏們的詳細狀況，說那裡的男子種田，女子養蠶，老人得到了贍養，孤兒得到了養育，上上下下，一切事情都井井有條，沒有紕漏。在議政的場所裡商議政事時，您與百姓們平等相處，沒有貴賤之分。長期以來，各藩鎮的節度使驕橫無法，因此，那些才能很高的人，都不願到他們那裡去當官；他們長期不推行仁政，因此暴亂也就不停地發生。您現在這樣做，大概就是想推行仁政，招攬賢才吧！如果您真的想推行仁政，招攬賢才，卻又不去平息叛亂、尊崇朝廷、進一步鞏固國家的中興局面，那您又何必如此心情迫切地去做這些事情呢？

在漢朝，有一位彭寵，在晉朝，有一位劉牢之，他們二人的功勞不小，才能不低，然而一旦被朝廷殺掉，又有誰會感到他們冤枉呢？苻秦時的丞相王猛，臨死前還在告誡苻堅要提防以後的災難，大唐初年的太尉房玄齡，臨死前忍受著病痛上奏章勸諫太宗皇帝不要討伐高麗國。這兩位賢臣在當時建立的功德業績並不亞於其他大臣，然而他們至死還在為國操勞，他們這樣做是因為他們把輔佐君主、拯救百姓當作自己的責任，並非出於居功自誇、邀寵得利之心。我認為您應該仔細地想一想彭寵和劉牢之不得善終的原因，效法丞相王猛、房玄齡垂範後世的行為，那麼整個天下的人，口中就會祝您幸福長壽，眼睛就會瞻仰您的盛功偉績，他們的手足就絕對不會對您的一草一木做出任何不敬的舉動。這是古今萬世以來志向遠大的男子漢口中唸唸不忘、心裡時刻祈求的事情，而今您卻遇到了獲得這一切的機會，您怎能輕易地就放過這一機會呢！

大唐二百年向外，叛者三十餘種，大者三得其二❶，小者亦包裹千里，燕、趙、魏、潞，齊、蔡❷、吳❸、蜀❹，同歡共悲❺，手足相急❻，陳刺死、帳下死、圍悉死、伏劍❼死、斬死、絞死，大者三歲，小或一日，已至于盡死。曰忠曰義，則有父子同壇❽，兄弟繼踵❾，論罪則曰有某功，論功則曰捨某罪❿。伏惟十二聖⓫之仁，一何⓬汪汪⓭焉，天之校惡⓮滅逆，復何切切⓯焉。此乃盡將軍所識，復何云云⓰，小人⓱無位而謀⓲，當死罪。某恐懼再拜。

【章　旨】本章總結了唐朝建立以來的叛臣下場以及皇上的恩德，委婉地提醒劉悟要忠於朝廷。

【注　釋】❶三得其二　占據了國家的三分之二土地。❷蔡　地名。指蔡州。在今河南省汝南縣。李希烈、吳少誠、吳元濟等人先後據蔡州叛亂。❸吳　地名。指今江、浙一帶。浙西節度使李錡曾在吳地的潤州叛亂。❹蜀　地名。指今四川省一帶。劍南節度使韋皋於永貞元年去世，行軍司馬劉闢自稱留後，抗拒朝廷。❺同歡句　休戚與共。❻手足句　緊密勾結。❼伏劍　用劍自殺。❽同壇　同朝為官。壇，用來祭祀的高臺。古代遇大事，如朝會、封拜等，多立壇以示鄭重。❾繼踵　先後相繼為官。踵，腳後跟。❿論罪二句　這兩句是說，對於那些忠於朝廷的人，在他們犯罪時，就考慮到他們有過功勞而赦免其罪；在他們立功後，對他們的罪過更是不加追究。⓫十二聖　指高祖、太宗、高宗、中宗、睿宗、玄宗、肅宗、代宗、德宗、順宗、憲宗、穆宗十二位唐代皇帝。⓬一何　何等的；多麼的。⓭汪汪　廣大的樣子。⓮校惡　懲罰惡人。校，古代一種刑具。引申為懲罰。⓯切切　確切真實。⓰云云　談論。⓱小人　杜牧的自我謙稱。⓲無位而謀　沒有任何官職，卻來討論國家大事。杜牧寫本文時，還未中進士。

【語　譯】我們大唐建國兩百多年以來，先後叛亂的有三十餘次，勢力大的叛亂者曾一度控制三分之二的國土，小的也曾占領上千里的土地，燕、趙、魏、潞、齊、蔡、吳、蜀等地的叛亂者休戚與共，緊密勾結，然而最終他們有的在陣前被刺死，有的在軍帳中被殺死，有的被包圍起來全部處死，有的用劍自殺，有的被朝廷斬首，有的被絞死，大的叛亂者或許能堅持兩三年，小的叛亂者只能堅持一兩天，他們現在都已經被全部消滅掉了。談起忠義之士，他們有的父子同朝為官，有的兄弟相繼當了大臣。在他們犯罪時，朝廷就考慮到他們有功而赦免其罪；在他們立功時，對他們的罪過更是不予追究。我想到大唐建國以來的十二位聖明君主，他們的仁德是多麼的廣大啊；上天懲罰惡人、滅除叛逆，又是多麼的確切無誤啊！這些事實和道理，您全都知道，又何須我在這裡多說！我沒有任何官職，卻來討論國家大事，罪該萬死。我不勝惶恐之至，再三向您叩拜。

卷十二

上周相公書

【題解】周相公，指周墀。汝南人。字德升。進士及第。先後任監察御史、中書侍郎、劍南東川節度使等職。杜牧的這篇文章大約寫於大中三年（西元八四九年）初，當時周墀任宰相，杜牧四十七歲，在長安任司勳員外郎、史館修撰。作者寫這篇文章的目的是要向周墀獻上自己的《孫子注》，同時闡述了自己的軍事觀點。

某再拜。伏以大儒❶在位，而未有不知兵者，未有不能制兵而能止暴亂者，未有暴亂不止而能活生人❷、定國家者，自生人已來，可以屈指而數也。今兵之下者❸，莫若刺伐之法，《詩❹・大雅❺・維清❻》，奏〈象舞〉❼之篇，曰：「維清緝熙❽，文王之典❾。迄用有成❿，維周之禎⓫。」〈象〉者，象⓬武王⓭伐紂⓮刺伐之法，此乃文王受命⓯，七年五伐，留戰陣刺伐之法，遺之武王，王用以伐紂而有天下，致之清平，為周家之禎祥⓰。周公居攝⑰，祀文、武於清廟⑱，作此詩以歌舞文、武之德。其次兵之尤者⑲，莫若鉤援衝壁⑳，今之一卒之長㉑，不肯親自為之。《詩・大雅》周公〈皇矣〉㉒，美㉓周之詩，曰：「以爾鉤援㉔，以爾臨衝㉕，以伐崇墉㉖。臨衝閑閑㉗，崇墉言言㉘。」此實文王伐崇墉，傳㉙于其城，以臨車衝，鉤援其城，文王親自為之。夫文王何人也，周公詩之㉚，夫子㉛刪㉜而取之，列于大雅，以美武王之功德，手絃㉝而口歌之。不知後代之人，何如此三聖人？安有謀人之國㉞，有暴亂橫起，戎狄㉟乘㊱其邊，坐於廟堂㊲之上曰：「我儒者也，不能知兵。」不知儒者竟可知兵也，竟不可知兵乎？長慶㊳兵起，自始至終，廟堂之上，指蹤㊴非其人，不可一二悉數㊵。

【章旨】本章用歷史事實說明，掌管朝政的人，必須懂得軍事。

【注釋】❶大儒　品德高尚、知識淵博的文人。❷活生人　拯救百姓。活，拯救。生人，百姓。❸兵之下者　最基本的軍事知識。❹詩　書名。又稱《詩三百》、《詩經》。為儒家經典之一。❺大雅　《詩經》的組成部分。多為西周初年王畿內的詩歌作品。❻維清　《詩經》中的篇名。〈維清〉屬《詩經》中的「周頌」部分，杜牧把它列入「大雅」，恐有誤。❼象舞　舞樂名。相傳是西周初年的舞樂，由童子伴舞。這句話是說，演唱〈維清〉這首歌詞時，要伴奏〈象舞〉這支曲調。❽維清句　政治清明安定。維，語氣詞。清，清明。緝熙，光明。❾文王句　靠的是周文王的征伐之法。文王，指周文王姬昌。他推行仁政，受到其他諸侯國的擁護。典，法。這裡專指攻伐之法。❿迄用句　至今使用文王的攻伐之法，終於獲得成功。迄，迄今；至今。成，成功。指滅商建周。⓫維周句　這是周朝的吉祥之法。禎，吉祥。⓬象　模仿。⓭武王　指周武王姬發。武王為文王之子，他繼承父業，起兵滅掉商紂王，建立周朝。⓮紂　商代的最後一位君主。名受，號帝辛。史稱「紂王」。是一位暴君。⑮受命　接受紂王的征伐之命。周文王是商紂王的臣子，因文王威望高，紂王就授予他征伐其他諸侯國的權力。⑯禎祥　吉祥。⑰周公句　周公代理政務。周公，人名。指姬旦。周文王之子，輔佐武王滅紂，建立周朝。武王死後，其子成王年幼，由周公攝政。居攝，即攝政。代理政務。⑱清廟　宗廟。祭祖之處。清，肅穆清靜。⑲兵之尤者　最先進的軍事手段。尤，優異；突出。⑳鉤援衝壁　用雲梯登城，用衝車去撞城。鉤援，一種登城的軍器。即後世的雲梯，梯長有鉤，用於登城。衝壁，用衝車衝撞敵軍的營壁。衝車，一種用來攻城的戰車。㉑一卒之長　即卒長。古代軍隊一百人編為一卒。㉒皇矣　《詩經》中的篇名。主要內容是歌頌周朝盛德。㉓美　讚美。㉔以爾句　用你們的雲梯。以，用。爾，指周將士。㉕臨衝　兩種戰車名。臨，臨車。十分高大，可以居高臨下地攻城。衝，衝車。㉖崇墉　崇國的城牆。崇，古國名。在今陝西省西安市灃水西。墉，城牆。㉗閑閑　形容戰車向前衝擊的樣子。㉘言言　高大的樣子。㉙傅　通「附」。攀登；進攻。㉚詩之　把這事寫入詩歌。㉛夫子　指孔子。㉜刪　刪詩。相傳古時有三千餘首詩，孔子對它們進行整理、刪除，留下三百餘篇，以教育弟子。這就是留傳至今的《詩經》。㉝絃　彈琴。㉞謀人之國　為別人的國家大事出謀劃策。㉟戎狄　泛指異族。古人把西方異族稱作戎，把北方異族稱作狄。㊱乘　進攻。㊲廟堂　朝堂。㊳長慶　唐穆宗李恒的年號。西元八二一年至八二四年。長慶年間，盧龍軍、成德軍、魏博軍先後相繼叛亂。㊴指蹤　指揮者。㊵悉數　全部指出。悉，全部。

【語　譯】我再三向您叩拜。我認為那些執掌朝政的真正大儒，沒有不懂軍事的。歷來還不曾有過不能指揮軍隊卻能消除暴亂的事，也不曾有過不能消除暴亂卻能拯救百姓、安定國家的事，自從有人類以來，這樣的例證是可以一條一條列舉的。現在，最基本的軍事知識，就是刀槍拼刺的方法。《詩經．大雅》中〈維清〉這首詩歌，演唱時用來伴奏的是〈象舞〉這支樂曲，詩歌是：「如今的政治清明安定，靠的就是文王的攻伐之法。使用此法至今終獲成功，此法是我們周朝的吉祥之物。」所謂的〈象舞〉，就是模仿武王伐紂時的拼殺之法而編成的舞蹈。這種方法是周文王接受征伐其他諸侯國命令之後，在長達七年的五次征戰中總結出來的，他把這些拼殺之法留傳下來，交給了周武王，武王又用這些方法去討伐紂王，最終占有了天下，把全國治理得安定太平，所以說這些拼殺之法是周朝的吉祥物。周公代理政務時，在宗廟裡祭祀文王和武王，他創作了這首詩歌以歌頌文王和武王的功德。其次我們談最先進的軍事手段，那就是使用雲梯、衝車去進攻敵城。現在的小小卒長，都不肯親自參加這樣的攻城戰。《詩經．

大雅》中有一首周公寫的〈皇矣〉詩，這是一首讚美周朝的詩歌，詩中寫道：「使用你們的雲梯，使用你們的戰車，前去攻占崇國的城池。戰車奮勇前進，崇國的城牆十分高大。」這首詩實際上講的就是周文王討伐崇國、將士們奮勇攻城的情況，他們用戰車衝擊敵人的城牆，用雲梯攀登敵人的城池，周文王親自參加了這次戰鬥。那位文王是一位多麼聖明的君主啊，周公把他的這件事寫入詩中，孔子在刪詩時留下了這首詩，把它列入「大雅」，以讚美文王和武王的功德，孔子還經常彈著琴演唱這首詩歌。不知後代的人，怎麼能同這三位聖人相比？為國家出謀劃策的人，怎能在暴亂突起、異族入侵之時，卻安坐在朝堂之上推辭說：「我是一個讀書人，不懂得軍事。」真不知道讀書人究竟是應該懂得軍事呢？還是不應該懂得軍事呢？自從長慶年間叛兵四起以來，自始至終，坐在朝堂之上的指揮者，都不是稱職之人。我在這裡無法一一詳舉了。

高宗❶朝，薛仁貴❷攻吐蕃❸，大敗於大非川❹，仁貴曰：「今年歲在庚午❺，不當有事于西方，此乃鍾、鄧❻伐蜀❼，身誅不返。」昨者誅討党羌❽，徵關東❾兵用於西方，是不知天道❿也。邊地無積粟，師無見糧⓫，不先屯田⓬，隨日隨餉⓭，是不知地利也。兩漢⓮伐虜⓯，騎兵取於山東⓰，所謂冀⓱之北土，馬之所生，馬良而多，人習騎戰，非山東兵不能伐虜。昨者以步戰騎⓲，百不當一，是謂不知人事也。天時、地利、人事，此三者皆不先計量短長得失，故困竭天下，不能滅樸樕⓳之虜，此乃不學之過⓴也。不教人之戰，是謂棄之㉑，則謀人之國，不能料敵㉒，不曰棄國可乎！

【章　旨】本章用唐朝的事實，進一步說明軍事知識對治國的重要性。

【注　釋】❶高宗　指唐高宗李治。❷薛仁貴　人名。絳州龍門人。少貧賤。太宗征遼時，薛仁貴屢立戰功。拜本衛大將軍，封平陽郡公。高宗咸亨元年，與吐蕃作戰，因將帥不和等原因大敗，除名為庶人。不久拜瓜州長史、右領軍衛將軍等職。❸吐蕃　國名。由古代藏族建立。❹大非川　水名。即今青海省布喀河。❺庚午　庚午年。即唐高宗咸亨元年。《新唐書》卷二一一載：「仁貴嘆曰：『今歲在庚午，星在降婁，不應有事西方。』」星指歲星。降婁，星次名。即奎婁二星，各為二十八宿之一，代表西方。古人認為，沿天空運行的歲星處於哪個星宿，就有利於與這個星宿相對應的郡國或地區，別人不可對這一地區用兵。咸亨元年，歲星處在代表西方的降婁星區，而吐蕃正在西方，因此不可對吐蕃用兵。❻鍾鄧　指三國時的鍾會與鄧艾。鍾會，魏國潁川人。景元四年，與鄧艾出兵滅蜀，後因圖謀割據蜀地，為亂兵所殺。鄧艾，魏國棘陽人。與鍾會一起伐蜀成功後，被鍾會誣為謀反，被殺。鍾、鄧伐蜀時，歲星也在西方，故對二人不利。❼蜀　國名。又稱蜀漢。三國之一。在今四川一帶。第一代君主是劉備。❽党羌　古民族名。又稱党項，為羌族的一支，在今青海省、甘肅省一帶。❾關東　指函谷關以東地區。函谷關，關名。在今河南省靈寶縣南。❿天道　指天的運行規律。這二句是說，現在，歲星又處於西方，對西方用兵不利，而執政者卻從東邊調兵去西邊打仗，所以說他們不懂天道。⓫見糧　現成的糧食。見，通「現」。⓬屯田　政府利用軍隊或百姓墾種土地，徵糧以為軍餉，叫作屯田。⓭隨日句　當天的軍糧還要當天籌集。⓮兩漢　指西漢和東漢。⓯虜　對敵人的蔑稱。這裡主要指匈奴。兩漢時期，漢族部隊與匈奴部隊多次發生大規模的戰爭。⓰山東　地名。指太行山以東地區。⓱冀　地名。指冀州。指今河北省和河南省北部地區。⓲以步戰騎　我們用步兵去同敵人的騎兵作戰。⓳樸樕　小樹。比喻能力淺薄、平庸。⓴過　過錯。㉑棄之　拋棄他們；害死他們。㉒料敵　指揮打仗。

【語　譯】高宗皇帝的時候，薛仁貴率兵進攻吐蕃，在大非川一帶吃了大敗仗，薛仁貴感嘆說：「今年是庚午年，不應該到西方來打仗，這也是鍾會和鄧艾率兵伐蜀時身死不返的原因。」最近討伐党羌，徵調關東的軍隊到西方去打仗，這種做法是不懂得天道。西部邊疆沒有積存糧食，部隊沒有現成的軍餉，不事先墾地屯田，結果打仗時當天的軍糧還要靠當天籌集，這種做法是不懂得地利。兩漢進攻匈奴時，騎兵是從山東地區徵調來的，山東地區也即人們說的冀州北部地區，那裡出產戰馬，那裡的戰馬不僅優良，而且數量多，人人都學習騎馬作戰，除非是山東的騎兵部隊，否則無法討伐匈奴。而最近我們卻用步兵去同敵人的騎兵作戰，一百個步兵也難敵過一個騎兵，這種做法可以稱作是不懂人事。天時、地利、人事，執政者不事先在這三個方面考慮優劣得失就冒然出兵，所以把國家搞得疲憊不堪，最終也不能消滅那些力量並不太強的敵人，這都是不學無術的過錯啊！不訓練百姓就讓他們去作戰，這叫作禍害百姓，那麼執掌一國之政，卻不會指揮打仗，不把這種行為稱作禍害國家，行嗎？

某所注《孫武》❶十三篇，雖不能上窮天時，下極人事，然上至周、秦，下至長慶、寶曆❷之兵，形勢虛實，隨句解析，離❸為三編，輒❹敢獻上，以備閱覽。少希鑑悉苦心❺，即為至幸，伏增❻惶惕之至。某頓首再拜。

【章　旨】本章說明自己獻上《孫子注》的目的。

【注　釋】❶孫武　書名。即《孫子》。為春秋時期軍事家孫武所寫的一部兵書。❷寶曆　唐敬宗李湛的年號。西元八二五年至八二六年。❸離　分。❹輒　即時；就。❺少希句　我希望您能夠稍微留意一下我的一番苦心。少，通「稍」。稍微。鑑，留意。❻增　增添；更加。

【語　譯】我注釋的《孫子》十三篇，雖然上不能窮盡天道，下不能窮盡人事，然而上至周朝和秦朝，下至長慶、寶曆年間的戰爭形勢，以及雙方兵力的強弱虛實，我在注釋《孫子》字句時，對此都進行了分析。全書分為三編，完成後馬上就獻給您，供您閱覽。希望您能夠稍微留意一下我的一番苦心，我將為此感到萬分榮幸。我不勝惶恐之至，再三叩首拜上。

上宣州高大夫書

【題　解】宣州，地名。在今安徽省宣州市。高大夫，指高元裕。渤海人。字景圭。進士及第。曾任侍御史、諫議大夫、中書舍人等職。會昌年間，高元裕出任宣歙觀察使，治所在宣州。會昌四年（西元八四四年）至會昌六年（西元八四六年），杜牧任池州刺史，是高元裕的直屬下級。本文即杜牧在此期間寫給高元裕的一封信。本文列舉了大量的事實，批評了部分大臣輕視貴族子弟和科舉考試的傾向。

某頓首再拜。自去歲前五年，執事者❶上言，云❷科第之選，宜與寒士❸，凡為子弟❹，議不可進。孰於上耳❺，固於上心❻，上持下執❼，堅如金石，為子弟者魚潛鼠遁❽，無入仕路，某竊惑之。

【章　旨】本章開門見山，對輕視貴族子弟的傾向提出質疑。

【注　釋】❶執事者　執政的大臣。❷云　說。❸宜與句　應該多幫助出身貧寒的讀書人。與，幫助。❹子弟　指貴族子弟。❺熟於句　皇上聽這種意見聽多了。上，皇上。❻固於句　皇上就下了決心。固，指排斥貴族子弟的決心。❼上持句　君臣上下都堅持這一傾向。❽魚潛鼠遁　形容貴族子弟紛紛逃離科舉。唐朝後期，科舉考官多與貴族勾結，取士不公。唐武宗對有關人員予以懲處，結果矯枉過正，使考官不敢取貴族子弟，妨礙了貴族子弟的仕途之路。杜牧所指當為此事。

【語　譯】我再三叩頭拜上。五、六年以前，執政大臣上奏章，說朝廷舉行科舉考試、選拔人才時，應該多幫助那些出身貧寒的讀書人，凡是貴族子弟，最好不要錄取。皇上聽這種意見聽多了，於是就下了排斥貴族子弟的決心。君臣上下意見一致，都堅定不移地堅持這一點，結果使貴族子弟紛紛遠離科場，從而斷了入仕之路。對於朝廷這種做法，我大惑不解。

科第之設，聖祖神宗❶所以選賢才也，豈計子弟與寒士也。古之急於士者❷，取盜取

餽，取於夷狄，豈計其所由來❸，況國家設取士之科，而使子弟不得由之？若以科第之徒❹浮華輕薄，不可任❺以為治，則國朝自房梁公❻已降❼，有大功，立大節，率多❽科第人也。若以子弟生於膏粱❾，不知理道，不可與美名，不令得美仕❿，則自堯⓫已降，聖人賢人，率多子弟。凡此數者⓬，進退取捨⓭，無所依據，某所以憤懣而不曉也。

【章　旨】本章正面提出自己的觀點：不應該輕視貴族子弟，也不應該輕視科舉出身的人。

【注　釋】❶聖祖神宗　聖明的祖先。❷急於士者　急於重用人才者。❸所由來　出身。❹科第之徒　考中科舉的人。主要指進士。唐文宗時，丞相鄭覃認為進士浮華，建議取消科舉考試。後來，丞相李德裕也提出類似建議。鄭覃、李德裕二人均非科舉出身，他們的建議也未被朝廷採納。❺任　信任；依賴。❻房梁公　指房玄齡。唐齊州臨淄人。名喬，以字顯。隋朝時進士及第。唐初輔佐唐太宗，為當時名相，封梁國公。❼已降　以來。❽率多　大多。❾膏粱　比喻富貴人家。膏，肉之肥者。粱，食之精者。❿美仕　高官。⓫堯　人名。傳說時代的聖君。⓬數者　指輕視貴族子弟、輕視科舉進士等觀點。⓭進退句　重視提拔和輕視排斥。

【語　譯】設置科舉考試，是聖明的祖先用來選拔賢才的措施，豈能區別對待貴族子弟與寒門書生呢！古代那些急於選拔賢才的君主，有的選人才於盜賊之中，有的選人才於餽人之中，有的選人才於異族之中。根本不考慮這些人才的出身問題。更何況國家設置專門選拔人才的科舉考試，又怎可以把貴族子弟拒於科場之外呢？如果認為科舉出身的進士浮華輕薄、不可委以治國重任的話，那麼如何解釋唐朝自梁公房玄齡以來，建大功、立大節者大多都是科舉出身這一事實呢？如果認為貴族子弟生於富貴之家、不懂治國之道，因而不可給他美名、不可給他高官的話，那麼又如何解釋自堯以來，聖人賢人大多出自貴族子弟這一事實呢？所有這些論調，在重視提拔什麼人和輕視排斥什麼人的問題上，立論毫無依據，這就是我憤懣不已、難以理解的原因所在。

堯，天子子也；禹[1]，公子[2]也；文王[3]，諸侯孫與子也；武王[4]，文王子也；周公[5]，文王之子、武王之弟也；夫子[6]，天子裔孫宋公六代大夫子也[7]。春秋時，列國有其社稷各數百年，其良臣多出公族[8]及卿大夫子孫也。魯[9]之季友[10]、季文子[11]、叔孫穆子[12]、叔孫昭子[13]、孟獻子[14]，皆出於三桓[15]也。臧文仲[16]、武仲[17]出於公子彄[18]，柳下惠[19]出於公子無駭[20]。宋[21]之良臣，多出於戴[22]、桓[23]、武[24]、莊[25]之族也，舉其尤[26]者，華元[27]、子罕[28]、向戌[29]是也。衛[30]之良臣，亦公族及卿大夫之裔也，舉其尤者，公子荊[31]、公叔發[32]、公子朝[33]，皆公族也；子鮮[34]，公子也；史狗[35]、史魚[36]、甯武子[37]，卿大夫之裔也。齊[38]之晏嬰[39]，晏桓子[40]子也。曹[41]之子臧[42]，公子也。吳[43]之季札[44]，王子也。鄭[45]之良臣，皆公孫[46]公族也，舉其尤者，子封[47]、子良[48]、子罕[49]、子展[50]、子皮[51]、子產[52]、子張[53]、子太叔[54]是也。楚[55]之良臣，子囊[56]、子西[57]、子期[58]，皆王子也，子庚[59]王孫也。其卿大夫之裔，鬬氏[60]生令尹子文[61]，後有鬬辛[62]、鬬巢[63]、鬬懷[64]；蔿氏[65]生蔿賈[66]、孫叔敖[67]、薳啟彊[68]、薳子馮[69]、薳掩[70]、薳罷[71]；屈氏[72]生屈蕩[73]、屈到[74]、屈建[75]。六國[76]時，有昭奚恤[77]，公族也；屈原[78]，諸屈[79]後也。皆其祖先於武王、文王時基楚國為霸者[80]，用其子孫，其社稷垂九百餘年。至於晉國[81]最為強，其賢臣尤多，有趙氏、魏氏、韓氏、狐氏、中行氏、范氏、荀氏、羊舌氏、欒氏、郤氏、祁氏，其先皆武公[82]、獻公[83]、文公[84]勤勞臣也，用其子弟，召諸侯而盟之者，僅[85]三百年。在六國，齊之孟嘗[86]，趙[87]之平原[88]，魏[89]之信陵[90]，皆王子王孫也。齊復有司馬穰苴[91]，亦王族也。其在漢、魏已下，至於國朝，公族[92]之子弟，卿大夫之胄裔[93]，書於史氏[94]為偉人者，不可勝數，不知論聖賢才能，於子弟中復何如也？

【章旨】本章列舉大量歷史事實，以反駁輕視貴族子弟的觀點。

【注釋】❶禹 人名。傳說中的夏朝第一代君主。❷公子 諸侯的兒子。禹的父親叫鯀，鯀是堯的大臣。❸文王 指周文王姬昌。是著名的仁君。❹武王 指周武王姬發。他滅掉商朝，建立周朝。❺周公 名姬旦。周初名臣。❻夫子 指孔子。❼天子句 是在商朝天子後裔宋公手下連續六代任大夫的子孫。周武王滅商後，封商紂王的庶兄微子開於宋，孔子的先祖是宋國宗室，先後六代人在宋國任大夫，至防叔時，因宋國內亂，逃往魯國。防叔生伯夏，伯夏生叔梁紇，叔梁紇生孔子。孔子實為商朝天子的後裔。❽公族 國君家族的子弟。❾魯 周代的諸侯國。在今山東省南部一帶。始封祖是周公。❿季友 人名。魯莊公之弟，曾任魯相。⓫季文子 人名。即季孫行父。是季友之孫。先後輔佐魯國三代君主，忠誠勤儉。死後諡為「文」。⓬叔孫穆子 人名。即叔孫豹。魯國大夫。死後諡為「穆子」。⓭叔孫昭子 人名。即叔孫婼。叔孫豹之子。魯國大夫。死後諡「昭子」。⓮孟獻子 人名。魯國大夫。⓯三桓 春秋魯國的大夫孟孫、叔孫、季孫，都是魯桓公的後代，故稱三桓。三桓勢力日強，分領三軍，實際掌握了魯國政權。⓰臧文仲 人名。即臧孫辰。魯國大夫。死後諡「文仲」。⓱武仲 人名。即臧孫紇。魯國大夫。死後諡「武仲」。⓲公子彄 人名。魯國貴族。⓳柳下惠 人名。即魯國大夫展禽。字季。他的封地在柳下，死後諡為惠，故稱柳下惠。⓴公子無駭 人名。魯國貴族。㉑宋 周代的諸侯國。在今河南省商丘市一帶。㉒戴 指宋國君主宋戴公。㉓桓 指宋國君主宋桓公。名御說。㉔武 指宋國君主宋武公。名司空。為宋戴公之子。㉕莊 指宋國君主宋莊公。名馮。㉖尤 突出；優秀。㉗華元 人名。宋國大夫。歷事文公、共公、平公三君。㉘子罕 人名。又名司城子罕。宋國大夫。㉙向戌 人名。宋國大夫。曾提出弭兵主張。㉚衛 周代的諸侯國。在今河北省南部和河南省北部一帶。㉛公子荊 人名。衛國大夫。曾得到過孔子的稱讚。㉜公叔發 人名。衛國大夫。為人廉靜。也曾得到過孔子的稱讚。㉝公子朝 人名。衛國大夫。㉞子鮮 人名。衛國大夫。㉟史狗 人名。衛國大夫。㊱史魚 人名。衛國大夫。(37)甯武子　人名。即甯俞。衛國大夫。(38)齊　周代的諸侯國。在今山東省北部一帶。(39)晏嬰　人名。字平仲。齊國著名的政治家。(40)晏桓子　人名。即晏弱。齊國大夫。(41)曹　周代的諸侯國。在今山東省定陶縣。(42)子臧　人名。曹國大夫。(43)吳　周代的諸侯國。在今長江下游一帶。(44)季札　人名。吳王壽夢的少子。壽夢欲傳位給季札，季札不受。以賢良博學著名。(45)鄭　周代的諸侯國。在今河南省新鄭縣一帶。(46)公孫　國君的孫子。(47)子封　人名。鄭國大夫。(48)子良　人名。鄭國大夫。(49)子罕　人名。鄭國大夫。(50)子展　人名。鄭國大夫。(51)子皮　人名。名虎。鄭國大夫。退職後，舉子產自代。(52)子產　人名。鄭國大夫。名僑，字子產，又字子美。著名的政治家。孔子稱他為古之遺愛。(53)子張　人名。鄭國大夫。(54)子太叔　人名。鄭國大夫。(55)楚　周代的諸侯國。原在今湖北省和湖南省一帶，後擴展到今河南省、安徽省等地。(56)子囊　人名。楚國大夫。(57)子西　人名。楚國大夫。(58)子期　人名。楚國大夫。(59)子庚　人名。楚國大夫。(60)鬬氏　鬬氏家族。(61)子文　人名。楚國大夫。曾擔任令尹一職。令尹相當於中原國家的相。(62)鬬辛　人名。楚國大夫。(63)鬬巢　人名。楚國大夫。(64)鬬懷　人名。楚國大夫。(65)蔿氏　蔿氏家族。(66)蔿賈　人名。楚國大夫。(67)孫叔敖　人名。蔿賈之子。曾三次擔任令尹一職，政績突出。(68)薳啟彊　人名。楚國大夫。(69)薳子馮　人名。楚國大夫。(70)薳掩　人名。楚國大夫。(71)薳罷　人名。楚國大夫。(72)屈氏　屈氏家族。(73)屈蕩　人名。楚國大夫。(74)屈到　人名。楚國大夫。(75)屈建　人名。楚國大夫。(76)六國　指戰國時期楚、齊、燕、韓、魏、趙六國。另加秦，並稱七國。(77)昭奚恤　人名。楚國大夫。(78)屈原　人名。名平，字原。曾在楚國任左徒、三閭大夫。後被放逐，作〈離騷〉等詩，對後世文學影響很大。屈原見楚國政治腐敗，無力挽救，於五月五日投汨羅江而死。(79)諸屈　指屈氏家族。諸，眾。(80)皆其句　他們的祖先都是在楚武王、楚文王時為後來的楚國霸業奠定基礎的人。武王，指楚武王熊通。文王，指楚文王熊貲。基，奠基。(81)晉國　周代的諸侯國。在今山西省、河北省的南部和陝西省的中部等地。(82)武公　指晉國君主晉武公。殺哀侯及小子侯，又伐滅晉侯緡以自立。(83)獻公　指晉國君主晉獻公。晉武公之子。名詭諸。(84)文公　指晉國君主晉文公。晉獻公之子。名重耳。為春秋五霸之一。(85)僅　將近。(86)孟嘗　指孟嘗君。姓田，名文。戰國時齊國貴族，曾任相國。好客，養門客數千人。與魏國的信陵君、趙國的平原君、楚國的春申君合稱「四公子」。(87)趙　周代的諸侯國。戰國七雄之一。原為晉國的一部分。在今山西省北部、河北省西部和南部一帶。(88)平原　指平原君。名趙勝。趙國貴族，曾三次任相。相傳有門客三千人。(89)魏　周代的諸侯國。戰國七雄之一。原為晉國的一部分。在今河南省北部和山西省西南部一帶。(90)信陵　指信陵君。名無忌。魏國貴族。有門客數千。曾竊符救趙，後率五國兵，大破秦軍。(91)司馬穰苴　人名。春秋時的名將。有《司馬穰苴兵法》。(92)公族　這裡指皇族。(93)冑裔　子孫後代。(94)史氏　史官；史學家。

【語　譯】堯，是天子的兒子；禹，是公侯的兒子；文王，是諸侯的子孫；武王，是文王的兒子；周公，是文王的兒子，是武王的弟弟；孔子，是天子的後裔，是在宋國六代當大夫的家族的子孫。春秋時期，各諸侯國保有自己的社稷都長達數百年，他們的良臣大多都是國君和卿大夫的子孫。魯國的季友、季文子、叔孫穆子、叔孫昭子、孟獻子，都是魯桓公的後代。臧文仲、武仲是公子彄的子孫，柳下惠是公子無駭的子孫。宋國的良臣，大多是戴公、桓公、武公、莊公的後代，我們列舉其中突出的，如華元、子罕、向戌等即是。衛國的良臣，也都是國君及其卿大夫的後代，其中突出的，如公子荊、公叔發、公子朝，都是國君的子孫；子鮮，是國君的兒子；史狗、史魚、甯武子，是卿大夫的後代。齊國的晏嬰，是齊國大夫晏桓子的兒子。曹國的子臧，是曹國君主的兒子。吳國的季札，是吳國國王的兒子。鄭國的良臣，也都是君主的後裔，其中突出的，如子封、子良、子罕、子展、子皮、子產、子張、子太叔即是。楚國的良臣，如子囊、子西、子期，都是楚王的兒子，子庚是楚王的孫子。楚國卿大夫的後代也有許多良臣，如鬬氏家族出了一位令尹子文，後來還有鬬辛、鬬巢、鬬懷；蔿氏家族有蔿賈、孫叔敖、薳啟彊、薳子馮、薳掩、薳罷；屈氏家族有屈蕩、屈到、屈建。戰國時期，楚國的昭奚恤，是國君的後代；屈原，是屈氏家族的後代。他們的祖先都是在楚武王、楚文王時期為楚國霸業奠定基礎的人。楚國重用他們的子孫，使楚國的政權存在長達九百餘年。至於晉國，是當時最強大的國家，它的賢臣最多，有趙氏家族、魏氏家族、韓氏家族、狐氏家族、中行氏家族、范氏家族、荀氏家族、羊舌氏家族、欒氏家族、郤氏家族、祁氏家族，這些家族的祖先都是武公、獻公、文公時勤勞為國的功臣，晉國重用這些功臣的後代，使晉國成為能夠召集諸侯、訂立盟約的霸主，強盛的時間長達近三百年。戰國時期，齊國的孟嘗君，趙國的平原君，魏國的信陵君，都是國君的兒子或孫子。齊國還有司馬穰苴，他也是出身於國君家族。從漢、魏以後，一直到唐朝，皇族的子弟，卿大夫的後裔，被載入史書而成為歷史偉人的，不可勝數。真不知道在談論聖人賢才之時，究竟應該如何評價貴族子弟。

言科第浮華，輕薄不可任用，則國朝房梁公玄齡，進士也，相太宗凡二十一年，為唐宗臣[1]，比之伊[2]、呂[3]、周[4]、邵[5]者。郝公處俊[6]，亦進士也，為宰相時，高宗[7]欲遜位與武后[8]，處俊曰：「天下者，高祖[9]、太宗之天下，非陛下之有，但可傳之子孫，不可私以與后。」高宗因止。來濟[10]、上官儀[11]、李玄義[12]，皆進士也，後為宰相，濟助長孫太尉[13]、褚河南[14]共摧[15]武后者，後突厥[16]入塞[17]，免冑戰死[18]，儀草廢武后詔，玄義助處俊言不可以位與武后。婁侍中師德[19]，亦進士也，吐蕃[20]強盛，為監察御史，以紅抹額應猛士詔[21]，躬衣皮袴[22]，率士屯田，積穀八百萬石，二十四年西征，兵不乏食；薦狄公[23]為相，取中宗[24]於房陵[25]，立為太子。漢陽王張公柬之[26]，亦進士也，年八十為相，敺致四王[27]，手提[28]社稷，上還中宗[29]。郭代公元振[30]，亦進士也，鎮涼州[31]僅十五年，北郤[32]突厥，西走[33]吐蕃，制地[34]一萬里，握兵三十萬，武氏[35]惕息[36]不敢移唐社稷。魏公知古[37]，亦進士也，為宰相，廢太平公主[38]謀以佐玄宗[39]，及卒也，宋開府[40]哭之曰：「叔向[41]古之遺直[42]，子產古之遺愛[43]，兼而有者，其魏公乎。」姚梁公元崇[44]登第，下筆成章，舉首[45]。佐玄宗起中興業，凡三十年，天下幾無一人之獄。宋開府璟，亦進士也，與姚唱和[46]，致開元[47]太平者。劉幽求[48]登制策科[49]，與玄宗徒步誅韋氏[50]，立睿宗[51]者。蘇氏父子[52]，皆進士也。大許公[53]為相於武后朝酷吏中，不失其正，於中宗朝，誅反賊鄭普思[54]於韋后黨中；小許公[55]佐玄宗朝，號為蘇、宋(56)。張燕公說(57)登制策科，排張易之(58)兄弟，贊(59)睿宗請玄宗監國，竟誅太平公主，招置文學士，開內學館(60)，玄宗好書尚古，封中太山(61)，祀后土(62)，因(63)燕公也。張曲江九齡(64)，亦進士也，排李林甫(65)、牛仙客(66)，罵張守珪(67)不斬安祿山(68)，謫老南服(69)，年未七十。張巡(70)，亦進士也，凡三入判等(71)，以兵九千守睢陽城(72)，凡周歲，拒賊十三萬兵，使賊不能東進尺寸，以全江淮(73)。元和(74)中，宰相河東司空公(75)，中書令(76)裴公(77)，皆進士也，裴公仍再得宏辭制策科(78)。當貞元(79)時，河北(80)叛，齊、蔡亦叛(81)，階此蜀亦叛(82)，吳亦叛(83)，其他未叛者，皆高下其目(84)，熟視朝廷，希嚮強弱(85)，而施其所為。司空公始相憲宗(86)，廢權倖之機牙(87)，令不得張(88)，收斂百職(89)，歸於有司(90)，命節度使出朝廷，不由兵士(91)，拔取沉滯(92)，各還其官，然後西取蜀，東取吳，天下仰首(93)，始見白日。裴公撫安魏博(94)，使田氏(95)盡忠，剪蔡劇賊於洛師脅下(96)，招來常山(97)，質其二子以累其心(98)，取十三城使不得與齊交手為寇(99)，因誅師道(100)，河南(101)盡平。當是時，天下幾(102)至於太平。凡此十九公，皆國家與之存亡安危治亂者也，不知科第之選，復何如也？

【章旨】本章列舉大量歷史事實，以反駁輕視進士的觀點。

【注釋】❶宗臣　人人崇仰的大臣。宗，尊崇。❷伊　指伊尹。商湯時的名臣。名摯。❸呂　指呂尚。又叫姜尚、姜太公、太公望。周初人，先後輔佐周文王和周武王。滅商建周後，被封於齊。❹周　指周公。❺邵　指召公奭。周初名臣。❻

郝公處俊　即郝處俊。唐安陸人。進士及第。先後任吏部侍郎、中書令等職。⑦高宗　指唐高宗李治。⑧武后　即武則天。并州文水人。姓武，名曌。先為太宗才人，後為高宗皇后。她逐漸掌握政權，在高宗死後，自稱神聖皇帝，改國號為周，是中國古代唯一的女皇帝。⑨高祖　指唐高祖李淵。唐朝的第一代皇帝。⑩來濟　人名。唐江都人。進士及第。曾任中書令。因反對立武后被貶。⑪上官儀　人名。唐陝州人。字游韶。進士及第。先後任弘文館學士、西臺侍郎等職。因反對武則天，為武則天所忌。後因事下獄死。⑫李玄義　人名。可能指李義琰。李義琰，昌樂人。進士及第。高宗欲使武后代攝國政，李義琰與郝處俊二人堅決反對。⑬長孫太尉　指長孫無忌。字輔機。佐唐太宗定天下，功第一，任吏部尚書，封趙國公。高宗初進太尉。因反對立武曌為后，被流放黔州。⑭褚河南　指褚遂良。字登善。歷任諫議大夫、尚書右僕射等職，封河南郡公。因反對立武曌為后，被貶。⑮摧　打擊；反對。⑯突厥　古代民族名。⑰塞　邊疆。⑱免胄句　不戴頭盔而戰死。胄，頭盔。來濟被貶為庭州刺史時，突厥入侵，來濟有意不戴頭盔戰死。⑲婁侍句　即婁師德。唐鄭州原武人。字宗仁。進士及第。武后時，官至同鳳閣鸞臺平章事，掌朝政。⑳吐蕃　異族政權名。由中國古代藏族所建。㉑以紅句　用紅巾束額頭前去應徵。以紅抹額，用紅巾纏額。這是古代武士的一種裝束。㉒躬衣句　親自穿著皮製軍服。躬，親自。衣，穿。袴，指袴韝。即軍裝。㉓狄公　指狄仁傑。唐并州太原人。字懷英。先後任大理丞、豫州刺史、同平章事。力勸武后立子為唐嗣。㉔中宗　指唐中宗李顯。為唐高宗和武則天之子。曾一度被貶為廬陵王，居於房陵。㉕房陵　地名。在今湖北省房縣。㉖張公柬之　即張柬之。唐襄州襄陽人。字孟將。進士及第。先後任合州刺史、鳳閣鸞臺平章事等職。武后病重時，張柬之首謀迫武后歸政，殺張易之兄弟，復中宗帝位。封漢陽郡公。一說封漢陽郡王。後被誣陷，貶死。㉗敺致句　招來四位王侯。張柬之誅張易之、迫武則天退位時，聯合了許多人，其中有王府之人，如相王府司馬袁恕己；有的後來被封為郡王，如李多祚。所謂「四王」可能指此而言。敺，同「驅」。㉘手提　掌握。㉙上還句　奉唐中宗復位。㉚郭代句　指郭元振。唐魏州貴鄉人。名震，字元振。進士及第。曾任涼州都督、安西大都護、兵部尚書等職。封代國公。㉛涼州　地名。轄區在今甘肅、清海二省境內。㉜卻　打退。㉝走　打退。㉞制地　管理的土地。㉟武氏　指武則天及其武氏家族。㊱惕息　不敢喘息。形容極其恐懼。㊲魏公知古　即魏知古。唐陸澤人。進士及第。先後任黃門侍郎、侍中等職。封梁國公。㊳太平公主　唐高宗之女，武則天所生。因擁立中宗、睿宗有功，權勢漸大。後謀廢太子李隆基（玄宗），事敗被殺。㊴玄宗　指唐玄宗李隆基。㊵宋開府　指宋璟。唐邢州南和人。進士及第。先後任御史中丞、丞相等職。封廣平郡公。開府，建立府署，辟置僚屬。只有高級官員纔有開府的資格。這裡用作對宋璟的尊稱。㊶叔向　人名。即羊舌肸，又叫叔肸，字叔向。春秋時期晉國人。博學多聞，能以禮治國。㊷遺直　有古人的正直遺風。㊸遺愛　有古人的愛人遺風。㊹姚梁公元崇　即姚崇。唐陝州硤石人。本名元崇，後改名崇。進士及第。先後任鳳閣侍郎、丞相等職。封梁公。㊺舉首　考試列為優等。㊻唱和　配合。㊼開元　唐玄宗李隆基的年號。西元七一三年至七四一年。為唐朝鼎盛時期。㊽劉幽求　人名。唐武強人。中制舉科。先後任中書舍人、尚書左丞相等職。㊾制策科　又叫制舉。是唐代選拔人才的方法之一。由皇帝親自詔試的叫制舉。㊿韋氏　指唐中宗李顯的皇后韋后。中宗復位後，韋后與安樂公主、武三思等人勾結，專朝政。後弒帝而立溫王。李隆基（玄宗）與大臣合謀殺韋后，奉相王李旦（睿宗）復位。(51)睿宗　指唐睿宗李旦。(52)蘇氏句　指蘇瓌和蘇頲父子。蘇瓌，京兆武功人，字昌容。進士及第。歷任尚書左丞、尚書右僕射等職。封許國公。蘇頲，為蘇瓌之子，字幼悟。進士及第。先後任中書舍人、同平章事。襲封許國公。(53)大許公　指蘇瓌。(54)鄭普思　人名。鄭與其妻以妖術得寵於唐中宗和韋后，後又陰謀發動叛亂，蘇瓌力請誅之，乃被流放到儋州。(55)小許公　指蘇頲。(56)蘇宋　指蘇頲和宋璟。開元年間，蘇、宋二人同執國政，配合默契。(57)張燕公說　即張說。唐河南洛陽人。字道濟，一字說之。先後任鳳閣舍人、同平章事、左丞相等職。封燕國公。(58)張易之　人名。唐定州義豐人。與其弟張昌宗同仕於武后朝，是武后的寵臣。人稱易之為「五郎」，昌宗為「六郎」。後被張柬之所殺。(59)贊　輔佐。(60)內學館　指設在宮內的學館。玄宗在張說的倡議下，開館置學士，如改集仙殿為集賢殿，設集賢殿書院，張說即為學士，並負責管理書院。(61)封中句　在泰山上祭天。封，帝王築壇祭天。太山，山名。即泰山。在今山東省境內。(62)祀后土　在泰山下梁父山上闢場祭地。后土，土神。帝王在泰山祭天叫封，在梁父山祭地叫禪，歷代帝王都把封禪看作國家大典。(63)因　依靠。(64)張曲句　即張九齡。字子壽。進士及第。開元年間任丞相。因為他是韶州曲江人，故稱「張曲江」。(65)李林甫　人名。唐宗室。小字哥奴。玄宗時任丞相，為歷史上著名的奸相，世稱「口蜜腹劍」。(66)牛仙客　人名。唐鶉觚人。先後任洮州司馬、工部尚書、左相等職。封豳國公。(67)張守珪　人名。唐陝州人。先後任瓜州刺史、輔國大將軍等職。(68)安祿山　人名。唐營州柳城奚族人。曾在張守珪部下任小將，犯罪當死，張守珪因愛才免其死罪。後出兵失敗，張守珪把他送入長安治罪，被玄宗赦免。玄宗時，任平盧、范陽、河東三鎮節度使的安祿山起兵反叛，先後攻陷洛陽、長安，稱雄武皇帝，國號燕。後被其子安慶緒所殺。(69)謫老句　因事被貶，老死於南方。張九齡與李林甫、牛仙客不和，罷相後，又因薦人不當被貶為荊州長史。南服，南方。(70)張巡　人名。唐鄧州南陽人。進士及第。任真源令。安祿山叛亂時，張巡與許遠合兵守睢陽，拜御史中丞。後城陷被殺。(71)入判等　又叫入等。唐代考試官吏，有試判一項，凡文理優長被錄取的，叫入等或入判等。這句話是說，張巡三次參加官吏考試，都順利通過。(72)睢陽城　地名。在今河南省商丘縣南。(73)江淮　地名。泛指今江蘇、安徽二省。因這二省處於長江、淮河流域，故稱。(74)元和　唐憲宗李純的年號。西元八〇六年至八二〇年。(75)河東司空公　指杜黃裳。唐萬年人。字遵素。進士及第。先後任門下侍郎、同平章事等職。力主打擊藩鎮，整肅綱紀，執政期間，號為中興。杜黃裳最終任河中節度使，河中在黃河以東，故名稱前加「河東」。杜黃裳曾任檢校司空，故稱「司空公」。(76)中書令　官名。為中書省長官。相當於丞相。(77)裴公　指裴度。唐聞喜人。字中立。進士及第。憲宗時任同平章事，力主討伐叛軍。後以功封晉國公，主持朝政。(78)宏辭制策科　選用人才的科目之一。宏辭，又叫博學弘辭。科舉的一種名目。制策科，即制舉。見(49)。(79)貞元　唐德宗李适的年號。西元七八五年至八〇四年。(80)河北　地名。指黃河以北地區。建中年間，河北地區的盧龍節度使朱滔反，自稱大冀王；恒冀都團練觀察使王武俊反，自稱趙王；魏博節度使田悅反，自稱魏王。這些叛亂一直延續至貞元年間。(81)齊蔡句　盤據齊地（今山東省一帶）的平盧節度使李正己於建中二年死，其子李納反。蔡州（今河南省汝南縣）的淮寧軍節度使李希烈反，後又有吳少誠、吳元濟等人反。(82)階此句　趁此機會，蜀地的劉闢也反叛了。階，趁。(83)吳亦叛　吳地（今江浙一帶）的浙西節度使李錡也反叛了。(84)高下其目　形容密切注意形勢的發展。(85)希嚮句　弄清朝廷與叛軍的強弱形勢，去支持響應強大的一方。希，迎合。(86)憲宗　指唐憲宗李純。(87)廢權句　打擊權奸勢力的要害之處。權倖，指有權勢的壞人。機牙，弩上發箭的含矢之處和鉤絃制動的機件。比喻要害或關鍵。(88)張　施展；做壞事。(89)收斂句　把各種職權收歸朝廷。(90)有司　專門負責某一事務的官署。(91)不由句　不再由各鎮將士決定。唐中後期藩鎮軍隊強大，朝廷多取姑息態度，各鎮節度使死後，新的節度使人選則由各鎮將士自己決定，朝廷僅發文承認而已。(92)沉滯　處於下層的有才之人。這裡特指受過惡勢力打擊、被貶謫的原朝廷官員。(93)仰首　抬頭。(94)魏博　方鎮名。治所在魏州（今河北省魏縣）。(95)田氏　指田弘正。元和七年，魏博節度使田季安死，田弘正為將士所擁立，弘正便歸順朝廷，唐憲宗任他為檢校工部尚書、魏博節度使。後來，田弘正出兵幫助朝廷討伐吳元濟、李師道的叛軍。(96)洛師脅下　東都洛陽附近。洛師，地名。指洛陽。脅下，比喻很近。(97)常山　代指恒冀（又叫成德）節度使王承宗。常山，地名。即常山郡。又叫恒山郡、鎮州、恒州。在今河北省正定縣。當時是恒冀節度使的治所。蔡州的吳元濟被討平後，割據一方的恒冀節度使王承宗十分恐慌，送其二子入朝為人質，並獻上德、棣二州。(98)累其心　使他的思想有所牽掛顧忌。(99)取十句　占取德州、棣州境內的十三座城池，使他不能與割據齊地的平盧節度使李師道聯合反叛。十三城，指王承宗獻給朝廷的德、棣二州境內的十三座城池。這二州正處於恒冀鎮與平盧鎮之間。齊，指平盧節度使李師道。李納死後，其子李師古繼之；李師古死，其弟李師道又繼之。交手，聯合。(100)師道　即李師道。元和十四年，李師道被其部將劉悟所殺。(101)河南　地名。泛指黃河以南地區。(102)

幾 幾乎；差一點。

【語　譯】有人說科舉出身的人浮華輕薄，不可重用，然而我們唐朝的梁公房玄齡，就是一位進士，他輔佐唐太宗長達二十一年之久，成為唐朝受人敬仰的大臣，人們把他比作伊尹、呂尚、周公和邵公。郝處俊也是一位進士，在他當丞相時，高宗皇帝想把帝位讓給武后，郝處俊反對說：「現在這個天下，是高祖皇帝和太宗皇帝打下的天下，並非陛下您個人所有，您只能把天下傳給子孫，不能私下送給皇后。」高宗皇帝聽了便中止了這個念頭。來濟、上官儀和李玄義，都是進士，後來還當了丞相，來濟幫助長孫無忌和褚遂良一起打擊武后，後來突厥入侵，來濟不戴頭盔戰死疆場；上官儀起草廢除武后的詔書，李玄義幫助郝處俊勸說高宗不可把帝位讓給武后。侍中婁師德，也是一位進士，在吐蕃強盛時，婁師德任監察御史，朝廷為防禦吐蕃徵召勇士，他便以紅巾裹頭前去應徵，他親自穿著皮製軍衣，率領將士在邊疆墾田，積累了八百萬石軍糧，在二十四年的西征吐蕃時期，部隊沒有缺過糧食；他還推薦狄仁傑出任宰相，把中宗皇帝從房陵迎回長安，立為太子。漢陽郡王張柬之也是一位進士，他八十歲時擔任宰相，聯合四位侯王，身繫社稷安危，終於恢復了中宗的帝位。代國公郭元振，也是一位進士，他鎮守涼州近十五年，打退了北方的突厥，擊潰了西方的吐蕃，他管理著一萬里土地，指揮著三十萬大軍，武后為此異常恐懼，不敢篡奪唐朝政權。魏知古也是一位進士，他當過宰相，粉碎了太平公主的陰謀，幫助了玄宗皇帝，在他去世之後，宋璟痛哭流涕，說：「叔向具有古人的正直遺風，子產具有古人的愛人遺風，兼有這兩種遺風的，大概就是魏公了。」梁公姚崇進士及第，他下筆成章，考試列為優等，他輔佐玄宗皇帝，建立了中興大業，前後三十年間，全國幾乎沒有發生一個案件。宋璟同樣是一位進士，他與姚崇相互配合，開創了開元年間的太平盛世。劉幽求考中制策科，他與玄宗皇帝一起步行去殺掉了韋氏，擁立睿宗皇帝。蘇氏父子都是進士，大許公蘇瓌在武后時任宰相，那時朝中的酷吏極多，而蘇瓌卻能辦事不失公平；在中宗皇帝時，他殺掉了亂臣賊子、韋后的死黨鄭普思。小許公蘇頲輔佐玄宗皇帝，與宋璟一起被時人稱為「蘇宋」。燕國公張說考中制策科，他打擊張易之兄弟，幫助睿宗皇帝請玄宗皇帝出來處理國政，並最終誅殺了太平公主，他還提倡設置文學士，在宮內開辦學館，玄宗皇帝愛好讀書，崇尚古代賢人，曾登泰山祭天，在梁父山祭地，這一切靠的都是張說的幫助和引導。曲江人張九齡，也是一位進士，他反對奸相李林甫和牛仙客，大罵不斷安祿山的張守珪，當他被貶後死於南方時，還不到七十歲。張巡也是一位進士，他先後三次通過官吏考試，後來率領九千將士守衛睢陽城，堅持整整一年，抗拒了十三萬叛軍，使叛軍無法向東前進一步，從而保全了江淮地區。元和年間，宰相、河中節度使、檢校司空杜黃裳，還有中書令裴度，都是進士，裴度還再次考上了宏辭制策科。在此前的貞元年間，河北地區反叛，接著，齊地、蔡州跟著反叛，趁此機會，蜀地也叛亂了，吳地也叛亂了，其他沒有反叛的藩鎮，也都睜大了眼睛，密切注視著朝廷的動向，他們打算根據朝廷與叛軍的強弱變化形勢，來採取各自的相應行動。司空公杜黃裳在憲宗朝剛擔任宰相，就打擊當權壞人的要害之處，使他們不能為所欲為，然後收回各種職權，歸之於朝廷的有關部門，還命令今後的節度使由朝廷任命，不再由各藩鎮的將士決定，並且為受過權奸迫害的朝臣們平反，讓他們官復原職，其後討平西邊蜀地的叛亂和東邊吳地的叛亂，天下百姓這纔能抬頭重見天日。裴度安撫魏博鎮，使魏博節度使田弘正效忠於朝廷，從而在東都洛陽附近消滅了強悍的蔡地叛軍，裴度還招降了恒冀節度使王承宗，把他的兩個兒子送到京城作人質，使他的心裡有所牽扯和顧忌，並從恒冀鎮割取十三座城池，使恒冀鎮與齊地的平盧鎮不能聯合起來反叛，因而使朝廷能夠滅掉反叛的平盧節度使李師道，河南地區的叛亂從此完全被平息。那個時候，整個天下幾乎就要太平無事了。以上所列舉的這十九位公卿，都是一些決定著國家安危存亡的賢臣。我真不知道對科舉考試這項制度，該作出什麼樣的評價？

至於智效一官❶，忠立一節，德行文學，不可悉數❷。董生❸云：「《春秋》❹之義，變古則譏之。」傅說❺命高宗❻曰：「鑑于先王成憲❼，其以永無愆❽。」故殷❾道復興。〈鴻鴈〉❿美周宣王⓫能復先王之道。西漢魏相⓬佐漢宣帝⓭為中興，但能奉行漢家故事⓮。姚梁公佐玄宗，亦以務舉⓯貞觀⓰之法制耳。自古及今，未有背本棄古而能致治⓱者。

【章　旨】本章是一個簡短的總結：認為進士是有用之才，因而先人制定的科舉考試不可改變。

【注　釋】❶智效一官　指智慧能夠勝任一個官職的進士。效，勝任。❷悉數　全部列舉。悉，全部。❸董生　指董仲舒。西漢廣川人。先後任博士、江都相、膠西王相等職。他推崇儒術，抑黜百家，著有《春秋繁露》等書。❹春秋　書名。編年體史書，據說是孔子依據魯國史書修訂而成。❺傅說　人名。為商朝的相，他幫助商王武丁使商王朝中興。❻高宗　即商王武丁。❼成憲　現成的法令。憲，法令。❽無愆　不出過錯。愆，過錯。❾殷　商朝。❿鴻鴈　《詩經》中的一篇。⓫周宣王　名姬靜。他是周厲王之子。他在位期間，重用賢人，國力一度強盛，史稱中興。⓬魏相　人名。西漢濟陰人。字弱翁。漢宣帝時任丞相。封高平侯。⓭漢宣帝　名劉詢。漢武帝曾孫。在位期間，勵精圖治，任賢用能，減輕賦稅徭役。⓮故事　指原定的法令。⓯務舉　努力執行。⓰貞觀　唐太宗李世民的年號。西元六二七年至六四九年。當時政治清明，國泰民安，史稱「貞觀之治」。⓱致治　實現天下太平的目的。治，安定。

【語　譯】至於說才智能夠勝任一個官職、忠於朝廷並能在某一方面保持操守、有德行、有文學才能的進士，我無法一一列舉。董仲舒說：「《春秋》的主要旨意，就是批評改變古制的言行。」傅說教導高宗武丁說：「要借鑑古代聖君制定的法令，這樣就永遠不會犯錯誤。」所以商朝政治再次中興。〈鴻鴈〉讚美周宣王能夠恢復古代聖王的政治法令。西漢的魏相輔佐漢宣帝建立中興大業，就是因為他們能夠奉行漢朝原先制定的法令原則。梁國公姚崇輔佐唐玄宗時，他努力做的也就是要執行貞觀年間的法律制度。從古至今，從未有過背棄根本原則、拋棄先人制度而能使天下太平的事情。

昨獲覽三郎❶秀才新文，凡十篇，數日在手，讀之不倦。其旨意所尚❷，皆本仁義而歸忠信，加以辭采遒茂❸，皎無塵土❹。況有誠明長厚之譽於千人中，儻使前五六年得進士第，今可以出入❺諫官、御史，助明天子為治矣。古人云「三月不仕，則相弔❻」，安有凡五六年來，選取進士，施設網罟❼，如防盜賊。言子弟者，噎啞抑鬱❽，思一解布衣❾，與下士齒❿，厥路無由⓫，於古今未前聞也。

某因覽三郎文章，不覺發憤⓬，略言大概，干觸尊重⓭，無任⓮惶懼。某再拜。

【章　旨】本章讚美三郎的文才德行，說明自己寫作本文的緣起。

【注　釋】❶三郎　人名。根據文義，三郎應為高元裕之子。高元裕有子叫高璩，進士及第，先後任中書侍郎、同平章事等職。不知三郎與高璩是否一人。郎，對少年的稱呼。❷所尚　所重視的。❸遒茂　剛健豐美。遒，剛健。❹皎無句　高潔完美而無缺陷。塵土，比喻缺陷。❺出入　擔任。❻弔　安慰。❼網罟　比喻障礙。罟，網。❽噎啞句　不敢作聲，心情抑鬱。噎，咽喉被堵塞。❾一解布衣　指脫下布衣，進入仕途。布衣，為百姓穿的粗布衣服。❿與下句　當一名低級官員。下士，官名。周代設士，分上、中、下三等。這裡泛指下等官員。齒，並列。⓫厥路句　連這條都走不通。厥，那。厥路指當下士之路。由，通過。⓬發憤　發洩心中的憤懣。⓭干觸句　打擾了尊貴的您。干，冒犯。⓮無任　不勝。

【語　譯】這些天我拜讀了三郎秀才新創作的文章，總共有十篇，幾天來我一直在反覆閱讀，愛不釋手。文章所強調的主題，都是立足於仁義而歸之於忠信，再加上文辭剛健豐美，高潔完美而無缺陷，更何況三郎的誠實、明智、長厚的美德受到了千萬人的讚譽。假如在五六年以前三郎就能考中進士的話，那麼他現在就可以擔任諫官、御史一類的官職，就可以幫助皇上治理天下了。古人說：「三個月無官可當，就要去安慰他了。」豈能在長達五六年期間內選取進士時，故意設置障礙，提防貴族子弟猶如提防盜賊一樣！一說到自己是貴族子弟，就會心情壓抑，不敢作聲，要想脫下布衣進入仕途，當一名下級官員，對貴族子弟來說也是此路不通，從古至今，這是從未聽說過的事情。

因為拜讀三郎的文章，我不知不覺地想發洩一下心中的憤懣，於是就把自己的想法大略地談一談，為此打擾了您，不勝惶恐。我再三拜上。

上李中丞書

【題解】李中丞，指李款。李款曾任侍御史，唐代的侍御史又稱御史中丞。李款曾因彈劾鄭注而被逐出朝廷，鄭注死後，李款回朝任諫議大夫。後又出任蘇州刺史、江西觀察使等職。這篇文章大約寫於會昌二年（西元八四二年），當時杜牧四十歲，任黃州刺史。文中回顧了自己入仕後的情況以及與李款的交往，表達了希望得到對方引薦的願望。

某入仕十五年間，凡四年在京，其間臥疾乞假，復居其半。嗜酒好睡，其癖已痼[1]，往往閉戶便經[2]旬日，弔慶參請[3]，多亦廢闕[4]。至於俯仰進趨[5]，隨意所在，希時徇勢[6]，不能逐人[7]。是以官途之間，比之輩流[8]，亦多困躓[9]。自顧[10]自念，守道不病[11]，獨處思省[12]，亦不自悔。然分於當路[13]，必無知己，默默成戚[14]，守日待月，冀[15]得一官，以足衣食。一自拜謁門館[16]，似蒙獎飾[17]，敢以惡文[18]連進机案[19]，特遇采錄[20]，更不因人[21]，許可指教[22]，實為師資[23]，接遇之禮過等[24]，詢問之辭悉纖[25]。雖三千里僻守小郡[26]，上道之日，氣色濟濟[27]，不知沉困之在己[28]，不知昇騰[29]之在人，都門[30]帶酒，笑別親戚。斯乃[31]大君子[32]之遇難逢，世途之不偶[33]常事，雖為遠宦，適足自寬[34]。

某世業[35]儒學，自高、曾[36]至于某身，家風不墜[37]，少小孜孜，至今不怠。性顓固[38]，不能通經㊴。于治亂興亡之跡，財賦兵甲之事，地形之險易遠近，古人之長短得失，中丞即歸廊廟㊵，宰制在手㊶，或因時事召置堂下，坐之㊷與語，此時迴顧諸生㊸，必期不辱恩獎㊹。今者志尚未泯，齒髮㊺猶壯，敢希指顧㊻，一磬肝膽㊼，無任感激血誠㊽之至。某恐懼再拜。

【注　釋】❶其癖句　我的這種癖好已成為很難改變的老習慣。痼，經久難癒的疾病。引申為難以改變的習慣。❷便經　就經過；就是。❸弔慶句　泛指各種交往。弔，慰問別人。參請，參拜請安。❹闕　通「缺」。缺少。❺俯仰進趨　泛指官場活動。俯仰，周旋；應酬。進趨，指追求。❻希時句　迎合時人，追隨權勢。希，迎合。徇，為某種目的而獻身。❼逐人　像別人那樣。❽輩流　同流同輩之人。❾困躓　困頓；不順利。躓，不順。❿顧　想。⓫守道句　堅守正道就不算是有毛病。意思是：一個人有沒有毛病的標準不是他官當的大小，而是他能否堅持正道。⓬省　反省。⓭分於當路　與當權者的緣分。當路，指當權者。⓮戚　悲傷。⓯冀　希望。⓰門館　這裡泛指李款所居之處。⓱似蒙句　似乎是受到了您的褒獎。蒙，受到。獎飾，褒獎。⓲惡文　拙文。杜牧對自己文章的謙稱。⓳机案　桌子。机，通「几」。小桌子。⓴特遇句　受到您的特別重視和採納。㉑因人　通過別人的介紹或引薦。因，通過。㉒許可句　同意指教我。㉓師資　老師。㉔接遇句　對待我非常好。過等，超過了我應受之禮。㉕悉纖　全面而細微。悉，全部；全面。纖，細微。㉖小郡　指黃州。在今湖北省黃岡市。㉗濟濟　形容表情安閑的樣子。㉘不知句　不在意自己正處於困難的境地。㉙昇騰　飛黃騰達。㉚都門　京都長安的城門。㉛斯乃　這是因為。斯，這。㉜大君子　偉大的君子。指李款。㉝不偶　生不逢時。㉞適足句　完全可以用這件事來自我寬慰。㉟業　從事。㊱高曾　指高祖和曾祖。㊲不墜　不衰。㊳顓固　愚昧不化。顓，愚昧。㊴通經　精通儒家經術。㊵即歸廊廟　就要回到朝廷。即，馬上。廊廟，指朝廷。㊶宰制句　手握朝政。宰制，統轄；支配。㊷坐之　讓我坐下。之，代指杜牧自己。㊸諸生　眾多的讀書人。㊹必期句　一定不會辜負您對我的恩寵和褒獎。辱，辱沒；辜負。㊺齒髮　身體。㊻敢希句　希望能得到您的關照。敢，謙詞。表示不敢。指顧，手指目視。引申為照顧、關照。㊼一磬句　把心中的想法全部講出。一，全部。磬，盡。肝膽，指心中的想法。㊽血誠　發自內心深處的誠意。

【語　譯】在我進入仕途的十五年間，總共有四年在京城任職，在這四年期間，我因生病請假在家的時間又占去了一半。我特別喜歡喝酒和睡覺，這已成為我很難改變的癖好，常常連續十來天閉門在家飲酒、睡覺，對於看望朋友、參拜上級一類應該做的事，我也多數沒有去做。至於官場中送往迎來、追求上進之事，我也是隨意而為，在迎合時人、追逐權勢這一點上，我是不願效法別人的。因此我在仕途上的情況，如果與同流同輩的人相比，也顯得更加不順利。我自己想一想，覺得只要自己堅持了正道，仕途不順也不算毛病，所以我獨自反省之後，對此也不感到後悔。我與當權者沒有什麼緣分，在他們中間肯定不會有我的知己，為此我默默傷感，我只好一日一月地等待下去，希望能夠得到一官半職，以保證一家人的衣食之需。自從拜謁您之後，我覺得似乎是得到了您的褒獎，於是我就把自己的拙文不停地送給您審閱，結果得到了您的重視和採納，另外，您並非因為別人的介紹，就答應對我進行指教，實際上您就是我的老師，您待我非常好，對我的關心全面而細微。我雖然是到三千里之外的荒僻小郡當刺史，但離京上路赴任之日，我依然心情舒暢神色安閑，根本沒有在意自己正處於困境之中，也沒有在意別人的飛黃騰達。我們帶著酒在長安門外飲宴，然後我面帶笑容同親友告別。這是因為我知道像您這樣的偉大君子很難遇到，而生不逢時、仕途不利卻是常事，雖然是到遠方當官，我也完全可以以此來自我寬解了。

我家世代學習儒學，從高祖、曾祖一直到我這一代，我們的重儒家風一直不衰。我從小就孜孜不倦地學習儒經，至今也不敢懈怠。我生性愚昧不化，不能精通經書。我對於國家治亂興亡的原因、有關財賦軍事方面的事情、地形的險要平坦與遠近、古人的長短得失等還有所瞭解，您馬上就要回到朝廷去掌管朝政了，或許因為某些事情需要而把我召到您的府中，彼此對坐交談，那時再看看眾書生，我肯定是不會辜負您對我的恩遇和期望的。現在，我的遠大志向還沒泯滅，我的身體依然強壯，希望能得到您的關照。我把自己心中的話全部講了出來，我非常激動，也非常誠懇。我滿懷惶恐，再三拜上。

與人論諫書

【題解】本文是一封書信，其所寄對象，也即題目中的「人」，不詳所指。該人是一位朝臣，因進諫武宗皇帝而被貶，杜牧知道這一消息後，即寫信給對方，討論如何進諫的問題。杜牧認為，勸諫皇上必須口氣平和，語辭委婉，切不可誇大事實，態度激烈，否則將事與願違，自惹災難。信中還引用歷史事實予以印證。

某疏愚❶於惰，不識機括❷，獨好讀書，讀之多矣。每見君臣治亂之間，興亡諫諍❸之道，遐想其人，舐筆和墨，則冀❹人君❺一悟而至于治平，不悟則烹❻身滅族，唯此二者，不思中道❼。自秦、漢已來，凡千百輩，不可悉數。然怒諫❽而激亂生禍者，累累皆是；納諫❾而悔過行道者，不能百一。何者？皆以辭語迂險❿，指射醜惡，致使然⓫也。夫迂險之言，近於誕妄⓬；指射醜惡，足以激怒。夫以誕妄之說，激怒之辭，以卑凌尊⓭，以下干⓮上，是以諫殺人⓯者，殺人愈多；諫畋獵者，畋獵愈甚；諫治宮室者，宮室愈崇⓰；諫任小人者，小人愈寵。觀其旨意，且欲與諫者一鬭是非⓱，一決怒氣⓲耳，不論其他，是以每於本事⓳之上，尤增飾之。

【章旨】本章提出了反對「怒諫」的觀點。

【注釋】❶疏愚　粗疏愚昧。❷不識句　猶言不知見機行事。機括，弩上發箭的機件。比喻辦事的權柄、機會。❸諍　以直言勸告，使人改正錯誤。❹冀　希望。❺人君　君主。❻烹　古代的一種酷刑，用鼎來煮殺人。❼中道　中間路線。❽怒諫　帶著怒氣的激烈諫諍。❾納諫　接受諫言。❿迂險　過分而不合事實。⓫使然　使如此。然，代詞。代指怒諫激亂生禍的結果。⓬誕妄　虛假不實。⓭以卑句　以身分卑微的大臣去凌辱尊貴的君主。⓮干　冒犯。⓯諫殺人　勸諫君主不要殺人。⑯崇　高大。⑰一鬭是非　在是非問題上鬭個輸贏。⑱一決怒氣　因發怒而相爭，一決勝負。⑲本事　指皇上原來的做法。

【語　譯】我由於懶惰而越發的粗疏愚昧，不知隨機應變，只是喜歡讀書，我讀過的書很多啊！我經常注意到治世或亂世時君臣之間的關係，以及大臣們為國家興亡而進行諫諍的方法，於是我就想像這些進諫的大臣，他們準備筆墨書寫諫諍奏章，就是希望使君主醒悟過來以建立太平盛世，如果君主看了奏章並不醒悟，那麼進諫者就會身死家滅，這些大臣只考慮到這兩條路，而沒有想到走中間路線。自秦、漢以來，進諫的大臣有成千上百，多得無法一一列舉。而由於帶怒的激烈諫諍引發的禍亂，可以說比比皆是；能夠接受諫言而悔過自新的君主，卻不到百分之一。為什麼會如此呢？這都是因為進諫者的言辭太誇張而不合事實，或者是因為太直接明白地批評君主的醜惡之事，從而導致了這種結局。那些誇張的言辭，就近似於妄語假話，毫不委婉地批評君主的醜惡之事，則足以激怒君主。用近似虛假的話語和容易激怒人的話去勸諫皇上，實際上就是以卑微的臣下身分去凌辱尊貴的君主，以下級的身分去冒犯上級，因此想勸諫皇上不要殺人，結果皇上殺人更多；想勸諫皇上不要去打獵，結果皇上打獵的興趣更濃；想勸諫皇上不要去大建宮殿，結果皇上的宮殿建得更高大；想勸諫皇上不要去任用小人，結果皇上對小人更加寵愛。我觀察皇上這樣做的用意，就是要在是非問題上與諫諍大臣鬭個輸贏，就是因為生氣而要與諫諍大臣決個勝負，不再考慮其後果如何，因此，皇上往往會在原來做法的基礎之上，還要更進一層。

今有兩人，道未相信❶，甲謂乙曰：「汝好食某物，慎❷勿食，果更食之，必死。」乙必曰：「我食之久矣，汝為❸我死，必倍食之。」甲若謂乙曰：「汝好食某物，第一少食，苟❹多食，必生病。」乙必因而謝之減食。何者？迂險之言，則欲反之❺，循常❻之說，則必信之，此乃常人之情，世多然❼也。是以因諫而生亂者，累累皆是也。

漢成帝⑧欲御⑨樓船過渭水⑩，御史大夫⑪薛廣德⑫諫曰：「宜⑬從橋，陛下不聽，臣自刎以血污車輪，陛下不廟⑭矣。」上不說⑮。張猛⑯曰：「臣聞主聖臣直，乘船危，就橋安，聖主不乘危⑰，御史大夫言可聽。」上曰：「曉人⑱不當如是耶？」乃從橋。近者寶曆⑲中，敬宗皇帝⑳欲幸驪山㉑，時諫者至多，上意不決，拾遺㉒張權輿㉓伏紫宸殿㉔下叩頭諫曰：「昔周幽王㉕幸驪山，為犬戎㉖所殺；秦始皇㉗葬驪山，國亡；玄宗皇帝㉘宮㉙驪山，而祿山㉚亂；先皇帝㉛幸驪山，而享年不長。」帝曰：「驪山若此之凶耶？我宜一往，以驗彼言。」後數日，自驪山迴，語親倖㉜曰：「叩頭者之言，安足信哉。」漢文帝㉝亦謂張釋之㉞曰：「卑之㉟，無甚高論，令可行也。」今人平居無事，友朋骨肉，切磋㊱規誨㊲之間，尚宜旁引曲釋㊳，亹亹繹繹㊴，使人樂去其不善，而樂行其善，況於君臣尊卑之間，欲因㊵激切之言，而望道行事治者乎？故《禮》㊶稱五諫㊷，而直諫㊸為下。

【章旨】本章舉例說明進諫君主應注意態度與方法。

【注釋】❶道未句　在學識品德方面，彼此互不信任。道，泛指品行、學識。❷慎　表示告誡，相當於「千萬」。❸為　認為。❹苟　如果。❺反之　逆反；故意不聽勸告。❻循常　符合常理。❼然　這樣。❽漢成帝　指西漢成帝劉驁。❾御　乘坐。❿渭水　水名。黃河支流之一。源出於今甘肅省渭源縣，東南流入陝西省，最後入黃河。⓫御史大夫　官名。漢時為三公之一。主管彈劾、糾察、圖書秘籍等事。⓬薛廣德　人名。西漢相人。通《詩經》。先後任諫議大夫、御史大夫等職，不久即辭官歸家。⓭宜　應該。⓮不廟　不能進入宗廟祭祀。漢成帝乘船出行的目的是為了去宗廟祭祀祖先，而祭祀則必須齋戒清潔，如果薛廣德以血污車輪，成帝即無法祭祀了。⑮說　通「悅」。高興。⑯張猛　人名。張騫之孫。曾任光祿大夫等職。⑰乘危　冒險。⑱曉人　使人明白；勸告人。⑲寶曆　唐敬宗李湛的年號。西元八二五年至八二六年。⑳敬宗皇帝　指唐敬宗李湛。在位時間不到三年。㉑驪山　山名。在今陝西省臨潼縣東南。㉒拾遺　官名。掌諷諫等事。㉓張權輿　人名。生平不詳。㉔紫宸殿　宮殿名。㉕周幽王　西周的最後一位君主。名宮涅。寵幸褒姒。後在驪山被犬戎所殺。㉖犬戎　古代民族名。居於中國西部。㉗秦始皇　秦朝的第一位皇帝。姓嬴，名政。㉘玄宗皇帝　指唐玄宗李隆基。㉙宮　修建宮殿。㉚祿山　人名。即安祿山。營州柳城奚族人。玄宗時，任平盧、范陽、河東三鎮節度使。天寶十四年反叛，先後攻陷洛陽、長安，自稱皇帝，國號燕。㉛先皇帝　指唐敬宗之父唐穆宗李恒。李恒在位不到四年，死時僅三十歲。㉜親倖　親近之人。㉝漢文帝　漢高祖劉邦之子劉恒。在位時清靜無為，與民休息。㉞張釋之　人名。西漢南陽堵陽人。字季。先後任公車令、廷尉、淮南相等職。㉟卑之　把話講得平易淺顯一些。卑，低；淺。㊱切磋　相互商討。㊲規誨　教導。㊳旁引曲釋　旁徵博引，反覆解釋。曲，周到；全面。㊴亹亹句　形容循循善誘而不知疲倦的樣子。亹亹，勤勉不倦的樣子。繹繹，連續不斷的樣子。㊵因　依靠。㊶禮　書名。為儒家五經之一。㊷五諫　五種進諫方法。歷代說法不一。一說指諷諫、順諫、闚諫、指諫、陷諫。㊸直諫　明確、直接的諫諍。這種方法不委婉，不易被皇上接受，所以說這種方法最差。

【語　譯】如果有兩個人，在品行學識方面彼此互不信任，而甲對乙說：「你喜歡吃那種食物，以後千萬不要再吃了，再吃就會必死無疑。」乙聽後一定會說：「我吃這種食物已經很久了，你認為我必死無疑，我一定要加倍地吃給你看。」如果甲這樣對乙說：「你喜歡吃那種食物，首先要記住少吃一些，如果吃得太多，一定會生病的。」乙聽後一定會表示感謝並少吃這種食物。為什麼會如此呢？這是因為人們聽了過分誇張的語言之後，就會產生逆反心理；而聽了符合常理的話以後，就一定會相信它。這是人之常情，世人大多都是如此。因此，由於進諫方法不當而惹出災禍的事，比比皆是。

漢成帝想乘坐樓船渡過渭水，御史大夫薛廣德進諫說：「應該從橋上過去，如果陛下不聽我的勸告，我就自殺，用我的鮮血染髒您的車輪，讓您無法過河去宗廟裡祭祀。」皇上聽了很不高興。張猛對皇上說：「我聽說，只有皇上聖明，臣下纔敢直言進諫。乘船過河有危險，從橋上過去比較安全，聖明的君主是不會做冒險之事的，御史大夫薛廣德的意見應該採納。」皇上聽後說：「勸告人難道不應該像張猛這樣麼？」於是漢成帝就從橋上走過渭水。在近來的寶曆年間，敬宗皇帝想到驪山去遊玩，當時勸諫的大臣非常之多，皇上猶豫不決，拾遺張權輿趴在紫宸殿下叩頭說：「從前周幽王到驪山去，結果被犬戎所殺；秦始皇死後葬在驪山，結果國家很快就滅亡了；玄宗皇帝在驪山修築宮殿，結果發生了安祿山叛亂；先皇帝穆宗去驪山遊玩，結果壽命不長。」敬宗皇帝說：「驪山有如此之凶嗎？我應該去走一遭，以驗證一下他說的話。」幾天之後，敬宗皇帝從驪山回到長安，對身邊親近的人說：「那個叩頭人說的話，怎值得相信呢！」漢文帝也曾對張釋之說：「話要說得淺顯易懂些，不要講深奧的高論，這樣更容易推行開去。」現在，人們在閑居無事的日子裡，朋友親人之間相互商議、相互指教時，還要旁徵博引，反覆解釋，不知疲倦地予以引導，這樣纔能使人樂於改掉自己的缺點，樂於繼續發揚自己的優點，何況君臣之間有尊卑不同的關係，大臣卻想用激切誇張的語言去進諫皇上，這樣有希望能夠使皇上推行正道、辨好事情嗎？所以《禮》書中說，進諫的方式有五種，而直言進諫的方式最差。

前數月見報[1]，上披[2]閣下[3]諫疏，錫[4]以幣帛，辟左且遠[5]，莫知其故。近於游客處一睹閣下諫草，明白辯婉[6]，出入有據[7]，吾君聖明，宜為動心。數日在手，味之[8]不足，且抃[9]且喜且慰，三者交并，不能自止。吾君聞諫，既且[10]行之，仍復寵錫[11]，誘[12]能諫者，斯乃堯、舜、禹、湯、文、武之心也，聞於遠地[13]，宜為吾君抃也。閣下以忠孝文章立於朝廷，勇於諫而且深於其道[14]，果能動吾君而光世德[15]。某蒙閣下之厚愛，冀於異時[16]資閣下知[17]以進尺寸[18]，能不為閣下之喜，復自喜也？吾君今日披一疏而行之，明日聞一言而用之，賢才忠良之士，森列[19]朝廷，是以奮起志慮，各盡所懷，則文祖武宗[20]之業，窮天盡地，日出月入㉑，皆可掃洒㉒，以復厥初。某縱㉓不得效用，但於一官一局㉔，筐篋㉕簿書之間，活㉖妻子而老身命，作為歌詩，稱道仁聖天子㉗之所為治，則為有餘㉘，能不自慰？故獲閤下之一疏，抃喜慰三者交并，真不虛也，宜如此也。無因㉙面讚其事，書紙言誠，不覺繁多。某再拜。

【章旨】本章主要談自己讀了對方進諫奏章後的感受。

【注釋】❶報 即邸報。朝廷的公報。後又稱閣鈔、朝報、京報。刊載詔令、奏章及官員任免等事。❷披 披閱。❸閣下 又作閤下。對人的尊稱。❹錫 通「賜」。賞賜。❺僻左句 被安排到偏僻遙遠的地方去當官。古人以右手足為便，以左手足為僻，故稱偏僻之地為僻左。皇上看了進諫奏章後，一面給以賞賜，一面又把他打發到遠方，行為矛盾，故下句說「莫知其故」。❻辯婉 清楚而委婉。❼出入句 立論都有依據。出入，指對事物的取捨和看法。❽味之 反覆體會。❾抃 鼓掌。表示歡欣。❿既且 即將；將要。⓫寵錫 予以賞賜以示寵愛。錫，通「賜」。⓬誘 引導；鼓勵。⓭聞於句 讓道件事傳到遠方。意思是，皇上賞賜您並派您去遠方當官，目的是想把朝廷願意納諫的事傳到遠方。這是杜牧曲為皇上辯解。⓮道 指進諫的方法。⓯光世德 發揚光大朝廷世代相傳的美德。⓰異時 將來。⓱資閣下知 依靠閣下對我的瞭解。⓲進尺寸 得到一些提拔。⓳森列 繁密排列。⓴文祖武宗 泛指建立文治武功的先皇。㉑日出句 泛指有日月之處。即整個天下。㉒掃洒 比喻治理。㉓縱 縱然；即使。㉔一局 一職。局，官署名。這裡代指職位。㉕筐篋 竹筐和竹箱。古人用「筐篋中物」比喻尋常之事。㉖活 養活。㉗仁聖天子 指唐武宗。武宗的尊號為「仁聖文武章天成功神德明道大孝皇帝」。㉘有餘 指這方面的力量綽綽有餘。㉙無因 沒有機會。

【語譯】數月以前讀邸報時，知道皇上看了閣下的進諫奏章後，賞賜給您金錢絲帛，同時又把您安排到遠方作官，大家都不知道這是為什麼。最近，我在一位遊客之處看到了您寫的進諫奏章，奏章寫得明白而委婉，立論有據，我們的皇上十分聖明，看後一定會有所動心的。連續幾天，我拿著您的奏章愛不釋手，反覆體會仍覺意猶未足，不知不覺之中又是鼓掌，又是高興，又是寬慰，我拍著手喜慰交加，無法自已。我們的皇上看了您的奏章，馬上就要採納推行您的意見，於是就對您予以賞賜以示恩寵，並以此來鼓勵那些能夠進諫的人，這種用心與堯、舜、禹、商湯、周文王、周武王的用心是一樣的，這件事還將傳到遠方，我當然要為我們的皇上鼓掌歡欣了。閣下在朝廷當官，以忠孝、文章作為立身原則，勇於諫諍，並深明諫諍的方法，而且也真的打動了我們的皇上，從而發揚光大了朝廷世代相傳的美德。我受到了閣下的厚愛，希望將來有一天依靠閣下對我的瞭解而得以提拔，我能不為閣下的喜事而深感高興嗎？我們的皇上今天披閱一份奏章就加以採納推行，明天聽到一句諍言就予以採用，那麼具有才能的忠良之士，就會站滿朝廷，於是大家都為國家竭盡思慮，暢所欲言，我們具有文治武功的祖先所創建的事業，就會與天地共存，凡是日月照耀之處，都可得到很好的治理，從而恢復當初的太平盛世。我即使無法為國效力，但也能得到一官半職，幹一點平常事務，整理閱讀一些書籍，養活妻子兒女，自己也可安然終老，多創作一些詩歌，讚頌仁聖天子的治國方略，我在這方面的力量還是綽綽有餘的，我能不為此而感到自慰嗎？所以我讀了閣下的這一篇奏章，又是鼓掌，又是高興，又深感自慰，確實如此啊！也應該如此啊！沒有機會當面讚美您的行事，只好寫封信談談自己的真實想法，不知不覺就囉囉嗦嗦地寫了這麼多。我再三拜上。

與浙西盧大夫書

【題　解】浙西，地名。指今浙江省的浙江西部及西北部地區。唐代在此設浙江西道。盧大夫，可能指盧商。盧商字為臣，范陽人。進士及第。開成初年，以大理卿的身分出任蘇州刺史。因政績卓著，昇任浙西團練觀察使。後回到朝廷，歷任中書侍郎、同平章事等職。本文大約寫於開成年間，主要內容是向對方表達仰慕之情，並希望能得到對方的重視和引薦。

某頓首❶再拜。某年二十六，由校書郎❷入沈公❸幕府。自應舉得官，凡半歲間，既非生知❹，復未涉人事❺，齒少❻意銳❼，舉止動作，一無所據❽。至於報效施展，朋友與遊，吏事取捨之道，未知東西南北宜所趨向❾。此時郎中❿六官⓫一顧憐之⓬，手攜指畫，一一誘教，丁寧纖悉⓭。兩府⓮六年，不嫌不怠⓯，使某無大過而粗知所以為守⓰者，實由郎中之力也。

去歲乞假，路由漢⓱上，員外⓲七官⓳以某嘗獲知於郎中，惠然⓴不疑，推置於肺肝間。某恃郎中之知，亦敢自道其志，公私謀議，各悉所懷㉑，一俯一仰㉒，如久而深者。

久欲資㉓郎中、員外之為階級，遠干尊重㉔，欲望收卹㉕，舐筆伸紙，以復躋於三四㉖。因曰㉗既階級矣，步欲升堂與排闥而入者㉘，事不同日㉙。〈式微〉㉚詩曰：「何其處㉛也，必有與㉜也。」言必有仁義與我，所以處而不去也。進退計忖㉝，不宜得罪㉞。今敢謹㉟寫所為文十四首，編為一卷，繼進於後，愛之㊱不倦，為㊲之不已，不至於工，今以為獻，無任慚惶。然特為進說之端㊳，非敢因此求知㊴，不勝攀戀㊵惕懼之至。某再拜。

【注釋】❶頓首　叩頭。❷校書郎　官名。負責圖書整理校對。❸沈公　指沈傳師。字子言。進士及第。沈傳師任江西觀察使期間，徵杜牧為江西團練巡官。❹生知　生而知之。這裡指生來就知道當官的知識。❺人事　指官場的事情。❻齒少　年輕。❼意銳　銳意進取。❽一無句　完全不知道該怎麼辦。❾未知句　不知該往東南西北哪個方向走。比喻不知所措。

⑩郎中　官名。為中央六部各司長官。⑪六官　人名。生平不詳。可能為盧商之子。⑫顧憐之　照顧我，同情我。之，代指杜牧自己。⑬丁寧句　全面而細緻地反覆叮嚀。丁寧，又作叮嚀。再三囑咐。纖，細微。悉，全部。⑭兩府　指江西觀察使幕府和宣歙觀察使幕府。大和二年，杜牧中進士後即進入江西觀察使沈傳師幕府，後來沈傳師調任宣歙觀察使，杜牧同往。一直到大和七年，沈傳師赴京任職，杜牧赴揚州。在這六個年頭裡，杜牧與六官同為沈傳師的幕僚。⑮不嫌句　六官對我不嫌棄，並毫不懈怠地指教我。⑯為守　當官。⑰漢　水名。即漢水。發源於今陝西省，東南流至漢口入長江。⑱員外　官名。即員外郎。員外指正員以外的官員，可以用錢捐買。⑲七官　人名。生平不詳。當為六官之弟。⑳惠然　形容熱情款待的樣子。㉑各悉句　各自都把心中話全部講出來。悉，全部。㉒一俯句　形容相互交往時言行動作。㉓資　依靠；通過。㉔遠干句　冒昧地打擾在遠方當官的、無比尊貴的您。干，冒犯；打擾。㉕收卹　收留、關照。㉖以復句　反覆考慮，猶豫不決，以至於三番五次地考慮。這句是描寫作者給對方寫信要求關照時的遲疑心情。踰，超過。三四，猶言三番五次。㉗因曰　因此我想。㉘步欲句　想一步步踏著階梯升堂入室的人與突然撞開門進去的人。前者比喻經過長期接觸、有深入瞭解而前來投靠的人，如杜牧即是。後者比喻彼此互不瞭解、突然前來的人。升堂，登上大堂。比喻學有所成。排闥，推門；撞開門。㉙事不句　事情並不相同。㉚式微　《詩經》中的篇名。但杜牧引用的兩句詩不是出自〈式微〉，而是出自它的下一篇〈旄丘〉。㉛何其處　為什麼要住在這裡？㉜與　幫助。杜牧引用此詩的意思是：我為什麼要投歸於您呢？是因為您能用仁義幫助我、教導我。㉝進退句　反覆思考。忖，思量。㉞不宜句　不會因為給您寫信想投靠您而被怪罪。㉟敢讜　都是謙詞。表示不敢、恭敬。㊱之　代指寫作。㊲為　寫作。㊳進說之端　剛開始向您敬獻自己的文章。㊴求知　要求您全面深入地瞭解我。㊵攀戀　仰慕。

【語　譯】我向您再三叩頭拜上。我二十六歲時，由校書郎一職進入沈公的幕府當僚佐。從我考中進士到獲得官職，總共只有半年時間，我既不是一個生而知之的人，又從未涉足過官場之事，年紀輕輕而又銳意進取，結果使自己做起事來時，全然不知該怎麼辦纔好。至於說報效國家、施展抱負、朋友交往、公事處理等方面的事情，我更是不知該往東南西北哪個方向走。那時，郎中六官便同情我、關照我，他手把手地指導我，一條一條地教會我，全面而又詳細地反覆叮嚀囑咐我。在江西觀察使和宣歙觀察使的幕府中當幕僚的六年中，六官從來沒有嫌棄過我，指教我時也從不懈怠，使我在此期間沒有犯過大錯，並且大略地學會了一些當官的學問，這一切確實都靠的是郎中六官的幫助啊！

去年，我請假回家時路過漢水，員外七官因為我是郎中六官的朋友，就毫不遲疑地熱情款待我，並推心置腹地同我交談。我仗著是郎中六官的朋友，也就把自己的想法講給他聽，無論是對公事的看法，還是有關個人的打算，我們都暢所欲言，彼此相處時的一言一行，猶如相識多年、交情極深的老朋友一般。

我很久以前就想通過郎中六官和員外七官的介紹，去打擾在遠處當官、地位尊貴的您，想得到您的收留和關照，我準備好了紙筆給您寫信，卻又猶豫再三。最後我想，既然自己是通過介紹，慢慢接近您以求拜師學習、登堂入室，那就與突然之間前去投靠者的情況大不一樣了。〈式微〉詩中說：「為什麼要住在這裡呢？那是因為在這裡有人幫助。」這兩句詩是說肯定會有人用仁義幫助、指教自己，所以要投靠到那裡而不離去。我反覆思量，大概不會因為寫信而受到您的怪罪。現在，我把自己創作的十四篇文章鈔寫了一份，編為一卷，不久就會獻給您。我愛好作文而不知疲倦，因而也就不停地寫，然而卻寫不好，現在向您敬獻這些拙文，使我不勝慚愧惶恐。現在僅僅是剛向您敬獻拙文，不敢期望您通過這些文章就對我有所瞭解。我不勝仰慕、惶恐之至。我再三拜上。

卷十三

上宣州崔大夫書

【題 解】宣州，地名。在今安徽省宣州市。崔大夫，指崔鄲。進士及第。先後任太常卿、中書侍郎、同平章事等職。開成二年（西元八三七年），因弟弟杜顗患眼疾，分司東都的杜牧與眼醫石生一起赴揚州看視弟病，因假滿百日而棄官。當時，崔鄲任宣歙觀察使，治所在宣州。本文大約即寫於這一時期。這年八月，崔鄲任命杜牧為團練判官、殿中侍御史。這封書信的主要內容是讚頌對方善於招賢納士的美德，表達了自己的仰慕之情，實際上暗含著求職之意。

某再拜。閣下以德行文章，有位於明時❶，如望江、漢❷，見其去之沓天❸，洸汪澶漫❹，不知其所為終始也。復自開幕府已來，辟取❺當時之名士，禮接待遇，各盡其意，後進❻絜絜❼以節業自持者❽，無不願受閣下迴首一顧❾，舒氣快意，自以滿足。今藩鎮❿之貴，土地兵甲，生殺與奪⓫，在一出口，終日矜高⓬，與門下⓭後進之士，搉⓮得失去就⓯於分寸銖黍[16]間，多是其人[17]也。獨閣下不自矜高，不設塹壘[18]，曲垂情意[19]，以盡待士之禮。然知後進絜絜以節業自持者，願受閣下迴首一顧，舒氣快意，自以滿足，此固然也，非敢苟佞其辭[20]以取媚[21]也。不知閣下俯仰延遇[22]之去就[23]，幣帛筐篚[24]之多少，飲食獻酬[25]之和樂，各用何道？閑夜永日[26]，三五相聚，危言峻論[27]，知[28]與不知，莫不願盡心[29]於閣下，壽考福祿，祝之無窮。某雖不肖[30]，則亦千百間[31]其一人數也。

〈鹿鳴〉[32]，宴群臣詩，曰：「既飲食之，復實[33]幣帛筐篚，以將[34]其厚意，然後忠臣嘉賓得盡其心矣。」〈吉日〉[35]詩，曰：「宣王[36]能慎微[37]接下[38]，無不盡心以奉其上焉。」自古雖尊為天子，未有不用此[39]而能得多士[40]盡心也，未有不得多士之盡心，而得樹功立業流於歌詩[41]也，況於諸侯哉！夫子[42]曰：「君子疾[43]沒世[44]而名不稱。」司馬遷[45]曰：「自古富貴，其名磨滅[46]，不可勝紀。」靜言[47]思之，令人感動激發，當寐而寤[48]，在饑而飽[49]。伏希閣下濬之益深[50]，築之益高，緘鐍[51]之益固，使天下之人，異日[52]捧[53]閣下之德，不替[54]今日，則為宰相長育人材，興起教化，國朝房[55]、杜[56]、姚[57]、宋[58]不足過也。

某也於流輩[59]無所知識，承風望光[60]，徒有輸心效節之志[61]。今謹錄雜詩一卷獻上，非敢用此求知[62]，蓋欲導其志[63]，無以為先[64]也。往年應進士舉，曾投獻筆語[65]，亦蒙亟稱於時[66]。今十五年矣，於頑慒[67]中為之不已矣，於其事能不稍工[68]，不敢再錄新述，恐煩尊重[69]，無任惶懼。謹再拜。

【注釋】①明時　政治清明的時代。②江漢　水名。指長江和它的主要支流之一漢水。③沓天　與遠方的天空相連接。沓，會合。④洸汪句　水勢浩大，平闊遼遠。這三句是把崔鄲比作氣勢非凡的江漢。⑤辟取　徵召；任命。⑥後進　晚輩。⑦絜絜　品行端正。絜，同「潔」。清潔；端正。⑧以節業自持者　具有事業心和高尚節操的人。⑨迴首一顧　回頭看一看自己。形容得到關照、提攜。⑩藩鎮　指總領一方的軍府。⑪與奪　賞罰。⑫矜高　傲慢。⑬門下　門庭之下。這裡即指幕府。⑭搉　商搉；商討。⑮去就　取捨。⑯銖黍　細微。銖，古代重量單位。二十四銖為一兩。黍，穀物名。古代的度量衡都以黍的中等子粒為最小單位。⑰其人　這樣的人。指傲慢而不識大體的人。⑱不設句　與部下、後進之間不設鴻溝。即與大家親密無間。壍，做防禦用的壕溝。壘，壁壘。⑲曲垂句　對部下關懷備至。曲，周到。⑳佞其辭　巧妙好聽的話。㉑取媚　獲取寵幸；討好。㉒俯仰延遇　接待；對待。俯仰，形容接待時的樣子。延，迎接。㉓去就　這裡指所採用的禮節。㉔幣帛筐篚　指送給賢士、來賓的禮物。篚，圓形的竹籃。㉕獻酬　相互敬酒。向客人勸酒叫「獻」，客人用酒回敬主人叫「酢」，主人再次向客人敬酒叫「酬」。㉖永日　長長的白晝。永，長。㉗危言句　高談闊論。危、峻，都是高的意思。㉘知認識。㉙盡心　盡心盡意地效力。㉚不肖　不好；不賢良。㉛千百間　指成千上百的敬仰您、願意為您效力的人中間。㉜鹿鳴　《詩經》中的篇名。㉝實　充滿；裝滿。㉞將　送；表達。這四句引文出自〈鹿鳴〉的序。㉟吉日　《詩經》中的篇名。㊱宣王　指周宣王。他在位期間，西周號稱中興。㊲慎微　恭敬有禮。㊳接下　對待臣下。這二句出自〈吉日〉的序。㊴用此　用這種辦法。此，指禮賢下士。㊵多士　眾多的賢士。㊶流於歌詩　用詩歌傳頌。㊷夫子　指孔子。㊸疾　痛恨；擔心。㊹沒世　去世。沒，死。㊺司馬遷　人名。西漢夏陽人。字子長。著有《史記》。㊻磨滅　湮滅；不為人所知。㊼言虛詞。無義。㊽當寐句　該睡時卻睡不著。寐，睡著。寤，醒。㊾在饑句　飢餓時因激動而吃不下飯。㊿伏希句　希望您在這方面能做得更好。伏，謙詞。濬，開挖。「濬之益深」與下兩句都是比喻，用把溝挖得更深、把牆築得更高、把箱櫃鎖得更緊來比喻在禮賢下士方面的措施進一步加強。[51]緘鐍　用來加固箱櫃的繩索和鎖鑰。緘，繩索。鐍，鎖鑰。[52]異日　將來。[53]捧　擁戴；仰慕。[54]不替　不次於。替，衰落。[55]房　指房玄齡。唐朝齊州人。名喬。進士及第。唐太宗時，任宰相十五年，與杜如晦共管朝政，史稱「房杜」。[56]杜　指杜如晦。唐朝京兆杜陵人。字克明。唐太宗時，官至尚書僕射。[57]姚指姚崇。唐朝陝州硤石人。唐玄宗時，他與宋璟相繼為相，促成了開元盛世的出現，史稱「姚宋」。㊾宋　指宋璟。唐朝邢州南和人。唐玄宗時任宰相。㊿流輩　同流同輩之人。(60)承風句　敬慕您的風采聲望。(61)徒有句　白白地懷著一片想為閣下盡心效力的願望。意思是：想到對方那裡去任職，可惜無人介紹，所以無法實現這一願望。(62)求知　要求您全面瞭解我。(63)導其志　抒發自己的志向和情感。導，宣導；抒發。(64)無以為先　沒有什麼方式比寫詩更合適。(65)筆語　指詩歌、文章。(66)亦蒙句　當時也受到您的多次稱讚。蒙，受到。亟，屢次。時，當時。(67)頑懵　愚昧無知。頑，愚昧。懵，無知。(68)稍工　稍微寫得好一些。(69)尊重　對崔鄲的敬稱。

【語　譯】我再三拜上。閣下憑著自己的德行和文章，在這個政治清明的時代居於高位，我把您看作那浩浩蕩蕩的長江、漢水，只見其滾滾遠去同長天相接，氣勢是那樣的浩大闊遠，卻無法闚其終始邊際。自從您開幕府以來，請來了天下的賢人名士，您以禮相待，使他們都很滿意，那些具有事業心和高尚節操的晚學後輩，都希望能夠得到您的關照和提攜，他們會為得到您的關照而愉快異常、心滿意足。現在，各藩鎮的長官地位十分尊貴，他們掌握著土地和軍隊，生死賞罰，也全憑著他們的一句話，他們整天以一種高傲的態度，與幕府中的晚學後輩商討、爭論一些細微末節的事情，如今的藩鎮長官多是這樣的人。而只有您從不自高自大，與晚學後輩親密無間，對他們關懷備至，盡到了禮賢下士的禮節。據此我知道，那些具有事業心和高尚節操的晚學後輩都希望能夠得到您的關照和提攜，並為此感到舒暢愉快，心滿意足，這是必然的，我並非是隨便用一些花言巧語向您邀寵。我不知道您用來接待晚學後輩的禮節和贈送給他們的禮品是多少，以及飲宴時的和樂情況究竟如何，只知道在閑暇的夜晚或漫長的白天裡，晚輩後學三三五五相聚一起、高談闊論時，無論是否認識您，莫不願意盡心盡意地為您效力，並且不停地為您祝福，祝您健康長壽、福祿雙全。我雖然無德無才，但也是千百個為您祝福者中的一個。

〈鹿鳴〉是一首描寫天子宴請群臣的詩歌，詩序說：「天子在宴請群臣以後，還送給他們一筐筐的禮品，以表達自己的深情厚意，然後那些忠臣、嘉賓纔能盡心盡力地為他效勞。」〈吉日〉詩的詩序說：「周宣王能夠很有禮貌地對待臣下，所以大臣們也就無不盡心盡意地擁戴他。」自古以來，即使尊貴如天子，也不能不使用禮賢這個辦法就可以使眾多的賢人來為自己盡心效力，也不能得不到眾多賢人的盡心效力，就可以建功立業而受到世人的歌頌，更何況那些一方諸侯呢！孔子說：「君子擔心的是死後自己的名聲得不到傳揚。」司馬遷說：「自古以來，那些大富大貴之人，死後就默默無聞的，多得無法一一記載。」靜下心來細細想一想這些事，真讓人心情激動不安，使人無法入睡，無心進餐。我希望閣下能夠進一步地招賢，進一步地納士，進一步地禮遇他們，使整個天下的人，將來對閣下品行的敬仰程度，不亞於今天，那麼即使身為宰相的人，如本朝的房玄齡和杜如晦、姚崇和宋璟，在培養人才、推行教化方面，也無法超過您。

我在同流同輩之中的熟人很少，所以我雖然無限仰慕您的風采，但也只能是徒有一片為您效力的願望。現在我鈔錄了自己的雜詩一卷敬獻於您，不敢奢求憑這卷雜詩就能使您對我有深入瞭解，但抒情言志，寫詩確是一種最好的方式。從前，我為了應考進士，曾向您敬獻過文章和詩歌，當時也曾受到您的多次讚賞。至今，十五年過去了，這期間我懵懵懂懂地一直在不停地寫詩作文，在這方面也許多少有點長進。我不敢再抄錄更多的新作，恐打擾了您。我不勝惶恐，再三拜上。

上池州李使君書

【題解】池州，地名。在今安徽省貴池市。李使君，指李方玄。方玄字景業，趙州（今河北省趙縣）人。詳細生平見〈唐故處州刺史李君墓誌銘〉。使君，對州郡長官的尊稱。本文作於會昌二年（西元八四二年），當時杜牧四十歲，任黃州（今湖北省黃岡市）刺史，李方玄任池州刺史。這封書信的主要內容是同李方玄共勉，要求彼此都抓住當前的好時光努力學習，其次是分析了各自的稟性，表達了對李方玄的問候。這封信寫得情真意切，甚為感人。

景業足下。僕❶與足下齒同❷而道❸不同，足下性俊達堅明❹，心正而氣和，飾以溫慎，故處世顯明無罪悔；僕之所稟❺，闊略疏易❻，輕微而忽小❼。然其天與其心❽，知邪柔❾利己，偷苟讒諂❿，可以進取⓫，知之而不能行之。非不能行之，抑⓬復見惡之，不能忍一同坐與之交語。故有知之⓭者，有怒之者，怒不附己者，怒不恬言柔舌道其盛美者，怒守直道而違己者。知之者，皆齒少氣銳⓮，讀書以賢才自許，但見古人行事真當如此，未得官職，不覩形勢⓯，絜絜⓰少輩之徒也。怒僕者足以裂僕之腸，折僕之脛⓱，知僕者不能持一飯與僕，僕之不死已幸，況為刺史，聚骨肉妻子，衣食有餘，乃大幸也，敢望其他？然與足下之所受性，固不得伍列齊立⓲，亦抵足下疆壠畦畔間耳⓳，故足下憐僕之厚，僕仰⓴足下之多。在京城間，家事人事，終日促束㉑，不得日出所懷以自曉㉒，自然不敢以輩流間期足下㉓也。

【章　旨】本章分析各自的天資稟性，說明了自己的處境，表達了對李方玄的愛慕之情。

【注　釋】❶僕　僕人。杜牧的自我謙稱。❷齒同　年紀一樣。❸道　這裡指性格和天資。❹俊達堅明　明達堅強，才能出眾。俊，才能出眾。❺所稟　天生的性情、氣質。稟，稟性。❻闊略句　輕率粗疏。❼輕微句　不注意細節；不拘小節。輕，忽略。微，小。❽天與其心　上天賦予自己的才智。其，代指杜牧自己。❾邪柔　邪惡不正，巴結權貴。柔，溫順。引申為依附權貴，沒有剛直品德。❿偷苟句　苟且迎合，巧語奉承。偷，苟且。讒，說別人的壞話。諂，巴結；奉承。⓫進取　這裡指升官發財。⓬抑　而且。⓭知之　理解我。之，指杜牧自己。⓮齒少氣銳　年輕氣盛。⓯不覩句　沒有看到過官場中的齷齪情況。覩，看見。形勢，指官場中的情況。⓰絜絜　純潔高尚。絜，同「潔」。⓱脛　小腿。⓲伍列齊立　相提並論。指自己比不上對方。⑲亦抵句　也與您有某些相似之處。抵，達到。足下，對李方玄的尊稱。疆埸畦畔，本指疆域、田地的邊緣，比喻自己與對方性格的相似之處。⑳仰　依賴。㉑促束　忙忙碌碌，受到約束。促，緊迫；忙碌。㉒不得句　找不到時間給您寫信以表達一下自己對您的情感。曉，表明。㉓自然句　自然不敢把您看作自己的同流同輩之人。期，要求。

【語譯】景業足下。我與足下年齡相同，而性格才情不同，足下天性聰明堅強，才能出眾，品行端正而氣度平和，再加上您溫厚謹慎，所以您在社會上名聲顯著，沒有出過值得後悔的過錯；而我的稟性卻輕率粗疏，不拘小節。然而上天也賦予我一點才智，使我知道邪惡不正、善於巴結、損人利己、苟且迎合、巧言奉迎就可以升官發財，我雖然明白這一點卻無法做到這一點；我不僅不能做到這一點，而且一見到這樣的人就討厭，根本無法忍受與這樣的人同坐交談。所以有人能理解我，而有人就痛恨我。他們痛恨我不去依附他們，痛恨我不去甜言蜜語地為他們歌功頌德，痛恨我堅守正道而不順從他們。理解我的，都是一些年輕氣盛之人，他們勤苦讀書，以賢才自許；他們只看到古代聖賢的高尚行為，就認為現實真該如此；他們沒有官職，沒有看到過官場的齷齪情況，他們是一群純潔天真的年輕人啊。那些痛恨我的人完全有權力撕裂我的腸肺，打斷我的雙腿；而那些理解我的人卻因無權無錢，連給我一口飯吃都很難做到。我至今未死，已屬萬幸，更何況現在還當了刺史，妻子兒女骨肉團聚，衣食有餘，這已是極大的幸運了，我豈敢再奢望其他更多的東西！雖然我與足下的性格才情不同，確實無法與您相提並論，但與足下也有一些相似之處，所以足下非常地愛護我，而我也有許多地方要仰仗足下。在京城的時候，由於家庭之事和送往迎來之事，整天忙忙碌碌，難得自由，沒有時間寫信向您表達一下自己的情懷，自然也就不敢冒昧地把您看作自己的同流同輩之人。

去歲❶乞假，自江、漢❷間歸京，乃知足下出官之由❸，勇於為義，向者❹僕之期足下之心，果為不繆❺，私自喜賀，足下果不負天所付與❻、僕所期向，二者所以為喜且自賀也，幸甚，幸甚。夫子[7]曰：「吾少也賤，故多能鄙事[8]。」復曰：「不試[9]，故藝[10]。」聖人尚以少賤不試，乃能多能有藝，況他人哉。僕與足下年未三十為諸侯[11]幕府吏，未四十為天子廷臣[12]，不為甚賤，不為不試矣。今者齒[13]各甚壯，為刺史各得小郡[14]，俱處僻左[15]，幸天下無事，人安穀熟，無兵期軍需[16]、逋負[17]諍訴之勤[18]，足以為學，自強自勉於未聞未見之間。僕不足道，雖能為學，亦無所益[19]，如足下之才之時，真可惜也。向者所謂俊達堅明，心正而氣和，飾以溫慎，此才可惜也。年四十為刺史，得僻左小郡，有衣食，無為吏之苦，此時之可惜也。僕以為天資[20]足下有異日名聲，跡業[21]光于前後[22]，正在今日，可不勉之。

僕常念百代[23]之下，未必為不幸，何者？以其書具[24]而事多[25]也。今之言者必曰：「使聖人[26]微旨[27]不傳，乃鄭玄[28]輩為注解之罪。」僕觀其所解釋，明白完具[29]，雖聖人復生，必挈[30]置數子[31]坐於游[32]、夏[33]之位。若使玄輩解釋不足為師，要得聖人復生，如周公[34]、夫子親授微旨，然後為學。是則聖人不生，終不為學；假使聖人復生，即亦隨而猾之[35]矣。此則不學之徒，好出大言，欺亂常人耳。自漢已降，其有國者成敗廢興，事業蹤跡，一二億萬[36]，青黃白黑[37]，據實控有[38]，皆可圖畫，考其來由，裁其短長[39]，十得四五，足以應當時之務[40]矣。不似古人窮天鑿玄[41]，躡於無蹤[42]，算於忽微[43]，然後能為學也。故曰，生百代之下，未必為不幸也。

夫子曰：「三人行，必有我師焉。」此乃隨所見聞，能不亡失㊹而思念至㊺也。楚王問萍實㊻，對曰：「吾往年聞童謠而知之。」此乃以童子為師耳。參之於上古㊼，復酌於見聞㊽，乃能為聖人也。諸葛孔明㊾曰：「諸公讀書，乃欲為博士㊿耳。」此乃蓋滯於所見(51)，不知適變(52)，名為腐儒(53)，亦學者之一病。

僕自元和(54)已來，以至今日，其所見聞名公(55)才人之所論討，典刑制度，征伐叛亂，考其當時，參於前古，能不忘失而思念，亦可以為一家事業(56)矣。但隨見隨忘，隨聞隨廢(57)，輕目重耳(58)之過，此亦學者之一病也。如足下天與之性，萬萬(59)與僕相遠。僕自知頑滯(60)，不能苦心為學，假使能學之，亦不能出而施之(61)，懇懇(62)欲成足下之美，異日既受足下之教，於一官一局(63)而無過失而已。自古未有不學而能垂名於後代者，足下勉之。

【章旨】本章是主旨所在，作者勉勵對方與自己共同努力學習，為未來的事業成功奠定基礎。

【注釋】❶去歲　指會昌元年（西元八四一年）。杜牧在任比部員外郎等職時，請假去潯陽看望弟弟杜顗的眼病，於這一年的七月回到長安。❷江漢　水名。長江和漢水。❸由　原因。❹向者　從前。❺繆　錯。❻天所付與　上天付與您的責任。❼夫子　指孔子。❽鄙事　低賤的技藝。本句及下一句均出自《論語・子罕》。❾試　用；被重用。即當官。❿藝　技藝。⓫諸侯　指各地的節度使、觀察使。⓬廷臣　朝臣。⓭齒　年齡。⓮小郡　指池州和黃州。⓯僻左　指偏僻之地。⓰軍需　各種軍事用品。⓱逋負　拖欠稅賦。⓲勤　辛苦。⓳亦無句　也沒什麼益處。意思是說自己將來沒有前途，即使學了也派不上用場。⓴資　幫助。㉑跡業　業績。㉒光于前後　大於前人和後人。光，大。㉓百代　泛指以前的眾多朝代。㉔書具書籍具備。㉕事多　可供借鑑的歷史事件很多。㉖聖人　這裡主要指孔子。㉗微旨　隱微深邃的意旨。㉘鄭玄　人名。東漢高密人。字康成。他刻意研究學問，遍注儒家經典，對後世影響很大。㉙完具　完備。㉚挈　領著；安排。㉛數子　幾位先生。子，對男子的尊稱。指鄭玄等為儒經作注的人。㉜游　人名。春秋吳人。姓言名偃，字子游。孔子弟子。長於文學。㉝夏　人名。春秋衛人。姓卜名商，字子夏。孔子弟子。長於文學。㉞周公　即姬旦。周文王之子，周武王之弟。他輔佐武王滅商後，制禮作樂，為西周政權的鞏固做出了很大貢獻。㉟猾之　搞亂了聖人的學說。猾，擾亂。㊱一二句　一件一件的不計其數。㊲青黃句　形容這些歷史事件的詳細情形。㊳據實句　掌握了具體的事實材料。㊴裁其句　借鑑它們的經驗教訓。裁，刪減；借鑑。㊵應當時之務　應付現今的情況。㊶窮天鑿玄　猶言憑空立論。遠古人無經驗教訓可供借鑑，只能憑空想像。窮、鑿，尋求真理。玄，天空。㊷躡於句　無所依據。躡，腳踏；行走。蹤，指前人的足跡。㊸算於句　根據一些極小極少的現象去計畫事情。忽，古代的長度單位。尺的百萬分之一叫忽。比喻很小。微，小。㊹亡失　忘掉。㊺思念至　深入思考。㊻萍實　萍蓬草的果實。《說苑・辨物》記載，楚昭王渡江時拾到一個從未見過的斗大的東西，便派人去向孔子請教，孔子說這是萍實，是吉祥之物，只有霸主纔能獲得它。㊼參之句　參考古代時的事情。上古，這裡泛指古代。㊽酌於見聞　根據所見所聞進行斟酌。㊾諸葛孔明　人名。即諸葛亮。字孔明。㊿博士　為教授官。古代設各種博士，如五經博士、律學博士、算學博士等。這句話的意思是諸公學習不是為了經世致用，而只是想當個博學之士。(52)滯於所見　囿於所學到的知識；受到學問的束縛。(53)適變　應時而變。(54)腐儒　迂腐的書生。(55)元和　唐憲宗李純的年號。西元八〇六年至八二〇年。(56)名公　名人。主要指當時的名臣。(57)一家事業　自成一家的學派。(58)廢　忘掉。(59)輕目重耳　輕視親眼見到的當代事情，重視聽到的古代事情。(60)萬萬　形容相差極大。(61)頑滯　愚昧不化。(62)出而施之　拿出來施行。指自己沒有掌權之才，故學了也無法施行。此為謙語。(63)懇懇　形容誠懇的樣子。(64)局　官署名。這裡的「一局」猶言「一職」。

【語　譯】我去年請了假，沿長江、漢水回到京城，纔知道足下被排斥到外地當官的原因，您見義勇為，使我感到自己從前對您寄予期望，果真沒錯，我私下非常高興，自我慶賀。足下沒有辜負上天付予的才情，沒有辜負我對您的期望，這二者就是我非常高興、自我慶賀的原因，真是大幸！真是大幸！孔子說：「我年輕時貧賤，所以我能做許多低賤的工作。」還說：「我年輕時沒有當官，所以學會了一些技藝。」聖人尚且因為早年貧賤、無官可當，而能夠多才多藝，更何況一般人呢！我與足下不到三十歲就當上了節度使或觀察使的幕僚，不到四十歲就當上了天子的朝臣，地位不算太低賤，不算無官可當。現在，我們都正處於壯年，都各在一個小郡當了刺史，而且都是在偏遠的地方，幸而天下太平無事，百姓安樂，糧食豐收，也沒有徵召士兵、收繳軍需、逼收稅賦、聽訟斷案的辛苦，完全有時間去讀書學習，去努力學習掌握自己不懂的知識。我這個人微不足道，即使能夠努力學習，也不會有太大的用處，而足下的才能和時間，真值得珍惜啊！前面我說您聰明堅強、才能出眾、品行端正、溫厚謹慎，這就是您值得珍惜的才能啊！四十歲當了刺史，管理一個偏僻的小郡，有衣有食，卻沒有當官的辛勞，這樣的時光值得珍惜啊！我以為上天要幫助足下在將來贏得巨大的名聲，建立空前絕後的功績，而這種幫助正體現在今日，怎能不努力呢！

我經常想，我們生於百代之後，未必就是一種不幸，為什麼這樣說呢？因為現在各種圖籍完備，而且可供借鑑的歷史事實很多。現在的一些學者總是說：「孔子的隱微深邃的意旨之所以沒能流傳下來，這全是鄭玄等人為經書作注解的罪過。」我閱讀了他們對經書的解釋，認為這些解釋既明白又完善，如果孔子復活，一定會把這幾位注釋者安排於優秀弟子子游、子夏之列。如果說鄭玄等人的解釋不值得我們學習，必須要聖人復活，由周公、孔子那樣的聖人親自教授其微妙意旨，然後纔可學習，這實際上等於說，聖人是不可能復活的，因而最終也不必學習。而我認為即使聖人真是復活了，這些所謂的學者也會馬上搞亂聖人們的學說。這實際上是一些不學無術之徒，他們好說大話，以欺騙迷惑眾人。自漢朝以後，那些帝王們的成敗廢興、業績成就，一件一件的多得數不清，而史書都把它們記載得明明白白，材料十分翔實，皆如圖畫一般清楚，我們可以考察其成敗原由，借鑑其經驗教訓，如果能夠掌握其十分之四五，也完全可以應付今日的事務了。我們不必像古人那樣憑空想像，無所依據，只能根據一些細小現象去推測，然後纔能學到一點知識。所以我說，我們生於百代之後，未必就是一種不幸。

孔子說：「幾個人一塊走路，其中就一定有值得我學習的人。」這就是說要根據自己的所見所聞，把它們牢牢記住並深入思考。楚王曾向孔子請教有關萍實的問題，孔子解答後說：「這是我往年聽到童謠後知道的。」這就說明孔子把兒童也當作自己的老師了。參考古人的經驗教訓，再根據自己的所見所聞進行斟酌取捨，這就可以成為聖人了。諸葛孔明說：「諸位先生讀書，只不過是想當個博士而已。」這是說那幾位先生固執於自己的所見所聞，不懂得因時而變，可以把他們叫作迂腐書生，這也是學者的一大毛病。

從元和年間以來，一直到今天，我看到聽到許多名臣賢人的討論內容，還有各種典章、刑律和制度，以及多次討伐叛亂的情況，如果能夠根據當時的情況對這些內容進行考察，並參考古人的經驗教訓；如果能夠把這一切牢記在心，並進行深入思考，也可以建立自成一家的學派了。但是我見了就忘，聽了就丟，這都是因為我輕視目前的事實而重視聽來的古代歷史的過錯，這也是學者的又一個毛病。至於足下的天賦才情，遠遠地超過了我。我自知愚昧難化，不能勤苦學習，即使我能夠學得一些知識，也沒有機會拿出來施行。我一片誠心給您寫信，是想讓您成就一番事業，以便將來我能夠得到您的教誨，使我能夠掙得一官半職並不犯過錯。自古以來，從沒有不學習就能夠留名後世的人，望足下勤奮努力！

大江之南，夏候鬱濕❶，易生百疾，足下氣俊❷，胸臆❸間不以悁忿❹是非貯之，邪氣不能侵，慎防是晚多食，大醉繼飲，其他無所道。某再拜。

【章旨】本章為結束語，囑咐對方多保重身體。

【注釋】❶鬱濕 悶熱潮濕。❷氣俊 氣盛。❸臆 胸。❹悁忿 氣忿；怒氣。悁，氣憤。

【語譯】長江之南，夏天的氣候悶熱潮濕，容易患各種疾病，足下氣盛，心裡不要放太多的是是非非，也不要生氣，這樣，外界的邪氣就不會侵入體內，千萬要注意晚上不要吃得太多，大醉之後不可繼續飲酒，其他我就不再說什麼了。我再三拜上。

投知己書

【題解】本文大約寫於開成初年。知己，可能是指時任宣歙觀察使的崔鄲。關於崔鄲和寫作背景，可參看〈上宣州崔大夫書〉。根據文義，這封書信似作於〈上宣州崔大夫書〉之前。信中進行了自我剖析，表達了對對方知遇之恩的感激和願意為對方效力的願望。

夫子❶曰：「不怨天，不尤❷人，下學而上達❸，知我者其天乎？」復曰：「知我者《春秋》❹，罪我❺者亦以《春秋》。」此聖人操心❻，不顧世之人是非❼也。柱厲叔❽事莒敖公❾，莒敖公不知，及莒敖公有難，柱厲叔死之❿。不知我則已，反以死報之，蓋怨不知之深也。豫讓⓫謂趙襄子⓬曰：「智伯⓭以國士⓮待我，我以國士報之。」此乃烈士義夫，有才感其知⓯，不顧其生也。行無堅明⓰之異，材無尺寸⓱之用，泛泛然⓲求知於人，知則不能有所報，不知則怒，此乃眾人之心也。聖賢義烈之士，既不可到⓳，小生⓴有異於眾人者，審己切㉑也。審己之行，審己之才，皆不出眾人，亦不求知於人，已或㉒有知之者，則藏縮退避，唯恐知之深㉓，蓋自度無可以為報效也。或有因緣他事，不得已求知於人者，苟不知，未嘗退有懟言㉔怨色㉕，形㉖於妻子之前，此乃比於眾人，唯審己求知㉗也。

大和㉘二年，小生應進士舉，當其時先進之士㉙，以小生行可與進㉚，業可益修㉛，喧而譽之，爭為知己者不啻㉜二十人。小生邇來㉝十年江湖間㉞，時時以家事一抵京師，事已即返，嘗所謂喧而譽之為知己者，多已顯貴，未嘗一到其門。何者？自十年來，行不益進，業不益修，中夜忖量，自愧於心，欲持何說復於知己之前為進拜之資㉟乎！默默藏縮，苟免寒饑為幸耳。

昨李巡官㊱至，忽傳閣下㊲旨意，似知姓名，或欲異日必錄在門下㊳。閣下為世之偉人鉅德，小生一獲進謁㊴，一陪讌享㊵，則亦榮矣，況欲異日終置之於榻席之上㊶，齒㊷於數子㊸之列乎。無攀緣絲髮㊹之因，出特達倜儻之知㊺，小生自度宜為何才，可以塞㊻閣下之求，宜為何道㊼，可以報閣下之德。是以自承命㊽已來，審己愈切㊾，撫心獨驚㊿，忽忽(51)思之，而不自知其然(52)也。

若蒙(53)待之(54)以眾人之地(55)，求之以眾人之才，責之以眾人之報，亦庶幾(56)異日受約束指顧(57)於簿書之間(58)，知無不為，為不及私，亦或能提筆伸紙，作詠歌以發(59)盛德，止此而已。其他望於古人(60)，責以不及(61)，非小生之所堪任(62)。伏恐閣下聽聞之過(63)，求取之異(64)，敢不特自發明(65)，導說其衷(66)，一開閣下視聽(67)。其他感激發憤(68)，懷愧(69)思德，臨紙汗發(70)，不知所裁(71)。某恐懼再拜。

【注釋】❶夫子　指孔子。❷尤　責備。❸下學句　學習一些平常的知識，掌握很高的道理。達，通達；明白。這四句出自《論語·憲問》。❹春秋　書名。一部記載春秋時期歷史的編年體史書。相傳為孔子根據魯國史書所修訂的。❺罪我　怪罪我。這兩句見於《史記·孔子世家》。孔子在編訂《春秋》時，委婉地表達了自己對當時的人、事的褒貶態度。❻操心用心；所持的態度。❼是非　稱讚和批評。是，認為正確。❽杜厲叔　人名。春秋時人。曾在莒國當官，他認為莒國君主莒敖公不了解也不重視自己，便辭官歸隱，後來莒敖公有難，杜厲叔要為他獻出生命，想以此喚起那些不知用人的君主的羞恥之心。❾莒敖公　春秋時莒國的一位君主。莒國在今山東省莒縣，君主姓嬴，後為楚國所滅。❿死之　為他而死。⓫豫讓　人名。春秋末戰國初的刺客。他曾在智伯那裡當官，智伯被趙襄子滅後，豫讓漆身吞炭，改變形貌與聲音，多次刺殺趙襄子，為智伯報讎。後被捉自殺。⓬趙襄子　即趙無恤。春秋時晉國大夫。智伯向趙無恤求地，無恤不許。智伯引魏、韓攻趙，後來趙無恤暗中與魏、韓相約，反而滅了智伯。無恤死後諡「襄子」。⓭智伯　人名。又作知伯。又稱知瑤、荀瑤。春秋時晉國大夫。後被趙襄子所滅。⓮國士　國中才能出眾的人。⓯感其知　被知遇之恩所感動。⓰堅明　堅定明智。⓱尺寸　形容很少很小。⓲泛泛然　形容浮淺的樣子。⓳不可到　比不上。⓴小生　杜牧的自我謙稱。㉑審己切　深刻反省自己；有自知之明。審，明白。切，深刻。㉒已或　或許；如果。㉓知之深　對自己太看重。之，代指自己。㉔懟言　怨恨之言。㉕怨色　怨恨的表情。色，表情。㉖形　表現。㉗審己求知　在具有自知之明的基礎上要求別人了解自己，任用自己。這兩句是說，眾人無自知之明，無才無德而求人知遇；自己有自知之明，故無論別人如何對待自己，自己皆無怨言。㉘大和　唐文宗李昂的年號。西元八二七年至八三五年。㉙先進之士　指德才在己之上的前輩。㉚可與進　在別人的幫助下，可以進一步提高。與，幫助。㉛益修　學得更好。益，更加。修，學習。㉜不啻　不止；不少於。㉝邇來　近來。邇，近。㉞江湖間　指在外地各處奔波。㉟資　資本。㊱李巡官　生平不詳。巡官，為節度使、觀察使的屬官，位在判官、推官之下。㊲閣下　指崔鄲。㊳錄在門下　徵召我到您那裡去任職。錄，任用。㊴進謁　拜見。㊵讌享　宴會。讌，同「宴」。㊶榻席之上　形容所處位置親密而重要。榻，狹長而低的坐臥用具。㊷齒　列。㊸數子　指少數幾個親近之人。㊹攀緣絲髮　絲毫關係。攀緣，追隨。這裡引申為接觸、關係。㊺出特句　給我以特殊的、不拘常格的知遇之恩。出，拿出；給我。特達，特殊。倜儻，不受禮法拘束。一般指人，這裡指對待自己的禮遇超出常格。㊻塞　滿足；不辜負。㊼何道　什麼樣的行為。㊽承命　指得到對方要任用自己的消息。承，受到；得到。命，命令。這裡指任用之意。㊾愈切　更加深刻。㊿撫心句　我手摸胸膛，有點吃驚。撫心，是一種表達感情的動作。(51)忽忽　想不明白的樣子。(52)其然　這樣。代指受到對方的知遇之恩。(53)蒙　受到。(54)待之　對待我。之，代指杜牧自己。(55)眾人之地　一般人的待遇。眾人，指普通人。地，處境；待遇。(56)庶幾　差不多；也許能夠。(57)指顧　指揮。(58)簿書之間　指做一些抄抄寫寫的文字性工作。(59)發　表彰；讚揚。(60)望於古人　期望我能夠像古代聖賢那樣。(61)責以句　要求我去做我做不到的事情。(62)堪任　能夠勝任。(63)聽聞之過　聽信了對我的言過其實的讚美之辭。(64)求取句　要求我拿出特殊的超人才能。(65)發明　聲明；自我表白。指聲明自己不過是一個平庸的普通人而已。(66)導說句　談談自己的真心話。導，開通；說出。衷，內心。(67)一開句　讓您完全看到、聽到事實的真相。一，完全。(68)發憤　激動。(69)懷愧　滿懷的慚愧之情。(70)臨紙句　面對著信紙，因過分激動而汗流滿面。(71)裁　刪減；取捨。這句是說，給對方寫信時，因過分激動而不知道自己寫了些什麼。

【語　譯】孔子說：「既不怨恨天，也不責備人，學習一些平常的知識，以明白很高深的道理，理解我的，大概只有天罷！」他還說：「理解我的人是因為《春秋》，怪罪我的人也是因為《春秋》。」這說明聖人的做事態度，就是不去考慮世俗人是支持自己還是反對自己。杜厲叔曾在莒敖公手下做事，莒敖公不了解他、不重用他，到了莒敖公有難時，杜厲叔為他獻出了自己的生命。自己受不到別人的知遇也就算了，而杜厲叔反過來卻以死相報，這是因為他太怨恨莒敖公對自己的不了解、不重用。豫讓對趙襄子說：「智伯把我看作國家中最有才能的人，我也要以國家最有才能人的身分和方法去報答他。」這些人都是一些剛烈有義之人，他們很有才能，因為感激別人的知遇之恩，所以連自己的生命也不顧及了。如果沒有一點兒特殊的堅韌明智之舉，也沒有一點兒可用之才，如此淺薄卻要求別人重用自己，得到了重用又沒有力量去報答別人，得不到重用就生氣抱怨，這是一般人的心理。聖賢義烈之人，我是比不上的，但我同一般人也不一樣，那就是我具有深切的自知之明，我知道自己的品行和自己的才能，都無法超出一般人之上，因此也就不要求別人對我了解、重用，如果有人了解我想任用我，我常常採取迴避退縮的態度，只怕別人太看重自己，原因是我估量自己沒有辦法去回報別人的知遇之恩。也許有時因為其他什麼事情，不得已去要求別人來了解、任用自己，如果別人對自己不賞識，我也從未在背後說一些怨恨之話，從未呈現出怨恨的表情，即使在妻子兒女面前，我也從沒有表現出任何不滿之情。同一般人相比，我的不同之處就在於我是在具有自知之明的基礎之上去要求別人來了解、任用自己的。

大和二年，我應考進士，當時有許多有名望的先輩，認為我的品行還可以在他們的幫助下得到進一步的提高，我的學業也可以進一步得到深造，於是亂嚷嚷地讚揚我、爭作我的知己的人不下於二十人。最近十年，我一直漂流在全國各地，有時因為家事回到京城，事情一辦完就離京返回，我剛纔講的那些當時亂嚷嚷地讚揚我、爭作我的知己的人，現在大多已是朝中顯貴，而我卻從未去登門拜訪過。為什麼呢？因為這十年，我的品行沒有進一步提高，學業也沒有任何長進，深夜自我反省，心中非常慚愧，我能拿出什麼樣的成績在這些知己面前作為拜訪的資本和禮物呢！所以我一直默默無言、畏縮退避，只要不挨餓受凍，就已是萬幸了！

昨天，李巡官到我這裡來，把您的一些想法轉達給我，您似乎還知道我的名字，並打算將來讓我到您那裡去任職。您是當今社會上的一位德高望重的偉人，我如果能夠拜見您一次，或者陪您宴飲一次，也足感榮幸了，更何況您想在將來把我安置在一個親近而又重要的位置之上，把我放在少數親近者之列呢！我們從前沒有絲毫的聯繫，而您現在卻待我以特殊的、超出常格的知遇之恩，我在考慮，我應該具有什麼樣的才能，纔能不辜負您的期望；應該具有什麼樣的品行，纔能報答您的恩德。因此，自從獲悉您要任用我的消息以來，我就更加深刻地反省自己，我手撫著胸膛，為自己德淺才薄而暗暗吃驚，我反覆思量也沒有想明白，不知道您為什麼會如此看重我。

如果您對待我能像對待一般人那樣，只要求我具有一般人的才能，也只要求我像一般人那樣報答您，也許將來我還能夠在您的指揮之下，做一些抄抄寫寫的文字工作，凡是我認為該做的事就一定去做，做事時決不考慮私利，我或許還能夠握著毛筆，展開紙張，創作一些詩歌以歌頌您的美德，我所能做到的不過如此而已。如果您在其他方面也期望我能夠像古代聖賢那樣，要求我去做自己力所難及的事，那麼這一切都不是我所能勝任的。我擔心您聽信了一些有關我的過譽之辭，期望我具有超人的才能，所以我要特別聲明，向您談談自己的真心話，以便使您了解事實的真相。另外，我現在的心情異常激動，一想到您的恩德我就無比慚愧，所以面對信紙而汗流滿面，也不知自己寫了一些什麼內容。我深感惶恐不安，再三拜上。

答莊充書（ㄉㄚˊ ㄓㄨㄤ ㄔㄨㄥ ㄕㄨ）

【題解】莊充，人名。杜牧的朋友。生平不詳。莊充想請杜牧為自己的文集作序，杜牧為此寫了這封回信。杜牧在這封信中提出了帶有綱領性的文學創作主張，他認為文學創作要將思想內容放在首位，文章的氣勢風格可以作為輔助內容的手段，至於辭采、句法，則更次要了。但杜牧在強調思想內容的同時，並不忽視藝術形式的作用，而是要求人們擺正二者的關係，做到主次分明，以思想內容來主宰、約束藝術形式，而藝術形式則必須為思想內容服務。

某白❶莊先輩足下。凡為文以意❷為主，氣❸為輔，以辭采❹章句❺為之兵衛❻，未有主強盛而輔不飄逸者，兵衛不華赫❼而莊整❽者。四者❾高下圓折❿，步驟⓫隨主所指，如鳥隨鳳，魚隨龍，師眾⓬隨湯、武⓭，騰天潛泉⓮，橫裂⓯天下，無不如意。苟意不先立，止以文采辭句，繞前捧後⓰，是言愈多而理愈亂，如入闤闠⓱，紛紛然莫知其誰，暮散而已。是以意全勝者⓲，辭愈樸而文愈高；意不勝者，辭愈華而文愈鄙⓳。是意能遣辭⓴，辭不能成意，大抵為文之旨㉑如此。

觀足下所為文百餘篇，實先意氣而後辭句，慕古㉒而尚仁義者，苟為之不已，資㉓以學問，則古作者不為難到。今以某無可取，欲命以為序，承當厚意，惕息㉔不安。復觀自古序其文者，皆後世宗師㉕其人而為之㉖，《詩》㉗、《書》㉘、《春秋左氏》㉙以降，百家之說，皆是也。古者其身㉚不遇於世，寄志於言，求言遇㉛於後世也。自兩漢㉜已來，富貴者千百，自今觀之，聲勢光明㉝，孰若馬遷㉞、相如㉟、賈誼㊱、劉向㊲、揚雄㊳之徒，斯人㊴也豈求知於當世哉？故親見揚子雲㊵著書，欲取覆醬瓿㊶，雄當其時，亦未嘗自有誇目㊷。況今與足下並生今世，欲序足下未已㊸之文，此固不可也。苟有志，古人不難到，勉之而已。

某再拜。

【注釋】❶白　告訴；陳述。❷意　思想內容。❸氣　指文章的氣勢、風格。❹辭采　辭藻文采。❺章句　章法和字句。❻兵衛　比喻為思想內容服務的工具。❼華赫　華美而盛大。赫，盛大。❽莊整　莊嚴而整齊。形容文章氣勢恢宏、結構嚴密而協調。❾四者　指意、氣、辭彩、章句。❿高下圓折　比喻文章的走勢、趨向。⓫步驟　步調。⓬師眾　大部隊。⓭湯武　商湯和周武王。商湯是商朝的第一位君主，他率兵滅掉夏朝。周武王是周朝的第一位君主，他率兵滅掉了商朝。⓮騰天句　或飛上天空，或潛入深淵。「騰天」與上文「鳥隨鳳」相照應，「潛泉」與上文「魚隨龍」相照應。⓯橫裂　橫行；統一。本句與「師眾隨湯武」相照應。⓰繞前句　形容充滿全篇。⓱闤闠　集市；市場。闤，市場的圍牆。闠，市場的外門。⓲意全勝者　思想內容高妙的文章。勝，美好。⓳鄙　低劣。⓴意能遣辭　文章的思想內容可以主宰文詞的好壞。㉑為文之旨　寫文章的要點。為，寫。旨，要旨。㉒慕古　效法古代聖賢。慕，仰慕；效法。㉓資　幫助；借助於。㉔惕息　因恐懼而不敢呼吸。形容惶恐不安。惕，提心吊膽。息，呼吸。㉕宗師　效法；崇拜。㉖為之　寫序。這兩句是說，自古以來，都是因為後人崇拜前人，纔為前人的作品寫序。㉗詩　指《詩經》。儒家經典之一。中國最早的詩歌總集。㉘書　指《尚書》。儒家經典之一。主要內容是中國上古帝王的文誥。㉙春秋左氏　書名。又叫《左氏春秋》，簡稱《左傳》。相傳為春秋魯國人左丘明所撰，記載了春秋時期的歷史。㉚其身　指古代的作者。㉛言遇　思想上的知己。言，指所寫的文章。遇，知遇者；知己。㉜兩漢　西漢和東漢。㉝聲勢句　顯著的名聲。光明，明顯；顯著。㉞馬遷　人名。即司馬遷。西漢夏陽人。字子長。《史記》的作者。㉟相如　人名。即司馬相如。西漢成都人。字長卿。著名的辭賦家。㊱賈誼　人名。西漢洛陽人。先後任博士、太中大夫、長沙王太傅等職。是著名的文學家和政論家。㊲劉向　人名。西漢人。原名更生，字子政。先後任散騎諫大夫、光祿大夫等職。曾校閱古籍，著《別錄》、《新序》等書。㊳揚雄　人名。西漢成都人。字子雲。長於辭賦，並寫有《太玄》、《法言》等書。㊴斯人　這些人。㊵揚子雲　人名。即揚雄。㊶欲取句　打算拿他寫的書稿紙去蓋醬醋罐子。瓿，古代盛醬醋的瓦器。西漢人劉歆曾對揚雄說：您寫這些東西是白吃苦，後人會拿您的這些書稿紙去蓋醬醋罐子的。㊷詩目　自誇之辭。目，言辭；品評。㊸未已　沒有停止；繼續寫。

【語　譯】我向先輩莊充足下陳述如下：所有寫文章的都要以思想內容為主，以氣勢風格為輔助思想內容的手段，以辭藻文采、章法字句當作為思想內容服務的工具。如果思想內容健康充實，那麼文章的氣勢風格就一定會飄逸多姿，辭藻文采和章法字句也一定會華美豐富而且莊重整齊。思想內容、氣勢風格、辭藻文采、章法字句這四者之間的關係要協調，都要緊緊追隨著思想內容的趨向，就如同百鳥追隨鳳凰、魚兒追隨蛟龍、千軍萬馬追隨商湯和周武王那樣，如此一來或高翔天空，或深潛淵水，或橫行天下，都將得心應手，無不如意。如果沒有健康充實的思想內容，只拿一些華麗的辭句，去填塞全篇，這樣的話，寫的言詞越多，所要講的道理越混亂，這就好像進入集市一樣，亂紛紛的也認不清誰是誰，到了傍晚，各自散去而已。因此，以思想內容取勝的文章，它的語言越樸實，文章就顯得越高妙；如果思想內容不好，它的辭語越華麗，文章反而顯得越低劣。這說明思想內容可以左右辭句的好壞，而辭句卻不能使思想內容變得高妙充實。寫作文章的要旨大致如此。

我拜讀足下所寫的一百多篇文章，感到您確實是把文章的思想內容和氣勢風格放在首位，把文辭字句放在次要地位，文章的立意效法古代聖賢，崇尚仁義道德，如果能夠堅持不懈地寫下去，再借助於廣博的學問，那麼要趕上古代的著名作者也並不困難。現在，因為我自己一無可取之處，而您卻想讓我為您的文集作序，所以在我知道您的這片厚意之後，深感惶恐不安。另外，據我觀察，自古以來為別人寫序的人，都是一些後人，這些後人因尊崇某些前人而為這些前人的作品作序，自《詩經》、《尚書》、《春秋左氏傳》以來，包括諸子百家的典籍，都是如此。古代的那些聖賢生不逢時，便把自己的思想情感寫入詩文之中，想在後世尋求自己的知音。自兩漢以來，富貴之人成千上萬，然而現在看來，他們的名聲顯著程度，又有哪個比得上司馬遷、司馬相如、賈誼、劉向和揚雄這些人呢？而司馬遷這些人寫書作文的目的又豈是要求當時人的重視嗎？所以親眼看到揚雄寫書的人，認為揚雄的書毫無價值、只可用來蓋醬醋罐子，即使揚雄本人，在當時也沒有講過一句自誇的話。何況我與足下是同時代的人，想要我為您的還未寫完的文集作序，這確實是不恰當的。如果有遠大志向，想起上古代聖賢並不困難，只要努力就行。我再三拜上。

上河陽李尚書書

【題解】河陽，地名。在今河南省孟縣。北朝時，曾於河陽築南城、北城、中潬城三城，成為軍事重地，唐朝在這裡設河陽三城節度使。李尚書，指李拭，北海人。其父李鄘、其子李磎及其本人均進士及第。大中初年，李拭身兼朝請大夫、檢校禮部尚書、孟州刺史、河陽三城節度使數職，故稱他為「河陽李尚書」。這封書信大約寫於大中三年至大中四年，杜牧在信中期望李拭能夠建功立業，以便使文士揚眉吐氣，同時也說明了自己多病早衰、息心功名的狀況。

伏以三城❶所治，兵精地要，北鎖太行❷，東塞黎陽❸，左京❹河南❺，指為重輕❻。自艱難❼已來，儒生成名立功者，蓋寡於❽前代，是以壯健不學之徒，不知儒術，不識大體，取其微效❾，終敗大事，不可一二悉數❿。伏以尚書有才名德望，知經義⓫儒術，加以儉克⓬，好⓭立功名。今橫據要津⓮，重兵在手，朝廷搢紳之士⓯，屈指延頸⓰，佇觀政能⓱。況聖主掄擢⓲豪俊，考校古今⓳，退朝之後，急於觀書，已築七關⓴，取隴城㉑，緝為郡縣㉒。今親誅虜㉓，收其土田，取其良馬，為耕戰之具，西復涼州㉔，東取河朔㉕，平一天下，使不貢不覲之徒㉖，敢自專擅？此實聖主之心，事業已彰㉗，臣下明明㉘，無不知之。伏自尚書樹立㉙，鍛鍊㉚教訓，揀拔㉛法術㉜，尺寸取於古人㉝。若受指顧㉞，必立大功，使天下後學之徒，知成功立事，非大儒知今古成敗者而不能為之。復使儒生舒展胸臆㉟，得以誨導㊱壯健不學之徒，指蹤㊲而使之，令其心服，正在今日。某多病早衰，志在耕釣，得一二郡㊳，資其退休㊴，以活骨肉㊵，亦能作為歌詩，以稱道盛德，其餘息心㊶亦已久矣。下情日增㊷，瞻仰戀德㊸之切。某恐懼再拜。

【注釋】❶三城　即河陽的南城、北城、中潭城三城。詳見題解。❷太行　山名。綿延今山西、河南、河北三省的大山脈。❸黎陽　地名。故城在今河南省浚縣東北。❹左京　指東都洛陽。❺河南　地名。泛指黃河以南地區。❻指為句　被視為決定這一地區安危的重地。❼艱難　指安祿山、史思明叛亂。❽寡於　少於。❾取其句　因為他們建立了一點小功勞而重用他們。❿悉數　全部列舉。⓫經義　儒家經典的內容。⓬儉克　謙遜克己。儉，謙遜。⓭好　便於；適合於。⓮要津　重要的地方和地位。⓯搢紳之士　指士大夫。搢，插笏。紳，大帶。插笏於帶間，是士大夫的一種打扮。⓰屈指句　形容熱切盼望的樣子。屈指，彎著指頭計算時日。延頸，伸長脖子。⓱佇觀句　靜觀您的政治才能。佇，立。⓲掀擢　提拔；重用。掀，舉起。擢，拔。⓳考校句　考察古往今來的政治情況。⓴七關　指石門關、驛藏關、木峽關、制勝關、六盤關、石峽關、蕭關。均在今甘肅省境內。安、史之亂後，七關為吐蕃所占。唐宣宗大中三年（西元八四九年），唐收復七關。㉑隴城　地名。故址在今甘肅省清水縣北。㉒緝為句　收復為自己的郡縣。緝，收回。㉓虜　對敵軍的蔑稱。㉔涼州　地名。在今甘肅省一帶。㉕河朔　地名。泛指黃河以北地區。㉖不貢不覲之徒　指叛軍。貢，向皇上進貢。覲，朝見皇上。㉗彰　顯明。這裡指統一大業已初具規模。㉘明明　明白清楚的樣子。㉙樹立　建立。這裡指自我修養。㉚鍛鍊　磨鍊；實踐。㉛揀拔　選用人才。㉜法術　治理軍民的方法。㉝尺寸句　處處效法古人。尺寸，指即使很小的事情。㉞指顧　指朝廷的指揮、命令。㉟舒展胸臆　猶言揚眉吐氣、一舒胸懷。㊱誨導　教誨；指教。㊲指蹤　指揮。㊳得一句　能夠出任一郡刺史。大中三年，杜牧在京任尚書司勳員外郎、史館修撰。因京官俸祿少，不如刺史的俸祿多，杜牧供養全家有困難，便要求出任杭州刺史。第二年，杜牧出任湖州刺史。㊴資其句　為退休準備一些錢財。㊵活骨肉　養活骨肉親人。㊶息心　不再考慮。㊷下情句　我的這種念頭日益強烈。下情，謙詞。指自己的這種念頭。㊸戀德　仰慕您的大德。

【語　譯】我以為河陽三城這個地方，軍隊精良，地勢險要，它向北可以封鎖太行山，向東可以阻隔黎陽城，東都洛陽和黃河以南地區的安危治亂，都要仰仗於河陽三城。自從安史之亂以來，能夠建立功名的儒生，遠遠少於前代，因此那些身體壯健、不愛學習的人，他們不懂儒家學說，不識大體，卻因為建立了一些小功而得到重用，結果他們壞了大事，這樣的事例多得無法一一列舉。我認為您德才兼備，名望很高，懂得儒家經書、學說，再加上您謙遜克己，因此您是很容易建立功名的。現在，您占有很重要的位置，手握重兵，朝廷上的士大夫們，都在伸著脖子屈指計算，盼望您建功立業，靜觀您的政治才能。何況如今聖明的宣宗皇帝正在選拔人才，考察古今政治得失，每當退朝之後，皇上總是急於讀書學習。現在已經重新修築了石門等七關，奪取了隴城，收為大唐的郡縣。皇上親自下令討伐叛軍，收回他們占領的土地，奪取他們的良馬，作為朝廷發展農業、討伐敵人的工具。皇上向西要收復涼州，向東要收復黃河以北地區，要平定天下，使那些抗拒朝廷的叛軍，再也不敢擅自行事。這就是聖明的皇上的真實想法，而且統一大業已經初具規模，大臣們對此都很清楚，都知道這些情況。

我認為您在進行自我修養時，在訓練教育部隊時，在選用人才和治理辦法時，處處都效法了古代的聖賢。如果朝廷一旦下令討伐叛軍，您一定能夠建立大功，這樣就會使天下的晚學後輩明白，要想建立大功大業，除了深通古今成敗得失的大儒，別人是無法做到的。這樣也會使我們這些儒生揚眉吐氣，一舒胸懷，使我們能夠有資格好好地教誨那些身體壯健而不愛學習的人，能夠指揮他們，使喚他們，使他們心服口服，而這一切都要仰仗您現在要有所作為。

我現在體弱多病，過早地衰老了，只想過一種平淡的農夫、漁夫式的生活，或者出任一州刺史，為退休做點物資上的準備，以養活自己的妻兒老小，也還能夠寫一些詩歌，以歌頌您的大功盛德，至於其他的事情，我很久很久都沒有再去想了。我的這些念頭日益強烈。我非常仰慕您的美德，我滿懷惶恐，再三拜上。

上鹽鐵裴侍郎書

【題解】鹽鐵，這裡為官名。即鹽鐵使，或與轉運使合為一職，又叫鹽鐵轉運使。負責徵收鹽鐵之稅。裴侍郎，指裴休。裴休為濟源人。字公美。進士及第。大中初年，以兵部侍郎兼任諸道鹽鐵轉運使，故杜牧稱他為「鹽鐵裴侍郎」。大中六年，裴休進同平章事，在職五年，改革漕運積弊，制止方鎮暴斂。杜牧在這封信中，指出現行鹽鐵徵稅制度的弊端，提出了改革辦法。這對裴休以後所推行的經濟改革措施，應有一定影響。

伏以鹽鐵重務，根本在於江淮❶，今諸監院❷，頗不得人❸，皆以權勢干求❹，固難悉議停替❺。其於利病❻，豈無中策❼？某自池州❽、睦州❾，實見其弊。蓋以江淮自廢留後❿已來，凡有冤人，無處告訴，每州皆有土豪⓫百姓，情願把鹽⓬每年納利，名曰「土鹽商」。如此之流，兩稅⓭之外，州縣不敢差役⓮。自罷江淮留後已來，破散將盡⓯，以監院多是誅求⓰，一年之中，追呼⓱無已，至有身行⓲不在，須得父母妻兒錮身驅將⓳，得錢即放。不二年內，盡恐逃亡。

今譬於⓴常州㉑百姓，有屈身㉒在蘇州㉓，歸家未得，便可以蘇州下狀㉔論理披訴㉕。至如睦州百姓，食臨平監鹽㉖，其土鹽商被臨平監追呼求取，直是㉗睦州刺史，亦與作主不得，非裹四千里糧㉘直入城㉙役使，即須破散奔走，更無他圖。其間搜求胥徒㉚，針抽縷取㉛，千計百校㉜，唯恐不多，除非吞聲㉝，別無赴訴。今有明長吏㉞在上，旁縣百里，尚敢公為不法，況諸監院皆是以貨得之㉟，恣㊱為奸欺，人無語路㊲，況土鹽商皆是州縣大戶。言其根本㊳，實可痛心。比初㊴停罷留後，眾皆以為除煩去冗㊵，不知其弊，及於疲羸㊶，即是所利者至微，所害者至大。

今若蒙侍郎改革前非㊷，於南省㊸郎吏㊹中擇一清慎㊺，依前㊻使為江淮留後，減其胥吏㊼，不必一如向前多置人數。即自嶺南㊽至於汴宋㊾，凡有冤人，有可控告，奸贓之輩，動而有畏，數十州土鹽商，免至破滅。除江淮之太殘㊿，為侍郎之陰德(51)，以某愚見，莫過於斯(52)。若問於鹽鐵吏(53)，即不欲江淮別有留後，若有留後，其間百事，自能申狀諮呈(54)，安得貨財(55)，表裏計會(56)，分其權力，言之可知。伏惟俯察愚衷(57)，不賜罪責。某再拜。

【注釋】❶江淮　地區名。指今江蘇、安徽二省。因這二省處於長江、淮河流域，故稱。❷監院　官署名。負責鹽、鐵、茶等稅收事務。❸人　合適的人。❹干求　謀求；謀得職位。❺悉議停替　作出決定把他們全部撤職。悉，全部。議，決議；決定。替，廢除；撤職。❻利病　利弊。❼中策　這裡指稍微好一點的辦法。意思是說，徹底改變鹽鐵徵稅的弊病不太容易，但找到一個稍微好點的辦法還是可能的。❽池州　地名。在今安徽省貴池市。會昌四年至六年，杜牧任池州刺史。❾睦州　地名。轄區相當於今浙江省桐廬、建德、淳安三縣地。會昌六年至大中二年，杜牧任睦州刺史。❿留後　官名。鹽鐵轉運使多由宰相或淮南、浙西節度使兼任，在一些重要地方設置留後，代表朝廷負責處理有關鹽鐵事務。⓫土豪　地方上的豪門大戶。⑫把鹽　指做鹽的生意。⑬兩稅　指夏秋兩季所納的稅。唐德宗時，規定百姓一律於夏秋兩季以錢納稅，被稱為「兩稅」。⑭差役　派遣做其他事情。以上三句講的是以前的事。⑮破散句　指「土鹽商」幾乎都逃亡到他地。⑯誅求　盤剝；勒索。⑰追呼　形容勒索時追趕、喝斥的樣子。⑱身行　指土鹽商出門在外。⑲錮身驅將　抓來關押起來。錮身，以枷縛身；關押。⑳譬於　比如。㉑常州　地名。在今江蘇省常州市。㉒屈身　身受委屈。㉓蘇州　地名。在今江蘇省蘇州市。㉔下狀　投下狀子；遞上狀子。㉕披訴　申訴。披，傾吐；訴說。㉖食臨句　在臨平監的管轄內做販鹽生意。食，靠……吃飯。臨平，山名。在今浙江省餘杭縣境內。監，官署名。唐代在臨平山下設臨平監，負責鹽鐵稅收等事。㉗直是　即使是。㉘裹四千里糧　帶著乾糧遠赴四千里之外。裹，包裹；帶著。㉙城　城市。所指不詳。根據前面的「四千里」，此「城」應指京城。即輸送糧食、鹽茶等物資入京城。㉚胥徒　泛指官府中的衙役。㉛針抽句　一針針地挑取，一絲絲地抽出。形容衙役們對土鹽商敲骨吸髓的樣子。㉜千計句　猶言千方百計。㉝吞聲　心懷怨恨而不敢作聲。㉞明長吏　公允而明智的上級長官。長吏，泛指上級官長。㉟得之　得到官職。㊱恣　任意地。㊲人無句　受屈的百姓沒有申訴之處。語，傾訴。㊳言其句　一談到這些關鍵性的問題。㊴比初　當初。㊵去冗　排除多餘之物。冗，多餘。㊶疲羸　弊病；弊端。以上四句是說，留後權力較大，可以管束各鹽鐵官員，百姓也可到留後那裡訴冤。自從不設留後以來，地方上的刺史無權干涉鹽鐵官，結果鹽鐵官貪贓枉法，為所欲為，而百姓（主要指普通鹽商）卻有苦無處可訴。㊷前非　以前這些弊病。㊸南省　官署名。即尚書省。負責全國政務。唐代的尚書省在大明宮以南，故稱南省。㊹郎吏　即郎中。官名。為唐代諸司長官。㊺清慎　廉潔而謹慎。㊻依前　依照從前的慣例。㊼胥吏　下級官員；屬官。㊽嶺南　地區名。唐代十道之一。轄區相當於今兩廣地區。㊾汴宋　地名。指汴州和宋州。汴州在今河南省開封市。宋州在今河南省商丘市。㊿太殘　過分的殘酷；苛政。(51)陰德　暗中施恩德於人。(52)莫過句　最重要的是革除鹽鐵苛政。斯，代詞。代指選擇良吏為江淮留後，以革除鹽鐵苛政。(53)鹽鐵吏　指地方上負責鹽鐵事務的官員。(54)申狀諮呈　向朝廷申報情況。申狀，一種向上遞交的公文。諮呈，公文名。這裡都用作動詞。(55)安得句　那些鹽鐵官如何還能搜括錢財！(56)表裏句　猶言反覆掂量。計會，計算；思考。(57)伏惟句　希望您能夠留意一下我的這些想法。伏，趴下。是下對上的敬詞。惟，想；希望。俯，也是下對上的敬詞。察，明白；注意。愚，愚蠢。是謙詞。衷，心中；想法。

【語　譯】我認為鹽鐵管理是國家的一件大事，而鹽鐵管理的主要任務就在江淮地區。現在，江淮地區負責鹽鐵管理的監院官員，大多都不是合適人選，這些官員都是依靠權貴鑽謀得職位，所以要想全部免去他們的官職，實在太困難了。但是權衡利弊，難道就找不到一個稍微好一點的辦法麼？我在池州、睦州擔任刺史時，確實看到了現行鹽鐵管理辦法的弊端。自從江淮地區廢除留後以來，所有的受冤之人，都無處申訴。各州都有一些大戶百姓，他們願意做販鹽生意，每年向國家交納一定的錢稅，人們把他們叫作「土鹽商」。這樣一些人，在過去除了夏秋兩季交稅之外，州縣官府也不敢讓他們另服勞役。自從江淮地區廢除留後以來，這些土鹽商幾乎都逃亡了，原因就是監院官員對他們盤剝過多，一年到頭，官員們對他們進行無休止的勒索，甚至有這種情況：鹽商本人出門在外，官員就把他們的父母妻兒抓來關押起來，交了錢就放人。我擔心不用兩年時間，這些土鹽商都將全部逃亡。

現在舉個例子，比如說常州的百姓，如果有人身受冤屈住在蘇州，無法回家，他就可以在蘇州遞上狀子為自己申訴說理。至於睦州的百姓，如果他在臨平監的管轄下當土鹽商，受到臨平監鹽鐵官員的敲詐勒索，即便是睦州刺史，也沒權為受敲詐的鹽商作主，這些鹽商除非帶著糧食到四千里之外的京城去服役，要麼就是馬上逃往他鄉，除此別無出路。在這期間，那些下級官員對鹽商百般勒索，敲骨吸髓，使盡渾身解數，唯恐索得的財物不多，而這些鹽商除了忍氣吞聲，無處可以申訴。現在即使地方長官公允而明智，那些衙役們也敢在縣城周圍百里之內公開地幹不法之事，更何況監院的鹽鐵官員都是通過賄賂鑽謀得一官半職，他們更是放肆地幹一些奸詐欺人之事，百姓卻無申訴之門，而且那些受盡欺辱的土鹽商都還是各州縣的大戶人家。一談到這些關鍵性的重要問題，實在使人痛心。當初剛廢除留後時，大家都認為這是消除冗官散職的好事，沒有考慮到此舉的弊端，以至於形成今天這種使百姓痛苦不堪的局面，這就說明此舉的好處太小，而造成的危害很大。

現在，如果您能夠改革當前這種弊端，在尚書省選拔一位廉潔謹慎的郎吏，按照從前的慣例，任命他為江淮地區的留後，可以減少他的屬官人數，不必像從前那樣有眾多的僚屬。這樣，從嶺南到汴州、宋州一帶，凡是有冤屈的鹽商，都有一個可以告狀的地方，那些貪贓枉法的奸詐官員，做事也會有所畏懼，數十州的土鹽商，也不致四散逃亡。革除江淮地區的苛政，成就您的陰德，根據我的看法，最好的辦法就是辦成這件事情。如果去徵求鹽鐵官員的意見，他們當然不願意在江淮一帶另外安置一個留後，如果有了留後，這一地區的各種事情，留後就可以直接向朝廷匯報，那些鹽鐵官員如何還能貪污錢財呢？他們反覆掂量，知道留後會分走他們的權力，因此他們反對另置留後是可想而知的。我希望您能夠留意我的這些意見，不會因此而怪罪我。我再三拜上。

與汴州從事書

【題解】汴州，地名。在今河南省開封市。從事，官名。是各州刺史的屬官，所司職責各不相同，有的則由刺史自行任免。這裡的「從事」具體所指不詳。杜牧在這封信中告誡對方，治理百姓的要事之一，就是在分派勞役時要均等，不可輕重不一。杜牧並以李式和自己的治理方法為例，說明要想服役均等，主要官員一定要掌握百姓名冊，親自過問，以免下級官員營私舞弊，坑害百姓。

汴州境內，最弊最苦，是牽船夫，大寒虐暑[1]，窮人奔走，斃踣[2]不少。某數年前赴官入京，至襄邑縣[3]，見縣令李式[4]甚年少，有吏才[5]，條疏牽夫[6]，甚有道理，云：「某當縣萬戶[7]已來，都置一板簿[8]，每年輪檢自差[9]，欲有使來[10]，先行文帖[11]，尅期令至[12]，不揀貧富，職掌一切均同[13]。計一年之中，一縣人戶，不著兩度夫役[14]，如有遠戶[15]不能來者，即任納錢[16]，與於近河雇人[17]，對面分付價直[18]，不令所由[19]欺隱。一縣之內，稍似蘇息[20]。今即蓋以承前[21]但有使來，即出帖差夫[22]，所由得帖，富豪者終年閑坐，貧下者終日牽船。今即自以板簿在手，輪轉[23]差遣，雖有黠吏[24]，不能用情[25]。」

某每任刺史，應是役夫㉖及竹木瓦磚工巧㉗之類，並自置板簿，若要使役，即自檢自差，不下文帖付縣。若下縣後，縣令付案㉘，案司㉙出帖，分付里正㉚，一鄉只要兩夫，事在一鄉徧著㉛，赤帖㉜懷中藏卻㉝，巡門掠斂一徧㉞，貧者即被差來。若籍在手中，巡次㉟差遣，不由里胥㊱典正㊲，無因更能用情。以此知襄邑李式之能，可以惠及夫役，更有良術，即不敢知㊳。

以某愚見，且可救急，因襄邑李生㊴之績效，知先輩思報幕府之深誠㊵，不覺亦及拙政㊶，以為證明，豈敢自述㊷。今為治㊸，患於差役不平，《詩》云：「或棲遲偃仰㊹，或王事鞅掌㊺。」此蓋不平之故。長吏不置簿籍一一自檢㊻，即奸胥㊼貪冒㊽求取，此最為甚。某恐懼再拜。

【注　釋】❶虐暑　酷熱。❷斃踣　倒地而死。踣，倒地。❸襄邑縣　地名。故城在今河南省睢縣西。❹李式　人名。生平不詳。❺吏才　做官的才能。❻條疏句　陳述有關縴夫的事。條疏，分條陳述。牽夫，拉船的人。❼當縣萬戶　擔任縣令。萬戶，泛指一縣民戶。❽板簿　戶口冊。又稱作板籍、版籍。❾輪檢自差　輪流查核，親自差遣船夫。差，派遣。❿使來　朝廷的使臣到來。⓫文帖　文書；公告。⓬尅期句　命令應服役的船夫在指定的時間內報到。尅，限定。⓭職掌句　我主管此事，讓全縣百姓平均分攤拉船的任務。職掌，主管。⓮不著句　不讓百姓兩次出來服役。著，派遣。⓯遠戶　指距離河岸較遠的人家。⓰納錢　交錢。以交錢代替拉船。⓱與於句　把這些錢拿來雇請黃河岸邊的人去拉船。河，指黃河。⓲對面句　當面付清工錢。對面，當面。價直，指遠戶交納的工錢。直，價值。⓳所由　即所由官。指主管官員。⓴蘇息　休養生息。蘇，困頓後得到休息。㉑承前　以前。㉒出帖差夫　發出文告，派遣船夫。㉓輪轉　輪換；輪流。㉔黠吏　狡猾的衙役。㉕用情　使用私情。即營私舞弊。㉖應是役夫　派遣這一類的役夫。應，提供；派遣。㉗工巧　工匠。㉘付案　交付下級按慣例處理。案，成例；慣例。㉙案司　官名。又叫司士。負責河津、營造等事。㉚里正　官名。為鄉村小吏，負責管理一百或數十戶人家。㉛偏著　都派遣去服勞役。㉜赤帖　指州縣徵用役夫的文告。㉝藏卻　藏著不讓人知道。㉞巡門句　挨門挨戶敲詐勒索一遍。巡門，挨門。掠斂，掠奪斂取財物。這五句是說，如果讓里正這些小吏去負責安排役夫的話，他們就會趁機敲詐百姓，中飽私囊。比如說，上級只要每鄉派出兩個役夫，而里正們卻要每個人都去，然後他們挨門勒索錢財，結果是出錢賄賂的富戶不用出差，而貧苦之人就不得不去服役。㉟巡次　按次序。㊱里胥　泛指鄉村小吏。㊲典正　泛指下級官員。典，掌管。正，官長。㊳更有二句　也許您有更好的辦法，那我就不知道了。此為謙語。敢，謙詞。㊴李生　指上文提到的李式。生，對讀書人的稱呼。㊵知先句　我知道您滿懷誠意地想報答汴州刺史對您的知遇之恩。先輩，對收信人（即題目中的「從事」）的尊稱。幕府，官署。這裡代指汴州刺史。㊶拙政　對自己的行政措施的謙稱。㊷自述　自我表述；自我誇耀。㊸為治　從政；治理百姓。㊹或栖句　有的人過著悠閑自得的生活。或，有的人。栖遲，遊樂休息。偃仰，安居。㊺或王句　有的人為國事四處奔忙。王事，國王的事；國家的事。鞅掌，忙忙碌碌的樣子。這兩句詩出自《詩經・小雅・北山》。㊻長吏句　如果州縣長官不具備戶口冊並進行仔細檢查。長吏，上級長官。這裡具體指州縣長官。簿籍，即上文中的「板簿」。戶口冊。㊼奸胥　奸詐的小吏。胥，小官吏。㊽貪冒　貪圖財利。冒，貪。

【語　譯】在汴州境內，最苦最累的，大概要算是拉船夫了，在極為寒冷或酷熱的天氣裡，拉船的窮苦人四處奔走，不少人死於途中。幾年前，我進京赴任時，路過襄邑縣，見到了縣令李式，他非常年輕，很有為官才能，他向我陳述了有關拉船夫的事情，講得很有道理，他說：「自從我擔任了這個管理萬戶人家的縣令以後，我一直置辦有一本全縣的戶口冊，每年輪流著讓百姓去拉船，而且親自檢查、親自派遣。如果朝廷使臣要來，需要船夫，我就事先發下文告，命令船夫如期到達，派遣船夫時不分貧富，讓全縣百姓平均分攤拉船的任務。我計算著在一年之內，讓全縣的每個百姓不會兩次外出拉船。如果有一些人戶離黃河邊太遠，不能前來拉船，我就讓他們交錢，然後用這筆錢在黃河附近僱人去當船夫，並當面付清工錢，不讓那些有關的下級官員從中欺騙隱瞞以中飽私囊。這樣一來，全縣百姓似乎多少能夠得到一點休養生息。以前，只要有使臣到來，縣令就出文告徵用船夫，下級主管官員拿著這些文告去辦理，結果使那些有錢的富豪人家終年清閒無事，而貧賤人卻終年在外拉船。現在，我手中親自握有戶口冊，我輪流派遣船夫，即使有一些奸詐狡猾的官吏，也無法從中營私舞弊。」

我每次擔任刺史，在徵用這類役夫以及竹木、磚瓦、工匠一類的事情時，我都要親自置辦戶口冊，如果需要使用役夫，我就親自檢查、親自派遣，不下發文告給各縣。如果下文告給各縣，縣令就會把這些事交付下級按慣例處理，案司就再發文告，分付給里正們去辦。如果上級只要每鄉派出兩人，而里正們卻要全鄉人都去服役，這些里正把上級的徵用文告放在懷中藏好，然後挨門挨戶去敲詐勒索錢財，結果是把窮人派去服役。如果戶口冊掌握在自己的手中，由自己按次序輪流派遣役夫，不讓那些鄉村小吏插手，他們也就沒有機會欺上瞞下以謀取私利了。我根據這一點，知道襄邑縣的李式很有才能，他的這些才能對服役的百姓大有好處。也許您有比這更好的辦法，那我就不太清楚了。

我認為，這些辦法是可以用來糾正當前徵用役夫的弊端。由於襄邑縣李式的政績，使我想到您正滿懷誠意地想做出一些政績以報答汴州刺史對您的知遇之恩，於是也就不知不覺地談到自己的一些不太成熟的行政措施，我只是想拿這些事例作證據，豈敢自我誇耀！現在當官治民，值得擔心的就是老百姓服役不公平，《詩經》中說：「有的人過著悠閒自得的生活，有的人卻為國事到處奔忙。」寫這種詩的原因就在於百姓們服勞役不公平啊！州縣長官如果不置辦戶口冊並進行仔細的檢查，那些奸詐的小吏就會乘機勒索錢財、貪污納賄，而在徵用役夫這方面表現得尤為突出。我滿懷惶恐，再三拜上。

卷十四

黃州准赦祭百神文

【題解】黃州，地名。在今湖北省黃岡市。准，依據。赦，赦書。這裡指皇帝赦免罪人的命令。唐武宗會昌二年（西元八四二年），群臣給武宗獻尊號「仁聖文武至神大孝皇帝」，朝廷為此大赦天下，同時命令各州刺史祭祀境內神靈。這一年，四十歲的杜牧任黃州刺史，他按照大赦令的指示，舉行了祭神活動，為此撰寫了這篇祭神文。文中首先介紹了這篇文章的寫作緣起，接著用很大篇幅歌頌皇上的美德，最後描寫了自己祭祀神靈以及向神靈祈福的經過。

會昌二年，歲次壬戌❶，夏四月乙丑朔❷，二十三日丁亥❸，皇帝御宣政樓❹，百辟❺卿士❻，稽首❼再拜，敢上「仁聖文武至神大孝」尊號于皇帝。受冊❽禮畢，御丹鳳樓❾，因大赦❿天下，咸⓫告天下刺史，宜祭境內神祇⓬有益於人者，可抽常所上賦以備供具⓭。牧為刺史，實守黃州。夏六月甲子朔，十八日辛巳，伏准赦書得祭諸神，因為文稱讚皇帝功德，用饗神⓮云。

【章　旨】本章不是祭神正文，相當於序言，主要介紹這篇祭神文的寫作緣起。

【注　釋】❶歲次句　這一年是壬戌年。古人用天干地支紀年，每年所值的干支叫歲次。❷乙丑朔　初一。乙丑，古人用天干地支紀日，乙丑日即初一。朔，陰曆的每月初一。❸丁亥　丁亥日。即會昌二年四月二十三日。❹宣政樓　唐朝宮殿名。在長安大明宮內。❺百辟　指諸侯公卿。辟，君主。先秦時諸侯國君即可稱辟，在諸侯之上還有天子。❻卿士　泛指朝廷百官。❼稽首　古代的一種禮節。跪下，拱手至地，頭也至地。❽受冊　接受尊號。冊，封爵的策令。這裡指上尊號的書冊。❾丹鳳樓　唐朝大明宮城正南門叫丹鳳門，門上有樓，叫丹鳳樓。❿大赦　對已判罪的罪犯免刑或減刑。⓫咸　都；徧。⓬神祇　天地之神。天神叫神，地神叫祇。⓭可抽句　可以在通常應該上繳朝廷的錢糧中抽出一部分，用來置辦祭神用品。供具，祭神用的東西。⓮用饗神　用這篇文章合祭眾神。饗，合祭。

【語　譯】會昌二年是壬戌年，這年夏天四月，從初一乙丑日到二十三日丁亥日，武宗皇帝登上了宣政樓，諸侯百官都稽首叩頭，再三跪拜皇上，恭敬地獻「仁聖文武至神大孝」這一尊號給皇上。接受尊號的盛典結束以後，皇上登上了丹鳳樓，宣佈大赦天下，並通知全國各地的刺史，讓他們祭祀各自境內有益於百姓的天地之神，還可以從通常應該上繳朝廷的錢財中抽出一部分，用來置辦祭祀用品。我也是一名刺史，管理著黃州。這年夏天六月，從初一甲子日到十八日辛巳日，我恭敬地依照皇上赦書中的命令，也祭祀眾神靈，為此我寫了這篇文章以歌頌皇上的大功大德，同時也用這篇文章合祭眾神。

皇帝嗣❶帝，天飭天付❷，前王申年❸，坐統大業❹，慈明寬恩，聖明文武。或曰誅殛❺，曰：「我父母❻，譬彼嬰兒❼，豈不可恕❽。」或曰畋遊❾，苑❿大林深，喈嘐⓫跳突[12]，千毛萬羽[13]，豹裂鵰擒[14]，其樂無伍[15]。皇帝曰：「不，匪[16]我不知，言豈假汝[17]。未撫四夷[18]，未考百度[19]，天地宗廟[20]，未陳簠簋[21]。如寐未寤[22]，如痒未愈[23]。斥退狗馬[24]，未可以御[25]。」或曰酒飲，順氣完神[26]，奠習樂工[27]，自祖自父[28]，瑤簪繡裾[29]，千萬侍女，酬以觥斝[30]，助之歌舞，富貴四海，不樂何苦。皇帝曰：「不，如聞四海，蝗[31]蔽田畝，或曰亢旱[32]，或曰淫雨[33]。稚老孤寡，未盡得所，聞一有是，首不能舉[34]。」

乃拔俊良，乃登耆老[35]，夕思朝議，依規約矩[36]。詳刑[37]定法，深刻[38]不取，摽揭[39]典制，酌之中古[40]。遠師太宗[41]，近法憲宗[42]，怵慄[43]思惟，不治是懼[44]。四國[45]既平，六職攸序[46]。黍稷[47]稻粱，嘔啞俯僂[48]，父子供養，嬰兒撫乳。萬里齊俗[49]，實皇帝力，繄眠而食[50]，罔知其故[51]。皇帝乃曰：「予見郊廟[52]。」嚴法物[53]，旓旐旗[54]。五帝坐壇[55]，百神立坫[56]，嵬疑肸蠁[57]，捧爵是醮[58]。海外天內[59]，戎狄蠻夷[60]，奇服異貌，伏于除外[61]，歡喜叫噪[62]。迴御丹鳳[63]，大赦四海，改元[64]會昌，減論[65]有罪，紹功嗣德[66]，搜剔幽昧[67]。寒暑合節[68]，風輕雨碎[69]，穀溢陳囷[70]，畜繁腯大[71]。東南西北，限岸畺紀[72]，無有頓憚[73]，不識災害。三事大夫[74]、邦伯[75]、諸侯，曰：「皇帝德，古不能侔[76]，謳歌謠詠，安能可稱。」百工庶人[77]，亦有聚謀，拜章[78]口呼，願上大號[79]，神聽天聞，欲揚宏休[80]。皇帝曰：「無功，不可虛受。」懇請不已，出涕叩頭。皇帝不能止[81]，曰：「予慚羞，曰因大赦，惟新九州[82]。

不窮不詐[83]，不饑不偷，有窮有饑，實吏之尤[84]。予實天吏[85]，許之省修[86]，約束教誡，纖悉丁寧[87]，品類細偉[88]，各當源流[89]。」皇帝曰：「俞[90]，股肱耳目[91]，誠亦竭力[92]。寒暑風雨，宜神是酬[93]，匪神之力，其誰能謀[94]？凡爾守土[95]，各報爾望[96]。剝烹羹胾[97]，無愛羊牛。」天下聞命，奔走承事[98]。

牧實遭遇[99]，亦忝[100]刺史。齋齋惕慄[101]，臨谷臨墜。視牲啟毛[102]，濯爵置冪[103]，不委下吏[104]，餚羞[105]具潔，罔有不備。衣冠待曉[106]，坐以假寐[107]，步及神宇[108]，蹐足屏氣[109]。神實在前，敬恭跪起。《詩》[110]不云乎：「皇天上帝，伊誰云憎[111]？」天憎罪人，天可指視[112]，止殃其身[113]，豈可傍熾[114]？刺史[115]有罪，可病可死，其身未塞[116]，可及妻子，無作水旱，以及閭里[117]。皇帝仁聖，神祇聰明，唱和符同[118]，相為表裏[119]。黃治[120]雖遠，黃俗雖鄙[121]，皇帝視之，近遠一致。洋洋在上[122]，實提人紀[123]，無負皇帝，自作羞愧。

月惟孟夏[124]，日惟辛巳[125]，實神降祉[126]。神如有言：「我答皇帝：寒暑風雨，其期必至[127]，瘥癘[128]水旱，永永止弭[129]。爾[130]為官人，勉其爾治。」某敬再拜，流汗霑地[131]。

【章旨】本章為正文，主要內容有二：一是歌頌皇上功德，二是描寫祭神情況。

【注釋】❶嗣　繼承。❷天飭句　這是上天的命令，是上天付予他的大任。飭，命令。❸前壬句　上一個壬申年。即開成五年（西元八四〇年）。壬申，應為「庚申」。開成五年為庚申年，這一年唐文宗去世，唐武宗繼位，第二年改元會昌。❹

坐統句　安坐而總領治國大業。❺誅殛　誅殺。殛，誅殺。❻我父母　我是百姓的父母。❼譬彼句　百姓好比我們的幼子。譬，比如。彼，指代犯罪的百姓。❽恕　寬恕。❾畋遊　打獵遊玩。畋，打獵。❿苑　養禽獸種樹木的地方，供帝王打獵遊樂之用。⓫喈嘐　象聲詞。形容鳥叫聲。⓬跳突　跳躍。描寫野獸奔跑的樣子。⓭千毛句　有成千上萬的野獸和飛鳥。毛，代指野獸。羽，代指飛鳥。⓮豹裂句　獵殺猛豹，擒捉鵬鳥。鵬，古代傳說中的一種大鳥。⓯無伍　無比。⓰匪　通「非」。不。⓱言豈句　這還需要你來說嗎！假，憑藉；通過。⓲四夷　四方異族。⓳百度　泛指各種規章制度。⓴宗廟　皇帝祭祖的地方。㉑未陳句　還未來得及祭祀。陳，擺列。簠簋，兩種盛祭品的器皿。㉒如寐句　我猶如一個還未睡醒的人。指自己對朝政還不熟悉。寐，入睡。寤，睡醒。㉓如痒句　我猶如一個生病還未痊癒的人。指自己的德才還不夠完美。痒，病。㉔斥退句　不用狗馬去打獵。㉕御　使用。指使用狗馬去打獵。㉖順氣句　可以使血氣順暢，精神完好。㉗奠習句

讓臣下進獻技藝熟練的樂工。奠，進獻。習，熟悉。㉘自祖句　自創新曲。祖、父，都用作動詞。師法；效法。這句是說，這些樂工技藝高超，能自創新曲而不依傍別人。㉙瑤簪句　頭上插著玉製的簪子，身上穿著華麗的衣服。瑤，美玉。簪，用來綰住頭髮的一種針形首飾。裾，衣服的大襟。代指衣服。本句描寫侍女。㉚酬以句　賓主舉杯相互勸酒。酬，客人給主人敬酒後，主人再次給客人敬酒。醆，一種酒器。斝，一種酒器。㉛蝗　一種害蟲名。又叫螞蚱。㉜亢旱　大旱。㉝淫雨　連綿不斷地下雨。㉞首不句　難過得連頭也抬不起來。㉟乃登句　於是就重用那些有經驗的老臣。登，使……登上高位。耆，老人；老臣。㊱依規句　依照規矩辦事。約，約束自己。㊲詳刑　謹慎用刑。詳，審慎。㊳深刻　嚴峻刻薄。㊴摽揭　高舉。引申為制訂、使用。㊵酌之句　參考中古時期的情況。酌，斟酌；參考。中古，根據下文，應指唐初。㊶太宗　指唐太宗李世民。他輔佐父親李淵平定天下，即位後勵精圖治，開創貞觀盛世。㊷憲宗　指唐憲宗李純。憲宗在位期間，竭力討平叛軍，使唐朝一度出現中興氣象。㊸怵慄　戰戰兢兢、小心翼翼。㊹不治句　即「懼不治」。只怕天下治理不好。㊺四國　指四方的諸侯國。也即各地藩鎮。㊻六職句　各種政務井然有序。六職，一指王公、士大夫、百工、商旅、農夫、婦工六種職別，一指官府的治、教、禮、政、刑、事六種職務。攸，相當於「所」。㊼黍稷　兩種穀物名。即黃米和穀子。㊽嘔啞句　兒童和老人。嘔啞，象聲詞。形容小兒說話聲。代指兒童。俯僂，形容駝背的樣子。代指老人。㊾齊俗　風俗一樣。這是讚美皇上推行教化十分成功。㊿緊眠句　百姓過著安定美滿的生活。緊，語氣詞。眠而食，形容安定的生活。(51)罔知句　而百姓並不知道自己能夠過上安定生活，靠的是皇上的恩德。古人認為，最好的政治是統治者讓百姓過上了安定幸福生活，而百姓卻感覺不到統治者的存在。(52)予見句　我要到郊外去祭祀天地。予，我。郊，祭天地。一般在郊外舉行。(53)嚴

法物　把各種儀仗用品置辦得嚴整鮮潔。法物，帝王儀仗隊所用的器物。(54)旓旐旗　泛指儀仗隊使用的各種旗幟。旓，旗幟上的飄帶。旐，畫有龜蛇圖案的旗。(55)五帝句　五帝的神像高坐在祭壇之上。五帝，指五位天帝。一說指天上的五方之帝，即東方蒼帝、南方赤帝、西方白帝、北方黑帝、中央黃帝。一說以太昊、炎帝、黃帝、少昊、顓頊為五天帝。壇，祭壇。(56)立坫　站在兩邊的土臺上。坫，土臺。(57)嵬嶷句　他們是那樣的高大偉岸，他們的神通無所不在。嵬嶷，形容高大雄偉的樣子。肸響，又作「肸蠁」。形容神靈們的神通無所不在。(58)捧爵句　君臣們手捧酒杯，祭祀這些神靈。爵，一種酒器。是，代詞。代指上文提到的神靈。是醮的賓語。醮，祭祀。(59)海外句　泛指人類居住的地方。(60)戎狄句　泛指四方異族。古人稱西方異族為戎，北方異族為狄，南方異族為蠻，東方異族為夷。(61)伏于句　他們都在祭壇之下跪拜。除，壇。這句描寫各處異族都派使臣來參加皇上的祭祀活動。(62)叫噪　歡呼。(63)丹鳳　即丹鳳樓。(64)改元　更改年號。漢武帝以後，新君即位，例於次年改用新年號紀年，稱改元。也有一帝在位、多次更改年號之事。(65)減論　減罪。論，判刑。(66)紹功句　繼承先帝的功德。紹、嗣，繼承。(67)搜剔句　尋求人才。幽昧，沒有官位、默默無聞的賢人。(68)合節　合乎季節。即該熱則熱，該冷則冷。(69)雨碎　雨細。(70)陳囷　成排的倉庫。陳，排列。囷，圓形的倉庫。(71)畜繁句　家畜又多又肥又大。繁，多。腯，肥。(72)限岸句　邊疆地區穩固而安定。限，邊界。岸，高大。引申為穩固。畺，通「疆」。邊疆。紀，治理。(73)頓憚　困頓可怕之事。頓，困頓；疲弊。憚，害怕。(74)三事句　古人稱三公為三事大夫。三公是輔佐君主執政的最高官員。唐代的三公指太尉、司徒、司空。(75)邦伯　各州長官。唐代稱刺史為邦伯。(76)侔　相等。(77)百工句　各行各業的百姓們。百工，古代有百官、各種工匠等涵義。這裡當指後者。庶人，百姓。(78)拜章　向皇上敬獻奏章。(79)大號　即尊號。(80)欲揚句　想以此稱揚皇上的高尚美德。宏，偉大。休，美好；美德。(81)不能止　不得已。(82)惟新句　使全國罪人改過自新。惟，語氣詞。九州，全國。古人把中國分為冀、豫、雍、揚、兗、徐、梁、青、荊九州。(83)不窮句　不是生活困難，不會欺詐別人。這是針對罪人講的。(84)尤　過錯。(85)予實句　我是為上天而治民的人。予，我。實，實在。加強語氣。(86)許之句　允許他們自我反省，重新做人。之，代指罪人。修，修身。(87)纖悉句　即使細微小事，也要反覆叮囑。纖，小；小事。悉，全部。丁寧，再三囑咐。(88)品類句　各種各樣的人。品，類。細，小。偉，大。(89)各當句　猶言各得其所。(90)俞　嘆詞。表示同意、讚許。(91)股肱句　指公卿百官。股肱，大腿和胳膊。比喻大臣。耳目，比喻大臣。(92)誠示句　你們表現了極大的忠誠，竭力為朝廷服務。示，表現出來。(93)宜神句　應該報答這些神靈。宜，應該。神是酬，即「酬神」。酬，報答。(94)謀　謀劃；做。指謀劃上文提到的「寒暑風雨」。(95)凡爾句　所有你們這些地方官員。守，管理。(96)望　古代祭祀山川的專稱。遙望而祭，故稱。

這裡泛指各地神靈。97剝烹句　宰剝烹調，做成肉羹或大塊的肉。胾，大塊的肉。本句寫製作祭品。98承事　接受命令準備祭祀之事。99牧實句　我杜牧生逢其時。牧，杜牧自稱。遭遇，遇到了好時代、好機會。100忝　愧居。忝，愧。謙詞。101齋齋句　恭恭敬敬、戰戰兢兢的樣子。齋齋，恭敬的樣子。惕慄，害怕的樣子。102視牲句　親自督辦宰殺犧牲事宜。視，視事；辦事。牲，犧牲。古代用作祭品的毛色純一的牲畜。啟，開始；置辦。毛，代指犧牲。103濯爵句　洗滌酒器，置辦遮蓋祭品的布巾。濯，洗。爵，一種酒器。羃，通「冪」。遮蓋食物的巾。104不委句　這一切都沒有交給部下辦理。委，委託。言自己非常重視，一切皆親自動手。105餚羞　指各種祭品。餚，做熟的魚肉等。羞，食物。106衣冠句　穿戴整齊，等著天亮。衣冠，用作動詞。穿衣戴帽。這是描寫祭神那一天的清晨情況。107假寐　不脫衣而睡。108神宇　神廟。109蹐足句　輕步慢行，屏住呼吸。形容敬畏的樣子。蹐足，小步輕走。屏氣，抑制呼吸不敢出聲。110詩　書名。即《詩經》。儒家經書之一。111伊誰句　誰會受到天帝的憎惡？伊，語氣詞。112指視　指示；明白表示出來。113止殃句　只使罪人獨自受罰。114傍熾　牽連其他的人。熾，燒。引申為懲罰。115刺史　杜牧自指。116其身句　如果懲罰我本人還無法償罪。塞，滿足。引申為償罪。117閭里　指百姓。閭里是古代的一種居民組織單位。一般以二十五家為一閭或一里。這裡泛指民間。118唱和句　指上帝和皇上的思想一致。領唱叫「唱」，跟著唱叫「和」。119相為句　指上帝和皇上一裡一外相互配合。上帝的意旨難明，為「裡」；皇上的言行易曉，為「表」。表，外。120黃治　黃帝治國的情況。黃，指黃帝。傳說中的聖君。121黃俗句　黃帝時代的古樸民風現在雖然變得庸俗淺陋。122洋洋句　功德美盛的皇上在位。洋洋，美盛的樣子。123實提句　掌握著治民的綱紀。提，掌握。124月惟句　本月是夏天的第一個月。惟，句中語氣詞。表判斷。孟夏，夏天的第一個月。杜牧祭神是在六月辛巳日。六月為季夏。故本句中的「孟夏」恐有誤。125辛巳　即前文講的會昌二年六月十八日。杜牧於此日奉命祭神。126降祉　降福。祉，福。127其期句　到了該冷該熱該有風雨的時候，我一定降寒暑風雨於人間。128瘥癘　疫病。129永永句　永遠消失。永永，永遠。弭，消除。130爾　指杜牧。131流汗句　杜牧祭神時，因敬畏而流汗。霑地，浸濕了地面。

【語　譯】當今皇上繼承了帝位，這是上天付予他的大任。在上一個王申年，皇上總領了治國的大業，皇上仁慈、明智、寬恕、多恩，而且聖明異常、文武雙全。有人說應該誅殺罪人，皇上說：「我是百姓的父母，他們猶如無知的兒童，對他們難道不可寬恕嗎！」有人說應該外出打獵遊玩，獸苑很大樹林很深，那裡有飛鳥喈喈、野獸狂奔，各種禽獸有成千上萬，我們去獵殺虎豹擒捉大鵬，那真是快樂無比！皇上說：「不。我並非不知打獵的快樂，這還用得著你來告訴。我們現在還沒有安撫四方異族，也還沒有考察研究各項制度，對於天地和祖先，我們也還沒有祭祀。我猶如在睡夢中還未醒來，我猶如生病還沒有痊癒。我不需要獵狗駿馬，我不能帶著牠們前去打獵。」有人勸告說可以飲酒，飲酒能使人血氣通暢精神完好，還可以讓臣下進獻技藝高超的樂工，他們能自度新曲而不須依傍別人，再進獻成千上萬的侍女，她們頭戴玉簪身穿華麗衣服，您與大臣們相互勸酒，讓這些樂工和侍女在一邊以歌舞助興，您占有天下富貴無比，為什麼不快快樂樂卻自尋煩惱！皇上說：「不！我聽說在我們的國家裡，有些地方的蝗蟲遮蔽了田地，有些地方報告說大旱無雨，有些地方報告說淫雨連綿，老幼孤寡之人，還沒有全部得到妥善安置，這些事情即使只聽到一件，也會使我難過得抬不起頭來。」

於是皇上就提拔賢良，重用經驗豐富的老臣，大家從早到晚都在認真思考商議，辦理一切事情都依照規矩。大家審慎地制訂法律，不讓法律太嚴峻刻薄，大家在制訂各項典章制度時，注意參考中古時期的做法。大家效法時間久遠的唐太宗，近代則取法於唐憲宗，大家都認真小心地反覆思考，只怕把國家治理不好。結果把全國治理得太平安定，各種政務都安排得井然有序。所有的莊稼都喜獲豐收，從嘔啞學語的兒童到彎腰駝背的老父，都得到很好的供養，幼兒也得到了很好的撫育。全國各地風俗齊一，這一切靠的全是皇帝之力，而生活安定的百姓們，卻不知道其中的原因。皇上又說：「我要去郊外祭祀天地。」於是就嚴格地置辦各種儀仗用品，置辦了各種各樣的儀仗旗幟。五位天帝端坐在祭壇之上，站立在土臺上的百神分列兩旁，他們一個個高大偉岸、神通廣大，君臣們手捧酒杯向他們獻祭。來自各地的異族，如戎族、狄族、蠻族、夷族等，相貌不同的他們穿著奇裝異服，跪拜於祭壇之下，不停地高聲歡呼。皇上回來後登上丹鳳樓，宣佈命令大赦天下，改元會昌，罪人減刑，皇上要繼承先祖的功德，尋求還無官位的賢人。從此之後冷熱合乎時節，風輕雨細，各種穀物裝滿了成排的倉庫，各種家畜又多又肥又大。國家的四方邊境，既穩固又安定，沒有任何困頓可怕之事，沒有發生過任何災害。朝廷的三公，以及各地的諸侯和刺史，大家都說：「當今皇帝的功德，連古代聖君也無法相比，用歌曲民謠，怎足以頌揚皇上的功德。」各行各業的百姓們，也都聚會商議，或獻上奏章或口頭表達，都希望向皇上獻上尊號，天上的神靈都知道這一切，臣民們也想以此來頌揚皇上的大德。皇上卻說：「我沒有什麼功德，不可虛受這樣的尊號。」臣民們滿懷誠意地堅持請求，大家淚流滿面不停地叩頭。皇上不得已，這纔說：「我非常慚愧地接受這一尊號，我要為此大赦天下，讓全國的罪人改過自新。人如果不是因為生活困難就不會去詐騙，不挨餓受餓就不會去偷盜，讓老百姓生活困難、挨餓受餓，這實在是官吏們的罪過。我為上天治理百姓，就要允許他們改過自新，就要對他們進行約束和教育，即使細微小事也要反覆叮嚀，使各種各樣的人，都能各得其所。」皇上又說：「嗯！你們這些大臣猶如我的股肱耳目，你們忠心耿耿地竭力效忠朝廷。神靈給我們送來了寒暑風雨，我們應該報答這些神靈，如果不是神靈的力量，誰又能夠為我們帶來寒暑風雨！所有的你們這些地方官員，都要祭祀你們各自轄區內的山川神靈。你們要調製肉羹肉塊等各種祭品，不要吝惜牛羊。」全國各地聽到這個命令之後，都忙忙碌碌依照命令準備祭祀之事。

我杜牧遇上了好時代，也忝居於刺史之位。我接受命令後恭恭敬敬且戰戰兢兢，如臨深淵如履薄冰，我親自製辦各種犧牲，我親自洗滌酒杯、準備覆蓋祭品的布巾，這一切都沒有讓下級插手，所有的祭品都做得十分乾淨，所有的祭品都置辦完畢。祭祀的那一天我很早就穿戴整齊，然後坐在那裡閉目養神等待天亮，天亮後我走進神廟，腳步輕輕、屏住呼吸。各種神靈就在我的面前，我十分恭敬地向他們叩頭禮拜。《詩經》不是這樣講的嗎：「皇天上帝，他憎恨的是誰？」上帝憎恨的就是有罪之人，上帝可以把自己的憎恨之情表現出來，但也只能懲罰罪人本身，豈可牽連別人？如果我這個當刺史的人有罪，上帝可以讓我生病讓我死亡；如果懲罰我一人還不能抵罪，也可以懲罰我的妻子兒女，但不要讓人間發生水災旱災，不要讓百姓們受苦受難。皇上仁義聖明，神靈聰明無比，他們一唱一和彼此一致，一表一裡配合默契。黃帝的治國情況雖然已經遙遠，黃帝時的民俗雖然現在已變得卑下，但我們的皇上，卻把古今看得一樣。功德美好的皇上高居帝位，掌握著治國治民的綱紀，我們不能辜負了皇上的期望，去做一些令人羞愧的事情。

本月是夏天的第一個月，本日是辛巳日，神靈降福給我們。神靈似乎對我們說：「我要對你們的皇上說：寒暑風雨，到了季節我一定把它們送到人間；各種疫病和水旱之災，從此將永遠消失。你們這些當官之人，也要努力把你們的百姓治理好。」我恭恭敬敬地向神靈再三拜謝，敬畏的汗水浸濕了我站著的地面。

祭城隍神祈雨文 二首

【題　解】城隍神，神名。周朝時，天子於年終祭神時，水庸神是被祭者之一，相傳他就是後來的城隍神。歷代王朝都祭祀城隍神，多為求雨、祈晴、禳災之事。會昌三年（西元八四三年）夏秋之季，黃州（今湖北省黃岡市）地區發生旱災，時任黃州刺史的杜牧先後兩次向城隍神祈雨，為此他先後寫下了兩篇祈雨文。

其一

下土❶之人，天實有之❷。五穀豐實，寒暑合節，天實生之❸；苗房甲❹而水湮之，苗秀❺好而旱莠❻之，饑即必死，天實殺之❼也。天實有人，生之孰敢言天之仁，殺之孰言天之不仁。刺史吏也❽，三歲一交❾。如彼管庫❿，敢有⓫其寶玉；如彼傳舍⓬，敢治其居室⓭？東海⓮孝婦，吏冤殺之，天實冤之，殺吏可也。東海之人，於婦何辜⓯，而三年旱之？刺史性愚，治或不至⓰，厲⓱其身可也，絕其命可也！吉福殃惡，止當其身，胡為⓲降旱，毒彼百姓？謹書誠懇，本之於天⓳，神能格天⓴，為我申聞㉑。

【注　釋】❶下土　地上；人間。❷天實句　屬上天所有。實，確實。加強語氣。❸生之　生養了人類。❹房甲　指莊稼剛結出的穗、莢等。房，指果實分出間隔狀的各個部分。甲，植物果實的硬質外殼。❺秀　莊稼吐穗開花。❻莠　草名。又叫狗尾草。這裡用作動詞，言旱災使莊稼長得像莠草一樣毫無用處。❼殺之　害死百姓。❽刺史句　刺史，不過是一個普通官吏而已。❾三歲句　在一個地方任刺史只能任三年。交，交換。❿管庫　管理倉庫的人。⓫敢有　豈敢占有。敢，豈敢。

⑫傳舍　供來往官員、使者休息住宿的地方。⑬敢治句　豈敢擅自修治它的住室？傳舍為國家所有，管理傳舍的人不得擅自修治。⑭東海　地名。漢代置東海郡，治所在今山東省郯城縣。相傳漢時，東海郡有寡婦周青，為侍奉婆婆矢志不嫁，婆婆為使周青改嫁而自縊身亡。其小姑誣告周青殺死婆婆，官員即判處周青死刑。周青死後，東海郡大旱三年。⑮於婦句　對這位孝婦又犯有何罪？辜，罪。⑯治或句　治理百姓也許有不周全之處。或，也許。⑰厲　禍害；懲罰。⑱胡為　為什麼。⑲本之句　上奏章於天帝。本，奏章。這裡用作動詞。之，代指大旱之事。⑳格天　昇上天空。格，昇到。㉑申聞　陳述給上帝。

【語　譯】人間的百姓，都歸上帝所有。五穀豐收，寒暑合時，這是上帝在養育著百姓；莊稼已經抽穗結莢了卻漲水湮掉它們，莊稼長勢良好且已抽穗開花，卻大旱不雨使它們如同野草一樣，百姓們無糧可吃必死無疑，這是上帝要他們死亡啊！百姓們歸上帝所有，上帝養育百姓，誰又能說這是上帝的仁慈表現；上帝害死百姓，誰又能說這是上帝不仁之舉。我這個當刺史的，不過是位普通官吏而已，三年一任。這就好像管理倉庫的人那樣，豈敢隨便占有倉庫中的珍寶金玉；還好像管理傳舍的人那樣，豈敢擅自修治傳舍的房屋！東海郡的那位漢代孝婦，是官員冤殺了她，上帝為她感到委屈，殺死那個官員是可以的，然而東海郡的老百姓們，在冤殺孝婦這件事上又有何罪，而讓他們遭受了三年大旱！我這個當刺史的生性愚昧，治理百姓時也許會有不周全的地方，上帝懲罰我本人是可以的，斷絕我的生命也是可以的！吉祥幸福也好，災難禍殃也好，只可落在我一個人身上，為什麼要降下旱災，毒害那些老百姓呢？我恭敬地寫下心中的誠意，上奏給天帝，我知道城隍神可以昇上天庭，那就請您替我向上帝陳請。

其二

牧為刺史，凡十六月，未嘗為吏，不知吏道❶。黃境鄰蔡❷，治出武夫❸，僅❹五十年，令行一切，後有文吏，未盡削除❺。伏臘節序❻，牲醪雜須❼，吏僅百輩❽，公取於民❾，里胥因緣❿，侵竊十倍，簡料⓫民費⓬，半於公租⓭，刺史知之，悉皆除去。鄉正⓮村長，強為之名⓯，豪者尸之⓰，得縱強取⓱，三萬戶多五百人⓲，刺史知之，亦悉除去。繭絲之租，兩耗其二銖⓳；稅穀之賦，斗耗其一升，刺史知之，亦悉除去。吏頑者笞而出之⓴，吏良者勉而進之[21]，民物吏錢[22]，交手為市[23]。小大之獄，面盡其詞[24]，棄於市者[25]，必守定令。人戶非多，風俗不雜，刺史年少，事得躬親[26]，疽抉其根[27]矣，苗去其莠[28]矣，不侵不蠹[29]，生活自如。公庭晝日，不聞人聲[30]，刺史雖愚，亦曰無過，縱使有過，力短不及[31]，恕亦可也，殺亦可也。稺[32]老孤窮，指苗燃鼎[33]，將穗秀[34]矣，忍令萎死，以絕民命？古先聖哲，一皆稱天[35]，舉動行止，如天在旁。以為天道[36]，仁即福之[37]，惡即殺之，孤窮即憐之，無過即遂之[38]。今旱已久，恐無秋成[39]。謹具刺史之所為[40]，下人之將絕[41]，再告於神，神其如何？

【注　釋】❶吏道　當官的知識。在此之前，杜牧在地方上當過幕僚，在朝廷當過左補闕、比部員外郎、監察御史、史館修撰等官職，但都非獨當一面的官職，更不直接治理百姓，故作者自稱「未嘗為吏，不知吏道」。❷黃境句　黃州的轄區與蔡州相鄰。黃，指黃州。蔡，指蔡州。在今河南省汝南縣。自建中三年（西元七八二年）淮寧軍（領隨、蔡等州）節度使李希烈叛亂到元和十二年（西元八一七年）吳元濟被殺，蔡州一帶一直處於戰亂狀態，為防不測，當時朝廷多用武夫擔任黃州刺史。❸治出句　各種治理措施全由武夫制訂。❹僅　將近。❺削除　指削除戰時的治理措施。❻伏臘句　伏日和臘日等節氣。伏，指夏天三伏中祭祀的一天。臘，古代歲末祭祀百神之日。一般在夏曆十二月八日。節序，依序而來的節氣。❼牲醪句　用來祭祀的犧牲、酒以及其他各種用品。醪，酒。❽吏僅句　黃州的大小官員只有一百來人。❾公取句　祭祀用品由百姓們平均拿出。這兩句是向城隍神解釋，因官員太少，無法負擔祭祀費用，只得向百姓分攤。❿里胥句　鄉里小吏乘此機會。里胥，指鄉村裡的小吏。因，乘。緣，機會。⓫簡料　檢查計算。⓬民費　老百姓花在祭祀方面的費用。⓭半於句　是上繳國家賦稅數量的一半。⑭鄉正　官名。相當於鄉長。⑮強為句　勉強尋找各種斂錢的名目。⑯豪者句　豪強惡霸們主持斂錢之事。尸，主；主持。⑰得縱句　得以放肆地強取民財。⑱三萬句　指在黃州的三萬戶人家中，多收取五百人的賦稅歸於私有。⑲兩耗句　每收取一兩蠶絲，按損耗二銖計算。即應該只收取一兩蠶絲，而官吏們卻要收取一兩二銖，把二銖算作損耗，實際上占為己有。銖，古代重量單位。二十四銖為一兩。⑳吏頑句　對於那些堅持錯誤不改的官吏，我就把他們痛打一頓，然後開除掉。頑，頑固不化。笞，用竹板、荊條打。㉑進之　提拔他們。㉒民物句　百姓拿出財物，官吏付給金錢。㉓交手句　當面交換。即一手交物，一手交錢。市，交易。㉔面盡句　當面聽完當事人的訴說。㉕棄於句　被處以死刑的人。古代在鬧市執行死刑，陳尸街頭示眾，叫棄市，意為眾人所棄。㉖躬親　親自辦理。㉗疽抉其根　挖出毒瘡的毒根。疽，一種毒瘡。抉，挖出。㉘蒿　草名。比喻壞人。㉙蠹　傷害。指害民。㉚不聞句　公堂寂靜，說明百姓生活安定和睦，沒有人爭訟。㉛力短句　是因為我能力有限辦不到。㉜稺　幼小；兒童。㉝指苗句　指望這些莊稼活命。燃鼎，燒鍋做飯。鼎，古代烹煮食物的器具。㉞將穗秀　即「穗將秀」。莊稼就要抽穗開花了。秀，莊稼吐穗開花。㉟一皆句　一切言行都服從天命。稱，符合。㊱天道　上天的意志、準則。㊲仁即句　對於仁義之人，就降福於他。㊳遂之　讓他生活順利。遂，順利。㊴秋成　秋天的收成。㊵謹具句　我恭敬地陳述我這個當刺史的所作所為。具，陳述。㊶絕　死去。

【語　譯】我杜牧擔任黃州刺史一職，總共十六個月了，以前我沒有當過這樣的官職，不懂得當官治民方面的知識。黃州轄區與蔡州相鄰，各種治理措施均由軍人制訂，這種情況持續了近五十年，一切都按軍令行事，後來由文官來治理，但還沒來得及全部消除過去的一些做法。每逢伏日、臘日等節氣，需要犧牲、酒以及其他各種祭祀用品，黃州的官員只有一百來人，所以祭祀費用只好均攤給百姓，然而鄉下的小吏們卻乘此機會，從中貪取上十倍的財物，我檢查、計算百姓出在這方面的費用，數量竟然是交給國家賦稅的一半，我這位當刺史的知道這一情況以後，全部予以制止。那些鄉正和村長，勉強尋找各種斂財的名目，那些豪強惡霸又具體負責斂財之事，所以他們能夠肆無忌憚地強取民財，他們還在黃州的三萬戶中多收取五百人的賦稅以中飽私囊，我這個當刺史的知道後，也全部予以制止。官吏在收取蠶絲時，每一兩多收二銖作為損耗；在收取糧食時，每一斗多收一升作為損耗，我這個當刺史的知道後，也全部予以制止。對於那些堅持錯誤不願改正的官吏，我就把他們痛打一頓，然後予以開除；對於那些優秀的官吏，我就勉勵他們，提拔他們。百姓們出財物，官吏們要付錢，大家一手交物，一手付錢。無論大小案件，我都要當面聽完當事人的訴說，對於那些被判處死刑的人，我也嚴格按照法律條文去執行。黃州的人戶不多，風俗不雜，我這個當刺史的也還年輕，各種公事我都能夠親自操辦，我堅決消除各種壞事的根源，清除百姓中的害群之馬，讓百姓們不受侵害，過上自由自在的生活。黃州的官府大堂上，即使大白天也聽不到嘈雜的爭訟聲，我這個當刺史的雖然生性愚昧，但也自以為沒有什麼過錯，即使有一些過錯，那也是因為我能力有限而沒有把事情辦好，上天原諒我也可以，殺死我也可以。現在那些窮苦的孤兒、老人，都指望地裡的莊稼活命，這些莊稼就要吐穗開花了，難道上天忍心讓它們枯萎而死、以斷送百姓的生命嗎？古代的那些先聖先哲們，言行處處服從天命，他們一舉一動都小心翼翼，就像上天在旁邊監視他們一樣。這些聖哲們都認為，上天的原則是：仁義之人，上天就降福於他；惡人壞人，上天就殺死他；孤苦窮困之人，上天就可憐他；沒有過錯的人，上天就讓他順利生活下去。現在，旱災已經持續了很久很久，我非常擔心秋後沒有收成，所以我十分恭敬地向上天陳述我這個當刺史的所作所為，向上天匯報百姓們即將餓死的情況。我再次祈告神靈，神靈們如何處理此事呢？

祭木瓜神文

【題　解】木瓜，山名。在池州（今安徽省貴池市）境內。木瓜神，即木瓜山神。本文作於會昌六年（西元八四六年），為了答謝木瓜山神對池州百姓的保佑，時任池州刺史的杜牧祭祀了木瓜山神，本文為祭祀時的祭文。

維會昌❶六年，歲次丙寅❷，某月某日，某官❸敬告于木瓜山之神。惟神聰明格天❹，能降雲雨，郡有災旱，必能救之，前後刺史，祈無不應。去歲七月，苗將萎死，禱神之際，甘雨隨至，槁然凶歲⑤，化為豐年。仰⑥神之靈，感神之德，願新祠宇⑦，以崇祭祀⑧。今易卑庳⑨，變為華敞⑩，正位南面⑪，廟貌⑫嚴整。風雷雲雨，師伯⑬必備，侍衛旗戟⑭，羅列森然⑮。惟神繫雲在襟⑯，貯雨在缶⑰，視人如子，渴即與之。不容凶邪，不降疾疫。千萬年間，使池⑱之人，敬仰不怠⑲。伏惟尚饗⑳！

【注釋】①會昌　唐武宗李炎的年號。西元八四一年至八四六年。②歲次句　這一年是丙寅年。歲次，古人用天干地支紀年，每年所值的干支叫歲次。③某官　指杜牧自己。④格天　昇上天空。格，昇到。⑤槁然句　乾旱異常的饑荒年。槁然，乾旱的樣子。凶歲，饑荒年。⑥仰　敬仰。⑦新祠宇　修建廟宇，使煥然一新。祠宇，指供奉木瓜山神的廟宇。⑧以崇句　以便更好地舉行祭祀。崇，高；更好。⑨易卑庳　改建低矮的廟宇。易，改變；改建。卑庳，低矮。指低矮的廟宇。⑩華敞　華麗而寬敞。指廟宇。⑪正位句　讓您面向正南而坐。古人以面向南為尊。⑫廟貌　指廟宇中木瓜山神的形像。⑬師伯　指雨師和風伯。雨師為主管降雨的神。風伯為主管颳風的神。⑭戟　兵器名。長杆頭上附有月牙狀的利刃。⑮森然　整齊的樣子。⑯繫雲在襟　把雲繫在衣襟之上。這是古人的想像。⑰缶　一種瓦器。大肚小口。⑱池　即池州。⑲不怠　不懈怠；不輕慢。⑳伏惟句　希望您來享用我們的祭品。伏惟，俯伏思維。下對上的敬詞。尚，希望。饗，享用。

【語譯】會昌六年是丙寅年，在這一年的某月某日，身為池州刺史的我敬告於木瓜山的神靈：只有神靈聰明異常，能夠昇上天空，能夠降下雲雨，池州發生了旱災，您一定能夠拯救池州百姓，前後在此任職的刺史，每次向您祈求無不應驗。去年七月，莊稼快要旱死了，就在我們向您祈禱之時，甘雨當即從天而降，使乾旱異常的饑荒年，變作一個豐收年。我們敬仰您的神通，感謝您的恩德，我們願意為您修建新的廟宇，以便更好地進行祭祀。現在我們要把低矮簡陋的廟宇，修建得既華美又寬敞，讓您朝向正南方端坐，讓您的形像更威嚴端莊。還要描繪風雷雲雨的圖像，雨師和風伯等神靈的形像也都要繪上，還有舉旗持戟的眾侍衛，就讓他們整整齊齊地排列在兩旁。只有您纔能把雲繫在衣襟上，也只有您纔能把雨貯藏在瓦瓶之中，您愛民如子，百姓乾渴時，您就把雲雨送給他們。您容不得凶人邪事，您不把疫病降到人間。千萬年之間，您將使池州的老百姓毫不懈怠地一直敬仰您。希望您來享用我們的祭品。

祭故處州李使君文

【題解】處州，地名。在今浙江省麗水縣。李使君，指李方玄。使君，對郡州長官的尊稱。方玄字景業，趙州（今河北省趙縣）人。進士及第。是杜牧的好友。會昌四年（西元八四四年），任池州（今安徽省貴池市）刺史的李方玄被調離，暫居宣城，不久於宣城生病去世。去世後的第十一天，朝廷任李方玄為處州刺史的命令纔送達。李方玄離開池州後，由杜牧前去接任池州刺史一職。這篇祭文寫於會昌五年，文中回憶了二人的交往和友誼，回顧了李方玄先輩的功德。本文雖為祭文，但寫得十分生動感人，充分表現了作者對友人英年早逝的哀痛之情。

維會昌❶五年，歲次乙丑❷，某月日，池州刺史杜牧謹遣軍事押衙❸王鏶，謹以清酌庶羞❹之奠❺，敬致祭于亡友李君起居❻之靈。

憶昔相遇，兩未生鬚，京師眾中，跡猶甚疎❼。一言道合❽，盡寫有無❾。我於宣城❿，忝跡賓吏⓫；君隨幕府⓬，東下繼至⓭。復與友人，故薛子威⓮，邂逅釋願⓯，如相為期⓰，放論劇談⓱，各持是非。攻強討深⓲，張矛彀機⓳，怒或艴赫⓴，終成笑嬉。於後七年，君拜左史㉑，來蜀西川㉒，我官補闕㉓。云愧我先㉔，拜章請代㉕，蓋私我㉖焉。我有家事，乞假南來，循出里第㉗，君出離杯㉘。令弟㉙在席，恣為詼諧㉚，耳熱膽張㉛，觥聯相豗㉜。我歸墜馬㉝，一支幾摧㉞，君來我坐，側倚旁隈㉟。時聞酸吟㊱，戲口猶開㊲，云君我殺㊳，以酒相加，忌我之才㊴。及我南去，君刺池陽㊵，我守黃岡㊶，葭葦之場㊷。唯君書信，前後相望㊸，辭意纖悉㊹，勉我自強，律我性情㊺，補短裁長㊻，一函每發㊼，沉憂併忘㊽。幸會交代㊾，沿檝若飛㊿，江山九月，涼風滿衣。為別[51]幾時，多少歡悲，志業益廣[52]，不可窺知[53]。長人之術[54]，酋為吏師[55]，縱酒十日，舞袖僛垂[56]。語公[57]之餘，且及其私，許以季女[58]，配我長兒。莫云稚齒[59]，可以指期[60]，各負少壯[61]，輕後會時[62]。寓居[63]宣城，書札[64]日馳，一疾不起，訃來猶疑[65]。嗚呼哀哉！

惟先僕射[66]，儉德冠古[67]，凡二十年，四領茅土[68]，所至所治，曰人父母[69]。官俸[70]餘半，委庫[71]不取，京師里第[72]，蓬茅數畝[73]。慶餘生君[74]，曰天酬補[75]。何聰明才智兮，不使施為[76]？何付與之多兮，折之何暴[77]？天陽地陰[78]，高厚相侔[79]，上有河漢[80]，鈲天[81]橫流。百刻晝夜[82]，平分不饒[83]，皎不陰晦[84]，一月幾朝[85]。二男三女[86]，俗率如此[87]，三男二女，無有其地[88]。君子小人，鼻目並列[89]，與小人校[90]，會無百一[91]，於百一中，以秀奪實[92]。凡稟陰陽[93]，生於其間[94]，陽常不勝[95]，賢者宜艱[96]。自古皆然[97]，欲復何言。撫孤一弔[98]，拍棺一哭，咫尺不遂[99]，涕下相續。期於沒齒[100]，盡力嗣子[101]。嗚呼哀哉，伏惟尚饗[102]！

【注釋】❶會昌　唐武宗李炎的年號。西元八四一年至八四六年。❷歲次句　見〈祭木瓜神文〉注❷。❸軍事押衙　官名。又叫軍事押牙。負責儀仗、侍衛等事。❹清酌庶羞　指用來祭祀的酒和各種食物。清酌，指祭祀用的酒。庶，多；各種。羞，食物。❺奠　祭祀；祭品。❻起居　官名。即起居郎。負責記錄皇上的言行。屬史官。李方玄在出任池州刺史之前，曾任起居郎。❼跡猶句　指二人交往還不太密切。跡，行跡；交往。❽道合　思想一致。❾盡寫句　彼此都把心裡話講出來。寫，通「瀉」。傾吐。❿宣城　地名。即宣州。在今安徽省宣州市。杜牧於大和年間和開成年間先後兩次在宣州任幕僚。以下所談交往情況，當發生在杜牧第一次任宣歙觀察使沈傳師的幕僚期間。⓫忝跡句　忝居幕僚之職。忝，慚愧。為謙詞。跡，行跡。引申為擔任。賓吏，即幕僚。⓬幕府　官府。具體指裴誼。裴誼任江西觀察支使時，李方玄即是他的幕僚，後隨裴誼一同調往宣州，任大理評事等職。⓭東下句　順江東下，緊接著也來了。⓮故薛句　已去世的薛子威。薛子威，人名。生平不詳。⓯邂逅句　不期而遇，心滿意足。邂逅，不期而遇。釋願，願望得到滿足。⓰如相句　就好像我們是約好了相會日期一樣。⓱放論句　放言暢談。放，不受拘束。劇談，暢談。⓲攻強句　進攻強敵，深入討伐。形容朋友之間的辯論十分激烈。⓳張矛句　擺開長矛，張滿弓弩。彀，張滿弓弩。機，弓弩上發射箭的機關。代指弓弩。本句仍是以戰鬥比喻辯論。⓴赩赫　紅色。這裡形容彼此爭吵得面紅耳赤。㉑左史　官名。指起居郎。周代史官分左史和右史，左史記行動，右史記語言。唐代曾一度改稱起居郎為左史，起居舍人為右史。㉒來蜀句　到了蜀地的西川。蜀，地名。在今四川省。西川，指蜀地西部地區。唐代曾在蜀地分設西川節度使和東川節度使。李方玄曾隨宰相李固言出鎮西川，方玄仍為幕僚，參謀軍事。㉓補闕　官名。負責諷諫等事。㉔云愧句　您說：「我的官階比您高，我深感慚愧。」當時李方玄任起居郎，為從六品上；杜牧任補闕，為從七品上。李方玄的官階比杜牧的高。㉕拜章句　向皇上進奏章，請讓我去代替他。㉖蓋私我　這是在偏袒我。蓋，句首語氣詞。私，偏私；偏袒。㉗循出句　來到你的家裡。循出，來到。里第，住宅。㉘離杯　指告別酒宴。㉙令弟　對李方玄弟弟的敬稱。令，善；好。㉚恣為句　盡情談笑。恣，盡情。詼諧，戲謔；說笑。㉛耳熱句　喝得面部發熱、情緒高漲。臚張，形容情緒高。㉜觥聯句　我們不停地碰杯。觥，一種酒杯。聯，不停。豩，碰。㉝墜馬　因喝多了酒而從馬上摔下來。㉞一支句　一肢幾乎殘廢了。支，通「肢」。四肢。幾，差一點。㉟側倚句　依偎在我身邊。倚，靠。偎，依偎。㊱時間句　我不時地發出疼痛的呻吟。間，間隔。酸，痛楚；疼痛。㊲戲口句　而您依然同我開玩笑。戲口，開玩笑。㊳云君句　您說：「是我想要害死您！」君我殺，即「我殺君」。㊴忌我句　嫉妒我的才能。以上三句是李方玄開玩笑，意思是：我多讓你喝酒，就是想害死你，因為我嫉妒你的才能比我高。㊵君刺句　您在池陽擔任刺史。刺，任刺史。池陽，地名。即池州。杜牧任黃州刺史時，李方玄任池州刺史。41黃岡　地名。即黃州。在今湖北省黃岡市。42葭葦句　黃州是一個長滿蘆葦的荒涼之地。葭，蘆葦。43相望　相繼。44辭意句　您在信中對我的關懷之意既周全又細微。纖，細微。悉，周全。45律我句　告誡我不可隨心行事。律，規範；告誡。46補短句　對我進行批評幫助。裁，裁去。長，過分之處。47一函句　每當我閱讀您的來信。發，開啟信封。48沉憂句　所有的深憂都被忘掉。沉憂，深憂。49幸會句　幸而遇上了我倆交接池州刺史職務的事。會，遇上。交代，前後任交接。會昌四年九月，杜牧奉命去接替李方玄的池州刺史的職務。50沿檝句　我乘船沿江東下，船快如飛。檝，船槳。代指船。本句寫作者急於見到李方玄。51為別　分別。52志業句　您的志向更遠，績業更大。53窺知　窺測；知道。54長人句　養育百姓的方法。即治民之術。長，養育。55酋為句　非常優秀，堪為官吏們的表率。酋，成就；傑出。56儌垂　搖擺，低垂。儌，搖擺。57語公　談論公事。也即交接之事。58季女　小女兒。59稚齒　年幼。60指期　事先約定。即約為婚姻。61各負句　我們倆都還依仗著自己年輕體壯。負，依仗。當時杜牧四十二歲。62輕後句　把今後見面的事看得很輕易。63寓居　寄居。李方玄離開池州後，沒有收到新的任命通知，故暫居於宣城。64書札　書信。65訃來句　當您的死訊傳來時，我還懷疑這不是真的。訃，報喪。66惟先句　您的父親曾任僕射一職。惟，句首語氣詞。先，先人。指李方玄之父李遜。李遜先後任忠武軍節度使、刑部尚書等職。僕射，官名。為尚書省次官，唐初權勢甚重。中唐以後，幾為無實權的虛銜。67儉德句　節約的品德超過了古代賢人。可參閱〈唐故處州刺史李君墓誌銘〉。該文記載了李遜的生活儉樸情況。68四領句　四次出任節度使。茅土，受封為諸侯。古代帝王的社壇（祭土神之壇）由五色土建成，分封諸侯時，依封地所在方向取一色土，以茅包之，稱為茅土，給受封人在封地內立社壇。唐代的節度使相當於諸侯，故言。69曰人句　被稱為百姓的父母。人，指百姓。70官俸　當官的俸祿。71委庫　交給國庫。72京師句　指李遜在京城長安裡的住宅。73蓬茅句　幾畝大的住宅上長滿了野草。蓬茅，兩種野草名。本句形容李家生活簡樸。74慶餘句　李家積善多福，生下了您。慶餘，即餘慶。多福，澤及後人。《易經》說：「積善之家必有餘慶，積不善之家必有餘殃。」75曰天句　可以說，這是上天給李家的補償。76施為　有所作為。77折之句　為什麼突然讓他死去？折，死。暴，突然。78天陽句　天屬陽，地屬陰。陰陽，古代的哲學概念，用以解釋萬物的生成和屬性。如日屬陽而月屬陰、晝屬陽而夜屬陰、男屬陽而女屬陰等等。79高厚句　天的高度和地的厚度相等。侔，等同。80河漢　銀河。81鈲天　劃破天空。鈲，劃破。這是以天地為例，說明陽不勝陰。82百刻句　一晝夜共一百刻。刻，計時單位。83不饒　不多。84晈不句　沒有陰雲的晴天。晈，晴朗。晦，天氣昏暗。85朝　早晨。引申為一天。這幾句是用晝夜說明陽不勝陰。86二男句　一對夫婦有兩個男孩和三個女孩。87

俗率句　社會上多是如此。率，大率；大多。88無有句　那就被認為不吉祥了。地，地位；生存之地。這是在用男女數量來說明陽不勝陰。89鼻目句　君子和小人就像鼻目那樣並存於人間。90校　相比。91會無句　君子的人數肯定不到小人的百分之一。會，一定。古人認為，君子為陽，小人為陰，這是以君子小人為例，說明陽不勝陰。92以秀句　猶言秀而不實。只吐穗開花而不結果實。比喻人有秀異的資質而終無大的業績。李方玄英年早逝，即屬秀而不實。秀，穀類吐穗開花。93凡稟句　所有稟受陰陽二氣的事物。古人認為，天地間萬物都是由陰陽二氣和合而成，人也是如此。94其間　指天地之間。95不勝　指不能勝陰。96宜艱　自然是多苦多難。賢者為陽，不賢者為陰，陽不勝陰，故賢者多不得意。這是作者在用天道進行自寬自解。97然　這樣。98撫孤句　我手撫著孤兒祭奠您。孤，指李方玄之子。弔，祭奠死者。99咫尺句　近在咫尺卻不能相見。遂，遂心如意。這裡指見面。100期於句　我保證一直到死。期，約定；保證。沒齒，死去。101盡力句　我要盡心盡力地撫養您的子女。嗣子，後代。102伏惟句　盼望您來享用我給您送去的祭品。伏惟，俯伏思維。敬詞。尚，希望。饗，享用。

【語　譯】會昌五年是乙丑年，在這一年的某月某日，池州刺史杜牧委派軍事押衙王鏈，讓他帶著清酒和食物等各種祭品，恭恭敬敬地前去祭奠亡友起居郎李君之靈。

回想起當初剛見面時，我們都還沒長出鬍鬚，在京城的熟人之中，我們的交往也不算密切。後來我們一旦交談就十分投機，把心中的話一瀉無餘。我在宣城時，忝居於幕僚之職，您隨著裴誼，也緊接著順江東下來到宣城。我們與另一位朋友，已故的薛子威，不期而遇，我們如願以償，就好像彼此約好見面的一樣。我們放言暢談，各自堅持自己的觀點，我們相互攻討，一個個劍拔弩張，有時爭論得怒火中燒、面紅耳赤，但最終還是嘻笑顏開、重歸於好。七年之後，您被任命為左史，後來又去蜀地的西川，我當時擔任左補闕一職。您說：「我為自己的官位比你高而深感慚愧。」於是您就上奏章請讓我代替您，這實際上是您在偏袒我。我因為自己的家事，請假到南方去，我去您家裡告別，您為我舉辦了告別宴會，當時您的弟弟也在座，大家盡情地談笑歡樂，一個個喝得情緒高漲、面部發燒，卻依然是不停地碰杯勸酒。酒後回家時我從馬上摔了下來，一肢幾乎摔成殘廢，您來看望我，依偎在我的身邊，我時時發出疼痛的呻吟，而您照樣同我開著玩笑，您對我說：「我就是想害死你，所以讓你多多喝酒，我這樣做是因為我嫉妒你的才能。」我到南方去了以後，您出任了池陽刺史，而我後來也去黃州當了刺史。黃州是一個長滿了蘆葦的荒涼之地，只有您的書信，不斷地給我寄來，信中對我關心備至，還勉勵我自強不息，您告誡我不可率性而為，對我各方面進行批評幫助，我每次讀著您的書信，就忘掉了一切憂愁和煩惱。幸而又遇上了我倆交接池州刺史職務之事，我乘坐著飛快的船隻沿江東下，那時正值九月，江面、山間的涼風吹拂著我的衣服。分離時間並不太長，而其間卻充滿了許多歡樂和憂傷，您的志向更遠、業績更大，遠大得使我無法想像。您具有很好的治民方法，您優秀傑出堪為官吏的表率。我們縱情飲酒十天，還有舞女們揮袖助興。我們在一起商議公事之餘，也談論到了我們的自家私事，您答應把您的小女，嫁給我的長子。莫說是這些孩子還小，我們可以事先約為婚姻。我倆當時都依仗著自己年輕體壯，把今後相會看得十分容易。在您寄居於宣城期間，我們每天都有書信來往，沒想到您會一病不起，當噩耗傳來時我仍然不敢相信。嗚呼哀哉！

你的父親當過僕射，他的勤儉之德超過了古代聖賢，前後二十年間，他四次出任節度使，在他所到之處和所治理過的地方，大家都稱頌他是百姓的父母。他把自己的一半俸祿，交付國庫不取，他在京城裡的幾畝大的住宅，也都長滿了蓬茅野草。您出生於積善餘慶的李家，可以說這是上天對李家的報答。然而為什麼上天使您如此聰明多智，卻又不讓您有所作為？為什麼上天付與您這麼多的美德美才，卻又這樣快地讓您夭折？天屬陽而地屬陰，天的高度和地的厚度基本相等，但天上卻有一條銀河，把天劃開一道口子而流淌不息。白天和夜晚，不多不少地平分一百刻時間，然而沒有陰雲的晴朗白天，一月之中又有幾日！兩個男孩三個女兒，社會上的夫婦大多都是如此，三個男孩兩個女兒，人們就認為這不夠吉利。君子和小人，像鼻目那樣並存於人間，然而同小人相比，君子的數量肯定不到小人的百分之一，就在這不到百分之一的君子中，還有不少人雖有德才卻未能成就一番功業。稟受陰陽二氣的萬物，生存於天地之間，陽總是無法勝陰，因此賢人自然多災多難。從古至今都是如此，我又能說些什麼呢！我手撫著孤兒把您祭奠，我手拍著棺木為您痛哭，咫尺之間竟難相見，我痛苦異常淚流不斷！我保證一直到死，都要盡心盡力地撫養您的子女。嗚呼哀哉！盼望您來享用我給您送來的祭品！

祭周相公文

【題解】周相公，指周墀。字德升。汝南人。進士及第。曾任宰相，後被調任東川節度使。周墀於大中五年（西元八五一年）二月病死於任上，次年歸葬於河南縣穀陽鄉。有關周墀的生平，可詳見杜牧的〈唐故東川節度使、檢校右僕射兼御史大夫、贈司徒周公墓誌銘〉。本祭文寫於大中五年七月，杜牧時年四十九歲，任湖州（今浙江省湖州市）刺史。祭文主要內容是回顧了周墀對自己的關照和提拔，表達了作者的哀悼之情。

維大中❶五年，歲次辛未❷，七月辛未朔❸，八日戊寅❹，故吏❺朝議郎❻、知❼湖州諸軍事、守湖州刺史杜牧謹遣軍事押衙❽司馬素，謹以清酌❾庶羞❿之奠⓫，敬祭于故相國僕射⓬、贈司徒⓭周公之靈。

伏惟相公之道⓮，偏於天下，至如牧者，受恩最深。爰自稚齒⓯，即蒙顧許⓰，及在宦途⓱，援挈益至⓲。會昌⓳之政，柄者為誰⓴？忿忍陰汙㉑，多逐良善。牧實忝幸㉒，亦在遣中㉓。黃岡㉔大澤，葭葦之場㉕，繼來池陽㉖，西在孤島㉗。僻左㉘五歲，遭逢聖明㉙。收拾冤沉㉚，誅破罪惡。牧於此際，更遷桐廬㉛，東下京江㉜，南走千里。曲屈越嶂㉝，如入洞穴，驚濤觸舟，幾至傾沒。萬山環合，才千餘家㉞，夜有哭鳥㉟，晝有毒霧㊱，病無與醫，饑不兼食㊲，抑喑偪塞㊳，行少臥多。逐者㊴紛紛，歸軫㊵相接，唯牧遠棄，其道㊶益艱。相公憐憫，極力拯拔㊷，爰及作相，首取西歸，授之名曹㊸，帖㊹以重職。虢國太子㊺，絳市諜人㊻，死而復生，未足為喻㊼。旌旆西去㊽，拜於都門㊾，賢士大夫，無不攀惜㊿。皆曰相公，事君盡忠，保道輕位(51)，大張公室(52)，盡閉私門，彼由徑者(53)，跛倚不進(54)，天下賢彥(55)，明知所趣(56)。重德壯年，眾期再入(57)。

牧守吳興(58)，繼奉手示(59)，但思休退，不言疾恙(60)。訃問(61)忽至，慟哭問天：嗚呼！蒼生未濟(62)，而喪吾相！為蒼生慟(63)，豈獨私恩。想像音容，思惟恩紀(64)，期於令嗣(65)，可以效死。吳、洛相遠(66)，踰(67)於二千，無因(68)拜柩，見歸九泉(69)。哭送使者，致誠奠筵(70)。伏惟尚饗(71)！

【注釋】❶大中　唐宣宗李忱的年號。西元八四七年至八五八年。❷歲次句　這一年是辛未年。古人用天干地支紀年，每年所值的干支叫歲次。❸辛未朔　初一辛未日。辛未，指辛未日。朔，每月初一。❹戊寅　戊寅日。也即大中五年七月初八。❺故吏　您的老部下。❻朝議郎　官名。為正六品上文散官。❼知　主持；主管。❽軍事押衙　官名。負責侍衛、儀仗等事。❾清酌　用來祭祀的酒。❿庶羞　用來祭祀的各種食品。庶，多；眾。羞，食物。⓫奠　祭祀；祭品。⓬僕射　官名。為尚書省次官。唐初權力甚重，中唐以後多為虛銜。⓭贈司徒　死後追贈為司徒。司徒，官名。三公之一，多為虛銜。⓮道　思想學說。這裡主要指恩德。⓯爰自句　自從我年幼時。爰，句首語氣詞。稚齒，年幼。⓰即蒙句　就受到您的關照。蒙，受。顧許，關照。⓱宦途　仕途。⓲援挈句　對我的幫助更是無微不至。援挈，提攜。益，更加。⓳會昌　唐武宗李炎的年號。西元八四一年至八四六年。⓴柄者句　掌握權柄的都是一些什麼樣的人啊。學界一般認為，本句的「誰」是指李德裕。李德裕在會昌年間任宰相，他是李黨的頭目，在他執政之後，大力排斥牛黨。周墀也在被排斥之列。㉑忿忍句　殘忍陰險。忿忍，殘忍。陰汙，陰險。㉒忝幸　慚愧而有幸。杜牧原在朝中任職，會昌二年出任黃州刺史。杜牧認為自己能夠同周墀等人一同被排斥出朝，是自己的榮幸，同時又為自己不如周墀而深感慚愧。㉓遣中　被排斥之列。遣，排斥。㉔黃崗　地名。即黃州。在今湖北省黃岡市。㉕葭葦句　是一個長滿蘆葦的荒涼之地。葭，蘆葦。㉖池陽　地名。即池州。在今安徽省貴池市。杜牧於會昌四年至六年任池州刺史。㉗西在句　我猶如生活在荒涼的孤島之上。西，同「栖」。居住。㉘僻左　偏僻而遙遠的地方。指黃、池二州。㉙聖明　聖明之君。指唐宣宗。會昌六年三月，武宗去世，宣宗即位。四月，李德裕罷相。㉚收拾句　朝廷為受冤之人平反。冤沉，指受冤之人。㉛桐廬　地名。在今浙江省桐廬縣。會昌六年九月，杜牧調任睦州刺史，桐廬為睦州屬縣。㉜京江　指長江下游。長江下游又稱揚子江、京江。杜牧乘船赴任，先順長江東下，中經錢塘，再南下至桐廬。以上即描寫赴任途中及在任所時的情況。㉝曲屈句　越地的山峰彎彎曲曲。越，地名。在今浙江省一帶。嶂，山峰。㉞才千句　桐廬只有一千多戶。才，通「纔」。㉟哭烏　烏鴉的哀鳴。烏，鳥名。烏鴉。㊱毒霧　能使人生病的霧氣。㊲兼食　兩頓飯。㊳抑暗句　我心情壓抑，忍受著痛苦寂寞。暗，忍受。偪，通「逼」。逼迫。塞，閉塞。㊴逐者　指過去被李德裕趕出朝廷的人。㊵歸軫　回京的車輛。指被逐者都乘車回京。軫，車子。㊶道　生活之路。㊷掀拔　提拔；幫助。㊸名曹　重要的官署。曹，官署。㊹帖　任命。大中二年，杜牧被調回朝廷任司勳員外郎、史館修撰。㊺虢國句　虢國，周代的諸侯國。太子，國君的嫡長子。《史記・扁鵲倉公列傳》記載，虢太子患「屍蹶」病昏迷，眾人都以為他已死亡。後被路過此地的扁鵲救活。㊻絳市句　絳，地名。在今山西省曲沃縣西南。市，鬧市；市場。諜人，偵探消息的人。《左傳》宣公八年載，晉國與秦國交戰，晉國抓住一名秦國的間諜，於絳城的鬧市處死，六日後，該間諜又活了過來。㊼未足句　用他們死而復生的事也無法比喻我由桐廬回到京城時的喜悅之情。㊽旌旆句　指周墀到西邊出任東川節度使。旌旆，旌旗。指周墀的儀仗旗。代指周墀。㊾拜於句　大家在京城門外拜別您。都門，指長安城門。㊿攀惜　攀戀惋惜。攀，攀拉車輿戀戀不捨。(51)保道句　堅守正道，看輕名位。保，堅持。(52)大張句　加強朝廷權力。公室，朝廷。(53)彼由句　那些喜歡走邪徑的人。由，通過；走。徑，小路；邪路。(54)跛倚句　撇在一邊不予重用。跛倚，偏倚一邊。不進，不提拔。(55)賢彥　賢人。彥，有才學的人。(56)所趣　應走的道路。趣，通「趨」。趨向。(57)眾期句　大家都期盼著您再次入朝主政。(58)牧守句　我出任湖州刺史。吳興，地名。即湖州。(59)繼奉句　我相繼收到您的親筆信。手示，親筆信。(60)疾恙　疾病。(61)訃問　去世的消息。(62)蒼生句　百姓們都還沒有過上好日子。蒼生，百姓。濟，成功。這裡指過上好日子。(63)慟　極度悲哀。(64)恩紀恩情。65期於句　我期待能在您的子孫身上。令，美好。嗣，後嗣；子孫。66吳洛句　吳興與洛陽相距遙遠。吳，指吳興。洛，指洛陽。周墀的埋葬地河南縣在洛陽附近。67踰　超過。68無因　沒有機會；沒有辦法。69晃歸句　親自為您送葬。九泉，地下深處。常指人死後埋葬的地方。70致誠句　我滿懷誠意地送去祭品。致，送。筵，酒筵。這裡指祭祀用的酒食。71伏惟句　希望您來享用我送去的祭品。伏惟，俯伏思維。下對上的敬詞。尚，希望。饗，享用。

【語　譯】大中五年是辛未年，這年七月，從初一辛未日到初八戊寅日，您的老部下朝議郎、主持湖州軍事、任湖州刺史的杜牧委派軍事押衙司馬素，用清酒、食物等祭品，敬祭已故相國、僕射、贈司徒周公之靈。

您的思想和恩澤，偏佈於整個天下，而我杜牧，受到您的恩澤最多。在我年幼的時候，就受到了您的關照；在我進入仕途之後，您對我的幫助更是無微不至。回想會昌年間，是些什麼樣的人把持了權柄，他們殘忍陰險，排斥了許多賢良之人。我既感慚愧又感榮幸，也被他們列入排斥之列。我先去了黃州，那裡是一片長滿蘆葦的沼澤地；接著又到了池陽，我在那裡猶如生活在孤島上一樣。我在既偏僻又遙遠的地方任職五年，終於遇上了聖明的君主。朝廷為受冤之人平反，懲罰了罪惡之人。我在這一期間，又被調任到了桐廬。我先沿長江東下，接著又向南奔波了上千里，行走在彎彎曲曲的越地山峰之中，如同鑽進了山洞，大浪衝撞著我乘坐的船隻，幾乎要把船隻打翻。桐廬坐落在群山環抱之中，只有一千多戶人家，夜晚有烏鴉的哀鳴，白天有致病的毒霧，有病了找不到醫生，每天吃不上兩頓飯而使人饑腸轆轆，我心情壓抑，忍受著痛苦和寂寞，整天躺在家裡很少出門。過去被排斥出京的朝臣，現在都亂紛紛地、一個接著一個地乘車回京，只有我依然被拋棄在遠方。您非常同情我，竭力幫助我，您一當上宰相，就首先把我調回西邊的京城長安，把我安排在重要的官署裡，授予我重要的職務。即使用虢國太子、絳城間諜死而復生的事情，也難以形容我此時的喜悅之情。您去東川任節度使時，我們在長安門外為您送行，賢良的士大夫們，無不攀戀惋惜。大家都說：「您對皇上一片忠心，堅守正道而看輕名位；您加強了朝廷的權威，削弱了私人勢力；那些想走邪路的人，被撇在一旁得不到提拔，這就使天下的賢才，明確知道該如何行事。」您德高望重，大家都期盼著您再次入朝擔任宰相。

我在吳興擔任刺史期間，相繼收到您的親筆信，您在信中只說自己想退休，沒有說您生了疾病。您去世的消息突然傳來，我一邊痛哭一邊質問蒼天：嗚呼！百姓們還沒過上好日子，你為何奪去我們丞相的生命！我是在為所有的百姓們悲哀，豈能僅僅為了您對我的恩德。我想像著您的聲音和容貌，回想著您的恩情，我期望能在您後人身上，盡心效力以報答您。吳興與洛陽相距遙遠，其間超過了兩千里路，我沒有機會在你棺前叩拜，不能親自為您送葬。我流著淚送走前去弔唁的使者，讓他帶去我的誠意和祭宴。希望您能享用這些祭品。

祭龔秀才文

【題解】龔秀才，指龔軺。關於龔軺的生平及其與作者的交往情況，可詳見杜牧的〈唐故進士龔軺墓誌〉。

維大中❶五年，歲次辛未❷，五月朔❸，二日，湖州刺史杜牧謹遣軍事十將❹徐良，敬致祭于故龔秀才之靈。死者生之極❺，折脛而夭❻，復死之極❼。言於前定❽，莫得而推❾；出於偶然，魂其冤哉。鄉里何在，骨肉何人❿？卞山⓫之南，可以栖魂⓬。嗚呼哀哉，伏惟尚饗⓭！

【注釋】❶大中　唐宣宗李忱的年號。西元八四七年至八五八年。❷歲次句　這一年是辛未年。古人用天干地支紀年，每年所值的干支叫歲次。❸朔　每月的初一。❹軍事十將　軍官名。❺死者句　死亡是生存的盡頭。極，極點；盡頭。❻折脛句　折斷了小腿而死。脛，小腿。夭，夭折。龔軺是從馬上摔下，折斷了左小腿，十天左右後去世。❼復死句　又會走向死亡的盡頭——生存。❽言於句　如果說龔秀才的死是前世命定的。❾莫得句　又沒有人能夠對此加以推斷確定。莫，沒有人。❿鄉里二句　龔秀才的家鄉在哪裡？他的親人又在哪裡？杜牧與龔秀才雖有交往，但對龔的家鄉、親人情況並不了解。⓫卞山　山名。在今浙江省湖州市西北。⓬栖魂　安葬。⓭伏惟句　見〈祭周公文〉注71。

【語　譯】大中五年是辛未年，這年的五月，從初一到初二，湖州刺史杜牧委派軍事十將徐良，敬祭已故的龔秀才之靈。死亡，是生存的盡頭，您折斷了小腿而去世，又走向了死亡的盡頭——生存。如果說您的去世是前世命定，可沒有人能夠對此加以推斷論定；如果說您的去世是出於偶然，您的靈魂會感到死得太冤。您的家鄉在何方？您的親人又在哪裡？卞山的南邊，可以安頓您的靈魂。嗚呼哀哉！希望您能來享用我送去的祭品！

唐故銀青光祿大夫、檢校禮部尚書、御史大夫、充浙江西道都團練觀察處置等使、上柱國、清河郡開國公、食邑二千戶、贈吏部尚書崔公行狀

【題　解】銀青光祿大夫，官名。為沒有實職的散官。因其佩銀印青綬，故名。檢校禮部尚書，官名。禮部尚書是禮部長官，掌禮樂、學校、宗教、貢舉等事。加「檢校」二字，說明他官品如禮部尚書，但不掌其事。御史大夫，官名。專掌糾察彈劾，地位崇重。充，擔任。浙江西道，地區名。治所在潤州（在今江蘇省鎮江市），轄常、蘇、杭、湖、睦數州。都團練，官名。即團練使。又稱團練守捉使。掌本區防務。觀察處置，官名。即觀察處置使。簡稱觀察使。由節度使兼領，為道一級最高軍政長官，不設節度使的道，觀察使即為最高長官。上柱國，官名。為正二品勛官。無實職。清河郡開國公，被封為清河公。清河郡，地名。在今河北省清河縣。開國，這裡指受封。唐代被封以爵位，即可稱「開國」。食邑，封地。贈，死後追贈。吏部尚書，官名。為吏部長官。掌文職官員的選拔、昇黜等事。崔公，指崔郾，武城人。字廣略。行狀，文體名稱。又叫行述。記載死者生平行事的文章。本文記載了崔郾一生的經歷和政績，並給予了較高的評價。

曾祖某皇任[1]醴泉[2]縣令

祖某皇任太子中允[3]贈右散騎常侍[4]

父某皇任檢校吏部郎中[5]兼御史中丞[6]袁州[7]刺史贈太師[8]

公諱[9]某，字某。威儀秀偉，神氣深厚，即之如鑑[10]，望之如春。既冠[11]，識者知不容於風塵[12]矣。貞元[13]十二年，進士中第。十六年，平判入等[14]，授集賢殿[15]校書郎[16]。陝虢[17]觀察使[18]崔公琮[19]願公為賓[20]，而不樂之，挈辭載幣[21]，使者數返。公徐為起之[22]，且曰：「不關上聞[23]，攝職[24]可也。」受署[25]為觀察巡官[26]。後轉京兆府[27]鄠縣[28]尉[29]，遷監察御史[30]，侍御史[31]，刑部員外[32]。丁祁國太夫人憂[33]，杖而能起，人有聞焉。外除[34]，拜吏部員外郎[35]，判南曹事[36]。千人百族，必應進而進[37]，公親自挾格[38]，肖法必留[39]，戾程必黜[40]。每懸牓舉牘[41]，富室權家，汗而仰視，不敢出口。宿吏逡巡[42]，縛手係舌[43]，願措一奸[44]，不能得之。凡二年遷左司郎中[45]，吏部郎中[46]，加朝散大夫[47]，旋拜諫議大夫[48]，兼知匭使[49]。

穆宗皇帝春秋富盛[50]，稍以畋遊[51]聲色為事，公晨朝正殿，揮同列[52]進而言曰：「十一聖[53]之功德，四海之大，萬國之眾，之治之亂，懸於陛下。自山已東[54]，百城千里，昨日得之，今日失之[55]。西望戎壘[56]，距宗廟[57]十舍[58]，百姓憔悴，蓄積無有。願陛下稍親政事，天下幸甚。」誠至氣直，天子為之動容[59]，斂袖[60]慰而謝之。遷給事中[61]。

敬宗皇帝始即位，旁求師臣[62]。今相國奇章公[63]上言，曰非公[64]不可，遂以本官充翰林侍講學士[65]，命服金紫[66]。旋拜中書舍人[67]，仍兼舊職。侍帝郊天[68]，加銀青光祿大夫。高承簡[69]罷鄭滑[70]節度使，滑人叩闕[71]，乞[72]為承簡樹德政碑[73]。內官[74]進曰：「翰林故事，職由掌詔學士[75]。」上曰：「承簡功臣胤[76]也，治吾咽喉地[77]，克[78]有善政，罷而請紀，入人深矣。吾以師臣之辭[79]，且寵異[80]焉。」居數月，魏博[81]節度使史憲誠[82]拜章為故帥田季安[83]樹神道碑[84]，內官執請亦如前辭。上曰：「魏[85]北燕[86]、趙[87]，南控成皋[88]，天下形勝地[89]也。吾以師臣之辭，且慰安焉。」居數月，陳許[90]節度使王沛[91]拜章乞為亡父樹神道碑，內官執請如前辭。上曰：「許昌天下精兵處也，俗忠風厚，沛能撫之，吾視如臂。吾以師臣之辭，而彰[92]其忠孝焉。」是三者，皆御札命公[93]，今刻其辭。恩禮親重，無與為比[94]。歷歲[95]，願出守本官[96]，辭懇而遂。禮部[97]缺侍郎[98]，上曰「公可也」，遂以命之。二年選士七十餘人，大抵後浮華[99]，先材實[100]。轉兵部侍郎[101]。

今上[102]即位四年，公亟請於丞相閣[103]曰：「願得一方疲人[104]而治之。」除陝虢觀察使、兼御史大夫。先是陝之官人，人必月赳[105]俸錢五千[106]助輸貢[107]于京師者，歲至八十萬。公曰：「官人不能贍私[108]，安能卹民。吾不能獨治[109]，安可自封[110]。」即以常給廉使雜費[111]，下至于鹽酪[112]膏薪[113]之品，十去其九[114]，可得八十萬，歲為代之[115]。官人感悅，隨治短長[116]，不忍為欺。萬國西走[117]，陝實其衝[118]，復有江淮[119]、梁[120]、徐[121]、許[122]、蔡[123]之戍兵，北出朔方[124]、上郡[125]、回中[126]、汧隴[127]間，踐更[128]往來，不虛一時。民之供億[129]，吏須必應[130]，生活之具，至于缾缶[131]匕匙，常碎於四方之手。公曰：「此猶束炬[132]以焚民也。」於是節宴賞[133]，截浮費[134]，凡金漆陶木絲枲[135]之用，悉為具之[136]，可饗[137]數千人，民一不知。

復有詔旨支稅粟輸太倉者[138]，歲數萬斛[139]。始斂民[140]也，遠遠近近，就積佛寺[141]，終輸于河[142]，復藉民而載之[143]，民之巨牛大車，半頓[144]于路，前政咸知[145]，計不能出。公曰：「管仲[146]曰，粟行[147]五百里，民有饑色。斯言粟重物也，不可推遷，民受其弊[148]。況今迂直之計[149]，有不翅[150]習試[151]五百里乎！」公乃大索有無[152]，親籌[153]而計之。北臨黃河，樹倉[154]四十間，穴倉為槽[155]，下注于舟[156]。因隙賞直[157]，不敗時務[158]。自此壯者斛[159]，幼者斗[160]，負挈囊褁[161]，委倉[162]而去，不知有輸[163]。他境之民，越逸奔走[164]，輧軫爭鬭[165]，願為陝民。政成化行[166]，上國下國[167]，更口[168]讚頌。

凡二年，改岳[169]、鄂[170]、安[171]、黃[172]、蘄[173]、申[174]等州觀察使，囊山帶江[175]，三十餘城，繚繞[176]數千里，洞庭[177]百越[178]，巴蜀[179]荊漢[180]而會注焉[181]。五十餘年，北有蔡盜[182]，於是安鎖三關[183]，鄂練萬卒，皆傖楚[184]善戰，寖有戰風[185]，稱為難治，有自來[186]矣。公始臨之[187]，簡服伍旅[188]，修理械用，親之以文[189]，齊之以武[190]，大創廳事[191]，以張威容[192]。造蒙衝小艦[193]，上下千里，武士用命，盡得群盜。公曰：「劫于水者[194]，以盡殺為習，雖值童耇[195]而無捨焉。比附[196]他盜，刑不可等。」於是一死之內，必累加之[197]，盜相誡曰：「公之未去，勿觸其境[198]。」然後黜棄奸冒[199]，用公法[200]也；升陟廉能[201]，用公舉也；撫護窮約[202]，用公惠也。豪商大賈，不得輕役[203]，不得隱田[204]，父子兄弟，不得同販[205]。於閭境[206]之內，有餘不足，自公而均[207]。復建立儒宮[208]，置博士[209]，設生徒[210]，廩餼必具[211]，頑惰必遷[212]，敬讓之風，人知家習[213]。八年[214]秋，江[215]水漲溢。公曰：「安得長堤而禦之。」言訖，軍士齊民[216]，雲鍤雨杵[217]，一揮立就[218]，今行恩結[219]，有如此者。千里之內，如視堂廡[220]，雖僻左下里[221]，歲臘[222]男子必以雞黍賀饋[223]，女子能以簪瑱[224]相問遺[225]，富樂歡康，肩於治古[226]。

凡五年，遷浙西觀察使，加禮部尚書[227]。公曰：「三吳[228]者，國用半在焉[229]。因高為旱[230]，因下為水者，六歲矣。經賦[231]兵役，不減於民，上田沃土，多歸豪強。荀悅[232]所謂公家[233]之惠優於三代[234]，豪強之酷甚於亡秦[235]，今其是也。」於是料民等第[236]，籍地沃瘠[237]，均其征賦，一其徭役。經費宴賞，約事裁節[238]。民有宿逋[239]不可減於上供[240]者，必代而輸之。誠禱山川，歲獲大稔[241]，復曰：「衣冠者[242]，民之主[243]也。自艱難[244]已來，軍士得以氣加之[245]，商賈得以財侮之[246]，不能自奮者[247]多栖於吳土。」遂立延賓館[248]以待之，苟[249]有一善，必接盡禮。因訪里閭[250]，益知民之疾苦，隨以治之。纔逾期歲[251]，而吳民復振。

開成[252]元年十月二十日，薨[253]於治所[254]。多士[255]相弔曰：「使公相天子，貞觀[256]、開元[257]之俗，可期而見也。豈公不幸，實生民[258]之不幸也。」主上痛悼，輟朝[259]一日，贈吏部尚書。

【章　旨】本章按照時間順序，記載了崔郾的一生經歷和政績。

【注　釋】❶皇任　即擔任。皇，大；美。是敬詞。崔郾的曾祖父叫崔綜。❷醴泉　地名。在今陝西省禮泉縣。❸太子中允　官名。掌贊禮、啟奏等事。為太子官屬。崔郾的祖父叫崔佶。❹右散騎常侍　官名。多為虛職。❺檢校吏部郎中　官名。為虛職。崔郾的父親叫崔倕。❻御史中丞　官名。掌糾察彈劾。❼袁州　地名。在今江西省宜春市。❽太師　官名。多為贈官榮銜，無實職。❾諱　稱死去的帝王或尊長的名字。❿鑑　鏡子。⓫既冠　成年之後。既，已經。冠，古代的一種禮儀。男子二十歲時舉行冠禮，表示已經成人。⓬風塵　世俗社會。⓭貞元　唐德宗李适的年號。西元七八五年至八〇四年。⓮平判句　通過了吏部舉行的選官考試。平判，吏部的選官考試。入等，及格。⓯集賢殿　宮殿名。唐玄宗改集仙殿為集賢殿，下設學士、修撰等職，負責刊輯典籍、推薦賢才等事。⓰校書郎　官名。負責收集、校刊典籍。⓱陝虢　地名。指陝州（在今河南省三門峽市）和虢州（在今河南省靈寶市）。⓲觀察使　官名。即觀察處置使。詳見題解。⓳崔公琮　即崔琮。⓴賓　指幕僚。㉑挈辭句　崔琮的使者帶著崔琮的書信，用車裝著禮物。挈，手拿。辭，指書信。幣，禮物。㉒公徐句　崔郾這纔從從容容地接受任命。公，指崔郾。徐，慢；從容。起，指出仕。㉓不關句　不需要向朝廷請示。上，皇上；朝廷。各節度使、觀察使有權自行任命一般幕僚，而無須朝廷批准。㉔攝職　代理職務。攝，代理。㉕受署　接受任命。㉖觀察巡官　官名。位在判官、推官之下，所掌職責隨時而定。㉗京兆府　地名。在今陝西省西安市。也即當時的都城長安地區。㉘鄠縣　地名。在今陝西省戶縣。㉙尉　官名。為諸縣佐官。掌司法、徵稅等事。㉚監察御史　官名。掌監察、糾舉等事。㉛侍御史　官名。負責糾彈百官、推按獄訟。㉜刑部員外　官名。即刑部員外郎。負責獄訟等事。㉝丁邠句　遇到母親邠國太夫人去世。丁憂，又叫丁艱。遇父母之喪。邠國太夫人，指崔郾之母。邠國夫人是其封號。㉞外除　任命為宮外之官。外，指外官。古代把九卿、宮外百官（與近侍之臣相對）和地方官都叫作外官。除，授官。㉟吏部員外郎　官名。掌文官選舉、考功等事。㊱判南句　掌管判選院的事務。判，以高官兼任低職叫判。這裡指主管。南曹，官署名。即判選院。負責考察選拔官員。因判選院在長安曹選街之南，故又叫南曹。㊲應進而進　應該提拔任用的就提拔任用。進，提拔；任用。㊳挾格　拿著記載為官原則的書冊。格，律法的一種。為官處事的規則。㊴肖法句　為官處事符合規則的就一定讓他留任。肖，像似；符合。㊵戾程句　不符合為官原則的就一定罷免。戾，違反。程，法規。黜，罷免。㊶懸牓舉牘　出告示。這裡專指有關官吏昇黜獎懲的告示。牓，布告。牘，木簡；告示。㊷宿吏句　那些富於官場經驗的奸吏也都斂手退縮。宿，老成的；富於經驗的。逡巡，退縮不前。㊸縛手句　形容不敢亂說亂動的樣子。㊹措一奸　幹一件壞事。措，放置。㊺左司郎中　官名。唐代尚書省都堂居中，東邊有吏、戶、禮三部，西有兵、刑、工三部。省內設左、右司，分管其事。左司郎中負責吏、戶、禮三部事宜。㊻吏部郎中　官名。負責文官班秩、階品等事。㊼朝散大夫　官名。散官，無實職。㊽旋拜句　不久被任命為諫議大夫。旋，不久。諫議大夫，官名。掌諫議、侍從等事。㊾知匭使　官名。負責受理冤滯訴狀。㊿春秋富盛　指年紀輕。春秋，指時間。(51)畋遊　打獵遊玩。畋，打獵。(52)同列　同事。指一起為官的朝臣。(53)十一聖　指唐穆宗之前的十一位皇帝。他們是高祖、太宗、高宗、中宗、睿宗、玄宗、肅宗、代宗、德宗、順宗、憲宗。(54)自山句　自太行山以東。山，指太行山。(55)昨日二句　唐憲宗元和十四年時，全國各地長達數十年的藩鎮割據基本被平定。十五年，憲宗去世，穆宗即位。次年（長慶元年），太行山以東、黃河以北地區的藩鎮再次叛亂。故曰「昨日得之，今日失之」。(56)戎壘　吐蕃的軍營。戎，對西邊異族的通稱。這裡具體指吐蕃。(57)宗廟　皇帝祭祖之處。這裡代指長安。(58)十舍　三百來里。舍，古代行軍三十里為一舍。(59)動容　改變面容。指因感動而改變面容。(60)斂袖　整理衣袖。這是一種表示敬意的動作。(61)給事中　官名。掌奏章、駁正等事。(62)師臣　可為帝師的大臣。(63)奇章公　指牛僧孺。鶉觚人，字思黯。進士及第。曾任御史中丞、同平章事等職，封奇章郡公。(64)公　指崔郾。(65)翰林侍講學士　官名。負責給皇上講學。(66)金紫　指金魚袋和紫衣。為三品以上官員的裝束。金，指刻成魚形的金符。當時稱金魚。(67)中書舍人　官名。負責參議奏章、草擬詔誥等事。(68)郊天　祭天。(69)高承簡　人名。渤海人。先後任牙將、宋州刺史、義成軍節度使等職。(70)鄭滑　地名。即鄭州和滑州。在今河南省鄭州市和滑縣。唐朝在這裡設鄭滑節度使，又叫義成軍節度使。(71)叩闕　來到長安。闕，宮闕；宮殿。代指朝廷。(72)乞　求。(73)德政碑　頌揚美政的碑。(74)內官　太監。另外，皇帝的近侍官員也稱內官。(75)掌詔學士　官名。負責起草詔書。(76)胤　後代。(77)咽喉地　重要地區。(78)克　能夠。(79)以師臣之辭　用帝師寫的頌辭。師臣，指崔郾。(80)寵異　給他以不同尋常的榮耀。寵，榮耀。異，不尋常的。(81)魏博　地名。指魏州和博州。在今河北省魏縣和山東省聊城市。唐朝在此設魏博節度使。(82)史憲誠　人名。靈武人。任魏博軍將，以功兼御史中丞。後擁兵自重，為亂軍所殺。(83)田季安　人名。平州盧龍人。字夔。任魏博節度使，封雁門郡王。名為唐臣，卻擁兵自重，割據一方。(84)神道碑　立在墓道上的碑，主要記載死者生平。(85)魏　地名。即魏博地區。(86)燕　地名。指今河北省北部和遼寧省南部。(87)趙　地名。指今山西省北部、河北省西部及南部一帶。當時燕趙都屬強藩割據地區。(88)成皋　地名。在今河南省滎陽縣汜水鎮西。為軍事重地。(89)形勝地　重要地區。形勝，地勢優越便利。(90)陳許　地名。指陳州和許州。在今河南省淮陽縣和許昌市。唐朝在這裡設陳許節度使，又叫忠武軍節度使。(91)王沛　人名。許昌人。先後任牙門將、行軍司馬、寧州刺史、節度使等職。(92)彰　表彰。(93)御札命公　皇上親自命令崔鄲。御札，帝王的詔令。(94)無與句　沒有人能同崔鄲相比。(95)歷歲　過了一年。(96)本官　指原來擔任的給事中一職。(97)禮部　官署名。負責禮樂、學校、外交、選舉等事。(98)侍郎　官名。為禮部次官。(99)後浮華　不重視浮華之人。(100)先材實　首選具有真才實學的人。(101)兵部侍郎　官名。為兵部次官。負責武官選拔、考課等事。(102)今上　指唐文宗李昂。西元八二六年至八四〇年在位。(103)丞相閣　即丞相府。(104)疲人　生活困苦不堪的百姓。(105)尅　尅扣；扣除。(106)錢五千　即五千錢。錢，古代的貨幣單位。(107)輸貢　上繳朝廷的財物。(108)贍私　供養自己。(109)獨治　靠獨自一人的力量把百姓治理好。(110)自封　謀取個人財富。封，財富豐厚。(111)即以句　便把按慣例供給觀察使的各種雜費。以，把。常給，按慣例供給。廉使，即觀察使。(112)酪　乳酪。(113)膏薪　油脂和柴草。(114)十去句　節省出十分之九。(115)代之　指用崔鄲自己節省出的八十萬去替代尅扣官俸的八十萬。(116)隨治句　無論在任何情況下辦事。隨治，隨時而治理。短長，代指任何情況。(117)萬國句　全國各地的人們到西邊的京城長安。萬國，泛指全國各地。主要指長安以東地區。長安處於西邊，中原及江南一帶的官員、百姓入京，都要經過陝州。(118)衝　交通要道；必經之地。(119)江淮　地名。指今江蘇、安徽二省地區。因該地區在長江、淮河流域，故名。(120)梁　地名。指今河南省開封市一帶。(121)徐　地名。即徐州。在淮河以北地區。治所多設在今江蘇省徐州市。(122)許　地名。即許州。在今河南省許昌市一帶。(123)蔡　地名。即蔡州。在今河南省汝南縣。(124)朔方　地名。約在今寧夏同心市以北、賀蘭山以東地區。治所在靈州（在今寧夏回族自治區靈武市）。唐朝在此設朔方節度使，又稱靈武節度使。(125)上郡　地名。在今陝西省延安、榆林一帶。(126)回中　地名。在今陝西省隴縣西北。(127)汧隴　地名。指汧陽縣和隴州。在今陝西省的千陽縣和隴縣。(128)踐更　指兵卒。秦漢時貧人得錢，替他人應征為卒，稱踐更。後人即泛稱士卒為「踐更」。(129)供億　按需要而供應。億，估量。(130)吏須句　過往官吏的生活品也必須供應。(131)缶　一種大肚小口的瓦器。(132)束炬　綑紮火炬。(133)節宴賞　節約宴會、賞賜的費用。(134)截浮費　裁減不必要的開支。(135)枲　麻。(136)悉為句　全部由官府製辦。悉，全部。具，製辦。(137)饗　用酒食招待人。138復有句　朝廷還有命令，讓當地人把應該繳給國家的糧食運送到京城的國庫裡去。支，支付。太倉，京城儲糧的大倉。139斛　古代容量單位。十斗為一斛。140斂民　從百姓那裡收糧。141就積句　把糧食集中在各地的佛寺中。就，趨向。142河　指黃河。陝、虢二州均在黃河附近，糧食由黃河、渭水西運至長安。143復藉句　還要依靠百姓把糧食從各地佛寺運到黃河邊。藉，依靠。144頓　困頓；倒下。145前政句　以前的當地官員都知道這種情況。政，執政官員。咸，都。146管仲　人名。春秋時期齊國潁上人。名夷吾，字仲。是著名的政治家，輔佐齊桓公建立霸業。現存《管子》一書，為後人假託之作。147粟行　運糧。148受其弊　受運糧之害。149迂直之計　把直路、彎路都計算在內。迂，彎曲。150不翅　不僅；不止。翅，通「啻」。只有；僅。151習試　本指鳥試飛。引申為運送。152大索有無　徹底調查轄區內各地糧食的多少。這是為在黃河邊選擇建倉地點作準備。153親籌　親自拿著計數的用具。籌，計數的用具。154樹倉　建立倉庫。155穴倉句　在倉庫上留下洞口，安裝上木槽。穴，打洞。156下注句　讓糧食沿著木槽直接流到下面的船上。注，流。157因隙句　尋找農閒時間，出錢僱民運糧。隙，空閒。賞直，給工錢。158不敗句　不會妨礙農業生產及其他事情。159斛　用作動詞。運一斛糧食。160斗　用作動詞。背一斗糧食。161負挈句　百姓們或背著、或提著大袋小袋。負，背。挈，提。囊，口袋。裹，包；袋。162委倉　把糧食倒入倉庫。委，放入。163不知句　不再有運糧之苦。以上是說，過去的官員在各地佛寺收糧，然後再運至黃河邊裝船，糧食數量和運糧時間都比較集中，故百姓負擔重、吃苦大。而崔郾根據各地糧食多少，在黃河邊建倉，讓百姓直接把糧食運到這裡，再加上有了倉庫，糧食可以得到長期保管，也不必讓百姓限期運糧，故減輕了運糧之苦。164越逸句　越過邊界跑來。指崔郾的德政把其他各地百姓吸引來了。165輧軫句　大家帶著大車小車爭先恐後。輧軫，指車輛。輧，有帷蓋的車。軫，車箱底部後面的橫木。代指車輛。爭鬭，猶言爭先恐後。166政成句　治理百姓得以成功，教化得以推行。167上國句　泛指其他各方鎮、各州縣。168更口　交口。169岳　地名。即岳州。在今湖南省岳陽市。170鄂　地名。即鄂州。在今湖北省鄂州市。171安　地名。即安州。在今湖北省安陸市。172黃　地名。即黃州。在今湖北省黃岡市。173蘄　地名。即蘄州。在今湖北省蘄春縣。174申　地名。即申州。在今河南省信陽市。175囊山句　周圍是山，中有長江。囊，口袋。形容山像口袋一樣環繞這一地區。帶，衣帶；腰帶。形容長江像腰帶一樣從這一地區中間穿過。176繚繞　彎曲散布。177洞庭　湖名。即洞庭湖。在今湖南省境內。178百越　民族名。先秦時，越國被楚國擊敗後，越王的子孫散居於江、浙、閩、粵一帶，被稱為百越。這裡泛指南方異族。179巴蜀　地名。指今四川省。180荊漢　地名。指今湖北省、陝西省南部、河南省南部及湖南省北部等廣大地區。荊，指古楚國地區。漢，指漢中。在今陝西省南部。181會注焉　匯集在這裡。會注，匯集。焉，代詞。指上文提到的岳、鄂等六州。(182)蔡盜　指蔡州叛軍。蔡州在今河南省汝南縣，長期被叛軍占領。(183)安鎖三關　在安州以北，堅守平靖、武勝、黃峴三關。安，指安州。三關，指平靖關、武勝關、黃峴關。在今河南省信陽市與湖北省安陸市之間。(184)傖楚　指楚地人。魏晉南北朝時，吳地人鄙視楚人荒陋，稱楚人為傖楚。傖，粗野。(185)寖有句　逐漸形成尚武之風。寖，逐漸。(186)有自來　有歷史的原因。(187)臨之　治理這一地區。(188)簡服句　選拔訓練軍隊。簡，選拔。服，訓練。伍旅，軍隊。(189)親之句　用德政獲得百姓的親近和擁護。文，指德政。(190)齊之句　用刑罰來整頓他們。齊，整頓。武，指刑罰。(191)大創句　大力建造官府廳堂。創，建造。廳事，官府辦公的地方。(192)以張句　以顯示官府的權威。張，張大；顯示。(193)蒙衝小艦　大小戰船。蒙衝，古代戰船。以生牛皮蒙船，兩邊開搖槳孔，左右前後有弩窗矛穴，使敵人不得靠近。(194)劫于句　在長江、大湖上搶劫的人。(195)童耆　兒童和老人。耆，老人。(196)比附　相比。(197)累加之　發現一人被殺，則按照殺死二人去懲罰水上強盜。(198)勿觸句　不要到他的轄區內搶劫。(199)奸冒　奸邪之人。冒，虛偽。(200)公法　公認的法律。(201)升陟句　提拔廉潔賢能的人。陟，昇。(202)窮約　貧窮之人。約，窮。(203)輕役　減輕勞役。(204)隱田　隱瞞田產。(205)同販　合夥做生意。(206)闔境　整個轄區。(207)自公句　自從崔鄲來了以後，百姓的財富開始均衡起來。(208)儒宮　儒家學校；學校。(209)博士　學官名。負責教學。(210)生徒　學生。(211)廩餼句　官府保證供應糧食。廩餼，官府供給的糧食。廩，倉庫；官倉。餼，贈送給人的糧食。(212)頑惰句　冥頑不化、懶惰散漫的學生一定要被開除。遷，開除。(213)習　通曉；熟悉。(214)八年　指唐文宗大和八年。西元八三四年。(215)江　指長江。(216)齊民　平民；百姓。(217)雲鍤句　舉鍤如雲，落杵如雨。鍤，鐵鍬。一種挖土工具。杵，築土用的棒槌。(218)一揮句　崔鄲一聲令下，長堤馬上築成。揮，揮手命令。立，馬上。就，成功。(219)恩結　結恩情於百姓。(220)如視句　如同看身邊的大堂、廡房那樣清楚。廡，大堂周圍的廡房。(221)僻左下里　偏僻遙遠的小鄉村。僻左，偏僻而遙遠。下里，小鄉村。(222)歲臘　泛指逢年過節。臘，年終時祭神之日。(223)賀饋　祝賀的禮物。(224)簪瑱　簪子和玉石。簪，男女用來綰住頭髮或把帽子別在頭髮上的一種針形首飾。瑱，美玉或玉製耳塞。(225)問遺　互贈禮品以示問候。遺，贈送。(226)肩於句　能同安定的古代社會相媲美。肩，比肩；相差無幾。(227)禮部尚書　官名。為禮部長官。負責禮儀、祭祀、學校等事。中唐之後多為加官，無實職。(228)三吳　地名。說法多種。這裡指浙西觀察使所轄的潤州、蘇州、湖州等地。(229)國用句　國家的財用有一半出在這裡。焉，代指三吳地區。(230)因高句　因地勢高而受旱。(231)經賦　固定賦稅。經，經常；固定。(232)荀悅　人名。東漢潁川潁陰人。字仲豫。先後任黃門侍郎、祕書監、侍中等職。著有《申鑒》、《漢紀》。(233)公家　國家；朝廷。(234)三代　指夏、商、周三代。古人認為三代的政治是後世的楷模。(235)亡秦　已滅亡的秦朝。(236)料民等第　調查百姓的貧富等級。料，調查。(237)籍地句　登記土地肥沃或貧瘠的情況。籍，名冊；登記。(238)約事句　減少不必要的事情以節約費用。約，減少。(239)宿逋　拖欠的舊稅賦。宿，過去。逋，拖欠賦稅。(240)上供　上繳國家。(241)大稔　大豐收。稔，莊稼成熟。(242)衣冠者　指士大夫、官紳。(243)民之主　百姓的主人。(244)艱難　國家危難。指安、史之亂。(245)以氣加之　拿他們出氣；凌辱他們。(246)以財侮之　憑著有錢欺侮他們。(247)自奮者　依靠自己的力量崛起。(248)延賓館　即迎賓館。延，迎。(249)苟　如果；只要。(250)里閭　泛指民間。(251)纔逾句　剛過了一年多。逾，超過。期，一周年。(252)開成　唐文宗李昂的年號。西元八三六年至八四〇年。(253)薨　去世。唐代二品以上官員去世叫薨。(254)治所　指潤州。在今江蘇省鎮江市。浙西觀察使的治所在潤州。(255)多士　眾多的士大夫。(256)貞觀　唐太宗李世民的年號。西元六二七年至六四九年。當時國泰民安，史稱「貞觀之治」。(257)開元　唐玄宗李隆基的年號。西元七一三年至七四一年。是唐朝的鼎盛時期，史稱「開元盛世」。(258)生民　百姓。(259)輟朝　停止上朝。輟，停止。

【語　譯】崔鄲的曾祖父叫崔綜，曾擔任醴泉縣令。

祖父叫崔佶，曾擔任太子中允，去世後追贈為右散騎常侍。父親叫崔倕，曾擔任檢校吏部郎中一職，兼任御史中丞、袁州刺史，去世後追贈為太師。

崔公名鄲，字廣略。他儀表威嚴秀偉，氣度深沉厚重，面對著他猶如面對著一方明鏡，看到他就像看到了溫暖的春天。在他二十來歲的時候，有識之士就知道他不是一位一般的世俗人物。貞元十二年，崔公考上了進士。十六年，又通過了吏部選拔官員的考試，被任命為集賢殿校書郎。陝虢觀察使崔琮希望崔公去當自己的幕僚，而崔公卻不願意，崔琮便派使者帶著書信和禮物，往返多次前去邀請，崔公這纔從從容容地同意出仕，並且說：「這件事不需要朝廷批准，我暫時去代理一下職務也可以。」崔公被任命為觀察巡官，後來調任為京兆府鄠縣縣尉。此後又擔任過監察御史、侍御史、刑部員外郎等職。在為母親邠國太夫人守喪期間，崔公瘦弱得必須拄枴杖纔能站起身來，當時的人們都聽說過這件事。守喪後任命他為朝官，讓他擔任吏部員外郎，負責判選院的選官事宜。官員人數成千上百，應該提拔任用的，崔公就一定提拔任用。崔公親自拿著記載為官原則的書冊，對於那些辦事符合為官原則的官員，就一定讓他們留任；對於那些違反原則的官員，就一定要予以罷免。每當崔公發佈告示時，那些有權勢的富貴之人，也都緊張得只流汗，他們認真地抬頭觀看，不敢胡言亂語。那些頗有官場經驗的老奸吏們也都斂手退縮，不敢亂說亂動，即使想幹一件壞事，他們也找不到機會。任職兩年之後，崔公被提昇為左司郎中，後任吏部郎中，加官朝散大夫，不久又被任命為諫議大夫，兼任知匭使。

穆宗皇帝很年輕，對打獵、遊玩、聲色有點過分愛好。有一天早上，崔公在正殿朝見皇上時，就聯合其他朝臣一同進諫說：「我朝十一位聖明君主所建立的大功大德，土地遼闊的整個天下，全國的億萬百姓，這一切是太平安定還是陷入動亂，都掌握在陛下一人手中。太行山以東地區，有上百座城池和上千里土地，不久前我們好不容易地全部收復了，而現在我們又全部丟失了。再看看西邊吐蕃的軍營，距離我們長安也只有三百來里，百姓們貧苦不堪，沒有一點積蓄。希望陛下對政事能夠稍加關心，那麼天下人都會感到十分幸運。」崔公講這番話時態度誠懇、理直氣壯，穆宗皇帝為此露出了感動的面容，皇上整理好衣冠，向崔公表示慰問和感謝。接著任崔公為給事中。

敬宗皇帝剛即位時，要尋求一位可以擔任帝師的大臣。現任丞相奇章公牛僧孺就上奏章說，這個人選非崔公不可。於是崔公就以給事中的身分兼任翰林侍講學士，穿上了紫色官服，佩帶上了金魚袋。不久又被任命為中書舍人，同時兼任原有官職。崔公幫助皇上舉行祭天典禮之後，又加官銀青光祿大夫。高承簡不再擔任鄭滑節度使以後，滑州百姓來到長安，要求朝廷為高承簡樹立一塊德政碑。宮內官員對皇上說：「按照翰林院的舊規矩，這篇德政碑文應該由掌詔學士撰寫。」皇上說：「高承簡是功臣的後代，為我治理重要地區時，能夠推行善政，離任後，百姓們請求為他樹碑紀功，這說明他的善政感人之深。我要讓帝師為他寫碑文，要給他以不同尋常的榮耀。」過了幾個月，魏博節度使史憲誠上了一封奏章，要求為他的故帥田季安樹立一塊神道碑，宮內官員又像上一次那樣向皇上請示，皇上說：「魏博地區的北邊是燕、趙，南邊控制著軍事要地成皋，魏博地區是一個非常重要的地區啊！我要讓帝師為他寫碑文，以此來安撫他們。」又過了幾個月，陳許節度使王沛上了一封奏章，要求為他的亡父樹一塊神道碑，宮內官員依然像上兩次那樣向皇上請示，皇上說：「許昌屯集著全國最精銳的部隊，那裡的民風忠厚，王沛能夠安撫他們、愛護他們，我視王沛如我的左右臂，所以我要讓帝師為他寫碑文，以此來表彰他的忠孝之心。」這三篇碑文，都是皇上親自下詔讓崔公寫的，寫完後又命令刻上石碑。皇上對崔公的恩禮之重和親近程度，是沒有人可以相比的。一年以後，崔公希望出宮擔任原來的官職，由於崔公言辭懇切，終於如願以償。禮部缺一名侍郎，皇上說：「崔公可以擔任。」於是就任命崔公為禮部侍郎。兩年之內，崔公選拔了七十多名讀書人，他的選拔標準大致是輕視浮華之人，首選有真才實學的人。後來崔公調任兵部侍郎。

當今皇上即位後的第四年，崔公多次向丞相府請求說：「我願意到一處百姓生活困苦不堪的地方去治理。」於是朝廷就任命崔公為陝虢觀察使，並兼任御史大夫。在此之前，陝虢地區的官員，每人每月要在俸祿裡扣下五千錢，作為賦稅上繳給朝廷，每年扣下的俸祿總共有八十萬錢。崔公說：「官員們如果無法供養自己，又如何能去愛護百姓呢？我不能獨自一人把這一地區治理好，又怎能只管謀取個人財富呢？」於是崔公就把按常例供給觀察使的各種雜費，甚至於包括食鹽、乳酪、油類、柴草等物品在內，節省出十分之九，這樣每年可得八十萬錢，崔公就用這八十萬錢去替代原來所扣的俸祿。官員們為此很感動、很高興，他們無論在任何情況下辦事，都不忍心欺騙崔公。全國各地到西邊去的人，都要經過陝州，還有江淮、梁、徐、許、蔡等地的士卒，當他們到北邊的朔方、上郡、回中以及汧陽、隴州之間守衛邊疆時，也要經過這裡，這些士卒來來往往，一年四季不斷。百姓們必須供應他們的生活用品，過往官員的必需品也要滿足，百姓供給的各種生活方面的用品，包括一些瓶瓶罐罐、小勺湯匙等，經常被過往的外地人損壞打碎。崔公說：「這種情況就好像燃一束火把去燒烤百姓一樣。」於是，崔公便節約宴會和賞賜的費用，裁減不必要的開支，所有金器、漆器、陶器、木器、絲麻等用品，全由官府置辦，官府置辦的這些器具可以同時接待數千人，而百姓們對此卻一無所知。

朝廷還有命令，要求當地把上繳的糧食運送到長安的國庫裡，每年要運送的糧食有數萬斛。在開始向百姓收糧時，無論遠近，都要先把糧食送到各地的佛寺集中起來，最後再運到黃河岸邊裝船，而這次運輸還要依靠老百姓用車輛搬運，結果百姓的大牛大車，有一半毀於路上，以前的當地官員都了解這種情況，但拿不出好的解決辦法。崔公說：「管仲曾經說過：運糧五百里，百姓會挨餓。這就是說，糧食這種東西很重，不可以搬運得太遠，否則百姓會吃它的苦頭。何況現在如果把直路、彎路都計算在內的話，有的糧食運輸路程還不止五百里。」於是崔公便徹底調查各地出產糧食的多少有無，他親自拿著計算器具進行計算，然後在黃河岸邊的適當地點，建造了四十間倉庫，在倉庫上留下洞孔，安裝上木槽，讓糧食順著木槽流入下面船艙。崔公趁農閒時間出錢僱人運糧，因此也不會耽誤農活或其他事情。採取這一措施後，百姓們強壯的運一斛，年齡小的背一斗，大家背著包裹提著口袋，把糧食倒入倉庫而去，當地百姓再也不感到運糧是一種負擔了。其他地方的老百姓，也都越過州界跑到陝州，他們帶著大大小小的車輛，爭先恐後，都想當一名陝州的百姓。崔公的政治措施獲得成功，教化得到推行，其他各地的大小州郡，都交口稱讚崔公。

崔公任陝虢觀察使總共兩年，接著調任岳、鄂、安、黃、蘄、申等州觀察使，這一地區周圍是山，中間有長江穿過，三十多座城池盤繞散布在方圓數千里的土地上，洞庭湖一帶的異族以及巴蜀、荊漢一帶的人們，都在這裡聚散。在長達五十餘年的時間裡，北邊的蔡州一直為叛軍所占領，於是安州便堅守平靖、武勝、黃峴三座關口，鄂州訓練成千上萬的士卒，這些士卒都是英勇善戰的楚人，慢慢地這一地區就形成了好戰的風俗，人們說這一地區很難治理，這是有其歷史原因的。崔公剛開始治理這一地區，就選拔、訓練士卒，修理各種器用，用德政獲得百姓的擁護，用刑罰整頓他們的行為，大力建造官府廳堂，以顯示官府的權威。還建造了許多大小戰船，沿千里長江上下巡邏，將士們都服從命令，全部抓獲了強盜。崔公說：「在水上搶劫的強盜，習慣把被搶劫的人全部殺死，即使遇到兒童老人，他們也不放過。因此與其他強盜相比，就不能使用一樣的刑法。」於是就命令：發現一名被殺者，就按兩名被殺者計算。那些水上強盜相互告誡說：「在崔公離開之前，千萬不要到他的轄區搶劫。」然後崔公開始罷免那些奸邪官吏，罷免的依據是公認的法律；提拔那些廉潔賢能之人，提拔的標準就是眾人的舉薦；救濟保護那些窮苦之人，救濟時也是以公家的名義去分恩施惠。對於那些大商巨富，不許減輕他們的勞役，不許他們隱瞞田產，父子兄弟也不許合夥做生意。在整個轄區之內，無論是錢財有餘的還是錢財不足的，自從崔公來了以後，都開始平均起來。崔公還建立了學校，安排了講學的博士和學習的學生，官府保證糧食供應，對於那些冥頑不化、懶惰散漫的學生，一定要加以淘汰，教育的結果使敬讓之風，深入到了家家戶戶。大和八年秋天，長江漲了洪水，崔公說：「如何纔能築起一道長堤以抵禦洪水呢？」他的話剛說完，軍隊和百姓都行動起來，他們揮鍤如雲，落杵如雨，在崔公的指揮下，很快就築成了長堤。崔公推行政令、結恩百姓的情況，就達到了如此程度。崔公了解方圓千里的轄區情況，如同了解身邊的大堂、廂房一樣。即使是在偏僻遙遠的小村莊裡，逢年過節時，男子們一定要相互饋贈雞鴨糧食以示祝賀，女子們也能夠相互贈送簪子、玉器以表問候。這一地區的百姓生活富樂安康，可以同古代的太平社會相媲美。

在這一地區任職五年之後，崔公調任浙西觀察使，加官禮部尚書。崔公說：「三吳這一地區，國家的財用開支有一半都出在這裡。但這裡有些地方因地勢太高而受旱，有些地方因地勢太低而受澇，已經整整六年了。各種賦稅兵役，並沒有向百姓少收，上等的肥沃土地，大多歸豪強所有。荀悅曾經說過：朝廷對百姓的恩德超過了夏、商、周三代，而豪強們的殘酷程度卻超過了已經滅亡的秦朝。今天的情況也正是如此。」於是崔公便調查百姓的貧富等級，登記土地肥沃和貧瘠的情況，公平地向百姓徵收賦稅，統一向他們攤派勞役。崔公還節約宴會、賞賜等開支，減少不必要的費用，對於百姓過去無力上繳卻又必須上繳的賦稅，崔公就替他們上繳。崔公虔誠地祭祀山川，每年都獲得了大豐收。崔公還說：「士大夫這些人，是百姓的主人。然而自安史之亂以來，士卒們可以憑武力拿他們出氣，商人們可以憑財力去欺淩他們，不能依靠自己的力量再次崛起的那些士大夫們，大多流落在這一地區。」於是崔公就修建了延賓館來接待這些士大夫，只要他們有一點長處，崔公都要盡心盡力地以禮相待。崔公還向他們詢問有關農村中的事情，更加了解百姓的疾苦，接著便採取措施加以治理。崔公任浙西觀察使纔一年多，而那裡的百姓生活就得到了極大的改善。

開成元年十月二十日，崔公在浙西觀察使的治所潤州去世。眾多的士大夫們都十分悲痛，說：「如果讓崔公任宰相輔佐天子，那麼像貞觀、開元年間的那種太平盛世，我們有希望再次看到。崔公的去世豈是崔公個人的不幸，那實在是天下百姓的不幸啊！」皇上也很悲痛，為此停止上朝一天，並追贈崔公為吏部尚書。

公生得靈和❶，自干名❷立朝，為公卿，為侯伯❸，未嘗須臾間❹汲汲牽率❺欲顯名合朝❻，而仁義忠信，明智恭儉，鬱積發溢❼，自然相隨❽。不立約結❾而善人自親，不設溝壘⑩而不肖⑪自遠，不志於榮達而官位自及。公內外閥閱⑫，源派清顯⑬，拔於甲族⑭，而復甲焉⑮。親昆仲⑯六人，皆至達官，公與伯兄季弟⑰，五司禮闈⑱，再入吏部⑲，自國朝已來，未之有也。上至公相方伯⑳，下及再命一命㉑，幕府陪吏㉒之屬，偏滿內外㉓，皆公門生㉔。公俯首益恭㉕，如孤臣㉖客卿㉗，惕惕㉘而多畏也。自為重鎮㉙，苞苴㉚金幣之貨，不至權門。親戚故舊，周給㉛衣食，畢其婚喪㉜，悉㉝出俸錢，不以家為㉞。在家怡然㉟，未嘗訓勉，子弟自化㊱，皆為名人。居室卑庳㊲，不設步廊㊳，賓至值雨，則張蓋㊴躡屐㊵而就于外位㊶。

初鎮于陝，或束梃㊷經月㊸，不鞭一人。至于驛馬㊹，今五歲幸全㊺，則為代之，著為定制，曰致一物於必窮之地㊻，君子不為。其為仁愛，而臻於此㊼。及還鎮鄂渚㊽，嚴峻刑法，至於誅戮，未嘗貫一等㊾，後一刻㊿。或問於公曰：「陝、鄂之政不一，俱臻於治，何也？」公曰：「陝之土瘠(51)民勞，吾撫之不暇(52)，尚恐其驚。鄂之土沃民剽(53)，雜以夷俗(54)，非用威刑，莫能致理。政貴知變(55)，蓋為此也。」聞者服焉。

嗚呼！公之德行材器(56)，真哲人君子，沒而不朽者也。易名定謚(57)，為國常典(58)，敢書先烈(59)，達于執事(60)，附于史氏(61)云爾。謹狀(62)。

【章旨】本章總括性地介紹了崔郾的家族、品行及其政績。

【注釋】❶靈和　靈和之氣。靈，美好。古人認為萬物皆稟氣而生，所稟之氣的好壞便決定了一個人品性的好壞。❷干名　求名。具體指考進士。干，求。❸侯伯　指諸侯。這裡具體指地方長官。❹須臾間　片刻之間。❺汲汲牽率　迫不及待地一心想得到。汲汲，心情急切的樣子。牽率，牽掛。❻合朝　滿朝。引申為整個國家。❼鬱積句　指崔公的美德長期積累於胸中，慢慢地就表露於外。鬱積，積累。溢，流露於外。❽自然句　指美好的名聲自然而然地就相隨而來。❾約結　籬絡。❿溝壘　壕溝和牆壁。比喻對人防範。壘，防護軍營的牆壁或建築物。⓫不肖　壞人。⓬內外閥閱　指本族和親戚的門第。內，指本家族。外，指親戚。閥閱，門第。⓭源派句　都很清貴顯要。源派，源頭和支流。比喻家族的族源和各支族。⓮拔於句　崔公出生於名門望族。拔於，出於。甲族，名門望族。唐代，崔、盧、李、鄭四姓（加王氏為五姓）被視為名門望族。⓯甲焉　在名門望族之中又屬優秀人才。甲，優等。焉，指代「甲族」。⓰昆仲　兄弟。⓱伯兄季弟　大哥小弟。老大為伯，最小為季。崔氏兄弟共六人，都官至三品。其中崔邠、崔郾、崔鄲三人先後五次任禮部長官，兩次任吏部長官。⓲五司句　五次主持禮部事務。司，主管。禮闈，指禮部或禮部考試進士的地方。⓳再入句　兩次主持吏部事務。再，兩次。⓴方伯　泛指地方長官。㉑再命一命　泛指低級官員。周代官階從一命到九命共九個等級，一命為最低官級，九命為最高官級。㉒幕府陪吏　指地方官府中的幕僚佐吏。幕府，地方官府。陪，輔佐。㉓內外　指朝廷內外。㉔門生　唐代以後，科舉及第的人稱主考官為座主，自稱門生。崔郾曾任吏部侍郎，主持過進士考試，所以說他的門生滿天下。大和二年（西元八二八年），杜牧考中進士，這年的主考官就是崔郾。故杜牧也是崔郾的門生。㉕俯首益恭　低著頭更加謙虛。俯首，形容謙恭的樣子。益，更加。㉖孤臣　失勢無援的臣子。㉗客卿　在他國當官的人。客卿是先秦時期秦國的官名。請別國的人在本國做官，其位為卿，待以客禮，稱客卿。㉘惕惕　小心謹慎的樣子。㉙自為句　自從出任重要的地方長官以後。為，出任。重鎮，重要藩鎮；重要地區。㉚苞苴　指禮品、財物。苞苴本指包裹魚肉的草包，贈人禮品、財物，必定要加以包裹，故後人稱禮品、財物為苞苴。㉛周給　救濟，供給。周，通「賙」。救濟。㉜畢其句　完成他們的婚喪之事。畢，完成。㉝悉　全部。㉞不以句　不考慮謀取家財。㉟怡然　慈祥和悅的樣子。㊱自化　自然而然地追求上進。化，變。變為好人。㊲卑庳　低矮簡陋。㊳步廊　走廊。㊴張蓋　撐起雨傘。蓋，傘。㊵躡屐　穿上木屐。躡，穿。屐，一種木頭鞋，外塗油脂，可防雨水。㊶外位　指主人在室外迎賓所站的地方。㊷束梃　把木棒擱置起來。束，綑束起來。梃，木棒。㊸經月　一月。㊹驛馬驛站的馬。供載人或傳遞公文之用。㊺幸全　幸而保全性命。㊻曰致句　說是把某一事物放置在必死無疑的處境裡。物，事物。這裡具體指驛馬。窮，走投無路。㊼臻於此　達到了如此地步。臻，達到。㊽鄂渚　地名。指鄂州一帶。㊾貰一等　減刑一等。貰，寬縱；赦免。㊿後一刻　推遲執行刑罰一刻。刻，時間單位。古代一晝夜分一百刻。51瘠　貧瘠。52不暇　來不及。53剽　剽悍。54夷俗　異族人的生活習俗。夷，泛指異族。55知變　懂得隨機應變。56材器　才能。57易名句　為死者立謚號。古代帝王、貴族、大臣或其他有地位的人死後另起的、帶有褒貶涵義的稱號叫謚，又叫謚號。死者有謚號後，人們不再叫他的本名而稱他的謚號，這叫易名。易，改變。58常典　不變的法典。59敢書句　記載下這位前輩的功業。敢，敬詞。先，先輩。指崔鄲。烈，功業。60達于句　交給有關人員。達，交給。執事，指有關官員。61史氏　指寫歷史的官員。62謹狀　我滿懷敬意寫下這篇行狀。謹，敬詞。

【語　譯】崔公的出生是獲得了靈和之氣，自從他考中進士立朝為官以後，無論是在朝中擔任公卿，還是出任地方長官，他從來沒有汲汲追求顯名於世，然而由於他的仁義忠信、明智恭儉等美德積累於內、顯揚於外，所以美好的名聲也就自然而然地相隨而來。他並沒有有意地去結識善人，而善人們卻自己來親近他；他沒有有意地去疏遠壞人，而壞人們自己就遠遠離開他。他並沒有想要得到榮華富貴，然而官位卻自然而然地落到了他的頭上。崔公的本族和親戚的門第，都很清貴顯要。崔公出身於名門望族，而在名門望族之中，他又是最優秀的人才。崔公親兄弟六人，都擔任了高官，他與長兄小弟三人，五次主持禮部事務，兩次主持吏部事務，自從大唐建國以來，還從未有過這種情況。上至公卿宰相、地方長官，下至低級官員，還有地方官府裡的幕僚，遍佈朝廷內外的許多大小官員，都是崔公的門生。然而崔公卻更加謙虛謹慎，如同失勢的臣子和外來的客卿一樣，整天小心翼翼，只怕出現失誤。自從出任重要的地方長官以後，崔公從來沒有饋贈過財物、金錢給權貴，而對於那些貧窮的親戚舊友，崔公卻給予衣食救助，幫助他們辦完婚喪之事，這方面的費用全部出自崔公的俸祿，而崔公從來沒有考慮置辦家產。崔公在家裡時和藹慈祥，從未對子弟有所訓斥和勸勉，而子弟們卻自覺地追求上進，都成為了名人。崔公的住房低矮簡陋，也沒有走廊，如果客人來時正遇上下雨天，崔公便撐開雨傘、穿上木屐到外面去迎送客人。

崔公剛出任陝虢觀察使時，有時把責人的木杖擱置整整一個月而不責打一人。對於驛站的馬匹，崔公則命令，如果在五年內這些馬匹能夠僥倖保全性命的話，就要把牠們替換下來。崔公還把這件事立為固定的制度，他說：把某一事物放置在必死無疑的境地裡，這是君子們決不願意做的事情。崔公的仁愛之心，就達到了如此程度。等到調任岳鄂等州的觀察使以後，崔公卻嚴刑峻法，對於那些死刑犯，崔公從不減刑一等，行刑時間也從不推遲一刻。有人就問崔公：「您在陝虢、岳鄂採用的政治措施不同，但都能使轄區太平安定，這是為什麼？」崔公回答說：「陝虢地區的土地十分貧瘠，百姓的生活非常辛苦，我愛撫他們還來不及，只怕驚擾了他們。岳鄂地區的土地肥沃，民風剽悍，那裡的百姓還雜用異族風俗，不用重刑，是沒有辦法治理好的。政治貴在懂得隨機應變，大概就是因為這些原因吧！」人們聽了以後十分信服。

嗚呼！崔公德行高尚，才能出眾，真是一位哲人君子，是一位死而不朽的人物。為去世的偉人選定謚號，是國家不變的法典，所以我就把崔公這位老前輩的功業記錄下來，交給有關人員，同時也交給史官。我滿懷敬意寫下了這篇行狀。

唐故尚書吏部侍郎、贈吏部尚書沈公行狀

【題解】尚書，指尚書省。為國家最高政令執行機關，下設吏、戶、禮、兵、刑、工六部。吏部侍郎，官名。為吏部次官。但中晚唐時，吏部長官（吏部尚書）多由宰相和外官兼任，吏部侍郎實為吏部的主持者。吏部尚書，官名。為吏部長官。沈公，指沈傳師。蘇州人。字子言。進士及第。先後任太子校書郎、湖南觀察使、江西觀察使等職，終於吏部侍郎任上。在沈傳師任江西觀察使和宣歙觀察使期間，杜牧曾在他那裡任幕僚。行狀，文體名。又叫行述。記載死者生平行事的文章。本文記載了沈傳師一生的經歷和政績，對於沈傳師的品行給予了較高評價。另外，文中還談到了沈、杜兩家的交往情況和親戚關係。

曾祖某[1]皇任[2]泉州[3]司戶參軍[4]

祖某[5]皇任婺州[6]武義縣[7]主簿[8]贈屯田員外郎[9]

父某[10]皇任尚書禮部員外郎[11]贈太子少保[12]

公諱某，字某。明《春秋》[13]，能文攻書，未冠[14]知名。我烈祖[15]司徒岐公[16]，與公先少保[17]友善，一見公喜曰：「沈氏有子，吾無恨[18]矣。」因以馮氏[19]表生女[20]妻之。貞元[21]末，舉進士。時許公孟容[22]為給事中[23]，權文公[24]為禮部侍郎，時稱權、許。進士中否，二公未嘗不相聞[25]於其間者。其年，禮部畢事[26]，文公詣許[27]曰：「亦有遺恨[28]。」曰：「為誰？」曰：「沈某一人耳。」許曰：「誰家子？某不之知。」文公因具言先少保名字，許曰：「若如此，我故人[29]子。」後數日，徑詣公[30]，且責不相見。公謝曰：「聞於丈人[31]，或援致中第[32]，是累[33]丈人公舉，違某孤進[34]，故不敢自達[35]。」許曰：「如公者，可使我急賢詣公[36]，不可使公因舊造我[37]。」

明年中第。文公門生[38]七十人，時人比公為顏子[39]。聯中制策科[40]，授太子校書[41]，鄠縣尉[42]，直史館[43]，左拾遺[44]，左補闕[45]，史館修撰[46]，翰林學士[47]。歷尚書司門員外郎[48]，司勳[49]、兵部郎中[50]，中書舍人[51]，命服朱紫[52]。時穆宗皇帝親任學士，時事機祕，多考決在內[53]，必取其長[54]，循為宰相[55]，公密補弘多[56]，同列每欲面陳拜章[57]，互來[58]告公，必取規議，用為進退[59]。歲久，當為其長者凡再[60]，公皆逡巡不就[61]。上欲面授之，公奏曰：「學士院長，參議大政，出為宰相，臣自知必不能為。凡宰相之任，非能盡知天下物情[62]，苟為之[63]必致敗撓[64]。況今百姓甚困，燕、趙[65]適亂，臣以死不敢當，願得治人一方[66]，為陛下長養之[67]。」因出稱疾，特降中使[68]劉泰倫起之[69]，公稱益篤[70]。故相國李公德裕[71]與公同列友善，亦欲公之起，辭說甚切，公終不出。因詔以本官[72]兼史職，出歸綸閣[73]。久處密近[74]，思效用於外[75]，懇請於丞相不已。由是出為湖南觀察使[76]、兼御史大夫[77]，凡二歲。轉為[78]，人困事繁[79]，惡易滋長[80]，官人調授，少得防冤[81]，疏通蹊徑[82]，人情物理，無不曲盡[83]。吏欲為欺於此[84]，照驗之端[85]必明於彼；民有未伸於彼[86]，開張之路[87]必在於此。亹亹循環[88]，皆極根本[89]。尤重刑罰，杖十五至死者，每有一犯，必具獄斷刑[90]之後，偏示幕府吏[91]，雖十人有一人以為小未可者，必再詳究。經費遊宴，約事裁節[92]，歲有水旱，不可減于常貢[93]者，必為代之。江西[94]宣州[95]聯歲水災，所貸萬計[96]。

公善養情性，自居方伯[97]生殺之任，喜怒好惡是四者閉覆渾然[98]，雖終歲伺之[99]，不見毫髮。故黠吏欲賊公之所向[100]，高下其事[101]，終不可得。每處一事，未嘗不從容盡理，故所至之處，富庶懽康[102]，理行[103]第一。每去任，人吏[104]泣送出境不絕。自宣城[105]入為吏部侍郎，二年考覆搜舉[106]，品第倫比[107]，時稱精能，宰物之望[108]，屬於僉議[109]。公每願用所長[110]，復理於外(111)。及薨(112)於位，知(113)與不知，莫不相弔(114)。上悼惜，輟朝(115)一日，贈吏部尚書。

【章　旨】本章記述了沈傳師的一生經歷和主要政績。

【注　釋】①曾祖某　沈傳師曾祖父的生平不詳。②皇任　擔任。皇，大；美。為敬詞。③泉州　地名。在今福建省泉州市。④司戶參軍　官名。主管民政事務。⑤祖某　沈傳師祖父的生平不詳。⑥婺州　地名。在今浙江省金華市。⑦武義縣　地名。在今浙江省武義縣。⑧主簿　官名。掌管文書簿籍等事。⑨屯田員外郎　官名。掌管國家屯田、官府公田等事。⑩父某　沈傳師的父親叫沈既濟。先後任左拾遺、史館修撰、禮部員外郎等職。著有傳奇〈枕中記〉、〈任氏傳〉等。⑪尚書禮部員外郎　官名。為尚書省禮部頭司禮部司次官。掌禮儀制度、表疏、喪葬賻贈等事。⑫太子少保　官名。古代給太子設太子太師、太子太傅、太子太保，為太子老師，稱太子三師。又設太子少師、太子少傅、太子少保，以協助太子三師。⑬春秋　書名。相傳為孔子所著，簡要地記載了春秋時期的歷史。⑭未冠　還不到二十歲。古代男子二十歲舉行冠禮，表示成年。⑮烈祖　對祖先的敬稱。烈，功業顯赫。⑯司徒岐公　指杜牧的祖父杜佑。杜佑字君卿，先後任工部郎中、戶部侍郎、淮南節度使、同平章事等職。拜司徒，封岐國公。著有《通典》二百卷。司徒，官名。三公之一。多為加官，無實職。⑰公先少保　沈傳師的父親、太子少保沈既濟。公，指沈傳師。⑱恨　遺憾。⑲馮氏　馮家。與杜家為表親關係。⑳表生女　表姊妹的女兒。㉑貞元　唐德宗李适的年號。西元七八五年至八〇四年。㉒許公孟容　人名。即許孟容。長安人。進士及第。字公範。先後任給事中、京兆尹、尚書右丞等職。㉓給事中　官名。掌詔誥、奏章等事。㉔權文公　指權德輿。天水略陽人。字載之。先後任太常博士、中書舍人、同平章事等職。他還歷任禮、戶、兵、吏部侍郎，三次主持進士考試。去世後謚為「文」，故稱「文公」。有《權文公集》。㉕相聞　互通消息。㉖禮部句　指禮部主持的進士考試結束。禮部，官署名。六部之一。負責祭祀、學校、貢舉等事。㉗詣　到。㉘遺恨　遺憾之事。㉙故人　老朋友。㉚徑詣公　直接去見沈傳師。徑，直接。詣，去。㉛聞於句　如果把我考進士的事告訴您。丈人，對前輩的尊稱。㉜或援句　也許會因為您的舉薦而考上進士。或，也許。援，推薦。中第，考上。㉝累　牽連；有損於。㉞違某句　也違背了我要靠個人才學考上進士的願望。某，指自己。孤進，靠個人才學考上。㉟自達　向您講考試之事。達，知道；讓您知道。㊱急賢詣公　因急於求賢而來見你。㊲因舊造我　因為老關係而讓你來找我幫助。造，到……去。㊳門生　古代科舉考試及第者稱主考官為座主，自稱門生。㊴顏子指孔子的最得意的弟子顏回。❹⓪聯中句　接著又考中了皇上主持的選拔官員的考試。制策科，又叫制科、制舉。由皇帝親自主持的考試。❹①太子校書　官名。負責校讎典籍。❹②鄠縣尉　鄠縣的縣尉。鄠縣，地名。在今陝西省戶縣。尉，官名。掌管徵收賦稅、司法治安等事。❹③直史館　在史館修撰史書。史館，官署名。負責編修史書。當時以他官兼任史職的叫史館修撰，初入史館者稱直館。❹④左拾遺　官名。掌諷諫等事。❹⑤左補闕　官名。掌供奉諷諫等事。❹⑥史館修撰　官名。負責編修史書。❹⑦翰林學士　官名。負責草擬詔誥等事。❹⑧司門員外郎　官名。屬尚書省。掌天下諸門及關塞出入往來的文書政令、通行證明等事。❹⑨司勳　官名。即司勳郎中。掌考定勳績及授予勳官告身等事。❺⓪兵部郎中　官名。負責武官勳祿、軍籍及軍隊調遣數量等事。❺①中書舍人　官名。負責草擬詔誥、參議表章等事。❺②朱紫　指金魚袋和紫色官服。唐代三品以上的官員可穿紫衣，佩金符。金符刻製為鯉魚形，因稱金魚。❺③考決在內　在宮內與學士們商議決定。❺④長　指學士院長官。學士院是官署名，又稱翰林學士院，掌管圖書整理。院內設大學士、學士、直學士。大學士多由宰相兼任。❺⑤循為句　慢慢提拔為宰相。循，依次；逐漸。❺⑥弘多　既大又多。弘，大。❺⑦面陳拜章　或當面向皇上陳述，或向皇上進奏章。❺⑧互來　都來。互，都。❺⑨用為句　大家都採納沈傳師的建議，據此對自己的奏議進行修改。用，採納。進退，增刪；修改。❻⓪凡再　總共兩次。再，二。❻①逡巡不就　謙讓推辭而不就任。逡巡，退縮；謙讓。❻②物情　物理人情。❻③苟為之　沒有能力而隨便就去擔任宰相。苟，不嚴肅；不負責任。❻④敗撓　失敗。❻⑤燕趙　地名。燕指今遼寧省南部及河北省北部地區。趙指今山西省北部、河北省西部和南部一帶。❻⑥一方　一個地區。❻⑦長養之　養育、保護那裡的百姓。之，代指百姓。❻⑧中使　從帝王宮廷中派出的使者，多由宦官充任。❻⑨起之　讓他出來做院長。❼⓪益篤　病更重。益，更加。篤，重。❼①李公德裕　人名。即李德裕。趙郡人。字文饒。先後任校書郎、浙西觀察使、兵部尚書、同平章事等職，進封衛國公。後貶為崖州司戶，卒於貶所。❼②本官　指原來擔任的兵部郎中、中書舍人等職。❼③綸閣　官署名。指中書省。中書省為最高決策機構，掌草擬詔誥、承接奏章等事。中書舍人為中書省屬官。帝王的詔書又稱綸誥，中書省掌草擬詔書，故稱中書省為綸閣。❼④密近　指在皇上身邊服務，多接觸機密之事。❼⑤外　指到外地任地方官。❼⑥湖南觀察使　官名。湖南為地名，相當於今湖南省。觀察使為官名，次於節度使，多由節度使兼任，不設節度使的地區，觀察使則為該地區的最高軍政長官。❼⑦御史大夫　官名。掌糾察彈劾。❼⑧轉為　輾轉為官。沈傳師任湖南觀察使後，又入朝任尚書右丞，再出任洪州刺史、江西觀察使、宣歙觀察使，最後入朝任吏部侍郎。❼⑨繁　多。❽⓪惡易句　容易出現一些邪惡之事。❽①少得句　很難保證完全公平，沒有冤屈。❽②疏通句　但沈傳師處理政務卻非常順利。蹊，道路。本句用道路通暢比喻為官順利。❽③曲盡　完全明白。❽④為欺於此　在這件事上進行欺詐。(85)照驗之端　在另一件事情上予以揭露。照驗，檢查；揭露。端，事端；事情。(86)未伸於彼　在那件事情上受了委屈。(87)開張之路　補償的方法。開張，這裡指為對方開方便之門以進行補償。(88)亹亹句　勤勉工作，首尾相顧。亹亹，勤勉不倦的樣子。(89)皆極句　都能從根本上把事情辦好。極，極盡；達到。(90)具獄斷刑　判罪定刑。具獄，定案。(91)幕府吏　官府裡的官員。幕府，官府。(92)約事句　減少不必要的事情以節約開支。約，減少。(93)常貢　按常例應該上繳的賦稅。(94)江西　地名。相當於今江西省。沈傳師曾任江西觀察使。(95)宣州　地名。在今安徽省宣州市。沈傳師曾任宣歙觀察使，治所在宣州。(96)所貸句　所貸出的錢財數以萬計。(97)方伯　本指一方諸侯之長。後來泛指地方長官。(98)閉覆渾然　深藏內心，不易看出。渾然，看不明白的樣子。(99)伺之　觀察他的喜怒哀樂。伺，觀察。(100)故黠句　所以那些狡猾的官吏想偷偷闚測沈傳師的思想動向。黠，狡猾。賊，偷取。(101)高下句　猶言高下其手、上下其手。即營私舞弊。(102)富庶句　百姓生活富裕安樂。富庶，富饒。(103)理行　指治理百姓的政績。(104)人吏　百姓和官員。(105)宣城　地名。即宣州。(106)搜舉　尋求、舉薦人才。(107)品第句　品評各類人才。倫比，同類；各類。(108)宰物句　從政治民的好聲望。宰物，主宰事物。引申為從政治民。(109)屬於句　得到了公認。屬，連接；跟隨。僉議，公論。僉，眾。(110)所長　所擅長的。指擅長於做地方長官治理百姓。(111)理於外　在外地任地方長官治理百姓。(112)薨　唐代稱二品以上官員的死叫薨。(113)知　認識。(114)相弔　都很悲痛。相，都。弔，悲痛。(115)輟朝　停止上朝。輟，停止。

【語　譯】沈公的曾祖父曾當過泉州司戶參軍。

祖父曾當過婺州武義縣主簿，去世後追贈為屯田員外郎。

父親叫沈既濟，曾當過尚書省禮部員外郎，去世後追贈為太子少保。

沈公名傳師，字子言。精通《春秋》，擅長於寫文章和書法，還未成年就有了名聲。我的祖父司徒岐公，與沈公的父親太子少保關係很好，我的祖父一看到沈公就高興地說：「沈家有了好子孫，我沒有遺憾了。」於是就作主把馮家表姊妹的女兒嫁給了沈公。

貞元末年，沈公參加進士考試。當時，許孟容任給事中，文公權德輿任禮部侍郎，二人被時人併稱為「權許」。進士是否考中，二人都要互通消息。那一年，禮部主持的進士考試結束以後，文公權德輿去見許孟容，說：

「今年的考試也有讓人深感遺憾之處。」許孟容問：「為誰而感到遺憾？」權德輿回答說：「為一位姓沈的沒有考上而遺憾。」許孟容問：「他是誰家的孩子？我不知道這件事。」權德輿就把沈公父親的名字告訴許孟容，許孟容說：「如果是這樣，他就是我老朋友的兒子呀！」幾天之後，許孟容直接去見沈公，並且責備沈公為什麼不在考試前去見見他。沈公表示感謝，說：「我如果把考進士的事告訴您，或許會因為您的幫助而考中，但這樣做會不利於您公平選才，也違背了我想靠自己的才能考中進士的願望，所以我不敢把考試的事告訴您。」許孟容聽後感嘆說：「像您這樣品德高尚的人，只可使我為了急於求賢而來拜訪您，不可讓您因為老關係而來找我幫助。」

第二年，沈公考中了進士。文公權德輿有七十位門生，當時的人就把沈公比作顏回。沈公接著又考上了制策科，被任命為太子校書，後又擔任了鄠縣縣尉、直史館、左拾遺、左補闕、史館修撰、翰林學士等職。再後來又歷任尚書省司門員外郎、司勳郎中、兵部郎中、中書舍人等職，穿上了紫色官服，佩帶了金魚袋。當時，穆宗皇帝信任學士，一些機密的政事，大多在宮中與學士們一起商議決定，皇上一心提拔學士院長，讓他慢慢昇任宰相。沈公暗中做了許多有益於國家的事情，同朝大臣每當要向皇上面陳政事或進獻奏章時，都要先同沈公商量，他們聽取沈公的建議，並根據沈公的建議來修改自己的意見。沈公擔任翰林學士的時間很久，其間沈公有兩次擔任學士院長的機會，然而沈公都謙讓推辭而不就任。皇上想當面親自任命他為學士院長，沈公上奏章說：「學士院長，要參議朝廷大政，還將出任宰相，我非常明白自己是無法勝任這一職務的。宰相這個職務，只有完全了解天下物理人情的人纔可擔當，如果隨隨便便就去當宰相，一定會導致失敗。何況現在的百姓十分困窮，燕、趙地區剛剛發生過叛亂，我死也不敢承擔這一重任，只希望給我一州一郡讓我去治理百姓，我要為陛下好好地保護、養育他們。」沈公接著稱病歸家，皇上特地派中使劉泰倫去請沈公復職，而沈公卻推說自己病重。原宰相李德裕與沈公同朝為臣，關係很好，他也希望沈公復職，用非常懇切的言語勸告沈公，而沈公最終也沒同意。於是皇上只好下詔，讓沈公以原職中書舍人的身分兼任史官，出學士院，回中書省。由於長期在皇上身邊處理一些機密政務，所以沈公很想到外地任職，他再三地向丞相懇請，於是就出任了湖南觀察使，兼任御史大夫，他擔任此職共兩年時間。後來，沈公輾轉為官，這些官職的事務很多，十分困人，也容易出現一些邪惡之事，特別是在官員調整的問題上，很難做到完全公正，然而沈公卻能非常順利地處理政務，各種人情物理，沈公全都瞭如指掌。官吏們想在這件事上欺上瞞下，沈公就一定要在另一件事上予以揭露；百姓們如果在那件事上受了委屈，沈公就一定要在這件事上予以補償。沈公勤勉操勞，首尾相顧，能夠從根本上把事情辦好。沈公在刑罰方面特別慎重，從杖擊十五板的輕刑到死刑，每當有一人被判處這些刑罰，沈公就一定要在定案之後，把案情遍告官府中的官員，即使十位官員中只有一位官員認為量刑稍有不當的話，沈公都一定要再次調查復審。沈公節約遊賞宴會的經費，減少不必要的事情以節約開支，每當水旱之年，沈公就用這筆節約出來的費用，去替百姓上繳那些不可免除的賦稅。江西、宣州連年水災，沈公為此貸出的錢糧數以萬計。

沈公善於養性頤情，自從擔任觀察使、掌握了生殺大權之後，他的喜怒好惡四種情感就深藏於心中而不外露，即使有人整年去觀察他，也難看出他這些感情的絲毫跡象。所以那些狡猾的官吏想闚探沈公的思想動向，以便上下其手，營私舞弊，然而他們始終無法得手。每處理一件事情，沈公總是從容不迫，盡情盡理，所以凡是沈公治理的地方，百姓們都能過上富裕歡樂的生活。沈公的治民政績被評為天下第一。每次沈公離任，百姓和官吏都流著眼淚送他，一直送出州界依然戀戀不捨。沈公從宣城到京城擔任吏部侍郎以後，在兩年期間，他考核官員，舉薦賢人，品評各類人才，時人都認為沈公在這方面非常能幹，沈公從政治民的好名聲，得到了公認。沈公一直希望發揮自己的長處，能夠再次出任地方官去治理百姓。當沈公在吏部侍郎任上去世時，無論是認識他的人還是不認識他的人，莫不悲痛萬分。皇上也非常傷心惋惜，為沈公的去世停止上朝一天，並追贈沈公為吏部尚書。

公與先少保俱掌國史，撰《憲宗實錄》❶，未竟❷，出鎮湖南，詔以隨之❸，成於理所❹，時論榮之❺。公出得靈粹❻，沛然❼而仁，自幼及長，未嘗須臾間汲汲牽率❽欲及於道❾，溫良恭儉，明智忠信，內積外溢❿，自然相隨⓫。自布衣⓬至於達宦，凡所交友，皆當時名公，獎美所長⑬，覆救所不及⑭，三十年間，無有攜間⑮者。

公常居中⑯，雖有重名，每苦於飢寒⑰，兩求廉鎮⑱。時宰許之⑲，皆先要⑳公曰：「欲用某為從事㉑，可乎？」公必拒之。至有怒者，公曰：「誠如此，願息所請㉒。」故二鎮幕府㉓，皆取孤進之士㉔，未嘗有吏一人因權勢入。嘗擇邸吏㉕尹倫，贛滯闕事㉖，寮佐㉗皆患之㉘，因請易之㉙，公曰：「某出京師，面誡倫曰：止可闕事，不可多事。是倫適能如此，受不虛㉚矣。」故二鎮號為富饒，凡十年間，權勢貴倖之風㉛，不及於公耳，苞苴㉜寶玉之賂亦不至權門，雖有怒者，亦不敢以言議公，公然侵公㉝。其為守道自得㉞，皆如此類。在家無杖笞㉟呵責，家人自化㊱，兄弟生㊲姪，雖絕服者㊳，入門飲食衣服，指使其奴婢，無二等㊴。親戚故舊，周給所得㊵，皆出俸錢，不以家為㊶。於京師開化里㊷致第㊸，價錢三百萬，訖二鎮牽率滿之㊹，及在牀之日㊺，周身之飾，易以任器㊻。京師士人，雜然㊼言議，以為非今之有，指為異事㊽。

嗚呼！公之德行，可以稱古君子矣。牧分實通家㊾，義推先執㊿，復以孱昧(51)，叨在賓席(52)，幼熟懿行(53)，長奉指教(54)，泣涕撰記(55)，以備遺闕(56)，以附于史氏(57)云爾。謹狀。

【章旨】本章列舉了一些事例，以說明沈傳師仁愛、剛直等優秀品德。文末還談到了二人之間的關係。

【注　釋】❶憲宗實錄　書名。專門記載唐憲宗在位時的事情。❷竟　完成。❸詔以句　皇上下詔，讓沈傳師把未完成的《憲宗實錄》帶去繼續寫。❹理所　即治所。湖南觀察使的治所在潭州（今湖南省長沙市）。❺榮之　為他感到榮耀。❻出得靈粹　即「生得靈粹」。獲得精美之氣而出生。靈，美好。粹，精華。古人認為萬物皆稟氣而生，所稟之氣的好壞也就決定了一個人品性的好壞。❼沛然　盛大的樣子。❽汲汲牽率　迫不及待地一心想得到。汲汲，心情急切的樣子。牽率，牽引；牽掛。❾道　指正確的原則。❿內積句　積累於內，表現於外。⓫自然句　自然而然地與正確原則（道）相符合。相隨，相符合。⓬布衣　普通百姓。⓭獎美句　褒揚鼓勵別人的長處。⓮覆救句　彌補幫助別人的不足。⓯攜間　背叛；產生矛盾。攜，離。⓰居中　在朝中做官。唐代的京官俸祿少，地方官的俸祿多。⓱每苦句　經常挨餓受凍。每，經常。⓲廉鎮　到方鎮去擔任觀察使。廉，唐代稱觀察使為廉使。沈傳師第一次出任湖南觀察使，回京後再次出任江西觀察使和宣歙觀察使。⓳時宰句　當時的宰相答應了他。許，答應。⓴要　要求。㉑從事　泛指幕僚。㉒願息句　我願意撤回出任觀察使的請求。㉓幕府　官府。這裡指官府中的屬官幕僚。㉔孤進之士　依靠個人才能、沒有權貴支持的人。㉕邸吏　官名。又叫邸官、進奏官。唐代，各方鎮在京城長安設辦事處，稱進奏院。邸吏為進奏院長官，負責傳送文書、情報，主持本方鎮的進奏事宜。㉖戇滯句　剛直憨厚，辦事遲緩，有許多事情沒做。戇，剛直憨厚。滯，遲緩。闕，缺少。㉗寮佐　幕僚官佐。寮，通「僚」。㉘患之　擔心此事。患，擔心。㉙易之　撤換他。易，改換。㉚受不虛　沒有白白接受此任；勝任。㉛風　作風；想法。㉜苞苴　財物。苞苴本指包裹魚肉的草包，贈人禮物必加包裹，故稱禮物、行賄之物為苞苴。㉝公然句　公開地侵害沈傳師。㉞守道自得　自己因為堅守正道而心滿意足。㉟杖笞　用木杖、竹板抽打。㊱自化　自己變得追求上進。化，變。㊲生　通「甥」。一本作「甥」。外甥。姊妹的兒子。㊳雖絕句　即是關係很疏遠的。服，即服制。按與死者關係遠近所制定的喪服制度。絕服，彼此死後不須穿喪服。謂關係疏遠。㊴二等　不一樣。㊵周給句　用自己的錢財去救濟。周，接濟。㊶不以句　不為自家謀取產業。㊷開化里　地名。在京城長安。㊸致第　置辦住宅。㊹滿之　指還清買住宅的三百萬錢。㊺在牀之日　指臥病在牀之日。㊻易以句　把住宅用來交換成糧食，放在各種器物中救濟百姓。易，交換。任器，各種用器。《晏子春秋》載晏子於饑荒年用任器裝糧食救濟百姓，杜牧即用此典。《新唐書》卷一三三則說「鬻宅以葬」。不知是否也指此事，如是，任器則指各種安葬用器。㊼雜然　亂紛紛地。㊽異事　少有之事；難得之事。㊾牧分句　我與沈家世代都有交誼。分，情分；關係。通家，世代有交誼之家。㊿義推句　按情分也應該推他為先輩。義，原則；情分。先執，猶言先輩。㊿孱昧　懦弱而愚昧。孱，懦弱。(51)叨在句　當過沈公的幕僚。叨，謙詞。慚愧。賓席，指幕僚。(52)懿行　美行。

懿，美。(53)長奉句　長大後又接受了沈公的指教。(54)撰記　撰寫這篇記敘沈公生平的文章。(55)遺闕　遺漏；遺失。(56)史氏　史官；史學家。

【語　譯】沈公與他的先父太子少保都負責過國史編修事宜。沈公曾負責編寫《憲宗實錄》，還沒完成，就出任了湖南觀察使，皇上下詔讓他把書稿隨身帶去，在治所潭州把此書完成，時人都為他感到榮耀。沈公稟得精美之氣而生，所以他具有深厚的仁義之心，從小到大，他從未有意識地、急切地要去堅守於正道，但他溫良恭儉、明智忠信，這些美德積累於內心，流露於外表，他的一言一行都自然而然地合乎正道。從當普通百姓時到當上了高官，沈公交接的所有朋友，都是當時的名人，沈公褒揚鼓勵朋友的長處，幫助補救朋友的不足，三十年間，他與朋友們從無發生嫌隙。

沈公長期在朝中做官，雖然有很高的名聲，但經常缺衣少食，所以他兩次要求出任觀察使。當時的宰相在答應他的要求的同時，都還要事先向他提出條件：「我想推薦某某人擔任你的屬官，可以嗎？」沈公總是拒絕他們的這種要求，以至於使一些宰相怒氣沖沖，而沈公依然堅決地說：「如果您真要如此，我寧肯撤銷出任觀察使的請求。」所以沈公兩次出任觀察使時，其官府中的幕僚都是靠個人才能、沒有權貴支持之士，沒有一名官吏是靠權貴介紹而被錄用的。沈公曾經選拔一位名叫尹倫的擔任邸吏，尹倫生性剛直憨厚，辦事遲緩，有一些事情沒有去做，沈公的幕僚官佐都擔心此事，因此要求撤換他，沈公說：「我離開京城時，當面告誡他：只可少事，不可多事。現在尹倫正好做到了這一點，他沒有虛受此任。」所以沈公任觀察使的兩個地方雖說是富饒地區，但在前後十年的任職期間，京城中權貴們的行為作風對沈公毫無影響，而沈公也從沒有向那些權貴們贈送金銀寶玉等財物，即使有些權貴很生氣，但也不敢誹謗沈公，更不敢公然地去打擊沈公。沈公為自己能夠堅守正道而心滿意足，他的行事大多都是如此。在家中，沈公從不鞭打呵斥別人，但一家人都自然而然追求上進，那些兄弟甥姪，即使關係十分疏遠的，他們來到沈公家裡，都能夠同沈公一樣地吃飯，一樣地穿衣，一樣地使喚那些奴婢。對於親朋老友，沈公總是拿出財物去幫助他們，這些財物都是出於自己的俸祿，沈公從不考慮置辦家產。沈公曾在京城開化里買了一處住宅，需要三百萬錢，一直到兩鎮觀察使任滿之後，長期牽掛此事的沈公纔還清了這筆債。然而到了沈公臥病在牀的時候，除了自身的生活必需品之外，他又把這處住宅全部換成各種用器和糧食以救濟窮人。京城裡的士大夫們，都紛紛交口稱讚，認為這樣的善舉只有古代聖賢纔能做得出來，而在當今確屬難得。

嗚呼！沈公的高尚德行，可以比得上古代的聖賢君子了。我與沈公世代友好，按情分我應推沈公為先輩，而且我這個懦弱愚昧之人，還曾當過沈公的幕僚。我從小就熟悉沈公的美好品行，長大後又得到了沈公的教誨。我流著眼淚寫下了這篇記載沈公生平的文章，以防止今後沈公的績業有所遺漏，我還把這篇文章交給史官。我滿懷敬意寫下了這篇行狀。

卷十五

黃州刺史謝上表

【題解】黃州刺史，指杜牧自己。會昌二年（西元八四二年）春天，四十歲的杜牧出任黃州（今湖北省黃岡市）刺史。謝上，感謝皇上。表，文章的一種。臣下寫給皇上的奏章。本文主要是向皇上表示感謝，讚美了皇上的美德，表達自己要把黃州治理好的決心。

臣某言。臣奉某月日勅旨❶，自某官❷授臣黃州刺史，以某月日到任上訖❸。誠惶誠恐，頓首❹頓首。臣某自出身❺已來，任職使府❻，雖有官業，不親治人❼。及登朝二任❽，皆參臺閣❾，優游❿無事，止奉朝謁⓫。今者蒙恩擢授刺史，專斷刑罰，施行詔條⓬，政之善惡，唯臣所繫⓭。素不更練⓮，兼之昧愚，一自到任，憂惕不勝⓯，動作舉止，唯恐罪悔⓰。伏⓱以黃州在大江⓲之側，雲夢澤⓳南，古有夷風⓴，今盡華俗㉑，戶不滿二萬，稅錢才三萬貫㉒。風俗謹樸㉓，法令明具㉔，久無水旱疾疫，人業不耗㉕，謹奉貢賦，不為罪惡，臣雖不肖[26]，亦能守之[27]。然臣觀東漢光武[28]、明帝[29]，稱為明主，相繼聯五十年，當時以深刻刺舉[30]，號為稱職，治古之風廢[31]，俗吏之課高[32]。於此時，循吏[33]衛颯、任延、王景、魯恭、劉寬、陳寵之徒，止一縣宰[34]，獨能不徇時俗[35]，自行教化[36]，唯德是務，愛人如子，廢鞭笞責削[37]之文，用忠恕撫字[38]之道。百里之內[39]，勃生古風[40]。凡違眾背時[41]，徇古非今[42]，王者公侯尚難其事[43]，豈一縣宰能移其俗。此蓋人為治古之人[44]，法為一時之法，以治古之教教之，即治古之人；以一時之法齊之[45]，即一時之人[46]。

國家自有天下已來，二百三十餘年間，專用仁恕，每後刑罰[47]。是以內難外難，作者[48]相繼，土地甲兵，權柄號令，盡非我有。終能擒之[49]，此實恩澤慈愛，入人骨髓，俗厚風古，不可搖動。今自陛下即位已來，重罪不殺，小過不問，普天之下，蠻貊之邦[50]，有罹[51]艱凶，一皆存恤[52]。聖明睿哲，廣大慈恕，遠僻隱阨[53]，無不歡戴十四聖[54]之生育，張[55]二百四十年之基宇[56]。臣於此際為吏長人[57]，敢不遵行國風[58]，彰揚至化[59]。小大之獄，必以情恕[60]；孤獨鰥寡[61]，必躬[62]問撫。庶[63]使一州之人，知上有仁聖天子[64]，所遣刺史，不為虛受。蒸其和風[65]，感其歡心，庶為瑞為祥[66]，為歌為詠，以裨[67]盛業，流乎無窮。在臣心之則然[68]，豈材術[69]之能及，無任感激悃悃[70]血誠[71]之至。謹奏。

【注 釋】❶勅旨 皇上的命令或詔書。❷某官 指膳部員外郎、比部員外郎等職。杜牧在京任這些職務時，被任命為黃州刺史。❸訖 終了；之後。❹頓首 叩頭。頓，叩；磕。❺出身 通過吏部的選官考試。唐代舉子通過禮部的進士考試稱及第，通過吏部的選官考試稱出身。❻使府 指觀察使的幕府。❼不親句 沒有親自治理過百姓。❽登朝二任 先後兩次入朝為官。杜牧於大和九年（西元八三五年）第一次入朝任監察御史，開成二年（西元八三七年）為看視弟病而棄官。開成三年冬又被任命為左補闕，次年春第二次入京任職。❾參臺閣 在尚書省諸司任職。臺閣，唐代指尚書省諸司。杜牧入京後，調任尚書省的膳部員外郎和比部員外郎。❿優游 悠閒自得。⓫止奉句 只做一切例行公事。止，只。奉，遵從；做。朝謁，朝拜君主和謁見上級。這裡泛指例行公事。⓬詔條 詔書所頒列的條款。⓭唯臣句 責任全在我一人身上。⓮素不句 平素又沒有經過學習。更，經過。練，練習；學習。⓯憂惕句 即不勝地擔憂害怕。惕，害怕。害怕治理不好黃州。⓰罪悔 犯罪而有災禍。悔，禍。⓱伏 下對上的敬詞。⓲大江 即長江。⓳雲夢澤 大澤名。大致包括今湖南省益陽市和湘陰縣以北、湖北省江陵縣和安陸縣以南、武漢市以西地區。⓴夷風 少數民族的風俗。夷，泛指異族。㉑華俗 漢族風俗。華，漢族。㉒貫 古代的銅錢用繩穿，一千個為一貫。㉓謹樸 恭謹樸實。謹，謹慎；恭敬。㉔明具 明確而完備。具，完備。㉕人業句 百姓們的各種事情都沒受到什麼損失。人，指百姓。耗，損失。㉖不肖 不好；無才。㉗守之 治理黃州。守，治理。之，指黃州。㉘光武 指東漢第一位皇帝劉秀。史稱漢光武帝。㉙明帝 指漢明帝劉莊。為漢光武帝劉秀之子。㉚深刻刺舉 為官嚴峻刻薄，善於偵視揭發別人。深刻，嚴峻刻薄。刺舉，偵視揭發。㉛治古句 古代太平盛世的作風沒有了。治古，指古代的太平盛世。㉜俗吏句 平庸無能的官吏反而被認為政績好。俗吏，平庸無能的官吏。課，考核成績。㉝循吏 奉職守法的官吏。㉞止一句 只能當一名縣令。止，只。縣宰，縣令。㉟不徇時俗 不按照當時的習俗去辦事。徇，順從。時俗，指當時以深刻刺舉為稱職的風氣。㊱自行句 根據自己的主張去推行教化。這個教化的內容即指下文的「唯德是務……用忠恕撫字之道」。㊲責削 為難，損害。㊳撫字 撫育。字，養育。㊴百里句 指一縣之地。古代每縣大約方圓百里。㊵勃生句 產生了濃郁的古代盛世之風。勃，盛；濃郁。㊶背時 言行與時俗不合。㊷徇古句 效法古人，批評今天。非，非難；責怪。㊸難其事 認為此事很難；很難做好此事。㊹治古之人 指古代太平盛世時的老百姓。㊺齊之 整頓百姓，使百姓一致服從法律。㊻一時之人 指風俗澆薄的當世百姓。㊼每後句 一直把用刑罰治國的辦法放在次要位置。每，經常；一直。後，放在次要位置。㊽作者 起兵叛亂的人。作，起來；起兵。㊾擒之 擒拿叛亂者。㊿蠻貊句 泛指異族之國或異族地區。蠻，南方的異族。貊，中國古代東北部的一個民族。(51)罹 遭受到。(52)存卹 撫卹。(53)隱阨 幽深偏僻的狹小地區。隱，幽深。阨，狹小。㊹十四聖　指唐武宗之前的十四位唐代皇帝。他們是高祖、太宗、高宗、中宗、睿宗、玄宗、肅宗、代宗、德宗、順宗、憲宗、穆宗、敬宗、文宗。㊺張　張大；發展。㊻基宇　基業。㊼長人　治理百姓。㊽國風　指唐朝「專用仁恕，每後刑罰」的政風。㊾彰揚句　發揚光大最完美的教化政策。至化，指唐朝的完美教化。㊿以情恕　根據真實情況，用寬恕的態度去處理。㊀鰥寡　老而無妻或死去妻子的人叫鰥，老而無夫或死去丈夫的人叫寡。㊁躬　親自。㊂庶　希望。㊃仁聖天子　指唐武宗。會昌二年，群臣為唐武宗上尊號「仁聖文武至神大孝皇帝」。㊄蒸其句　使百姓們的生活更加和睦。蒸，熱氣上升。引申為進一步發揚。㊅庶為句　希望能夠出現吉祥安樂的局面。瑞，吉祥。㊆裨　補助；幫助。㊇在臣句　我心裡是這樣想的。臣，指杜牧。然，代詞。代指上文說的要把黃州治理好。㊈材術　才能和方法。㊉悃愊　誠懇。悃，誠懇。㊊血誠　至誠。

【語　譯】臣下杜牧上奏。我接到了某月某日的詔書，讓我由比部員外郎等職改任黃州刺史，我於某月某日到任。我懷著誠惶誠恐之情，向皇上叩頭叩頭。我自從通過吏部的選官考試以後，就在觀察使的幕府中當了幕僚，雖說是有了官職，但沒有親自治理過百姓。後來兩次入朝當官，都是在尚書省的各司任職，安閒無事，只做一些例行公事。現在，受到了皇上的恩寵，被提拔為刺史，我將獨自去掌管刑罰，施行皇上的詔令，黃州政治的好壞，其責任也就全在我一人身上了。過去我沒有學習過治民之事，再加上我生性愚昧，所以自從到任以後，我一直不勝惶恐，一舉一動，都只怕出錯。

黃州地處長江的旁邊、雲夢澤的南面，古時這裡有異族風俗，現在人們都接受了漢族的生活習慣，這裡的人戶不到兩萬，每年上繳的稅錢也只有三萬貫。這裡的風俗恭謹樸實，法令明確而完備，很久以來也沒出現過水災、旱災和病疫，百姓們的各項事情都沒受到什麼損失，他們恭謹地上交賦稅，不幹罪惡之事，我雖然無德無才，也能把黃州治理好。然而據我觀察，東漢的光武帝和明帝，雖然被人們稱為聖明之主，先後相繼治理國家長達五十年，但當時是把官員們的嚴峻刻薄、善於偵視揭發別人的行為，看作稱職的行為，於是古代太平盛世的作風完全沒有了，而那些平庸無能的官吏卻被認為是政績突出。在那個時代，奉職守法的官員，如衛颯、任延、王景、魯恭、劉寬、陳寵等人，只能當一名縣令，只有他們纔能夠不按照當時的風氣去行事，他們自行推行教化，一心推行德政，愛民如子，他們廢除那些鞭打百姓、侵害百姓的法令條文，執行誠實寬容、養育百姓的政策。於是在他們治理的百里縣境之內，出現了濃郁的古代盛世之風。大凡違背眾意、不合時俗、效法古人、批評當時的做法，連王侯公卿都會感到很難做好，難道一個小小的縣令就能夠改變當時的風氣！這大概是因為當時的百姓還是同古代盛世時的百姓一樣，而當時的法令不過是當時制訂的法令，如果用古代盛世的教化去教育百姓，那麼百姓就會變成具有古代盛世之風的百姓；如果用當時的法令去整治百姓，那麼百姓就會變作風俗澆薄的當今之人了。

我們大唐自從統一天下以來，已經有二百三十多年了，在這期間，朝廷專用仁義、寬恕的政策，一直把刑罰放在次要位置。因此雖然有各種內憂外患，起兵叛亂的人相繼不斷，土地軍隊、權勢號令等，也曾一度不在朝廷之手，但朝廷最終還是平息了這些叛亂，這就是因為朝廷的恩德慈愛，已經深入人心，民風淳厚古樸，沒有人能夠撼動大唐的基業。現在，自從陛下即位以來，犯了重罪的人也不殺頭，有了小過錯更是不予追究，普天之下，即便是異族地區，一旦他們遇到了困難災害，朝廷都要給予幫助和救濟。陛下聖明睿哲、胸懷寬廣、慈愛寬容，即使是遙遠偏僻之地的百姓，也無不衷心擁戴十四位聖明的君主，感謝他們的養育之恩，並努力發展鞏固已有二百四十年歷史的大唐基業。我在這樣的時候出任地方長官治理百姓，豈敢不遵守大唐的一貫政策，豈敢不發揚光大我們大唐的完美教化。無論大小案件，我都要根據實際情況，用寬容的態度去處理；對於那些孤獨無靠的孤兒、鰥夫和寡婦，我一定親自去慰問救助。我希望黃州的所有百姓，都能夠知道我們有一位仁聖天子，他所派來的刺史，沒有虛受此位。我要進一步讓百姓生活和睦，讓他們生活得歡天喜地；我希望黃州出現吉祥安樂、歌舞昇平的局面，以便為大唐盛業做出一些貢獻，並使大唐盛業萬古永存。我的心裡是這樣想的，但我的才能又怎能做到這一點呢！我心裡無比激動，對陛下無比地忠誠。我滿懷敬意地獻上這封奏章。

賀平党項表

【題解】平，平息叛亂。党項，我國古民族名。生活於我國西北地區。唐初，把党項聚居區置為軌州（治所在今四川省松潘縣西北）。至唐中後期，由於唐朝邊將貪暴，或奪其牛馬，或妄加誅殺，党項便多次起兵反抗。宣宗選擇儒臣去替代貪暴的邊將，於是党項逐漸安定下來。與此同時，唐軍又於宣宗大中五年（西元八五一年）四月在夏州的三交谷（在今內蒙境內）擊敗一支久不歸附的党項軍，党項遂平。表，寫給皇上的奏章。這篇奏章寫於宣宗大中五年，當時，四十九歲的杜牧正擔任湖州（在今浙江省湖州市）刺史。奏章的主要內容，一是回顧了歷史上包括党項在內的異族為害情況，二是讚美了宣宗的雄才大略以及自己得知平息党項兵亂後的喜悅之情。

臣某言。伏❶奉三月二十七日勅❷，党項剪除，北邊寧靜，華夏❸同慶，道路歡呼，臣誠慶誠抃❹，頓首❺頓首。伏以上天有震耀❻殺戮，王者有攻討誅夷❼，是以不暫討者不久寧❽，不一勞者不永逸。伏以自古夷狄❾處中華，未有不為患者。春秋時長狄❿攻魯⓫，北戎病齊⓬，破衛⓭陵燕⓮，侵秦⓯撓晉⓰。西漢趙充國⓱納先零⓲於內地，東朝⓳馬文泉⓴置當煎㉑於三輔㉒，自後熾大，侵亂關中㉓，戰爭十年，騷擾四海㉔，陵逼京邑，發掘園陵㉕，段熲㉖不生，終不能滅。後至曹公㉗，因匈奴㉘衰弱，分為五部，處在汾、晉㉙，散而居之。元海㉚傑然㉛，首亂華夏㉜，中原喪沒，凡數百年。國朝貞觀㉝之初，突厥㉞破滅，太宗㉟惑彥博㊱之利口㊲，忽文貞㊳之成算㊴，處其降眾㊵，置於河南㊶，不數十年，果殘燕、趙㊷，興師命將，輸穀饋財，天下騷然㊸，始能殄滅㊹。是知今古夷狄處在中土㊺，未有不為亂者。

【章　旨】本章主要回顧了異族為害中原的情況。

【注　釋】❶伏　下對上的敬詞。❷勅　皇上的詔書。❸華夏　指中原地區或中國。❹抃　鼓掌。表示歡慶。❺頓首　叩頭。頓，叩；磕。❻震耀　雷電。震，雷；雷擊。耀，閃電。❼誅夷　誅殺，鏟除。夷，消除。❽是以句　因此，沒有短期的軍事討伐行為，就不可能有長久的安定太平。暫，短時。❾夷狄　泛指異族。古人把東方異族稱作夷，把北方異族稱作狄。❿長狄　春秋時的民族名。形體高大。春秋時曾入侵魯、衛諸國，被擊敗。⓫魯　周代的諸侯國。在今山東省南部地區。⓬北戎句　北方的異族把齊國鬧得疲憊不堪。戎，泛指異族。齊，周代諸侯國。戰國七雄之一。在今山東省北部地區。⓭衛　周代諸侯國。在今河北省南部和河南省北部一帶。⓮陵燕　侵犯燕國。陵，侵犯。燕，周代諸侯國。戰國七雄之一。在今河北省北部和遼寧省南部。⓯秦　周代諸侯國。戰國七雄之一。在今陝西省中部和甘肅省東部一帶。後統一中國，建立秦朝。⓰晉　周代諸侯國。在今山西省、河北省南部等地區。⓱趙充國　人名。西漢隴西上邽人。字翁孫。善騎射，通兵法。武帝和宣帝時，破匈奴、先零有功，任中郎將，封營平侯。⓲先零　古代民族名。漢宣帝時，被趙充國擊敗。⓳東朝　指東漢。⓴馬文泉　人名。即馬援。東漢茂陵人。字文淵。因避唐高祖李淵名諱，故稱文泉。馬援於王莽時任新城太守，後歸漢光武帝劉秀。先後任隴西太守、伏波將軍，封新息侯。㉑當煎　古民族名。西羌的一支。東漢初年被馬援擊敗。㉒三輔　地名。指今陝西省西安市一帶。㉓關中　地名。指今陝西省。一說東自函關，西至隴關，二關之間謂之關中。㉔四海　指整個天下。㉕園陵　帝王的墓地。㉖段熲　人名。東漢武威姑臧人。字紀明。守邊十多年，屢破羌族軍隊。先後任中郎將、司隸校尉、太尉等職。㉗曹公　指三國著名的政治家、軍事家曹操。㉘匈奴　古民族名。散居於中國北方，以游牧為生。㉙汾晉　地名。指汾州（在今山西省汾陽縣）和晉州（在今山西省臨汾市）。㉚元海　人名。即劉淵。匈奴族。字元海。東漢末年，曹操分匈奴餘部為五部，劉淵之父劉豹為左部帥。豹死淵繼。晉時，劉淵任北部都尉。後趁晉八王之亂，劉淵起兵反晉，自稱漢帝。㉛傑然　才能傑出的樣子。㉜華夏　指中原地區。劉淵稱帝後，曾兩次進攻西晉都城洛陽。㉝貞觀　唐太宗李世民的年號。西元六二七年至六四九年。㉞突厥　古代民族名。生活於中國西北部。㉟太宗　指唐太宗李世民。㊱彥博　人名。即溫彥博。唐代祁人。字大臨。聰悟善言談。曾任文林郎、行軍長史、中書令等職，封虞國公。他與突厥作戰失敗被俘，不屈，後突厥歸順唐朝，溫彥博得以生還。㊲利口　花言巧語。㊳文貞　指魏徵。唐曲成人。字玄成。先後任詹事主簿、諫議大夫、祕書監等職。諡號為「文貞」。㊴成算　已定的計畫。突厥歸降後，在安頓其人眾時，魏徵認為突厥人與漢人世代為仇，他們弱則服，強則叛，應安置在黃河以北地區，以免對中原造成威脅。而溫彥博則認為應安置在黃河以南地區，以示天子的恩德。㊵處其句　安頓突厥的投降者。㊶河南　指黃河以南地區。㊷果殘句　果然在燕、趙地區作亂。殘，殺害；作亂。燕，地名。指今河北省北部和遼寧省南部。趙，地名。指今山西省北部、河北省西部和南部地區。㊸騷然　不安定的樣子。㊹殄滅　消滅。殄，消滅。㊺中土　指中原地區。

【語　譯】臣下杜牧奏言。我接到了皇上三月二十七日下的詔書，知道党項叛亂已被平息，北部邊境恢復了安寧，舉國上下同慶，到處一片歡呼聲，我真誠地表示祝賀，感到十分高興，我向皇上叩首叩首。我個人以為，上天有雷電以殺死妖孽，帝王有攻討以消滅凶人，因此，沒有短時間的討伐，就不會有長期的太平安定；沒有一時的辛勞，就不會有永久的安逸。我還認為，自古以來，讓異族居住在中原地區，沒有不造成禍亂的。春秋時期，長狄進攻過魯國，北方異族把齊國鬧得疲憊不堪，還進犯過衛國、燕國、秦國和晉國。西漢時期，趙充國接受先零的投降，把他們安置在內地，東漢的馬文泉把當煎安置在三輔地區，後來他們逐漸強盛，作亂於關中地區，平叛戰爭持續了十年之久。他們騷擾天下，威逼京城，發掘帝陵，如果沒有段熲，最終也難把他們消滅。後來，曹操趁著匈奴人衰弱，把他們分為五個部分，安置在汾州和晉州一帶，讓他們分散居住。匈奴人劉淵才能超人，首先起兵搞亂了中原，中原淪陷於異族，前後總共達數百年之久。在我們大唐貞觀初年，突厥被擊敗投降，太宗皇帝聽信了溫彥博的花言巧語，忽視了魏徵的建議，就把投降的突厥人安置在黃河以南地區，可不過數十年，這些突厥人侵犯騷擾燕、趙一帶，朝廷出動軍隊，向前線運送大量的糧食和錢財，整個天下都被鬧得騷動不安，這纔勉強把叛亂平息。因此我們知道：從古至今，如果讓異族居住於中原地區，沒有不造成禍亂的。

伏以党羌❶雜種，本在河外❷，生西北之勁俗❸，稟天地之戾氣❹，為西戎所蹙❺，舉種❻來降，國家納之，置於內地。爰受冠帶❼，兼伏征徭❽，角觡❾既成，觝觸是務❿。天寶⓫、至德⓬之際，北燕偏重⓭，中原一掀⓮。大曆⓯、建中⓰之際，逆胡餘波⓱，巨盜再起⓲，党羌因此，亦恣猖狂。兔伏烏飛⓳，為戎虜⓴之耳目；狼心梟響㉑，作郊畿之殘賊㉒。比以回鶻㉓未殄㉔，吐蕃㉕正強，且須羈縻㉖，未可重撅㉗。於是邊疆日駭㉘，種類歲繁㉙，每至勁弓折膠㉚，童馬免乳㉛，以魁健之質㉜，張忿鷙之兇㉝，劫饋穀㉞以焚舟，殺軺車㉟而閉道。眾虺㊱盤結，群犬吽牙㊲，依據深山，出沒險徑㊳，近在宇下㊴，游於彀中㊵，艱難㊶已來，不能剷削。

【章　旨】本章主要回顧了党項從定居內地到起兵反叛的歷史。

【注　釋】❶党羌　古代民族名。即党項。因党項是羌族的一支，故又稱党羌。❷河外　指黃河以西地區。黃河在山西省和陝西省境內呈南北流向。黃河以西地區相當於今陝西省北部、甘肅省、內蒙的一部分地區。❸勁俗　強悍的風俗。❹戾氣　凶暴之氣。戾，凶暴。❺蹙　逼迫。❻舉種　舉族；全體党項人。❼爰受句　於是接受了漢人的生活習慣。爰，於是。冠帶，指漢人的裝束。❽兼伏句　也像漢人那樣服役納稅。伏，通「服」。征，賦稅。徭，勞役。❾角觡　獸角。比喻強大了，有力量了。觡，骨角。❿觝觸句　一心想撞擊傷人。務，追求；從事。⓫天寶　唐玄宗李隆基的年號。西元七四二年至七五五年。⓬至德　唐肅宗李亨的年號。西元七五六年至七五七年。⓭北燕句　北方燕地的軍隊過於強大。唐玄宗時，國家的軍隊部署是外強中虛，即邊疆軍隊強大，而中原軍隊弱少，其中又以燕地的安祿山軍力最強，他身兼平盧、范陽、河東三鎮節度使，故言「北燕偏重」。安祿山於天寶十四年冬反叛，唐朝從此一蹶不振。⓮掀　翻動；動亂。⓯大曆　唐代宗李豫的年號。西元七六六年至七七九年。⓰建中　唐德宗李适的年號。西元七八〇年至七八三年。⓱逆胡句　安祿山反叛的餘波未平。安祿山本為胡人。在安祿山死後，其部將先後降唐，但他們仍擁有軍隊，從而形成了中晚唐藩鎮割據的局面。⓲巨盜句　強大的藩鎮再次叛亂。大曆、建中年間，魏博節度使田承嗣、恆冀都團練觀察使王武俊、盧龍節度使朱滔、涇原節度使姚令言的軍隊等先後叛亂，其他或割據一方、或起兵叛亂的軍隊為數很多。⑲兔伏句　形容猖狂作亂的樣子。⑳戎虜　對異族軍隊的蔑稱。㉑狼心句　他們懷著狼子野心，發出凶猛的叫聲。梟，一種凶猛的鳥。形容凶猛。㉒作郊句　成為活動於京城一帶的殘忍敵人。郊，距京城百里叫作郊。畿，京城四周的廣大地區。殘，殘忍。㉓回鶻　古代民族名。又叫回紇。在我國北方過游牧生活。其先為匈奴。㉔殄　消滅。㉕吐蕃　中國古代藏族建立的一個政權。在今西藏地。中晚唐時，曾向東擴展。㉖羈縻　聯絡；維繫。羈，馬籠頭。縻，牽牛馬的繩索。㉗重撅　重擊。撅，擊。㉘騷　騷亂；不安定。㉙種類句　各種動亂事件一年比一年多。繁，多。㉚勁弓折膠　指秋天弓弩可用、有利於作戰的時候。勁弓，強大有力的弓弩。折膠，膠為製弓材料之一，喜燥惡濕，到了秋天則勁而可折，所以古人常以折膠比喻秋天弓弩可用，利於作戰。㉛童馬句　童馬長大以後。也用來比喻作戰時機成熟。免乳，不用吃奶。指長大。㉜以魁句　憑著高大健壯的身材。以，憑藉。魁，高大。質，身體。㉝張忿句　施展他們的凶狠手段。張，施展。忿，發怒。鷙，指鷹鸇之類的凶鳥。㉞饋穀　運輸途中的糧食。㉟軺車　用一匹馬拉的輕便車子。這裡泛指車輛。㊱虺　毒蛇。比喻反叛的党項人。㊲吽牙　象聲詞。形容群犬爭鬥時的叫聲。㊳險徑　險阻的道路。㊴宇下　屋檐下。宇，屋檐。比喻漢人居住地區。㊵彀中　弓弩射程所及的範圍。比喻唐朝廷所控制的地區。彀，張滿弓弩。㊶艱難　指安史之亂。

【語　譯】党項族的各支，本來居住在黃河以西地區，他們在西北地區強悍好戰的風俗中長大，生來就稟受了天地間的凶暴之氣，後來他們受到西面其他民族的逼迫，舉族來投靠我們大唐，朝廷接受了他們，把他們安置在內地。於是他們接受了漢人的生活習慣，也像漢人那樣出賦稅服勞役。後來他們的力量逐漸強大，就想橫生是非、禍害別人。天寶、至德年間，北邊蕪地的軍隊過於強大，結果把中原地區鬧得天翻地覆。大曆、建中年間，安史叛亂的餘波還未平息，那些強大的藩鎮再次起兵反叛，党項趁著這個機會，也為所欲為，猖狂作亂。那些党項人或潛伏起來，或公然出擊，當異族軍隊的耳目和幫凶；他們懷著狼子野心，發出凶狠的叫聲，成為活動於京城地區的殘忍敵人。當時因為回鶻還未消滅，吐蕃也正強盛，所以對党項只能暫時採取姑息籠絡的態度，無法對他們進行嚴厲打擊。在這種情況下，邊疆地區一天比一天更不安定，各種動亂事件一年比一年多，每當到了弓弩可用、童馬長大的有利時機，党項人就憑著自己身體高大健壯，施展出各種凶殘的手段，他們搶劫運輸途中的糧食，並燒燬運糧的船隻；他們殺害乘車往來的商旅，阻礙了陸地交通。他們像一群群的毒蛇一樣盤結於道路，像一群群的凶犬一樣爭鬪狂叫，他們盤踞在深山之中，出沒於險道之上，雖然他們與漢人地區緊鄰，他們的活動範圍就在唐朝的控制之中，然而自從安史之亂以後，一直無法消滅他們。

伏惟聖敬文思和武光孝皇帝[1]皇天縱聖[2]，赫日資明[3]，威極風霆[4]，謀先造化[5]，潛運睿算[6]，獨決神機[7]。箕宿禡牙[8]，狼星斂角[9]，戊日禱馬[10]，太白揚眉[11]，按瑣[12]而邊事無遺[13]，聚米[14]而兵形盡見。披[15]其要地，擣以奇兵，獸窮搏人[16]，鹿急走隘[17]。囊封赤白[18]，雜沓繼來[19]；雉走檄書[20]，遠近同至。蘇[21]、辛[22]、李[23]、蔡[24]、傅[25]、鄭[26]、甘[27]、陳[28]，十萬齊呼，四面同入。行軍於枕席之上[29]，敗虜於險阻之中。或以利戈舂喉[30]，或以長矛挾脅[31]。僵屍積疊，千山之草木飛腥[32]；霆雷轟喧[33]，萬里之威稜[34]大震。

《詩》曰：「不弔[35]昊天[36]，亂靡[37]有定。」此言中國不振[38]，蠻夷入伐，下人號天[39]，以告亂也。復曰：「宣王薄伐[40]，『小雅』中興[41]。」是知武功不成，文德不洽[42]。皋陶無遺之誡[43]，史佚非類之言[44]，若不殄除，何為家國？自此兵為農器[45]，革作軒車[46]，泥紫金於常山[47]，沉殘戎於青海[48]。天覆盡得[49]，禹畫無遺[50]，統華夏為一家，用夷狄為四守。萬物由道[51]，百度皆貞[52]，遠超三代[53]之風，使無一人之獄。

臣僻左[54]小郡[55]，樸樕散材[56]，空過流年[57]，徒[58]生聖代，尚能為詩見志[59]，作歌極情⑥⓪，上詠神功⑥①，庶⑥②垂後代。限以守土⑥③，不獲稱慶⑥④，無任⑥⑤踴躍⑥⑥款懇⑥⑦之至，謹奉表陳賀以聞。臣誠惶誠恐，頓首頓首。謹言。

【章　旨】本章主要記載並歌頌了宣宗皇帝平息党項叛亂的功績。

【注　釋】❶聖敬文思和武光孝皇帝　指唐宣宗。大中二年正月，群臣向唐宣宗上尊號「聖敬文思和武光孝皇帝」。❷皇天縱聖　像上天一樣聖明。皇，大；美。縱，盛；多。❸赫日句　您的天資和品德像太陽一樣光明高尚。赫，顯著；盛大。❹威極句　您的威勢如同狂風震雷一般。極，最；非常。霆，雷；疾雷。❺謀先句　您的計謀比造物主還要高超。先，高於。造化，造物主。❻潛運句　暗中制定了高明的計畫。潛，暗中。運，運籌；制定。睿，睿智；看得深遠。❼神機　神妙的計謀。❽箕宿句　唐軍在東邊祭旗出師。箕宿，星宿名。古人把天上的星宿與地上的各地區相對應，箕宿代表幽州（今河北省北部），幽州在党項叛軍的東方，代表唐軍所在方向。禡牙，古時出師前祭祀牙旗（將軍的大旗）。❾狼星句　党項叛軍的氣焰有所收斂。狼星，星名。古人認為狼星代表貪暴之人，如果狼星的光芒大而變色，則預示人間多盜賊。這裡用狼星比喻党項叛軍。斂角，收斂光芒。比喻收斂氣焰。角，星的光芒。❿戌日句　戌日殺馬祭神，以求戰勝。戌，十二地支的第十一位。古人用天干地支記年月日。禱，祭神求福。⓫太白句　唐軍揚眉吐氣，士氣高漲。太白，星名。即金星。古人認為太白星主殺伐，故詩文中多用太白星比喻兵戎、軍隊。⓬按瑣　查訪；研究。按，通「案」。考察。瑣，記錄。⓭遺　遺漏；漏洞。⓮聚米　用米堆聚成地形。東漢馬援曾在漢光武帝劉秀面前聚米為山谷，指劃用兵策略，從而擊敗了隗囂。⓯披　裂開；進擊。⓰獸窮句　党項叛軍猶如走投無路的野獸那樣同唐軍搏鬥。窮，走投無路。⓱走隘　逃到險要之處。隘，險要。⓲赤白　指白紙紅字的調兵軍書。⓳雜沓句　各地部隊一支接著一支來了。雜沓，亂紛紛的樣子。⓴雉走句　插著雉羽的緊急調兵文書被快速送往各地。雉，鳥名。俗稱野雞。走，快速。檄書，調兵的文書。文書上插有鳥羽，表示緊急。㉑蘇　地名。指蘇州。在今江蘇省蘇州市。以下所列的地名可能為泛指，以代表全國各地。一說可能為姓氏，泛指唐軍。㉒辛　地名。所指不詳。㉓李　地名。所指不詳。㉔蔡　地名。即蔡州。在今河南省汝南縣。㉕傅　地名。所指不詳。㉖鄭　地名。即鄭州。在今河南省鄭州市。㉗甘　地名。即甘州。在今甘肅省張掖市。㉘陳　地名。即陳州。在今河南省淮陽縣。㉙行軍

句　指皇上在枕席之上指揮行軍打仗。極言其輕鬆。㉚春喉　直搗敵人喉嚨。春，搗。㉛挾脅　直逼兩脅。挾，挾制；威逼。脅，胸部的兩側。㉜飛腥　散發出血腥氣。㉝霆電句　雷電轟鳴。比喻唐軍的威勢。㉞威稜　威勢。稜，威勢。㉟不弔不善。弔，善。㊱昊天　蒼天。昊，大。㊲靡　沒。這兩句詩出自《詩經・小雅・節南山》。㊳振　振作；強大。㊴號天呼叫上天。㊵宣王句　周宣王討伐玁狁。宣王，姓姬名靜。西周的一位君主。他重用賢臣，討伐異族，使周王朝一度中興。薄，動詞詞頭。無義。玁狁是古代的北方民族，周宣王曾討伐過玁狁。㊶小雅句　「小雅」中的一些詩篇就是歌頌了周宣王的中興事業。小雅，《詩經》中的一個組成部分。㊷洽　和諧；成功。㊸皐陶句　皐陶曾告誡要徹底消滅凶殘的異族叛亂者。皐陶，人名。又叫咎陶。傳說是舜的大臣，掌管刑獄。無遺，徹底消滅。㊹史佚句　史佚曾說過，異族不是我們的同類，不可親近。史佚，人名。周初的史官。㊺兵為農器　把兵器改鑄為農器。兵，兵器。㊻革作句　把皮革用在車輛上。軒車，本指大夫乘坐的車，這裡泛指車輛。皮革可做甲衣，現在不做甲衣而做車輛（皮革可包裹裝飾車輛），說明天下從此太平無事。㊼泥紫句　在常山上祭天告捷。泥紫金，拌和紫泥金泥。古人書信多用泥封，泥上蓋印，皇上的詔書則用紫泥。金泥是用水銀和金粉拌和而成，用以封印詔書等，而且多於封禪時使用。這裡用「泥紫金」代指朝廷祭天告捷。常山，山名。即恆山。五嶽中的北嶽。主峰在今河北省曲陽縣西北。㊽沉殘句　把凶殘的党項叛軍沉入青海湖。戎，這裡專指党項叛軍。青海，湖名。在今青海省境內。本句是形象說法，意為徹底消滅党項叛軍。㊾天覆句　整個天下全部收復。天覆，天所覆蓋的土地。指整個天下。㊿禹畫句　整個國家完全統一。禹，人名。傳說治水有功。為夏朝的第一位君王。畫，劃分。相傳禹把全國劃分為九州，所以「禹畫」即指全國。(51)由道　走上正道。(52)百度句　各種法度都很公正合理。貞，正。(53)三代　指夏、商、周三代。(54)僻左　偏僻遙遠。(55)小郡　指湖州。(56)樸樕句　我才能淺薄平庸。樸樕，小木。比喻才能平庸。散材，無用之材。比喻無用之人。(57)流年　光陰；年華。(58)徒　白白地。(59)為詩見志　寫詩歌抒發自己的志向。為，寫。見，通「現」。表現；抒發。(60)極情　完全抒發自己的感情。極，完全；完全抒發。(61)上詠句　讚美皇上的曠世大功。神，超乎常人的。(62)庶　希望。(63)限以句　因為我被公務所限。守土，指治理湖州。(64)不獲句　不能當面祝賀。不獲，不能。(65)無任不勝。(66)踴躍　形容歡欣鼓舞的樣子。(67)款懇　誠懇。款，誠懇。

【語　譯】我以為尊敬的當今皇上就像上天一樣聖明，天資和品德像紅日一樣光明高尚，您的威勢如同狂風疾雷一般，您的計謀比造物主還要高明，您暗暗制定了高超的計畫，獨自作出明智的決定。大唐軍隊在東邊祭旗出師，西邊的党項叛軍氣焰就有所收斂。唐軍於戌日殺馬祭神，將士們的士氣十分高漲，大家研究邊疆戰事時算無遺策，用米聚為地形，而用兵的形勢清晰可見。唐軍直搗敵人的重要地區，出奇兵進行攻擊。敵人開始猶如走投無路的野獸一般與唐軍搏鬪，最後像善跑的野鹿那樣逃入險要的深山。當初朝廷的調兵文書送往各地，各地的軍隊紛至沓來；特別是朝廷發出插有羽毛的緊急軍書之後，遠遠近近的大唐軍隊都來到前線。從蘇、辛、李、蔡、傅、鄭、甘、陳等地調來的十萬唐軍齊聲高呼，從四面一同攻入敵占地區。陛下在枕席之上指揮行軍打仗，將士們在險要地區擊潰敵軍。有的用利戈直搗敵人的咽喉，有的用長矛威逼敵人的兩脅。敵人的僵屍堆積重疊，千萬座山峰的草木上飄蕩著血腥氣味；唐軍的攻勢如電閃雷鳴，大唐的軍威震動了萬里的邊疆。

《詩經》中說：「上天真是不慈善啊，人間一直動盪不安。」這兩句詩說的就是中國不夠強大，外族人不斷入侵，人們只好呼喊上天，以告訴人間的動亂情況。《詩經》上還說：「周宣王討伐異族軍隊，『小雅』歌頌了宣王的中興事業。」據此我們知道：建立不了武功，也就無法推行文治。皐陶告誡人們要徹底消滅叛亂的異族，史佚也說異族人不是我們的同類，不可親近，如果不消滅這些叛亂的党項人，我們怎麼能夠保護好我們的國家呢？自消滅党項叛亂之後，我們就可以把兵器改製為農具，用皮革去製作車輛，我們在常山上祭天告捷，在青海湖畔懲罰那些殘忍的敵人。我們大唐收復了整個天下，統一了全國，使整個華夏民族成為一家，讓周邊異族成為四方邊境的守護者。萬事萬物都走上正道，各種法度都公平正確，社會風俗比夏、商、周三代更好，使全國沒有一人犯罪。

我在一個遙遠偏僻的小郡裡當刺史，雖然我才疏學淺，虛度光陰，徒遇聖代，但我也還能夠寫點詩歌以表達自己的志向，抒發自己的感情，歌頌皇上的曠世大功，並希望皇上的功業永垂後世。因為公務在身，我不能親赴京師祝賀，只能懷著無限喜悅誠懇的心情，恭敬地獻上這份奏章以表慶賀。我誠惶誠恐，叩頭叩頭。我恭敬地奏言如上。

進撰故江西韋大夫遺愛碑文表

【題　解】進，向皇上進獻。撰，撰寫。江西，唐代行政區劃名。相當於今江西省。韋大夫，指韋丹。字文明，京兆萬年人。很早就成了孤兒，隨外祖父顏真卿長大。先後任容州刺史、江西觀察使等職。治行第一。遺愛碑，頌德碑。古代官員政績突出，在他任滿之後，由有關部門申請，經皇上批准，可建遺愛碑。大中三年，杜牧奉唐宣宗之命，為韋丹撰寫遺愛碑文（即卷七的〈唐故江西觀察使武陽公韋公遺愛碑〉）。當杜牧完成遺愛碑文後，又寫了這篇奏章，以說明自己奉命撰寫該碑文時的心情和原則。這篇奏章談到了韋丹的政績，對此我們不再一一注明，讀者可參閱該碑文。

右❶。臣奉某月日敕牒❷，令撰故江西觀察使韋丹遺愛碑文。臣官卑人微，素無文學，恩生望外❸，事出非常，承命震驚，以榮為懼❹。伏以洪❺為州府，逾於千年，言念疲羸❻，常患水火，風俗如此，改革無因❼。韋丹受朝廷分憂，為百姓去弊，不踐舊跡❽，特建宏謀❾。凡三年苦心，去千歲大患，兼之灌溉種蒔❿，豐其衣食。渤海⓫、穎川⓬之治，邵父⓭、杜母⓮之恩，校⓯之於丹，未足為比。

伏惟皇帝陛下陟降順帝⓰，施設如神，納諫若轉丸⓱，去惡如反掌⓲。是以兵刑措寢⓳，年穀豐登，而猶念切⓴疲人㉑，及於循吏㉒。緬㉓韋丹已效之績，慰江西去思㉔之心，特與彰揚，創為碑紀㉕。是宜使內直學士㉖，西掖辭臣㉗，振發㉘雄文，流傳後代。至於臣者，最為鄙陋，明命忽臨㉙，牢讓無路㉚，俯仰慚懼㉛，神魂㉜驚飛。

臣不敢深引古文，廣徵樸學㉝，但首敘元和㉞中興得人之盛，次述韋丹在任為治之功。事必直書，辭無華飾，所冀通衢一建㉟，百姓皆觀，事事彰明，人人曉會㊱。但率誠樸㊲，不近文章㊳。受曲被㊴之恩私，如生羽翼㊵；報非次之拔擢㊶，宜裂肝腸㊷。無任感激懇悃㊸血誠㊹之至。其碑文本，謹隨狀㊺封進㊻以聞。謹奏。

【注釋】❶右　指右邊的題目。唐代奏章將所述事情在題中標明，因題在正文之右，故開頭用「右」字。此為奏章的一種寫作格式，也有奏表刪去此「右」字。❷勅牒　皇上的命令。勅，皇帝的命令或詔書。牒，文書。❸恩生句　皇上對我的恩寵出乎我的意料。恩，指授予杜牧撰寫遺愛碑文這一任務。❹以榮句　因過分的榮耀而深感不安。懼，害怕；不安。❺洪　地名。即洪州。在今江西省南昌市。是江西道的治所。❻言念句　朝廷時刻在議論、記掛那裡受苦的百姓。羸，瘦弱。❼無因　沒有機會；沒有條件。❽不踐句　不沿襲老辦法。舊跡，指老辦法、老習慣。❾宏謀　大計畫。洪州人以茅竹建房，常生火災，韋丹則要求他們改建為瓦房；韋丹還在洪州疏通河道，修築長堤，以防止水災。❿種蒔　種植。蒔，種植。⓫渤海　地名。指渤海郡。漢置。轄區在今河北省南部和山東省北部緊靠渤海的地區。治所在浮陽（今河北省滄縣）。西漢時，渤海郡盜賊橫行，漢宣帝便派龔遂前去治理。龔遂去後，推行德政，勸民農桑，境內大治。⓬潁川　地名。即潁川郡。轄區相當於今河南省中部及南部地區。治所在陽翟（在今河南省禹縣）。漢宣帝時，黃霸任潁川太守，治為天下第一。⓭邵父　指邵信臣。西漢人，曾任南陽太守。因仁慈愛民，被南陽百姓尊稱為「邵父」。⓮杜母　指杜詩。東漢河南汲縣人。字君公。在他任南陽太守時造作水排以鼓風煉鐵，並鼓勵農耕，深得民心。時人把他同邵信臣相比，稱「前有邵父，後有杜母」。⓯校　比較。⓰陟降順帝　一舉一動都順從天意。陟，上升。陟降，代指一舉一動。帝，上帝。⓱轉丸　轉動圓丸。比喻皇上很容易地接受臣下的進諫。⓲反掌　翻轉手掌。比喻輕易。⓳措寢　放置不用。寢，停止；不用。⓴念切　深切地關心。㉑疲人　受苦的百姓。㉒循吏　奉職守法的官員。㉓緬　緬懷。㉔去思　指百姓對已經離開他們的韋丹的思念。去，離開。㉕碑紀　即遺愛碑文。㉖是宜句　這篇碑文應該由翰林學士撰寫。是，代指碑文。宜，應該。內直學士，指翰林學士。唐玄宗以後，重大的詔令多由翰林學士起草，直接從宮中發出，稱內制。㉗西掖句　中書省的文學之臣。西掖，中書省的別稱。辭臣，文采好的大臣。㉘振發　這裡指寫作。㉙明命句　聖明的詔令突然送達給我。明命，指寫遺愛碑文的詔令。㉚牢讓句　沒有辦法堅決辭讓。牢讓，堅決辭讓。無路，沒有辦法。㉛俯仰句　一舉一動都深感愧疚擔憂。㉜神魂　靈魂。㉝廣徵句　廣泛使用質樸文字。徵，使用。樸學，本指上古的質樸學問，這裡指質樸易懂的文字。㉞元和　唐憲宗李純的年號。西元八〇六年至八二〇年。㉟所冀句　我所希望的是一旦把這塊遺愛碑在四通八達的道路樹立起來。冀，希望。通衢，四通八達的道路。㊱曉會　明白。會，理解；明白。㊲但率句　只求真實質樸。但，只。率，遵循；追求。㊳文章　指華美的文辭。㊴曲被　偏私；偏愛。曲，不正確的。㊵如生句　形容自己的精神十分振奮。㊶報非句　報答皇上對我的非同尋常的重視。次，按順序排列。拔擢，提拔；重視。㊷宜裂句　應該獻上自己的生命。裂肝腸，指死亡。㊸懇悃　忠誠。悃，誠懇。㊹血誠　至誠。㊺狀　文體的一種。向上級陳述事情的文書。這裡指這篇奏章。㊻封進　封好獻上。

【語　譯】為右邊題目中事上奏。我奉某月某日的詔令而撰寫已故江西觀察使韋丹的遺愛碑文。我官職卑微身分渺小，素無文學修養，皇上對我的恩寵實在是出乎我的意料，讓我寫遺愛碑文這件事非同尋常，因此我接到命令後十分震驚，因為得到了過分的榮耀而深感不安。我以為洪州作為一個州府，已經有一千多年的歷史了，朝廷一直在議論、記掛著那裡的受苦百姓，那裡經常發生水災火災，有些災害是因為當地百姓的生活習俗造成的，而要改變這種習俗，卻又找不到合適的機會。韋丹受朝廷之命任職洪州，他為朝廷分憂，為百姓革除弊俗。他不沿襲老習慣，制訂了宏偉的改革計畫。經過他總共三年的苦心經營，終於消除了持續千百年的水火大災，加上他提倡灌溉種植，使那裡的老百姓豐衣足食。渤海郡和潁川郡的治理情況，邵父和杜母對百姓的恩德，如果拿來同韋丹相比，都是遠遠比不上的。

　　我以為皇上的一舉一動都順應了天意，陛下的所有措施都聖明如神，皇上善於接受臣下的進諫，能夠輕易地消除各種弊端。因此，現在的軍隊、刑罰都放置不用，年年五穀豐登，然而皇上依然深深地惦記著貧苦的百姓，同時也想到了那些奉職守法的官員。為了緬懷韋丹的功效顯著的政績，為了安慰江西百姓對韋丹的思念之情，皇上對韋丹特加表彰，並為他樹立遺愛碑。寫這篇碑文的任務本來應該交給翰林學士或中書省的文學之臣，讓他們撰寫出宏章雄文，以流傳後世。至於像我這樣的人，才能最為淺陋，聖明的詔令送來之時，我又無法堅決推辭，因此我深感慚愧擔憂，以至於神不守舍。

我撰寫碑文時不敢過多地引用古奧的文字，而是採用了質樸的文風。我首先敘述了元和年間的中興氣象以及朝廷中的濟濟人才，其次敘述韋丹在洪州任上的治民功績。對於韋丹的事跡，我都直接寫明，也不雕飾文辭，目的是為了讓這塊遺愛碑一旦在四通八達的道路上樹立起來，所有的百姓都能看得懂，韋丹的每件事情都寫得明明白白，人人看了都清清楚楚。我撰寫碑文時只求真實質樸，不講究辭藻華美。接受了皇上的偏愛和恩寵，使我精神極為振奮；為了報答皇上非同尋常的重視，我應該為皇上肝腦塗地。我不勝激動，對皇上無限忠誠。我恭敬地把那篇遺愛碑文同這篇奏章一同封好進獻給皇上。我恭敬地奏言如上。

為中書、門下請追尊號表

【題　解】中書，官署名。即中書省。為國家最高制令決策機關。門下，官署名。即門下省。負責覆核中書省擬訂的各項政策法令，通過後交尚書省執行。中書省、門下省、尚書省共掌國家大政，號稱「三省」。追尊號，指為順宗、憲宗追增尊號。唐宣宗大中三年（西元八四九年），吐蕃內亂，被吐蕃長期占領的河湟地區的百姓乘機起義，回歸祖國，朝廷也出兵接應，數月之間就收復了大片失地。唐宣宗把這一勝利歸功於先帝，為順宗、憲宗追增尊號。順宗去世時的謚號是「至德大聖大安孝皇帝」，大中三年被追增為「至德弘道大聖大安孝皇帝」；憲宗去世時的謚號是「聖神章武孝皇帝」，大中三年被追增為「昭文章武大聖至神孝皇帝」。這篇奏章是杜牧替中書、門下二省所寫，當時杜牧四十七歲，在長安任司勳員外郎、史館修撰等職。

這篇奏章主要歌頌了憲宗削平割據藩鎮的功勞，讚美了宣宗能繼承祖業、讓功先帝的高尚品德。

臣某等言。伏以收復河湟❶，廓開土宇❷，北絕梓嶺❸，西過榆溪❹，壯中夏❺起塞❻之雄，奪西戎⑦理弓⑧之地，至使強虜，不敢觸鋒⑨。山鎖七關⑩，地闢千里，歌〈狸首〉⑪而息射⑫，詠〈杕杜〉⑬以勞旋⑭，聖德神功，超今越古。某月日，臣某等於延英殿⑮面奉德音⑯，陛下以尅定⑰舊疆，獲成先志⑱，歸功祖考⑲，追尊鴻名⑳。

【章旨】本章主要說明寫這篇奏章的原因。

【注釋】❶河湟　地名。河指黃河，湟指湟水。湟水源出青海省，東流至甘肅省內匯入黃河。河湟即指湟水流域及湟水與黃河匯合地區。這一地區自安、史之亂後，逐漸被吐蕃所侵占。❷廓開句　開拓了疆域。廓，擴大。土宇，領土。❸北絕句　向北穿過梓嶺。絕，穿過。梓嶺，山名。在北方。具體位置不詳。❹榆溪　水名。在今內蒙古境內。自秦漢至唐，此地多為邊境，榆溪附近有榆溪塞，為重要邊鎮。❺中夏　指中國。❻起塞　建立邊塞。❼西戎　西邊異族。指吐蕃。❽理弓　整理弓箭。代指占領。❾觸鋒　指與唐軍交鋒。❿山鎖句　我們收復了七關，封鎖了那裡的山區。七關，指石門關、驛藏關、木峽關、制勝關、六盤關、石峽關、蕭關。七關均在今寧夏回族自治區固原縣一帶。⓫狸首　周代的逸詩篇名。共二章。行射禮時，諸侯唱〈狸首〉為發箭的節度。⓬息射　不再射箭。代指不再打仗。本句是說，從此天下太平，人們只唱〈狸首〉歌，不用再射箭打仗。⓭杕杜　《詩經》中的篇名。內容為慰勞服役歸來之人。後多用為歡慶凱旋。⓮勞旋　慰勞凱旋的將士。⓯延英殿　唐朝宮殿名。為皇帝日常接見宰臣百官、聽政議事之處。⓰德音　對皇上命令的美稱。⓱尅定　戰勝敵人，收復失地。⓲獲成句　能夠實現先祖的志願。獲，能夠。⓳祖考　祖先。考，死去的父親。⓴鴻名　崇高的名聲。這裡指追增的尊號。鴻，大。

【語譯】我們這些朝臣奏言。我們大唐收復了河湟地區，開拓了疆土。我們的軍隊向北穿過了梓嶺，向西跨過了榆溪，這使我們的邊塞地區更顯得雄偉壯觀，使那些久陷敵手的失地重歸大唐，使那些強大的敵人，再也不敢同我軍交鋒。我們收復了七座關口，封鎖了西部山區，擴展了千里土地。我們將詠唱著〈狸首〉歌而不再打仗，高歌〈杕杜〉以慰勞凱旋的將士。皇上的聖德大功，超過了古今的一切人。某月某日，我們這些臣子在延英殿上當面接受了皇上的詔令，皇上認為，現在收復了失地，完成了先帝的意願，而這一切都應該歸功於先帝，應該為他們追增尊號大名。

臣等伏念國家之為治也，溢三皇之軌躅[1]，奮百代之上下[2]。天寶[3]之末，天下泰寧[4]，恃富庶而醉飽無虞[5]，韜[6]干戈[7]而兇逆[8]潛作。大曆[9]、貞元[10]之際，河北[11]、河南[12]之地，朝廷行姑息之政，郡國皆叛亂之臣。苟且之令行[13]，畫一[14]之法廢，月增日長，雄唱雌和[15]。李錡[16]宗子[17]，劉闢[18]書生，東據石頭[19]，西斷劍閣[20]，朝廷所有，唯止兩京[21]。伏惟憲宗皇帝順上帝之心，酌[22]列聖[23]之法，爵不踰等[24]，舉不失賢，親莊正[25]之人，去側媚[26]之士。然後提挈綱紀[27]，震疊雷霆[28]，誅夷[29]群兇，洒掃[30]四海。百度如律[31]，九功[32]可歌，天業益張[33]，聖統無極[34]。《詩》[35]曰：「惠我無疆[36]，子孫保之。」復曰：「周雖舊邦，其命惟新[37]。」伏惟元和[38]之功，實開中興之業。

伏惟聖敬文思和武光孝皇帝[39]陛下，脩先王之大道，行天下之達德[40]，廣問延諫[41]，褒直盡下[42]，首雪[43]冤獄，常對法官[44]。是則虞舜[45]恤刑[46]，文王[47]慎罰，無以[48]過也。開張聰明[49]，延納諫諍，守職業者[50]無職不舉，被言責者[51]無事不言，皆獲甄升[52]，豈唯假借[53]。夫仲尼[54]以三人有我師，大禹[55]以愚夫能勝予，是仲尼之好問[56]，大禹之拜言[57]，無以過也。是以百姓手足㊳，皆安於措置㊴，四海風俗，益臻㊵於和平。尚猶午夜㊶觀書，日昃㊷聽政㊸，下採人病㊹，上求天瑞㊺。〈帝典〉㊻曰「聖敬日躋㊼」，〈湯銘〉㊽曰「日日新㊾」，是陛下之德，有以㊿過之。仲尼曰：「禹立71三年，百姓以仁。」仰陛下之至理72，知孔聖之可驗73。

【章旨】本章主要是概括地讚美了憲宗皇帝和宣宗皇帝的盛功大德。

【注釋】❶溢三句　超過了三皇的法則和政績。溢，漫出；超出。三皇，傳說中的遠古部落的三位酋長。說法多種，一說指伏羲、神農、黃帝，一說指天皇、地皇、泰皇，一說指伏羲、神農、祝融。軌躅，車行之跡。比喻原則、政績。❷奮百句　超越古往今來的所有朝代。奮，奮起；超過。百代，泛指所有朝代。上下，指古今。❸天寶　唐玄宗李隆基的年號。西元七四二年至七五五年。❹泰寧　太平安寧。泰，太平。❺無虞　放鬆警惕。虞，意料；提防。❻韜　裝弓的袋子。這裡用作動詞。把武器裝起來。❼干戈　泛指兵器。干，盾牌。❽兇逆　指叛亂者。具體指安祿山叛軍。安祿山於天寶十四年作亂。❾大曆　唐代宗李豫的年號。西元七六六年至七七九年。❿貞元　唐德宗李适的年號。西元七八五年至八〇四年。⓫河北　地名。泛指黃河以北地區。⓬河南　地名。泛指黃河以南地區。⓭苟且句　推行苟且偷安的政策。⓮畫一　統一。指統一的政令。⓯雄唱句　比喻各地叛軍一唱一和，相互勾結。⓰李錡　人名。唐宗室。任鎮海軍節度使時反叛。兵敗被殺。⓱宗子　皇族子弟。⓲劉闢　人名。字太初。中進士弘詞科。憲宗時，任劍南西川節度使的劉闢反叛。後被擒送京師處死。⓳石頭　地名。指石頭城。故址在今南京市西石頭山後。本句是寫李錡。⓴劍閣　地名。在今四川省劍閣縣東北大劍山與小劍山之間，中有棧道。為軍事要地。本句是寫劉闢。㉑兩京　指長安和東都洛陽。㉒酌　斟酌；效法。㉓列聖　泛指以前的賢君。㉔爵不句　不授予超出本分的爵位。踰等，超出本分。㉕莊正　正直。㉖側媚　以不正當手段去討好別人。㉗提挈綱紀　整頓綱紀。㉘震疊句　顯示出使人震驚的權威。疊，恐懼。雷霆，比喻威勢。㉙誅夷　誅滅。夷，滅。㉚洒掃　比喻整頓清理。㉛百度句　各種法度都符合規則。律，規則。㉜九功　泛指各種事情。九功指六府三事之功，六府指水、火、金、木、土、穀，三事指正身之德、利民之用、厚民之生。㉝天業句　帝王之業得到了進一步的發展。天業，帝王之業。益，更加。張，張大；發展。㉞聖統句　神聖的大唐萬古長存。統，統一事業。指大唐。極，邊。㉟詩　指《詩經》。中國第一部詩歌總集。儒家經典之一。㊱惠我句　神靈對我們永遠慈愛。惠，仁愛。這兩句詩出自《詩經・周頌・烈文》，為祭祀宗廟時所唱。㊲周雖二句　周雖然是一個歷史悠久的國家，但上天剛命令我們要建立帝王之業。舊邦，歷史悠久的國家。命，天命。這兩句詩出自《詩經・大雅・文王》，主要是歌頌周文王的。後人多用此詩說明自己的國家雖然建國已久，但上天對它繼續支持。㊳元和　唐憲宗李純的年號。西元八〇六年至八二〇年。㊴聖敬文思和武光孝皇帝　指唐宣宗。大中二年，群臣為宣宗上尊號「聖敬文思和武光孝皇帝」。㊵達德　受到普遍擁護的德政。㊶廣問句　廣泛接受意見，熱情歡迎進諫。延，歡迎。㊷褒直句　表彰正直之人，傾聽下層百姓的呼聲。盡下，盡力傾聽下層百姓的意見。㊸雪　洗雪。㊹常對句　經常召見法官。表示關心刑罰之事。㊺虞舜　傳說中的遠古聖王。㊻恤刑　不隨便用刑。恤，憂慮；體恤。㊼文王　指周文王姬昌。著名的賢君。㊽無以　沒有哪些方面。㊾開張句　指廣泛聽取意見，盡力了解下情。聽得清叫聰，看得清叫明。㊿守職業者　官員及各行各業之人。職，指官事。業，指士、農、工、商所從事的工作。(51)被言責者　負有進諫責任的人。指諫官之類的人。被，負有。(52)甄升　培養和提拔。甄，培養；造就。(53)假借　借用別人之力；利用。(54)仲尼　指孔子。孔子名丘，字仲尼。(55)大禹　人名。傳說他治洪水有功。為夏代的第一位王。(56)好問　喜歡向別人請教。(57)拜言　拜謝別人的進言。(58)手足　代指行為。(59)安於措置　遵守法度。措置，指朝廷採取的措施和法度。(60)臻　達到。(61)午夜　半夜。(62)日昃　太陽偏西。昃，太陽西斜。(63)聽政　處理政務。(64)下採句　重視救濟貧苦的百姓。人，指百姓。病，貧苦。(65)上求句　研究上天降下的各種凶吉預兆。求，研究。瑞，凶吉預兆。(66)帝典　文章名。指《尚書》中的〈堯典〉。(67)聖敬日躋　聖明敬慎的品德一天天得以提高。躋，登；升。本句應出自《詩經・商頌・長發》，是歌頌商湯的。杜牧用來歌頌唐宣宗。(68)湯銘　指商湯刻的銘文。又叫〈盤銘〉。見於《禮記・大學》。(69)日日新　日日自新；天天提高。(70)有以　有一些地方。(71)立　指當上君主。(72)至理　最美好的治理。(73)可驗　可以驗證；真實不假。

【語　譯】我們這些臣子認為，現在我們國家的治理情況，已經超過了三皇時代的政績，更是勝過了古往今來的所有朝代。天寶末年，天下太平無事，於是人們就自恃國家富強，整天醉飽悠閒而放鬆了警惕，大家都忽略了武備，結果使那些凶殘的叛亂者能夠暗中發動兵亂。大曆、貞元年間，對於河北和河南地區的叛亂者，朝廷執行姑息遷就的政策，結果使各郡國的人都成了叛亂之臣。朝廷執行這種苟且偷安的政策後，就無法在全國推行統一的政令，這種情況一月月、一天天地變得越來越嚴重，叛亂者一唱一和，相互勾結。李錡是皇族子弟，劉闢是一介書生，他們一個占領石頭城造反，一個阻斷劍閣交通叛亂，當時朝廷所能控制的土地，就只剩下長安和洛陽地區。憲宗皇帝順應上天之意，效法先聖們的做法，不授予臣下以超越本分的爵位，任用賢人，他親近那些正直之士，疏遠那些諂媚之人。然後憲宗皇帝整頓綱紀，顯示出使人震驚的威勢，消滅了所有的凶殘之徒，肅清了天下。朝廷的各項法度都符合規則，做出的各種事情都值得人們歌頌，大唐的基業得到了進一步的發展，大唐的皇統將千古永傳。《詩經》上說：「神靈永遠愛護我們，我們的子孫將世代保有天下。」《詩經》還說：「周雖然是一個歷史悠久的國家，但上天剛命令我們要建立帝王之業。」憲宗皇帝在元和年間建立了巨大的功業，使我們大唐出現了中興氣象。

宣宗皇帝效法先王的治國原則，在整個天下推行德政，陛下廣泛徵求意見，歡迎臣民進諫，褒揚正直之士，盡力了解下情。陛下首先洗雪了冤獄，經常過問刑獄方面的事情，即使慎重使用刑罰的虞舜和周文王，也沒有超過宣宗皇帝。陛下廣泛聽取意見，熱情接受進諫，官員及各行各業的人都做好了各自的工作，負有進諫責任的官員也都暢所欲言，皇上對他們都予以培養提拔，絕非僅僅是一時的利用。孔子認為三人之中必有自己的老師，大禹認為即是愚笨之人也有勝過自己的地方，所以孔子特別喜歡向別人請教，大禹聽到善言就要拜謝，然而孔子和大禹都無法同陛下相比。因此現在百姓的一舉一動，都能服從朝廷的法度，整個天下的風俗，越來越接近於平和安定。可陛下依然讀書到深夜，白天太陽偏西了，陛下還在處理政務，陛下一面救濟下邊的貧苦百姓，一邊研究天上的吉凶徵兆。《帝典》說：「聖明敬慎的品德一天天得以提高。」《湯銘》說：「品德一天比一天好。」然而陛下的品德，卻超過了《帝典》的作者堯和《湯銘》的作者商湯。孔子說：「禹當君主三年，百姓們都變得仁慈了。」我們通過觀察陛下的最美好的治理，知道聖人孔子說的話是真實的。

夫西戎強盛，自古無之，包有引弓之人❶，盡為跨馬之國❷。天下獻力❸，備邊不充❹；四海輸賦，養兵不足。廣川薦草❺，盡為所有；健兵倅馬❻，不可當鋒。雖李廣❼材能，充國❽沉勇❾，但能閉壘❿，豈敢交綏⓫。伏惟聖敬文思和武光孝皇帝陛下，蓄睿算⓬於霄漢之表⓭，盡聖謨⓮於造化⓯之先。捕虜將軍⓰，射聲校尉⓱，羽林⓲突陣⓳之騎，酒泉⓴校射㉑之兵，親自指蹤㉒，同時受命。信星效祉㉓，靈旗呈祥㉔，壁壘言言㉕而洞開㉖，渠魁纍纍而自縛㉗。解辮削衽㉘，投戈委弓㉙，懾怛威靈㉚，歡呼冠帶㉛。破種徙域㉜，空漠靜邊㉝，指北海㉞而封燕然㉟，中西域㊱而立幕府㊲。鄭吉㊳之理烏壘㊴，班超㊵之鎮他乾㊶，大庇生人㊷，一寬天下。昔漢武帝㊸之逐北虜㊹，四海耗半㊺；殷高宗㊻之伐鬼方㊼，三年乃克㊽，《尚書》㊾、《班史》㊿，稱德詠功。今陛下用仁義為干戈，以恩信為疆埸(51)，所求必至(52)，有闕必先(53)。不遺(54)一矢，不頓(55)一刃，洗八聖旰食之恨(56)，刷百年亡地之羞。「小雅」(57)盡興(58)，大業無極(59)，為而不有(60)，歸功先帝(61)。《禮》(62)曰：「天子有善，上讓於天。」仲尼曰：「武王(63)、周公(64)其達孝(65)乎。」蓋以善於繼述(66)，能光祖考(67)。今者陛下謙讓之道，符於《禮經》(68)，繼述之孝，稱於孔聖。臣等待罪宰相(69)，日覩昇平，謹具(70)太常(71)追尊順宗皇帝(72)、憲宗皇帝謚號如前(73)，伏聽敕旨(74)。

【章　旨】本章具體描寫了宣宗皇帝收復河湟地區的功業，歌頌了他能繼承祖業、推功先帝的美德。

【注　釋】❶包有句　占有了所有能夠開弓射箭的武士。本句與下一句為誇張說法。❷盡為句　他們全部占有了能夠騎馬作戰的國家。❸獻力　出力；出兵。❹備邊句　無法防守邊疆。不充，不夠。❺廣川句　廣闊的大草原。川，平原。薦，獸所食的草。❻倅馬　這裡泛指戰馬。倅，副。倅馬本指副馬，也即後備戰馬。❼李廣　人名。西漢隴西成紀人。善騎射，與匈奴七十餘戰。先後任武騎常侍、右北平太守。號稱「飛將軍」。❽充國　人名。即趙充國。西漢隴西上邽人。字翁孫。善騎射，通兵法。任中郎將，封營平侯。李廣和趙充國均為漢代抗擊匈奴的名將。❾沉勇　深沉而果敢。❿閉壘　指閉門自守，不敢出戰。⓫交綏　交戰。⓬睿算　高明的計畫。⓭霄漢之表　青天之上。表，外。形容皇上的計謀比上天還要高明。⓮盡聖謨　盡心制訂的聖明計謀。謨，計謀。⓯造化　造物主。⓰捕虜句　為將軍的名號。此為泛指。⓱射聲句　軍官的名號。捕虜將軍和射聲校尉均為漢代名號，這裡用來泛指唐朝將軍。⓲羽林　即羽林軍。皇帝的衛軍。⓳突陣　衝鋒陷陣。⓴酒泉　地名。在今甘肅省酒泉縣。㉑校射　善射。㉒指蹤　指揮。㉓信星句　星宿呈現出吉祥徵兆。信星，定時出現的星。效，呈現。祉，福；吉祥。㉔靈旗句　出征用的軍旗也呈現出吉祥的兆頭。靈旗，出征時用的一種旗幟。㉕言言　高大的樣子。㉖洞開　打開；大開。本句描寫敵人打開城門出降。㉗渠魁句　吐蕃的首領垂頭喪氣地自縛而降。渠魁，首領。纍纍，狼狽不堪的樣子。㉘解辮句　他們解開髮辮，剪去左衣襟。衽，衣襟。這裡指左衣襟。古代少數民族頭結髮辮，衣服前襟向左。現在他們解辮削衽，說明他們放棄了自己的生活習慣，接受了漢人教化。㉙委弓　放下弓。委，放下。㉚慴怛句　害怕大唐的威勢。慴怛，害怕。㉛冠帶　用作動詞。穿衣戴帽。冠帶是漢人裝束，現在吐蕃人歡呼冠帶，表示他們願意當大唐百姓。㉜破種句　其他不願投降的殘敵也都遠逃他方。破種，被擊敗的殘敵。徙，遷走；逃走。㉝空漠句　沙漠邊疆平靜安定。空，靜。㉞指北海　即軍隊指向（打向）北海。北海，湖名。即今俄國境內的貝加爾湖。㉟封燕然　在燕然山上祭天告捷。封，築壇祭天。燕然，山名。即外蒙古境內的杭愛山。東漢時，竇憲大破匈奴，曾登燕然山刻石以紀功。㊱中西域　把西域納入國境之中。西域，泛指西邊異族地區。㊲幕府　指官府。㊳鄭吉　人名。西漢會稽人。先後任侍郎、衛司馬、西域都護等職，封安遠侯。漢朝號令行於西域，始於張騫，至鄭吉而通行於全境。㊴烏壘　地名。在今新疆輪臺縣東。鄭吉任西域都護時，治所在烏壘。㊵班超　人名。東漢扶風安陵人。字仲升。明帝時，班超率三十六人出使西域，使西域五十餘城國獲得安寧。班超在西域三十一年，官至西域都護，封定遠侯。㊶他乾　地名。在今新疆境內。㊷生人　百姓。㊸漢武帝　西漢皇帝劉徹。他在位時，對內改革，對外用兵，為西漢的極盛時期。但由於連年用兵，使海內虛耗，人口減半。㊹北虜　指北方的匈奴。㊺四海句　國家的財物、人口耗去一半。四海，指全國。㊻殷高宗　商代帝王武丁。他重用賢人，勤於政事，使國家中興。㊼鬼方　商周時期的部族名。居住於西北地區。㊽克　戰勝。㊾尚書　書名。儒家經典之一。㊿班史　指班彪、班固、班昭所著的史書《漢書》。該書記載了西漢歷史。(51)疆場　邊疆。引申為戰場。埸，邊境。(52)必至　一定能得到。53先　勝利。54遺　丟失；損失。55頓　通「鈍」。不鋒利。引申為用壞、毀壞。56洗八句　消除了勤於政事的八位聖明先帝的遺恨。八聖，指宣宗之前的八位君主，他們是代宗、德宗、順宗、憲宗、穆宗、敬宗、文宗、武宗。在他們手中，河湟地區即已丟失且一直未能收復。旰食，晚食。指忙於政事而不能按時吃飯。57小雅　《詩經》中的一部分。古人認為，「小雅」是歌頌周宣王中興的，杜牧用來指唐朝中興。58盡興　全國都在歌唱中興。興，出現。59無極　無邊；永存。60為而句　建立了這次大功而不居為己有。為，做；建功。61先帝　主要指順宗、憲宗二位皇帝。唐宣宗李忱是唐憲宗李純的第十三子，先封光王。唐武宗病重時，宦官立李忱為皇太叔，武宗死，李忱即位。順宗為憲宗之父。宣宗是把自己的功勞歸於父親和祖父。62禮　書名。即《禮記》。儒家經典之一。63武王　指周武王姬發。他繼承父親周文王遺志，滅商建周。64周公　指周文王之子、周武王之弟姬旦。他輔佐武王滅商建周，又輔佐成王鞏固天下，建立一整套禮樂制度。65達孝　最大的孝道。古人認為，能繼承父志為大孝。武王和周公即做到了這一點，故稱其為「達孝」。孔子的這句話出自《禮記・中庸》。66繼述　繼承。67光祖考　光大先祖的事業。光，大。考，死去的父親。68禮經　書名。即上文提到的《禮》。69臣等句　我們愧居宰相之位。待罪，大臣的自謙之詞，意為身居其職而力不勝任，必將獲罪，故稱待罪。杜牧的這篇奏章是替中書、門下二省所寫，而中書、門下二省的長官即為宰相。70謹具　恭敬地獻上。具，供置；敬獻。71太常　官署名。即太常寺。掌郊廟、禮樂、祭祀等事。72順宗皇帝　憲宗之父李誦。在位僅一年。73如前　大臣們在這篇奏章之前寫有追增的尊號，故曰「如前」。尊號見題解。74勅旨　聖旨；詔令。

【語　譯】西邊的吐蕃現在十分強盛，自古以來沒有哪個異族能夠比得上他們，他們占有了所有能夠開弓射箭的武士，還占有了所有能夠騎馬作戰的國家。我們整個國家都出兵出力，仍感到無法守住邊疆；整個天下都出錢出糧，仍感到無法滿足軍事需要。廣闊的大草原，全部被他們占領；他們擁有強壯的士卒和戰馬，別人很難同他們爭鋒。即使有李廣那樣的超人才能，像趙充國那樣深沉果敢，也只能閉門堅守，不敢前去交戰。然而我們的皇帝陛下，胸懷比上天還要聰明的計畫，盡心制訂出比造物主還要聖明的謀略。全國各地的捕虜將軍、射聲校尉，還有善於衝鋒陷陣的羽林軍騎兵和善於射箭的酒泉士卒，皇上親自指揮他們，讓他們同時接受命令進攻敵人。天上的星象呈現出吉祥的徵兆，出征的軍旗也呈現出吉祥的兆頭，敵人的高大城池都打開了城門，狼狽不堪的敵軍首領自縛求降。敵軍士卒解開髮辮，剪去左衽，放下武器，為唐軍的威勢所震懾，他們歡呼雀躍，甘當大唐的臣民。那些不願投降的殘敵遠逃他方，沙漠邊疆變得平靜安定。唐軍打向北海，在燕然山祭天告捷，朝廷把西域劃入境內，在那裡建立官府。大唐的官員就像鄭吉治理烏壘、班超鎮守他乾一樣，很好地保護了那裡的百姓，使天下人都得到了休養生息。從前，漢武帝進攻北方的匈奴，國家的財力和人口為之耗去一半；殷高宗討伐鬼方，花了整整三年纔戰勝對方，然而《尚書》和《漢書》，都讚揚了他們的品德和功勞。現在，陛下以仁義為武器，以恩信為戰場，有所追求一定能夠得到，有所爭鬬一定能夠勝利。我們這次沒損失一支箭，沒用壞一把刀，就為旰食宵衣的八位先帝消除了遺恨，洗刷了上百年丟失國土的羞恥。全國各地都在歌詠皇上盛德，大唐基業將永垂不朽。陛下建立了這次大功卻不居為己有，而是歸功於先帝。《禮記》說：「天子有了善德善舉，就應歸功於上天。」孔子說：「周武王和周公具有最大的孝道。」這就是因為武王和周公善於繼承父志，能夠光大先祖的事業。現在，陛下的這種歸功於先帝的謙讓行為，是符合《禮記》思想的，而這種繼承父志的孝道，受到了聖人孔子的極大稱讚。我們愧居宰相之位，每天都目睹了國家的太平景象，因此我們恭敬地獻上太常寺為順宗皇帝和憲宗皇帝擬訂的追增謚號，謚號如前述。我們恭敬地等待著陛下的訓示。

賀生擒衡州草賊鄧裴表

【題解】衡州，地名。在今湖南省衡陽市。轄區約當今湖南省衡山、常寧、耒陽間湘水流域。草賊，土匪；強盜。鄧裴，人名。衡州草賊的頭目。唐宣宗大中六年（西元八五二年）四月，衡州民鄧裴等起事，不久即被平息。這一年，五十歲的杜牧在長安任中書舍人。當生擒鄧裴的消息傳入京師之後，杜牧代表中書省的大臣寫了這篇奏章以表示祝賀。

臣某等言。伏見湖南團練使❶奏，生擒衡州草賊鄧裴及徒黨等。伏以湖湘❷旱耗❸，百姓饑荒，遂有奸宄，敢圖嘯聚❹。今承❺擒滅，已盡根株❻，臣等誠歡誠抃❼，頓首頓首。

臣聞三代❽之英，兩漢❾之盛，姦宄❿亂常⓫之類，挺災⓬構逆之黨，乘間即有⓭，遇隙⓮便生。伏惟聖敬文思和武光孝皇帝⓯陛下，威極風霆⓰，德滋雨露，正開壽域⓱，盡納群生，永戢干戈⓲，將臻⓳富庶。逆賊鄧裴，蕞爾小孽⓴，敢因艱食㉑，漸誘飢人，剝亂鄉閭㉒，陵驚㉓郡邑，徒堅㉔黨合，事鉅寇牢㉕。或據深山，或閉官道㉖，遂使湖、嶺之外㉗，人不聊生。慎由㉘指揮義徒㉙，總齊武士，仰憑睿算㉚，遠仗皇威，不經歲時，盡翦豺虺㉛。党項已寧於朔北㉜，妖黨復殄於巴西㉝，今擒鄧裴，一清湖、嶺。用夷狄㉞為四守，統華夏㉟為一家。言念秋毫㊱，無非帝力。臣等備位臺鼎㊲，日奉聖謨㊳，無任抃舞慶快歡呼踴躍之至。

【注釋】❶湖南團練使　湖南為地名。相當於今湖南省。團練使為官名。掌本區防務。❷湖湘　湖指洞庭湖，湘指湘江。人們多以湖湘代指湖南。❸旱耗　旱災。耗，損失。❹嘯聚　號召眾人集合，有所舉事。這裡指造反。❺承　承受；被。❻已盡句　已經徹底消滅。盡根株，猶言斬草除根。❼抃　鼓掌。表示高興。❽三代　指夏、商、周三個朝代。❾兩漢　指西漢和東漢。❿姦宄　叛亂之人。宄，犯法作亂之人。⓫亂常　擾亂綱常。即叛亂。⓬挺災　製造災難。挺，揉和；製造。⓭乘間句　一遇機會就會出現。間，機會。⓮隙　隙縫；機會。⓯聖敬文思和武光孝皇帝　唐宣宗的尊號。⓰威極句　其威勢猶如極強烈的狂風疾雷。霆，雷。⓱正開句　打開通向太平盛世的大門。正開，正面打開。壽域，指太平盛世。⓲永戢句　永遠不再打仗。戢，收藏兵器。干，盾牌。⓳臻　達到。⓴蕞爾句　小小的土匪。蕞爾，渺小的樣子。孽，罪惡；壞人。㉑艱食　古人稱五穀為艱食，意謂稼穡艱難。這裡指缺少糧食、饑荒。㉒剝亂句　擾亂民間。剝，通「撲」。擊打。鄉閭，鄉閭；民間。㉓陵驚　進攻驚擾。陵，侵犯。㉔徒堅　黨徒勾結緊密。㉕事鉅句　他們態度頑固，不斷搶劫，為民間帶來了鉅大災難。事鉅，災難很大。牢，頑固。㉖官道　大道。㉗湖嶺之外　洞庭湖、五嶺以南地區。嶺，山名。指五嶺。關於五嶺，說法不一，一般認為指大庾嶺、騎田嶺、都龐嶺、萌渚嶺、越城嶺。在今湖南省、江西省南部和廣東省、廣西壯族自治區北部交界處。㉘慎由　人名。唐軍將領。生平不詳。㉙義徒　正義之士。㉚仰憑句　仰賴陛下的高明決策。睿，明智。㉛豺虺　豺狼和毒蛇。比喻鄧裴及其黨羽。虺，毒蛇。㉜党項句　朔北的党項叛亂已經平息。党項，民族名。生活於西北地區。朔北，泛指北方。朔，北。大中五年，唐平定党項叛亂，詳見本卷〈賀平党項表〉。㉝妖黨句　巴西的妖黨也被消滅。殄，消滅。巴西，地名。指蓬州（今四川省蓬安縣）、果州（今四川省南充市）一帶。大中五年十月，蓬、果諸州人假借神道聚眾於雞山，在附近地區搶劫，大中六年二月，果州刺史王贄弘討平之。㉞夷狄　泛指異族。㉟華夏　指中國。㊱秋毫　秋天的獸毛。這裡比喻很小的功績。㊲備位臺鼎　擔任宰相。備位，謙詞。指聊以充數，徒居其位。臺鼎，古稱三公為臺鼎。這裡指宰相。這篇奏章是杜牧為中書省的長官寫的，中書省的長官即是宰相。㊳聖謨　皇上的聖明計謨。謨，謀略。

【語　譯】我們這些臣子奏言。我們看到了湖南團練使的奏章，知道他們活捉了衡州的土匪頭目鄧裴及其黨羽。湖湘地區發生了旱災，百姓們遇上了饑荒，於是就出現了一些奸凶之人，竟敢公開聚眾叛亂。現在已經把他們活捉，而且做到了斬草除根，我們這些臣子確實感到異常高興。向皇上叩首叩首。

我們聽說，夏、商、周三代英才輩出，西漢和東漢的國力十分強盛，然而當時那些奸詐凶狠、擾亂綱常之類的事情，製造災難、反叛朝廷之類的壞人，一遇時機就出現，一遇機會就發生。我們以為，陛下的威勢如狂風疾雷，陛下的恩德如滋潤萬物的雨露，陛下打開了通向太平盛世的大門，接納了芸芸眾生，從此將永不打仗，國家將會繁榮富強。叛逆之人鄧裴，不過是一個小小的土匪而已，他竟敢趁著饑荒年，不斷引誘挨餓的百姓鬧事，他們騷擾鄉間，攻打城鎮，他們勾結緊密，態度頑固，給國家帶來了鉅大的災難。他們有時盤踞於深山之中，有時搶劫商旅阻斷交通，使洞庭湖和五嶺以南地區的人們，無法生活下去。慎由指揮正義之士，調集了士卒，仰仗著陛下的英明決定，遠借皇上的權威，用了不到一年的時間，就徹底消滅了叛亂之人。朔北的党項反叛已經平息，巴西的妖黨叛亂也已經被消滅，現在又活捉了鄧裴，使洞庭湖和五嶺地區完全安定下來。今後我們將讓異族為我們守護四方邊境，統一中國為一家。我們認為，一分一毫的功績，依靠的都是皇上的力量。我們愧居宰相之位，每天都在領教陛下的聖明謀略，為此我們感到無限歡欣，無限鼓舞。

謝賜御札提舉邊將表

【題　解】御札，皇帝的詔令。提舉，選拔；提拔。邊將，守邊的將帥。唐代的一些邊將殘暴貪財，往往激起民族矛盾，故唐宣宗下詔要邊將勤於職守，不可貪求，並要求選拔一批優秀將領。這封詔書下達給中書、門下二省，故這篇奏章仍然是杜牧替中書、門下二省所寫。寫作時間大約在大中六年（西元八五二年）。

伏奉宸翰❶，以邊塞❷未靜，將帥乏才，唯務誅求❸，不謀兵食者。伏以陛下自即位已來，正❹朝廷而舉典法，肥天下❺而壽群生❻，故能不血刃以收河湟❼，用文誥而降羌寇❽，干戈偃戢❾，遠邇❿安寧。今者尚以戍邊⓫，未得高枕⓬，深憂將帥，不副憂勤⓭。或但恣於侵貪，或不事⓮其兵食，須有戒勵，形於詔書。此乃周文⓯小心克勤⓰，大禹⓱不自滿假⓲，比於聖德，無以過焉。臣等備位鼎司⓳，親奉睿旨⓴，銘鏤肝鬲㉑，專令防虞㉒。無任抃躍㉓屏營㉔之至。

【注　釋】❶宸翰　帝王的書跡、詔令。宸，北極星所在處為宸。代指帝位、帝王。翰，筆。引申為文辭。❷邊塞　邊疆。❸唯務句　只想著貪取財物。誅，要求別人給東西。❹正　端正；整頓。❺肥天下　使天下百姓富裕。❻壽群生　使眾生安樂長壽。❼河湟　地名。河指黃河，湟指湟水。河湟指湟水流域及其與黃河交匯地區。詳見本卷〈為中書、門下請追尊號表〉注❶。❽用文句　用詔書就招降了党項叛軍。羌，民族名。党項為羌族的一支。党項叛亂，主要是由邊將貪暴引起的，宣宗選儒臣替代貪暴邊將，大部分党項人即不戰而降。詳見本卷的〈賀平党項表〉。❾干戈句　戰爭停止。干戈，代指戰爭。干，盾牌。偃戢，停止。❿邇　近。⓫戍邊　防守邊疆。戍，防守。⓬高枕　高枕無憂。⓭不副句　不能做到為國擔憂，勤於軍務。副，相稱；符合。⓮不事　不從事；不準備。⓯周文　指周文王姬昌。著名的聖君。⓰克勤　能夠勤於政事。克，能夠。⓱大禹　人名。傳說他治理洪水有功，為夏代的第一位王。⓲滿假　意滿自大。⓳備位鼎司　愧居宰相之位。備位，謙詞。徒居其位。鼎司，指三公的職位。這裡指宰相。⓴睿旨　聖旨。㉑銘鏤句　銘刻於心中。鏤，刻。鬲，人的胸腔與腹腔之間的肌肉結構。㉒防虞　提防。㉓抃躍　鼓掌跳躍。形容歡欣鼓舞。㉔屏營　惶恐的樣子。

【語　譯】我們接到了陛下的詔令，陛下下詔令是因為邊疆還不安寧、將帥缺乏才能、他們只圖財物、不籌集兵器軍糧這件事。我們以為，陛下自即位以來，整頓朝綱，重視法典，使天下百姓豐衣足食，健康長壽，所以朝廷能夠兵不血刃就收復了河湟地區，能夠用一紙詔令招降党項叛軍，從此戰爭止息，遠近安寧。現在，因為還要防守邊疆，還不能做到高枕無憂，所以陛下十分擔心那些將帥不能為國分憂，不能勤於軍務。他們有的只管放肆地侵吞財富，有的不關心兵器、軍糧的籌備，因此需要對他們進行告誡和勉勵，這一切都寫在詔書上。即使拿小心謹慎、勤於政事的周文王和從不驕傲自滿的大禹來同陛下的美德相比，也是遠遠比不上的。我們愧居宰相之位，親自接到了陛下的聖旨，我們一定要把皇上的旨意銘記在心，使我們對此事予以全力提防。我們不勝歡欣鼓舞，也不勝惶恐。

謝賜新絲表（ㄒㄧㄝˋ ㄙˋ ㄒㄧㄣ ㄙ ㄅㄧㄠˇ）

【題　解】大中六年（西元八五二年）春，唐宣宗賞賜給臣下新蠶絲，時任中書舍人的杜牧即代表中書省等官員寫了這篇表章以示謝恩。

右❶。中使❷某至奉宣聖旨，賜臣等新絲者。伏以繭蠶所繫❸，在於纂組❹，言功之大，與食爭先。陛下仁德動天，雨澤順序❺，柔桑沃若❻，蠶女功勤❼，皛比凝霜❽，縈如委霧❾。繭稅不逋❿於鄉井⓫，被覆⓬皆徧於華夷⓭，盡荷皇慈⓮，同歌帝力。臣等備位臺席⓯，親逢盛時，無任踴躍歡抃⓰感恩之至。

【注釋】❶右　指右邊題目中所說的謝恩之事。以「右」開首，是奏章的一種寫作格式。有些奏章則刪去了「右」字。以後篇章遇此「右」字不再注釋。❷中使　從宮中派出的使者。一般由宦官擔任。❸所繫　所關係到的；所使用之處。❹纂組　赤色的綬帶。用來繫官印。纂，赤色帶子。組，繫印的絲帶。❺雨澤句　天上落下了適宜的雨露。雨，落下。澤，指雨露。順序，適宜；合適。❻柔桑句　柔嫩的桑葉肥美而潤澤。沃若，肥澤的樣子。❼功勤　勞動辛苦。功，工作；勞動。❽皛比句　新絲潔白光澤得像凝結的霜一樣。皛，潔白光亮。❾縈如句　柔和盤繞如聚積的雲霧。縈，盤繞。委，堆積。❿逋　拖欠賦稅。⓫鄉井　鄉間；百姓。⓬被覆　覆蓋。指穿衣。⓭華夷　漢族及其他民族。泛指所有的人。⓮盡荷句　都得到了皇上的恩澤。荷，承受；得到。⓯備位臺席　愧居宰相之位。備位，徒居其位。臺席，指宰相之位。⓰歡抃　歡喜。抃，鼓掌以表歡喜。

【語譯】為右邊題目中的事情上奏。中使某某奉命到我們這裡宣讀聖旨，說皇上賜給我們這些臣子一些新絲。我們以為，這些新絲的所用之處，就在於編織綬帶，如果談到蠶絲的巨大功勞，那麼它完全可以同糧食一比高低。陛下的仁慈之德感動了上天，上天降下了美好的雨露，使柔嫩的桑葉長得肥美潤澤，再加上養蠶女子的辛勤勞動，便有了這潔白光亮如凝霜、柔和盤繞如雲霧的新絲。百姓們自願繳納繭稅從不拖欠，全天下的各族人都穿上了蠶絲製作的衣服。臣民們都得到了皇上的恩慈，大家都齊聲高歌陛下的功德。我們這些臣子愧居於宰相之位，親身遇上了這一太平盛世，我們感到不勝歡欣鼓舞，萬分感謝陛下之恩。

壽昌節宴謝賜音樂狀

【題　解】壽昌節，指宣宗皇帝的生日。狀，文體的一種。向上級陳述事情的文書。大中六年（西元八五二年），宣宗皇帝於生日賜酒宴、樂隊給大臣，時任中書舍人的杜牧就代表大臣們寫了這篇感謝皇上的奏章。

右。臣某言。伏以降誕之辰❶，生靈同慶，合鈞天之廣樂❷，九奏❸諧和；令錫❹宴於仙祠❺，百辟歡抃❻。臣等幸生聖代，獲備臺階❼，雖欲殺身❽，豈酬大造❾，無任感恩踴躍之至。

【注　釋】❶降誕之辰　即誕辰。生日。❷合鈞句　演奏了皇宮中氣勢恢宏的音樂。合，合奏；演奏。鈞天，上帝所居之處。這裡代指皇宮。廣樂，廣大之樂；氣勢恢宏的音樂。❸九奏　奏樂九曲。泛指多次演奏。❹錫　賜給。通「賜」。❺仙祠　指禮部。仙，美稱。祠，指祠部曹。官署名。屬禮部，負責祠祀、享祭、天文等事。❻百辟句　百官歡喜異常。百辟，百官。抃，鼓掌。❼獲備句　能夠愧居宰相之位。獲，能夠。備，謙詞。徒居其位。臺階，星宿名。指三臺星。古人用三臺星比三公。這裡指宰相。❽殺身　殺身以報；獻出生命。❾豈酬句　怎能報答陛下的再造之大恩。酬，報答。造，創造化育。這裡指再造之恩。

【語　譯】為右邊題目中的事情上奏。我們這些臣下敬奏陛下：喜逢陛下誕辰，全國臣民同慶。樂隊演奏了氣勢恢宏的皇宮之樂，各種曲調都和諧動聽；陛下下令在禮部賜給群臣酒宴，群臣都感到無比地歡喜。我們這些臣下有幸生活於這個聖明的時代，並愧居宰相之位，即使獻出自己的生命，也難報答陛下的再造大恩。我們不勝感謝陛下大恩，感到無限歡欣鼓舞。

又謝賜茶酒狀

【題解】這篇奏章與上一篇寫於同時。宣宗在賜宴之後，又賞給群臣茶酒食果。為此，杜牧代表群臣再上奏章以示感謝。

右。臣某等言。伏以大慶吉辰❶，榮霑錫宴❷，鴻恩❸繼至，王人薦臨❹，旨酒❺名茶，玉食❻仙果，來於御府❼，莫匪天慈❽。適口❾忘憂，已滿小人❿之腹；殺身粉骨，難酬⓫聖主之恩。臣無任感恩抃躍之至。

【注釋】❶吉辰　吉慶之時。指皇上誕辰。❷榮霑句　我們榮幸地參加了皇上賞賜的酒宴。霑，霑恩；受恩。錫，通「賜」。❸鴻恩　大恩。鴻，大。❹王人句　陛下的使者再次光臨。王人，這裡指皇帝使者。薦，一再；再次。❺旨酒　美酒。旨，味美。❻玉食　美好的食品。玉，形容美好。❼御府　皇宮。❽莫匪句　莫不體現了皇上的仁慈。匪，通「非」。❾適口　適合口味；可口。❿小人　群臣的謙稱。⓫酬　報答。

【語譯】為右邊題目中的事情上奏。我們這些臣下奏言：在這舉國同慶的大喜日子裡，我們榮幸地參加了皇上賜給的酒宴，接著，皇上再次賜給我們大恩，陛下派使者來到這裡，給我們送來了美好的酒、茶、食品和水果，這些物品都是來自皇宮，無不體現出皇上的仁愛。這些食物香甜可口，使人忘掉憂愁，我們這些臣子一個個吃得酒足飯飽；即使為陛下粉身碎骨，也難報答您這位聖主的恩德。我們無比感謝皇恩，無比歡欣鼓舞。

代裴相公讓平章事表

【題解】裴相公，指裴休。相公是對宰相的尊稱。裴休字公美，濟源人。進士及第。先後任禮部尚書、鹽鐵轉運使、宰相、節度使等職。封河東縣子。平章事，官名。全稱為「同中書門下平章事」。即宰相。大中六年（西元八五二年）八月，裴休被任命為同平章事。接到任職命令以後，裴休委託杜牧為自己寫了這篇表示辭讓的奏章。

臣某①言。伏奉今月日制書②，除③臣某官④同中書門下平章事。祇奉成命⑤，進退失圖⑥，捧詔兢惶⑦，銜恩戰慄⑧。臣誠惶誠恐，頓首頓首。

臣本書生，仕⑨逢聖代，掌綸言⑩於西掖⑪，作藩守⑫於名邦⑬，自顧才能，已是踰越⑭。陛下獎遇不次⑮，拔擢⑯過分，春闈典貢⑰，地官掌財⑱，咸⑲無政能，粗免愆闕⑳。及擢為筦榷㉑，累受寵榮，雖竭盡疲駑㉒，欲裨㉓萬一，而才智踈拙㉔，不效涓塵㉕。夫宰相之任，前賢有言，如涉川有舟，如幽室㉖有燭，代天理物，為人具瞻㉗。豈伊小臣㉘，而膺㉙大任？今朝廷髦俊並作㉚，名德森然㉛，或多歷庶官㉜，或皆有功實，或四方屏翰㉝，已著勳勞，舉而用之，無不可者。如臣凡淺㉞，豈宜委任？伏乞俯迴天鑑㉟，更擇時賢㊱，必能丹青帝圖㊲，金玉王度㊳，使微臣無尸祿之誚㊴，聖主有得賢之名。非唯微臣獲安，實亦天下幸甚。無任悃愊㊵血誠㊶之至。

【注　釋】❶臣某　指裴休。❷制書　皇帝命令的一種。一般用於大賞罰，授大官爵，改革舊政等事。❸除　任命。❹官　當官；擔任。❺祗奉句　我恭敬地接受了命令。祗，敬。奉，接受。成命，已宣布的命令。❻失圖　失去主意；不知所措。❼兢惶　恐慌。❽銜恩句　受到陛下如此大恩，使我惶恐不安。銜，承受。戰慄，恐懼；發抖。❾仕　出仕；當官。❿綸言　皇帝的詔書。⓫西掖　官署名。中書省的別稱。裴休曾在中書省任職，掌草擬詔令等事。⓬藩守　指地方長官。⓭名邦　重要的地方。⓮踰越　過分。指自己的才能低，而擔任的官職高。⓯獎遇不次　對我的恩遇不同尋常。不次，不按尋常的次序。⓰拔擢　提拔。⓱春闈句　我主持過春天的進士考試。春闈，又叫春試。闈，考場。唐代正月開考，二月放榜。故稱春闈。典，主持。貢，選舉人才。裴休曾任禮部尚書，進士考試即由禮部主持。⓲地官句　我曾在戶部任職掌管過財政。地官，指戶部。唐代曾改戶部為地官。戶部掌全國土地戶籍、財稅錢穀之事。另外，裴休曾任鹽鐵轉運使，也屬理財官。⓳咸　都。⓴粗免句　僅僅能夠免於出錯。僁，同「愆」。罪過。闕，缺失。㉑及擢句　後來又把我提拔為鹽鐵轉運使。擢，提拔。筦，主管。搉，通「榷」。專利；專賣。唐代有榷茶、榷鹽、榷酒等政策，以對茶鹽等收稅或專賣，並設有榷鹽使、榷稅使等官職，而這一切，都屬鹽鐵轉運使的管轄範圍。㉒疲駑　低下的才能。駑，笨馬。㉓裨　增益；有益。㉔踈拙　笨拙；低下。㉕不效句　沒有產生一點一滴的功效。涓塵，形容政績之小。涓，細小的水流。塵，小灰塵。㉖幽室　黑暗的室內。㉗具瞻　為眾人所瞻仰。具，通「俱」。都。㉘豈伊句　才能低下的我豈能……？伊，句中語氣詞。小臣，才小之臣。裴休的自我謙稱。㉙膺　擔任。㉚髦俊並作　人才濟濟。髦，俊傑。作，出現；站立。㉛名德句　有名德的人很多。名德，指有美好名聲和品德的人。森然，眾多的樣子。㉜或多句　他們有的擔任過很多官職。或，有的人。庶，眾多。㉝屏翰　猶言屏藩。屏，屏障；護衛。翰，主幹。比喻鎮守一方的長官。㉞凡淺　才能平庸淺薄。凡，平庸。㉟伏乞句　我請求皇上收回成命。伏，敬詞。乞，請求。俯，敬詞。迴，改變；收回。天鑑，指皇帝的命令、意見。天，指皇帝。鑑，鑑識；命令。㊱更擇句　另選當世的賢人。更，改變。㊲丹青帝圖　成就陛下的帝業。丹青，紅色顏料和青色顏料。用作動詞。描繪。帝圖，帝王的圖畫。比喻帝業。㊳金玉句　做好陛下的政教。金玉，形容美好。王度，帝王的政教。㊴使微句　使人們不嘲笑我尸位素餐。微臣，小臣。裴休的自我謙稱。尸祿，只拿俸祿而不理事。誚，諷刺；譏笑。㊵悃愊　誠懇。悃，誠。㊶血誠至誠。

【語　譯】臣下裴休奏言。我恭敬地接到了本月本日的詔令，知道陛下任命我為同中書門下平章事。我敬奉詔令之後，不知該怎麼辦纔好。我雙手捧著詔書惶恐萬分，我為受此大恩而深感不安。我誠惶誠恐，叩頭叩頭。

我本是一介書生，幸而能在這個聖明的時代出仕為官。我曾在中書省掌管草擬詔令之事，也曾在一些重要地區擔任地方長官，我反省一下自己的才能，認為自己擔任這些官職已是過分。陛下對我的恩遇非同尋常，並對我進行過分的提拔，我曾主持過選拔進士的春試，也曾擔任過戶部官員去管理國家的錢財，我在這些職位上都沒能做出什麼政績，僅僅免於犯錯而已。後來又提拔我為鹽鐵轉運使，多次接受陛下賜予的恩寵和榮耀，我雖然想竭盡自己的一點微薄之力，為國家做出些微貢獻，然而因為我才疏學淺，竟然沒能做出一絲一毫的政績。對於宰相這個職位，古代的賢人有所評價，認為宰相對於國家的重要性就好比過河的舟船、暗室裡的明燈一樣，宰相是在代替上天治理萬物，他受到整個天下人的瞻仰。我這個才能微薄的人，怎能擔當起如此大任？現在，朝廷中人才濟濟，具有美好名聲和品德的人很多，他們有的擔任過各種官職，有的建立了實際功績，有的曾擔任過鎮守一方的長官，並建立了巨大功勳，任命他們為宰相，是十分合適的。像我這樣平庸淺薄之人，怎適合擔當如此重任？我請求皇上收回成命，另選當世的賢人出任宰相，他們一定能夠成就陛下的帝業，做好陛下的政教。這樣一來我可以免除尸位素餐的譏諷，陛下也能獲得重用賢人的好名聲。這樣做不僅能使我平安無事，實際上也是整個天下人的幸事。我滿懷至誠奏言如上。

又代謝賜批答表

【題　解】這篇奏章緊承上篇。賜，指皇上賜給。批答，文體名。指皇上對臣下奏章的批覆。裴休為辭讓宰相之位，委託杜牧寫了上一篇奏章。皇上對此批示，不同意裴休的辭讓，於是裴休又委託杜牧為自己撰寫了這篇奏章以表示感謝。

臣某言。臣伏奉今月日批答，今臣宜斷來表❶，不許牢讓❷者。仰承鴻澤❸，跪捧芝緘❹，戰越失圖❺，啟處無地❻。臣某誠惶誠恐，頓首頓首。

臣昨奉詔書，付以魁柄❼，自顧斗筲之器❽，樸樕❾之才，乘恩寵時，竊棟梁任❿，只合效蔡謨⓫堅臥⓬，孔霸⓭懇辭。尚猶拜謝天顏⓮，進見卿士⓯，榮忝既積⓰，憂惶實深。是以拜章上陳⓱，懇辭自敘⓲，冀迴聖鑑⓳，更擇時賢。豈意睿旨⓴重臨，綸言㉑再下，不令徇志㉒，且遣守官㉓，大君㉔之成命已行，微臣之丹懇㉕不遂㉖。誓當戮力盡瘁㉗，粉骨捐軀，知無不為，見死寧避㉘？冀答君親生成㉙之德，用酬乾坤覆育之恩㉚。無任感激血誠慚惶戰越之至。

【注釋】❶斷來表　不要再上奏章辭讓宰相之位。❷牢讓　堅決辭讓。❸鴻澤　大恩澤。鴻，大。❹芝緘　對皇帝詔書的美稱。❺戰越句　更加惶恐不安，不知所措。戰，戰慄；恐慌。越，更加。失圖，不知所措。❻啟處句　坐臥不寧。啟處，安處；安居。無地，沒有地方；沒有辦法。❼魁柄　指朝廷大權。也指宰相之位。❽斗筲之器　比喻才識淺薄、器量狹小的人。斗筲，兩種量器。斗可容十升。筲是一種竹器，可容一斗二升。❾樸樕　小樹。比喻才能淺薄。❿竊棟句　竊居宰相之位。棟梁，比喻重要。⓫蔡謨　人名。東晉考城人。字道明。先後任侍中、太常、征北將軍等職。晉康帝時，任命他為侍中、司徒，蔡謨稱病固辭。⓬堅臥　指稱病臥牀，堅決不接受任命。⓭孔霸　人名。西漢人。字次儒。先後任博士、大中大夫、高密相等職。他曾三次辭讓相位，受到漢元帝的尊敬。⓮拜謝天顏　指向皇上謝恩，擔任宰相。天顏，指皇帝。⓯卿

士　指百官。⑯榮忝句　不該獲得的榮耀越來越多。忝，有愧的；不該有的。⑰拜章上陳　向陛下獻奏章陳述。拜章，進獻奏章。⑱自敘　自述辭讓之意。⑲冀迴句　希望陛下收回成命。冀，希望。迴，改變。聖鑑，聖旨。⑳睿旨　聖旨。睿，聖明。㉑綸言　聖旨。㉒徇志　按自己的意願辦。㉓守官　指赴任。㉔大君　指皇上。㉕丹懇　赤誠之心。指辭讓宰相之位的誠心。㉖不遂　沒有成功；沒被接受。㉗戮力盡瘁　竭盡全力，鞠躬盡瘁。戮力，努力。瘁，勞苦。㉘見死句　到了該獻出生命的時候，自己絕不迴避。寧，怎能；豈能。㉙君親生成　父母生養了我的身體，皇上成就了我的功業。親，父母。㉚用酬句　用來報答天地的養育之恩。酬，報答。乾坤，天地。

【語　譯】臣下裴休向皇上奏言。我恭敬地接到了本月本日陛下的批答，命令我不要再為此事上奏章，不要再堅辭宰相之位了。我接受了陛下的大恩，跪在地上雙手捧著詔令，我更加感到惶恐不安、不知所措，以至於坐臥不寧。我誠惶誠恐，叩頭叩頭。

我昨天接到詔書，命令我擔任宰相之職，我認為自己器量狹小、才能淺薄，不該趁著受皇上恩寵之時，去竊居宰相之位，只應該像蔡謨那樣稱病臥牀不起，或者像孔霸那樣誠懇辭讓。如果我在感謝陛下之後還去擔任宰相，會見百官，那麼不該得到的榮耀越多，我會越發感到惶恐憂愁。因此，我向陛下進獻奏章，陳述了自己辭讓宰相之位的誠意，希望陛下能收回成命，另外選擇當世賢人出任此職。沒想到陛下的詔令再次頒下，命令我不得辭讓，而且要求我赴任。陛下的命令已經頒布，我誠懇辭讓的願望也就無法實現了。我發誓今後要努力效忠，鞠躬盡瘁，要為陛下粉身碎骨，獻出生命，遇到該做的事一定挺身而出，即使面對死亡也絕不迴避。我希望能夠報答陛下和父母的生養、栽培之情，報答天地的養育之恩。我不勝激動，滿懷誠懇，同時也萬分慚愧，無限惶恐。

又代謝賜告身鞍馬狀

【題　解】這篇奏章緊承上兩篇。告身，授官的憑信。猶今天的委任狀。裴休接受任命之後，皇上向他頒發了委任狀，並賞賜了一匹駿馬。為此，裴休又委託杜牧撰寫了這篇表示感謝的奏章。

右。中使❶某奉宣聖旨，賜臣告身一通❷、馬一疋，并鞍轡❸。臣生逢聖代，竊位巖廊❹。奉告令之詔書，丹霄之雨露猶濕❺；錫❻代勞之駿馬，內棧❼之風雲❽尚隨。寶軸煥絲綸之言❾，逸足騁拳奇之態❿。螢光爝火⓫，何裨日月之明⓬；弱質孤根⓭，但荷乾坤之德⓮。殺身寧報⓯，撫己⓰知慚，無任感恩抃躍⓱懇悃⓲之至。

【注　釋】❶中使　從宮中派出的使者。一般由宦官擔任。❷一通　一份。❸轡　指馬嚼子和韁繩。❹竊位句　在朝廷竊居高位。巖廊，高大的走廊。代指朝廷。❺丹霄句　詔書上飽含著陛下的浩蕩皇恩。丹霄，天空。比喻皇上。雨露，比喻恩澤。❻錫　通「賜」。❼內棧　指皇宮的養馬之處。內，宮內。棧，養馬的木柵。❽風雲　比喻氣度、風範。❾寶軸句　告身的文字鮮明光亮。軸，書畫的卷軸。告身也用軸卷起，故寶軸代指告身。煥，鮮明光亮。絲綸之言，指皇帝的詔令。《禮記・緇衣》說：「王言如絲，其出如綸。」意為帝王之言剛說出時細微如蠶絲，施行後漸大如綸（青絲綬帶）。後人即用「絲綸之言」代指詔令。❿逸足句　駿馬奔跑時，呈現出勇健奇異的姿態。逸足，快馬；駿馬。騁，奔馳。拳，力氣；有力。⓫螢光句　比喻自己力量微薄。爝，火把。⓬何裨句　對光明的日月又有什麼益處？裨，有益。日月之明，比喻聖明的皇上。⓭弱質句　孤獨弱小的草木。比喻自己。質，體質。⓮但荷句　卻得到了天地的恩澤。荷，承受；獲得。乾坤，天地。比喻皇上。⓯寧報　豈能報答。⓰撫己　反省自己。⓱抃躍　鼓掌跳躍。形容歡欣鼓舞。⓲懇悃　誠懇。悃，誠。

【語　譯】為右邊題目中的事情上奏。中使某某宣讀聖旨，賜給我告身一份，駿馬一匹，以及鞍轡一副。我遇上了聖明的時代，在朝廷中愧居高位。我接到陛下的詔書，詔書上飽含著陛下的恩澤；陛下還賜給我用來代勞的駿馬，這匹駿馬體現出皇馬的風範。告身上的文字光亮鮮明，奔馳的駿馬勇健奇異。我的才能如同螢光爝火，對光明的日月又有什麼益處？我像一根孤獨柔弱的草木，卻獲得了天地的恩澤。即使獻出自己的生命，也難報答陛下的大恩，我反省自己，非常慚愧。我不勝感謝皇恩，不勝歡欣鼓舞，我對皇上無限忠誠。

論閣內、延英奏對書時政記狀

【題解】閣，指祕閣。為唐代祕書省藏書之處。類似後來的國家圖書館兼檔案館。延英，宮殿名。是皇帝日常接見宰臣百官、聽政議事的地方。奏，向皇上上奏章或口頭上奏。對，回答皇帝提問。書，記錄。時政記，把君臣對時政的討論內容記載下來，叫時政記。按照唐代慣例，每次君臣討論之後，由主管印信、文書的大臣把討論內容記載下來交付史館入檔。杜牧認為這樣做會有遺漏，每一位參加討論的人都應該進行記錄，然後合為一篇，以保證史料的詳實。為此他寫了這篇奏章。寫作時間應是大中六年（西元八五二年），當時杜牧任中書舍人。

右。舊例宰臣每於閣內及延英奏論政事，及退歸中書❶，知印❷宰臣盡書其日德音❸及宰臣奏事，送付史館❹，名時政記，史官憑此編入簡策❺。伏以敷陳❻時政，承奉聖旨，事非一端❼，時移數刻❽，退朝循省❾，執筆讚論❿，但記出己之辭⓫，或忘同列⓬之對⓭，若獻替⓮之說或闕⓯，則史冊之書不詳。臣今商量，每閣內奏事及延英對迴⓰，陛下所降德音，宰臣所奏公事，人自為記，共成一篇。既得精詳⓱，必無遺漏，付與史氏，便得直書。伏乞天恩，永為常式⓲。

【注釋】❶中書　官署名。即中書省。國家的最高決策機構。❷知印　負責印信、文書事宜。知，主持。唐代的知印宰臣相當於首相。❸德音　指皇帝的講話。❹史館　官署名。負責編修史書。❺簡策　指史書。❻敷陳　全面討論。敷，全面。❼一端　一件。❽時移句　過了一段時間以後。移，過。刻，時間單位。古人把一晝夜分為一百刻。❾循省　回想；回憶。❿讚論　指記載討論內容。讚，文體名。以頌揚人物為主旨。這裡指記錄皇上言論。⓫出己之辭　自己說的話。⓬同列　同僚。⓭對　回答皇上的提問。這裡泛指意見。⓮獻替　「獻可替否」的略語。替，廢棄。廢棄不好的政策、做法等。這裡的獻替泛指討論內容。⓯或闕　也許遺漏了。或，也許。闕，缺少；遺漏。⓰對迴　應對。回答皇上提問。⓱精詳　精確而詳細。⓲常式　固定的制度。

【語譯】為右邊題目中的事情上奏。按照慣例，宰相、大臣每次在祕閣和延英殿討論政事結束、退回中書省以後，就由主持印信、文書的宰相把當天討論會上君臣的發言記錄下來，然後送交史館。這種記錄叫作「時政記」，史官就是依據這些時政記編寫史料。我認為，全面討論時政，回答皇上的提問，涉及到的事情很多，過了一段時間以後，待到退朝再去靠回憶記錄討論內容，往往只記得自己講的一些話，很可能就忘記了同僚們講的內容，如果這些討論內容有所遺漏，那麼史書的記載就不詳細。因此我現在建議，每次在祕閣和延英殿討論政事時，無論是陛下的指示，還是大臣們所上奏的公事，每個參加會議的人都要記錄，然後匯集為一篇。這樣就能做到精確詳細，肯定不會有所遺漏，把這樣的時政記交給史官，史官就能寫出公正真實的史書。我請求皇上恩准，把這種做法作為一種固定的制度確定下來。

謝許受江西送綵絹等狀

【題解】許受，皇上同意接受。江西，地名。相當於今江西省。綵絹，彩色絲織品。杜牧曾奉命撰寫〈唐故江西觀察使武陽公韋公遺愛碑〉（見卷七），寫成後，江西地方官員贈送三百疋綵絹作為酬謝，皇上同意杜牧接受這些綵絹。為此杜牧寫了這篇奏章謝恩。

右。今月十八日中使❶某至奉宣聖旨，令臣領江西觀察使❷紇干眾❸所寄撰〈韋丹遺愛碑文〉人事❹綵絹三百疋者。恩隨幸至❺，榮與利并，抃躍❻慚惶，罔知所措。伏惟皇帝陛下皇天縱聖❼，赫日資明❽，大獎功勞，不計存沒❾，舉韋丹江西之績，特令微臣❿撰碑。墮淚之思，豈慚羊祜⓫，黃絹之妙，實愧蔡邕⓬。今者更蒙恩私，廣受絲帛，捧戴⓭兢惕⓮，無地容身。不勝感恩慚惶之至。

【注釋】❶中使　從宮中派出的使者。一般由宦官擔任。❷觀察使　官名。總領江西的軍政大權。❸紇干眾　人名。字咸一。❹人事　指禮品。❺恩隨句　皇上的恩澤和寵幸一起降臨。❻抃躍　鼓掌和跳躍。表示歡喜。❼皇天縱聖　聖明如上天。❽赫日句　天資智慧如光明的太陽。赫，明顯；光明。❾存沒　在世的和去世的。沒，去世。當時韋丹已經去世。❿微臣　杜牧的自我謙稱。⓫墮淚二句　羊祜去世後，人們立墮淚碑以表紀念，而韋丹和羊祜相比，毫不遜色。羊祜，人名。晉南城人。字叔子。他曾都督荊州諸軍事長達十年，深得民心。死後，人們在峴山為他建碑立廟，他的後任杜預把碑命名為墮淚碑。⓬黃絹二句　我想到蔡邕對曹娥碑的稱讚，為自己的碑文寫得不好而深感慚愧。曹娥是漢代孝女，為尋找父屍投水而死，縣長度尚為她立碑。東漢末年，學問淵博的蔡邕認為曹娥碑文寫得好，就在碑的後面刻「黃絹幼婦外孫虀臼」八字。黃絹，色絲也，色絲合為「絕」字；幼婦，少女也，少女合為「妙」字；外孫，女子也，女子合為「好」字；虀臼，受辛也，受辛合為「辭」字，四字連接起來為「絕妙好辭」。⓭捧戴　承受。指接受皇恩。⓮兢惕　惶恐不安。

【語譯】為右邊題目中的事情上奏。本月十八日，中使來宣讀聖旨，命令我接受江西觀察使紇干眾送來的三百疋綵絹，這些綵絹是因為寫〈韋丹遺愛碑文〉而送給我的禮物。皇上的恩澤與寵幸一起降臨，榮耀和財利同時到來，我為此既感到歡欣，又感到慚愧惶恐，竟使我不知所措。陛下神聖齊天，明智如日，在大獎有功之臣時，並不考慮他們還是否在世，因此再次提起韋丹在江西任觀察使時的政績，特地命令我為他撰寫遺愛碑文。羊祜去世後，人們為他樹立墮淚碑以表思念，韋丹同他相比毫不遜色；而我想到蔡邕稱讚曹娥碑文為「絕妙好辭」一事，就為自己沒把碑文寫好而深感慚愧。現在我又受到陛下的恩德和偏愛，接受了這麼多的綵絹，這使我在感恩戴德的同時，又深感惶恐不安，以至於無地自容。我不勝感謝陛下之恩，不勝慚愧惶恐。

內宴請上壽酒

【題　解】內宴，宮中宴會。上壽酒，為皇上敬獻祝壽之酒。大中六年（西元八五二年）春天，唐宣宗在宮中大擺宴會招待群臣，群臣想趁此機會為皇上敬酒祝壽，為此杜牧代表群臣寫了這篇奏章。

具官❶臣某等言。伏惟聖敬文思和武光孝皇帝❷陛下，天覆地容❸，堯仁舜孝❹，四海波靜❺，三春物華❻，故於彤庭❼，大開錫宴❽。竊以三事大僚❾，百司庶府❿，願持玉卮⓫，上千萬壽⓬。未敢專擅⓭，伏俟德音⓮，輕瀆宸嚴⓯，無任戰越⓰之至。

【注　釋】❶具官　唐代，在奏章、公文或其他應酬文字上，常把應寫明的官爵品級簡寫為「具官」。❷聖敬文思和武光孝皇帝　唐宣宗的尊號。❸天覆句　像天地那樣包容、養育萬物。❹堯仁句　像堯那樣仁慈，像舜那樣孝敬父母。堯和舜都是傳說中的聖君。❺波靜　太平安定。❻三春句　正值春天，萬物充滿了生機。三春，指春天。春天有三個月，故稱「三春」。華，美好。❼彤庭　皇宮。漢代的皇宮用紅色漆中庭，稱彤庭。後人即稱皇宮為彤庭。彤，朱紅色。❽錫宴　招待群臣的宴會。錫，賜。❾竊以句　我們以為王公大臣。竊，謙詞。私自；私下。三事，指三公。大僚，大官。❿百司句　眾多的官員。司，泛指各官署。庶，眾多。⓫玉卮　玉杯。卮，酒杯。⓬上千句　祝陛下萬壽無疆。⓭專擅　擅自作主。⓮伏俟句　等待陛下的指示。伏，敬詞。俟，等待。德音，指皇帝的指示。⓯輕瀆句　我們隨便就打擾了聖上。瀆，褻瀆；打擾。

宸嚴，帝王的威嚴。宸，北極星所在之處。比喻皇帝。⑯戰越　惶恐不安。

【語譯】我們這些臣下奏言。我們以為，陛下像天地一樣包容、養育萬物，像堯一樣愛護百姓，像舜一樣孝敬父母，整個天下太平安定，春意盎然萬物繁榮，於是陛下在皇宮之中，大擺宴會招待群臣。我們以為，所有的王公大臣、百官佐僚，都想手捧玉杯，敬祝陛下萬壽無疆。可我們又不敢擅自作主讓群臣上前祝壽，因此上奏陛下等待指示。我們輕易就打擾了聖上，為此惶恐之至。

宴畢殿前謝辭

【題解】這篇奏章緊承上篇。唐宣宗招待群臣的宴會結束以後，杜牧又代表群臣寫了這篇奏章表示感謝。

具官❶臣某等言。遲日正麗❷，廣場洞開❸，張仙樂者❹三千餘人，列正羞❺者二十六豆❻。酒傾瑤甕❼，食置雕盤，列圭組以成行❽，酌金罍❾以為勞。屬饜而止❿，飽德以歸⓫，既醉太平之風，共樂仁壽之域⓬。千年一遇，百辟⓭同歡，臣等備位臺司⓮，親逢聖日，歡呼抃躍⓯，不能自勝。

【注釋】❶具官　見〈內宴請上壽酒〉注❶。❷遲日句　現在正值春天，風和日麗。遲日，春天。❸廣場句　皇宮敞開了寬闊的庭院。廣場，指宮中寬敞的庭院。也即舉行宴會的地方。洞，敞開。❹張仙樂者　演奏樂曲的人。張，陳設；演奏。仙樂，對皇宮音樂的美稱。❺正羞　猶言正餐。正式的菜餚。羞，美味。❻豆　高腳盤。古代一種盛食物的器皿。❼瑤甕　一種酒器。瑤，美玉。甕，一種容器。❽列圭句　各級官員排列成行。圭，古代帝王舉行隆重儀式所用的一種玉器，形狀是上尖下方。有時也用作官員的憑信。組，佩印用的絲帶。這裡用「圭組」代指各級官員。❾金罍　金製酒杯。罍，一種酒器。❿屬饜句　大家吃飽喝足為止。屬，滿足。饜，吃飽。⓫飽德句　備受陛下的恩澤而歸。飽德，備受恩澤。⓬仁壽之域　指太平盛世。⓭百辟　泛指王公大臣。⓮備位臺司　愧居各種官職。備位，謙詞。虛居其位。臺，指宰相之位。司，泛指官職。⓯抃躍　鼓掌跳躍。形容歡喜異常。

【語　譯】我們這些臣下向陛下奏言。現在正值春天，風和日麗，皇宮敞開了寬闊的庭院，在那裡安排了三千多人的樂隊，僅正式菜餚就排列了二十六盤。美酒不停地從玉罍中倒出，食物擺滿了雕花的食盤，各級官員列隊入席，斟滿金杯以為慰勞。群臣們吃飽喝足為止，備受陛下恩澤而歸，大家為現在的太平之風所陶醉，為今天的盛世景象而歡喜。在這千年一遇的好時光裡，王公大臣皆大歡喜。我們這些臣子愧居於各種官職，親眼看到了這個聖明的時代，我們為此歡呼雀躍而不能自已。

謝賜物狀

【題　解】這篇奏章緊承上兩篇。宴會之後，唐宣宗又賞賜給群臣各種物品。為此，杜牧又代表群臣寫了這篇謝恩奏章。

具官❶臣某等言。叨陪錫宴❷，竊覩鈞天❸，百品❹并陳，三酒❺皆具。微臣所志❻，已極滿盈，豈意鴻澤重霑❼，錫賚殊等❽。朱綠玄黃之繒綵❾，精金❿文錦⓫之珍奇，捧戴自天⓬，啟處無地⓭。不勝抃躍⓮感恩之至。

【注　釋】❶具官　見〈內宴請上壽酒〉注❶。❷叨陪句　參加了陛下賞賜的宴會。叨，謙詞。慚愧。錫，通「賜」。❸竊

覩句　看到了陛下。竊，謙詞。私下。覩，看見。鈞天，天的中央。比喻皇帝。❹百品　各種食物。❺三酒　古代貴族在不同場合使用的三種酒。具體指有事時喝的事酒，無事時喝的昔酒，祭祀時喝的清酒。事酒為新酒，昔酒和清酒為陳酒。這裡的三酒泛指各種酒。❻所志　所想得到的；願望。❼豈意句　怎能料到大恩再次降臨。意，料想。鴻，大。霑，霑濕。比喻施恩於人。❽錫賚句　給予各種不同的賞賜。錫，通「賜」。賚，送財物給人。殊等，各種不同的。❾朱綠句　有紅、綠、黑、黃各色絲綢。朱，紅色。玄，泛指黑色。繒，絲織品的總稱。綵，彩色絲織品。❿精金　純金；上等黃金。⓫文錦　有花紋的絲織品。文，花紋。⓬捧戴句　接受了來自皇上的恩澤。捧戴，承受；接受。天，比喻皇上。⓭啟處句　無法安寧；坐臥不寧。啟處，安處。無地，沒有地方；沒有辦法。⓮抃躍　見〈宴畢殿前謝辭〉注⓮。

【語　譯】我們這些臣子向陛下奏言。我們參加了陛下賞賜的宴會，看到了陛下。宴會上陳列著眾多的食品，還擺放著各種美酒。我們這些臣子，已經是心滿意足了，豈料陛下的大恩再次降臨，又賞賜給我們各種不同的物品。賞品有紅綠黑黃等各色絲綢，還有上等的黃金和帶花紋的絲織品。我們接受了這些來自陛下的恩澤，深感惶恐不安。我們不勝歡欣鼓舞，我們非常感謝皇恩。

代人舉周敬復自代狀

【題　解】代人，替別人寫奏章。所代之人不詳。舉，舉薦；推薦。周敬復，人名。某人舉薦周敬復代替自己的職務，委託杜牧寫了這篇奏章。

前件官❶執德以進❷，嚮道❸而行，藹有令名❹，備歷清貫❺。掌綸言❻於西掖❼，才稱發揮❽；參密命於內庭❾，眾推❿忠慎。自珥貂近侍⓫，主鑰東門⓬，聲實⓭益重於搢紳⓮，磨涅始彰其堅白⓯。伏以南省⓰實天下根本，兩丞⓱為百司⓲管轄，苟⓳非其選，必致敗官⑳。今若以臣所任迴授㉑敬復，庶㉒能肅清臺閣㉓，提舉紀綱㉔，既曰陟明㉕，實不虛受。伏乞天恩㉖允臣所請。

【注釋】❶前件官　指前面題目中提到的官員。即周敬復。❷執德以進　修養品德以求上進。執，遵循；修養。❸嚮道　堅持正確原則。嚮，趨向；堅持。❹藹有句　有很多美名。藹，多。令，美。❺備歷句　擔任過各種清貴的官職。清貫，清貴的官職。一般指侍從文翰之官。❻綸言　聖旨；詔令。❼西掖　官署名。即中書省。❽才稱句　才能和名聲為眾人所知。稱，名聲。發揮，傳揚開去。❾內庭　宮中。❿推　稱讚。⓫珥貂近侍　在皇帝身邊做侍從。珥貂，插貂尾。珥，插。漢代的侍中、中常侍在帽子上插貂尾作裝飾，後人即用「珥貂」代指貴近之臣。⓬主鑰句　主管皇宮的東門。鑰，鑰匙。開鎖的工具。⓭聲實　名聲和實績。⓮搢紳　指士大夫。搢，插笏。笏是大臣上朝時拿的手板。紳，大帶。插笏於帶間是士大夫的裝束。⓯磨涅句　通過磨練考驗，更顯出他的堅貞高尚。磨涅，磨礪浸染。比喻考驗。涅，浸染。彰，表現出。⓰南省　官署名。指尚書省。為國家最高政令執行機關。因其官署在皇宮的正南方，故名。⓱兩丞　指尚書省的左丞和右丞。左丞負責吏、戶、禮三部，右丞負責兵、刑、工三部。⓲百司　泛指屬下各官署。⓳苟　如果。⓴敗官　辦壞公事。㉑迴授　轉授。㉒庶　差不多；可能。㉓臺閣　指尚書省。㉔提舉句　整頓綱紀。㉕陟明　提拔賢明的官員。陟，上升；提拔。明，賢明。㉖天恩　皇恩。

【語譯】前面提到的這位官員修養美德以求上進，做事時堅持正道，因此他獲得了許多美名，並擔任過很多清貴的官職。他曾在中書省負責草擬詔令，才能和名聲已得到公認；他曾在宮中參預過密策的制定，大家都稱讚他既忠誠又謹慎。自從他在皇上身邊做了侍從官員、主管皇宮東門以後，其聲譽和政績越來越受到士大夫們的好評，通過各種磨練和考驗，也越來越顯示出他的堅貞和高尚。我以為尚書省是國家最重要的官署之一，尚書省的左丞和右丞負責管理眾多的下屬官署，如果左、右丞的人選不當，就一定辦不好公事。現在如果把我所擔任的職務轉授給周敬復，就可能把尚書省的事情做好，把各項綱紀整頓得井井有條。提拔他可以說是提拔了賢明之人，他不會徒居其位的。我懇請陛下恩准我的請求。

代人舉蔣係自代狀

【題　解】蔣係，人名。義興人。善作文。先後任昭應尉、給事中，歷任工、禮、兵三部郎中，皆兼史職。累官至檢校尚書右僕射，封淮陽郡公。在門下省任給事中的某官員被提升後，舉薦蔣係自代，故委託杜牧寫了這篇奏章。寫作時間當在大中六年（西元八五二年）。

伏准❶某年月日敕❷，內外文武常參官❸上❹後三日，宜舉一人自代者。伏以前件官❺仁義素彰❻，文學❼早著，揚歷臺閣❽，宣昭令名❾。嘗為諫官❿，無所避忌；及領藩鎮⓫，實惠疲羸⓬。頃者⓭不附權臣，例遭左官⓮，今逢明代，猶典小州⓯。伏以封還詔書⓰，駮正⓱時事，職業實重，選擇宜精。今若以臣此官迴⓲與蔣係，既不虛受，實為陟明⓳。伏乞聖慈⓴允臣所請，謹狀。

【注　釋】❶准　以……為准；根據。❷敕　敕令；詔令。❸常參官　能夠每日參見皇帝的高級官員稱常參官。給事中即為常參官。❹上　提升。❺前件官　指前面題目中提到的官員蔣係。❻素彰　向來表現明顯。素，平素；向來。❼文學　指文章和學問。❽揚歷句　在尚書省任職時做出了政績。揚歷，表揚其經歷。指居官的政績。❾宣昭句　美名遠揚。宣昭，明顯。令，美。❿諫官　掌諫言的官員。蔣係曾任諫議大夫。⓫領藩鎮　到藩鎮去當長官。在此之前，蔣係曾當過桂管觀察使。⓬實惠句　確實為貧苦百姓做了許多好事。惠，施恩惠。疲羸，指貧苦百姓。羸，瘦弱。⓭頃者　不久以前。⓮例遭句　按舊例被降職到外地去做官。左官，降職外遷的官。李德裕擔任宰相時，蔣係被趕出朝廷，先當桂管觀察使，再貶為唐州刺史。⑮典小州　主管一個小州。典，主管。小州，指唐州。在今河南省泌陽縣。⑯封還詔書　把不合適的詔書封還皇上。給事中是門下省的重要官員，他可以封還不合適的詔令而不下發，可以與御史一起申理冤案，可以裁退選拔不當的官員。⑰駁正　反駁；糾正。⑱迴　轉授。⑲陟明　見〈代人舉周敬復自代狀〉注㉕。⑳聖慈　仁慈的皇上。

【語譯】根據某年某月某日的詔令，朝廷內外文武常參官在被提升後的三日之內，應該舉薦一名官員代替自己的原職。我認為前面題目中提到的官員蔣係，其仁義之德向來表現明顯，文才和學問也很突出，他在尚書省任職期間政績頗佳，美名遠揚。他曾當過諫官，敢於講話而無所畏懼；他擔任地方長官時，又實實在在地為貧苦百姓做了許多好事。前不久，因為他不依附權貴，結果被趕出朝廷降了職。現在遇上了聖明的時代，而他依然在一個小小的唐州任刺史。我以為，給事中負責封還不合適的詔令，反駁並糾正不恰當的政令，這個職位實在太重要了，選擇的人選應該精當。現在，如果把我的給事中一職轉授給蔣係，那麼他肯定不會虛受此職的，提拔他可以說是提拔了一位賢良之人。我懇請仁慈的皇上能夠答應我的請求。我敬上此奏章。

卷十六

上李太尉論北邊事啟

【題解】李太尉，指李德裕。太尉是官名，為三公之一，唐時多為加官，無實職。李德裕，字文饒。趙郡人。先後任校書郎、淮南節度使、宰相、太尉等職。封衛國公。宣宗時，被貶為崖州司戶，死於貶所。啟，書信。會昌二年（西元八四二年）秋，烏介可汗率領回鶻軍隊南下侵擾唐朝北部邊境。會昌三年正月，唐將石雄大破回鶻於殺胡山，烏介可汗逃走，其殘部仍遊蕩於北部邊境。會昌四年，宰相李德裕對回鶻事甚為擔憂，時任黃州刺史的杜牧便給李德裕寫了這封信。信中認為，北方異族常在秋冬南侵，盛夏則無備，因此，如果能夠出其不意，在五月間以精兵擊之，必能大獲全勝。

某啟。伏以聖主垂衣❶，太尉當軸❷，威德上顯，和澤下流❸。諸侯無異心，百姓無怨氣，星辰順靜❹，日月光明，天業益昌❺，聖統無極❻。既功成而理定，實道尊❼而名垂。今則未聞縱東山之遊❽，樂後園❾之醉，惕惕❿若不足，兢兢⓫而如無。豈不以邊障⓬尚驚，殊虜未殄⑬，防其入寇，猶須徵兵。

【章　旨】本章為開頭語，在頌揚對方功德的同時，也指出邊境不寧的問題，從而引起下文。

【注　釋】❶聖主垂衣　武宗皇帝無為而治。聖主，指唐武宗。垂衣，又叫垂裳、垂衣裳。穿著長大的衣服清靜無為。❷當軸　指官居要職，主持政事。❸和澤句　施恩惠於下民。和澤，溫和的雨露。澤，雨露。❹星辰句　星辰依序運行，沒有出現異常。古人認為，如果星象出現變異，則預示人間將出現動亂。❺天業句　大唐帝業更加繁榮昌盛。天業，指大唐帝業。益，更加。❻聖統句　大唐的帝業永傳不朽。聖統，帝統。指大唐帝業。極，盡頭。❼道尊　正確的原則得到尊重。❽縱東山之遊　指遊山玩水，盡情歡樂。縱，放縱；盡情。東山，山名。在今浙江省上虞縣西南。東晉名臣謝安等人曾在此隱居遊樂。❾後園　泛指園林、花園。❿惕惕　恐懼不安的樣子。⓫兢兢　戰戰兢兢。⓬邊障　邊境地區。⓭殊虜句　異族敵人還未消滅。殊，異；異族。虜，對敵人的蔑稱。指回鶻。殄，滅。

【語　譯】杜牧敬啟閣下。我認為，現在聖明的皇上無為而治，太尉您主持政務，在朝廷上顯示出無比的權威和美德，對下民廣施恩惠。各地諸侯沒有二心，百姓們也毫無怨氣，星辰運行正常，日月明亮無比，大唐的帝業日益昌盛，永傳不朽。您功成名就，治國有方；您重視正道，名垂後世。現在我們從沒聽說過您曾縱情於山水之間，醉樂於園林之中。相反，您整天惶恐不安，似乎有許多事要做；您整天戰戰兢兢，就好像自己一無所有。這大概是因為邊境地區還不安定，回鶻的軍隊還沒有消滅，為了防止他們入侵，還須徵調部隊。

伏以迴鶻❶種落，人素非多，校❷於突厥❸，絕❹為小弱。今者國破眾叛，逃來漠南❺，為羈旅之魂❻，食草萊之實❼。白鬣驪騂之騎❽，凋耗❾已無；湩酪皮毛之資❿，飢寒皆盡。寄命雜種⓫，藏跡陰山⓬，取之及時，可以一戰。今者度虜⓭之計，不出二者，時去時來，徊翔不決⑭，必有所在⑮，西戎⑯已得要約，同其氣勢⑰，同為侵擾，此其一也。心膽破壞，馬畜殘少，且於美水薦草⑱，暖日廣川，牧馬養習⑲，以俟⑳強大，此其二也。今者徵中國之兵與之首尾㉑，久戍㉒則有師老㉓費財之憂，深入則有大寒瘃墜㉔之苦，示戎狄㉕之弱，生奸傑㉖之心。今者不取，恐貽㉗後患，敢以管見㉘，上干尊重㉙。

自兩漢㉚伐虜㉛，皆是秋冬，不過百日，驅中國之人，入苦寒之地。此時匈奴勁弓折膠㉜，童馬免乳㉝，畜肥草壯，力全氣盛，與之相校，勝少敗多。故匈奴云：「漢實大國也，但其人不能㉞辛苦爾。」此所謂避虛而擊實，逃短而攻長。至於後魏㉟，崔浩㊱因見其理，蠕蠕㊲強盛，屢犯北邊，浩請討之曰：「蠕蠕恃其地遠，自寬已久㊳，故夏則散眾放畜，秋肥乃聚，背寒向暄㊴，南來寇抄㊵。今出其慮表㊶，掩㊷其不備，大兵卒至㊸，必驚駭星分㊹，向塵㊺奔走，牡馬護牧㊻，牝馬戀駒㊼，驅馳難制，不得水草，未過數日，則聚而困斃，可一舉而滅。」太武帝㊽從之，及軍入境，蠕蠕先不設備，民畜布野，驚怖四奔，莫相收攝㊾。於是分軍撲討㊿，東西五千里，南北三千里，凡所俘虜，及獲畜產，彌漫山澤，高車(51)因殺蠕蠕種類，歸降者三十餘萬落(52)，虜遂散亂。帝沿弱水(53)西行至涿邪山(54)，諸大將慮深入有伏兵，勸帝停止不追。浩先勸窮追之不從(55)，後聞涼州(56)賈胡(57)言，若更前行三日，則盡滅之矣，帝深恨之。

以某所見，今若以幽58、并59突陣60之騎，酒泉61教射之兵，整飭誡誓，仲夏62潛發63。計陰山與涿邪之遠近，十不一二64，校蠕蠕、迴鶻之強弱，猶如虎鼠65。五月節氣，在中夏66則熱，到陰山尚寒，中國之兵，足以施展。行軍於枕席之上，翫寇於掌股之中67，軏轠懸瓶68，湯沃晛雪69，一舉無疑70，必然71之策。今冰合防秋72，冰銷解戍73，行之已久，虜為長然74，出其意外，實為上策。議者或云，北取黠戛75，今討迴鶻。伏以黠戛，起於別種76，超為可汗77，必是英傑，天時必助，賢材必用，法令必明，滅迴鶻之後，便是勍敵78，況示之以弱，必為所輕79。今者四海九州80，同風共貫81，諸侯用命82，年穀豐熟，可以瘞玄玉於常山83，孑遺人於河壟84。顧茲疲虜85，豈遺子孫？

【章　旨】本章為正文。闡述了作者進攻回鶻的方略。

【注　釋】❶迴鶻　民族名。即回鶻。又叫回紇。其先為匈奴。散居於北方，以游牧為生。❷校　比較。❸突厥　民族名。北方的游牧民族。隋唐之際較為強大。❹絕　很；十分。❺漠南　地區名。泛指蒙古高原大沙漠以南地區。❻羈旅之魂　到處流浪之人。羈，寄居在外。回鶻原生活於漠北地區，後為另一民族黠戛斯所迫，逃到漠南。❼草萊之食　野果草籽。草萊，泛指雜草。❽白鬣句　英勇善戰的騎兵。鬣，馬脖子上的毛。代指馬。白鬣即白馬。驪，黑色的馬。騂，紅色的馬。騎，騎兵。❾凋耗　損失；死傷。❿湩酪句　乳酪、皮毛等物資。湩，乳汁。酪，用動物的乳汁做成的半凝固食品。毳，鳥獸的細毛。⓫寄命句　求異族庇護以活命。下文說回鶻同西邊的吐蕃相互勾結。雜種，異類；異族。指吐蕃。⓬陰山　山名。泛指今河套以北、大漠以南的群山。⓭度虜　猜度敵人。度，料想。虜，對回鶻的蔑稱。⓮徊翔句　遊蕩不定。徊翔，來回遊蕩的樣子。⓯必有句　指回鶻心中肯定有一個目標。所在，指目的所在。⓰西戎　西邊的異族。具體指吐蕃。⓱同其

句　指相互勾結。⑱蔫草　可供牛馬食用的草。⑲養習　休養生息，練兵習武。⑳俟　等待。㉑首尾　指交戰。㉒戍　防守邊境。㉓師老　軍隊疲憊不堪，戰鬭力下降。㉔瘃墜　因嚴寒而凍掉手指。瘃，凍瘡。墜，指手指凍掉。㉕戎狄　泛指異族。㉖奸傑　奸雄。㉗貽　留下。㉘管見　一得之見；不高明的見解。此為謙語。㉙上干句　打擾、冒犯了您。干，打擾；冒犯。尊重，對李德裕的尊稱。㉚兩漢　指西漢和東漢。㉛虜　指匈奴。㉜勁弓折膠　弓弩強勁可用。勁，有力。折膠，膠為製弓材料之一，喜燥惡濕，每至秋季，剛勁可折，故以折膠喻秋季弓弩可用。㉝童馬句　小馬也已長大。免乳，不用吃奶。指長大。㉞不能　受不了。能，通「耐」。受得住。㉟後魏　朝代名。西元三八六年至五三四年。為鮮卑族拓跋珪所建立，建都平城，後遷都洛陽。㊱崔浩　人名。後魏清河東武城人。字伯淵。先後任博士祭酒、司徒等職。後被殺。㊲蠕蠕　民族名。又叫柔然、芮芮、茹茹。生活於北方。㊳自寬句　很久以來都放鬆了警惕。寬，放鬆警惕。㊴背寒句　離開寒冷的北方，向溫暖的南方轉移。背，離開。暄，溫暖。㊵寇抄　侵犯掠奪。㊶出其慮表　出其意料之外。表，外。㊷掩　乘其不備而襲取之。㊸卒至　突然來到。卒，通「猝」。突然。㊹星分　像天上的星星那樣四散分開。㊺向塵　一看到行軍揚起的塵土。㊻牡馬句　雄性的馬要看護自己的馬群。牡，雄性的鳥獸。牧，吃草的馬群。㊼牝馬句　雌性的馬留戀自己的小馬。牝，雌性的鳥獸。駒，小馬。㊽太武帝　後魏皇帝拓跋燾。曾擊敗蠕蠕、北燕、鄯善等。後被宦官所弒。㊾收攝　收聚；召集在一起。㊿撲討　討伐。撲，擊。51高車　北朝時的民族名。敕勒族的別稱。其先為匈奴。52落　本指人聚居處，這裡指人。53弱水　水名。當在今內蒙古境內。54涿邪山　山名。在今外蒙古西部。55不從　指魏太武帝沒有聽從崔浩的意見。56涼州　地名。東漢時治所在隴縣（今甘肅省清水縣北），三國時移治姑臧（今甘肅省武威縣）。57賈胡　做生意的胡人。賈，商人。胡，泛指西北方異族。58幽　地名。即幽州。在今河北省北部和遼寧省南部地區。59并　地名。即并州。在今山西省太原市一帶。60突陣　衝鋒陷陣。61酒泉　地名。在今甘肅省酒泉縣。62仲夏　指夏天的第二個月。即陰曆五月。63潛發　暗中發兵。64十不句　指離陰山的距離不到涿邪山的十分之一二。65虎鼠　指蠕蠕力強如虎，回鶻力小如鼠。66中夏　即仲夏。67翫寇句　把敵人翫弄於股掌之中。形容打敗敵人十分容易。股，大腿。掌，手掌。68軏轜句　就好像用大鐵釘去撞擊懸掛的瓶子一樣。軏，置於車轅前端與車衡銜接處的大銷釘。轜，撞擊。69湯沃句　就好像用熱水潑在太陽下的殘雪上一樣。湯，熱水；開水。沃，澆；潑。晛，日氣；日光。70一舉句　毫無疑問，一舉就能把他們全部消滅。71必然　一定會如此。然，代詞。代指以上數句講的情況。72冰合防秋　冰凍之後，開始防備異族入侵。防秋，古代北方異族常於秋天馬肥弓勁之時入侵，此時邊軍特加警衛，稱為防秋。73冰銷句　春天冰雪融化後纔放鬆邊防。戍，防守。74虜為句　敵人認為永遠是如此。虜，對回鶻的蔑稱。為，認為。然，代指「冰合防秋，冰銷解戍」。(75)黠戛　民族名。即黠戛斯。又作戛戛斯。主要活動於北方。(76)別種　其他種族。(77)超為句　突然崛起，成為可汗。超，一躍而起；突然崛起。可汗，古代北方民族君主的稱號。(78)勍敵　強敵。勍，強大。(79)輕　輕視。(80)九州　指全國。傳說禹曾把中國劃分為九州。(81)同風句　風俗一致，政令統一。貫，通「慣」。習慣。(82)用命　服從命令。(83)可以句　我們可以在常山上祭神告捷。瘞，埋。玄玉，黑色的玉。古人祭山必埋玉，祭川則沉璧。漢武帝巡幸常山時，就曾祭山瘞玉。常山，山名。即恒山。在今山西省渾源縣東。(84)子遺句　讓我們的子孫後代生活於河隴地區。子遺人，指子孫後代。子，遺留。河，指黃河。隴，通「隴」。山名。指隴山。在今陝西省隴縣至甘肅省平涼市。黃河至平涼一帶，多為異族出沒地區，現在要讓漢人子孫生活在那裡，實際即占領那裡。(85)顧茲句　回頭看看那些殘餘的回鶻敵人。顧，回頭看。茲，這。

【語　譯】我以為，回鶻這個種族，人數向來不多，同突厥相比，他們就顯得非常弱小。現在回鶻國破民叛，逃到大沙漠以南地區，成了到處流浪之人，吃的也只有草籽野果。他們英勇善戰的騎兵，也都死傷殆盡；他們的乳酪皮毛等生活物資，在飢寒交迫之中也都消耗已盡。他們尋求其他民族的庇護以保全性命，深深地藏身於陰山之中。如果我們能夠及時地進攻他們，完全可以打一勝仗。現在，我估計回鶻的計畫，不過有兩種：時出時沒，游擊不定，但他們心中肯定有自己的目的，他們同西邊的吐蕃已經有約，要相互勾結，共同侵擾大唐的邊境，這是他們的計畫之一；他們已如同驚弓之鳥膽戰心驚，戰馬牲畜所剩不多，於是姑且在水草美好、氣候溫暖的大草原上放牧馬畜，生養休息，練兵習武，等到自己強大後另作打算，這是他們的計畫之二。現在如果就徵調全國的部隊去同他們交戰，軍隊在邊疆久了，就讓人擔心軍隊的戰鬥力會下降，耗費的財物也太多；如果深入北方敵人的腹地，軍隊就會遭受到因酷寒而凍掉手指的痛苦，這樣一來異族人就知道了我們的弱處，同時也會使一些奸雄生出非分之想。但是現在如果不去消滅他們，擔心會留下後患，所以我就把自己的一點淺薄看法，敬獻給您。

在兩漢時期，朝廷出兵討伐北方敵人，都是選擇在秋冬季節，作戰時間也不超過百日，這實際就是強迫生活於中原地區的軍隊，進入酷寒的北方。此時的匈奴人，其弓弩強勁有力，小馬也已長大，牲畜肥壯，草料正足，此時正是匈奴人力強氣盛的時候，選擇此時與他們作戰，結果自然是勝少敗多。所以匈奴人常說：「漢朝確實是一個大國，但漢人卻受不了辛苦。」漢代的做法就是人們所說的避開敵人的空虛之處而進攻敵人的強大之處，避開敵人的短處而進攻敵人的長處。到了後魏，崔浩明白了其中的道理，當時蠕蠕十分強盛，多次進犯北部邊疆，崔浩請求討伐蠕蠕，說：「蠕蠕依仗著自己地處遙遠，向來不太警惕，所以一到夏天，他們就四散分開放牧牛羊，到了秋天，牛馬肥壯了，他們就聚集在一起，離開寒冷的北方，向溫暖的南方進軍，侵犯、掠奪我們的邊境。現在，我們如果能出其意料之外，乘其不備發動襲擊，當我們的大部隊突然到達之時，他們必定會驚恐萬狀，四散而去。當他們望見我們的軍隊敗逃時，他們的雄馬會為看護自己的馬群而徘徊不前，他們的雌馬會因留戀自己的小馬而不聽指揮，結果他們難以控制馬群，如果再找不到水草，不過數日，他們就會一起被困死，我們就可以一舉而消滅之。」魏太武帝接受了他的建議，等到大部隊進入蠕蠕國境時，蠕蠕事先毫無防備，其百姓、牲畜遍布於原野，他們看到魏軍後驚恐萬狀，四散逃命，沒人能夠把他們召集起來進行抵抗。於是魏太武帝就派部隊分頭追討，在東西五千里、南北三千里的範圍內，魏軍抓獲的俘虜，以及繳獲的牲畜財物，擺滿了山岡大澤。高車趁機屠殺蠕蠕人，蠕蠕投降後魏的有三十多萬人，其他蠕蠕人則散逃各地。當時魏太武帝沿著弱水向西進軍至涿邪山，諸位大將擔心太深入敵軍地區會中埋伏，都勸告皇上停止進軍不要再追趕了。崔浩則勸告要繼續窮追不捨，但魏太武帝沒有接受這一建議，後來聽涼州做生意的胡人說，如果再向前進軍三天，就可以把蠕蠕徹底消滅，魏太武帝為此深感遺憾。

根據我的看法，現在應該召集幽州和并州善於衝鋒陷陣的騎兵，以及酒泉地區善於射箭的弓箭手，對他們進行整頓訓練，到仲夏季節，暗中發兵襲擊回鶻。計算一下陰山與涿邪山的遠近，陰山距中原的路程不到涿邪山的十分之一二；再比較一下蠕蠕與回鶻的強弱，那麼蠕蠕強大如虎，而回鶻弱小如鼠。五月的天氣，在中原已經很熱了，但陰山地區卻還寒冷，我們中原地區的軍隊，到那裡也還完全可以施展自己的戰鬥力。陛下在枕席之上指揮行軍打仗，翫弄敵人於股掌之中，我軍對敵人的進攻就像用大鐵釘撞擊懸掛的瓶子、用熱水澆灌陽光下的殘雪一樣，一舉殲敵必勝無疑，這是一條必勝之策。現在，我們在冰凍之後的秋天開始加強邊防，在冰雪融化的春季放鬆邊防，這種做法由來已久，敵人就認為永遠都是如此，然而我們出其意外地於夏天出兵討伐，這實在是上策。現在有人提出這樣的建議：說服北邊的黠戛斯，命令他們去討伐回鶻。而我以為，黠戛斯屬於異族人，他們現在卻突然崛起，其首領成為了可汗，那麼這位首領必定是位英雄人物，他必定是得到了天助，也必定是重用了賢人，他們的法令政策也一定十分英明，當他們消滅回鶻之後，馬上就會成為我們的勁敵，更何況現在就在黠戛斯人面前顯示出自己的軟弱，那麼必定會受到他們的輕視。現在，全國風俗一致，政令統一，各地諸侯都服從朝廷命令，糧食也獲得了豐收，我們完全有能力戰勝敵人，在常山上埋黑玉祭神告捷，也完全有能力讓我們的子孫後代在黃河至隴山這一地區安定地生活下去。再看看那些疲憊不堪的回鶻殘敵，豈能讓他們再在那裡繁衍後代？

伏惟太尉相公文德素昭❶，武功復著，畫地而兵形盡見，按瑣❷而邊事無遺，唯一指蹤❸，即可掃跡❹。昔漢武帝❺之求賢也，有上書不足採者，輒報罷去❻，未嘗罪之❼，故能羈越臣胡❽，大興禮樂。今太尉與仁聖天子❾同德❿，有志之士，無不願死⓫。伏惟特寬⓬狂狷⓭，不賜誅責，生死榮幸，無任感恩攀戀⓮惶懼汗慄⓯之至。謹啟。

【章旨】本章為這封信的結束語。再次歌頌了對方的文治武功，訴說了自己寫信時的惶恐不安之情。

【注釋】❶文德素昭　文治之功一直都很顯著。文德，指以禮樂教化進行統治。素，平素；一直。昭，顯著。❷按瑣　研究；制訂策略。❸唯一句　統一指揮。指蹤，指揮。❹即可句　馬上就可以掃清敵人。跡，指敵人的痕跡。❺漢武帝　西漢皇帝劉徹。他在位時，對內實行改革，對外開拓疆土，罷黜百家，獨尊儒術。但由於他大興土木，連年用兵，使國家人口減半。❻輒報句　就答覆說，把這些奏章擱置一邊。輒，就。報，答覆。❼罪之　治這些獻奏章者的罪。❽羈越臣胡　控制越人，征服胡人。羈，約束；控制。越，古代對南部和東南部各民族的統稱。臣，臣服；征服。胡，古代對西北部民族的統稱。❾仁聖天子　指唐武宗李炎。會昌二年，群臣為武宗獻尊號「仁聖文武至神大孝皇帝」。❿同德　同心同德。⓫願死　願意為朝廷獻身。⓬特寬　特別寬容。⓭狂狷　偏激。這裡指偏激之人。狂，激進。狷，拘謹保守。狂與狷皆偏於一面，泛指偏激。⓮攀戀　仰慕。⓯汗慄　因惶恐而流汗。慄，恐懼。

【語　譯】我以為，您的文治之績一向都很顯著，而戰功也很卓著，您在地上指劃出所有的軍事情況，您研究制訂的邊疆戰事計畫沒有任何漏洞，在您的統一指揮下，很快就可以徹底消滅敵人。從前，漢武帝尋求賢人的時候，有些人進獻了一些沒有用的奏章，武帝就指示把這些沒有用的奏章擱置在一邊，而從未治這些上無用奏章者的罪，所以漢武帝能夠控制越族，征服胡人，大力改革禮樂制度。現在，您與仁聖天子同心同德，有志之士，無不願意為朝廷獻身。我以為，您對於我這種偏激之人會特別寬容，不會怪罪我，我無論生死都會為此深感榮幸。我不勝感謝您、仰慕您，也不勝惶恐不安。

賀中書、門下平澤潞啟

【題　解】中書，官署名。即中書省。為國家最高制令決策機關。門下，官署名。即門下省。負責覆核中書省擬訂的各項政策法令，通過後交尚書省執行。平澤潞，平息澤潞軍的叛亂。澤潞，地名。即澤州和潞州。澤州在今山西省晉城縣。潞州在今山西省長治市。唐代設澤潞軍節度使，又叫昭義軍節度使。唐武宗會昌三年（西元八四三年）四月，澤潞軍節度使劉從諫去世，其姪劉稹自稱留後，抗拒朝命。五月，朝廷出兵討伐劉稹。第二年八月，澤潞軍將郭誼殺劉稹歸降朝廷。這篇祝賀信即寫於這一期間。當時杜牧四十二歲，任黃州（今湖北省黃岡市）刺史。

某啟。伏以上黨❶之地，肘京洛❷而履蒲津❸，倚太原❹而跨河朔❺，戰國❻時，張儀❼以為天下之脊；建中❽日，田悅❾名曰腹中之眼❿。帶甲⓫十萬，籍土五州⓬，太行⓭、夷儀⓮為其扃關⓯，健馬強弓為其羽翼。自逆黨⓰專有，僅⓱及一世⓲，頗聞教育⓳，實曰精強。昨者凶豎專地之請初陳[20]，聖主整旅[21]之詔將下，中外遠邇[22]，皆疑難攻，蜂蠆[23]螗蜋[24]，頗亦自負[25]。伏惟相公[26]上符神斷[27]，潛運廟謨[28]，仗宗社[29]威靈，驅風雲雷電[30]。掌上必取，彀中[31]難逃，纔逾周星[32]，果梟逆首[33]。周公[34]東征之役[35]，捷至三年；憲皇[36]淮夷之師[37]，尅聞[38]四歲。校虜寇之強弱，曾不等倫[39]；考攻取之敗亡，何至容易[40]。若非睿算[41]英略，借筯[42]深謀，比之前修[43]，一何[44]遠出！自此鞭笞反側[45]，灑掃河湟[46]，大開明堂[47]，再振儒校[48]。窮天盡地，皆為壽域[49]之人；赤子[50]秀眉[51]，共老止戈[52]之代。某謬分符竹[53]，實由恩知[54]，慶快歡抃[55]之誠，倍百常品[56]，不宣[57]。謹啟。

【注釋】❶上黨　地名。即潞州。在今山西省長治市。❷胕京洛　不遠處就是東都洛陽。胕，胳膊胕。比喻密切接近。京洛，地名。指東都洛陽。❸履蒲津　西南不遠處就是軍事要地蒲津關。履，腳踏。比喻緊緊相接。蒲津，黃河渡口之一。又叫蒲坂津。在今山西省永濟縣。津上有關，名蒲津關，自古為軍事要地。❹太原　地名。在今山西省太原市西南。❺河朔　地名。泛指黃河以北地區。❻戰國　時代名。舊史多以自周威烈王二十三年（西元前四〇三年）韓趙魏三家分晉至秦始皇二十六年（西元前二二一年）統一中國為戰國時代。當時各國連年交戰，因而得名。❼張儀　人名。戰國時魏國人。縱橫家代表人物。主要在秦國做官，以連橫之策遊說各國共事秦國。❽建中　唐德宗李适的年號。西元七八〇年至七八三年。❾田悅　人名。唐盧龍人。魏博節度使田承嗣的從子。田承嗣死後，田悅繼任節度使。德宗時，田悅公開反叛，自稱王，國號魏。後為部下所殺。❿腹中之眼　腹中之要害之處。比喻重要地區中的要害之地。⓫帶甲　穿戰衣的將士。甲，古代軍人穿的皮做的護身衣服。⓬籍土句　占有五個州的賦稅。籍，收稅。五州，指潞、澤、邢、洺、磁五州。這五州由澤潞節度使管轄。⓭太行　山名。是綿延於今山西、河北、河南三省交界處的大山脈。⓮夷儀　地名。在今河北省邢臺市西。為當時軍事要地。⓯扃關　門戶，關口。⓰逆黨　反叛之人。指劉從諫、劉稹叔姪。⓱僅　將近。⓲世　三十年為一世。⓳教育　主要指訓練部隊。⑳昨者句　不久前，叛賊劉稹剛一要求主管澤潞軍政。凶豎，凶惡的小子。豎，小子。對人的蔑稱。指劉稹。專地，獨掌澤潞等五州土地。劉從諫死後，劉稹要求朝廷任命他為留後，朝廷不許，命他護喪歸東都洛陽，劉稹不聽。朝廷便削去其叔姪官爵，命令成德節度使王元逵和魏博節度使何弘敬等合力討伐之。㉑整旅　整頓軍隊。指出兵討伐。㉒邇近。㉓蜂蠆　蜂與蝎。泛指毒蟲。這裡比喻劉稹。㉔螗蜋　蟲名。即螳螂。以螳螂擋車的典故形容劉稹反叛朝廷是不自量力。㉕自負　自以為了不起。㉖相公　指李德裕。李德裕當時為宰相，力主討伐劉稹。㉗上符神斷　與皇上的英明決策相一致。神斷，指皇上的英明決策。㉘潛運句　暗中制訂了用兵計畫。潛，暗中。運，研究；制訂。廟謨，朝廷對國事的計謀。謨，計謀。㉙宗社　宗廟和社稷。古代用作國家的代稱。宗廟是天子祭祖之處。社稷指土神和穀神。㉚驅風句　對叛軍發動了猛烈的攻勢。風雲雷電，形容攻勢的猛烈。㉛彀中　指射出的箭所能達到的有效範圍。比喻叛軍在朝廷的控制之中。㉜纔逾句　纔過了一年多時間。逾，超過。周星，指歲星。歲星十二年在天空循環一周，所以古人一般把十二年叫周星。這裡應指一年。劉稹於會昌三年四月反叛，會昌四年八月被殺，歷時一年多。㉝果梟句　果真就平息了叛亂，把叛軍首領梟首示眾。梟，懸頭示眾。㉞周公　西周初年的著名政治家姬旦。周文王之子，周武王之弟。㉟東征之役　周武王去世時，其子周成王年幼，由周公攝政。周公的兄弟管叔和蔡叔懷疑周公要篡奪權位，便勾結商紂王之子武庚一同叛亂，周公出兵東征，花了三年時間纔平息了這場叛亂。㊱憲皇　指憲宗皇帝李純。㊲淮夷之師　平息淮西和齊地的叛亂。淮，地名。即淮西。在今河南省東部、安徽省北部淮河以北地區。唐憲宗元和十年（西元八一五年），吳元濟在這一帶叛亂。夷，泛指東部民族。這裡指東部的齊地（今山東省一帶），元和十三年，李師道在這一帶叛亂。唐憲宗為平息這些叛亂，共花了四年多的時間。㊳尅聞　捷報傳來。尅，戰勝敵人。㊴曾不句　一點也不能相提並論。曾，用來加強語氣。倫，相比。意思是說劉稹的勢力比管叔、吳元濟等人大，這是杜牧的頌德之辭，並不符合事實。㊵何至句　何等的容易啊！至，非常。意思是說，劉稹的軍隊雖然強大，但唐軍輕而易舉地就消滅了他們，從而說明宰相李德裕的智謀超人。㊶睿算　高明的計謀。㊷借箸　出謀劃策。箸，筷子。秦朝末年楚漢相爭時，有人勸劉邦立六國後代為王，共同進攻楚項羽。劉邦正吃飯時，張良入見，以為此計不可，說：「請讓我借用一下您吃飯用的筷子，為您指畫當今的形勢。」後人即用「借箸」來指替人出謀劃策。㊸前修　從前的賢人。修，美好；美好之人。㊹一何　何等的；多麼的。㊺鞭笞反側　懲罰那些時叛時降之人。鞭笞，鞭打。引申為懲罰。反側，指反覆無常之人。㊻灑掃句　收復河湟地區。灑掃，比喻趕走異族統治者。河湟，地名。河指黃河，湟指湟水。湟水源出今青海省，東流入甘肅省與黃河匯合。河湟指湟水流域及湟水與黃河合流地區。自安史之亂起，這一地區一直為吐蕃所占領，至宣宗大中三年（西元八四九年）纔收復。㊼明堂　古代帝王宣明政教、祭祀神靈、召見四方諸侯的地方。㊽儒校　儒家學校。泛指仁義禮智的教育。㊾壽域　比喻太平盛世。㊿赤子　幼兒。(51)秀眉　指老人。年老者常有一二眉毫特長，古人以為這是長壽的徵兆，稱之為秀眉。(52)止戈　沒有戰爭。(53)某謬句　我沒有才能而愧居刺史之職。某，杜牧自稱。謬，錯誤。杜牧認為自己沒有才能而去當刺史是個錯誤。此為謙語。分符竹，指當刺史。符竹，用竹做的符信。漢代的郡太守赴任時，剖竹為符，右邊留京師，左邊付與太守。後人即用這一典故指擔任州郡長官。(54)恩知　知遇之恩。(55)歡抃　歡喜。抃，鼓掌以表高興。(56)常品　指一般的人。(57)不宣　不再一一細說。此為舊時書信末尾的常用語。

【語　譯】杜牧敬啟。我以為，上黨這個地區，鄰近東都洛陽而又緊靠軍事要地蒲津關，它背靠太原城而又橫跨河朔地區。戰國時代，張儀認為它是天下的脊梁；建中年間，田悅稱它是重要地區的要害之處。那裡有十萬將士，可獲取五個州的賦稅，它以太行山、夷儀為自己的門戶，以駿馬強弓為自己的羽翼。自從叛賊控制這一地區以來，已經近三十年了，聽說他們很注重訓練軍隊、誘導百姓，確實是一個精幹強大的敵人。從前，在凶惡的劉稹剛剛提出繼續控制這一地區的無理要求、聖明的皇上就要頒布出兵討伐詔令的時候，無論是朝內朝外還是或遠或近的大臣，都以為討伐叛軍很困難，就連那些狠毒的叛賊也像一隻高舉雙臂阻擋車輪的螳螂一樣，自以為天下無敵。而相公您的想法與皇上的英明決策一致，暗中制訂了用兵方略。您以國家的權威為後盾，對叛軍發動了雷電般的猛烈攻勢。我們視叛軍如掌中之物必勝無疑，叛軍在我軍的控制之中插翅難逃。僅僅過了一年多時間，叛賊的首級果然被高懸示眾。周公東征叛亂之人，整整花了三年時間纔取得勝利；憲宗皇帝對淮西和齊地用兵，也整整花了四年時間纔平息叛軍。比較一下那時叛軍與劉稹叛軍的強弱，真不可同日而語；再考察一下擊敗叛軍的情況，今天勝利的取得又是多麼的容易啊！這豈不就是因為有了皇上的英明決策和您的深謀遠慮，和從前的聖賢相比，相公遠遠地超過了他們。從此之後，我們可以懲罰那些反覆無常的叛臣，收復河湟失地，大開明堂宣布政教，重新振興儒學教育。凡是天覆地載之民，都能成為盛世之民；從幼兒到老人，都可享受太平生活。我之所以能夠愧居刺史之職，完全是由於您的知遇之恩，因此平叛成功為我帶來的真誠喜悅之情，更是百倍於常人，對此我就不再一一細說了。杜牧敬啟。

上白相公啟

【題　解】白相公，指白敏中。相公是對宰相的尊稱。白敏中，華州下邽人。字用晦。白居易的族叔。進士及第。先後任殿中侍御史、知制誥、中書舍人等職。唐武宗於會昌六年（西元八四六年）三月去世，四月，李德裕罷相。五月，白敏中以兵部侍郎進同平章事。杜牧的這封信大約寫於宣宗大中元年（西元八四七年），杜牧時任睦州（今浙江省建德市）刺史。信中主要歌頌了白敏中的功德，有希望得到對方薦舉之意。

某啟。伏惟相公上佐聖主，獨專魁柄①，封殖良善②，脩整紀綱。練③群臣，謹百職④，考功績，核名實⑤，大張公室⑥，盡閉私門。盛德大功，直筆實光於簡策⑦；清節細行⑧，祝史不愧於神明⑨。天下望之為準繩⑩，朝廷倚之為依據⑪。畢公克勤小物⑫，周公煥發大猷⑬，邴吉陋案吏於公庭⑭，袁安不錮人於聖代⑮。衛將軍有長揖之客⑯，張子孺無謝恩之人⑰，吉甫率由舊章⑱，魏相能明故事⑲。房、杜⑳不以求備取人，不以己長格物㉑；姚梁公先有司㉒，脩舊法，下位㉓各得言其志，百司㉔各得盡其才。求於古人之賢，皆集相公之德，如以尺量刀解㉕，粉布墨畫㉖，小大銖黍㉗，丸角尖缺㉘，各盡其分㉙，皆當其任。是以庶人㉚不議，鄉校無言㉛，天下欣欣㉜，若更生者。自此黃髮之老㉝，待哺之子，不見兵戈㉞，不離抱撫㉟。清廟之祭㊱，四夷㊲來助，蒼生㊳之願，百志皆成，顒顒萬方㊴，實懸斯望㊵。某遠守僻左㊶，無因起居㊷，但採風謠㊸，亦能歌詠，無任攀戀㊹激切之至。謹啟。

【注　釋】❶獨專句　獨掌朝廷大權。魁柄，指朝廷大權。也指宰相之位。❷封殖句　栽培、提拔善良之人。封殖，培養；幫助。❸練　使熟練；培訓。❹謹百職　很謹慎地把各項職務都做好。❺核名實　核查名與實是否相符。❻大張句　大力加強朝廷的權威。張，張大；加強。公室，指朝廷。❼直筆句　真實地記載下來，確實能使史冊生輝。直筆，真實記錄。簡策，指史書。❽清節句　高尚的節操及其小事小節。清，高潔。細，小。❾祝史句　像祝史那樣無愧於神明。祝史，主持向神祭祀祈禱的人。古人認為神聰明異常，無所不知，故祝史不敢欺神。❿準繩　楷模；榜樣。⓫依據　依靠；靠山。⓬畢公句　畢公在一些小事上都能做到克勤克儉。畢公，指周文王第十五子姬高。周武王滅商後，姬高被封於畢（在今陝西省咸陽市西北），故稱畢公。小物，小事。⓭周公句　周公在制訂重大國策時做得異常成功。周公，周文王之子姬旦。周初的著名政治家。煥發，光彩四射。形容異常成功。大猷，大道；重大國策。⓮邴吉句　邴吉認為在丞相府中調查不法官吏是一種淺薄之舉。邴吉，人名。又作丙吉。西漢魯國人。字少卿。先後任廷尉監、丞相等職。陋，淺薄。用作動詞。認為……淺薄。案，審問；調查。公庭，三公之府。具體指丞相府。漢宣帝時，邴吉任丞相，其府中官吏有犯法者，邴吉就讓他長期休假而不予追究，有人問邴吉為何如此，邴吉認為堂堂丞相去追究獄案，有失大體。⓯袁安句　袁安認為，在聖明的時代裡，不應該禁止別人做官。袁安，人名。東漢汝陽人。字邵公。先後任楚郡太守、河南尹、司徒等職。錮，禁錮。禁止人做官或參加政治活動。《後漢書》卷七十五記載，袁安任河南尹時常說：「學仕之人，志向大的想當宰相，志向小的也想當一方長官，我不忍心去禁錮那些學仕之人。」⓰衛將句　衛將軍對門客、部下十分尊重。衛將軍，指衛青。西漢平陽人。少為奴。後任大中大夫、大將軍等職，封長平侯。衛青七次出擊匈奴，功大位高，但他仁善謙讓、尊重部下。長揖，一種較輕的禮節。相見時，拱手自上而至極下以為禮。客，指門客、部下。部下見衛青長揖而不拜，可見衛青對部下很尊重。⓱張子句　張子孺舉薦賢人而不求報恩。張子孺，人名。指張安世。西漢杜陵人。字子孺。先後任尚書令、光祿大夫、右將軍等職。封富平侯，拜大司馬。張安世曾舉薦人為官，其人來謝，張十分生氣，認為舉薦人才是為公事，豈有私謝之理，於是拒不相見。事見《漢書》卷五十九。⓲吉甫句　尹吉甫遵循舊的規章制度辦事。吉甫，人名。指尹吉甫。西周人。他輔佐周宣王修文武大業，使周朝一度中興。北方民族玁狁入侵中原，逼近京師，尹吉甫率兵將其擊退。率由，遵循。⓳魏相句　魏相熟悉過去的典章制度。魏相，人名。西漢定陶人。字弱翁。先後任茂陵令、河南太守、宰相等職，封高平侯。故事，指以前的典章制度。⑳房杜　指唐太宗時的宰相房玄齡和杜如晦。房玄齡名喬，齊州臨淄人。進士及第，先後任隰城尉、中書令等職。杜如晦字克明。京兆杜陵人。先後任兵曹參軍、尚書僕射等職。㉑格物　要求別人。格，糾正；要求。物，這裡主要指人。㉒姚梁句　姚崇重視各有關部門的意見。姚梁公，指姚崇。唐代陝州硤石人。先後任鳳閣侍郎、丞相等職。封梁國公。史稱其主政時期為「開元之治」。先，把……放在前面。即重視。有司，負責某一事務的官署。㉓下位　下級官員。㉔百司　指百官。㉕尺量刀解　本指量體裁衣，比喻量才用人。㉖粉布句　用白色黑色顏料裝飾描畫。比喻培養人才。粉，白色。布，陳列；抹畫。墨，黑色。㉗銖黍　比喻很小的才能。銖，古代重量單位。二十四銖為一兩。黍，穀物名。古代度量衡均以黍為準，如百黍為一尺，一千二百黍為十二銖等。㉘丸角句　比喻各種人才。丸，小而圓的東西。缺，有殘缺的東西。㉙分才能；才分。㉚庶人　百姓。㉛鄉校句　民間沒有怨言。鄉校，鄉間學校。是民間學習、議事的公共場所。春秋時代，鄭國人常在鄉校議論執政者的好壞。㉜欣欣　高興歡樂的樣子。㉝黃髮之老　指老人。古人認為，人老則髮白，白久則變黃，因此以黃髮為老人之特徵。㉞兵戈　代指戰爭。㉟抱撫　愛護。㊱清廟句　皇上在宗廟舉行祭祀時。清廟，清靜肅穆的宗廟。宗廟為帝王祭祖之處。㊲四夷　指四方異族。㊳蒼生　百姓。㊴顒顒句　天下各地人們都敬仰您。顒顒，敬仰的樣子。萬方，天下各地。㊵實懸句　大家都把自己的希望寄託在您的身上。實，加強語氣。確實。斯，這些。㊶某遠句　我在一個遙遠偏僻的地方當刺史。某，杜牧自稱。僻左，偏僻遙遠之處。指睦州。㊷無因句　沒有機會當面請安。起居，問候安否之言。㊸風謠　民歌。㊹攀戀　仰慕。

【語　譯】杜牧敬啟閣下。我以為，您在朝廷輔佐聖主，獨當國家大任，培養善良之人，整頓朝綱朝紀；您訓導群臣百官，做好各項事務，考察官員們的功績，核實名實是否相符，大力加強朝廷的權威，竭力削弱私人的勢力；您道德高尚，功勞巨大，真實地記載下來會使史冊增輝；您的高潔節操，甚至連細微的一言一行，都會像主祭的祝史那樣無愧於神明。天下人都把您看作學習的楷模，朝廷把您當作可依賴的靠山。畢公在小事上能夠克勤克儉，周公在國家大事上做得十分成功；邴吉認為丞相去調查案件是淺陋之舉，袁安不願意在聖明時代禁錮別人；衛將軍尊重自己的門客和部下，張子孺不希望別人對自己感恩戴德；尹吉甫能夠按舊章辦事，魏相熟悉過去的典章制度；房玄齡和杜如晦在選用人才時不求全責備，不拿自己的長處去要求別人；梁公姚崇重視有關部門的意見，注意遵守已定的原則，使自己的每一位下級官員都能暢所欲言，每一位朝臣都能夠各盡其才。考察一下古人的這些美德，現在都集中在您一人身上。您量才用人，並對他們進行精心培養，對於那些或大或小、各種各樣的人才，您都能各盡其用，委任以適當的職務。因此，百姓們不批評朝廷，民間毫無怨言，天下一片歡樂景象，大家如同獲得了新生一樣。從此以後，無論是黃髮老人，還是需要喂養的幼兒，永遠不會再遭受戰爭的蹂躪，永遠會生活於朝廷的愛撫之中。皇上在清靜肅穆的宗廟裡祭祀祖先神靈時，歸服的四方異族都前來助祭，百姓們的一切願望，也都能夠得以實現，天下各地的人們都十分地敬仰您，把自己的希望都寄託在您的身上。我在一個偏僻遙遠的地方當刺史，沒有機會當面向您請安，只能採集一些民歌民謠，或自己寫一些詩歌以歌頌您的美德。我非常地仰慕您，心情也非常地激動。杜牧敬啟。

上周相公啟

【題解】周相公，指周墀。汝南人。字德升。進士及第。先後任監察御史、同平章事、東川節度使等職。杜牧的這封信寫於大中二年（西元八四八年）。這年八月，由於宰相周墀的援引，杜牧由睦州刺史一職被調回京師，擔任司勳員外郎、史館修撰。九月，杜牧啟程赴京，十二月至長安。這封信的主要內容是向周墀表達自己的感激之情。

某啟。伏奉三月八日敕❶，除尚書司勳員外郎❷、史館修撰❸，承命榮懼，啟處無地❹。

伏以聖主❺順上帝之則❻，率❼四海以仁，神化❽風行，家至日見❾。古先哲王之德也，有求必至，有開必先❿，是以傅、呂得於夢卜⓫，申、甫降於山嶽⓬。伏惟相公待主乃用⓭，為時而生，當考室構廈⑭之時，膺篤繩削墨之任⑮。贊⑯傑俊，遂⑰賢良，調陰陽⑱，提紀律，類能而使⑲，度材受官，常切如家之憂⑳，每懷撻市之恥㉑。是以朝廷禮樂，天下清明，人不凋傷，神不怨悵，萬物由道㉒，百度皆貞㉓。雖周㉔獲仁人㉕，商㉖得元哲㉗，夢卜降嶽之得，豈能逾焉㉘。

某樸樕㉙之才，糞朽㉚之賤，遭逢盛業㉛，三帶郡符㉜，自審事宜，實以逾忝㉝。伏以睦州治所㉞，在萬山之中，終日昏氛㉟，侵染衰病，自量忝官已過，不敢率然㊱請告，唯念滿歲㊲，得保生還。不意相公拔自污泥㊳，昇於霄漢㊴，卻收斥錮㊵，令廁班行㊶，仍授名曹㊷，帖㊸以重職。當受震駭，神魂飛揚，撫己自驚，喜過成泣，藥肉白骨㊹，香返遊魂㊺，言於重恩，無以過此。雖買臣㊻懷紱郡邸㊼，蕭育㊽召拜扶風㊾，楊僕三組垂腰㊿，蘇秦六印在手(51)，校於榮忝(52)，無以為喻，言念微生(53)，難酬殊造(54)。伏以相公自數載已來，朝廷篤老(55)，四海俊賢，皆因挈維(56)，盡在門館(57)。毗輔(58)聖主，巍(59)為元勳，自有明神，以相百祿(60)。固唯賤末(61)，報效無門，感激血誠(62)，涕淚迸溢(63)，無任攀戀(64)懇款(65)之至。謹啟。

【注釋】❶勅 詔令。❷除尚句 任命我為尚書省司勳員外郎。除，授官；任命。尚書，官署名。即尚書省。國家最高政令執行機關。司勳員外郎，官名。掌考定勳績及授予勳官等事。❸史館句 官名。負責編修史書。❹啟處句 坐臥不寧。啟處，安居；安處。❺聖主 指唐宣宗李忱。❻則 法則；意願。❼率 率領；引導。❽神化 聖明的教化。❾家至句 每家每日都能看到這種仁義教化之風。至，到；有。⑩有開句　只要開啟了納賢之門，必有賢人前來。先，前；前來。⑪是以句　因此商代高宗因做夢而得到賢人傅說，周文王因占卜而得到賢人呂尚。傅，指傅說。相傳商王武丁（高宗）夢中得聖人，名叫說，便命令百官四處尋找，最後在傅巖找到了說，因名傅說。武丁任傅說為國相，使商朝中興。呂，指呂尚。西周初年人。本姓姜，字子牙。因曾封於呂，故又叫呂尚。周文王出獵前，占卜說可得霸王之輔臣，後果然在渭水邊遇到了年已七十餘的呂尚，立為師。呂尚後來幫助武王滅商建周，被封於齊。⑫申甫句　嵩山的神靈降福，生出了賢臣申侯和甫侯。申甫，指周宣王的母舅申侯和另一位大臣甫侯。均為賢臣，具體姓名、生平不詳。山嶽，指嵩山。在今河南省境內。此典故見《詩經》中的〈崧高〉。⑬待主乃用　等待有了聖明的君主纔出仕。用，為世所用。⑭考室構廈　修築房屋，比喻重建國家。⑮膺篤句　擔負起重振綱紀的重任。膺，擔負。篤，加強。削，比喻改革。繩墨，木匠打直線的工具。比喻規矩或法度。⑯贊　幫助。⑰遂　成功；使成功。⑱調陰陽　調和陰陽二氣。⑲類能句　根據各自不同的才能去使用人才。⑳常切句　長期以來，您深切地為國事擔憂，就如同為自家事擔憂一樣。㉑每懷句　心裡經常記掛著國恥。撻市，在市朝上受鞭打之刑。比喻受辱。㉒由道　遵循正道。㉓百度句　各種法度都很正確。百度，泛指各種法度。貞，正。㉔周　朝代名。指西周。㉕仁人　指上文提到的呂尚、申侯和甫侯。㉖商　朝代名。㉗元哲　大哲人。指上文提到的傅說。元，大。㉘豈能句　這些賢哲仁人又怎能超過您呢！逾，超過。焉，指代周墀。㉙樸樕　小樹木。比喻才能小。㉚糞朽　糞土與朽木。比喻低賤無用。㉛盛業　猶言盛世。㉜三帶句　三次出任刺史。寫這封信時，杜牧已先後擔任了黃州、池州和睦州三州刺史。符，指刺史的印符。㉝逾忝　超過了自己的本分，使自己慚愧不已。忝，慚愧。㉞睦州治所　睦州刺史的官署所在地。睦州的轄區相當於今浙江省建德市、桐廬縣、淳安縣等地。治所在建德。㉟昏氛　霧氣騰騰，昏暗不清。氛，霧氣。㊱率然　輕率地；冒然地。㊲滿歲　指任期結束。㊳污泥　比喻卑賤、艱難的處境。㊴霄漢　雲天。比喻京師、朝廷。㊵卻收句　還召回任用我這個被斥退、被禁錮的人。錮，禁錮。禁止做官和參加政治活動。杜牧認為自己被外放做刺史是受到了權貴的排斥和禁錮。㊶令廁句　讓我置身於朝臣的行列之中。廁，置身於。班行，指朝臣行列。㊷名曹　重要的官署。名，大；重要。曹，官署。㊸帖　委任；任命。㊹藥肉句　給一付良藥使白骨重新長出肌肉。指起死回生。肉，用作動詞。長出肌肉。㊺香返句　給一丸返魂香使死去的人重新活過來。香，指返魂香。相傳漢武帝時，月氏國進獻返魂香三枚，死未三日者，以香熏之即活。㊻買臣　人名。即朱買臣。西漢會稽郡吳縣人。字翁子。先後任中大夫、會稽太守、主爵都尉等職。㊼懷紱郡邸　身佩官印，回故鄉會稽郡任太守。紱，繫印的絲帶。代指印。邸，官府。朱買臣初貧賤，其妻為此與之離婚。後買臣回故鄉任太守，其妻羞愧自殺。㊽蕭育　人名。西漢人。祖籍東海蘭陵人，後徙杜陵。先後任太子庶子、執金吾、右扶風太守等職。㊾扶風　地名。漢代叫右扶風，三國時稱扶風。故址在今陝西省鳳翔縣一帶。蕭育任茂陵令時，曾因扶風郡的事受辱，後被任命為扶風太守。㊿楊僕句　楊僕曾在腰間同時佩帶三顆大印。楊僕，人名。西漢宜陽人。漢武帝器重他，任他為主爵都尉、樓船將軍，封將梁侯，於是他腰佩三印，炫耀於鄉里。組，繫印的絲帶。(51)蘇秦句　蘇秦手握六國相印。蘇秦，人名。戰國時洛陽人。他遊說燕、趙、韓、魏、齊、楚六國聯合抗秦，一度身佩六國相印，為縱約之長。(52)校於句　與我獲得的、使我深感慚愧的榮耀相比。校，比較。忝，慚愧。(53)微生　小生。杜牧的自我謙稱。(54)難酬句　也難以報答您對我的非同尋常的救助之恩。酬，報答。殊，非常的。造，生；救助。(55)篤老　年紀很大的人。這裡指老臣。(56)挈維　提攜，幫助。(57)門館　指官署。(58)毗輔　輔佐。毗，輔助。(59)巍　高大；偉大。(60)相百祿　賜給您各種幸福。相，幫助；賜給。祿，幸福。(61)固唯句　我的確是一個微賤淺薄之人。固，本來；確實。(62)血誠　至誠。(63)迸溢　形容淚流之多。(64)攀戀　仰慕。(65)懇款　誠懇。款，誠。

【語　譯】杜牧敬啟閣下。我接到了三月八日頒發的詔令，任命我為尚書省的司勳員外郎、史館修撰。我接到任命後，既感榮幸，又感惶恐，以至於使我寢食不安。我以為，聖明的皇上順應上帝的意願，引導天下百姓歸於仁義，朝廷的聖明教化風行全國，使每家每戶天天都表現出仁義之風。古代的聖哲君主具有高尚的品德，他們有所追求就一定能夠獲得，他們一打開納賢之門，賢人們就會前來投奔，因此商朝的高宗在夢中見到了傅說，周文王因占卜而遇到了呂尚，嵩山之神降福，為周宣王生了申侯和甫侯。我想，您等待賢主纔入仕為官，上天生您是為了拯救這個時代，現在正是重建國家之時，您肩負著重振綱紀的重任。您幫助俊傑，起用賢良，調和陰陽二氣，整頓紀律制度；您量能用人，依才授官；您一直深切地為國擔憂，就如同為自家事擔憂一樣，心裡經常牢記國恥。因此，朝廷現在大興禮樂教化，天下清明安定，百姓沒有受到任何傷害，神靈沒有任何抱怨和不滿，萬事萬物都遵循正道，各種法度都正確公允。即便是周朝得到的那些仁義之臣，商朝獲得的明哲之人，雖然他們都是通過做夢、占卜和神祐纔尋訪得到，但他們又怎能比得上您呢！

我才疏學淺，卑賤無用如糞土朽木，但我卻遇到這樣好的太平盛世，使我能夠先後擔任三個州的刺史，我自己細想此事，感到確實已超過了自己的本分，因而深感愧疚。睦州官署的所在地，處於萬山環抱之中，終日霧氣騰騰，昏暗無光，很容易使人染病，但我自認為自己所任官職已超過本分，因而也不敢冒然有所請求，只想在任滿之後，能夠生還就可以了。出我意料的是，您把我從艱苦的處境中拯救出來，讓我回到了京師。您召回我這個曾經被斥退、被禁錮的人，讓我站在朝臣的行列之中，您安排我在重要的官署裡，並委以重任。我在接受這一任命時，深感震驚，以至於使我魂不守舍。我先是手撫胸口深感吃驚，接著又因過分高興而流下了眼淚。良藥可以使白骨重新長出肌肉，返魂香可以使死人復生，然而一提到您對我的大恩，那些起死回生之事根本無法相比。即便是朱買臣懷抱大印榮歸故里、蕭育被任命為扶風郡太守、楊僕腰佩三顆官印、蘇秦握六國相印於手中，這些事如果同我現在的情況相比，也難以說明我此時的榮耀、愧疚之情。我想到自己不過是一介書生，很難報答您對我的非同尋常的救助之恩。我以為，數年以來，無論是朝廷的老臣，還是全國各地的俊傑，都是在您的提攜和幫助下，大家纔都能夠在各個官署中任職。您輔佐聖明的皇上，是朝廷的偉大元勳，那些聰明的神靈，自然會賜給您眾多的幸福。我的確只是一個微賤淺薄的人，沒有力量報效您。我此時激動萬分，滿懷誠意，淚水四溢，我不勝仰慕您，誠心感激您。杜牧敬啟。

上鄭相公狀

【題　解】鄭相公，所指不詳。可能指鄭肅。鄭肅為鄭州滎陽（今河南省滎陽縣）人。字乂敬。進士及第。先後任太常少卿、河中節度使、兵部尚書等職。會昌年間，進同平章事。鄭相公曾寫信給杜牧表示慰問，杜牧便寫了這封回信表示感謝。

某啟。伏以相公自專魁柄❶，一闡大猷❷，鎮撫四夷❸，訓導百吏，無不信順，皆有程品❹。猶尚不遺微賤❺，特降慰誨❻，重疊滿幅❼，榮耀閭門❽，捧戴生光❾，啟處無地❿。聞於白屋⓫之輩，皆願殺身⓬，詢於黃耇⓭之徒，以為異事。慰示天下，長育人材，魚頡鴻冥之潛⓮，丘中島上之隱⓯，皆可以結戀隨指⓰，效用盡心，接地際天⓱，日出月入，盡得臣妾⓲，無不謳歌。蒼生顒顒⓳，實有所望。某一門骨肉⓴，皆受恩知，效命之誠，瀝血㉑自誓，無任攀戀㉒感激懇悃㉓之至。謹狀。

【注　釋】❶魁柄　指朝廷大權。也指宰相之位。❷一闡句　主持制訂治國大計。一，完全。闡，說明；考慮。大猷，治國大計。❸四夷　四方異族。❹程品　章法；制度。❺微賤　杜牧的自我謙稱。❻慰誨　慰問和教誨。❼重疊句　慰問、教誨之語反反覆覆，寫滿了整個信紙。幅，指信紙。❽閭門　全家。閭，全。❾捧戴句　感戴您的恩德，並深感榮耀。光，榮耀。❿啟處句　惶恐不安。啟處，安處；安居。⓫白屋　指平民。古代平民的房屋不施彩色，故稱白屋。⓬殺身　指為鄭相公獻身。⓭黃耇　老人。黃，指黃髮。人老頭髮變白，白久則變黃。耇，老壽。⓮魚頡句　比喻隱士。頡，頡頏。上下游動的樣子。鴻冥，「鴻飛冥冥」的省略。鴻，一種鳥名。即天鵝。冥冥，高遠的樣子。潛，藏。本句用深藏於水中的魚和高飛於天空的鴻比喻遠離世俗的隱士。⓯隱　隱士。⓰結戀隨指　結下友誼之情，聽從您的指使。⓱接地句　泛指天地之間。際，邊。⓲臣妾　臣民。臣妾，本指奴隸。男曰臣，女曰妾。這裡泛指臣民。⓳顒顒　敬仰的樣子。⓴某一句　我們全家。某，杜牧自稱。㉑瀝血　滴血。瀝，滴。古人發誓時，往往滴血以示誠意。㉒攀戀　仰慕。㉓悃　誠懇。

【語　譯】杜牧敬啟閣下。我以為，自從您獨當朝廷大任以後，主持制訂了治國大計，鎮服並安撫了四方異族，您訓導百官，使他們無不誠心信服，您所做的一切都很有章法。而且您還沒有忘記我這個微賤之人，特意寫信給我以示慰問和教誨，慰問、教誨之語重重疊疊，寫滿了整個信紙，我們全家人都對您感恩戴德，並深感榮耀，以至於使我們感到有些惶恐不安。百姓們聽到了您的豐功大德，都甘心情願為您獻出生命；我曾詢問過老人，他們都認為您的功德實在是非同尋常。您安撫天下百姓，培養人才，無論是遠離世俗社會的高人，還是深藏於高山孤島中的隱士，您都可以同他們結下友誼，並使他們聽從您的安排，願意為您盡心效力。凡是天覆地載、日出月入之處的人們，現在都成了大唐的臣民，他們無不謳歌您的功德。全國百姓都敬仰您，把希望都寄託在您的身上。我們全家人，都受到您的知遇之恩，我滴血發誓，真誠願意為您效力獻身。我不勝仰慕您、感激您、忠誠於您。杜牧敬啟。

上淮南李相公狀

【題　解】淮南，地名。大致相當於今江蘇、安徽兩省長江以北、淮河以南地區。唐代在這裡設淮南節度使，治所在揚州（今江蘇省揚州市）。李相公，指李德裕。趙郡人，字文饒。先後任校書郎、知制誥、節度使、同平章事等職。封衛國公。後被貶為崖州司戶，卒於貶所。杜牧的這封信大約寫於開成五年（西元八四〇年）。在此之前，李德裕曾在朝任宰相，故稱之為相公。開成二年，李出任淮南節度使。開成五年正月，文宗去世，武宗即位。九月，李德裕回京任門下侍郎、同平章事。這封信即寫於李再次任相的前夕，當時，三十八歲的杜牧在京任左補闕、比部員外郎等職。信中主要讚美了李德裕的政績，並告訴對方即將回京任相的消息。

某啟。伏以近日當州❶人吏往來，及諸道❷賓客行過，皆傳相公以淮海❸之地災旱累年，仁憫之心，憂念深切，廣求人瘼❹，大革土風❺，卹養疲羸❻，抑挫豪猾❼。備職者❽思勵其己，業官者❾得用其能，鰥寡孤惸❿，飛沉⓫動植，仁煦⓬必及，惠愛無遺。吏不敢欺，法能必束，上行下效，家至戶到，閭里安泰⓭，史冊未聞。竊以聖上倚注⓮既深，相公勳業愈重，況茲異政⑮，即達宸聰⑯。伏料窮邊絕塞⑰，將議息兵，宣室明庭⑱，必思舊德，重秉鈞軸⑲，固在旬時⑳。某忝跡門牆㉑，不勝抃躍㉒，攀望棨戟㉓，下情㉔無任戀結之至。謹狀。

【注　釋】❶當州　地名。在今四川省黑水縣一帶。❷道　行政區劃名。唐代分天下為十道。❸淮海　地名。即淮南。因這一地區緊靠大海，故名。❹人瘼　百姓疾苦。瘼，病；疾苦。❺土風　當地的不良風俗。❻疲羸　指貧苦百姓。羸，瘦弱。❼豪猾　狡詐的土豪。❽備職者　擔任官職的人。❾業官者　當官的人。業，從事；當。❿鰥寡句　老而無妻叫鰥，老而無夫叫寡，失去父母叫孤，沒有兄弟或孤苦無依的人叫惸。⓫飛沉　指鳥和魚。⓬仁煦　仁慈。煦，溫暖。⓭閭里句　民間太平無事。閭里，古代的居民組織單位。代指民間。安泰，安定太平。⓮倚注　依靠；重視。⓯異政　優異的政績。⓰即達句　已被皇上所知。宸，北極星所在處。代指皇帝。聰，聽得清。⓱窮邊絕塞　指遙遠的邊疆。窮，終極；邊際。絕，極遠。塞，邊界上的險要之處。⓲宣室句　泛指朝廷。宣室，漢代的宮殿名。漢文帝曾在這裡召見賈誼。明庭，又叫明廷、明堂。是帝王祭祀神靈、召見諸侯之處。⓳重秉句　再次掌握朝廷大權。秉，握。鈞軸，比喻朝廷大權或宰相之位。鈞，陶匠製陶器的轉輪。鈞以製陶，軸以轉車，古人常用來比喻執掌國政。⓴旬時　指短期。旬，十日。㉑某忝句　我也曾拜您為師。忝，慚愧。謙詞。門牆，指師門。㉒抃躍　鼓掌跳躍。表示歡喜。㉓攀望句　盼望您早日歸京。攀望，盼望。棨戟，有繒衣或油漆的木戟，用為官員的儀仗。這裡指李德裕回京時的儀仗。㉔下情　謙詞。指作者的心情。

【語　譯】杜牧敬啟閣下。近來，當州的百姓和官員從這裡過往，還有其他各道的客人路過京師，他們都說由於淮南地區連年發生旱災，富於仁慈、同情之心的您，一直在深切地為百姓擔憂，您廣泛地調查百姓疾苦，竭力革除當地的不良風俗，救濟貧苦的百姓，打擊奸詐的豪強。有職務的人都勉勵自己努力工作，當官的人也都各盡其能。鰥夫、寡婦、孤兒和其他無依無靠之人，甚至連飛鳥、游魚以及所有的動物、植物，您都予以關心，給他們以無微不至的愛護。官吏不敢欺上瞞下，法紀能夠約束壞人。您在上做出好的榜樣，下面的官員都爭相仿效，家家戶戶都能做到這一點，民間一派安定祥和的景象，史書上從未記載過如此美好的情況。我以為，皇上對您十分器重，您建立的功業也越來越大，更何況您在淮南取得的優異政績，皇上也都已知道。我料想在遙遠的邊疆，戰事也將停止，朝廷一定會想到您從前的功德，肯定要不了太久，您就會返回京師重掌朝政。我也曾拜您為師，因此我不勝歡喜，盼望您早日回京，我心中對您無限仰慕。杜牧敬啟。

上吏部高尚書狀

【題　解】吏部，官署名。掌全國文職官員銓選、勳封、考績等事。高尚書，指高元裕。尚書，官名。為吏部長官。高元裕，渤海人。字景圭。進士及第。先後任侍御史、中書舍人、宣歙觀察使、吏部尚書等職。大中二年（西元八四八年），四十六歲的杜牧任睦州刺史，這年秋天，任吏部尚書的高元裕寫信給杜牧以表慰問，杜牧為此十分激動，寫了這封回信，一是訴說任職睦州的苦悶，二是表達感激之情。

某啟。人惟樸樕①，材實朽下，三守僻左②，七換星霜③，拘攣④莫伸，抑鬱⑤誰訴。每遇時移節換，家遠身孤，弔影⑥自傷，向隅⑦獨泣。將欲漁釣一壑，栖遲⑧一丘，無易仕之田園⑨，有仰食之骨肉⑩。當道⑪每歎，末路難循⑫，進退唯艱，憤悱⑬無告。今者大君繼統⑭，賢相秉鈞⑮，遺墜⑯必舉，髦雋並作⑰。伏惟尚書秩高天爵⑱，德冠人倫⑲，為搢紳⑳之紀綱㉑，作朝廷之標表㉒。凡游門館㉓，莫非雋賢，至於小人㉔，最為凡器㉕。頃者㉖幸以屬郡㉗，祗事廉車㉘，奉約束而雖嚴，滌昏蒙㉙而無術，實多愆闕㉚，每賴恩容。敢望尊嚴㉛，特自褒舉，手示遠降㉜，羈魂㉝震驚，感激彷徨，涕淚迸落。便無跛倚㉞，如生羽翰㉟，全忘鼠循㊱，忽欲鳥舉㊲。雖闕下㊳一召，歲中四遷㊴，校其光榮，不能踰越。《禮》㊵曰：「君子愛其死㊶，有以待㊷也；養其身，有以為㊸也。」是小人忘生殺身之地㊹，刳腸奉首之報㊺，今得之㊻矣，復何求焉？江山絕域㊼，登臨已秋，猿吟鳥思㊽，草衰木墜㊾。黎侯寓衛㊿，有〈式微〉[51]之詩；趙王遷房[52]，創「山木」[53]之詠。流落多戚[54]，今古同塵[55]，迴望門牆[56]，涕戀唯積。起居未由[57]，無任血誠[58]懇悃[59]之至。謹狀。

【注釋】❶人惟句　我是一個才疏學淺之人。人，指杜牧自己。惟，句中語氣詞。表判斷。樸樕，小木。比喻才能低下。❷三守句　擔任三個偏遠小郡的刺史。僻左，偏僻遙遠之地。到寫此信時，杜牧先後擔任過黃州、池州、睦州三州刺史。❸七換句　總共七個年頭。星霜，星一年一周轉，霜每年應時而降，故以星霜代指一年。❹拘攣　受拘束；受壓抑。❺抑鬱　心情壓抑苦悶。❻弔影　猶言形影相弔。形容孤獨。❼向隅　面向角落。此語出自《說苑》的「一人獨索然向隅而泣」，後人用此語形容孤獨失意。❽棲遲　遊息；居住。❾無易句　自己沒有田園土地，所以不得不當官以謀衣食。易，交換。仕，當官。❿有仰句　有許多親人要依賴我生活。仰食，依賴我吃飯。⓫當道　面對著我的人生之路。當，面對。⓬末路句　窮途末路實在難以行走。比喻人生之路難行。難循，難行。⓭憤悱　這裡指滿腹憂悶而又無法用語言表達。悱，想說而又說不出。⓮大君繼統　皇上繼承帝位。大君，皇帝。指唐宣宗。統，皇統；皇位。⓯秉鈞　執掌朝政。秉，手握。鈞，陶匠製陶器用的轉輪。比喻朝廷大權。⓰遺墜　指以前被遺棄、被降職的官員。⓱髦儁句　才俊之士都出仕為官。髦，俊傑。作，出現；出仕。⓲秩高天爵　官秩很大，品德很高。秩，官吏的品級。天爵，指天賦的仁義忠信等品質。⓳德冠句　具有人類的最高品質。冠，最高。人倫，人類。⓴搢紳　士大夫。搢，插。指插笏。紳，寬大的衣帶。插笏於衣帶，是士大夫的裝束。㉑紀綱　法度。引申為榜樣。㉒標表　樣板。㉓門館　官署。㉔小人　杜牧的自我謙稱。㉕凡器　平庸之人。㉖頃者　前不久。㉗屬郡　做您屬下的刺史。會昌年間，高元裕任宣歙觀察使，杜牧任池州刺史，池州是宣歙觀察使的下屬州，杜牧為高元裕的下級。㉘祗事句　我曾無比恭敬地在您手下做事。祗，敬。事，事奉。廉車，代指高元裕。唐代的觀察使省稱「廉使」。這裡用「廉使之車」代指高元裕。㉙滌昏蒙　消除自己的愚昧無知。滌，洗；消除。昏蒙，愚昧無知。㉚僁闕　缺點過錯。僁，罪過。闕，缺失。㉛尊嚴　對高元裕的尊稱。㉜手示句　您從遙遠的京城給我寄來了親筆信。手示，親筆信。㉝羈魂　指漂流在外的杜牧。羈，流浪在外。㉞跛倚　偏倚；立不正。比喻生活艱難。㉟羽翰　羽翼。翰，鳥的長羽毛。㊱鼠循　像老鼠那樣循牆而走。形容戰戰兢兢的生活。㊲鳥舉　鳥飛。比喻離開睦州，改善生活處境。㊳闕下　宮闕之下。指朝廷。闕，指皇宮。㊴歲中句　一年之中，四次提昇。㊵禮　書名。儒家經典之一。㊶愛其死　熱愛自己的生命。㊷有以待　有所等待。即等待時機建功立業。㊸有以為　有所作為。㊹是小句　這就是我在絕境中堅持活下來的原因。是，代詞。這。小人，杜牧的自我謙稱。忘生，置生死於度外。形容自己意志堅強。殺身之地，絕境。指睦州。㊺刳腸句　甘願肝腦塗地以報效朝廷。刳，破開；挖出。奉首，獻上首級。㊻得之　得到了這個機會。㊼絕域　極遠之地。指睦州。㊽鳥思　指引人思鄉的鳥鳴。㊾木墜　樹葉飄落。㊿黎侯句　黎侯寄居於衛國。黎侯，黎國君主。黎，周代諸侯國名。在今山西省壺關縣西南一帶。寓，寄居。衛，周代諸侯國名。在今河北省南部和河南省北部一帶。(51)式微　《詩經》中的篇名。據說，黎侯為北方狄族所迫，逃往衛國求救，而衛國不同意出兵救助，故黎國大臣作〈式微〉詩以責備衛國。(52)趙王句　趙王被遷徙到房山。趙王，指漢高祖劉邦第七子劉恢。立為梁王。呂后時，徙為趙王。趙王恢為此十分不樂，其妻為呂氏女，多方挾持趙王，並毒殺趙王愛姬。趙王乃作詩歌四章。後自殺。房，地名。即房山。在今河北省平山縣西北。(53)山木　山中之樹。為詩歌中的話。杜牧用以上兩個典故，以說明自己的流落之苦。(54)戚　傷心。(55)同塵　本指同於流俗，這裡指心情一樣的低落。(56)門牆　師門。指高元裕。(57)起居句　沒有機會當面向您請安。起居，請安之語。未由，沒有機會。(58)血誠　至誠。(59)悃　誠懇。

【語　譯】杜牧敬啟閣下。我是一個才疏學淺之人，能力實在平庸低下。我先後在三個偏遠之處擔任過刺史，總共有七個年頭了，我備受壓制，無法施展自己的抱負，滿腹的憂憤，又無人可以訴說。每逢時節，我就有一種遠離家鄉、孤獨無依的感覺，我形影相弔，萬分傷感，只好獨自一人暗暗流淚。我也曾想隱居到一壑一山之中去漁釣遊息，但我辭官後沒有田園土地來維持自己的生活，而全家人都還依靠我穿衣吃飯。面對自己的人生之路我常常嘆息，我好像走在艱行的窮途末路之上，進退唯艱，然而我的憂愁卻無人可以訴說。現在，聖君繼承了帝位，賢相執掌了朝政，過去那些被遺棄、被降職的官員都得到了起用，俊傑英才也都出仕為官。我以為，您官位很大，道德高尚，具有人類的最高品行，您是士大夫的表率，是朝廷的榜樣。所有在官府中與您交往的人，都是賢良俊才，至於像我這樣的人，是最為平庸無用之人。前不久，我非常榮幸地成為您的屬下，無比恭敬地在您手下做事，那時我雖然嚴格地遵守您的約束和法度，卻沒有辦法消除自己的愚昧和無知，因此我的確做了不少錯事，然而每次都得到了您的恩赦和寬容。我豈敢奢望得到您的特別舉薦，所以接到您從遙遠的京師寄來的親筆信時，我這個長年流浪在外的人深感震驚，我感激萬分，彷徨不安，淚水四溢。接信後我一下子就忘掉了自己生活中的艱苦，如同身生羽翼一樣輕快；忘掉了自己生活中的恐懼，突然產生了舉翼高飛的想法。即使那些受到朝廷徵召、一年之中四次遷昇的人，如果同我此時的情況相比，也不會比我更覺榮耀。《禮》書上說：「君子愛惜自己的生命，是想等待時機建功立業；君子保養自己的身體，是想在將來有所作為。」這就是我在絕境之中堅持活下來的原因，我要肝腦塗地，報效朝廷，現在總算等到時機了，我還有什麼不滿足的呢？這裡的山山水水遠離京師，我登高遠望，已是滿目秋色，猿猴發出令人悲哀的長吟，飛鳥發出使人思鄉的鳴叫，野草衰敗，樹葉飄落。黎侯寄居在衛國，創作了〈式微〉之詩；趙王被遷到房山，唱出了「山木」之歌。流落在外的人，傷感之情必多，今人古人在這一點上是一樣的。我回頭遙望師門，滿面的淚水，滿腹的依戀。我沒有機會當面向您請安，但我對您有無限的誠意。杜牧敬啟。

上刑部崔尚書狀（ㄕㄤˋ ㄒㄧㄥˊ ㄅㄨˋ ㄘㄨㄟ ㄕㄤˋ ㄕㄨ ㄓㄨㄤˋ）

【題　解】刑部，官署名。為尚書省六部之一。負責司法。崔尚書，指崔元式。尚書，官名。為刑部長官。崔元式，博陵人。先後任湖南觀察使、太原尹、義成節度使等職。大中元年（西元八四七年），任刑部尚書，進同平章事。杜牧的這封信大約即寫於此時，當時杜牧任睦州刺史。信中訴說了自己的苦惱，含有求職之意。

某啟。某比於流輩❶，疏闊慵怠❷，不知趨嚮❸，唯好讀書，多忘，為文格卑❹。十年為幕府吏❺，每促束❻於簿書宴遊間。刺史七年，病弟孀妹❼，百口之家，經營衣食，復有一州賦訟❽，私以貧苦焦慮，公以愚恐敗悔❾。仍有嗜酒多睡，廁於其間❿。是數者，相遭⓫於多忘格卑之中，晝不得日讀，文不得專心，百不逮人⓬。所尚業⓭，復不能尺寸銖兩⓮自強自進，乃庸人輩也，復何言哉！今者，欲求為贄⓯於大君子⓰門下，尚可以為文而為其禮，《詩》⓱所謂「有靦面目⓲，視人罔極⓳」者也。謹敢繕寫⓴所為文凡二十首，伏地汗赧㉑，不知所云。謹狀。

【注釋】❶流輩　同流之人。❷疏闊句　辦事不周密，而且生性懶惰。疏闊，不周密。慵，懶。怠，懈怠。❸不知句　不知如何做事。❹格卑　格調卑下。❺幕府吏　指地方長官的幕僚。❻促束　忙碌而受約束。❼病弟句　病弟指患眼疾的杜顗，孀妹指嫁給李氏的寡居妹妹。孀，死了丈夫的婦人。❽一州賦訟　指一整個州的賦稅、訟案等事。❾公以句　在公事方面，我因為自己愚笨，生怕把事情辦壞。敗悔，失敗。悔，災禍。❿廁於句　指自己在辦理公事私事時，還常犯好喝酒、好睡覺的毛病。廁於，摻雜於。其間，指公、私事之間。⓫相遭　相互摻雜。⓬百不句　各個方面都比不上別人。百，泛指各個方面。逮，比得上。⓭所尚業　自己所喜歡的事情。據下文，應指詩文創作。尚，崇尚；愛好。⓮銖兩　兩種重量單位。比喻很小。二十四銖為一兩。⓯為贄　送見面禮。為，送。贄，初見尊長時送的禮品。指下文提到的二十篇文章。⓰大君子　偉大的君子。指崔元式。本句實有求職之意。⓱詩　書名。即《詩經》。我國最早的一部詩歌總集。儒家經典之一。⓲有靦面目　有一個可以看得見的人的面目。靦，面目可見的樣子。⓳視人句　與人相視（生活在一起），沒有窮極之時。暗示我們必有相見之時。罔，沒有。這兩句詩出自《詩經・小雅・何人斯》，原意是諷刺別人的，杜牧引用此詩，似乎僅在說明彼此相見有時。⓴繕寫　抄寫。㉑汗赧　因羞慚而流汗、臉紅。赧，臉紅。

【語　譯】杜牧敬啟閣下。與同流同輩的人相比，我做事很不嚴密，也很懶散，不知該如何把事情做好。我只愛讀書，但又記不住，寫的文章格調也很低下。我在地方官府中擔任幕僚整整十年，經常因為文字工作和宴遊陪客等事搞得匆匆忙忙，頗受約束。在擔任刺史的七年之間，生病的弟弟和寡居的妹妹需要我照顧，全家上百口人，都需要我提供衣食，另外還有一整個州的賦稅、案件也需要我去處理。在私事方面，我整天為貧窮而焦慮不安；在公事方面，我一直擔心因為自己的愚笨而把事情辦壞。我還好喝酒愛睡覺，即使做事時也改變不了這些毛病。以上種種事情，與我的記性不好、文風卑下的缺點摻雜在一起，因此我沒辦法做到每天都去讀點書，寫文章時也無法專心，可以說我處處都比不上別人。我所喜歡的是寫詩作文，然而在這方面也沒有做過多少努力，更沒有絲毫長進，我真是一個平庸之輩啊，我又有什麼可說的呢！現在，我很想去拜見您，也可以為您做點文字性的工作，或主持一些禮儀方面的事情。正如《詩經》所說：「我們都是有形有貌的人，我們必有相見之時。」我把自己寫的文章抄寫了二十篇獻上，我為自己文章質量低劣而羞愧得流汗、臉紅，也不知自己在信中胡亂說了些什麼。杜牧敬啟。

上安州崔相公啟

【題　解】安州，地名。在今湖北省安陸市。崔相公，指崔珙。崔珙曾於開成、會昌年間任宰相，故稱「相公」。崔珙是博陵安平人，任宰相前曾擔任廣州刺史、嶺南節度使等職。會昌三年（西元八四三年）罷相後，多次貶官。《資治通鑑》卷二四八記載，崔珙於會昌六年任安州長史。杜牧的這封信大約寫於此後不久。杜牧曾於會昌三年寫過一封〈上門下崔相公書〉給崔珙，主要是歌頌崔珙的功德。會昌六年，杜牧又把這封信重抄一份，連同自己的其他十九篇文章一同給崔珙寄去。為此杜牧寫了這封信。這一年，四十四歲的杜牧由池州刺史調任睦州刺史。

某啟。某比於流輩❶，一不及人。至於讀書為文，日夜不倦，凡諸所為，亦未有以過人。至於會昌❷三年八月中所獻相公長啟❸，鋪陳功業，稱校短長❹，措於《史記》❺、兩《漢》❻之間，讀於文士才人之口，與二子❼並無愧容。伏恐機務殷繁❽，不暇省覽❾，今者竊敢再錄啟本❿，重干尊嚴⓫。付於史官而不誣⓬，懸於後代而不泯⓭，其於取重⓮，豈在小人⓯？復敢別錄所為新舊文兩卷，凡一十九首，上陳視聽⓰，一希鐫琢⓱。重疊過越⓲，惶懼伏深⓳，伏惟照察⓴。謹啟。

【注釋】❶流輩　同流同輩之人。❷會昌　唐武宗李炎的年號。西元八四一年至八四六年。❸長啟　長信。指〈上門下崔相公書〉。見卷十一。❹稱校句　評論好壞。主要指稱頌崔珙的功德。❺史記　書名。為我國第一部紀傳體通史。作者是西漢人司馬遷。❻兩漢　應指《漢書》和《後漢書》。《漢書》記載了西漢的歷史，作者為東漢人班固。《後漢書》記載了東漢的歷史，作者為南朝人范曄。《史記》、《漢書》、《後漢書》和《三國志》並稱「前四史」，成為史書的楷模。❼二子　兩位先生。子，對男子的尊稱。指《史記》、《兩漢》的作者。實際應為「三子」。❽機務殷繁　政事繁忙。機，事務。殷，多。❾不暇句　沒有時間閱讀。不暇，沒有時間。省，察看；閱讀。❿啟本　書信底本。指〈上門下崔相公書〉。⓫重干句　再次打擾您。干，打擾。敬詞。尊嚴，對崔珙的敬稱。⓬誣　欺騙；虛假。⓭泯　滅；消失。⓮取重　受到人們的重視。取，受；被。⓯豈在句　怎能是由於我呢？小人，杜牧的自我謙稱。這句話意思是：您受到人們的重視，名垂青史，完全是由於您功大德高，並非因為我的文章寫得好。⓰上陳句　敬獻給您審閱。⓱鐫琢　修改指正。鐫，雕刻。琢，雕刻玉石。比喻修改文章。⓲重疊句　指文章中重覆囉嗦之語和過分之語。過越，過分。⓳惶懼句　深感惶恐。伏，趴。為下對上的敬詞。⓴照察　審閱。

【語譯】杜牧敬啟閣下。我與自己的同流同輩人相比，沒有一處能比得上他們。至於說讀起書、寫起文章來，我是日夜不知疲倦，然而我寫的所有文章，也沒有超出別人之處。在會昌三年八月期間，我曾給您寫了一封長信，信中陳述了您的功業，頌揚了您的品德，即使把這封信放在《史記》、《漢書》、《後漢書》之間，誦讀於文人才士之口，同司馬遷等人的文章相比也毫無愧色。我擔心您當時政務繁忙，沒有時間看這封信，所以現在我重新鈔錄了一份，再次敬獻給您。這封信交給史官將會成為真實不欺的信史，並將會留傳後世永不泯滅，您受到人們的重視，絕非因為我的這封信寫得好。我又另外抄錄了自己寫的新舊文章兩卷，總共十九篇，一併獻上請您審閱，一心希望您給予修改指正。文中有許多囉嗦之語和不當之詞，為此我深感惶恐，敬請審讀修正。杜牧敬啟。

薦韓乂啟

【題解】韓乂，人名。杜牧的朋友。曾擔任過評事、定遠縣令、拾遺等職。這是一封推薦信。杜牧認為韓乂德才兼備，於是就給當時的御史中丞寫了這封信，推薦韓乂出任御史。

昨日所啟❶，言韓拾遺❷事，非與韓求衣食、救饑寒也，御史❸亦豈為救饑寒之官乎？中丞❹必曰：「大梁❺奏取❻，韓以饑寒，何不去？」夫幕吏❼乃古之陪臣❽，以人為北面❾，雖布衣❿無恥之士，亦宜訪其樂與不樂，況有道之君子乎。韓以旅寓⓫洛中⓬，非不樂梁也，不甘不告之請耳⓭。韓及第後，歸越中⓮，佐沈公⓯江西⓰宣城⓱。府罷⓲，唐扶⓳中丞辟於閩中⓴，罷府歸，路由建州㉑。妻與元晦㉒同高祖㉓，扶惡晦為人，不省㉔之。及晦得越㉕，乃棄產避之，居常州㉖。殷儼㉗者，仰㉘韓之道，自閩㉙寄百縑㉚遺㉛之，及門，不開書緘㉜而斥去之。

某比兩府同院㉝，但見其廉慎高潔，亦未知其道㉞。大和㉟八年，自淮南㊱有事至越，見韓居於境上㊲，三畝宅，兩頃㊳田，樹蔬釣魚，唯召名僧為侶，餘力究《易》㊴，嬉嬉然㊵無日不自得也。未嘗及身名出處㊶之語，未嘗入公府造請㊷與幕吏宴遊，因此不為搢紳㊸相所見禮㊹。蕭、高㊺二連帥㊻至，即日造其廬，詢以政事，稱先人梓材㊼，有文學高名，沒㊽於越㊾之府幕，故不顧復為越賓㊿。及高至許下(51)，厚禮辟之(52)。其為人也，貞潔芳茂，非其人不與遊，非其食不敢食。蕭舍人(53)、考功崔員外(54)是趨於韓(55)交者，某復趨於蕭、崔(56)二君子者，即韓之去某(57)，其間不啻容數十人矣(58)，亦安得知其賢(59)，而言之復不僭乎(60)？伏恐中丞謂韓求官以衣食干(61)交朋者。中丞初在憲府(62)，固宜慎選御史，御史固非救饑寒之官。某久承恩知(63)，但欲薦賢於盛時，雖至淺陋，亦知不可以交友饑寒求清秩(64)，以干大君子(65)者。伏慮未審誠懇(66)，故此具陳本末，伏惟照察(67)。謹啟。

【注釋】❶所啟　所寫的信。❷韓拾遺　指韓乂。拾遺，官名。掌諷諫等事。分左、右拾遺，分屬門下省和中書省。❸御史　官名。為御史臺的屬官。分侍御史、殿中侍御史和監察御史。這裡應指監察御史。掌糾彈百官、受理獄訟等事。❹中丞　官名。即御史中丞。御史中丞為御史臺的副長官。中唐以後，御史臺長官御史大夫多空缺，御史中丞即為御史臺的實際長官。❺大梁　地名。即汴州。在今河南省開封市。這裡指大梁的地方長官。唐代在這裡設宣武節度使。❻奏取　上奏朝廷，要求韓乂到那裡任職。❼幕吏　指地方長官的幕僚。❽陪臣　先秦時期，諸侯是天子的大臣，諸侯的大夫就在天子面前自稱「陪臣」。❾以人句　讓別人當陪臣。北面，面向北當陪臣。古代君臣見面，君主面向南而坐，大臣面向北朝拜。這裡指當陪臣。❿布衣　老百姓。⓫旅寓　客居於。⓬洛中　地名。即洛陽。在今河南省洛陽市。⓭不甘句　我不甘心不把他推薦給朝廷就讓他去大梁。告、請，均有推薦之義。⓮越中　地名。泛指越地。在今浙江省一帶。⓯沈公　指沈傳師。先後任江西觀察使、宣歙觀察使、吏部侍郎等職。⓰江西　地名。相當於今江西省。⓱宣城　地名。在今安徽省宣州市。⓲府罷　指離開宣歙觀察使幕府。大和七年（西元八三三年），沈傳師回京任吏部侍郎，杜牧和韓乂也都離開了宣城。⓳唐扶　人名。字雲翔。曾任福州按察使。濫殺無辜，名聲不佳。不久死去。⓴閩中　地名。相當於今福建省。㉑建州　地名。在今福建省建甌市。㉒元晦　人名。生平不詳。㉓高祖　祖父的祖父。㉔省　看望。㉕越　地名。即上文說的越中。㉖常州　地名。在今江蘇省常州市。㉗殷儼　人名。生平不詳。㉘仰　敬仰。㉙閩　地名。即上文說的閩中。㉚縑　細絹。㉛遺　贈送。㉜書緘　書信。㉝某比句　我與韓乂都在江西觀察使和宣歙觀察使的幕府中任職，生活在同一個院子裡。某，杜牧自稱。比，都。㉞未知其道　並不十分了解他的道德學問。道，指道德學問。㉟大和　唐文宗李昂的年號。西元八二七年至八三五年。㊱淮南　地名。泛指淮河以南地區。大致為今江蘇、安徽兩省長江以北、淮河以南的地區。當時杜牧在淮南節度使牛僧孺幕府中任幕僚。㊲境上　指越地與淮南的交界處。㊳頃　量詞。百畝為一頃。㊴易　書名。即《周易》。儒家經典之一。㊵嬉嬉然　快樂自得的樣子。㊶出處　指出仕與隱居。當官為出，隱居為處。㊷造請　前去官府有所請託。造，去；上門。㊸搢紳　士大夫。搢，插。指插笏。紳，寬衣帶。插笏於衣帶，是士大夫的裝束。㊹相所見禮　對他有所禮重。相，表示動作偏指一方。見，被。㊺蕭高　指一位蕭姓的官員和一位高姓的官員。具體所指不詳。㊻連帥　官名。唐代多指觀察使和按察使。㊼梓材　優異的才能。㊽沒　去世。㊾越　唐代設於越地的有浙東觀察使、宣歙觀察使、浙西觀察使等。不詳韓乂之父究竟死於哪個觀察使的幕府中。㊿賓　指幕府中的幕僚。(51)許下　地名。指許州。在今河南省許昌市。(52)辟之　請他任職。辟，徵召。(53)蕭舍人　具體所指不詳。舍人，官名。唐代以「舍人」命官者很多，如中書舍人、通事舍人、中舍人、起居舍人等。(54)考功崔員外　具體所指不詳。崔，姓。考功員外，官名。即考功員外郎。掌外官考績事。(55)趨於韓　因仰慕韓乂而與韓乂交往。(56)蕭崔　指蕭舍人和崔員外。(57)韓之去某　韓乂與我之間的差距。去，距離。某，杜牧自稱。(58)其間句　而且這個差距是相當大。其間，指差距。不啻，不止。容數十人，形容差距很大。(59)亦安句　我又怎麼有資格有能力去了解韓乂的賢能呢？本句是說自己才能太低，而韓乂才能太高，自己無法真正了解韓乂。(60)而言句　而讓我來介紹推薦韓乂難道不是一種僭越嗎？僭，超越本分。一般應由地位、才能高的去推薦地位、才能低的，而杜牧的才能不如韓乂卻去推薦韓乂，故稱之為「僭」。此為謙語。61干　請託。62憲府　官署名。又叫憲臺。即御史臺。63承恩知　受到您的知遇之恩。64清秩　指清貴的官職。一般只能由文人擔任。65大君子　指當時的御史中丞。66伏慮句　我擔心您不了解我的這片誠意。伏，下對上的敬詞。慮，擔心。審，了解；明白。67照察　明察；審閱。

【語譯】昨天我給您寫了一封信，談關於韓拾遺的事情，我推薦韓拾遺任御史並非是為了給他求衣食、救饑寒，御史這種官職又豈能是用來救饑寒的官職？中丞一定會問：「大梁的官員曾上奏皇上，要任用韓乂，韓乂為了救饑寒，為什麼不到那裡去呢？」幕府中的幕僚就是古時的陪臣，讓別人去當陪臣，即便是平民百姓和那些沒有羞恥感的讀書人，也還要問一問人家願不願意，更何況韓乂是一位德才兼備的君子呢！韓乂客居於洛中，並非不樂意去大梁任職，只是如果不向您推薦一下我會感到不甘心的。韓乂進士及第以後，就回到了越中，在沈公的江西觀察使和宣歙觀察使幕府中擔任幕僚。離開宣歙觀察使幕府以後，唐扶中丞又徵召他去閩中任職，後罷職回家，路過建州。韓乂的妻子與元晦同一個高祖父，唐扶一直都討厭元晦的為人，所以韓乂路過建州時也沒有去看望住在那裡的元晦。後來當元晦擔任越地的長官時，韓乂就拋棄那裡的家產，避開元晦，搬到常州去居住。有一位名叫殷儼的人，素來敬仰韓乂的道德學問，所以就從閩地給他寄來了一百疋細絹，細絹已經送到了門口，韓乂連殷儼的書信都沒打開，就讓人把這些細絹又送回去了。

我過去與韓乂都在江西、宣歙兩地的幕府中任職，生活在一起，那時只知道他辦事廉潔、謹慎，品德高尚，對他的道德文章並無深入了解。大和八年，我從淮南出差去越地，看到了居住在淮南和越地交界處的韓乂，他有三畝大的一塊住宅和兩百畝土地，他有時種植蔬菜，有時垂鉤釣魚，平時只和一些名僧交往，剩餘的時間就研究《周易》，每天都過得快快樂樂無憂無慮。他從未談起有關名聲和當官的事情，也從未到官府去有所請託或與幕僚們在一起飲宴交往，因此，他也未被當地的士大夫們所敬重。蕭、高二位觀察使到那裡以後，當天就去韓乂家中拜訪，向他請教有關政事。韓乂說自己的父親才能優異，學問和名聲都很大，後來不幸死於越地的幕僚任上，因此他再也不願意在越地當幕僚了。後來高公到許下當節度使，就用厚禮聘他去任職。韓乂這個人啊，品德正直高潔，才能出類拔萃，不是合適的人，他就不去交往；不該得到的財物，他絕不去謀取。蕭舍人和考功崔員外因仰慕韓乂的道德文章而主動去與韓乂交往，而我又仰慕蕭、崔二位君子的道德文章，那麼我與韓乂之間的差距，也就太大太大了，我又有什麼資格和能力去了解他的賢能呢？而我現在去推薦他豈不是一種僭越行為嗎？我只是擔心中丞會誤認為韓乂是在請託朋友，為謀取衣食而求官當。中丞初到憲府，確實應該非常謹慎地選擇御史，而御史這種官職也確實不是一種用來謀衣食救饑寒的官職。我長期以來受到您的知遇之恩，也只想把賢良之人推薦給這個太平昌盛的時代，我個人雖然十分淺薄，但也知道不能夠因為朋友貧寒而為他謀求清貴的官職，並為此事去打擾像您這樣的偉大君子。我只是擔心您還不了解我的這片誠意，所以在這封信中詳細地陳述這件事情的本末，希望您能明察。杜牧敬啟。

上知己文章啟

【題解】 知己，指沈傳師。沈傳師字子言，蘇州吳縣人。進士及第。先後任左拾遺、江西觀察使、宣歙觀察使、吏部侍郎等職。這封信大約寫於大和七年至八年（西元八三三年至八三四年）。大和七年四月，任宣歙觀察使的沈傳師被調回京城任吏部侍郎，此後不久，原任沈傳師幕僚的杜牧寫了這封信，信的內容一是要送一些文章給沈傳師看，二是暗示自己希望能得到沈的引薦。

某啟。某少小好為文章，伏以侍郎❶文師❷也，是敢謹貢七篇，以為視聽之污❸。伏以元和❹功德，凡人盡當歌詠紀敘之，故作〈燕將錄〉❺。往年弔伐❻之道未甚得所❼，故作〈罪言〉❽。自艱難❾來始，卒伍❿傭役⓫輩，多據兵為天子諸侯，故作〈原十六衛〉⓬。諸侯或恃功不識古道⓭，以至于反側⓮叛亂，故作〈與劉司徒書〉⓯。處士⓰之名，即古之巢[17]、由[18]、伊[19]、呂[20]輩，近者往往自名之，故作〈送薛處士序〉[21]。寶曆[22]大起宮室，廣聲色[23]，故作〈阿房宮賦〉[24]。有廬終南山[25]下，嘗有耕田著書志，故作〈望故園賦〉[26]。雖未能深窺[27]古人，得與揖讓笑言[28]，亦或的的分其狀貌矣[29]。自四年來，有大君子[30]門下，恭承指顧[31]，約束於政理簿書間，永不執卷[32]。上都[33]有舊第，唯書萬卷，終南山下有舊廬，頗有水樹，當以耒耜[34]筆硯歸其間。齒髮甚壯[35]，冀有成立[36]，他日捧持[37]，一遊門下，為拜謁之先[38]，或希一獎。今者所獻，但有輕黷[39]尊嚴[40]之罪，亦何所取。伏希少假[41]誅責[42]，生死幸甚。謹啟。

【注釋】❶侍郎　官名。指沈傳師。沈傳師擔任的吏部侍郎，為吏部的副長官，掌管全國官吏的任免、考績、調動等事務。❷文師　文章的宗師。❸以為句　拿這七篇文章來污染您的視聽。此為謙語。❹元和　唐憲宗李純的年號。西元八〇六年至八二〇年。在此期間，唐憲宗起用賢臣，削平叛亂，使唐朝一度出現了中興氣象。❺燕將錄　文章名。記述了憲宗時盧龍節度使部下譚忠說服諸藩鎮歸降朝廷的事。見卷六。❻弔伐　「弔民伐罪」的略語。撫慰百姓，討伐罪人。弔，撫慰。❼未甚得所　不太恰當。❽罪言　文章名。主要陳述了討平割據方鎮的策略。見卷五。❾艱難　指安史之亂。❿卒伍　泛指士兵。卒伍是周代軍隊的編制名稱。五人為伍，五伍為兩，四兩為卒。後泛指軍隊。⓫傭役　服勞役之人。泛指平民。傭，出賣勞動力。⓬原十六衛　文章名。主要說明了府兵制的優越性。見卷五。⓭古道　指古代優良的為臣之道。⓮反側　反覆不定，時叛時降。⓯與劉司徒書　文章名。主要是規勸昭義軍節度使劉悟忠於朝廷，積極出兵討伐叛軍。見卷十一。原題為〈上昭義劉司徒書〉。⓰處士　指有才能而未當官的人。⓱巢　人名。指巢父。相傳是堯時的隱士。因在樹上築巢而居，故名。⓲由　人名。指許由。相傳是堯時的隱士。曾拒絕堯讓給他的天下。⓳伊　人名。指伊尹。夏朝末年的隱士，後輔佐商湯滅掉夏桀。⓴呂　人名。指呂尚。又叫姜子牙。商朝末年的隱士。後輔佐周武王滅商，被封於齊。㉑送薛處士序　文章名。主要說明只有德高才大而未入仕之人纔可稱為處士。見卷十。㉒寶曆　唐敬宗李湛的年號。西元八二五年至八二六年。㉓廣聲色　盡情地享受音樂和女色。㉔阿房宮賦　文章名。本文假借秦王朝暴取民財終致亡國的歷史教訓，給當時的統治者敲響了警鐘。見卷一。㉕終南山　山名。在今陝西省西安市南。㉖望故園賦　文章名。主要表達了對故鄉的思念。見卷一。㉗深窺　深入看到。形容掌握、獲得。㉘得與句　指在形式上能夠與古人的文章平起平坐。揖讓，賓主相見時的禮節。㉙亦或句　也許的確能夠在形式上與古文相似了。的的，明確的樣子。㉚大君子　偉大的君子。指沈傳師。㉛指顧　教導與關照。㉜永不句　很久沒有讀書寫作了。永，長期。㉝上都　指長安。㉞耒耜　古代的一種像犁的農具。木把叫耒，犁頭叫耜。㉟齒髮句　指身體還很強壯。㊱冀有句　希望能夠在學問文章方面有所建樹。冀，希望。㊲捧持　拿著。㊳先　指先行禮物。古人送禮或拜謁必有先行禮物。㊴輕黷　輕慢；冒犯。㊵尊嚴　對沈傳師的尊稱。㊶少假　稍許寬容。少，稍微。假，寬容。㊷誅責　責備。誅，責。

【語　譯】杜牧敬啟閣下。我從小就喜歡寫文章，您是文壇宗師，因此我向您敬獻自己的七篇文章，請您審閱這些拙作。我以為，元和年間所建立的功德，所有的人都應該對其進行歌頌和記載，所以我寫了〈燕將錄〉。往年，朝廷用來弔民伐罪的方法不太合適，所以我寫了〈罪言〉。自安史之亂以後，不少的普通士兵和百姓，也都因為擁有軍隊而成為朝廷的諸侯，所以我寫了〈原十六衛〉。有些諸侯自恃功高，不遵守古代那種優良的為臣之道，以至於反覆無常、抗拒朝廷，所以我寫了〈與劉司徒書〉。「處士」這個名稱，指的就是古代巢父、許由、伊尹、呂尚之類的人，而現在的人常常隨便自稱「處士」，所以我寫了〈送薛處士序〉。寶曆年間，朝廷大規模地修建宮殿，盡情地享受著音樂與女色，所以我寫了〈阿房宮賦〉。我有一處住宅在終南山下，我曾經產生過回到那裡耕田著書的想法，所以我寫了〈望故園賦〉。這些文章雖然還沒有達到古人的水平，但如果同古文放在一起，或許確實能夠在形式上做到近似。在這四年期間，我一直在您門下當幕僚，得到了您的許多指教和關照，但由於受到政務和簿冊工作的約束，我很久都沒有讀書作文了。長安城裡有我家住宅，家中只有萬卷圖書，終南山下也有自己的一些房屋，周圍的山水綠樹頗為優美，我打算帶上農具和筆硯到那裡去隱居。我現在的身體十分強壯，希望將來能夠在學問文章方面有所成就，將來會有一天，我拿著自己的文章，到您的門下，獻上這些文章作為我拜謁您的先行禮物，那時也希望能夠得到您的褒獎。而今天獻給您的這些文章，因其質量低劣只會使我犯下冒犯您的罪過，沒有任何可取之處。萬望您對我稍加寬容而不予責備，那麼我無論生死都會深感榮幸。杜牧敬啟。

獻詩啟

【題　解】杜牧把自己的一百五十首詩歌獻給自己的一位朋友或尊長，為此他寫了這封短信。

某啟。某苦心為詩，本求高絕，不務奇麗，不涉習俗❶，不今不古，處於中間。既無其才，徒有其意，篇成在紙，多自焚之。今謹錄一百五十篇，編為一軸❷，封留獻上。握風捕影，鑄木鏤冰❸，敢求恩知❹，但希鐫琢❺。冒黷❻尊重❼，下情❽無任惶懼。謹啟。

【注　釋】❶習俗　指當時的詩風。❷一軸　一卷。軸，書畫的卷軸。❸握風二句　比喻詩歌寫得不成功。風影不可握捕，木冰不可鑄鏤，人們常以此比喻有所求而不可得。鏤，雕刻。❹敢求句　豈敢以此來求得您的知遇之恩。敢，豈敢。❺鐫琢　修改指正。鐫，琢鑿。琢，雕刻玉石。比喻修改詩文。❻冒黷　冒犯。❼尊重　對對方的尊稱。❽下情　謙語。自己的心情。

【語　譯】杜牧敬啟閣下。我用盡心力創作詩歌，一心想把詩歌寫得高妙，我不追求奇巧華麗，不沾染現在的詩歌風氣，我的詩歌風格不今不古，處於今古之間。因為我缺乏寫詩的才能，所以空有一番寫出好詩的志向，已經寫成並抄錄在紙上的詩歌，我也把其中的大多數燒掉了。現在，我恭恭敬敬地抄錄了一百五十首詩歌，把它們編為一卷，封好獻上。這些詩歌都是一些不成功之作，我豈敢以此求得您的知遇之恩，只希望您能給予修改指正。為此事打擾您，我不勝惶恐。杜牧敬啟。

薦王寧啟

【題解】王寧，人名。曾任渭南縣令。這封推薦信大約寫於大中六年（西元八五二年）。當時，由於唐朝邊將侵擾異族，使北部邊疆形勢一度緊張。在這種情況下，時任中書舍人的杜牧就向有關部門推薦王寧去負責軍糧的籌運事宜。

前渭南縣❶令王寧。前件官❷實有吏才，稱於眾口，年少強力，一也。遇事必能裁割❸，二也。既蘊❹智能，無頭角誇誕❺，三也。廉直可保，四也。處於驕將內臣之間❻，必能和同❼，五也。今者邊將生事，雜虜❽起戎❾，不憂兵甲❿，唯在饋運⓫。某過承恩獎，故敢薦才，伏惟取捨之間，特賜恕察⓬。謹啟。

【注釋】❶渭南縣　地名。在今陝西省渭南市。❷前件官　前文提到的那位官員。指王寧。❸裁割　裁決；處理。❹蘊　包含；具有。❺無頭角句　不賣弄，不自誇。頭角，比喻才華。誇誕，自我炫耀。❻處於句　處於驕將、太監之間。渭南縣距京師長安很近，是驕將、太監活動頻繁的地區，因而任渭南縣令的王寧必須經常同他們打交道。❼和同　指協調關係。❽雜虜　指各異族軍隊。虜，對異族軍隊的蔑稱。❾起戎　起兵。戎，軍隊。❿不憂句　指不必擔心唐軍的力量。兵甲，兵器和戰衣。代指軍隊。⓫饋運　運送軍糧。饋，送糧。⓬恕察　寬容和明察。

【語譯】前任渭南縣令王寧這位官員，確實具有為官的才能，他的才能受到大家的一致讚揚，而且他年少力強，這是第一點。他遇事能夠果斷處理，這是第二點。他胸懷才智，卻從不賣弄，從不自誇，這是第三點。我可以保證他的品行廉潔正直，這是第四點。他處於驕將、太監之間，能夠協調好同他們的關係，這是第五點。現在，由於邊將侵奪異族、妄生是非，使各異族起兵反叛，我們不必擔心唐軍的力量，但運送軍糧卻是個大問題。我得到朝廷的過分恩寵和褒獎，所以我應該向朝廷推薦賢才，希望您在選拔有關人選時，多多給予寬容和明察。杜牧敬啟。

上宰相求湖州第一啟

【題　解】宰相，指白敏中、崔鉉、魏扶等。湖州，地名。在今浙江省湖州市。大中三年（西元八四九年），四十七歲的杜牧在京城任尚書司勳員外郎、史館修撰。但京官的俸祿少，不如刺史的俸祿多，而杜牧的家累重，須供養從兄杜慥、弟杜顗和李氏孀妹，因而他上書宰相，要求出任杭州刺史，未得允許。大中四年，杜牧被提昇為吏部員外郎，這是一個比較重要的官職，但他仍於這一年的夏天，三次上書宰相，要求出任湖州刺史。這年秋天，杜牧終於如願，擔任了湖州刺史。本文為求任湖州刺史而寫給宰相的第一封信。

某啟。人有愛某者，言於某曰：「吏部員外郎例不為郡[1]，子[2]不可求，假使已求，慎勿堅懇[3]。」至于再三。答曰：「某雖不學，按六典[4]令式[5]及諸故事[6]，多無此例，國史[7]復無賢相名卿懸之以為格言。此乃急於進趨之徒[8]，自為其說。若以言例，貞元[9]初故相國盧公邁[10]由吏部員外郎出為滁州[11]，近者澶王[12]傅李凝[13]為鹽鐵使[14]江淮[15]留後[16]，豈曰無例。」人曰：「盧事太遠，李為擢用[17]，此不足徵[18]。」某曰：「不知今者，視之古事在書，取為今證。遠自三代[19]、兩漢[20]，近至隋氏[21]、國初[22]，尚可援引，況前十五年名相故事，反不足為例乎？況盧公薦止以骨肉寒餓，求守滁陽㉓，非如某以親弟廢痼㉔，寒餓仍之㉕，是盧公有一㉖，某有二㉗，與盧公所切㉘，復為不同。仲尼㉙曰：『雍也可使南面㉚。』今刺史古之南面諸侯㉛，行天子教化刑罰者，江淮鹽鐵留後，求利小臣，校量輕重，與刺史相懸㉜。求利臣乃可吏部員外郎為之，十萬戶州，天下根本之地，曰吏部員外郎不可為其刺史，即是本末重輕，顛倒乖戾㉝，莫過於此。」

【章旨】本章主要講自己雖然任職吏部員外郎，但求任湖州刺史，也是合情合理的。

【注釋】❶吏部句　按照慣例，吏部員外郎是不應該出任郡州刺史的。吏部員外郎，官名。為尚書省吏部之頭司吏部司次官，掌官員考績、調任等事。因為此為要職，所以杜牧的朋友勸他不可辭去此職而去出任刺史。❷子　您。❸堅懇　堅持懇請。❹六典　周朝制定的建國安邦的法律制度。具體指治典、教典、禮典、政典、刑典、事典。這裡泛指各種法令制度。❺令式　法令制度。❻故事　指過去的規章制度及典故。❼國史　指唐朝歷史。❽進趨之徒　指一心想當官的人。❾貞元　唐德宗李适的年號。西元七八五年至八〇四年。❿盧公邁　人名。即盧邁。洛陽人。字子玄。先後任太子正字、諫議大夫、尚書右丞、同平章事等職。⓫滁州　地名。在今安徽省滁州市。⓬澶王　指唐憲宗的兒子李㤝。李㤝被封為澶王。⓭李凝　人名。先後任澶王傅、鹽鐵使留後等職。⓮鹽鐵使　官名。掌鹽鐵專賣等事。於長安、江陵等地設留後，以處理各地有關事務。⓯江淮　地名。江指長江，淮指淮河。今江蘇、安徽二省處於長江、淮河流域，因以「江淮」泛指這一地區。⓰留後　鹽鐵使的屬官。見前注。⓱擢用　提拔使用。⓲不足徵　不能拿來作例證。⓳三代　指夏、商、周三個朝代。⓴兩漢　指西漢和東漢。㉑隋氏　指隋朝。㉒國初　指唐朝初年。㉓滁陽　地名。即滁州。㉔廢痼　因難愈的疾病而成為殘廢。痼，經久難愈的疾病。杜牧的弟弟雙目失明。㉕仍之　在此之上又加上。仍，重；又。之，代指廢痼。㉖一　指一條求任刺史的理由。即上文說的「骨肉寒餓」。㉗某有二　我有兩條求任刺史的理由。一是「親弟廢痼」，二是「寒餓」。某，杜牧自稱。㉘所切　切身之苦。切，深切而急迫。㉙仲尼　人名。指孔子。孔子名丘，字仲尼。㉚雍也句　冉雍這個人，可以讓他當一位南面而坐的諸侯。雍，人名。指冉雍。孔子的弟子。南面，面向南。古代以面向南為尊，故天子、諸侯與臣下相見時，總是面向南而坐。本句出自《論語・雍也》。㉛今刺句　現在刺史的地位，就相當於古代那些南面而坐的諸侯。㉜相懸　相差很遠。㉝乖戾　差錯。乖，違背。戾，違背。

【語　譯】杜牧敬啟閣下。有一位愛護我的朋友對我說：「按照慣例，吏部員外郎是不應該出任州郡刺史的，所以您不要提出這樣的要求；如果已經提出來了，也千萬不要再堅持懇求下去。」這位朋友再三地如此叮囑我。我回答說：「我的學問雖然不多，但考察一下六典制度和眾多的歷史事實，似乎都沒有如此規定，在本朝的歷史中，也沒有哪位賢相名卿留下這類的話作為格言。這樣的說法，是那些急於昇官發財的人自己編造出來的。如果談到例證問題，貞元初年，已故丞相盧邁就是由吏部員外郎的職位而出任滁州刺史，近年，澶王的師傅李凝就出任了江淮地區的鹽鐵使留後。怎能說以前沒有這類例證呢？」那位朋友又說：「盧邁的事距現在太遠，李凝出任留後是一種提拔任用。這些都不能拿來作例證。」我回答說：「不知道現在該怎麼辦的人，就應該考察一下史書上的古代事情，把這些事情拿來作今天的榜樣。從遙遠的三代、兩漢，到近代的隋朝和本朝初年，其間的事情都可以拿來作例證，為什麼僅僅十五年以前名相盧邁的事情，反而不能拿來作例證呢？更何況盧邁僅僅是因為親人的衣食不足，就要求出任滁州刺史，並非像我現在這樣：不僅親弟弟因雙眼失明成為殘廢，而且還缺衣少食。這就是說，盧公只有一條要求出任刺史的理由，而我卻有兩條要求出任刺史的理由，與盧公的切身之痛相比，我的負擔要重得多。孔子說：『冉雍這個人啊，可以讓他當一位面南而坐的諸侯。』現在刺史的地位，就相當於古代那些面南而坐的諸侯，他們負責推行天子的教化，執行天子的刑罰；而江淮地區的鹽鐵使留後，只不過是一個搜求財利的小臣而已，比較一下二者的輕重，他遠遠比不上刺史的地位重要。吏部員外郎可以去當一名搜求財利的小臣，而湖州是一個擁有十萬戶百姓的大州，是國家最重要的地區之一，現在卻說吏部員外郎不應該去擔任它的刺史，這就說明本末倒置、輕重錯亂，在這件事情上表現得最為突出。」

某弟頡，世冑①子孫，二十六一舉進士及第，嘗為〈上裴相公書〉，遒壯②溫潤，詞理傑逸③，賈生④、司馬遷⑤能為之，非班固⑥、劉向⑦輩亹亹⑧之詞，流於後輩，人皆藏之。朱崖⑨李太尉⑩迫以世舊⑪，取為浙西⑫團練使巡官⑬，李太尉貴驕多過，凡有毫髮⑭，頡必疏⑮而言之。後謫袁州⑯，於蒼惶⑰中言於親吏曹居實⑱曰：「如杜巡官愛我之言，若門下人盡能出之⑲，吾無今日。」李太尉在袁州，頡客居淮南⑳，牛公㉑欲辟為吏，頡謝㉒曰：「荀爽㉓為李膺㉔御㉕，以此顯名，今受命為幕府下執事㉖，御李膺矣。然李公困謫遠地，未願仕宦。」牛公嘆美之。聰明雋傑，非尋常人也。

某自省事㉗已來，未聞有後進名士㉘，喪明㉙廢棄，窮居海上㉚，如頡比者㉛。今有一兄㉜，仰以為命，復不得一郡以飽其衣食，盡其醫藥㉝，非今日海內無也，言於所傳聞，亦未有也。

【章旨】本章具體闡述了要求出任湖州刺史的原因。

【注釋】①世冑　世家後代。世，世家；貴族。冑，後代。②遒壯　剛勁而有氣勢。遒，剛勁；有力。③傑逸　高妙飄逸。④賈生　人名。指賈誼。西漢洛陽人。先後任太中大夫、長沙王太傅等職。是著名的政論家、文學家。⑤司馬遷　人名。西漢夏陽人。字子長。先後任太史令、中書令。是著名的史學家，著有《史記》。⑥班固　人名。東漢扶風安陵人。字孟堅。先後任蘭臺令史、中護軍等職。是著名的史學家。著有《漢書》。⑦劉向　人名。西漢人。先後任散騎諫大夫、光祿大夫等職。曾校閱古籍，有多本著述。⑧亹亹　華美的樣子。⑨朱崖　地名。又叫珠崖、珠厓。在今海南省海口市。⑩李太

尉 指李德裕。太尉，官名。三公之一，多為加官，無實職。李德裕字文饒。趙郡人。先後任校書郎、節度使、兵部侍郎、同平章事等職。以功拜太尉，進封衛國公。宣宗時被貶為崖州司戶。唐代的崖州，在隋代稱珠崖郡。故稱之為「珠崖李太尉」。⑪迫以世舊 迫於世舊關係。李德裕的父親李吉甫曾在杜牧的祖父杜佑屬下任過職，後又由李吉甫介紹，杜牧的從兄杜悰娶岐陽公主，故曰兩家為世舊。杜牧對李德裕不滿，故曰李德裕任用杜顗是「迫以世舊」。⑫浙西 地名。指今浙江省浙江西部及西北部地區。唐代在這裡設浙西觀察使。後又在這裡設鎮海軍節度使。大和八年（西元八三四年），李德裕出任鎮海軍節度使，他任命杜顗為巡官。⑬團練使巡官 官名。團練使，官名。掌防務。巡官，官名。所掌事務多不相同，或掌軍田，或掌轉運，或掌館驛。團練使巡官則掌防務。⑭毫髮 指很小的錯誤。⑮疏 分條陳述。⑯袁州 地名。在今江西省宜春市。⑰蒼惶 匆忙；慌張。⑱曹居實 人名。生平不詳。⑲出之 說這樣的話。⑳淮南 地名。相當於今江蘇、安徽兩省長江以北、淮河以南地區。㉑牛公 指牛僧孺。安定鶉觚人。字思黯。進士及第。先後任御史中丞、同平章事、兵部尚書、淮南節度副大使等職。當時牛李黨爭激烈，牛僧孺為牛黨首領，李德裕為李黨首領。㉒謝 謝絕。㉓荀爽 人名。東漢潁陰人。字慈明。自幼好學，長期隱居。董卓弄權時，被徵入朝，九十五日位至三公。後與王允謀誅董卓，未果而病卒。㉔李膺 人名。東漢潁川襄城人。字元禮。曾任司隸校尉、長樂少府等職。李膺為當時的大名士，受到他接見的人被稱為「登龍門」。㉕御 駕車。荀爽曾拜訪李膺並為李膺駕車，他以此為榮，對人說：「我今天為李君駕車了。」㉖下執事 最低級的辦事人員。此為謙語。㉗省事 懂事。省，明白；懂得。㉘後進名士 有名聲的年輕人。後進，晚輩；年輕人。㉙喪明 失明。㉚海上 海邊；沿海地區。具體指揚州一帶。㉛比者 一樣的人。㉜一兄 指杜牧自己。㉝盡其句 完全負擔他的醫藥費用。盡，完全；滿足。

【語譯】我的弟弟杜顗，是世族子孫，二十六歲那一年，一舉就考中了進士。他曾經寫了一篇〈上裴相公書〉，風格雄健溫潤，文詞和內容都高妙飄逸，他的文章像賈誼、司馬遷的文章一樣好，還不是班固、劉向一類的人所寫的那種華麗文詞。他的文章傳到後輩人手中，都被珍藏起來。朱崖李太尉迫於世舊關係，任命杜顗為浙西團練使巡官。李太尉地位高貴，為人傲慢，因而犯了不少過錯，哪怕這些過錯很小很小，杜顗也要一條一條地給他指出來。後來，李太尉被貶到袁州，他在匆忙恐慌之中對自己的親近官吏曹居實說：「像杜巡官那種愛護我的諍諫之言，如果我門下的人都能多說一些，我就不會有今天了。」李太尉在袁州時，杜顗客居於淮南，牛公想任用杜顗為官屬，杜顗婉言謝絕了，說：「荀爽為李膺駕過車，憑此他名聲遠揚，我現在如果接受您的命令在您的幕府中擔任低級辦事人員，這也是為李膺駕車一類的好事情。然而李太尉現在被貶在遠方，正在受困受窮，因此我現在還不願當官。」牛公聽後感嘆不已，對他很是讚揚。我弟弟聰明傑出，不是一位平凡之人。

我自懂事以來，還從未聽說過有哪一位有名聲的年輕人像我弟弟杜顗那樣，因雙目失明而成為殘廢，窮居於沿海地區。他現在只有我這一個兄長，要依賴我生活，而我又不能出任一州刺史，用自己的俸祿讓他吃飽穿暖，完全負擔他的醫藥費用，這種事情不僅現在全國沒有，即便是在傳聞之中，也是沒有的。

自古喜莫若虢國❶太子以其死而復生，言懇莫若申包胥❷求救於秦，七日七夜，哭聲不絕。某今懇如包胥，但未哭爾。若蒙恩憫，特遂血懇❸，其喜也不下虢太子。詞語煩碎，頻干尊重❹，足及軒闥❺，神驚汗流，不勝憂恐懇悃之至。謹啟。

【章　旨】本章重點說明了自己要求出任湖州刺史的誠意。

【注　釋】❶虢國　周代諸侯國名。在今陝西省寶雞縣東。後遷往今河南省一帶。關於虢國太子死後而生的事，見〈祭周相公文〉注㊺。❷申包胥　人名。春秋時楚國大夫。姓公孫。因封於申，故名申包胥。吳軍攻楚時，申包胥到秦國求救，哭於秦廷七日七夜，秦終於出兵救楚，打敗吳軍。❸血懇　至誠。❹頻干　多次打擾您。頻，多次。干，打擾。尊重，對對方的尊稱。❺軒闥　代指朝廷和丞相府。軒，指諸侯大夫乘坐的車。闥，宮中小門。

【語　譯】自古以來，最為高興的人大概就是死而復生的虢國太子，最懇切的人大概是去秦國求救的申包胥，整整七天七夜，申包胥在秦廷哭聲不絕。我現在的態度像申包胥一樣的誠懇，只是沒有哭泣而已。如果能夠得到您的恩准和憐憫，使我的這片誠心得以實現，那麼我的喜悅之情將不下於虢國太子。我的信寫得很長很瑣碎，多次打擾您，每當我去相府懇請時，我都恐慌萬分、汗流浹背。我不勝憂恐，誠懇之至。杜牧敬啟。

上宰相求湖州第二啟

【題　解】為了出任湖州刺史，杜牧給丞相寫了第二封信。信中回顧了自己早年的貧苦生活和為弟弟杜顗醫治眼疾的經過，最後說明自己身體狀況極差，希望能在生前與弟弟再見一面，並為他掙一些衣食醫藥費用。

本文語言質樸，抒情真誠，十分感人。

某啟。某幼孤貧，安仁❶舊第，置於開元❷末，某有屋三十間。去❸元和❹末，酬償息錢❺，為他人有，因此移去❻。八年中，凡十徙❼其居，奴婢寒餓，衰老者死，少壯者當面逃去，不能呵制。有一豎❽，戀戀憫嘆❾，挈❿百卷書隨而養之。奔走困苦，無所容庇，歸死延福私廟⓫，支拄欹壞⓬而處之。長兄⓭以驢遊丐⓮于親舊，某與弟顗食野蒿藿⓯，寒無夜燭，默所記者⓰，凡三周歲，遭遇知己，各及第得官。

【章　旨】本章回顧了自己早年的貧苦生活。

【注　釋】❶安仁　地名。即安仁里。在長安城中。❷開元　唐玄宗李隆基的年號。西元七一三年至七四一年。❸去　到了。❹元和　唐憲宗李純的年號。西元八〇六年至八二〇年。❺酬償句　償還別人的利錢。息錢，借債所付的利錢。❻移去　搬走。❼徙　遷徙；搬家。❽豎　家童；童僕。❾戀戀句　戀戀不捨，同情哀嘆。❿挈　提；帶著。⓫歸死句　回到延福里的家廟裡等死。延福，地名。指延福里。在長安。⓬欹壞　傾斜毀壞。欹，傾斜。⓭長兄　指杜牧的堂兄杜慥。⓮遊丐到處乞求。⑮蒿藿　泛指野菜。蒿，一種野草。藿，豆葉。⑯默所句　心中默念平時所記住的一些知識。

【語　譯】杜牧敬啟閣下。我從小就貧苦無依，祖上留下的安仁里的舊住宅，建於開元末年，我有其中的三十間房子。到了元和末年，為了償還別人的利息，這些房子就歸別人所有了，因此我們只好搬了出去。此後的八年之中，我們總共搬了十次家，奴婢們跟著受寒挨餓，其中衰老的就在寒餓中死去，少壯者當著我們的面公然逃走，我們也無法予以呵斥制止。有一位家童，對我們依依不捨，他不停哀嘆，對我們十分同情，於是就讓他帶著上百卷書跟隨著我們，由我們養活。我們到處奔走，困苦不堪，無處容身，最後只得回到延福里的家廟裡等死，家廟的梁柱已經傾斜朽壞，我們就住在這傾壞的梁柱之間。長兄杜慥就騎著驢子到處向親朋舊友乞討，我和弟弟杜顗就靠吃野菜度日。寒冷的夜晚沒有蠟燭照明，我們就默念平時所學到的知識。這樣的生活我們過了整整三年，後來遇到了知己之人，在他們的幫助下我們兄弟纔都考中了進士，有了一官半職。

文宗皇帝改號❶初年，某為御史❷分察東都❸，顗為鎮海軍❹幕府吏。至二年間，顗疾眼，暗無所覩，故殿中侍御史❺韋楚老❻曰：「同州❼有眼醫石公集，劍南❽少尹❾姜沔❿喪明，親見石生⓫針之，不一刻⓬而愈，其神醫也。」某迎石生至洛⓭，告滿百日⓮，與石生俱東下，見病弟于揚州⓯禪智寺⓰。石曰：「是狀也，腦積毒熱，脂融流下，蓋塞瞳子，名曰內障⓱。法⓲以針旁入白睛穴⓳上，斜撥去之，如蠟塞管，蠟去管明，然今未可也。後一周歲，脂當老硬，如白玉色，始可攻⓴之。某世攻此疾，自祖及父，某所愈者，不下二百人，此不足憂。」其年秋末，某載病弟與石生自揚州南渡，入宣州㉑幕。至三年冬，某除㉒補闕[23]，石生自曰明年春眼可針矣，視瞳子中，脂色玉白，果符初言。堂兄慥[24]守潯陽[25]，泝流[26]不遠，刺史之力也，復可以飽石生所欲[27]，今其盡心，此即家也，京中無一畝田，豈可同歸，遂如潯陽。四年二月，某於潯陽北渡赴官，與弟顗決[28]，執手哭曰：「我家世德，汝復無罪，其疾也豈遂痼[29]乎，然有石生，慎無自撓[30]。」其年四月，石生施針，九月，再施針，俱不效。五年冬，某為膳部員外郎[31]，乞假往潯陽取顗西歸，顗固[32]曰：「歸不可議[33]，俟[34]兄慥所之[35]而隨之。」

會昌[36]元年四月，兄慥自江[37]守蘄[38]，某與顗同舟至蘄。某其年七月卻歸京師。明年七月，出守黃州[39]，在京時詣[40]今虢州[41]庾使君[42]，問庾使君眼狀，庾云：「同州有二眼醫，石公集是一也，復有周師達者，即石之姑子，所得當同[43]，周老石少，有術甚妙，似石不及。某常病內障，愈于周手，豈[44]少老間工拙[45]有異。」某至黃州，以重幣[46]卑詞，致周至蘄。周見弟眼曰：「嗟乎！眼有赤脈[47]。凡內障脂凝有赤脈綴之者，針撥不能去赤脈，赤脈不除，針不可施，除赤脈必有良藥，某未知之。」是石生業淺[48]，不達[49]此理，妄再[50]施針，周不針而去。

時西川[51]相國兄[52]始鎮揚州，弟兄謀曰：「揚州大郡，為天下通衢[53]，世稱異人術士多遊其間，今去值有勢力[54]，可為久安之計，冀[55]有所遇。」其年秋，顗遂東下，因家揚州。

與顗一相見，別八年矣。坐一室中，不復有再生意[56]。住三十日而西，臨歧與訣[57]，曰：「此行也必祈大郡[58]，東來謀汝醫藥衣食，庶幾[59]如志。」近聞九疑山[60]南有隱士綦母弘者，人言異人，能愈[61]異疾。忠州[62]豐都縣[63]有仙都觀[64]，後漢時仙人陰長生[65]於此白日昇天[66]，今聞道士龔法義年逾八十，精嚴[67]其法。人之所謂有前世負累[68]，今世還以痼疾者，奏章[69]於上帝，能為解之[70]。刺史之力，二人或可致，是以去歲[71]閏十一月十四日，輒獻長啟[72]，乞守錢塘[73]，蓋以私懇有素[74]，非敢率然[75]。言念病弟喪明，坐廢十五年矣，但能識某聲音，不復知某髮已半白，顏面衰改[76]。是某今生可以見顗，而顗不能復見某矣，此天也，無可奈何；某能見顗而不得去，此豈天乎！而懸在相公[77]。若小人微懇[78]終不能上動相公，相公恩憫終不下及小人，是日月下[79]親兄弟終無相見期。況去歲淮南[80]小旱，衣食益困，目無所覩，復困於衣食，即海內言窮苦人，無如顗者。今敢以情事[81]，再書懇迫[82]，上干尊重[83]，伏料仁旨[84]必為憫惻[85]。

【章　旨】本章回顧了給弟弟杜顗治病的經過，說明了弟弟現在的困難處境以及兄弟之間的相思之情，表達了自己出任湖州刺史的誠意。

【注　釋】❶改號　改變年號。唐文宗李昂即位後，改年號為大和（西元八二七年至八三五年），後又改年號為開成（西元八三六年至八四〇年）。這裡講的改號指第二次改號開成。❷御史　官名。開成元年，杜牧任監察御史，其職責是負責糾察州縣、館驛等事。❸東都　地名。指東都洛陽。❹鎮海軍　方鎮名。治所在蘇州。❺殿中侍御史　官名。掌糾彈殿廷儀式、推按刑獄等事。❻韋楚老　人名。生平不詳。❼同州　地名。在今陝西省大荔縣。❽劍南　地名。相當於今四川省中部、貴州省西部和雲南省大部地區。治所在益州（今四川省成都市）。❾少尹　官名。為州府的副長官。❿姜沔　人名。生平不詳。⓫石生　即上文提到的石公集。生，對讀書人的稱呼。⓬刻　時間單位。古人分一晝夜為一百刻。⓭洛　地名。即洛陽。⓮告滿句　請了整整一百天的假。⓯揚州　地名。即今江蘇省揚州市。⓰禪智寺　寺廟名。在揚州城東。⓱內障　眼病名。類似今天說的白內障。⓲法　治療方法。⓳白睛穴　眼睛上的穴位名。⓴攻　治療。㉑宣州　地名。在今安徽省宣州市。唐朝制度：官員請假滿百日，即自動停職。故杜牧假滿百日後，即棄去監察御史一職，後被宣歙觀察使崔鄲聘為團練判官等職。㉒除　任命；任職。㉓補闕　官名。開成三年，杜牧被朝廷任命為左補闕，掌諫議等事。㉔慥　人名。指杜慥。杜牧的堂兄。㉕潯陽　地名。在今江西省九江市。杜慥當時在潯陽任刺史。㉖泝流　逆著水流的方向走。㉗飽石生所欲　滿足石生的要求。㉘決　告別。㉙痼　難以治癒。㉚慎無句　千萬不要自尋煩惱。慎，表示告誡。相當於「千萬」。撓，擾亂；煩惱。㉛膳部員外郎　官名。掌陵廟犧牲、酒膳等事。㉜固　堅持。㉝歸不句　西歸長安這件事不必再商量了。㉞俟　等待。㉟所之　所到之處。之，到。㊱會昌　唐武宗李炎的年號。西元八四一年至八四六年。㊲江　地名。即江州。治所在潯陽。㊳蘄　地名。即蘄州。在今湖北省蘄春市。㊴黃州　地名。在今湖北省黃岡市。㊵詣　到。㊶虢州　地名。在今河南省靈寶縣。㊷庾使君　姓庾的刺史。使君，對州郡長官的尊稱。㊸所得句　他們所學到的醫術應該是一樣的。㊹豈　難道是；也許是。㊺工拙　指醫術的高低。工，工巧；高妙。拙，笨。㊻重幣　重禮；重金。㊼赤脈　紅色的脈紋。㊽業淺　醫術不高。㊾達　明白。㊿再　兩次。(51)西川　地名。指今四川省西部地區。(52)相國兄　指杜牧的堂兄杜悰。杜悰於會昌二年出任淮南節度使，治所在揚州。這就是本句講的「始鎮揚州」。會昌四年，杜悰入朝任宰相。杜牧寫這封信時，杜悰已罷相，出任劍南西川節度使。故稱「西川相國兄」。(53)通衢　四通八達的交通要道。(54)值有勢力　剛好兄長還有點權力。值，剛好遇上。(55)冀　希望。(56)再生意　這裡指醫好雙眼的希望。(57)臨歧句　在大路口與弟弟分手時。歧，岔道。決，告別。(58)祈大郡　要求當大郡的長官。(59)庶幾　差不多；也許。(60)九疑山　山名。又叫九嶷山。在今湖南省寧遠縣南。(61)愈　治好。(62)忠州　地名。在今四川省忠縣。(63)豐都縣　地名。在今四川省丰都縣。(64)仙都觀　道教宮觀名。(65)陰長生　人名。東漢新野人。隨馬鳴生學道，後昇天成仙。(66)昇天　指昇天成仙。(67)精嚴　精通。(68)前世負累　前生做過不當之事。負累，牽累。指做過不好的事。(69)奏章　獻奏章。(70)解之　解除這種負累。(71)去歲　指大中三年（西元八四九年）。(72)長啟　長信。(73)錢塘　地名。在今浙江省杭州市。(74)私懇有素　我的這片真誠願望由來已久。素，平素；向來。(75)率然　輕率做出決定。(76)衰改　變得衰老了。(77)懸在相公　掌握在宰相您的手中。(78)微懇　小小的懇求。微，小。(79)日月下　指生前、在人間。(80)淮南　地名。指今江蘇、安徽二省長江以北、淮河以南地區。(81)情事　真實情況。情，真實。(82)懇迫　迫切懇求。(83)上干旬　打擾您。干，打擾。尊重，對丞相的尊稱。(84)仁旨　仁慈之心。(85)憫惻　憐憫同情。惻，同情。

【語　譯】文宗皇帝改年號為開成的初年，我擔任監察御史，分派去督察東都洛陽，杜顗在鎮海軍節度使的幕府中當幕僚。到了開成二年時，杜顗眼睛患病，眼前一片黑暗，什麼也看不見。已故的殿中侍御史韋楚老對我說：「同州有一位眼醫叫石公集，劍南少尹姜沔雙目失明，我親眼看到石公集用針治療，不到一刻時間，姜沔的眼病就被治好了。石公集真是一位神醫啊！」我就把石公集請到了洛陽，然後請了整整一百天假，與石公集一起到東邊去，到揚州的禪智寺裡去看望生病的弟弟。石公集說：「杜顗的眼病症狀，是因為他腦子裡積累了毒熱，這種毒熱使腦中的油脂融化，向下流淌，遮蓋了瞳孔，病名叫『內障』。治療的方法就是用針從旁邊刺入白睛穴，斜著撥去遮蓋瞳孔的油脂。油脂遮蓋瞳孔就好像蠟堵塞管子一樣，把蠟撥去，管子自然就透明了。然而現在還不能治療，等到一整年以後，油脂將變老變硬，顏色猶如白玉，那時纔可治療。我們家世世代代專治此病，從我祖父到我父親一直以此為業，僅僅我治癒的這種病人，就不少於二百人，這種病不用擔心。」那一年的秋末，我帶著生病的弟弟和石公集一起從揚州向南渡過長江，到宣歙觀察使的幕府裡當幕僚。到了開成三年冬天，我被任命為左補闕，石公集自己說第二年春天就可以施針治療眼疾了。觀察一下杜顗的瞳孔，其中的油脂色白如玉，果然與石公集當初說的一樣。我的堂兄杜慥在潯陽任江州刺史，沿長江逆流而上，路程也不算太遠，當刺史的堂兄杜慥的力量，也完全可以滿足石公集的要求，使他願意盡心盡力地治療。潯陽就是我們的家呀，我們在京城中沒有一畝土地，怎能一起回京呢！於是我們就到了潯陽。開成四年二月，我從潯陽北渡長江進京赴任，與弟弟杜顗分別時，兩人拉著手戀戀不捨，我哭著對他說：「我們家世世代代施德於人，你本人又沒犯過什麼過錯，你的眼病怎麼會成為不治之症呢？而且有石公集在這裡，你自己千萬不要太煩惱了。」那一年的四月，石公集施針治療，到了九月，第二次施針治療，但都未見效。開成五年冬天，我擔任膳部員外郎時，請假去潯陽接杜顗回西邊的京城，杜顗卻堅持說：「回京城的事不必再商量，我要同兄長杜慥在一起，他到哪兒，我就跟他到哪兒。」

會昌元年四月，堂兄杜慥自江州刺史調任蘄州刺史，我與杜顗同船到了蘄州。我於這一年的七月回到京城。第二年七月，我出任黃州刺史。在京的時候，我到現任虢州刺史庾使君那裡，詢問他的眼病情況，庾使君告訴我說：「同州有兩位眼醫，石公集是其中的一位，另一位叫周師達。周師達是石公集姑母的兒子，二人所學的醫術應該是一樣的，但周師達年老一些，石公集年輕一些，周師達的醫術十分高超，石公集似乎比不上他。我曾經患內障病，就是周師達為我治癒的。莫非是因為二人年紀大小不同，醫術也有高低不同吧！」我到黃州以後，就用重金和謙恭的言詞，把周師達請到了蘄州。周師達檢查了弟弟的眼病後，說：「唉呀！眼中有紅色的脈紋。所有的內障病，在油脂凝結以後，如果上面有紅色的脈紋相互連綴的話，用針是無法撥除紅色脈紋的，紅色脈紋撥除不了，就無法施針治療。要想除去紅色脈紋，一定要有良藥，而我對此卻不甚了解。」這說明石公集的醫術還不甚高明，他不明白這個道理，所以他錯誤地兩次施針治療，而周師達沒有施針治療就走了。

那時，現任西川節度使的相國兄長杜悰剛到揚州任淮南節度使，我們兄弟倆就商量說：「揚州是個大郡，是全國的交通要道，被世人稱作『異人術士』的人大多都到這裡遊歷，現在我們到那裡去，剛好兄長還有點權力，我們可以長期在那裡安居下來，希望有一天能夠遇上可以治好此病的人。」那年秋天，杜顗就沿江東下，在揚州住了下來。我與弟弟杜顗自從那次見面以後，至今已整整分手八年了。弟弟經常端坐在一間屋裡，心中不再抱有把病治癒的希望。我在那裡住了三十天，然後回西邊的京城，在岔路口分手時，我對他說：「我這次回京，一定要求當一個大郡的刺史，然後回到東邊來為你謀取醫藥和衣食費用，也許我們能夠如願以償的。」最近我聽說，九疑山南有一位隱士名叫綦母弘，大家都說他是一位異人，能夠治愈一些怪病。忠州豐都縣有一座仙都觀，東漢時的仙人陰長生就是在這裡白日昇天成仙的，我聽說現在那裡有一位道士名叫龔法義，他已經八十多歲了，精通陰長生的仙法。一個人如果前生做了有負於人的事情，那麼今生就會患上難以治癒的疾病以償還前債，這時如果請道士舉行儀式獻奏章給上帝，就能夠消解病災。當刺史的力量，也許能夠把綦母弘和龔法義二人請來，因此去年閏十一月十四日，我就給您寫了一封長信，要求去錢塘任杭州刺史，這是因為我一直都有這個願望，絕非一時的草率決定。我心中時刻都在念道，生病的弟弟雙目失明，已經整整殘廢了十五年了，他只能聽出我的聲音，再也無法看到我的頭髮已經半白，面容已經衰老了。今生我能看見弟弟杜顗，而弟弟杜顗再也無法看見我，這是天意，人力是無可奈何的；我能夠看得見弟弟杜顗卻不能前去看他，這難道也是天意嗎！我能否見到弟弟完全取決於丞相您啊！如果我的這個小小的懇求最終不能感動您，您的恩德和憐憫最終也不願施及於我，那麼我們親兄弟今生就再也沒有見面的機會了。更何況去年淮南地區遭受到了一些旱災，他的生活更加困難，我弟弟兩眼什麼也看不見，再加上缺衣少食，那麼全國所謂的受窮受苦之人，沒有哪一個比得上我弟弟杜顗的痛苦大。今天，我講了真實情況，再次寫信給您，迫切要求出任湖州刺史，我冒昧打擾您，料想仁慈的您一定會同情我的。

然某早衰多病，今春耳聾，積四十日，四月復落一牙。耳聾牙落，年七八十人將謝❶之候❷也，今未五十，而有七八十人將謝之候，蓋人生受氣❸，堅強脆弱，品第❹各異也。堅強者七八十而衰，脆弱者四五十而衰，其不同也，亦與草木中蒲柳❺松柏同也。某今生四十八矣，自今年來，非唯耳聾牙落，兼以意氣錯寞❻，在群眾歡笑之中，常如登高四望，但見莽蒼❼大野，荒墟廢壠❽，悵望寂默❾，不能自解❿。此無他也，氣衰而志散，真老人態也。自省人事⓫已來，見親舊交遊，年未五十尚壯健而死者眾矣，況某早衰，敢望六七十而後死乎。願未死前，一見病弟，異人術士，求其所未求，以甘其心⓬，厚其衣食之地⓭。某若先死⓮，使病弟無所不足，死而有知，不恨死早。湖州三歲，可遂此心⓯。伏惟仁憫，念病弟望某東來之心，察某欲見病弟之志，一加哀憐，特遂血懇，披剔肝膽⓰，重此告訴。當盛暑時，敢以私事及政事堂⑰啟干⑱丞相，治其罪可也。伏紙流涕，俯候嚴命⑲，不勝憂惶激切之至。謹啟。

【章旨】本章先寫自己早衰多病，接著寫自己希望在有生之年，能夠再為弟弟的疾病治療和衣食費用努力一次。

【注釋】❶謝 謝世；去世。❷候 徵候；徵兆。❸受氣 接受陰陽之氣。古人認為，包括人在內的萬物都是陰陽二氣和合而成。❹品第 類別。這裡指身體的好壞。❺蒲柳 兩種植物名。即蒲草和柳樹。這兩種植物落葉較早，所以常用來比喻人的早衰。❻意氣錯寞 情緒雜亂低落。❼莽蒼 空曠迷茫的樣子。❽廢壠 荒墳。壠，墳墓。❾悵望句 我悵然望去，一片荒寂。悵，失意；不高興。❿自解 自我寬解。指從這種情緒中解脫出來。⓫省人事 懂事。省，明白。⓬甘其心 使他心情愉快。甘，愉快。⓭地 地方；處境。引申為方法。⓮先死 早死。⓯遂此心 滿足這個心願。遂，成功；實現。⓰披剝句 把自己的真心話全部講出。披，披露。剝，排出；說出。肝膽，代指真實想法。⓱政事堂 官署名。唐代宰相集體議政的地方。⓲啟干 開口打擾。啟，開口；陳述。干，打擾。⓳俯候句 我敬候您的命令。俯，敬詞。俯下。嚴，敬詞。有威嚴的。

【語譯】我現在早衰多病，今年春天，耳聾長達四十天之久；四月，我又掉了一顆牙齒。耳聾牙落，這是七八十歲的老人將要去世時的徵兆。我今年還不到五十歲，身體卻出現了七八十歲的老人快要去世時的徵兆，這大概是因為人生來都要接受陰陽之氣，而陰陽之氣又有堅強與脆弱的不同，於是人的身體也就有了強弱之分了。身體強壯的人到七八十歲纔開始衰老，身體脆弱的人到四五十歲時就衰老了，人的身體強弱不同，就與草木中蒲柳和松柏的不同是一樣的。我現在四十八歲了，今年以來，我不僅耳聾牙落，而且情緒雜亂低沉，在眾人的歡笑聲中，而我的感覺總好像是登高四望，滿目都是迷茫無際的曠野，是荒蕪的廢墟墳墓，我悵然望去，一片寂寥，而且我久久不能從這種低落的情緒中解脫出來。這沒有其他原因，就是因為自己的血氣衰退，心志無法專一了，這是真正的老年人情態。自從我懂事以後，看到許多親戚朋友年齡還不到五十歲、身體還很強壯就去世了，更何況我是個早衰之人，豈敢奢望活到六七十歲纔去世呢！我希望能在未死之前，再見病弟一面，再尋找一些異人術士，再做一些從前沒有做過的努力，以保證他心情愉快，衣食豐足。我如果真的早死了，只要能使生病的弟弟一切滿意，那麼我死後有知的話，也絕不會為自己的早死而遺憾。在湖州擔任三年刺史，就可以了卻這樁心願。我希望仁慈的丞相，能夠念及病弟盼望我東去的急切心情，念及我想見見病弟的迫切願望，對我們加以同情憐憫，使我們能夠如願以償。我講出自己的全部真心之言，再次向您祈告。現在正值酷暑天氣，我卻把自己的私事拿到政事堂上來打擾丞相，這是完全可以治我的罪的。我面對信紙，淚流滿面，我敬候您的命令，不勝憂愁惶恐，也不勝激動。杜牧敬啟。

上宰相求湖州第三啟

【題解】為了出任湖州刺史，杜牧給丞相寫了第三封信。信中再次說明了病弟孀妹困居淮南的情況以及自己要求出任湖州刺史的迫切心情。

某啟。某去歲閏十一月十四日，輒書❶微懇，列在長啟❷，干黷尊重❸，乞守錢塘❹，以便❺家事。自嘆精誠不能上動相公，不遂私便。伏以病弟孀妹❻，因緣事故❼，寓居❽淮南❾，京中無業❿，今者不復西歸，遂於淮南客矣。病孤之家，假使旁有強近⓫，救接庇借，歲供衣，月供食，日問其所欠闕⓬，尚猶戚戚多慼⓭，無樂生意⓮。況乎為客於大藩⓯喧囂雜沓⓰之中，無俸祿，乏氣勢，食不繼月，用不給日，閉門於荒僻之地，取容⓱於里胥⓲

遊徼⑲之輩。部曲臧獲⑳，可以氣凌鼠侵㉑，又不能制止，所可仰以為命者，在三千里外一郎吏㉒爾。復有衣食生生㉓之所須，悉多欠闕，欲其安活，而無歎吒悲恨，不可得也。

去歲伏蒙恩念出於私曲㉔，語今青州㉕鄭常侍㉖云：「更與㉗一官，必任東去。」某承受仁旨㉘，不敢重以錢塘更塵視聽㉙。今自動曹擢為廢置㉚，在某更授一官已榮遇矣，在相公必任東去之言鏘然㉛在耳。近者累得書㉜，告以羈旅㉝困乏，聞於他人，可為酸鼻㉞，況於某心，豈易排遣。今年七月，湖州月滿㉟，敢輒㊱重書血誠㊲，再干尊重，伏希憐憫，特賜比擬㊳。

某伏念骨肉悉皆早衰多病，常不敢以壽考㊴自期，今更得錢三百萬，資弟妹衣食之地，假使身死，死亦無恨。湖州三考㊵，可遂此心㊶。湖州名郡也，私誠難遂也，不遇知己，豈得如志㊷。瀝血披肝㊸，伏紙迸淚，伏希殊造㊹，或賜濟活㊺，下情㊻無任懇悃㊼惶懼之至。謹啟。

【注釋】❶輒書　就表達了。輒，就。書，寫信；表達。❷長啟　長信。❸干黷句　打擾冒犯了您。干，打擾。黷，冒犯。尊重，對對方的尊稱。❹錢塘　地名。在今浙江省杭州市。❺便　有利於；以便於處理。❻孀妹　寡居的妹妹。孀，死了丈夫的婦人。❼因緣句　因為種種原因。因緣，因為。❽寓居　寄居。❾淮南　地名。在今江蘇、安徽二省長江以北、淮河以南地區。❿業　指家業田產。⓫強近　強盛的近親。⓬欠闕　即欠缺。闕，通「缺」。⓭戚戚多感　有許多傷感之情。戚戚，傷心的樣子。⓮樂生意　感到生活是快樂的。⓯大藩　大的藩鎮。指淮南。具體指淮南地區的大都市揚州。⓰雜沓混亂。⑰取容　曲從討好，取悅於人。⑱里胥　泛指低級官吏、衙役。⑲遊徼　指巡邏的士卒。徼，巡邏。⑳部曲句　部下和奴婢。部曲，泛指屬下。臧獲，對奴婢的賤稱。㉑氣淩鼠侵　淩辱侵害。鼠侵，像老鼠那樣侵害人。㉒郎吏　杜牧自指。當時杜牧任吏部員外郎，故自稱郎吏。㉓生生　養活生命。第一個「生」是動詞，養活。第二個「生」是名詞，生命。㉔私曲　您個人對我的偏愛。㉕青州　地名。在今山東省青州市。㉖鄭常侍　指一位姓鄭的散騎常侍。具體所指不詳。常侍，官名。即散騎常侍。掌侍從規諫。鄭任散騎常侍、青州刺史，故稱「青州鄭常侍」。㉗更與　再給；再提拔。㉘仁旨　仁慈之情。㉙更塵視聽　再打擾您。塵，污染；打擾。㉚今自句　現在，我已從司勳員外郎被提昇為吏部員外郎。勳曹，負責考功的官員。指司勳員外郎。曹，官署。廢置，罷黜或任用官員。具體指吏部員外郎。㉛鏘然　形容說話的聲音。㉜累得書　多次收到他們的來信。累，多次。㉝羈旅　客居在外。㉞酸鼻　因悲痛而鼻辛酸。㉟湖州句　指現任湖州刺史的任期已滿。㊱輒　就。㊲血誠　至誠。指要求出任湖州刺史的誠意。㊳比擬　按舊例予以批准。㊴壽考　長壽。考，老；年紀大。㊵三考　古代官吏的考績制度。即三年一考績。這裡代指三年任期。㊶可遂句　可實現這個心願。遂，成功；實現。㊷如志　如願。㊸瀝血句　形容真誠之至。瀝血，滴血。古人往往滴血為誓，以示誠意。披肝，坦露真實思想。㊹殊造　非同尋常的再造之恩。㊺濟活　救濟；救助。㊻下情　謙詞。指杜牧自己的思想。㊼悃　誠。

【語譯】杜牧敬啟閣下。我在去年閏十一月十四日，就表達過自己的一點小小懇求，這些我都寫在當時的那封長信中，這實在是打擾了您，我當時請求出任杭州刺史，以便於處理自己的家事。我自嘆自己的精誠不能感動丞相，因而也沒辦法辦好自己的家事。我的生病弟弟和寡居妹妹，因為種種原因，客居於淮南。我們在京城中沒有家產，所以他們現在也不能回到西邊的京城，於是只好客居於淮南了。多病、無勢之家，即使附近有強盛的近親，經常給予接濟保護，每年都供給衣服，每月都供給糧食，每天都去詢問一下還缺乏什麼，尚且會經常感到傷心，而沒有一點生活的快樂。更何況他們生活於喧囂混亂的大都市之中，沒有俸祿，沒有權勢，每月的糧食不夠吃，每天的東西不夠用，閉門蝸居於荒僻的角落，曲從討好那些衙役差使、巡邏兵卒之輩以求容身。甚至連一些部下奴婢，都可以對他們明欺暗侵，而他們卻無力加以制止，他們能夠賴以活命的人，就是我這個遠在三千里之外的郎吏而已。再加上衣食這些生活用品又很缺乏，如此要想使他們安心生活而不發出嘆息、產生悲哀，那是不可能的。

去年我受到您的關照，您出於對我的偏愛，告訴現任青州刺史的鄭常侍說：「再提拔他一次官職，就一定讓他到東邊去任職。」我接受了您的這片好意，就不敢再提出出任杭州刺史的要求以打擾您。現在，我已經從司勳員外郎被提拔為吏部員外郎，這對我來說，已經得到再提拔一次的殊榮；對您來說，應允我到東邊任職的諾言大概記憶猶新。最近，我多次收到弟弟、妹妹的來信，告訴我他們客居異鄉，窮困異常，這件事即使旁人聽到了，也會心酸流淚，更何況我自己呢，心中的憂傷豈能輕易排遣。今年七月，現任的湖州刺史任期已滿，於是我就再次給您寫信以表達自己願意出任湖州刺史的誠意，再次打擾您，希望您能夠憐憫我們，按照慣例答應我的請求。

我想到自己的親人都早衰多病，所以我一直不敢期望自己能夠長壽，現在如果能再得到三百萬錢的俸祿，以解決我弟弟妹妹的衣食問題，即便是我死了，也死而無恨。擔任三年湖州刺史，就可了卻這樁心願。湖州是一個著名的大郡，靠我個人力量，確實難以當上它的刺史，如果不是遇到您這樣的知己，我豈能如願。我說的都是至誠之言，面對信紙，我淚流滿面，希望您賜予我非同尋常的再造之恩，給我以救助。我滿懷至誠，不勝惶恐。杜牧敬啟。

上宰相求杭州啟

【題　解】杭州，地名。在今浙江省杭州市。關於本文的寫作背景，可參閱〈上宰相求湖州第一啟〉。

某啟。某於京中，唯安仁❶舊第三十間支屋❷而已。長兄慥❸，罷三原縣❹令，閑居京城。弟顗，一舉進士及第，有文章時名，不幸得痼疾，坐廢十三年矣。今與李氏孀妹❺，寓居淮南❻，并仰某微官❼以為糇命❽。某前任刺史七年，給弟妹衣食，有餘兼及長兄，亦救不足⑨，是某一身作刺史，一家骨肉，四處⑩安活。自去年八月，特蒙獎擢，授以名曹郎官⑪，史氏重職。七年棄逐⑫，再復官榮，歸還故里，重見親戚，言於鄙誠⑬，已滿素志。

自去年十二月至京，以舊第無屋，與長兄異居。今秋已來，弟妹頻以寒餒⑭來告。某一院家累，亦四十口，狗為朱馬⑮，縕作由袍⑯，其於妻兒，固宜窮餓。是作刺史，則一家骨肉，四處皆泰⑰；為京官⑱，則一家骨肉，四處皆困。謀於知友曰：「杭州大郡，今月滿⑲可求，欲干⑳告吾相，以活家命，以為如何？」皆曰：「子七年三郡㉑，今始歸復，相國知子㉒，必欲次第敘用㉓。子今復求刺史，得不生相國疑怪乎？」某答曰：「是何言與！某唯恃吾相之知，始敢干求。今天下以江淮㉔為國命，杭州戶十萬，稅錢五十萬，刺史之重，可以殺生，而有厚祿，朝廷多用名曹正郎㉕有名望而老於為政者而為之，某今官為外郎㉖，是官位未至也；前三任刺史，無異政聞於吾相，是為政無取㉗也。今若得遂所求，非唯超顯㉘，兼活私家，某若不恃吾相之知而求之，是狂躁妄庸人也。」

墜井者求出，執熱者願濯㉙，古人以此二者，譬喻所切㉚也。某今所切，是墜於絕壑㉛，而衣掛于樹杪㉜，覆在鼎中㉝，下有熱火，而水將沸㉞，與古所喻，則復過之。輒敢具疏㉟血誠㊱，上干尊重㊲，冀㊳垂恩憐，或賜援拯。慺慺丹懇㊴，不勝惶懼懇悃㊵之至。謹啟。

【注　釋】❶安仁　地名。指安仁里。在長安城中。❷支屋　廂房；偏屋。❸慥　人名。即杜慥。為杜牧的堂兄。❹三原縣　地名。在今陝西省三原縣。❺李氏孀妹　嫁給李家、現在寡居的妹妹。孀，失去丈夫的婦人。❻淮南　地名。指今江蘇、安徽二省長江以北、淮河以南地區。❼某微官　我的小小官職。某，杜牧自指。❽糇命　養命。糇，乾糧；糧食。引申為養活。❾亦救句　也救濟其他衣食不足的親友。❿四處　指處處、人人。⓫名曹郎官　指尚書司勳員外郎。名曹，指尚書省。名，大；重要。曹，官署。郎官，指司勳員外郎。⓬棄逐　被拋棄在外。杜牧認為當初出任刺史，是被權貴趕出朝廷的，故言。⓭鄙誠　自己的真實思想。鄙，謙詞。指自己。⓮餒　餓。⓯狗為句　以狗為馬。比喻貧苦的生活。朱，指一位朱姓隱士，他曾講過，要把低矮的狗看作高大的馬，因此自己生活雖然清貧，心情卻也舒暢。⓰緼作句　穿著破舊的袍子。緼，即緼袍。用亂麻襯於其中的袍子。指貧苦人穿的衣服。由，人名。指子路。春秋卞人。姓仲，名由。孔子的弟子。孔子曾稱讚他說：穿著破爛的衣袍，與衣著華貴的人站在一起，而不會感到羞恥，仲由大概能做到這一點吧！⓱泰　安泰。⓲京官　指京城裡的官員。唐代京官俸祿少，地方長官俸祿多。⓳月滿　指現任杭州刺史的任期已滿。⓴干　冒犯；打擾。㉑三郡　指黃州、池州、睦州。杜牧先後在這三州任刺史，共七個年頭。㉒知子　了解您；信任您。子，對男子的尊稱。㉓次第敘用　依次提拔重用。次第，依次。敘用，依次重用。㉔江淮　地名。指今江蘇、安徽二省及浙江部分地區。江指長江，淮指淮河，因上述地區處於江淮流域，故名。㉕正郎　指尚書省諸司郎中。郎中為諸司長官，故稱正郎。㉖外郎　指員外郎。員外郎為諸司的次官。正郎為從五品上，員外郎為從六品上。㉗無取　無可取之處。㉘超顯　越級提拔為顯貴官員。㉙執熱句　手握熱物被燙的人，都希望趕快用冷水洗手。濯，洗。㉚所切　指切身之痛。㉛絕壑　無法出來的深淵。㉜樹杪　樹梢。以上兩句用「墜於絕壑」比喻自己身處絕境，用「衣掛于樹杪」比喻如果有人援助，自己還有一線生還的希望。㉝鼎中　用來煮食物的大鍋之中。㉞沸　水燒開時翻滾的狀態。㉟具疏　具體陳述。㊱血誠　至誠。㊲干尊重　打擾您。干，打擾。尊重，對宰相的尊稱。㊳冀　希望。㊴慺慺句　我滿懷誠意。慺慺，恭謹；誠懇。丹懇，赤誠。㊵悃　誠。

【語　譯】杜牧敬啟閣下。我在京城中，只有安仁里舊宅中的三十間偏屋而已。我的長兄杜慥，自離開三原縣令的職務以後，就一直在京城閑居。我的弟弟杜顗，一舉考中進士，善寫文章，有一些名聲，不幸患上了難以治癒的疾病，成為殘廢已經整整十三年了。現在他與嫁給李家、現已寡居的妹妹一起，客居於淮南。他們都要依賴我的一點微薄俸祿活命。我從前曾擔任刺史長達七年，那時我除了供應弟弟妹妹的衣食之外，有了剩餘俸祿，還要接濟長兄，有時還能救助一下其他缺衣少食的親友。這就是說，我一個人當刺史，全家親骨肉人人都可以安定地生活下去。自去年八月，我受到朝廷的特別恩寵和提拔，讓我到重要的尚書省去當司勳員外郎，並兼任了史官這一重要職務。被人趕出朝廷整整七年，能夠再次回朝任職、還歸故鄉，重見親人，就我個人意願來說，已經是心滿意足了。

自從去年十二月到京城以後，因為舊宅中已無房屋，我只好與長兄分開居住。今年秋天以來，弟弟妹妹不斷來信，告訴我說他們正在挨餓受凍。我有滿院子的家口負擔，總共有四十來人，我們全家人生活困難，衣服破爛，妻子兒女跟著我受窮挨餓，是難以避免的事。這就是說，如果我當刺史，那麼全家骨肉人人都能過上安定的生活；如果我當京官，那麼全家骨肉人人都會挨餓受凍。我曾經同知心好友商量說：「杭州是一個大郡，現任杭州刺史的官員任期就要滿了，我想去當杭州刺史，並要為此事去打擾我們的丞相，以養活全家性命，您認為我這樣做如何？」朋友們都勸我說：「您在三個州當了七年刺史，最近纔回到京城，丞相了解您、信任您，一定會依次提拔重用您。而您現在卻又去要求出任刺史，能夠不使丞相產生懷疑嗎？」我回答說：「您們怎能這樣講呢！我正是依仗著我們丞相的了解和信任，纔敢去打擾他。現在，朝廷以江淮地區為國家的經濟命脈，杭州有十萬戶百姓，每年上繳稅錢五十萬，刺史的權勢很大，有生殺大權，而且俸祿很豐厚，朝廷經常委派有名望的、有豐富政治經驗的、曾在重要官府任職的正郎去擔任杭州刺史，而我現在還只是一個員外郎，這說明我的官秩還不夠出任杭州刺史的資格；以前，我曾擔任過三個州的刺史，卻沒拿出任何優異政績向我們的丞相匯報，這說明我在行政方面沒有什麼可取之處。現在，如果丞相答應了我出任杭州刺史的請求，這不僅是越級提拔我擔任顯要官職，而且也救活了我們全家。我如果不是依仗著我們丞相了解我信任我就去提出這樣的要求，那我就必定是個狂躁迷亂的庸人。」

落到井裡的人一心想出去，手握熱物被燙的人想趕快用冷水洗洗手，古人經常用這兩件事，去比喻人們的切身之痛。而我今天的切身之痛是：我猶如落入了萬丈深淵一樣，只不過半腰的樹梢掛住了我的衣服而使我沒有落入淵底；我還好像趴在大鼎之中，下有熱火燃燒，而鼎中的水馬上就要沸騰起來一樣。與古人的那些比喻相比，我的痛苦遠遠超過了他們。我詳細地陳述了自己的誠意，打擾了您。我希望您能夠賜予我恩澤和憐憫，幫助我，拯救我。我滿懷赤誠，我不勝惶恐。杜牧敬啟。

為堂兄慥求澧州啟

【題解】慥，人名。即杜慥。杜牧的堂兄。先後任江州刺史、蘄州刺史、三原縣令等職。澧州，地名。在今湖南省澧縣一帶。這封信大約寫於大中年間，信是寫給宰相的，寫信的目的是為杜慥求澧州刺史一職。

某啟。庫部❶家兄昨者特蒙獎拔，卻忝班行❷，實以聽聞稍難❸，不敢更求榮進。今在郢州❹汨口❺草市❻，絕俸❼已是累年。孤❽外生❾及姪女堪嫁者❿三人，仰食待衣者不啻⓫百口，脫粟⓬蒿藿⓭，才及一飡。伏蒙仁恩，頻賜顧問⓮，必許援拯，授以涔陽⓯，活於闔門⓰，無不感涕。伏以相公上佐聖主，蔚⓱為元勳，恩隨風翔，德與氣游⓲，唯一物之微，四海之大，鎔造所及⓳，罔不得宜⓴。伏念庫部家兄承一顧之恩，二紀不替㉑，伏恐機務繁重，不時記憶㉒，心迫情切，輒敢重干尊嚴㉓，戰汗㉔憂惶，伏地待罪。謹啟。

【注釋】❶庫部　官署名。即庫部司。掌軍器裝備及儀仗等事。根據下文，朝廷已命令杜慥到庫部司任職，但杜慥當時還在郢州而未入京，故杜牧稱之為「庫部家兄」，並進一步為他求澧州刺史一職。❷卻忝句　退居於朝臣行列。卻，退。忝，謙詞。慚愧。班行，朝臣的行列。❸聽聞稍難　有礙於輿論。❹郢州　地名。在今湖北省京山縣。❺汨口　地名。當在今湖北省京山縣境內。❻草市　城外的集市。❼絕俸　沒有俸祿。❽孤　失去父母的孤兒。❾外生　即外甥。這裡指外甥女。❿堪嫁者　到了出嫁年齡的女子。⓫不啻　不止。⓬脫粟　指只把穀殼脫去的粗糧、糙米。⓭蒿藿　泛指野菜。蒿，一種野草名。藿，豆葉。⓮頻賜句　不斷給予關心、詢問。頻，不斷地。⓯涔陽　地名。又叫涔陽浦。在澧州境內。這裡用來代指澧州。⑯闔門　全家。⑰蔚　盛大的樣子。⑱恩隨二句　您的恩德隨著微風，飄向全國各地。⑲鎔造句　泛指一切事物。鎔造，造物。⑳罔不句　無不各得其所。罔不，無不。宜，適宜的安排。㉑二紀句　永遠不會忘記您的恩德。紀，十二年為一紀；一代也叫一紀。二紀，泛指時間長久。替，廢棄；忘記。㉒不時句　不能及時想起此事。丞相已答應過讓杜慥出任澧州刺史，杜牧恐其忘記，故予以提醒。㉓干尊嚴　打擾您。干，冒犯；打擾。尊嚴，對丞相的尊稱。㉔戰汗　因恐懼而出汗。戰，害怕得發抖。

【語　譯】杜牧敬啟閣下。前不久，我的家兄杜慥受到您的提拔，被安排到庫部司任職，使他能夠愧居於朝臣的行列，實在是由於輿論方面的原因，我本不敢再提什麼更高的要求。然而現在家兄正住在郢州汩口的城外集市上，已經有好幾年沒有當官拿俸祿了。他的外甥女和姪女都是孤兒，其中到了出嫁年齡的有三人，而依賴他生活的親人不下於百口，即使只吃粗糧野菜，每天也只能吃上一頓飯。我們受到了您的恩遇，您多次關心地詢問此事，答應一定要給予幫助，同意把澧州刺史一職授予他。這樣一來就可救活他們全家，我們無不感激涕零。我以為，丞相您在朝中輔佐聖主，成為朝廷的偉大元勳，您的恩德隨著微風，飄向全國各地，無論是一件微小的事物，還是廣大的天下，所有的萬事萬物，您都能使他們各得其所。我想，我的庫部兄長一旦得到了您的恩惠，他永遠也不會忘記。我只是擔心您的政務繁重，不能及時想起此事，由於我心裡很著急，所以就再次寫信打擾您。我為此惶恐不安，汗流浹背，等待著您的怪罪。杜牧敬啟。

卷十七

高元裕除吏部尚書制

【題解】高元裕，人名。渤海人。字景圭。進士及第。先後任右補闕、諫議大夫、御史中丞等職，終吏部尚書。除，任命。吏部尚書，官名。正三品。掌天下文職官員銓選、考課等事。制，皇帝的命令。據史書記載，高元裕至少兩次任吏部尚書，大中二年（西元八四八年）任檢校吏部尚書，大約在大中五年秋至大中六年，高元裕被任命為吏部尚書，但未到任即去世。杜牧的這篇為皇上寫的詔令大約即作於這一時期，當時杜牧在京城任考功郎中、知制誥，不久又提拔為中書舍人。

勅❶。昔有虞氏❷貴德尚齒❸，言於四代❹，其道最優。今吾卿老❺，富有道德，以大冢宰❻表率群寮，顧予敢專❼，得於僉議❽。前山南東道❾節度管內觀察處置❿等使、銀青光祿大夫⓫、檢校尚書⓬、使持節⓭襄州⓮諸軍事、兼襄州刺史、御史大夫⓯、上柱國⓰、渤海縣開國男⓱、食邑⓲三百戶高元裕，始以御史諫官⓳，在長慶⓴、寶曆㉑之際，匡拂㉒時病，磨切責近㉓，罔有顧慮，知無不為。復以諫議舍人㉔在大和㉕末詞摧凶魁㉖，坐以左宦㉗。繼為中丞㉘、京兆㉙，公卿藩服㉚。朕㉛始在位，徵歸朝廷，爰自尚書㉜，裂分茅土㉝。為政以德，行己惟仁㉞，信而履之㉟，服而樂之㊱，餘三十年，道益昭著。夫中外之任，迭有重輕㊲，今者干戈蘊藏㊳，戎狄㊴信順，將欲詳考典禮，開張㊵教化，使吾丞相已降㊶，有所咨稟㊷，非爾㊸元裕，其誰膺之㊹。至於官業，豈勞倚任㊺，祇聽出納㊻，無忘教戒。可守吏部尚書，散官㊼勳封㊽如故。

【注釋】❶勅　皇帝的命令。❷有虞氏　古帝名。姚姓，有虞氏，名重華。受禪繼堯位，都於蒲阪。❸尚齒　尊崇老年人。尚，崇尚。齒，指年齡。❹四代　指虞、夏、商、周四個朝代。❺卿老　上卿。這裡泛指朝廷中的公卿老臣。❻大冢宰　周代官名。為六卿之首。這裡指百官之首。❼顧予句　但是我做事不敢自專。顧，表示輕微的轉折。予，皇上自稱。敢，豈敢；不敢。❽僉議　眾議；大家的決定。僉，眾人的。❾山南東道　地區名。相當於今四川省涪陵、萬縣，陝西省洋縣以東至湖北省鄖水流域。治所在襄州（今湖北省襄樊市）。❿觀察處置　官名。即觀察處置使。簡稱觀察使。一般由節度使兼領，不置節度使的道，觀察使為最高行政長官。⓫銀青光祿大夫　官名。為從三品散官。因佩銀印青綬，故名。⓬檢校尚書　官名。高元裕曾任檢校吏部尚書。中唐以後，官名前加「檢校」二字，多為虛職。⓭使持節　官制術語。節，指旄節。為皇帝所賜的調度軍事的信符。⓮襄州　地名。在今湖北省襄樊市。⓯御史大夫　官名。掌糾察彈劾。中唐後，多為節度使等外官的加銜。⓰上柱國　官名。為勳官，無實職。⓱渤海縣開國男　爵位名。渤海縣，地名。在今山東省濱縣。開國，建立邦國。晉以後，被封為五等爵位的，都可稱為開國。男，五等爵位的最後一等。五等爵位為公、侯、伯、子、男。⓲食邑　封地。⓳御史諫官　官名。高元裕曾擔任過侍御史、諫議大夫之職，這些職務均掌糾察、進諫等事。⓴長慶　唐穆宗李恒的年號。西元八二一年至八二四年。㉑寶曆　唐敬宗李湛的年號。西元八二五年至八二六年。㉒匡拂　匡正；糾正。㉓磨切句　規諫那些貴官近臣。磨切，比喻規諫、彈劾。㉔諫議舍人　官名。高元裕在大和末年先後任諫議大夫和中書舍人。中書舍人掌參議表章、草擬詔誥等事。㉕大和　唐文宗李昂的年號。西元八二七年至八三五年。㉖詞摧凶魁　用語言打擊罪魁禍首。凶魁，指鄭注。鄭注出身寒微，懂醫術。後得唐文宗信任，先後任工部尚書、翰林侍講學士、鳳翔節度使等職。甘露之變時被殺。高元裕在草擬任命鄭注為翰林學士的詔書時寫道：「鄭注以醫術侍奉皇上。」鄭注對此大為不滿，後找藉口把高元裕貶為閬州刺史。㉗左宦　貶官。指貶為閬州刺史。㉘中丞　官名。指御史中丞。掌糾察百官。㉙京兆　官名。指京兆尹。為京師長安的行政長官。㉚藩服　這裡指敬佩、信服。㉛朕　皇帝自稱。㉜爰自句　於是就任命他為吏部尚書。爰，於是。㉝裂分句　指封為男爵，食邑三百戶。裂分，分封土地。茅土，指賜給封地。古代帝王的社壇以五色土建成，分封諸侯時，按封地所在方向取社壇一色土，以茅包之，稱為茅土，給受封者在封地內立社。㉞行己句　自己處處按照仁的原則行事。㉟信而句　他忠誠地按照仁德辦事。信，誠。履，實行；做。之，代指上文提到的「德」和「仁」。㊱服而句　他以行仁德之事為快樂。服，從事；做。㊲迭有句　有時朝內的官重要，有時朝外的官重要。迭，交替。重輕，指重要和不太重要。㊳干戈蘊藏　戰爭平息。干戈，盾和戈。代指戰爭。蘊，藏。㊴戎狄　泛指異族。㊵開張　大力推行。㊶已降　以下官員。㊷咨稟　諮詢和匯報。這裡泛指依據。㊸爾　你。㊹膺之　擔當這一重任。膺，擔當。㊺豈勞句　怎能勞煩你一人獨任。倚任，指把大量的工作壓在一人身上。倚，偏。㊻祇聽句　只負責指揮調度。祇，僅僅；只。聽，處理；安排。出納，調度；指揮。㊼散官　有官名而無職事的官職。唐代的官員在實職官之外，一般另加散官。㊽勳封　指勳官和封地。勳，指勳官。勳官指授給有功者的官號，名位很高，但無實職。

【語　譯】詔令。從前，有虞氏崇尚道德，尊重老人，在虞、夏、商、周四個朝代裡，有虞氏的治國原則最好。現在，我的公卿大臣，都是道德高尚之人，群臣都把大冢宰當作學習的榜樣。我在決定事情時不敢獨斷專行，一切都以大家商議的結果為依據。前任山南東道節度使轄區內觀察處置使等職、銀青光祿大夫、檢校尚書、使持節總領襄州諸軍事、兼襄州刺史、御史大夫、上柱國、渤海縣開國男、封邑三百戶的高元裕，最初曾以侍御史、諫議大夫的身分，在長慶、寶曆年間，匡正時弊，規諫貴官近臣，從來無所顧忌，遇事便挺身而出。他又以諫議大夫、中書舍人的身分，在大和末年用語言去打擊罪魁禍首，並為此被貶官。接著他又擔任了御史中丞、京兆尹，公卿們對他都十分信服。我剛即位，就把他徵召回朝廷，任命他為吏部尚書，並賜給封地。高元裕處理政事以美德為準則，自己行事以仁愛為準則，他忠誠地按照仁愛美德的原則去做事，並以此為快樂，三十多年來，高元裕的仁愛美德越來越顯著。朝內朝外的官職，因形勢不同，其重要的程度也會隨之而不同。現在戰爭已經平息，各異族都信任、服從朝廷，我們計畫要詳細地考察各種典章禮制，大力推行教化，使我們丞相以下的官員，辦事時有所依據，除了你這位高元裕之外，誰還能擔當如此重任。至於具體的行政事務，怎能勞煩你去擔任，你只不過負責指揮調度、牢記聖賢教導並依之辦事就行。高元裕可擔任吏部尚書一職，其他散官、勳官、封地不變。

裴休除禮部尚書、裴諗除兵部侍郎等制

【題　解】裴休，人名。孟州濟源人。字公美。進士及第。先後任戶部侍郎、諸道鹽鐵轉運使、同平章事等職。除，任命。禮部尚書，官名。為尚書省禮部長官。掌禮儀、祭祀、宴享、學校等事。裴諗，人名。名相裴度之子。先後任工部侍郎、兵部侍郎、太子太師等職。兵部侍郎，官名。為尚書省兵部副長官。掌武官選授、勳級、考課等事。

敕。冉有❶、仲由❷，孔氏❸門人❹之高弟也，尚曰處於小國，可為具臣❺。況今照臨❻百官，撫御❼四海，綰牢籠漕輓之職❽，掌五兵❾六師❿之重，次第超擢⓫，為吾大寮⓬，若非僉諧⓭，豈敢輕授。正議大夫⓮、守尚書兵部侍郎⓯、兼御史大夫、充諸道鹽鐵轉運使⓰、上柱國、河東縣開國子⓱、食邑五百戶、賜紫金魚袋⓲裴休，仁義禮樂，文行忠信，積此八者，以為成人⓳。前宣歙池⓴等州都團練觀察處置㉑等使、太中大夫㉒、檢校左散騎常侍㉓、兼御史大夫、上柱國、河東縣開國男㉔、食邑三百戶、賜紫金魚袋裴諗，在元和㉕代，唯帝

念功，四夷㉖九州㉗，文化武伏㉘。咨㉙爾先父，實著大勳，天必祚仁㉚，門有令嗣㉛。道直才富，行備㉜名高，文學而浹洽㉝專精，率履㉞而清淨恭儉。而皆周歷華顯㉟，踐更臺閣㊱，處事可法，出言成章。咸輟自綸闈㊲，任寄方伯㊳，教訓以禮，生聚㊴以仁，千里封疆，一口歌詠。休乃命以取士㊵，時稱得人，用其公方㊶，委之管榷㊷，事為之制，曲為之防㊸，鉤校奸贓㊹，末減賦取㊺，公財不耗，疲人㊻樂生。望為準繩，立作據仗㊼，名實兼備，德位兩高。《漢史》㊽曰：「理行㊾尤異者就加㊿。」《禮》(51)曰：「有功於人者進律(52)。」秩崇八座(53)，官副夏卿(54)，舉以授之，予亦何慊(55)。夫宰相佐天子，公卿助宰相，股肱指臂(56)，任同一身，有事必言，未為越局(57)，無由愛惜(58)，勉荅寵榮(59)。休可禮部尚書，依前充諸道鹽鐵轉運等使；諗可權知(60)尚書兵部侍郎。散官勳封賜如故。

【注　釋】❶冉有　人名。春秋魯國人。字子有。孔子的弟子。❷仲由　人名。春秋卞人。姓仲，名由，字子路。孔子的弟子。❸孔氏　指孔子。❹門人　弟子。❺具臣　指一般的辦事大臣。❻照臨　統領。❼撫御　安撫統治。❽綰牢句　全面管理糧餉運輸事務。綰，專管；管理。牢籠，包羅；全面負責。漕輓，運輸糧餉。水運叫漕，陸運叫輓。❾五兵　官名。三國魏置五兵尚書，隋唐時改稱兵部。裴休曾擔任過兵部侍郎。❿六師　又叫六軍。指全國軍隊。周代制度，天子有六軍，諸侯國有三軍、二軍、一軍不等。⓫次第句　依次提昇和越級提拔。超，越級。擢，提拔。⓬大寮　重臣。⓭僉諧　大家都讚同。僉，都；全部。諧，和合；贊成。⓮正議大夫　官名。屬散官。⓯尚書兵部侍郎　官名。尚書，官署名。指尚書省。兵部侍郎，官名。為尚書省兵部次官。⓰充諸句　擔任全國各道鹽鐵轉運使。充，擔任。道，唐代行政區劃名。唐先後把全國劃分為十道和十五道。鹽鐵轉運使，官名。掌鹽鐵專賣、糧食轉運等事。多以宰相或淮南、浙西節度使兼任。⓱河東縣開國

子　爵位名。河東縣，地名。在今山西省永濟縣。開國，建立邦國。晉以後，被封為五等爵位的，都可稱為開國。子，五等爵位的第四等。五等爵位是公、侯、伯、子、男。⑱紫金魚袋　指紫色官服和金魚符。唐制，三品以上的官員穿紫色官服，佩金符。金符刻為鯉魚形，稱為金魚。⑲成人　猶言完人。德才兼備的人。⑳宣歙池　指宣州（今安徽省宣州市）、歙州（今安徽省歙縣）、池州（今安徽省貴池市）。㉑都團練觀察處置　官名。指都團練守捉使和觀察處置使。都團練守捉使簡稱團練使，負責一州或數州的軍務。觀察處置使簡稱觀察使，多由節度使兼領，不設節度使的道，即以觀察使為最高行政長官。㉒太中大夫　官名。屬散官。㉓檢校左散騎常侍　官名。屬散官。㉔河東縣開國男　爵位名。見前注。㉕元和　唐憲宗李純的年號。西元八〇六年至八二〇年。㉖四夷　指四方異族。㉗九州　指全國。古代曾分中國為九州。一般指冀、豫、雍、揚、兗、徐、梁、青、荊九州。㉘文化句　用文德（仁義教化）去感化，用武力去征服。㉙咨　表讚美的語氣詞。㉚祚仁　賜福給仁義之人。祚，福；賜福。㉛門有句　家門有了優秀的後代。門，家門。令，美好；優秀。胤，後代。㉜行備　各種美好的行為都具備。㉝浹洽　貫通；全面。㉞率履　指遵守教令，躬行禮法。㉟華顯　指美好而顯要的官職。㊱踐更句　在尚書省各司任過職。踐更，履歷；擔任。臺閣，唐代指尚書省各司。尚書省下分部，部下分司。㊲咸輟句　都是從中書省調出去的。咸，都。輟，停止；罷職。這裡指調出。綸闈，又稱綸閣。指中書省。㊳方伯　一方諸侯之長。後泛指地方長官。㊴生聚　繁殖人口，積蓄財物。㊵取士　選拔人才。㊶公方　公正無私的方法。㊷管搉　指管理鹽鐵專賣。搉，又作「榷」。專營；專賣。㊸曲為句　偏設提防；處處防止奸邪。㊹鉤校句　檢查揭發貪贓的奸邪之人。鉤校，檢查。㊺末減句　減輕賦稅。末減，減輕。㊻疲人　貧苦百姓。㊼據仗　依據；準則。㊽漢史　書名。即《漢書》。記載西漢一代歷史。作者是班固。㊾理行　治理百姓的政績。㊿就加　提拔；加官。(51)禮　書名。儒家的經典之一。(52)進律　提高爵位的等級。律，爵位等級。(53)秩崇句　左、右丞和六部尚書的官位很高。秩，官位的品級。崇，高。八座，唐代以左、右丞和六部尚書為八座。裴休將要擔任的禮部尚書為八座之一。(54)官副句　兵部侍郎屬於夏官。官，指兵部侍郎。副，符合；屬於。夏卿，官名。又叫夏官。周代夏官主管軍事，為六卿之一。唐代也曾一度改兵部為夏官。本句指裴諗而言。(55)悋　惜。指悋惜禮部尚書和兵部侍郎兩種官職。(56)股肱句　大家如同大腿、胳膊、手指、手臂一樣。股，大腿。肱，胳膊由肘到肩的部分。(57)越局　越職。(58)無由句　不要因任何理由而不為朝廷出力。愛惜，指愛惜自己的力量而不為朝廷出力。(59)勉答句　努力報答朝廷對你們的恩寵。勉，努力。(60)權知　暫且擔任。權，暫且。知，主管；擔任。

【語　譯】詔令。冉有和仲由，都是孔子的優秀弟子，然而孔子還說他們只能在一個小小的諸侯國裡，當一名辦具體事務的臣子。更何況現在的一些官職要統領百官，治理天下，還要全面地管理糧食轉運，掌管全國的軍事和部隊，雖然一些官員或依次晉昇、或越級提拔，成為朝廷重臣，但如果不是大家都贊成，我豈敢輕易地把如此重要的官職授予他們。正議大夫、尚書省兵部侍郎、御史大夫、諸道鹽鐵轉運使、上柱國、河東縣開國子、食邑五百戶、被賞賜紫服金魚袋的裴休，不斷積累仁、義、禮、樂、文、行、忠、信這八種美德，成了一位德才兼備的人。前任宣、歙、池等州都團練使、觀察使等使職、太中大夫、檢校左散騎常侍、御史大夫、上柱國、河東縣開國男、食邑三百戶、被賞賜紫服金魚袋的裴諗，在元和年間，皇上一心要建立文治武功，對四方異族和中原各地，朝廷推行文德以感化百姓，使用武力以征服那些叛亂者，而裴諗的父親裴度，在當時確實建立了大功。上天是一定要賜福給仁義之人的，所以使裴家有了優秀的後代。裴休和裴諗品德正直，才華橫溢，具備了各種美行，有了很高的名聲。他們都具有全面的文化知識，而且學有專攻；他們的行為高潔、恭慎、節儉。他們都擔任過許多美好而顯要的官職，都曾經在尚書省各司當過官，他們的辦事方法可以成為別人效法的原則，他們說出來的話斐然而有文彩。他們都是從中書省調出去擔任地方長官的，他們以禮制為內容去教育百姓，以仁慈為原則去養民聚財，方圓千里的轄區之內，百姓們異口同聲地歌唱他們的政績。朝廷還曾命令裴休主持科舉選拔人才，當時人們都稱讚他選拔的人才十分優秀。因為他辦事公正無私，所以朝廷任命他擔任鹽鐵轉運使，他制訂了辦事制度，還製訂了嚴密的防範措施，他檢查揭發那些貪贓枉法的奸邪之人，減輕賦稅，在國家的財稅收入不受損失的情況下，使貧苦的百姓也能快快樂樂地生活下去。人們把他們倆看作榜樣，把他們倆當作自己學習的依據；他們既有美好的名聲，又有美好的實際政績；他們既有高尚的品德，又有很高的地位。《漢史》說：「治民政績特別突出的人，馬上就可以提昇。」《禮》說：「有功於百姓的人，可以提高他的爵位等級。」八座之一的禮部尚書地位很高，兵部侍郎屬於夏官，把這兩種官職授給這兩位德才兼備的人，我又有什麼捨不得的呢？宰相輔佐天子，公卿幫助宰相，大家如同胳膊、大腿、手指、手臂一樣，同在一身協調一致，有事時一定要暢所欲言，這種做法不能被視為越職，不要因為任何原因不為朝廷出力，要努力報答朝廷的恩寵。裴休可以出任禮部尚書一職，依然擔任諸道鹽鐵轉運使等職務；裴諗可以暫時出任尚書省兵部侍郎一職。二人的散官、勳官、封地不變。

韓賓除戶部郎中、裴處權除禮部郎中、孟璲除工部郎中等制

【題解】韓賓，人名。除，任命。戶部郎中，官名。為尚書省戶部頭司戶部司長官。負責土地、戶籍、賦役、婚姻等事。裴處權，人名。禮部郎中，官名。為尚書省禮部頭司禮部司長官。掌禮儀制度、表疏、喪葬賻贈等事。孟璲，人名。工部郎中，官名。為尚書省工部頭司工部司長官。掌城池建造、土木工程等事。

敕。朝散大夫❶、守尚書水部郎中❷、上柱國韓賓等。尚書天下之本，郎官❸皆為清秩❹，非科名❺文學之士，罕與其選❻。以賓端貞有守❼，以處權俊乂出群，以璲才能適用，皆茂❽鄉里之稱，咸❾為名實❿之士，各服休命⓫，勉於官業。可依前件⓬。

【注釋】❶朝散大夫 官名。屬散官。❷尚書水部郎中 官名。尚書，官署名。指尚書省。水部郎中，官名。為尚書省工部第四司水部司長官。掌天下水利工程、河運等事。❸郎官 指郎中。❹清秩 指清貴的官職。❺科名 指科舉出身。❻罕與句 很少能夠成為郎官的人選。罕，少。與，參與；成為。其，代指郎官。❼端貞有守 正直而有操守。貞，正。❽茂 盛；盛讚。❾咸 都。❿名實 即名實相符。⓫休命 美好的命令。指這次任職命令。休，美好。⓬前件 指前面題目中所說的任職命令。

【語譯】詔令。朝散大夫、尚書水部郎中、上柱國韓賓等三人。尚書省是國家最重要的官署之一，而郎中這些官職都屬於清貴的官職，除非科舉出身、有知識有文才之人，其他人很少能夠成為郎中的人選。韓賓正直而有操守，裴處權出類拔萃，孟璲具有實際才能，在民間都有盛名，而且都是名實相符的士人，你們都要接受這次任命，努力

把各自事情做好。具體的任命內容可依照前面題目中所言。

盧告除左拾遺制

【題解】盧告，人名。除，任命。左拾遺，官名。掌供奉諷諫等事。

勅。承奉郎❶、行京兆府❷長安縣❸尉❹、直史館❺盧告。朕觀不理之代❻，無他道❼也，取唯諾❽之士，為耳目之官❾。是以太宗皇帝❿之理天下也，德為聖人，尊為聖帝，三日不諫，必責侍臣。況予寡昧⓫，固多遺闕⓬，不官才彥⓭，安能知之。告是吾賢卿老之令⓮子弟也，以甲科⓯成名，以家行稱著，取自史閣⓰，拔居諫垣⓱。夫朕之不德，吏之不平，政之失中⓲，人之不寧，四者之闕，悉陳其志⓳，此乃漢文帝⓴開諫諍之詔也。忠告不倦，爾當奉職㉑；自用則小㉒，予不吝過㉓。勉思有犯㉔，無事遜言㉕。可依前件㉖。

【注釋】❶承奉郎　官名。屬散官。❷京兆府　地名。治所在長安（今陝西省西安市）。下轄萬年、長安等二十三個縣。❸長安縣　地名。在今陝西省長安縣。❹尉　官名。指縣尉。為各縣的佐官，掌稅收、司法等事。❺直史館　官名。負責修史。❻不理之代　沒有治理好的朝代。❼他道　其他原因。❽唯諾　「唯唯諾諾」的簡稱。形容卑恭順從的樣子。❾耳目之官　指皇帝身邊的侍從官員。他們是皇帝的耳目，故言。❿太宗皇帝　指唐太宗李世民。⓫寡昧　寡德愚昧。寡，少。⓬遺闕　遺漏和缺失。⓭不官句　不任命有才之人去做官。彥，有才學的人。⓮令　美；優秀。⓯甲科　唐代進士分甲乙科。甲科猶言優等。⓰史閣　官署名。又叫史館。負責編修史書。⓱諫垣　指諫官官署。左拾遺即屬諫官。⓲失中　不正確。中，中正。⑲悉陳句　你要把自己的看法全部講出來。悉，全部。志，想法；意見。⑳漢文帝　西漢皇帝劉恒。㉑奉職　盡職盡責。㉒自用句　自以為是的人必然渺小。自用，自以為是。小，渺小。㉓吝過　不願改過。㉔勉思句　努力做到犯顏直諫。犯，指犯顏直諫。㉕無事句　不要閉口不言。無事，不要。遜，逃避；退讓。㉖前件　指前面題目中所講的任職內容。

【語譯】詔令。承奉郎、代理京兆府長安縣尉、直史館盧告。我考察過治理不好的朝代，治理不好沒有其他原因，就是因為那時的皇帝只任用恭順聽話的人，讓他們做自己的耳目。因此太宗皇帝在治理天下的時候，雖然他的品德像聖人一樣高尚，被臣民尊為聖帝，但是如果三天聽不到進諫之言，他就必定會責備身邊的侍臣。更何況我是一個寡德愚昧之人，自身的缺失確實很多，如果不任用有才有德之人當諫官，我怎能知道自己的過錯呢！盧告是我的賢良老臣的優秀子弟，因中進士優等而一舉成名，並且因在家的孝義之行而受到人們的讚揚。現在把他從史館裡調出來，提拔他到諫官官署中去任職。我的品德不好，官吏辦事不公，政令不夠妥當，百姓生活不安，如果出現了以上四種錯誤，盧告一定要把自己的全部意見講出來，這也是漢文帝下詔書要求群臣進諫的目的所在。盧告要不知厭倦地對我提出忠告，要盡職盡責。一個人如果自以為是就會變得渺小，我絕不會拒絕改正錯誤。盧告要盡力犯顏直諫，千萬不可閉口不言。任命的職務可依照前面題目中所言。

李珏冊贈司空制

【題解】李珏，人名。趙郡贊皇人。字待價。進士及第。先後任渭南尉、知制誥、中書舍人、同平章事等職。武宗時，因反對李德裕，被貶為桂管觀察使，再貶為端州司馬。宣宗時，先後任河陽節度使和淮南節度使。冊贈，即死後追贈官職。司空，官名。三公之一。唐時多為文武大臣的加官，無實職。李珏死於大中六年（西元八五二年），時任中書舍人的杜牧為皇上寫了這道冊贈的詔書。

維(1)大中(2)六年，歲次壬申(3)，五月丁卯朔(4)，十六日壬午(5)，皇帝若(6)曰：國有元老，道可咨稟(7)，天命不助，倏然去我(8)，宜加褒命(9)，以慰重泉(10)。咨爾故淮南節度副大使知節度事(11)、管內營田觀察處置等使(12)、金紫光祿大夫(13)、檢校尚書右僕射(14)、兼揚州(15)大都督(16)府長史(17)、御史大夫、上柱國、贊皇縣開國公(18)、食邑一千五百戶李珏，立德行道，繼長增高(19)，貴而益脩(20)，老而彌篤(21)。在文宗朝，徧歷清近(22)。內備顧問，嘗摧姦兇(23)；外領事權(24)，善提故典(25)。爰付魁柄(26)，實肖象求(27)，鎮撫四夷(28)，莫不信順，訓導百吏，皆有程品(29)。左官荒服(30)，眾冤非罪，事君以道，知我其天(31)，李固(32)之確論無私，周公之金縢終啟(33)。自朕統御(34)，尊敬舊老，分委戎輅(35)，作鎮孟津(36)，訓兵令行，治人化洽(37)，飽聞聲譽(38)，渴見風彩(39)。以大冢宰(40)徵歸朝廷，讜直(41)忠貞，骨鯁魁壘(42)，凡所陳啟，無非法誡(43)。遂乃裂授東夏(44)，表率諸侯，能救饑艱(45)，克為康泰(46)。初陳微恙(47)，請捐重寄(48)，驛騎奔問(49)，侍醫臨理(50)。旋(51)聞大病，卻食(52)涕流，命也奈何，痛悼不及。今遣使某官某，副使某官某，持節冊贈爾為司空，魂而(53)有知，鑑茲誠意(54)。嗚呼哀哉！

【注釋】(1)維　語氣詞。(2)大中　唐宣宗李忱的年號。西元八四七年至八五八年。(3)歲次句　這一年是壬申年。古人用天干地支紀年，每年所值的干支叫歲次。(4)丁卯朔　初一丁卯日。丁卯，指丁卯日。朔，每月初一。大中六年五月初一為丁卯日，故曰「丁卯朔」。(5)壬午　壬午日。也即十六日。(6)若　大約。(7)道可句　可以向他諮詢治國的方略。道，治國方略。❽倏然句　很快就離我而去。倏然，快速的樣子。❾宜加句　應該下令加以褒揚。宜，應該。❿重泉　地下。指死者所居之處。⓫咨爾句　您這位已故的、以淮南節度副大使的身分代理節度使職務。咨，表讚美的語氣詞。爾，你。淮南，地名。指今江蘇、安徽二省長江以北、淮河以南地區。知，管理；代理。⓬管內句　轄區內營田使、觀察使等職。管內，指淮南節度使轄區內。營田，官名。指營田使。負責屯田事務。觀察處置，官名。即觀察處置使。簡稱觀察使。由節度使兼領。⓭金紫光祿大夫　官名。屬散官。以其金印紫綬，故名。⓮檢校尚書右僕射　官名。唐代，僕射為尚書省次官，置左、右僕射二人，是尚書省政務的實際主持者，相當於宰相。官名前加「檢校」二字，意謂此人已達到此官品，但不掌其事。⓯揚州　地名。在今江蘇省揚州市。⓰大都督　官名。為地方高級軍政長官。中唐以後，多為虛職。⓱長史　官名。為幕僚之長。揚州大都督府長史秩從三品，中唐以後例兼本鎮節度使。⓲贊皇縣開國公　爵位名。贊皇縣，地名。在今河北省贊皇縣。開國，指被封為公爵。公，五等爵位中的第一等。⓳繼長句　不斷有所提高。⓴貴而句　地位高貴了，他更加注重自身修養。益，更加。㉑彌篤　美好的品德更加深厚。彌，更加。篤，深厚；堅定。㉒清近　指在皇帝身邊做事的清貴官職。㉓嘗摧句　曾經打擊過奸凶之人。奸凶，指李德裕等人。唐文宗開成年間，李珏任宰相，與李固言、楊嗣復相結，攻擊李德裕、鄭覃、陳夷行等人。㉔外領句　指擔任地方長官。外，指朝外、地方。㉕善提句　善於按照先聖制訂的典章制度辦事。提，採取；遵循。故典，指從前聖賢們制訂的典章制度。㉖爰付句　於是就把朝廷大權交付給他。爰，於是。魁柄，指朝廷大權或宰相之位。㉗實肖句　他確實沒有辜負朝廷的期望。肖，相似；符合。象求，盼望；期望。㉘四夷　四方異族。㉙程品　法式；規章。㉚左官句　被貶到最偏僻遙遠的地方去做官。左官，貶官。荒服，最遙遠的地方。古代於京城地區之外，每五百里為一區劃，按距離遠近分為五等地帶，叫五服。五服指侯服、甸服、綏服、要服、荒服。㉛知我句　只要上天了解我就行。我，指李珏。㉜李固　人名。東漢漢中南鄭人。字子堅。博學多聞。陽嘉年間，地動山崩，公卿舉李固對策，李固不畏權貴，正直敢言，漢順帝多所採納，朝廷為之肅然。㉝周公句　周公的金縢匣最終被打開使真相大白。周公，即姬旦。周文王之子，周武王之弟。周初的著名政治家。金縢，金屬匱；金屬匣。啟，打開。周武王於滅商後的第二年生了重病，周公向先王祈禱，請代武王死。事後史官把祈禱文放進金屬匣子。武王死後，成王繼位，三監散布流言，說周公將篡位，周公只好避居東都。後來成王打開金屬匣，看到這篇祈禱文，知道周公的忠誠，親自迎周公回京。杜牧用以上兩個典故說明李珏打擊李德裕等人是出於對朝廷的忠心，其被貶的冤案最終得以昭雪。㉞統御　治理國家。㉟分委句　分派他去指揮軍隊。委，委派。戎略，又作戎路。兵車。代指軍事、軍隊。㊱孟津　地名。在今河南省孟縣南。李珏曾在這一帶任河陽節度使。㊲化洽　普及教化。洽，周徧；廣博。㊳飽聞句　多次聽到他的好名聲。㊴風彩　指李珏的風采。㊵大冢宰　官名。周代的大冢宰為六卿之首。後來也稱吏部尚書為大冢宰。李珏在擔任河陽節度使之後，曾一度入朝任吏部尚書。㊶讜直　正直。㊷骨鯁句　正直而偉大。骨鯁，比喻正直。魁壘，雄偉；偉大。㊸法誡　合乎理法的教誡。㊹遂乃句　於是就派他去東邊擔任淮南節度使。遂乃，於是就。裂授，分一片土地讓他去治理。東夏，中原地區的東邊。指淮南。夏，指中原地區。㊺饑艱　饑荒。李珏任淮南節度使時，淮南地區出現旱災，李珏開倉賑濟饑民，並以半價售軍糧以濟饑荒。㊻克為句　能夠使這一地區太平無事。克，能夠。康泰，太平安樂。㊼微恙　小病。恙，病。㊽請捐句　要求辭去重任。捐，辭掉。㊾驛騎句　派使者乘坐驛站的馬快速前去慰問。驛，驛站。唐代三十里設一驛站，掌投遞公文、轉運官物及供來往官員休息。㊿侍醫句　派侍醫前去診治。侍醫，即御醫。皇帝的醫官。(51)旋　不久；很快。(52)卻食　吃不下飯。卻，去掉；不要。(53)而　如果。(54)鑑茲句　明白我的這片誠意。鑑，明白。茲，此。

【語譯】大中六年是壬申年，在這一年的五月初一丁卯日至十六壬午日期間，皇帝大約有如下指示：國家如果有像李珏這樣的元老大臣，我們就可以向他諮詢有關治國方略。然而上天卻不肯幫助我們，讓李珏這樣快就離我們而去。我們應該對他加以表彰，以安慰他在九泉之下的英魂。已故的淮南節度副大使代理節度使事務、兼任轄區內營田使、觀察使等職、金紫光祿大夫、檢校尚書右僕射、兼任揚州大都督府長史、御史大夫、上柱國、贊皇縣開國公、食邑一千五百戶的李珏，他依照美好的道德原則立身行事，而且他的品德與日俱增。雖然地位已經十分高貴，但他更加注意自身修養；雖然已經年老，但他更加注意按照美德行事。在文宗皇帝時，李珏即在皇上身邊擔任過許多清貴的官職。在朝中討論政務時，他曾打擊過奸詐凶狠之人；在朝外擔任地方長官時，他善於遵循先聖的典章制度辦事。於是朝廷就把大權交付給他，他也確實沒有辜負朝廷的期望。他鎮撫四方異族，使他們無不信任、服從朝廷；他教育引導百官，處處都有章法。後來他被貶到極為偏遠的地方去做官，大家都認為他是沒罪的，是冤枉的。他依照正確的原則去侍奉君主，抱著「只要上天理解我就行」的信念做事。他像李固那樣公正無私地發表正確的政治見解，他的冤情像周公的金縢事件那樣最終得以昭雪。自從我即位治理天下以後，我十分尊敬舊臣老臣。我分派李珏去指揮軍隊，讓他去孟津擔任河陽節度使。他指揮軍隊能做到令行禁止，他治理百姓能做到全面推行教化。我多次聽到他的美名，很想一睹他的風采。於是我便把他召回朝廷擔任吏部尚書，他果然正直敢言，忠於朝廷，是一位剛正無私的偉人。他所講的一切，都是合乎理法之言。於是我又派他去東邊擔任淮南節度使，他果然成為各地方長官的表率。他開倉救濟淮南的災民，使淮南地區太平安定。開始時，他上奏章說自己患上了小疾病，要求辭去官職，我便馬上派使者乘坐驛站的馬快速前去探視，接著又派御醫前去診治。不久又聽說李玨的病重了，我難過得吃不下飯，兩眼流淚。此是天命，人無可奈何，我為李玨的去世痛悼不已。現在，派遣使者某某官某某人，以及副使某某官某某人，讓他們手持符節前去冊贈李玨為司空。李玨在天之靈如果有知的話，他一定能夠理解我的一片誠意。嗚呼哀哉！

李訥除浙東觀察使兼御史大夫制

【題解】李訥，人名。趙州人。字敦止。進士及第。先後任正議大夫、華州刺史等職。擔任浙東觀察使期間，因處事不當，待士無禮，被部下驅逐。貶朗州刺史。後召為河南尹，官終兵部尚書。除，任命。浙東，地名。相當於今浙江省浙江以東地區。唐朝在此設浙江東道，治所在越州（今浙江省紹興市）。觀察使，官名。為浙東道的最高軍政長官。御史大夫，官名。為御史臺長官。專掌糾察彈劾，地位崇重。中唐以後，此職多為節度使、觀察使等所帶憲銜，正職則常空缺。

勅。仲尼❶以舉賢才則理，大禹❷以能官人❸則安。況西界淛河❹，東奄左海❺，機杼❻耕稼，提封七州❼，其間繭稅魚鹽，衣食半天下，不有可仗❽，豈宜委之❾。正議大夫❿、使持節⓫華州⓬諸軍事、守華州刺史、兼御史中丞⓭、充潼關⓮防禦⓯鎮國軍⓰等使、上柱國⑰、隴西縣開國男⑱、食邑三百戶、賜紫金魚袋⑲李訥，溫良恭儉，齊莊⑳中正，實㉑以君子之德，華以才人之辭㉒。揚歷清顯㉓，昭彰令聞㉔，輟自掌言㉕，式是近輔㉖。子貢㉗為清廟之器㉘，仲弓㉙有南面㉚之才，智莫能欺，剛亦不吐㉛，表率教化，皆有法度。今者兵為農器㉜，革作軒車㉝，言於共理㉞，在擇循吏㉟。是故用已效之績㊱，託分寄之任㊲，擁旆而服玄玉㊳，化千里㊴而有三軍㊵，儒者之榮，莫過於此。孔子曰：「仁者愛人，智者知人。」愛人則疲羸可蘇㊶，知人則才幹不棄。土宇既廣㊷，殺生在我㊸，考此二者，可以報政㊹。榮加副相㊺，用壓大邦㊻，爾其勉之，無忝所舉㊼。可使持節都督㊽越州諸軍事、守越州刺史、兼御史大夫、充浙江東道都團練㊾觀察處置等使，散官㊿勳封賜如故。

【注　釋】❶仲尼　即孔子。孔子名丘，字仲尼。❷大禹　人名。傳說他是夏朝的第一代王，曾治理過洪水。❸能官人　能夠選拔合適的人去當官。官，用作動詞。授官職。❹淛河　水名。即浙江。在今浙江省境內。淛，「浙」的異體字。❺東奄句　向東一直到東海。奄，覆蓋；包有。左海，指東海。❻機杼　指紡織業。機，織機。杼，織布機的梭子。❼提封句　管轄著七個州。提封，指管轄的疆土。七州，指浙東觀察使所管轄的越、婺、衢、溫、處、臺、明七州。❽可仗　值得信任、依賴的人。❾委之　把浙東這塊土地交給他。委，交付。之，代指浙東地區。❿正議大夫　官名。屬散官。⓫使持節　官制術語。節，指皇帝賜給的用來調度軍事的符信。唐代的總管、刺史、節度使等，例加號「使持節」，以總領軍事。⓬華州　地名。在今陝西省華縣。⓭御史中丞　官名。御史臺的副長官。掌糾察彈劾百官。⓮潼關　地名。在今陝西省潼關縣東北。為當時的軍事要地。⓯防禦　官名。即防禦守捉使。簡稱防禦使。掌本區軍事防務。⓰鎮國軍　方鎮名。唐代設鎮國軍節度使，治所在華州。⓱上柱國　官名。為勳官，無實職。⓲隴西縣開國男　爵位名。隴西縣，地名。故城在今甘肅省隴西縣東北。開國，建立邦國。晉以後，凡被封為公、侯、伯、子、男五等爵位者都可稱開國。男，五等爵位的最後一等。⑲紫金魚袋　紫色官服和金魚符。唐代制度，三品以上的官員可穿紫服、佩金符。金魚，金符。因刻成鯉魚形，故稱金魚。⑳齊莊　恭敬謹慎。㉑實　本質。㉒華以句　寫出很有才華、很有文彩的文章。以上兩句「實」與「華」相對，「實」主要指內在本質，「華」主要指外部表現。㉓揚歷句　擔任過許多清貴顯要的官職。揚歷，表揚一個人的經歷和政績。後來也用來稱仕宦經歷。㉔昭彰句　美名遠揚。昭彰，明顯。令聞，美名。㉕輟自句　自諫議官職調出。輟，停止。這裡指調走。掌言，指掌言之官。即諫議一類的官員。㉖式是句　擔任的是皇帝身邊的輔佐官職。式，官式；官職。近輔，在皇帝身邊的輔佐之臣。㉗子貢　人名。姓端木，名賜，字子貢。春秋衛國人。孔子的弟子。㉘清廟之器　宗廟的祭器。比喻可以擔負國家重任的人。清廟，肅穆清靜的宗廟。㉙仲弓　人名。姓冉，名雍，字仲弓。春秋魯國人。孔子的弟子。㉚南面　指面向南當諸侯。古人以面向南為貴，故君臣見面時，君主要面向南而坐。㉛剛亦句　不畏權貴。《詩經・烝民》：「柔亦不茹，剛亦不吐。」茹，吃。吐，吐出。比喻不欺軟怕硬。㉜兵為農器　把兵器做成農具。猶言鑄劍為犁。比喻天下太平。㉝革作句　皮革都用來造車。革，皮革。軒，車。皮革可做甲衣，現在不用來做甲衣而用來做車輛，仍是比喻天下太平。㉞共理　齊心協力治理國家。㉟循吏　奉職守法的良吏。㊱已效之績　這裡指已經做出政績的官員。㊲託分句　分出一塊土地託付給他治理。指當地方長官。㊳擁蒨句　高舉著紅旗，佩帶著黑玉。蒨，本指茜草，引申為紅色。旆，指儀仗旗。玄，黑色。㊴化千里　教化千里土地上的百姓。㊵有三軍　指揮千軍萬馬。有，擁有；指揮。三軍，泛指千軍萬馬。周朝制度，天子有六軍，諸侯有三軍、二軍、一軍不等。㊶疲羸可蘇　貧苦無告的百姓就可以得到解救。疲羸，指貧苦百姓。羸，瘦弱。蘇，在困難中得到解救。㊷土宇句　掌握著廣闊的領土。土宇，領土。㊸殺生句　自己還掌握著殺生的大權。我，指李訥。㊹報政　回報政績。㊺副相　指御史大夫之職。御史大夫相當於副宰相。㊻用壓句　以此來鎮服強大的方鎮。壓，鎮服。大邦，指浙東地區。㊼無忝句　不要辜負了朝廷對你的重用。忝，愧；辜負。舉，舉薦；重用。㊽都督　統領；總領。㊾都團練　官名。即都團練守捉使。簡稱團練使。負責本區防務。㊿散官　指沒有實職的官職。為文武官員的加官。

【語　譯】詔令。孔子認為只有重用賢人纔能把國家治理好，大禹認為只有選擇合適的人去當官纔能使國家安定。何況浙東地區西邊一直到浙江，東邊一直到東海，其紡織業、農業都十分發達；這一地區共有七個州，七個州所收取的繭稅和魚鹽，能夠養活國家的一半人口，如果沒有一個可信賴的人，怎能夠把管理這一地區的重擔交付給他！

正議大夫、使持節總領華州諸軍事、華州刺史、兼御史中丞、潼關防禦使、鎮國軍節度使等使職、上柱國、隴西縣開國男、食邑三百戶、賜予紫官服金魚袋的李訥，溫和善良，恭敬節儉，謹慎正直，既具有君子們的高尚品德，又能夠像才子們那樣寫出華美的文章。李訥擔任過許多清貴顯要的官職，美名遠揚，現在由掌言之官調出任地方長官，而掌言之官屬於皇帝身邊的輔佐之臣。李訥像子貢一樣是國家的棟梁之才，還像仲弓一樣具有擔任一方諸侯的能力。李訥智慧超人，不會受人欺騙；性格正直，不欺軟怕硬；能推行教化，為民表率，處處皆有法度。現在戰爭平息，天下太平，君臣要齊心協力治理好國家，而要治理好國家的關鍵在於選拔優秀官吏。因此我們要重用那些已經做出政績的官員，託付給他們治理一方的重任，讓他們擁紅旗佩玄玉，教化千里百姓，指揮千軍萬馬，這大概是讀書人的最高榮耀了。孔子說：「仁慈的人愛護別人，聰明的人了解別人。」愛護別人就能夠去救助貧苦的百姓，了解別人就能夠合理地使用人才。治理廣闊的土地，運用生殺的大權，考察並做好這兩件事情，就可以向朝廷匯報自己的政績了。另外還任命李訥為副相御史大夫，以此榮耀的官職去鎮服浙東這個強大的藩鎮。李訥要盡職盡責，不要辜負了朝廷對你的重用。可以任命李訥為使持節總領越州諸軍事、越州刺史、兼御史大夫、浙江東道都團練使、觀察使等使職，散官、勳官、封地如故。

杜牧佚詩選譯

斑竹筒簟

【題解】斑竹，竹名。竹身有紫色或灰褐色的斑紋。相傳舜帝南巡不返，葬於蒼梧山，舜帝的兩位妃子娥皇和女英思帝不已，淚水滴在竹上，於是竹上便出現了斑紋。後二妃投湘江而死，化為湘江神，稱湘妃。故斑竹又叫淚竹、湘妃竹。筒簟，用細竹筒編織的席子。簟，竹席。

血❶染斑斑成錦紋❷，昔年遺恨❸至今存。分明知是湘妃泣，何忍將身臥淚痕。

【注釋】❶血　指二妃的血淚。❷錦紋　指斑竹上的斑紋。錦，色彩鮮豔。❸遺恨　指二妃為舜帝之死而產生的悲傷痛苦。

【語譯】二妃的血淚把竹上染作點點斑紋，她們昔年的悲傷和痛苦至今猶存。我清楚地知道竹席上灑滿了湘妃的眼淚，又怎忍心將身體壓住這斑斑的淚痕。

和嚴惲秀才落花

【題　解】和，指依照別人所作詩詞的題材和體裁而寫作。嚴惲，人名。秀才，唐代科舉名目之一。也用來尊稱別人。落花，指落花詩。

共惜流年❶留不得，且環流水醉流杯❷。無情紅豔❸年年盛，不恨凋零卻恨開❹。

【注　釋】❶流年　光陰；年華。因光陰逝去如流水，故稱。❷流杯　又叫流觴。古人每逢三月初三，在水邊結集飲宴，以祓除不祥。文人於此日也多在曲折的水邊宴集，在水上放置酒杯，酒杯順水漂流，停在誰的面前，誰即取飲。古人稱此為流觴曲水。❸紅豔　指鮮紅豔麗的花。❹不恨句　我不恨花的凋落，卻恨花的開放。零，落。花如果沒有開放，就不會有令人傷心的凋落，故杜牧有此語。杜牧如此講，更顯出其思想的深沉和對流年的惋惜。

【語　譯】我們都很愛惜時光而又無法把它留住，只好姑且環繞著流水而坐醉飲流觴。無情的鮮豔紅花年年都很繁盛，我不恨它們的凋落卻恨它們的開放。

宣州開元寺南樓

【題　解】宣州，地名。在今安徽省宣州市。開元寺，寺廟名。杜牧曾作〈題宣州開元寺〉詩（見卷一），本詩當作於同一時期。詩中描寫了自己的生活環境，透露出一種淡淡的哀愁。

小樓❶纔受一牀橫❷，終日看山酒滿傾。可惜和風夜來雨，醉中虛度打窗聲❸。

【注　釋】❶小樓　指開元寺的南樓。❷橫　橫放；放置。❸醉中句　因喝醉了酒，沒有能夠欣賞到昨夜風雨打窗的聲音。臥聽風雨敲窗，別有一樣感受，詩人因酒醉錯過這一機會，故有此語。

【語　譯】小小的南樓只能放下一張牀鋪，我整天在這裡邊飲酒邊欣賞山中風景。可惜了昨夜相伴而來的風和雨，我因為喝醉而沒能聽到風雨的敲窗聲。

寄遠人

【題　解】遠人，遠方之人。可能是詩人的朋友，也可能是詩人的情人。本詩表達了對遠人的思念。

終日求人卜❶，迴迴❷道好音。那時離別後，入夢到如今❸。

【注　釋】❶卜　占卜。指占卜何時能與思念的人見面。❷迴迴　回回；每次。❸入夢句　至今都只能在夢中相見。入夢，指對方進入自己的夢中。

【語　譯】我整天求人卜算我們重逢的時間，每次占卜的結果都是吉祥之言。然而自從那次分手之後，我們至今都只能在夢中相見。

留誨曹師等詩

【題　解】誨，教誨；教導。曹師，人名。即杜曹師。杜牧的長子。杜牧去世時，杜曹師只有十六歲。本詩很可能是杜牧病重時寫給杜曹師等子女的。詩中要求他們努力學習，誠實不欺，特別是「根本既深實，柯葉自滋繁」的說法，很有教育意義。

萬物有醜好❶，各一❷姿狀分。唯人即不爾❸，學與不學論❹。學非探其花❺，要自撥其根❻。孝友❼與誠實，而不忘爾言❽。根本既深實❾，柯葉自滋繁❿。念爾無忽此⓫，期以慶吾門⓬。

【注釋】❶好 美。❷各一 各自。❸唯人句 只有人不是這樣。爾，這樣。❹學與句 以學與不學來判斷一個人的美醜。以上四句是說，其他事物是根據外表來判定其美醜，而人則是根據其內在的德和才來判定其美醜。❺花 比喻外在的文辭。❻要自句 重要的是要探索學問的根本。撥，探索。根，指下文講的孝友和誠實等美德。❼孝友 孝順父母和友愛兄弟。❽爾言 你們的諾言。爾，你們。❾深實 深而牢固。❿柯葉句 枝葉自然長得茂盛。柯，枝。滋，滋長；生長。⓫念爾句 希望你們不要忽略了我的告誡。念，希望。忽，忽視。此，代指以上告誡。⓬期以句 我期盼你們光大我們的家門。慶，善；福。引申為光大。

【語譯】萬物都有醜和美之分，醜美都是以其外表模樣為評判標準。只有人不是如此，人的醜美是看他有沒有道德學問。學習不是為了學會華麗的文辭，重要的是探索學問中的道德根本。所謂的道德根本就是孝友和誠實，要牢記自己的諾言不可失信於人。只要道德之根紮得深入牢固，學問的枝枝葉葉纔會繁榮昌盛。希望你們千萬不要忽略了這些告誡，我期待你們光大我們的家門。

南陵道中

【題解】南陵，地名。在今安徽省南陵縣。大和四年至七年（西元八三〇年至八三三年），杜牧在宣州任觀察使沈傳師的幕僚。南陵當時是宣州的一個屬縣。這首詩主要描寫南陵道上的風光，表達自己看到倚樓女郎時的無名惆悵。

南陵水面漫悠悠，風緊雲輕欲變秋❶。正是客心❷孤迥❸處，誰家紅袖❹凭❺江樓。

【注　釋】❶變秋　變為秋天；秋天就要來了。一說為變秋天為冬天，即秋去冬來。也通。❷客心　客居他鄉者的思想。指作者自己。❸孤迥　志意高遠。❹紅袖　紅色衣袖。代指年輕女子。❺凭　靠。後兩句構成一對矛盾，前一句講自己的思想超俗，後一句暗示自己受到紅塵的誘惑，這反映了杜牧當時的思想矛盾。

【語　譯】南陵的江水向遠方緩緩流去，風聲漸緊白雲飄飄秋天即將來臨。正在我客居他鄉、心意高遠的時候，卻看見一位不知姓名的少女正靠在江邊的樓上。

別家

【題　解】本詩寫詩人離家時與幼子分別的情景。詩歌用平淡自然的語言表達出深厚的父子之情。

初歲❶嬌兒未識爺❷，別爺不拜手吒叉❸。拊頭❹一別三千里，何日迎門卻到家？

【注　釋】❶初歲　年初。❷爺　父親。杜牧自指。❸吒叉　叉手。雙手扭在一起。❹拊頭　撫摩著嬌兒的頭。

【語　譯】現在是年初，嬌兒太小還不認識我這個父親，和我分手時他還不會跪拜，只把雙手扭在一起。我撫摩著嬌兒的頭，想到這一去就是三千里，不知何時嬌兒纔能在門邊迎接我回到家中？

雨

【題解】本詩通過對雨夜情景的描寫，表現了詩人客居異鄉的孤獨和惆悵。

連雲接塞添迢遞❶，灑幕❷侵燈送寂寥❸。一夜不眠孤客❹耳，主人窗外有芭蕉❺。

【注釋】❶連雲句　漫天的烏雲一直伸延到天邊，使我更覺得家鄉的遙遠。塞，邊塞；邊疆。引申為遙遠的天邊。迢遞，遙遠的樣子。❷幕　指室內張掛的帘幕。❸寂寥　寂靜。❹孤客　孤獨的外鄉人。指杜牧自己。❺主人句　主人家的窗外生長著一棵芭蕉樹。杜牧寫此詩時寄居於他人家中，故言「主人」。芭蕉，植物名。葉寬大，果實也叫芭蕉，與香蕉相似。雨打芭蕉的聲音，歷來為文人所喜愛。

【語譯】漫天的烏雲使我更感到故鄉的遙遠，飄灑在帘幕、燈燭上的雨絲送走了夜晚的寂靜。我這個孤獨的外鄉人一夜未眠，兩耳一直傾聽著主人窗外的雨打芭蕉聲。

遣懷

【題解】遣懷，抒發情懷。遣，排遣；抒發。這首詩主要抒發自己壯志難酬、有意歸隱的情懷。

道泰時還泰❶，時來命不來❷。何當❸離城市，高臥博山隈❹。

【注釋】❶道泰句　現在的政治措施得當，天下太平。道，指政治措施。泰，太平安定。第一個「泰」可引申為「得當」。❷時來句　好時代來了，然而我的好命運卻沒有來。❸何當　何時能夠。❹高臥句　隱居到博山的深處。高臥，高枕而臥。後多用來比喻隱居不仕。博山，山名。在今山東省博山縣東南。這裡泛指山區。隈，山水彎曲處。

【語　譯】現在政治安定、天下太平，我遇到了好時代卻沒遇到好命運。什麼時候纔能離開這喧鬧的城市，安靜地隱居在深深的博山之中。

歙州盧中丞見惠名醖

【題　解】歙州，地名。在今安徽省歙縣。盧中丞，名字、生平不詳。中丞，官名。即御史中丞。掌糾察彈劾。本詩中的盧中丞的實職為歙州刺史，御史中丞應為他的加官或前任職務。見，放在動詞前，表示別人對自己怎麼樣。惠，惠賜；贈送。醖，酒。這首詩歌借飲酒抒發自己的愁苦，含有是非一齊、有無不分的老莊思想。

誰憐賤子❶啟窮途❷，太守❸封來酒一壺。攻破是非渾似夢❹，削平身世有如無❺。醺醺若借嵇康懶❻，兀兀仍添甯武愚❼。猶念悲秋更分賜❽，夾溪紅蓼❾映風蒲❿。

【注　釋】❶賤子　低賤的人。杜牧自指。❷啟窮途　為身陷絕境的我開啟一條活路。啟，開。窮途，絕路；絕境。❸太守　指刺史。唐代的刺史相當於漢代的太守。這裡具體指盧中丞。❹攻破句　喝醉之後就能打破是非界線，混混沌沌如在夢中。攻破，打破。渾，混沌；不清楚。❺削平句　削平了身世貴賤的差別，富有與貧賤完全一樣。以上兩句寫酒醉以後的精神境界，體現了莊子萬物齊一的思想，同時也可從中看出杜牧的苦惱。❻醺醺句　我醉醺醺地好像學會了嵇康的懶散。醺醺，喝醉的樣子。借，借來；學會。嵇康，人名。三國魏譙郡人。字叔夜。曾任中散大夫。後被司馬昭所殺。嵇康是著名的文學家，自稱生性懶散。❼兀兀句　我糊糊塗塗地增添了許多甯武式的愚昧。兀兀，糊糊塗塗的樣子。甯武，人名。春秋時衛國大夫。姓甯名俞，「武」是他的謚號。史書又稱其為「甯武子」。孔子曾評論甯俞說：「甯武子在國家太平時顯得很聰明，在國家混亂時便裝愚作傻。他的聰明，別人趕得上；他的裝傻，別人就趕不上了。」❽更分賜　再賜給我一些酒。更，再。❾紅蓼 植物名。品種很多。花淡紅色或白色。❿蒲 植物名。又叫水楊、萑苻、蒲柳。生於水邊。

【語譯】誰同情我並為我這個身陷絕境的人開啟一條生路？歙州盧刺史給我送來了一壺封好的美酒。醉後的我混混沌沌如在夢中無是無非，也不知身世的貴賤之分和有無的差別。我醉醺醺地好像是學會了嵇康的懶散，糊糊塗塗地似乎是增添了許多甯武式的愚昧。希望您考慮到秋天容易使人悲傷就再多賜給我一些酒，溪水兩岸的紅蓼映襯著秋風中的蒲柳。

及第後寄長安故人

【題解】及第，指考中進士。唐代考中進士稱及第，通過吏部選官考試稱登科。故人，老朋友。唐文宗大和二年（西元八二八年），二十六歲的杜牧在東都洛陽應考進士，及第後，他寫了這首詩寄給長安的友人。詩中表現了作者及第後的喜悅之情。

東都放牓未花開❶，三十三人走馬迴❷。秦地❸少年❹多辦酒，即將春色入關來❺。

【注釋】❶東都句 東都洛陽放牓的時候，花還未開。東都，地名。指洛陽。放牓，公布考試錄取的名單和名次。唐代進士考試一般都在京城長安舉行，這次改在洛陽，屬變例。這次考試於正月舉行，二月放榜，故言「未花開」。❷三十句 我們三十三人騎著快馬就要回到長安。三十三人，這次進士考試共錄取三十三人。走，跑。唐代制度，進士及第後還要見宰相通姓名，稱為過堂。所以三十三名新進士還要到長安拜見宰相。❸秦地 指今陝西一帶。此處為古秦國土地，故稱。這裡專指處於秦地的長安。❹少年 年輕人。指杜牧的年輕朋友，也即題目中說的故人。❺即將句 我們就要把美好的美色帶入關中來了。即，就要。將，攜帶。春色，雙關語。表面是指自然界的春色，同時也指自己及第的好消息。關，指函谷關。在今河南省靈寶縣西南。

【語　譯】東都洛陽放榜的時候花還未開，我們三十三名新進士將騎快馬回到長安。長安的年輕朋友要多多備下好酒，我們攜帶著春色就要進入函谷關。

贈終南蘭若僧

【題　解】終南，山名。在京城長安（今陝西省西安市）以南。蘭若，梵語音譯。「阿蘭若」的省稱。即寺廟。大和二年（西元八二八年）二月，杜牧進士及第，閏三月，在長安應制舉，登科，名震京師，杜牧自己也很得意。此後不久，杜牧與朋友遊覽至文公寺，聽一位禪師談佛教玄理。接著僧人問杜牧姓名，又問杜牧從事何等職業，朋友在一旁盛讚杜牧連中兩科，禪師聽後笑著說：「這一切我都不知道。」杜牧聞言悵然若失，於是就寫下了這首詩歌。本詩另作：「北闕南山是故鄉，兩枝仙桂一時芳。休公都不知名姓，始覺禪門氣味長。」

家在城南杜曲❶旁，兩枝仙桂❷一時芳。禪師❸都不知名姓，始覺空門❹意味長。

【注　釋】❶杜曲　地名。在長安城南。是當時韋、杜兩大望族的居住地。❷兩枝仙桂　指進士及第和制策登科。唐人稱及第、登科為折仙桂，表示珍貴難得。制舉，又叫制科、制策。由皇帝親自下詔臨時舉行的科舉考試，名目繁多，普通百姓、及第者、現任官均可應試，考中者或授美官，或賜出身。以上兩句寫自己考取功名後的得意之情。❸禪師　對僧人的尊稱。❹空門　指佛教。佛教認為一切皆空，故稱空門。後兩句寫自己聽完禪師談話後的悵惘之情。

【語　譯】我的家就在長安城南的杜曲旁，我同時折得的兩枝仙桂異常芳香。然而這位禪師卻從未聽說過我的姓名，這使我感到還是佛門的思想意味深長。

遣懷

【題解】杜牧在揚州任牛僧孺幕僚期間，放浪不羈，多微服冶遊。十年之後，詩人回想起這段生活，恍如一場夢幻，於是就寫下了這首風趣幽默而又略帶自責的詩歌。

落拓❶江南❷載酒行，楚腰纖細掌中輕❸。十年一覺揚州❹夢，贏得青樓薄倖名❺。

【注釋】❶落拓　不拘小節，自由放蕩。❷江南　一作「江湖」。指揚州一帶。❸楚腰句　那時我愛追逐那些身材輕盈、能在掌上起舞的細腰女郎。楚腰，指腰身纖細的美女。據載，楚靈王喜歡細腰女子，結果使不少女子為追求腰細而不敢吃飯。後人因此便把美女的細腰稱作「楚腰」。掌中輕，極言美女身姿輕盈。相傳漢成帝的皇后趙飛燕體態輕盈，能在掌上起舞。❹揚州　地名。在今江蘇省揚州市。❺贏得句　只在秦樓楚館中留下了一個薄情的壞名聲。贏得，換取；留下。青樓，本指華美的樓房，這裡指歌樓妓院。薄倖，薄情無義。

【語譯】我曾在江南一帶酣飲美酒暢遊恣行，更喜愛美女們的纖纖細腰體態輕盈。十年後回顧揚州往事猶如一場幻夢，只在青樓裡留下一個薄情的壞名聲。

秋感

【題解】本詩主要抒發作者於秋天月夜裡的愁思。

金風❶萬里思何盡，玉樹❷一窗秋影寒。獨掩❸此門明月下，淚流香袂❹倚欄干。

【注釋】❶金風 秋風。❷玉樹 指槐樹。也可理解為對樹的美稱。❸掩 關閉。❹香袂 芳香的衣袖。袂，袖。

【語譯】面對著萬里秋風我思緒無限，滿窗都晃動著給人以寒意的槐樹影。我一人掩上門步入月光之中，靠在欄干邊淚水灑滿衣袖。

贈漁父

【題解】漁父，打魚的老人。史書記載，屈原被流放以後，在江邊遇到一位漁父，屈原便向漁父訴說了自己因正直而被放逐的經過以及自己決不與世俗同流合污的堅定決心。杜牧的這首詩借題發揮，感嘆如今再也看不到像屈原那樣品行高潔的人了。

蘆花深澤靜垂綸❶，月夕煙朝幾十春。自說孤舟寒水畔，不曾逢著獨醒人❷。

【注釋】❶垂綸 垂釣。綸，釣魚用的絲線。❷獨醒人 獨自頭腦清醒、品行高潔的人。屈原曾對漁父說：「全社會的人都卑劣，只有我一人高潔；眾人都醉醺醺的，只有我一人清醒。因此我被流放了。」

【語譯】你在長滿蘆花的深水湖靜靜地垂釣，就這樣在月夜晨霧中度過了數十個春秋。你說自己獨自乘著小船在水邊來往，卻從未遇到過像屈原那樣清醒正直的人。

歎花

【題　解】詩題一作〈悵別〉。相傳杜牧早年遊湖州（今浙江省湖州市）時，遇到一位十三、四歲的美貌少女，便贈送了禮品，並與其母約定：等我十年，十年不來，可以自便。十四年後，杜牧出任湖州刺史，然而那位女子已經出嫁，並生了兩個孩子。杜牧責備女子的母親失信，其母親回答說：我們約定的是十年，現在我女兒剛出嫁三年。於是杜牧悵然有感，寫下了這首詩。本詩另作：「自是尋春去校遲，不須惆悵怨芳時。狂風落盡深紅色，綠葉成陰子滿枝。」

自恨尋芳❶到已遲，往年曾見未開時❷。如今風擺花狼藉❸，綠葉成陰子滿枝❹。

【注　釋】❶尋芳　尋訪盛開的鮮花。比喻尋找那位姑娘。❷未開時　鮮花未開的時候。比喻那位姑娘還未成年時。❸花狼藉　落花狼藉。比喻姑娘已年長出嫁。❹子滿枝　果實掛滿枝頭。比喻那位姑娘已生兒育女。

【語　譯】我抱怨自己尋訪盛開的鮮花去得太遲，往年我曾見過這些鮮花未開時的模樣。如今這些鮮花在風吹中已是一片狼藉，只看見綠葉成陰，果實掛滿了樹枝。

山　行

【題　解】本詩描寫了深秋季節的山中景色。詩歌筆墨洗鍊，色彩鮮明，一反常人的悲秋情緒，呈現出一種豪逸樂觀的格調，反映了詩人熱愛自然、熱愛生活、積極向上的美好情懷。本詩是千古傳頌的傑作。

遠上寒山❶石徑斜，白雲生處有人家。停車坐❷愛楓❸林晚，霜葉❹紅於❺二月花。

【注　釋】❶寒山　指深秋季節微帶寒意的山。❷坐　因為。❸楓　樹名。落葉喬木。秋天，楓葉變紅。❹霜葉　即變紅的楓葉。古人認為綠色的楓葉經霜後纔變紅，故稱霜葉。❺紅於　比……還要紅豔。

【語　譯】蜿蜒的石徑伸延到寒意籠罩的深山，白雲繚繞的深山處還居住著幾戶人家。因為愛上了楓林晚景我停下了車輛，經霜楓葉的紅豔超過了二月的鮮花。

書懷

【題　解】本詩主要訴說自己將到中年、壯志難酬、俗務纏身的苦惱。

滿眼青山未得過❶，鏡中無那❷鬢絲❸何。秖言旋老轉無事❹，欲到中年事更多。

【注　釋】❶滿眼句　本句為雙關。表面上是說自己流落在外，路途上有爬不完的山嶺，實際上是說自己有許多該做的事而未能做成，也即壯志難酬之意。❷無那　即「無奈」。無可奈何。❸鬢絲　白髮。鬢，鬢髮；頭髮。絲，蠶絲。蠶絲為白色，故用來形容如絲的白髮。❹秖言句　本以為很快就老了，就會清閒無事了。秖言，只說是；本以為。秖，通「祇」。只。旋，隨即；很快。轉，變得。

【語　譯】滿眼的青山我難以翻過，面對鏡中的白髮我無可奈何。本以為很快就老了會清靜無事，沒想到快到中年時俗務更多。

夜雨

【題　解】本詩描寫了秋夜的景色，抒發了心中的淡淡哀愁。

九月三十日，雨聲如別秋❶。無端❷滿階葉，共白幾人頭？點滴侵寒夢，蕭騷❸著淡愁。漁歌聽不唱，蓑濕棹迴舟❹。

【注釋】❶別秋　和秋天告別。十月即進入冬天，故言九月三十日的雨聲好像是和秋天告別。❷無端　無緣無故。引申為不知不覺。❸蕭騷　象聲詞。形容雨聲。❹蓑濕句　他們大概披著濕漉漉的蓑衣划著小漁船回家去了。蓑，蓑衣。用草或棕毛製成的雨衣。棹，船槳。用作動詞。划船。

【語譯】九月三十日的夜晚，淅瀝淅瀝的雨聲似乎是在告別秋天。不知不覺臺階上已鋪滿了落葉，這情景摧白了多少人的頭髮。點點滴滴的秋雨打擾了我的寒夜之夢，陣陣雨聲給我增添了許多淡淡的哀愁。想聽聽漁歌卻無人吟唱，漁翁們大概披著濕蓑衣已划船回家。

早春題真上人院

【題解】真上人，對一位僧人的尊稱。「真」是這位僧人出家後的號，「上人」是對僧人的尊稱。真上人生於天寶（唐玄宗年號）初年，至杜牧時，已近百歲。院，寺院。本詩表現了作者對太平盛世的嚮往。

清羸❶已近百年身，古寺風煙❷又一春。寰海自成戎馬地❸，唯師曾是太平人❹。

【注釋】❶清羸　指模樣清瘦。羸，瘦弱。❷風煙　春風與雲霧。❸寰海句　人世間已經成了混亂不堪的大戰場。寰海，指整個天下。戎馬，兵馬。代指戰爭。❹太平人　在太平盛世生活過的人。唐玄宗開元、天寶年間，是唐代的太平盛世。自天寶末年安、史之亂後，唐朝即逐漸衰落。真上人生於天寶初年，故杜牧有此語。

【語　譯】您容貌清瘦已經將近百歲了，古寺裡和風習習雲霧繚繞又是一年春天。人世間已經成了混亂不堪的大戰場，只有師父您有幸做過太平盛世的人。

酬王秀才桃花園見寄

【題　解】酬，回報；答詩。王秀才，名字、生平不詳。秀才，唐代科舉名目之一。也用來尊稱別人。見寄，寄詩給我。見，用在動詞前，表示對自己怎麼樣。春天，王秀才寫了一首有關桃花園的詩寄給杜牧，杜牧便寫了這首詩回贈。詩中巧借桃花源典故，盛讚桃花園的美好和幽靜。

桃滿西園淑景催❶，幾多紅豔淺深❷開。此花不逐溪流出，晉客無因入洞來❸。

【注　釋】❶桃滿句　西園裡滿是盛開的桃花，這美景催人前去欣賞。西園，漢代的上林苑和曹操在鄴都建的花園都被稱為西園。這裡代指桃花園。淑，美好。❷淺深　指淺紅色的桃花和深紅色的桃花。❸此花二句　這裡的桃花不會隨著溪水流到外面，像晉朝漁夫那樣的人也就沒辦法尋到這裡來。陶淵明〈桃花源記〉載，晉朝太元年間，一捕魚人沿桃花溪水前行，見到一山洞，捕魚人入山洞後，發現了一塊與世隔絕的樂土。本詩借這一典故，極言桃花園的幽靜。

【語　譯】西園的桃花美景催人前去觀賞，許多或深或淺的紅色桃花到處盛開。這裡的桃花不會隨著溪水流到外邊，像晉代漁夫那樣的人就無法尋到這裡來。

秋夕

【題　解】這首詩描寫了宮女秋夜納涼的情景，含蓄地反映了宮女生活的無聊與苦悶。一說本詩為王建所作。

紅燭秋光冷畫屏❶，輕羅小扇撲流螢❷。瑤階❸夜色涼如水，坐看牽牛織女星❹。

【注釋】❶紅燭句　紅色的蠟燭在秋夜裡發出寒光，冷冷地照著華麗的屏風。紅燭，一作「銀燭」。畫屏，繪畫的屏風。❷輕羅句　宮女們手拿輕紗製成的小扇子，撲捉著飛來飛去的螢火蟲。羅，輕紗。一種輕薄的絲織品。❸瑤階　一作「天階」。指皇宮裡的石階。瑤，美玉。❹牽牛織女星　兩顆星名。是神話傳說中的一對夫妻。本句通過對宮女遙望牽牛、織女二星的描寫，非常含蓄地表達了深閉內廷的宮女對愛情生活的渴望。

【語譯】秋夜裡的燭光冷冷地照著華美的屏風，宮女們手拿輕紗小扇追趕著飛動著的螢火蟲。皇宮石階前的夜色像水一樣清涼，坐在石階上的宮女抬頭遙望牽牛織女星。

宮人塚

【題解】宮人，宮女。塚，墳墓。本詩主要表達了作者對宮女不幸人生的深切同情。

盡是離宮院❶中女，苑牆❷城外塚纍纍❸。少年入內教歌舞，不識❹君王到老時。

【注釋】❶離宮院　指皇帝的行宮。為皇帝外出時居住的地方。❷苑牆　即宮牆。❸纍纍　一個挨著一個的樣子。形容墳墓很多。❹識　認識；見面。

【語譯】這些墳墓埋葬的全是行宮裡的宮女，她們的墳墓一個挨著一個遍布於宮牆外邊。宮女們從小就被徵選入宮學習歌舞，然而一直到老也沒能見到君王一面。

送杜顗赴潤州幕

【題　解】杜顗，人名。杜牧的弟弟。潤州，地名。在今江蘇省鎮江市。大和六年（西元八三二年），二十六歲的杜顗進士及第。大和八年，在潤州任鎮海軍節度使的李德裕任杜顗為巡官。杜顗赴任前，杜牧寫此詩相送。詩中告誡弟弟要堅持正道、保重身體，充滿了感人的手足之情。

少年❶才俊赴知音❷，丞相門欄不覺深❸。直道❹事人男子業，異鄉加飯❺弟兄心。還須整理韋弦佩❻，莫獨矜誇玳瑁簪❼。若去上元❽懷古去，謝安墳下與沉吟❾。

【注　釋】❶少年　指杜顗。杜顗赴任時二十八歲。❷知音　指李德裕。❸丞相句　就連丞相的門庭，你也能輕易地走進去。丞相，指李德裕。在此之前，李德裕曾當過丞相。深，指難以進入。本句充滿了自豪感。❹直道　正直的原則。❺加飯　多吃飯。代指多保重身體。❻韋弦佩　聽人規勸，注意修養。韋，柔和的皮革。弦，繃得很緊的弓弦。相傳西門豹性子急，他就佩帶柔和的皮革以告誡自己要柔和；董安于性子散緩，他就佩帶拉緊的弓弦以告誡自己辦事不可遲緩。後人即用「韋弦」代指別人的規勸或自我的勉勵。❼莫獨句　千萬不要只追求享受。玳瑁簪，用玳瑁的甲殼磨製成的簪子。是一種名貴的頭飾。這裡代指奢侈的生活。玳瑁是一種似龜的爬行動物。❽上元　地名。在今江蘇省南京市。唐時為潤州的一個屬縣。縣東南石子崗北有謝安墓。❾謝安句　一定要去把謝安憑弔一番。謝安，人名。字安石。東晉人。位至丞相。曾派遣將帥在淝水戰勝苻堅軍隊，從而使東晉轉危為安。本句的用意是要求杜顗以謝安為榜樣。沉吟，深思。引申為憑弔。

【語　譯】你年少才高前去知音那裡赴任，就這樣輕輕鬆鬆地踏進丞相的大門。按正確原則待人處事是男子漢的本分，身在異鄉多多保重莫辜負兄長我一片愛心。還要多聽人規勸注意自身修養，千萬不可只追求生活上的享樂。你如果要去上元緬懷古跡，就一定要到謝安的墓前去憑弔一番。

寓言

【題解】寓言，有所寄託的語言。詩人看到春光明媚，聯想到自己流落江南，無所作為，因此感慨萬分，寫下了這首詩。本詩是否另有寄寓，不得而知。

暖風遲日❶柳初含❷，顧影看身又自慚。何事明朝❸獨惆悵，杏花時節在江南。

【注釋】❶遲日　悠長的春日。遲，悠長。❷含　指柳樹長出了芽苞。❸明朝　聖明的時代。

【語譯】風暖日長，柳樹剛剛長出芽苞，回頭看看自己我深感慚愧。為什麼生活在聖明時代還感到惆悵？只因杏花時節我還在江南流浪。

春日古道傍作

【題解】古道，古老的道路。這首詩寫富貴不可長保、轉眼間一切都將化為烏有的傷古之情。

萬古榮華旦暮齊❶，樓臺春盡草萋萋❷。君看陌上❸何人墓，旋❹化紅塵送馬蹄。

【注　釋】❶旦暮齊　很快就化為烏有。旦暮，形容時間很短。齊，與他人一樣。指失去榮華富貴。❷萋萋　形容春草茂盛的樣子。❸陌上　路旁。陌，路。❹旋　很快；隨即。

【語　譯】自古以來，榮華富貴轉眼就會化為烏有，暮春時節，樓臺前長滿了茂盛的春草。你看看路邊那不知何人的墳墓，很快就變作塵土隨著馬蹄飛揚。

金谷園

【題　解】金谷園，花園名。是西晉石崇的豪華私人花園。位於洛陽西北金谷澗。這首詩通過對金谷園的描寫，感嘆往事如煙，富貴不常。

繁華事散逐香塵❶，流水無情草自春。日暮東風❷怨❸啼鳥，落花猶似墮樓人❹。

【注　釋】❶逐香塵　隨同芳香的塵屑一起消散無蹤。逐，隨同。香塵，芳香的塵屑。石崇曾命令下人把名貴的沉水香磨碎如塵末，灑在牀上，然後讓所愛的妻妾在上面行走，不留下足跡者，即賜給真珠。❷東風　春風。❸怨　形容鳥鳴聲如怨如泣。❹墮樓人　指石崇的愛妾綠珠。綠珠十分美豔，當時的權臣孫秀派人來要她，石崇堅決拒絕。孫秀惱羞成怒，便假借皇帝命令逮捕石崇。石崇被捕時，對綠珠說：「我是為了你而被治罪的。」綠珠哭著回答說：「我要拿自己的生命報答你。」說完便跳樓自殺。後來石崇全家也被殺。

【語　譯】繁華的往事隨同芳香的塵屑一起消散無蹤，無情的河水依舊流淌，春草依然碧綠。傍晚時春風送來如怨如泣的鳥叫聲，飄落的花朵就好像當年跳樓的綠珠。

江樓

【題解】本詩寫作者登上江邊高樓時的所見所聞，隱含著淡淡的思鄉之愁。

獨酌芳春酒❶，登樓已半醺❷。誰驚一行鴈❸，衝斷過江雲。

【注釋】❶春酒　酒名。冬季釀製、至春而成的酒。❷半醺　半醉。❸誰驚句　除了我之外，誰還會為見到一行北歸的大鴈而怦然心動呢！杜牧是北方人，現在生活於長江一帶，當他看到大鴈北歸時，不由自主地動了鄉情。

【語譯】我獨自喝著芳香的美酒，帶著幾分醉意登上江邊高樓。除了我，誰會為見到一行大鴈而意愁心傷，這行大鴈正衝破江上的白雲飛向北方。

送友人

【題解】這首詩批判了人們對名利的追逐，抒發了與友人分手時的傷感之情。

十載❶名兼利，人皆與命爭。青春留不住，白髮自然生。夜雨滴鄉思，秋風從別情❷。都門❸五十里，馳馬逐雞聲❹。

【注釋】❶十載　十年。這裡是泛指多年。❷從別情　伴隨著與友人分手時的傷感之情。從，伴隨。❸都門　京城之門。❹馳馬句　雞鳴時分，朋友騎馬上路了。

【語　譯】十年來為了名和利，人們都拿出性命相爭。青春年華無法挽留，滿頭白髮自然產生。淅淅瀝瀝的夜雨引起無限的鄉愁，秋風伴隨著與友人分手的傷感之情，此處離京城有五十里路，雞鳴時朋友乘馬登上路程。

兵部尚書席上作

【題　解】兵部尚書，一作「李尚書」。兵部尚書為尚書省兵部長官。掌武官選拔、軍籍、軍訓等事。據載，杜牧在東都洛陽任監察御史時，在洛陽閒居的一位李司徒大擺筵席，招待所有的名士、大臣。因杜牧為監察官，李司徒不敢邀請他。杜牧知道後，主動要求赴筵。席上，杜牧見歌妓百餘人，個個色藝雙絕，便問李司徒：「聽說有個叫紫雲的，不知是誰？」李司徒便指給他看。杜牧端詳良久，突然說：「果然名不虛傳，應該把她送給我！」李司徒聽後俯首而笑，眾歌妓也忍不住回過頭來，嬉笑起來。杜牧意氣閒暇，再飲三杯，隨即吟誦了這首詩。

華堂今日綺筵❶開，誰召分司御史❷來？忽發狂言❸驚滿坐，兩行紅粉一時回❹。

【注　釋】❶綺筵　盛大的筵席。❷分司御史　唐代以長安為京師，以洛陽為東都，在洛陽也仿中央另置一套職官機構，稱分司。御史，官名。即監察御史。負責監察事宜。❸狂言　指討要紫雲的話。❹兩行句　排成兩行的紅粉也都一齊轉過頭來看著我。紅粉，代指歌妓。一時，同時；一齊。本句一作「三重粉面一時回」。

【語　譯】華麗的廳堂上擺開了盛大的筵席，不知是誰把我這個分司御史也邀來赴筵。我突然口出狂言驚動了滿座賓客，兩行紅粉佳人也都吃驚地一齊回過頭來。

清明

【題　解】本詩作於杜牧任池州（今安徽省貴池市）刺史期間。詩歌語言自然清新，畫面明麗可人，充滿了濃郁的生活氣息，為詩中佳作。

清明❶時節雨紛紛，路上行人欲斷魂❷。借問❸酒家何處有？牧童遙指杏花村❹。

【注　釋】❶清明　節氣名。農曆二十四節氣之一。舊稱三月節。❷斷魂　形容傷心、哀愁。❸借問　詢問。❹杏花村　地名。在今安徽省貴池市西。以產酒聞名。

【語　譯】清明時節細雨紛紛，路上的行人黯然傷心。請問哪裡有處酒家？牧童遙指杏花盛開的遠村。

現代人不可不讀的智慧經典
——古籍今注新譯叢書

集當代學者智識菁華
重現古人的文字魅力

【文學類】

新譯千家詩　邱燮友、劉正浩注
新譯花間集　朱恒夫注　耿湘沅校
新譯幽夢影　馮保善注　黃志民校
新譯菜根譚　吳家駒注　黃志民校
新譯搜神記　黃　鈞注　陳滿銘校
新譯古詩源　馮保善注
新譯薑齋文集　平慧善注　周鳳五校
新譯詩品讀本　成　林注　黃志民校
新譯詩經讀本　滕志賢注　葉國良校
新譯楚辭讀本　傅錫壬注
新譯漢賦讀本　簡宗梧注
新譯樂府詩選　溫洪隆注
新譯人間詞話　馬自毅注　高桂惠校
新譯文心雕龍　羅立乾注　李振興校

新譯世說新語　劉正浩等注
新譯古文觀止　謝冰瑩等注
新譯江文通文集　羅立乾注
新譯阮籍詩文集　林家驪注　簡宗梧等校
新譯明散文選　周明初注　黃志民校
新譯昭明文選　周啟成等注　劉正浩等校
新譯唐傳奇選　束　忱注　侯迺慧校
新譯曹子建集　曹海東注　蕭麗華校
新譯陶淵明集　溫洪隆注　齊益壽校
新譯陶庵夢憶　李廣柏注
新譯揚子雲集　葉幼明注　周鳳五校
新譯陸士衡集　王德華注
新譯嵇中散集　崔富章注　莊耀郎校
新譯賈長沙集　林家驪注　陳滿銘校
新譯橫渠文存　張金泉注
新譯李白全集　郁賢皓注
新譯顧亭林文集　劉九洲注　黃俊郎校
新譯元曲三百首　賴橋本、林玫儀注
新譯宋元傳奇選　姚　松注
新譯宋詞三百首　汪　中注
新譯唐人絕句選　卞孝萱等注　齊益壽校
新譯唐詩三百首　邱燮友注
新譯諸葛丞相集　盧烈紅注
新譯駱賓王文集　黃清泉注　陳全得校
新譯明傳奇小說選　陳美林等注
新譯昌黎先生文集　周啟成等注　陳滿銘等校
新譯范文正公選集　王興華等注　葉國良校
新譯王安石文集　沈松勤注　王基倫校
新譯杜牧詩文集　張松輝注　陳全得校
新譯李商隱詩集　朱恒夫注
新譯古文辭類纂　黃　鈞等注
新譯蘇軾文選　滕志賢注
新譯李清照集　姜漢椿注
新譯閱微草堂筆記　嚴文儒注

【歷史類】

新譯公羊傳　雪　克注　周鳳五校
新譯列女傳　黃清泉注　陳滿銘校
新譯越絕書　劉建國注　黃俊郎校
新譯燕丹子　曹海東注　李振興校

新譯穀梁傳　顧寶田注　葉國良校
新譯戰國策　溫洪隆注　陳滿銘校
新譯左傳讀本　郁賢皓等注　傅武光校
新譯尚書讀本　吳　璵注
新譯國語讀本　易中天注　侯迺慧校
新譯新序讀本　葉幼明注　黃沛榮校
新譯說苑讀本　左松超注
新譯說苑讀本　羅少卿注　周鳳五校
新譯史記讀本　韓兆琦等注
新譯西京雜記　曹海東注　李振興校
新譯吳越春秋　黃仁生注　李振興校
新譯東萊博議　李振興、簡宗梧注
新譯春秋穀梁傳　周　何注
新譯唐摭言　姜漢椿注
新譯唐才子傳　戴揚本注
新譯文史通義　陶梅生注